그리스 신화, 델포이 유적   그리스 아테네 올림포스산의 그리스 신들의 거주지, 신탁소이자 성지이다.

▲그리스의 제우스 신전 유적 그리스 남부 엘리스 지방의 올림피아에 있는 그리스 최대의 신전으로, 기원전 6세기 지진으로 크게 파괴되었다.

◀토머스 불핀치(1796~1867)

▼《불핀치의 신화》(1988) 표지
《우화의 시대 *The Age of Fable*》(1855)와 같은 책이다.

로마 신화, 사투르누스 신전 유적 로마 카피톨리노 언덕. 포로 로마노(로마인의 광장) 서쪽에 있다. 사투르누스는 농경신으로, 제의는 '사투르날리아'라고 한다.

▲피그말리온과 갈라테이아 루이 고피에. 1797. 자신의 작품이 움직이는 모습을 보고 놀라는 조각가

◀제우스와 칼리스토 루벤스. 1613. 제우스는 아르테미스로 변신해 아름다운 칼리스토를 유혹한다.

세계문학전집070
Thomas Bulfinch
THE AGE OF FABLE

그리스 로마 신화

토머스 불핀치/손명현 옮김

동서문화사

머리글

　우리의 재산을 늘리거나 사회적 지위를 높여 주는 지식만이 유익하고 가치 있는 것이라 한다면 신화는 결코 유익하다고 할 수 없을 것이다. 그러나 우리의 삶을 좀더 행복하고, 보다 나은 것으로 만들어 주는 것을 유익이라 한다면 신화는 유익하다 할 수 있다. 왜냐하면 신화는 문학의 시녀이며, 문학은 그 덕으로 단단히 맺어진 동맹이요 또한 행복의 후원자이기 때문이다.

　우리는 신화의 지식 없이는 우리의 언어로 쓰인 훌륭한 문학을 이해하거나 감상할 수 없다. 바이런이 로마를 '여러 나라의 어머니인 니오베'라 부르거나, 베네치아를 '바다에서 갓 올라온 바다의 키벨레처럼'이라 노래했을 때 신화에 능통한 독자의 가슴에는 백만 마디 말과 글보다 더 생생한 인상적인 모습이 떠오르겠지만, 신화를 모르는 독자라면 이것이 무슨 말인지 도무지 알 길이 없다. 밀턴의 시에도 이와 유사한 인용과 비유가 많이 나온다. 그의 《코머스》라는 가면극은 짧은 시지만 그 속에는 30가지가 넘는 신화가 등장한다. 《그리스도 탄생의 아침에》도 그 절반이 신화의 이미지이다. 그리고 《실낙원》 곳곳에서도 볼 수 있다. 그래서 밀턴의 작품은 도무지 재미가 없다는 말을 교양 있는 사람에게서 흔히 들을 수 있다. 그러나 이들이 보통 사람보다 뛰어난 학식에다, 이 작은 우리들의 책에서 얻을 수 있는 간단한 신화의 지식을 더한다면 이제까지 '접근하기 까다롭고 읽기 어렵다고' 생각되어 온 밀턴의 많은 시가 '아폴론의 하프처럼 음악적인 것'임을 알게 될 것이다. 이 책에는 스펜서에서 롱펠로에 이르기까지 25명이 넘는 시인들의 작품을 인용했는데, 이를 보면, 사건을 설명할 때에 그 예증을 신화에서 빌려오는 예가 얼마나 널리 퍼져 있는지를 알 수 있다.

　산문 작가들도 마찬가지로 이 신화를 이용하여 느낌의 전달이 명료한 문장을 쓰고 있다. 가까이서 접할 수 있는 계간지(季刊誌) 《에든버러 리뷰》나 《쿼털리 리뷰》[1]를 보면 그 예가 있다. 맥콜리는 1825년 《에든버러 리뷰》에 기고한 〈밀턴론〉에서 20가지의 예를 들고 있다.

그러나 그리스어나 라틴어의 도움을 빌리지 않고 신화를 배우려는 사람들은 어떠한 방법을 취해야 좋을까? 도무지 믿기 어려운 야릇한 사건, 게다가 이미 오래전에 쇠퇴한 신앙에 주로 관계된, 일종의 독특한 학문에 힘을 쏟는 것이 과연 실질적 이익을 추구하는 현대의 일반 독자에게 기대할 것이 되겠는가. 어린 독자에게까지도 일찍부터 여러 면에 걸친 사물에 대한 과학적 지식을 요구하는 시대이기 때문에, 공상에 불과한 이 학문에 대해 옛사람이 쓴 책을 힘들여 읽을 만한 여유는 거의 없다.

그렇다면 우리 이야기의 중심을 이해하는 데 필요한 지식을, 고대의 시인들이 쓴 작품의 번역물을 읽음으로써 얻을 수는 없는 것일까? 대답인즉, 그 분야는 너무 넓어서 처음 배우는 사람에게는 무리이다. 게다가 그 해석은 신화에 대한 어느 정도의 예비지식 없이는 이해하기 어렵다. 거짓말이라고 생각하는 사람은 《아이네이스》[2]의 첫 페이지를 읽어 보라. 신화에 대한 지식 없이는 '유노의 원한'이나 '파르카의 섭리', '파리스의 심판', '가니메데스의 영예' 같은 것들의 의미를 이해하기 힘들 것이다.

그러한 것은 주(註)를 보든가, 또는 고전 문학사전을 찾아보면 나온다고 말하는 사람이 있을지도 모른다. 그렇다면 다음과 같이 대답하겠다. 주를 본다든지 사전을 찾으면서 독서가 중단되는 것은 너무나 번거로운 일이다. 독자들은 그런 번거로움을 감수하기보다는 오히려 모르는 채로 계속 읽어 나가는 편이 낫다고 생각한다. 게다가 주나 사전은 무미건조한 설명뿐이기 때문에 본래 이야기의 재미가 끊길 수 있다. 시적인 신화에서 시를 버리면 나중엔 무엇이 남을 것인가? 이 책의 케익스와 알키오네의 이야기는 한 장(章) 전체에 채워져 있는데, 가장 잘되어 있다는 스미스의 《고전 문학사전》[3]에서는 불과 여덟 줄밖에 다루지 않았다. 다른 데에서도 마찬가지이다.

---

1) 영국의 비평 잡지. 《에든버러 리뷰(Edinburgh Review)》는 휘그당(산업가, 소시민 대표)의 정치·문예 잡지, 《쿼털리 리뷰(Quarterly Review)》는 토리당(자본자, 지주 대표)의 기관지.
2) 고대 로마의 최대 시인 베르길리우스(기원전 70~기원후 19)가 쓴 장편 서사시.
3) 영국의 사전 편찬자 윌리엄 스미스(1813~1893)의 《그리스 로마 전기 및 신화 사전》.

이 책은 시적인 신화를 한껏 살려 신화 속의 이야기를 즐거움의 원천이 되도록 이야기해 줄 것이다. 독자 여러분이 어디서 그러한 이야기를 대하든 바로 알아들을 수 있도록 하되, 가장 믿을 만한 옛 기록에 의거해 이야기를 정확하게 전하려 애썼다. 이제 신화를 무겁고 딱딱한 학문으로서가 아니라 우리 영혼의 문을 그날그날 두드리는 쉬운 지식으로 알자. 이 책에 옛날이야기의 재미를 곁들여 교육의 중요한 일부분인 지식과 경험이 여러분에게 전달되기를 바라고 있다.

이 책의 그리스 로마 신화는 대부분 오비디우스[4]와 베르길리우스의 작품에서 따왔다. 그러나 그것들을 그냥 글자 그대로 옮긴 것은 아니다. 시란 그대로 산문으로 옮기면 참으로 재미없다. 운문으로 옮기더라도 또한 마찬가지이다. 압운이나 운율 같은 여러 가지 어려운 형식으로 원문의 모든 느낌을 충실하게 옮겨 낸다는 것은 무척 힘든 모험이다. 그래서 먼저 산문으로 얘기하고, 언어가 바뀌어도 시적 생각이 가능한 것은 살리되, 늘리지 않았다.

북유럽의 신화는 폴 앙리 말레의 《북유럽 문명 유적》[5]에서 발췌하여 실었다. 동양과 이집트 신화의 에피소드와 더불어 신화가 말하려는 뜻을 분명케 만드는 데 필요하다고 생각했기 때문이다. 북유럽 신화를 그리스 로마 신화와 같은 책 속에 넣는 것은 아마 이 책이 최초일지도 모른다.

시의 인용은 자유롭게 했다. 그 이유는 시에서 불리는 신들의 이름만으로도 이야기마다 가치 있는 목적을 달성해 줄 것 같아서였다. 인용한 시는 이야기 하나하나의 중요한 사건을 우리의 뇌리에 단단히 기억하게 해줄 것이며, 또 고유명사의 정확한 발음을 몸에 익히도록 도와줄 것이다. 그리고 우리의 기억을 수많은 주옥같은 시로 풍요롭게 해줄 것이다. 책을 읽거나 사람들과 이야기를 나눌 때 쉽게 인용될 수도 있다.

이 책을 위해 '문학과 관계가 깊은 신화를 뽑기'로 했기 때문에 우아한 문학 작품을 읽는 독자에게 필요할 만한 이야기는 모두 수록하도록 애썼다. 미풍양속을 해치는 이야기와 어구는 없다. 그와 같은 이야기는 화제에 자주 오르지는

---

4) 고대 로마의 시인(기원전 43~기원후 19). 사랑의 즐거움을 노래한 연애시로 유명하다.
5) 말레는 스위스의 역사가·북유럽 문화연구가(1730~1807). 이 책은 1770년 및 1847년에 영역본이 발행되었다.

않으며, 화제에 오른다 해도, 독자는 모른다고 잡아떼어도 되며 그것으로 죄책감을 느낄 필요가 없다.

학자를 위해서 이 책을 쓴 것이 아니다. 또 신학자를 위해서도, 철학자를 위해서도 쓰지 않았다. 다만 영국 문학을 읽는 가두연설자와 강연자, 비평가, 시인들이 자주 인용하는 이야기를, 그리고 늘 접하는 세련된 회화 속에서도 나오는 이야기를 진정 이해하고픈 독자들을 위해서 쓴 것이다.

확신하건대 젊은 독자들은 분명히 이 책의 즐거움을 생각해 주리라 믿는다. 나아가 나이 많은 분은 이것을 독자들에게 이로운 것으로 생각해 줄 것이며, 또 여행 중에 박물관이나 미술관을 방문하는 사람이라면 이것을 회화와 조각의 해설서로, 그리고 교양 있는 사회에서 어울리고 있는 분은 가끔 듣게 되는 비유의 열쇠로 생각해 줄 것이다. 또한 인생을 많이 지나온 분은 문학의 여로를 되돌아가면서 어린 시절 옛날로 이끌려, 걸음마다, 인생의 아침이었던 청년 시절의 기분이 되살아날 것이다.

이러한 영원한 청년 시절에 대하여 새뮤얼 테일러 콜리지[6]는 그의 유명한 시, 《피콜로미니 부자(父子)》 제2막 4장에서 다음과 같이 아름답게 노래하고 있다.

고대 시인들이 그린 저 맑은 그림,
고대 종교가 낳은 저 아름다운 인간의 속 모습,
힘의 신, 아름다움의 신, 주권의 신,
이들은 골짜기에, 솔 우거진 산에 즐겨 있었다.
숲속에, 유유한 강가에, 자갈 깔린 샘에,
땅이 갈라진 틈새에,
물의 저 깊이에도 있었다.
그런데, 신들이 모두 사라져 버렸다.
'이유'를 모시는 우리의 신앙 때문에,
신들은 동거를 끝냈는데, 이 심장은 아직도 언어를,
늙은 본능은 아직도 그 옛 이름을 찾는다.

---

6) 영국의 시인·평론가(1772~1834). 낭만주의 문학의 선구자.

물방울 같은 님프와 폭군 같았던 신들의 이름을 찾는다.
그들은 인간을 친구 삼아 이 땅에 살았다. 그리고 지금,
최고의 그것이 무엇이든 가져다주는 유피테르여!
아름다운 그것이 무엇이든 가져다주는 베누스여!

그리스 로마 신화
차례

머리글

신과 영웅들의 이야기

세계의 신화들

The Age of Fable

신과 영웅들의 이야기

제1장
그리스와 로마의 신들

고대 그리스·로마의 종교는 오늘날에는 소멸되었다. 올림포스 신을 믿는 사람은 현대인 가운데 단 한 사람도 없다. 이 신들은 이제 신학의 부문에 속하지 않고 문학과 취미의 부문에 속하기 때문이다. 문학과 취미에서 신들은 그 지위를 유지하고 앞으로도 계속 유지할 것이다. 고금을 통틀어 최고의 걸작이라 불리는 시·회화 작품들과 아주 밀접한 관계를 가지고 있기 때문에 결코 잊힐 수 없다.

이제부터 이러한 신들에 대한 이야기를 하려고 하는데, 고대인으로부터 우리에게 구전되고 현대의 시인·비평가·강연자들에 의해 인용되고 있는 이야기들이다. 독자 여러분은 이 이야기를 읽음으로써 이제까지 상상이 만들어 낸 것 중 가장 흥미 있는 이야기(픽션)의 즐거움을 맛볼 수 있으며, 또 자기 시대의 기품 있는 문학 작품을 이해하려는 사람들은 없어서는 안 될 지식을 소유하게 될 것이다.

이러한 이야기를 이해하려면 우선 고대 그리스인들이 세계의 구조를 어떻게 생각하고 있었는지 알아야 한다. 로마인은 이 그리스인으로부터, 그 밖의 국민은 로마인으로부터 그들의 과학과 종교를 계승했다.

1. 그리스의 신

그리스인은 지구를 평평한 원반 같은 것으로 믿고 있었다. 자기들의 나라는 그 중앙에 있고, 그 중심점을 이루는 것이 신들의 주거지인 올림포스산, 또는 신탁(神託)으로 유명한 델포이의 성지라고 믿고 있었다.

이 원반 같은 세계는 바다에 의해 서(西)에서 동(東)으로 가로질러 둘로 등분되어 있었다. 그 바다를 사람들은 지중해라 불렀고, 그에 이어지는 바다를 에욱

올림포스산의 제우스 신전 유적

세이노스해(흑해)라 불렀다. 그리스인들이 알았던 바다는 이 둘뿐이었다.

세계의 주위에는 '강처럼 흐르는 바다(River Ocean)'가 있었는데, 지구의 서쪽에서는 남에서 북으로, 동쪽에서는 그 반대쪽으로 흐르고 있었다. 흐름은 변함이 없이 언제나 한결같았고, 어떠한 폭풍우가 몰아쳐도 범람하는 일이 없었다. 바다와 지구상의 모든 강은 그 흐르는 바다로부터 물을 받았다.

지구의 북쪽 부분에는 히페르보레이라 불리는 행복한 민족이 살고 있는 것으로 생각하였다. 이 민족은 높이 솟아 있는 산들 저 너머에서 영원한 기쁨과 봄을 즐기면서 살고 있었다. 그리고 이 산에 있는 커다란 동굴로부터 살을 에는 듯한 차가운 북풍이 불어와 헬라스(그리스) 사람들을 얼어붙게 했다고 생각하였다. 그 나라는 육로로도 바닷길로도 접근할 수 없었다. 그래서 그 나라 사람들은 병에 걸리는 일도 없고 늙음도 힘든 일도 전쟁도 모르고 살았다. 토머스 무어[1]는《히페르보레이의 노래》라는 시를 썼는데 그 앞부분은 다음과 같다.

> 내 고향은 햇빛을 담뿍 받아
> 금빛 화단이 발그레 빛나니,
> 북풍도 조용히 잠들어 버려, 그

---

1) 아일랜드의 시인(1779~1852). 풍부한 감성과 음악적 효과가 뛰어난 시를 남겼다.

소라고둥의 등딱지 울리지 않느냐.

지구의 남쪽에는 바다 가장자리에 히페르보레이처럼 행복하고 유덕한 사람들이 살고 있었다. 그들은 에티오피아인이라 불렸다. 신들은 그 민족에게 호의를 가졌으므로 때때로 올림포스의 거처를 떠나서 그들과 향연을 함께 즐기는 일이 자주 있었다.

지구의 서쪽 끝에는 바다 가까이에 '엘리시온의 들판'이라 불리는 복된 땅이 있었다. 이곳은 신들이 특히 총애하는 인간을 죽음의 괴로움을 맛보는 일이 없도록 보내는 곳이어서 사람들은 영원한 행복을 누릴 수가 있었다. 그래서 이 행복한 땅은 '행운의 들판'이라고도, '축복받은 사람들의 섬'이라고도 불렸다.

이렇게 고대 그리스인은 자기 나라의 동쪽과 남쪽의 민족 또는 지중해 연안 가까이에 사는 민족 말고는 다른 민족에 대해 거의 아무것도 몰랐다. 그리스인의 상상력은 지중해의 서쪽 땅에 거인·괴물·마녀들을 살게 했고, 그리 넓은 것으로 생각하지는 않았겠지만 원반과 같은 세계의 주변에 신들의 특별한 총애를 받아 행복과 장수를 누리는 민족을 살게 했던 것이다.

여명(새벽)과 해와 달은 바다에서 떠올라 신들과 인간에게 빛을 주면서 하늘을 달리는 것으로 생각했다. 북두칠성, 즉 큰곰자리를 이루는 별과 그 주위 다른 별들을 제외한 모든 별이 바다에서 떠오르고, 또 그 속으로 지는 것으로 생각했다. 그 큰 강으로 내려가면 태양신이 날개가 달린 배를 타고 있다. 그러면 배는 세계의 북쪽을 돌아 신을 다시 동쪽, 즉 떠오른 곳으로 되돌아가게 했던 것이다. 밀턴은 《코머스》(제95~101행)라는 가면극에서 이것을 다음과 같이 노래하고 있다.

이제 한낮의 금빛 수레는,
작렬하는 회전축을 달래어
대서양의 막바지 급류를 달린다.
기우는 태양의 윗자락을
어두운 세계의 끝으로 쏘아 올리며,
저 아래 동쪽, 또 하나의

정거장을 향해 달린다.

　신들의 거처는 테살리아에 있는 올림포스산의 꼭대기에 있었다. 여기에는 계절의 여신들[2]이 지키는 구름의 문 하나가 있었고, 이 문은 천상의 신들이 땅으로 내려갈 때나 다시 천상으로 돌아갈 때에 열렸다. 신들은 각자 자기의 거처를 가지고 있었는데, 제우스로부터 부름이 있으면 빠짐없이 제우스의 궁전에 모였다. 지상이나 물속, 또는 지하에 사는 신들까지도 모여들었다. 올림포스 최고의 신이 사는 궁전의 큰 홀에서 많은 신들이 신들의 음식과 음료인 암브로시아와 넥타르로 매일 향연을 베풀었다. 그리고 아름다운 여신 헤베가 넥타르 잔을 들고 좌중을 돌았다. 이 연회석상에서 신들은 천상과 지상의 여러 가지 사건들에 대하여 서로 이야기했다. 그들이 넥타르를 마시고 있을 때면 음악의 신 아폴론이 수금(리라)을 타기 시작해 좌중의 신들을 즐겁게 해주었고, 무사이 여신들[3]은 이에 맞추어 노래를 불렀다. 그러다 해가 저물면 신들은 각자 자기 거처로 돌아가 잠을 잤다.
　다음에 예를 드는 《오디세이아》의 인용구(제6권 51~57행)를 읽으면 호메로스[4]가 어떻게 올림포스를 생각하고 있었는지를 알 수 있다.

　　그렇게 말하며, 푸른 눈의 아테나는
　　올림포스에 올랐다.
　　시작도 끝도 없는 영원의 왕좌로,
　　그곳은 폭풍도 냉정하여 흐트림 없고,
　　비도 눈도 쇄도치 않는 곳.
　　넓고—솔직하고—거친 햇빛, 오, 순수한 한낮이여,
　　신들이 바로, 여기서 영원을 즐기었구나.

---

2) 봄·여름·가을을 관장하는 3명의 여신들. 각각 탈로(개화와 싹틈)·아욱소(생장)·카르포(결실과 수확).
3) 예술과 학문의 여신들. 단수로 무사(Mousa), 복수형이 무사이(Mousai)로 일상에서는 흔히 영어식 표현인 뮤즈(Muse)로 불린다.
4) 기원전 8세기경 활동한 고대 그리스 시인. 유럽 문학 최고(最古)의 서사시 《일리아스》와 《오디세이아》의 작가.

여신들이 입는 성스런 옷과 그 밖의 옷은 아테나와 자매지간인 3명의 미의 여신들(카리테스)이 짰는데, 보다 견고한 것은 모두 여러 가지 금속으로 짜였다. 헤파이스토스(로마의 불카누스)는 올림포스의 건축 기사이자 대장장이이기도 했고, 갑옷의 제조자이자 이륜 전차의 제작자여서 올림포스에서는 무엇이든지 만들 수 있는 명장이었다. 그는 청동으로 신들의 집을 지어 주었다. 그리고 신들을 위해 황금 신발을 만들어 주기도 했다. 그 신발을 신으면 공중이나 물 위를 걷고, 바람처럼

제우스 좌상 왼손에 왕홀, 오른손에 번개를 든 좌상 로마, 바티칸

빠른 속도로 마음 내키는 대로 이곳저곳으로 이동할 수 있었다. 헤파이스토스는 또 하늘을 달리는 말의 다리에 청동 편자를 박았다. 그러면 그 말은 신들의 이륜 전차를 끌고 하늘과 바다 위를 질주했다. 그는 자기의 작품에 스스로 움직이는 힘을 부여할 수 있었으므로 그가 만든 의자나 탁자 등 삼발이는 궁전의 넓은 방을 자유자재로 드나들 수 있었다. 그리고 자기가 부리기 위해 황금으로 만든 시녀들에게 지능을 불어넣기도 했다.

제우스는 신들과 인간의 아버지라고 불리는데, 그 제우스 자신에게도 아버지가 있었다. 크로노스(사투르누스)가 그의 아버지요, 어머니는 레아(옵스)였다. 크로노스와 레아는 티탄 신족에 속해 있었다. 그리고 이 신족의 부모는 하늘과 땅으로부터, 하늘과 땅은 또 카오스(혼돈)로부터 태어났다. 이 카오스에 대해서는 다음 이야기에서 더 자세히 말하겠다.

또 하나의 다른 우주 생성론, 즉 '우주 창조설'이 있는데, 이 설에 의하면 땅과 어둠(에레보스)과의 사랑이 최초에 있었다. 사랑(에로스)은 카오스에 떠다니던 밤의 알에서 태어났다. 그리고 에로스는 가지고 있던 화살과 횃불로 모든 사물을

찌르거나 사물에 생기를 주어 생명과 환희를 낳았다.

　크로노스와 레아만이 유일한 티탄족이었던 것은 아니다. 그 신족은 그 밖에 오케아노스와 히페리온, 이아페토스, 오피온 같은 남신들과 테미스와 므네모시네, 에우리노메 같은 여신들도 있었다. 이 신들을 최초의 신이라 부르는데, 그들의 지배권은 그 뒤에 다른 신들에게로 넘어갔다. 즉 크로노스는 제우스에게, 오케아노스는 포세이돈에게, 히페리온은 아폴론(아폴로)에게 그들의 힘을 넘겼던 것이다. 히페리온은 태양과 달과 여명의 아버지였다. 그러므로 그는 최초의 태양신인 셈이다. 그는 나중에 아폴론에게 전해진, 그 빛나는 아름다움으로 우리의 마음속에 그려져 있다.

　　히페리온의 곱슬머리, 제우스 이마에.

　이렇게 셰익스피어는 노래하고 있다.[5]

　오피온과 에우리노메(오피온의 아내)는 크로노스와 레아가 왕좌에 오를 때까지 올림포스를 지배하고 있었는데, 그들은 이윽고 크로노스와 레아에게 왕위를 빼앗기게 된다. 밀턴은 서사시 《실낙원》(제10권 580~583행)에서 이 신들은 인간을 어떻게 하면 꾀어 타락시킬 수 있는지를 알고 있었던 듯하다고 말했다.

　　전해지기를, 그들이 오피온이라 부른 뱀이 에우리노메(널리 지배하게 된 하와인 듯함)와 함께, 최초에, 올림포스를 지배했으므로 크로노스가 이들을 쫓아내었다.[6]

　크로노스에 대한 이야기는 책에 따라 묘사가 아주 다르다. 어떤 책은 그가 다스린 시대가 죄 없는 순결의 황금시대였다고 하고, 어떤 책은 크로노스가 자기의 아들을 마구 잡아먹는 괴물이었다고 한다. 그러나 제우스는 아버지에게 잡아먹히는 운명에서 벗어나 마침내 성장하자, 메티스(사려)를 아내로 맞았다. 그녀는 시아버지인 크로노스에게 토하는 약을 마시게 하여 그가 삼킨 아이들

---

5) 셰익스피어(1564~1616)의 4대 비극의 하나인 《햄릿》 제3막 4장 55행 참조.
6) 《구약성경》의 〈창세기〉 제3장 참조.

을 다 토해 내게 하였다. 제우스는 그의 형제자매와 더불어 그들의 아버지인 크로노스와 아버지의 형제인 티탄 신족들에 대항해 폭동을 일으켰다. 그래서 그들을 정복하자, 그중의 어떤 자는 타르타로스(지옥)에 가두고 또 다른 자들에게는 다른 형벌을 가했다. 아틀라스라는 신은 두 어깨로 하늘을 떠메고 있으라는 벌을 받았다.

크로노스가 왕위에서 물러나자, 제우스는 그의 형들[7]인 포세이돈(넵투누스)과 하데스(플루톤 또는 디스)와 더불어 크로노스의 영토를 나누었다. 제우스는 하늘을 차지하고 포세이돈은 바다를 차지했으며 하데스는 죽은

헤라 뮌헨, 고대수집관

사람들의 나라(명계)를 차지했다. 그리고 땅과 올림포스는 세 사람 공동의 영토로 했다. 이리하여 제우스는 신과 인간들의 왕이 되었던 것이다. 번개는 그의 무기였고, 게다가 그는 아이기스라는 방패를 가지고 있었다. 헤파이스토스가 그를 위하여 만든 것이다. 제우스가 각별히 아끼던 새는 독수리였는데 이 새가 제우스의 번개를 지니고 있었다.

헤라(유노)는 제우스의 본부인이었고, 신들의 여왕이었다. 또 무지개의 여신 이리스는 헤라의 시녀가 되어 그녀의 심부름을 도맡았다. 그리고 공작은 여왕이 총애하는 새였다.

하늘의 명장 헤파이스토스는 제우스와 헤라 사이에서 태어난 아들이었는데, 전하는 말에 따르면 그는 날 때부터 절름발이였기 때문에 그의 어머니는 그 추한 꼴을 매우 싫어하여 그를 하늘에서 내쫓았다고 한다. 호메로스의 《일리아스》 제1권에서는 제우스와 헤라가 부부 싸움을 할 때 헤파이스토스가 그의 어

---

7) 호메로스의 《일리아스》에는 동생이라고 되어 있다.

머니 편을 들었기 때문에 제우스의 분노를 샀다고 한다. 그가 절름발이인 것도 그때 제우스가 발로 차내어 하늘에서 떨어졌기 때문이라는 것이다. 그는 하루 종일 추락하다가 마침내 렘노스섬에 떨어졌고, 그 후 이 섬은 헤파이스토스의 성지가 되었던 것이다. 밀턴은 이 이야기를 《실낙원》 제1권(742~748행)에 실었다.

> 아침부터…… 한낮까지
> 그는 종일 떨어졌다—또 한낮부터
> 이슬 내리는 저녁까지, 길고 긴 여름날,
> 지는 태양과 함께 올림포스에서 내렸다.
> 지는 별같이 에게해의 섬, 렘노스에 내렸다.

전쟁의 신 아레스(마르스)도 제우스와 헤라의 아들이었다.

활 솜씨가 뛰어나고 신의 소리를 전달하는 음악의 신 '포이보스(빛나는 자)' 아폴론은 제우스와 레토(라토나) 사이에서 태어난 아들이다. 그리고 아르테미스

(디아나)의 오빠였다. 그의 여동생 아르테미스가 달의 여신이었듯이 아폴론은 태양의 신이었다.

사랑과 미의 여신 아프로디테 (베누스)는 제우스와 디오네 사이 에서 태어난 딸이다. 아프로디테 는 바다의 거품에서 나왔다고도 한다. 그녀가 서풍에 이끌려 물결 을 따라 키프로스섬에 도착하자, 계절의 여신들은 그녀를 반갑게 맞아들이고 고운 옷을 입혀 신들 이 모인 궁전으로 인도했다. 신들 은 아프로디테의 아름다움에 마 음을 빼앗겨 모두 그녀를 아내로 삼기를 원했다. 제우스는 아들 헤

아르테미스 바젤, 개인 소장

파이스토스가 번개를 잘 단련한 데 대한 상으로 그녀를 그에게 주었다. 그래서 여신 중에서 가장 아름다운 여신이 남신 중에서 가장 못생긴 신의 아내가 되었다. 아프로디테는 케스토스라고 하는 자수를 놓은 띠를 가지고 있었는데, 이 띠는 애정을 일으키게 하는 힘이 있었다. 그녀가 아끼던 새는 백조와 비둘기였고, 그녀에게 바치는 식물은 장미와 청보라빛 도금양(桃金孃)이었다.

사랑의 신 에로스(큐피드)는 아프로디테의 아들이었고, 그는 늘 어머니와 함께 있었다. 그리고 그는 활과 화살을 가지고 있어 신들과 인간들의 가슴속에 사랑의 화살을 맞혔다. 또 안테로스라 불리는 신도 있었는데 이 신은 이루어지지 않는 사랑의 복수자로 그려질 때도 있고, 보답하는 사랑으로도 그려진다. 그에 대해서는 다음과 같은 이야기도 전해지고 있다.

아프로디테가 한번은, 에로스가 늘 어린아이의 상태에 머물러 자라지 않는다고 테미스(정의의 여신)를 붙잡고 걱정을 하니, 테미스가 답하기를 에로스가 외동이어서 그렇다고 하며 동생이 생기면 곧 자라게 되리라고 했다. 그 후 얼마 안 가서 안테로스가 태어나자마자 에로스는 나날이 자랐고 힘도 세어졌다고 한다. 지혜의 여신으로서 팔라스라고도 불리는 아테나(미네르바)는 제우스의 딸이었다. 그러나 어머니는 없다. 그녀가 총애한 새는 올빼미였고, 그녀에게 바쳐진 식물은 올리브였다.

바이런은 《귀공자 해럴드의 순례》(제4편 96장)에서 아테나의 탄생에 대해 다음과 같이 노래한다.

폭군만이 과연 폭군을 정복할 수 있으며,
그렇다면 자유는 승리도, 그녀의 아이도 낳을 수 없는가?
콜럼비아가 몸을 일으켜 보았던
그녀가 낳은 저 무장한 순결의 팔라스를.
또는, 그 강한 정신은 야생이런가.
잔가지 우거진 깊은 숲속, 폭포의 굉음 한가운데에서,
자연의 어머니가
요람의 워싱턴에게 미소 지었다.
대지여, 그대의 젖가슴에 매달린

아이들이 더는 없는가?

유럽에, 저런 바다 기슭이 더는 없단 말인가?

헤르메스(메르쿠리우스)는 제우스와 마이아 사이에서 태어난 아들이었다. 그는 상업과 레슬링, 그 밖의 경기와 도둑질까지 다스렸는데, 모두 기술과 빈틈없는 솜씨가 필요한 것이었다. 그는 아버지 제우스의 심부름꾼으로 날개 달린 모자를 쓰고 날개 달린 신발을 신고 있었다. 또 손에는 두 마리의 뱀이 몸을 감고 있는 케리케이온(카두케우스)이라는 지팡이를 가지고 있었다.

헤르메스는 수금이라는 악기를 발명했다고도 전해진다. 그는 어느 날 한 마리의 거북을 발견하고서 그 갑골의 양 끝에 구멍을 뚫고 그곳에 실을 꿰어 악기를 완성했다. 현(絃)의 수는 9명의 무사이 여신들에게 경의를 표하기 위하여 9줄이었다. 헤르메스는 이 수금을 아폴론에게 주고 그 답례로 케리케이온 지팡이를 받았다.

데메테르(케레스)는 크로노스와 레아의 딸이며 농사를 맡아 관리했다. 그녀에게는 페르세포네(프로세르피나)라는 딸이 있었는데, 이 딸은 후에 하데스의 아내가 되어 명계(冥界)의 여왕이 되었다.

술의 신인 디오니소스(바쿠스)는 제우스와 세멜레 사이에서 태어난 아들이었다. 그는 취하게 하는 술의 힘 또는 사교적인 좋은 힘 같은 것도 다스리므로, 개화를 촉진하고 평화에 법과 사랑을 더해 주는 신으로 여겨진다.

무사이 여신들은 제우스와 므네모시네(기억의 여신) 사이에서 태어난 딸들이었다. 이 딸들은 노래를 주재하고 기억을 촉진시켰다. 무사이는 모두 9명이었는데, 각기 문학·예술·과학 등의 부문을 분담했다. 칼리오페는 서사시를 주재했고, 클레이오는 역사를, 에우테르페는 서정시를, 멜포메네는 비극을, 테르프시코레는 합창단의 춤과 노래를, 에라토는 연애시를, 폴리힘니아는 찬가를, 우라니아는 천문학을, 탈리아는 희극을 각기 주재했다.

미의 여신들은 향연과 무용, 그리고 모든 사교적인 즐거움과 품위 있는 예술을 주재했다. 모두 3명이 있는데 그 이름은 각기 에우프로시네, 아글라이아, 탈리아였다.

스펜서는 이 세 여신들의 역할을 《신선(神仙) 여왕》에서 다음과 같이 묘사한다.

세 여신이 인간에게 주는 온갖 품위로운 선물은,
몸을 품위로 차리고, 마음에 매력을 더하여
인간을 사랑스럽고 아름다워 보이게 합니다.
그것은 멋진 태도나 여흥,
향기로운 치장—이를 감싸는 우정 어린 친절 같은 것,
그리고 호의를 위한 온갖 답례이지요.
세 여신은 각계각층의 우리를 가르칩니다.
때로는 낮게 때로는 높게, 친구로 또는 누군가의 적으로,
행동하는 방법을—그 솜씨를 '문화(Civility)'라고 하지요.

운명의 여신들도 클로토와 라케시스, 아트로포스 등 3명이 있었다. 그들의 임무는 인간의 운명의 실을 잣는 것이었다. 또 그들은 커다란 가위를 가지고 있어 어느 때고 마음 내키면 실을 끊기도 했다. 이 여신들은 테미스(율법의 신)의 딸로, 어머니는 제우스 옥좌 곁에 앉아 그의 상담역을 맡고 있었다.

복수의 여신들인 에리니에스(푸리아이)는 3명인데, 비밀의 바늘을 가지고 있어, 공공의 정의를 피하거나 미워하는 자들을 눈에 보이지 않게 찔러 벌을 주었다. 이 복수의 여신들의 머리카락은 한 가닥 한 가닥이 뱀으로 되어 있고, 전신이 무섭고 소름 끼치는 모습을 하고 있었다. 그들의 이름

미의 여신 삼미신(三美神)이라고도 한다. 파리, 루브르 박물관

은 알렉토, 티시포네, 메가이라였다. 그녀들은 또한 에우메니데스[8]라고도 불리었다.

네메시스도 또한 복수의 여신이었다. 그녀는 신들의 정의의 분노, 특히 거만한 자와 불손한 자들에 대한 분노를 상징한다.

판은 가축과 목자(牧子)의 신이었다. 그가 즐겨 사는 곳은 아르카디아의 들판이었다.

사티로스는 숲과 들의 신들이었다. 그들은 온몸에 딱딱한 털이 덮여 있고, 머리에는 짧은 뿔이 돋아 있으며, 다리는 산양의 다리와 비슷한 것으로 여겨졌다.

모모스는 비웃음의 신이었고, 플루토스는 부(富)를 주재하는 신이었다.

2. 로마의 신

지금까지 이야기해 온 신들은 로마인들도 받아들이기는 했지만, 모두 그리스의 신들이다. 그러나 이제부터 이야기하는 신들은 로마 신화의 고유한 신들이다.

사투르누스는 고대 이탈리아의 신이었다. 이 신은 그리스의 신 크로노스와 동일시되는데, 전설에 의하면 그는 유피테르(제우스)에게 왕위를 빼앗기자 이탈리아로 도망하여 그곳에서 황금시대라고 불리는 시대를 통치했다고 한다. 그의 자비에 넘친 통치를 기념하기 위하여 매년 겨울에 사투르날리아(농신제)라는 제전이 거행되었다. 축제 때는 모든 사람들의 생업이나 선전 포고, 형벌의 집행이 연기되어, 친구들은 서로 선물을 교환하고 노예들에게도 자유가 최대한으로 주어졌을 뿐만 아니라, 그들을 위하여 잔치가 벌어지고 그 석상에서는 주인이 그들의 시중을 들었다. 그것은 사투르누스가 다스리는 동안은 인간이 원래 평등하다는 것과 만물이 만인에게 평등하다는 것을 보이기 위한 것이었다.

사투르누스의 손자인 파우누스[9]는 목초지와 목자의 신으로서도 숭배되었고, 예언의 신으로서도 숭배를 받았다. 복수형인 그의 이름은 그리스의 사티로스와 마찬가지로 익살스런 신의 한 무리를 뜻했다.

퀴리누스는 전쟁의 신이었는데, 이 신은 바로 로마의 건설자 로물루스이며,

---

8) 착한 마음의 여신, '자비로운 여신'이라는 뜻이다.
9) 파우나, 즉 보나데아('좋은 여신'의 뜻)라는 여신도 있다.

사투르누스 신전 유적

죽은 뒤에 신의 자리에 올랐다고 한다.

벨로나는 전쟁의 여신이다.

테르미누스는 토지의 경계를 표시하는 신이다. 그의 조각상은 거친돌이나 돌기둥으로서 들의 경계를 표시하기 위해 세워졌다.

팔레스는 가축과 목장을 맡아보는 여신이다.

포모나는 과일나무를 다스렸다.

플로라는 꽃을 다스리는 여신이다.

루키나는 출산의 여신이다.

베스타(그리스의 헤스티아)는 가정의 주방과 공공의 가정을 주재하는 여신이었다. 베스타의 신전엔 베스탈레스라고 하는 6명의 처녀 사제가 지키는 성화가 타오르고 있었다. 로마의 신앙에 의하면 국가의 안녕은 이 성화의 보존과 관계가 있으므로, 처녀 사제의 게으름 때문에 그것이 꺼지는 일이 있을 때는 그녀들을 엄벌했고, 꺼진 불은 태양 광선에 의하여 다시 점화되었다.

리베르는 바쿠스의 라틴 이름이며, 물키베르는 불카누스의 라틴 이름이다.

야누스는 하늘의 문지기로서 새해를 열기 때문에 한 해의 최초의 달[10]은 그

---

10) 야누스의 달을 뜻하는 야누아리우스(Januarius)에서 1월 January가 유래했다.

의 이름을 따서 붙인 것이다. 그는 문의 수호신이요, 모든 문은 두 방향으로 면해 있으므로 그는 보통 두 개의 얼굴로 표현되었다. 로마에는 야누스의 신전이 수없이 많았다. 전쟁 때는 중요한 신전들의 문은 언제나 열려 있고, 평화로울 때는 닫혀 있었다. 그러나 누마부터 아우구스투스 황제 시대까지는 문이 오직 한 번 닫힌 적이 있을 뿐이었다.

다음은 페나테스인데 이들은 가족의 안녕과 부유함을 지켜 주는 신으로 여겨졌다. 그들의 이름은 페누스, 즉 식료품을 넣는 찬장이라는 말에서 유래된 것이다. 그래서 찬장이 이 신들의 성소로 되어 있었다. 그러므로 한 가정의 주인은 누구나 자기 집 페나테스의 사제였다.

라레스, 또는 라르스 또한 가정을 지키는 신들이었다. 그러나 페나테스와 달리 이 신은 인간으로서 신처럼 존경되는 영혼이었다. 가정의 라레스는 자손들을 감독하고 보호하는 영혼으로 생각되었다. 레무레스와 라르바이라는 말은 거의 영어의 고스트(유령)라는 말과 같다.

로마인들은 누구나 남자는 자기의 수호신인 게니우스를, 여자는 유노를 가지고 있다고 믿었다. 그 신이 자기들에게 삶을 주었다고 생각했고, 평생 자기들의 보호자가 되어 주리라고 생각했다. 그러므로 생일에 남자는 자기 게니우스에게 선물을 바쳤고, 여자는 자기의 유노에게 선물을 바쳤다.

현대의 시인은 로마의 신들에 대해 다음과 같이 노래하고 있다.

포모나는 과수원을 사랑해.
리베르는 포도를 사랑하고,
팔레스는 밀짚 헛간을 사랑해.
암소의 입김으로 따듯하거든.
베누스가 사랑하는 것은,
건강한 젊음의 속삭임.
4월의 우유 달빛 속
밤나무 그림자 아래 선 아가씨.

제2장
프로메테우스와 판도라

우리가 사는 이 세상은 대체 어떻게 만들어진 것일까? 우리가 살고 있기 때문에 흥미를 가장 강하게 자극하고도 남을 만한 물음이다. 고대인들은 오늘날 우리처럼 성서에 나오는 기록을 볼 수 없었기 때문에 다음과 같은 나름대로의 이야기식으로 그 문제를 풀었다.

땅과 바다와 하늘이 창조되기 전에는 만물은 하나로 되어 있었고, 우리가 카오스라고 부르는 상태, 즉 혼돈스럽고 형태가 없는 덩어리요, 단지 무겁고 움직이지 않는 덩어리일 뿐이었다. 그 속에는 여러 사물들의 씨가 잠자고 있었다. 즉 땅도, 바다도, 공기도 한데 섞여 있었기 때문에 땅은 아직 굳어 있지 않았고, 바다도 흐르거나 움직이지 않았으며, 공기는 투명하지 않았다. 그래서 마침내 대자연의 신이 나서서 땅을 바다와 분리하고, 나아가 하늘을 분리하여 이 혼란을 끝나게 했다. 그때 타오르던 가장 가벼운 부분은 날아 올라가 하늘이 되었다. 공기는 약간의 무게와 장소 메꿈으로써 그다음을 차지했다. 땅은 이들보다도 무거웠기 때문에 밑으로 가라앉았다. 그리고 물이 가장 낮은 곳으로 내려가 육지를 뜨게 하고 받쳐 주었다.

그때 어떤 신이—어떤 신인지는 알 수 없지만—있는 힘을 다하여 이리저리 육지를 정리하고 배열했다. 그는 강과 만(灣)에 그 장소를 정하고, 산을 일으키고, 골짜기를 파고, 숲과 샘과 비옥한 논밭과 돌이 많은 벌판을 여기저기에다 배치했다. 공기가 맑아지자 별들이 나타나기 시작했고, 물고기는 바다를, 새는 공중을, 네발짐승은 육지를 각기 제 것으로 삼았다.

그러나 보다 고등한 동물이 필요했다. 그래서 인간이 만들어졌던 것이다. 창조의 신이 인간을 만들 때 자기와 똑같은 재료를 사용했는지 아니면 하늘로부터 막 나뉜 흙 속에 어떤 하늘의 씨앗이 아직 얼마쯤 깃들어 있었을 무렵에 그

흙을 사용했는지 그 점은 분명하지 않다. 어쨌든 프로메테우스는 이 대지에서 흙을 조금 떼어 내어 물로 반죽하여 인간을 신의 모습과 같이 만들었다.[1] 프로메테우스는 인간에게 똑바로 서는 자세를 주었으므로 다른 동물은 다 얼굴을 밑으로 향하고 지상을 바라보는데, 인간만은 얼굴을 하늘로 향하고 별을 바라보게 된 것이다.

프로메테우스는 인간이 창조되기 전에 지상에 살고 있었던 거인족인 티탄 신족의 한 신이었다. 이 프로메테우스와 그의 동생인 에피메테우스[2]는 인간을 만들거나, 인간과 그 밖의 다른 동물들에게 그들이 살아가는 데에 필요한 능력을 주거나 하는 일을 도맡아서 하고 있었다. 에피메테우스가 먼저 이 일을 시작했고, 그것이 끝나면 프로메테우스는 그것을 감독하기로 되어 있었다. 그래서 에피메테우스는 곧장 여러 동물에게 용기·힘·속도·지혜 등 갖가지 선물을 주기 시작했다. 어떤 것에게는 날개를 주고, 어떤 것에게는 발톱을, 또 어떤 것에게는 몸을 덮는 껍질을 주는 식이었다. 그러나 만물의 영장이 될 인간의 차례가 왔을 때, 에피메테우스는 지금까지 그의 자원을 인심 좋게 모두 써버려 인간에게 줄 것이 남아 있지 않았다. 당황한 그는 형 프로메테우스에게 달려가 도움을 청했다. 프로메테우스는 아테나(미네르바)의 도움을 받아 하늘로 올라가서 그의 태양 불을 횃불에다 옮겨 붙여 인간에게로 가지고 내려왔다. 이 선물 덕택으로 인간은 다른 동물보다 훨씬 강한 존재가 되었다. 왜냐하면 인간은 이 불을 사용하여 무기를 만들어 다른 동물들을 정복할 수 있었고, 도구를 사용하여 토지를 경작할 수 있었기 때문이다. 게다가 거처를 따뜻하게 하여 기후가 다소 추운 곳에서도 살 수 있었고, 나아가서는 여러 예술과 상거래의 수단이 되는 화폐를 만들 수도 있었기 때문이다.

여자는 아직 만들어지지 않았다. 이상한 이야기지만 제우스가 여자를 만들어 프로메테우스와 그의 동생에게 보냈다는 것이다. 그것은 두 형제에게는 하늘로부터 불을 훔쳤다는 괘씸한 짓을 벌하기 위함이요, 인간에게는 그 선물을 받은 죄를 벌하기 위해서였다.

---

1) 《구약성경》의 〈창세기〉 제1장 27절 및 제2장 7절 참조.
2) 프로메테우스는 '먼저 생각하는 사람' 곧 선지자(先知者), 에피메테우스는 '나중에 생각하는 사람'이라는 뜻이다.

첫 번째로 만들어진 여자는 '판도라'였다. 그녀는 하늘에서 만들어졌기 때문에 모든 신들은 뭔가 한 가지씩을 주어 판도라를 완벽하게 했다.[3]

아프로디테는 아름다움을 주었고 헤르메스는 설득력을, 아폴론은 음악을 주는 식이었다. 이렇게 해서 만들어진 판도라는 지상으로 보내져 에피메테우스에게 주어졌다. 그의 형 프로메테우스가 제우스와 그의 선물을 조심하라는 주의를 주었음에도 그녀를 기꺼이 아내로 맞아들였다.

에피메테우스의 집에 상자 한 개가 있었다. 그 속에는 해로운 것들이 가득 들어 있었는데 그러한 것은 인간의 새로운 거처에서 적응하는 데는 필요치 않았기 때문에 상자 속에 넣어 두었던 것이다.

판도라는 강한 호기심에 휩싸여 상자 속에 무엇이 들어 있을까 상상하기 시작했다. 그러던 어느 날, 그녀는 상자 뚜껑을 살짝 열고 안을 들여다보았다. 그러

판도라 뉴욕, 메트로폴리탄 미술관

자 곧 불운한 인간을 괴롭히는 수많은 재앙이 그 속에서 뛰쳐나왔고—이를테면 육체를 괴롭히는 것으로는 통풍(痛風)·류머티즘·복통 등이고, 정신을 괴롭히는 것으로는 질투·원한·복수 등—그리고는 멀리 사방팔방으로 날아갔다. 판도라는 깜짝 놀라 재빨리 뚜껑을 덮으려 했지만, 이미 상자 속에 들어 있던 것들은 다 날아가고 오직 하나만이 맨 밑에 남아 있었는데, 그것은 '희망'이었다. 오늘에 이르기까지 우리가 어떤 어려움에 처해서도 희망을 완전히 잃지 않는 것

---

3) 판도라의 이름은 '모든 선물을 받은 여인'이라는 뜻이다.

은 이 때문이라고 한다. 그래서 희망을 가지고 있는 한 어떠한 재난도 우리를 절망할 정도로 불행하게 하지는 못한다.

그러나 달리 전해 오는 바에 따르면 판도라는 제우스의 호의로 인간을 축복하기 위해 보내졌다는 것이다. 판도라는 그녀의 결혼을 축복하기 위하여 여러 신이 선사한 물건이 들어 있는 상자를 받았다. 그녀가 무심코 그 상자를 열었더니 선물이 다 달아났는데, 오직 '희망'만이 남았다. 이 이야기가 앞서의 이야기보다 더 진실성이 있는 것 같다. 왜냐하면 '희망'이란 매우 값비싼 보석과 같은 것이므로 그것이 앞의 이야기처럼 모든 재난으로 가득 차 있는 상자 속에 들어 있었다는 것은 있을 수 없는 일이기 때문이다.

어쨌든 이렇게 해서 세상에 인간이 살게 되었는데 처음엔 죄악이 없는 행복한 시대여서 '황금시대'라고 불렸다. 진실과 정의가 모든 사람에게 존중을 받는 세상이었고, 더구나 그것이 법률에 의해 강제되는 일도 없었거니와, 또한 사람들을 위협하거나 처벌을 하거나 하는 관리가 있기 때문도 아니었다. 그 무렵에는 아직 배를 만들기 위한 목재를 얻기 위하여 많은 나무가 잘려 나가는 일도 없었고, 마을 주변에 성을 쌓는 일도 없었다. 칼이나 창, 투구 같은 것도 없었다. 대지는 인간이 밭을 갈고 씨를 뿌리며 일하지 않아도 인간에게 필요한 모든 것을 내주었다. 봄이 끊임없이 군림하여 꽃은 씨를 뿌리지 않아도 되었으며, 강에는 우유와 포도주가 흐르고, 노란 꿀은 상수리나무에서 방울져 떨어졌다.

이윽고 '은시대'가 찾아왔다. 이 시대는 '황금시대'만은 못하지만 다음에 오는 '청동시대'보다는 나았다. 제우스는 봄 기간을 줄여 1년을 4계절로 나누었다. 이때부터 인간은 추위와 더위를 참고 견뎌야만 했기 때문에 비로소 집이 필요하게 되었다. 동굴이 최초의 주거지였고, 그다음 숲속의 나뭇잎으로 덮은 은신처가 나뭇가지로 엮어 만든 오두막집으로 바뀌었다. 농작물도 이제는 재배하지 않으면 성장하지 않았다. 농부는 씨를 뿌리지 않으면 안 되었으며, 소는 쟁기를 끌어야 했다.

다음에는 '청동시대'가 왔는데, 이 시대는 사람의 기질이 앞의 시대보다 훨씬 거칠고 걸핏하면 무기를 들고 싸우려는 시대였다. 그러나 아직 그토록 사악하지는 않았다. 가장 무섭고 나쁜 시대는 '철시대'였다. 죄악은 홍수처럼 넘쳐흐르고, 겸양과 진실과 명예도 헌신짝처럼 사라졌다. 그 대신 사기와 간사한 지혜, 폭력,

사악한 욕심이 나타났다. 뱃사람이 돛을 달고 바다로 나서자 나무가 산에서 베어져 배의 용골이 되어 바다가 어지러워졌다. 이제까지는 공동으로 경작되던 땅이 나누어져 사유 재산이 되기 시작했다.

사람들은 땅 위에서 나는 것에 만족하지 않고 그 속까지 파서 광물을 끄집어 내지 않으면 안 되었다. 이리하여 해로운 '철'과 더욱 해로운 '금'이 산출되었다. 철과 금을 무기로[4] 하여 전쟁이 일어났다. 길손은 그의 친구의 집에 있어도 안전하지 못했다. 사위와 장인, 형제와 자매, 남편과 아내는 서로 믿지 못했다. 자식들은 재산을 물려받기 위해 아버지의 죽음을 바랐다. 가족의 사랑은 땅에 떨어졌다. 땅은 살육의 피로 물들고, 신들은 하나하나 땅을 저버리고 떠나 버려 아스트라이아[5] 신만이 남았는데 마침내 이 여신마저 떠나 버렸다.

---

4) 이때 금은 '뇌물'의 의미이다.

5) 이 신은 죄 없고 청순한 여신이다. 그녀는 지상을 떠난 뒤 하늘의 별 사이에 자리 잡고 성좌(聖座) 비르고—처녀자리—가 되었다. 테미스(정의)는 이 아스트라이아의 어머니였다. 그래서 아스트라이아는 천칭(天秤)을 들고 있는 모습으로 그려져 있는데, 그것은 서로 맞서는 사람들의 주장을 이 천칭으로 재기 때문이다.

이러한 여신들이 언젠가 다시 지상에 돌아와 저 '황금시대'를 재현해 주리라는 생각은 옛 시인들이 즐겨 사용한 주제이다. 알렉산더 포프(영국 시인, 1688~1744)의 《구세주》는 그리스도교 찬송가이지만 거기에도 이러한 생각이 다음과 같이 나타나 있다.

이윽고 모든 죄는 사라지고, 옛날의 기만도 그치며,
정의의 여신도 돌아와 천칭을 높이 들고
평화의 여신도 세상으로 올리브 가지를 뻗으며,
백의의 여신 아스트라이아도 하늘에서 내려오리라.

또한 밀턴의 《그리스도 탄생의 아침에》의 제14절과 15절에도 이 이야기가 그려져 있다.

14절
그런 성스러운 노래가
우리의 공상을 언제까지나 감싸 준다면
때는 다시 돌아와 황금시대를 가져오리라.
그래서 마마 자국투성이의 허영은
어느새 병이 나 죽으리라.
나병 같은 죄악도 이곳 지상에서 사라지리라.
그리고 지옥의 신도 죽고
그 음울한 성을 내리쬐는 햇빛에 내어놓으리라.

제우스는 지상의 이런 모습을 보고 크게 노했다. 그래서 서둘러 회의에 신들을 소집했다. 신들은 제왕의 부름에 응하여 하늘의 궁전으로 통하는 길에 올랐다. 그것은 청명한 밤이면 누구나 볼 수 있는 은하수이다. 길가에는 유명한 신들의 빛나는 궁전이 즐비하고, 서열이 아래인 신들은 양쪽 가장자리의 보다 떨어진 곳에 흩어져 살고 있었다. 제우스는 신들이 모이자 그들을 향하여 말을 시작했다. 그는 지상의 무서운 사태를 설명하면서 자기는 그 주민들을 다 멸망시키고, 그들과는 다른, 그리고 그들보다 더 살 가치가 있고 신을 깊이 숭배하는 새로운 종족들을 만들 작정이라고 선언했다. 제우스는 그렇게 말을 마치고는 번개 화살을 손에 들고 당장이라도 지상을 향해 던져 세상을 불태워 버리려 했다.

그러나 그랬다가는 하늘도 커다란 화재를 면치 못하리라 생각하여 제우스는 그의 계획을 바꾸어 세상을 물에 빠뜨리려고 했다. 그는 비구름을 흩어 놓는다는 이유로 북풍을 사슬로 붙들어 매고 남풍을 내보냈다. 그러자 순식간에 하늘의 한 면 전체가 암흑으로 뒤덮였다. 구름이 사방에서 몰려와 굉장한 소리를 내며 서로 부딪쳤다. 비는 폭포처럼 쏟아졌다. 곡식은 쓰러지고, 한 해 동안의 농부의 수고는 순식간에 수포로 돌아갔다. 하지만 제우스는 자기의 물만으로는 만족하지 않고, 형 포세이돈을 불러 그의 물로 도와주기를 청했다. 포세이돈은 강을 범람케 하여 그 물로 대지를 덮어 버렸다. 동시에 그는 지진을 일으켜 대지를 뒤흔들었고, 해일로 해안을 휩쓸었다. 가축과 인간, 그리고 가옥이 떠내려가고 신성한 담으로 둘러싸였던 지상의 신전들까지도 휩쓸려 갔다. 떠내려가지 않은 큰 건물들은 모두 물속에 잠겼고, 그 높은 탑까지도 물속에 침몰되었다.

15절
그렇다, 그래서 진실과 정의가 마침내
아름다운 색을 띤 무지개의 막을 드리우면서
하늘에서 사람들에게로 돌아오리라.
그리고 자비가 그 사이로 들어가
하늘의 빛을 몸에 두르고, 밝게 빛나는 그 다리로
금은으로 짜인 구름을 밟고 옥좌에 이르리라.
그리고 하늘의 여신은 축제일처럼
그 궁전의 넓은 방문을 활짝 열어젖히리라.

수니온의 포세이돈 신전   에게해 아티카반도의 수니온곶(串) 절벽 위에 있는 포세이돈 신전

  이제 모든 것은 바다가 되었다. 해변이 없는 끝없는 바다가 되었다. 여기저기 돌출한 산꼭대기에 가끔 사람이 남아 있는 것이 보였고, 몇몇은 얼마 전까지 쟁기질을 하던 곳 위에서 작은 배를 타고 노를 젓고 있었다. 물고기들은 물 위에 머리를 내민 나뭇가지들 사이에서 헤엄쳤고, 닻은 정원으로 던져졌다. 온순한 양이 조금 전까지 놀던 곳에는 사나운 물개가 뛰어올랐다. 늑대는 양 사이에서 헤엄치고, 누런 사자와 호랑이는 물속에서 버둥댔다. 물속에서는 멧돼지의 힘도, 사슴의 재빠름도 소용이 없었다. 새들은 날다 지쳐도 앉아 쉴 곳이 없어서 물속으로 떨어졌다. 물이 자비를 베풀어 아껴 두었던 생물들도 마침내는 굶주림의 먹이가 되고 말았던 것이다.

  모든 산 가운데서 오직 파르나소스산만이 물 위에 솟아 있었는데, 거기에는 프로메테우스의 아들 데우칼리온과 그 아내 피르하[6]가 몸을 피해 있었다. 남편은 정직한 사람이었고 아내도 신들의 충실한 숭배자였다. 제우스는 이 부부 말고는 살아남은 자가 한 사람도 없는 것을 보았다. 그리고 그들의 흠잡을 데 없

---

6) 에피메테우스와 판도라의 딸. 데우칼리온과는 사촌이자 부부 사이.

는 생활과 바른 태도를 돌이켜 보고는 북풍에게 명하여 구름을 내쫓고 하늘이 지상에, 지상이 하늘에 나타나게 열어 주었다. 포세이돈도 아들 트리톤에게 소라고둥을 불어 물에게 퇴각을 명하라고 했다. 물은 명령에 따라 바다는 해안으로 돌아가고 내는 하천의 바닥으로 돌아갔다. 그때 데우칼리온은 피르하에게 이렇게 말했다.

"오, 아내여, 생존하고 있는 유일한 여인이여, 우리는 처음에 혈연과 결혼의 인연으로 맺어졌고, 지금은 공동의 위험으로 맺어졌소. 우리가 조상 프로메테우스와 같은 힘을 가지고, 그가 최초에 새로운 종족을 만든 것같이 우리도 우리의 인간들을 새로이 만들 수 있다면 좋으련만! 그러나 이 일은 우리의 힘에 겨운 일이니 저기 있는 신전에 가서 신들에게 장차 우리가 무엇을 해야 좋을지 물어보기로 합시다."

그들은 신전으로 들어갔다. 그 신전은 이끼로 더럽혀져 있었다. 두 사람이 제단 가까이 가보니 거기에는 성화도 타고 있지 않았다. 그들은 땅에 엎드려서 테미스 여신에게 어떻게 하면 멸망한 인류를 원래대로 되돌릴 수 있을지 가르쳐 달라고 기도를 올렸다. 그랬더니 신의 목소리가 이렇게 대답했다.

"머리에 베일을 쓰고 옷은 벗은 채 이 신전을 떠나라. 그리고 너희 어머니의 뼈를 너희 뒤에 던져라."

그들은 이 말을 듣고 깜짝 놀랐다. 피르하가 먼저 침묵을 깨뜨리고 말했다.

"저희들은 복종할 수 없습니다. 감히 부모의 유골을 더럽힐 수가 없습니다."

말은 그렇게 했지만 둘은 숲속의 가장 우거진 그늘 밑으로 가서 신탁의 의미를 곰곰이 생각해 보았다. 마침내 데우칼리온이 입을 열었다.

"내 생각이 틀리지 않는다면 신탁의 명령에 따르더라도 부모님께 죄가 되지 않으리라고 믿소. 땅은 만물의 위대한 어머니이고, 돌이 바로 그 뼈가 아니겠소. 그러니 우리는 이것을 뒤에 던지기만 하면 되오. 내 생각엔 이것이 신탁의 의도요. 어쨌든 그렇게 해봐도 나쁠 것은 없소."

그들은 얼굴을 가리고 옷을 벗고 돌을 주워 뒤로 던졌다. 그러자 돌은 (이상한 얘기지만) 말랑말랑해져서 형태를 띠기 시작했다. 돌들은 점점 마치 조각가의 손에 의해 반쯤 조각된 돌덩이같이 인간의 형태에 가까운 모양을 띠게 되었다. 돌의 주변에 있던 습기 찬 진흙이 살이 되었고, 돌 부분은 뼈가 되었다. 즉

돌결은 그대로 혈관(veins)이 되었
다. 호칭은 변하지 않았지만 용도
는 변한 셈이다. 그리고 남자의
손으로 던진 돌은 남자가, 여자의
손으로 던진 돌은 여자가 되었다.
이렇게 해서 만들어진 종족은 튼
튼하고 노동에도 매우 적합했다.
오늘날 우리들의 모습에서 보듯
이, 우리 조상들이 어떠한 모습이
었는지를 미루어 알 수 있다.

　판도라와 하와를 비교할 경우
에 이내 생각나는 것은 밀턴이다.
그는 《실낙원》 제4권(714~719행)에
서 이렇게 노래하고 있다.

독수리에게 간을 쪼아 먹히는 프로메테우스

　　판도라보다 사랑스런 하와,
　　신들은 판도라에게 온갖 선물을 주었다 하네.
　　오, 그때 비꼬인 우연의 일치란,
　　헤르메스가 그녀를 야벳의 바보 아들에게 데려간 일.
　　그녀가 아름다운 모습으로 인간을 유혹한 일.
　　오, 제우스의 진품, 불을 훔친 인간에게 복수한 일.

　프로메테우스와 에피메테우스는 이아페토스의 자식이었는데, 밀턴은 이아페
토스를 야벳[7]으로 바꿨다.
　프로메테우스는 예로부터 시인들이 즐겨 찾는 시의 소재였다. 노래에서 언제
나 인류와 한편이었다. 그것은 제우스가 인류에 대하여 노했을 때 인류를 위하
여 중간에 개입하였고, 또한 그들에게 문명과 기술을 가르치기도 했기 때문이

---

7) 노아의 셋째 아들. 〈창세기〉 제5장 32절 참조.

다. 그러나 그렇게 함으로써 그는 제우스의 의지를 배반했으므로, 신과 인간의 통치자인 제우스의 분노를 샀다. 그래서 제우스는 그를 카우카소스산(캅카스산) 꼭대기의 바위산에 쇠사슬로 묶어 놓았다. 독수리가 와서 그의 간을 파먹었는데, 파먹으면 바로 또 생기는 것이었다. 제우스의 의지에 복종만 했다면 프로메테우스는 이와 같은 고통스러운 형벌을 언제든지 종료시킬 수도 있었을 것이다. 왜냐하면 그는 제우스가 왕위를 안전하게 지킬 수 있는 비밀을 가지고 있었으므로, 이 비밀만 그에게 가르쳐 주면 바로 그의 신임을 받았을 것이기 때문이다. 그러나 그는 이런 짓을 싫어했다. 따라서 그는 부당한 수난에 대해 영웅적으로 참아 내고, 부당한 폭력에 반항하는 굳은 의지력의 상징이 되었다.

바이런과 셸리,[8] 두 시인 모두 이러한 프로메테우스의 심리를 자주 노래했다. 다음에 인용하는 것은 바이런의 시이다.

> 티탄이여, 인간은 죽습니다.
> 그 인간의 고통들,
> 그 눈에 비친 슬픈 실존의 어느 것도
> 신들이 경멸할 수 없습니다.
> 당신의 동정의 답례는 무엇입니까?
> 침묵의 고통 하나, 격렬합니다.
> 바위와 독수리와 족쇄……
> 고귀한 인간들은 고통을 느낄 수 있으나,
> 그 격정 감춥니다.
> 그 숨 막히는 고뇌의 의식을.
>
> 신들에게 있어 죄란 관대함이었군요—
> 당신의 가르침을 주었지요.
> 그것은 인간의 가엾음의 총체보다 작았습니다.
> 이제 인간의 정신은 강해졌습니다. 그러나—

---

8) 영국의 낭만파 시인(1792~1822). 퍼시 비시 셸리는 이상주의적 인류애를 주로 표현했다.

당신이 높으시니 좌절하고,
당신의 꾸준한 정력에 더욱 좌절합니다.
인내와, 부딪혀 고동치는 반발—
당신의 침범할 수 없는 정신 때문입니다.
그 정신의 대지와 하늘이 경련할 수 없음을—
그 질책의 소리를 우리는 물려받았습니다.

바이런은 또 《나폴레옹 보나파르트에게 바치는 송시(頌詩)》(제16절)에서도 같은 시도를 하고 있다.

아니면, 천상의 불을 훔친 자처럼—
그대, 훔친 물건을 고통으로 버티겠는가?
독수리와 바위의 괴로움을—
그대, 용서받지 못한 그와 나누겠는가?

제3장
아폴론과 다프네, 피라모스와 티스베, 케팔로스와 프로크리스

홍수 때문에 이 땅은 진흙투성이가 되었으나, 그 덕택으로 아주 기름진 땅이 되었다. 그러자 그 흙 속에서 좋은 것, 나쁜 것 할 것 없이 가지각색의 많은 산물이 생겨나기 시작했다. 그중에서도 피톤이라 불리는 큰 뱀이 인간의 공포의 대상이 되어 나타나 파르나소스산의 동굴 속으로 잠입했다. 아폴론은 자기의 화살로 이 큰 뱀을 쏘아 죽였다. 그는 그때까지 산토끼나 산양 같은 약한 동물을 쏘는 것 말고는 활을 사용한 적이 없었다. 그래서 아폴론은 자기의 기세등등한 승리를 기념하기 위하여 피톤 경기를 창설했다. 이 경기대회에서 힘으로 하는 경기나 달리기, 또는 이륜차 경주에서 우승한 자에게는 너도밤나무 잎으로 만든 관을 씌워 주었다. 왜냐하면 이 무렵 아폴론은 아직 월계수를 자기의 나무로서 채택하지 않았기 때문이었다.

벨베데레라고 불리는 유명한 아폴론의 조각상이 있는데, 그것은 큰 뱀 피톤을 퇴치한 그의 모습을 표현한 것이다. 바이런은 이것을 《귀공자 해럴드의 순례》 제4편 161절에서 다음과 같이 노래하고 있다.

······표적을 놓치지 않는 활의 귀공자.
삶과 시와 빛의 신.
그 잘 차려입은 인간의 팔다리에, 이마에,
태양이 승전의 빛으로 반짝인다.
금방 쏘아 올린 화살 자루, 쾌활한 화살은
신의 복수를 싣고,
그의 눈과 콧방울에 맺힌 아름다운 거만과
힘의 존엄은, 그 빛을 한껏 발한다.

한마디로, 그는 신이었구려.

1. 아폴론과 다프네

다프네는 아폴론의 첫 연인이었다. 그것은 우연히 이루어진 것이 아니라 에로스의 원한에 의한 것이었다. 어느 날, 아폴론은 한 소년(에로스)이 활과 화살을 가지고 노는 것을 보았다. 아폴론은 마침 피톤을 물리치고 한껏 의기양양해 있었던 때였으므로 소년에게 이렇게 말했다.

"어이, 꼬맹이, 어린애는 그런 위험한 무기를 가지고 노는 게 아니지. 그것은 그것을 갖기에 어울릴 만한 사람에게나 줘라. 나는 이 활로 저 큰 뱀을 퇴치했어. 독을 품은 몸뚱이를 넓은 들에 펼치고 있던 그 큰 뱀을 말이다! 너 따위는 횃불이면 족하다. 하고 싶으면 사랑의 불장난이나 하거라, 이 하룻강아지. 내 무기엔 손대지 말고."

이 말을 듣고 아프로디테의 아들(에로스)이 말했다.

"아폴론 님, 당신의 화살은 무엇이든 맞힐지 모르나, 내 화살은 당신을 맞힐 겁니다."

이렇게 말하며 에로스는 파르나소스산의 바위 위에 서서, 화살통에서 서로 다른 장인(匠人)이 만든 두 개의 화살을 집어 들었는데 하나는 애정을 일으키는 화살이고, 하나는 그것을 거부하는 화살이었다. 전자는 금으로 된 것으로 끝이 뾰족했고, 후자는 무디고 끝이 납으로 되어 있었다. 에로스는 이 납화살로 물의 신 페네이오스(페네오스)의 딸 다프네라는 님프(요정)를 쏘고, 금화살로는 아폴론의 가슴을 쏘았다.

그러자 바로 아폴론은 이 소녀에 대한 사랑에 휩싸였으나, 다프네는 사랑 따윈 생각조차 하기 싫어했다. 그녀의 즐거움은 숲속을 뛰어다니며 놀거나 사냥을 하면서 사냥감을 뒤쫓는 것뿐이었다. 많은 남자들이 그녀에게 구애를 했지만, 그녀는 모두 거절하고 여전히 숲속을 뛰어다닐 뿐, 에로스에게도 히멘[1]에게도 전혀 흥미를 갖지 않았다. 그녀의 아버지는 그녀에게 자주 이렇게 말했다.

"얘야, 나를 위해 결혼을 해주려무나. 그래서 손자를 보게 해주어야지."

---

1) 결혼 또는 결혼식의 신. 히메나이오스라고도 한다.

그러나 다프네는 결혼이란 것이 마치 무슨 죄를 범하는 것이라도 되는 양 싫어했으므로 아름다운 얼굴을 붉히면서 아버지의 목에 팔을 감고 말했다.

"아버지, 제발 부탁이에요. 나도 언제까지나 처녀로 있게 해주세요. 저 아르테미스 님처럼요."

아버지는 하는 수 없이 승낙했다. 그러나 동시에 이렇게 말했다.

"하지만 네 그 예쁜 얼굴이 그렇게 하도록 내버려 두지는 않을 게야."

아폴론은 다프네가 죽도록 좋았기 때문에 어떻게 해서든지 그녀와 결혼하고 싶다는 생각을 하게 되었다. 온 세상에 신탁을 주는 그도 자기 자신의 운명을 알 만큼 영리하지는 않았던 모양이다. 그는 다프네의 두 어깨에 머리칼이 아무렇게나 늘어진 것을 보고 말했다.

"헝클어져 있는데도 저렇게 아름다우니, 곱게 빗으면 얼마나 아름다울까!"

그는 그녀의 눈이 별처럼 빛나는 것을 보았다. 또 아름다운 입술을 보았다. 그러나 보는 것만으로는 만족할 수가 없었다. 그는 그녀의 손과 어깨까지 드러난 팔을 보고 감탄하면서 감춰진 부분은 얼마나 더 아름다울까 상상했다. 그래서 그는 다프네의 뒤를 쫓았다. 다프네는 바람보다도 더 빠르게 달아났고, 그가 아무리 간청을 해도 잠시도 발을 멈추려 하지 않았다. 그는 말했다.

"잠깐만 기다려 줘요. 페네이오스의 따님, 나는 원수가 아니오. 당신은 양이 늑대를 피하고 비둘기가 매를 피하듯이 나를 피하고 있는데 제발 그러지 말아요. 내가 당신을 쫓는 것은 사랑하기 때문이오. 나 때문에 그렇게 달아나다가 돌에 걸려 넘어져서 다치지나 않을까 걱정이오. 제발 좀 천천히 가시오. 나도 천천히 따라갈 테니. 나는 시골뜨기도 아니고, 무식한 농사꾼도 아니오. 제우스가 나의 아버지고, 나는 델포이와 테네도스의 군주요. 그리고 현재와 미래의 모든 것을 다 알고 있어요. 나는 노래와 수금의 신이오. 내 화살은 표적을 척척 맞힌다오. 그러나 아! ……내 화살보다도 더 치명적인 화살이 내 가슴을 꿰뚫었소. 나는 의술의 신이고, 모든 약초의 효능을 알고 있소. 그러나 아! 지금 나는 어떠한 좋은 약으로도 고칠 수 없는 병에 걸려 괴로워하고 있다오!"

다프네는 계속해서 뛰어가느라 그의 말도 절반밖에 듣지 못했다. 달아나는 모습마저도 아폴론을 몽롱하게 만들었다. 바람이 그녀의 옷자락을 나부끼게 했고, 풀어 헤친 머리칼은 넘실넘실 물결쳤다.

아폴론은 그의 구애가 아무리 해도 받아들여질 수 없음을 깨닫자 더는 참을 수 없게 되었다. 그래서 그는 연정에 휩싸인 채로 속력을 내어 그녀를 바싹 뒤쫓았다. 그것은 마치 사냥개가 토끼를 추격하는 것 같았다. 입을 벌려 당장이라도 물려고 하면 이 약삭빠른 동물은 더 빠르게 달려 가까스로 그 이빨을 피하는 것이었다. 이렇게 신과 처녀는 계속 달렸다—아폴론은 사랑의 날개를 달고, 다프네는 공포의 날개를 달고서—그러나 추격하는 아폴론이 더 빨랐기 때문에 점점 다프네에게 가까이 이르게 되었고, 헐떡이는 숨결이 드디어 그녀의 뒷덜미에 닿았다. 다프네의 힘은 점점 약해졌다. 그래서 마침내 쓰러질 지경에 이르자, 그녀는 아버지인 물의 신에게 호소했다.

아폴론과 다프네 다프네를 뒤쫓는 아폴론과 월계수로 변하는 다프네. 로마, 보르게세 미술관

"아버지! 살려 주세요. 땅을 열어 나를 숨겨 주세요. 아니면 내 모습을 바꾸어 주세요. 이 모습 때문에 내가 이런 무서운 일을 당하고 있답니다."

다프네가 말을 마치자마자 뭔가 딱딱한 느낌이 그녀의 몸을 휘감았다. 가슴은 부드러운 나무껍질로 둘러싸이고, 머리카락은 나뭇잎이 되고, 팔은 가지가 되었다. 그리고 그의 다리는 뿌리가 되어 땅속에 뿌리를 박았다. 얼굴만이 나뭇가지 사이에 남아 애초의 모습이란 아무것도 없었다. 그저 아름다운 나무 한 그루로 남아 있었다.

아폴론은 깜짝 놀라 그 자리에 우뚝 멈춰 섰다. 줄기를 만져 보니 이제 막 생겨난 나무껍질 밑에서 그녀의 몸이 떨고 있었다. 그는 가지를 끌어안고 힘껏 키스를 하려고 했다. 그러나 상대는 그의 입술을 피하는 것이었다. 아폴론은 말했다.

"그대가 내 아내가 될 수 없는 바에야 나는 반드시 내 나무가 되게 하겠소. 나의 왕관으로 머리에 쓸 것이고 나의 수금과 화살통을 장식할 것이오. 그리고 위대한 로마의 장군들이 카피톨리누스 언덕[2]을 향하는 휘황한 개선 행렬의 선두에 설 때는 그들의 이마에 그대의 잎으로 엮은 화관을 씌우겠소. 그리고 또 영원한 청춘이야말로 내가 관장하는 것이므로 그대는 항상 푸를 것이며, 그 잎은 시들 줄 모르도록 해주리다."

이미 월계수로 그 모습이 바뀌기는 했지만 그녀는 고개를 숙여 감사의 뜻을 나타냈다.

음악과 시를 다스리는 신이 아폴론이라는 것은 별로 이상할 게 없지만, 의술이 이 신의 영역이라고 하면 이상할지도 모르겠다. 이 점에 대해서, 시인이기도 하고 또 의사이기도 했던 존 암스트롱[3]은 다음과 같이 표현한다.

음악은, 기쁨마다 자극하고 슬픔마다 달래는 것.
병을 구제하고, 고통을 유연케 하는 것.
그 옛날 현자들이 숭배하기를,
의술과 멜로디와 노래—그것은 일체(一體)의 신(神)이요.

아폴론과 다프네의 이야기는 많은 시인들이 노래한다. 에드먼드 월러[4]도 이것을 연가 《포이보스와 다프네의 이야기》에서 사용하고 있다. 이 연애시는 상대 여성의 마음을 부드럽게 해주지는 못했지만 시인의 명성을 널리 세상에 알렸다.

아직도, 그가 부른 끈질긴 긴장의 노래,
사라졌으나 헛되지 않았다.
과오의 옷 고쳐 입은 미소년은,

---

2) 카피톨리노 언덕. 로마의 일곱 개 언덕 가운데 하나. 제우스(유피테르)의 신전이 있다.
3) 스코틀랜드의 시인·의사·풍자가(1709~1779). 《건강을 유지하는 기술》 참조.
4) 영국의 시인·정치가(1606~1687). 영시에 신고전주의를 정착시켰다.

스스로 그 격정의 시중을 들고, 그 노래를 판결한다.
그리고 뜻밖에도, 포이보스처럼 칭찬을 얻는다.
사랑을 잡으려 한 팔에 안긴 것—대지 끝자락에 안긴 바다.

셸리의 《아도네이스》에서 따온 다음의 한 구절은 바이런이 비평가들과 처음 논쟁했을 때의 일을 노래하고 있다.

무리 진 늑대들, 쫓을 때 오직 사납고,
고약한 약탈, 주검 위에 시끄럽구나.
저 독수리들은, 정복자의 깃발에 충실하고,
황폐함이 던져 준 첫 번째 고독을 먹어 치운다.
타락에 꽂힌 깃들이, 비처럼 내리는데, 그들,
처음 화살을 떠나 질주할 때 어떠했었나,
피티오스[5] 시절 같았다—금활에서 날아올라 지었던 그 약속의 미소!
이제 약탈자의 바람, 다신 불지 못해.
영광의 발치에 기웃거리는 자, 가는 대로 날려 주리.

2. 피라모스와 티스베

세미라미스 여왕이 통치하는 바빌로니아에서 가장 아름다운 청년은 피라모스였다. 그리고 가장 아름다운 처녀는 티스베였다. 두 사람의 부모는 이웃하여 살고 있었다. 그리고 이웃 간이었기 때문에 젊은이들은 자주 드나들었다. 그러면서 이 이웃사촌들은 마침내 연인으로 발전했다. 두 남녀는 서로 결혼하고 싶어 했으나 부모들은 허락하지 않았다. 그러나 부모들도 막을 수 없었던 것은, 두 남녀의 마음속에 서로 열렬하게 타오르는 사랑의 불꽃이었다. 두 사람은 몸짓과 눈짓으로 가슴속의 말을 했고, 사랑의 불꽃은 가슴속에 감추면 감출수록 점점 더 세차게 타올랐던 것이다. 두 집 사이의 칸막이벽에는 틈이 하나 있었다. 벽을 만들 때 실수로 인해 생긴 것이었다. 이제껏 아무도 그것을 발견하지 못했

---

5) 피티오스란 '피톤을 쓰러뜨린 자'라는 뜻으로 아폴론의 별칭. 여기에서는 바이런을 가리킨다.

으나, 이 연인들은 그 틈을 발견했다. 사랑의 힘이 무엇을 발견하지 못하겠는가! 이 틈이 두 사람의 말의 통로가 되어 주었다. 그리고 달콤한 사랑의 속삭임이 이 틈을 통해서 서로 오갔다. 피라모스는 벽의 이쪽에, 그리고 티스베가 벽의 저쪽에 서면 두 사람의 입김은 뒤섞였다. 그들은 말했다.

"무정한 벽이여, 왜 그대는 우리 두 사람을 떼어 놓는지. 그렇지만 우리는 결코 그대의 은혜를 잊지 않는다. 우리가 이렇게 사랑의 속삭임을 주고받을 수 있는 것도 다 그대의 덕택이니까."

둘은 이와 같은 말을 벽의 양쪽에서 속삭였다. 그리고 밤이 되어 이별을 해야만 할 때가 되면 티스베는 자기가 있는 쪽의 벽에, 그리고 피라모스도 자기가 있는 쪽의 벽에 대고 서로 키스를 했다. 그보다 더 다가갈 수가 없었기 때문이다.

어느 날 아침, 새벽의 여신 에오스(아우로라)가 밤하늘의 별을 쫓아내고 태양이 풀 위에 내린 이슬을 녹일 때 두 사람은 같은 장소에서 만났다. 두 사람은 자기들의 오갈 데 없는 운명을 한탄한 끝에 마침내 일을 꾸몄다. 다음 날 밤 모든 가족들이 잠들었을 때, 감시의 눈을 피하여 집을 나와 들판으로 가기로 했다. 그리고 마을의 경계선 너머에 있는 니노스의 무덤이라고 불리는 유명한 영묘가 있는 곳에서 만나기로 하고, 먼저 간 사람이 나중에 오는 사람을 나무 밑에서 기다리기로 했다. 그 나무는 흰 뽕나무였고 시원한 샘 곁에 있었다. 약속을 다짐한 뒤 그들은 태양이 물 밑으로 내려가고 밤이 그 위로 떠오르기를 기다렸다. 마침내 티스베는 얼굴을 베일로 가리고 가족들의 눈에 띄지 않도록 조심스럽게 집을 빠져나와 그 나무 밑에 앉아 있었다.

저녁노을이 진 뒤의 희미한 밝음 속에서 외로이 앉아 있으려니 그곳에 한 마리의 사자가 나타났다. 방금 무엇을 잡아먹었는지 입에서 지독한 냄새를 풍기며 물을 마시려고 샘 가까이로 다가왔다. 그것을 보자 티스베는 달아나 바위틈에 몸을 숨겼다. 그런데 달아날 때 그녀가 쓰고 있던 베일을 떨어뜨리고 말았다.

사자는 샘물을 마시고 다시 숲속으로 돌아가려고 몸을 돌이키다 말고 땅 위에 떨어져 있는 베일을 보자, 피 묻은 입으로 그것을 휘둘러 마침내 찢어 버렸다.

피라모스는 뒤늦게 약속한 장소에 도착했다.

그리고 모래땅에서 사자 발자국을 발견했다. 그 순간 그의 안색은 창백해졌다. 잠시 후 그는 갈기갈기 찢겨진 피투성이의 베일을 발견했다. 그는 부르짖었다.

"오, 가엾은 티스베, 그대가 죽은 것은 나 때문이야. 나보다도 더 살 가치가 있는 그대가 먼저 가다니. 나도 그대의 뒤를 따르겠소. 그대를 이런 무서운 장소에 오게 해놓고 홀로 방치한 내가 잘못이야. 나와라, 사자들아, 바위 속에서 나와라. 그리고 이 죄 많은 놈을 너희들의 이빨로 물어뜯어라."

피라모스는 베일을 손에 들고 약속한 곳으로 가서 흰 뽕나무를 무수한 키스와 눈물로 적시면서 외쳤다.

"나의 피로 네 몸을 물들일 테다."

피라모스는 칼을 빼어 자기의 가슴을 찔렀다. 피가 상처에서 뿜어져 나오자, 그것은 뽕나무의 하얀 열매를 새빨갛게 물들였다. 피는 땅으로 스며들어 뿌리까지 이르렀고 그 붉은 빛깔은 줄기를 타고 열매에까지 올라갔던 것이다.

그동안 티스베는 여전히 공포에 떨고 있었으나 연인을 실망시켜서는 안 되겠다는 생각이 들어 조심조심 걸어 나왔다. 그리고 불안한 마음으로 그를 찾았다. 위험에서 벗어난 저 무서운 얘기를 빨리 들려주고 싶었기 때문이다. 그렇게 약속한 장소까지 왔으나, 뽕나무 열매의 색깔이 변한 것을 보고는 이곳이 약속했던 그곳일까 의심했다. 그녀가 잠시 주저하고 있는데, 빈사 상태에 있는 어떤 사람의 모습이 눈에 띄었다. 티스베는 깜짝 놀라 물러섰다. 전율이 그녀의 몸을 스쳤다. 그것은 마치 잔잔한 수면에 일대 바람이 지나가며 일으키는 물결과 같은 전율이었다. 티스베는 그 사람이 자기 연인임을 알자, 외마디 소리를 지르며 자기의 가슴을 마구 쳤다. 그리고 숨이 다 넘어가는 몸을 얼싸안고 상처에다 눈물을 쏟으며 싸늘한 입술에다 수없이 키스를 퍼부었다. 그녀는 부르짖었다.

"오, 피라모스, 이것이 어찌 된 일이에요? 말 좀 해봐요. 피라모스, 이렇게 외치고 있는 것은 당신의 티스베예요. 오오, 제발 늘어뜨린 머리를 들어 봐요!"

피라모스는 '티스베'라는 이름을 듣자, 눈을 떴으나 잠시 후 이내 감아 버렸다. 티스베는 피로 물든 자기의 베일과 빈 칼집을 보았다.

"자결했군요. 모든 것이 내 탓이에요."

티스베는 말했다.

"이번만은 나도 용기가 있어요. 그리고 내 사랑도 당신의 사랑에 못지않아요. 나도 당신의 뒤를 따르겠어요. 모두 나 때문이니까. 죽음만이 당신과 나를 갈라 놓을 수 있었으나, 이제 그 죽음도 내가 당신 곁으로 가는 걸 막지 못할 거예요. 그리고 우리들의 불행한 부모님, 우리 두 사람의 청을 물리치지 마시고, 사랑과 죽음이 우리를 결합시켰으니 한 무덤에 묻어 주시길. 그리고 뽕나무야, 너는 우리들의 죽음을 기념해 다오. 너의 열매로 우리의 피의 기념이 되어 다오."

이렇게 말하면서 티스베는 칼로 자기 가슴을 찔렀다. 티스베의 부모도 딸의 소원을 받아들였고, 신들도 또한 그것을 옳다고 여겼다. 두 사람의 유해는 한 무덤에 묻혔다. 그 뒤로 뽕나무는 오늘날까지 새빨간 열매를 맺게 되었다.

무어는 그의 《공기 정령 무도회(Sylph's Ball)》[6] 속에서 데이비램프[6]에 대해 말하면서 티스베와 피라모스를 갈라 놓은 그 벽을 떠올리게 하고 있다.

> 오, 저 램프의 금속 안개망은
> 차가운 금속 와이어 커튼,
> 데이비가 교묘히 당겨 놓은 것,
> 금지된 위험한 광원(光源) 가까이로!
>
> 그가 놓은, 불꽃과 공기 사이의 벽,
> '티스베의 기쁨에 질러진 빗장 같아'
> 거기 작은 틈새로, 연인은 위험해.
> 서로 바라보아도 좋아, 하지만 키스는 못 하지.

윌리엄 줄리어스 미클이 번역한 《우스 루지아다스》[7]에는 피라모스와 티스베의 이야기와 오디(뽕나무 열매)의 전설에 대한 다음과 같은 시가 있다. 시인은 여기서 '사랑의 섬'에 대해 노래한다.

---

6) 램프의 불꽃을 금속 철망으로 감싸 온도가 발화점에 도달하지 못하도록 만든, 광부용 안전등. 영국의 화학자 험프리 데이비(1778~1829)가 발명했다.
7) 스코틀랜드의 시인 미클(1735~1788)은 포르투갈의 대서사시인 루이스 바스 드 카몽이스(1524?~1580)의 《우스 루지아다스(Os Lusiadas)》를 영어로 옮겨 유명해졌다.

……여기, 선물들을 쥔 포모나의 손이,
　멋진 정원에 자유로이 흐르는 물을 주니,
　향기 더욱 상쾌하고, 색깔 더욱 명명(明明)하다.
　울타리 속 어느 정원이 이보다 나을까.
　심홍색 버찌가 여기에 한껏 상기되어 있는데,
　아, 연인의 피 얼룩져, 절정의 숨에 매달려, 노를 젓는데,
　자줏빛 오디 무성한, 저 휘영청한 가지 좀 보게.

젊은 독자들 중에 누군가가 가련한 피라모스와 티스베의 비싼 대가를 웃음으로 즐길 만한 강심장이 있다면—그러한 기회가 없는 것은 아니다. 셰익스피어의 《한여름 밤의 꿈》을 보면 굉장히 우스운 희극으로 묘사되어 있다.

3. 케팔로스와 프로크리스

케팔로스는 아름다운 젊은이였고 남자다운 스포츠를 좋아했다. 그는 해가 뜨기도 전에 일어나서 짐승을 뒤쫓기 일쑤였다. 새벽의 여신 에오스는 처음으로 지상에 얼굴을 내밀었을 때, 이 젊은이를 보는 순간 못 견디도록 그가 좋아져서 마침내 그를 납치해 버렸다. 그러나 케팔로스는 아름다운 아내와 갓 결혼한 무렵이어서 자기 아내를 깊이 사랑하고 있었다. 아내의 이름은 프로크리스였다. 그녀는 사냥의 여신 아르테미스의 총애를 받았고, 그래서 여신은 그녀에게 어떤 개보다도 빨리 달리는 개 한 마리와 절대로 과녁을 벗어나지 않는 투창을 주었다. 프로크리스는 이 두 선물을 남편에게 주었다. 케팔로스는 그 아내에게 만족을 느끼고 있었기 때문에 에오스의 간청을 받아들이지 않았다. 마침내 에오스는 화가 나서 말했다.

"가거라, 이 배은망덕한 놈, 네 여편네나 소중히 해라. 반드시 그것한테 돌아간 걸 후회할 때가 올 것이다."

그러고는 그를 놓아주었다.

케팔로스는 집으로 돌아갔다. 그리고 예전에 하던 대로 사냥을 즐기면서 그의 아내와 더불어 행복한 생활을 했다. 그러나 기분이 상한 여신이 종종 이 나라 사람들을 곤란에 처하게 하려고 굶주린 여우 한 마리를 보냈다. 그래서 사

냥꾼들은 이 여우를 잡으려고 여럿이 모여서 길을 떠났다. 하지만 어떤 방법을 써도 소용이 없었다. 그 여우를 쫓을 수 있는 개는 한 마리도 없었던 것이다. 그래서 사냥꾼들은 마침내 케팔로스의 집으로 찾아와 그의 명견을 빌려 달라고 했다. 개 이름은 라일라프스였다. 개는 줄에서 풀려나자, 순식간에 눈에 보이지도 않을 만한 속도로 돌진해 갔다. 발자국이 없었더라면 허공을 날아간 것이 아닐까 생각될 정도였다. 케팔로스와 사냥꾼들은 조금 높은 언덕 위에 서서 이 경주를 지켜보았다. 여우는 원을 그리거나 왔던 길로 다시 돌아가는 등 온갖 방법을 동원했다. 그래서 개는 여우에게 덤벼들어 뒷다리를 물어뜯으려 했지만 단지 허공을 물 따름이었다. 그것을 본 케팔로스는 마침내 그의 투창을 쓰기로 마음먹었다. 바로 그때, 갑자기 개와 여우가 그 자리에 멈춰 서고 말았다. 이 두 마리의 동물을 만든 하늘의 신께서 어느 쪽도 지게끔 하고 싶지 않았던 것이다. 그래서 이 두 마리의 동물을 생명과 움직임을 지닌 자세 그대로 돌로 변하게 했다. 그 모습은 매우 생생해서 자연 그대로인 것처럼 보였다. 그러므로 누구도 그것을 보게 되면 분명 으르렁거리려 하거나, 당장에라도 덤벼들 것처럼 보였을 것이다.

케팔로스는 아끼던 개를 잃고 말았지만 여전히 사냥을 즐겼다. 아침 일찍이 집을 나와 산과 들판을 돌아다녔다. 아무도 동반하지 않았고, 아무 도움도 필요치 않았다. 왜냐하면 그의 창은 어떤 경우에도 빗나가는 일이 없는 확실한 무기였기 때문이다. 사냥에 지치거나 해가 중천에 오른 때는 찬 시냇물이 흐르는 강가의 나무 그늘을 찾아 풀 위에 누워 옷을 벗고 서늘한 바람을 즐겼다. 때로는 소리 높여 이렇게 외치는 것이었다.

"오너라, 감미로운 바람(아우라)아, 와서 내 가슴에 부채질해 다오. 나를 불태우는 열을 식혀 다오."

어느 날, 어떤 사람이 지나가다가 케팔로스가 이처럼 미풍을 향해 이야기하는 것을 듣고 어리석게도 어떤 처녀와 이야기하는 줄 알고, 이 비밀을 케팔로스의 아내 프로크리스에게 가서 전했다. 사랑이란 속기 쉬운 것이다. 프로크리스는 뜻하지 않은 얘기를 듣고 기절해 버렸다. 이윽고 깨어나자 그녀는 말했다.

"그럴 리 없어요. 내 눈으로 보기 전에는 믿지 않아요."

그래서 프로크리스는 가슴을 조이면서 다음 날 아침까지 기다렸다. 아침이 되자, 케팔로스는 여느 날과 다름없이 사냥하러 나갔다. 그녀는 몰래 그의 뒤를 쫓았다. 그리고 밀고자가 알려 준 장소에 가서 몸을 숨기고 있었다. 케팔로스는 사냥하다가 지치면 늘 하던 버릇대로 그 강둑에 누워 말했다.

"오너라, 감미로운 바람이여, 와서 나에게 부채질을 해다오. 내가 얼마나 너를 사랑하는지는 너도 잘 알지. 네가 있기 때문에 숲도, 나의 외로운 산보도 즐겁단다."

케팔로스와 프로크리스 스위스, 바젤 미술관

이렇게 읊조리고 있자니 저쪽 덤불에서 어렴풋이 흐느끼는 소리가 들렸다. 들은 걸로 착각한 걸까. 무슨 들짐승인 것 같아서 그쪽으로 창을 던졌다. 사랑하는 프로크리스의 외마디 소리가, 너무도 정확히 표적을 맞힌 창끝의 대답으로 돌아왔다. 케팔로스가 그 장소로 달려가자, 프로크리스는 피를 흘리면서 소진되어 가는 힘을 다하여 그녀의 선물이었던 창을 상처에서 빼내려 애쓰고 있었다. 케팔로스는 땅에 누워 있는 그녀를 안아 일으켜 출혈을 막으려 애썼다. 그녀의 이름을 부르면 되살아날까, 목 놓아 불렀다. 고통 속에 혼자 남을 자신이 보이고, 그녀를 죽게 한 자신이 너무도 미웠다. 가냘픈 눈을 뜨면서 프로크리스는 짤막한 한마디를 했다.

"여보, 당신이 나를 사랑한 적이 있다면, 만일 내가 당신의 호의를 받을 만한 여자였다면 제발 이 마지막 소원을 들어주세요. 그 얄미운 '산들바람'하고는 결혼하지 마세요."

이 말로 케팔로스는 모든 자초지종을 알게 되었다. 그러나 아아, 지금 그것을 안들 무슨 소용이 있으랴. 프로크리스는 숨을 거두고 말았다. 하지만 그 얼굴은 평온한 표정이었다. 남편이 사건의 진상을 설명했을 때, 그녀는 사랑하는 남편의 얼굴을 가여운 듯, 그리고 용서하듯이 물끄러미 바라보고 있었다.

무어의 《전설적 민요》에는 케팔로스와 프로크리스에 대하여 노래한 것이 있는데 다음과 같이 시작된다.

> 사냥꾼이 한번은 숲속에 누웠다네.
> 눈부신 정오의 눈을 피하려고
> 그러고는 방랑하는 바람을 꾀었다네.
> 그 한숨으로 이마를 식히려고
> 누워 말이 없으면, 야생벌 콧노래도,
> 입김도, 그 포플러 머리카락 건들지 못했지.
> 그의 노래 아직도 "시원한 바람, 오, 이리 오렴!" 하면,
> 메아리 답하지, "이리 온, 시원한 바람!"

제4장
헤라와 그녀의 연적들, 아르테미스와 악타이온, 레토와 농부들

1. 헤라와 그녀의 연적 이오와 칼리스토

헤라(유노)는 어느 날 갑자기 날이 어두워지는 것을 보고 이것은 분명 남편인 제우스가 무언가 보이기 부끄러운 행각을 감추려고 구름을 일으킨 까닭이라고 즉시 짐작했다. 헤라가 구름을 헤치고 보니 남편은 거울같이 잔잔한 강기슭에 있었고, 그 곁에 아름다운 소 한 마리가 서 있었다. 헤라는 이 암소 속에는 분명히 인간 모습을 한 예쁜 님프가 숨어 있을 것이라고 생각했다. 그것은 사실이었다. 왜냐하면 암소는 강의 신 이나코스의 딸 이오였기 때문이다. 제우스는 그녀와 사랑을 나누다가 아내 헤라가 가까이 오는 것을 보고 이오를 암소로 변신시켰던 것이다.

헤라는 남편 곁으로 다가와 암소를 보더니 그 아름다움을 찬양했다. 그리고 누구의 것이며 무슨 혈통이냐고 물었다. 제우스는 거듭된 질문에 난처해서 그것은 지상에 태어난 새로운 품종이라고 대답했다. 그러자 헤라는 그럼 그것을 선물로 갖고 싶다고 했다. 제우스가 어쩌겠는가? 자기의 여인을 아내에게 주기가 꺼림칙했다. 그렇다고 그것을 못 준다고 하면 의심받을 것 같아 마지못해 승낙했다. 그러나 헤라는 아직 의심을 풀지 못했으므로 암소를 아르고스에게 데려가 삼엄하게 감시케 했다.

아르고스는 머리에 100개의 눈을 가지고 있었다. 잘 때에도 동시에 두 개 이상의 눈을 감지 않았으므로 이오를 끊임없이 감시할 수가 있었다. 낮에는 마음대로 먹을 것을 먹게 내버려 뒀다가 밤이 되면 보기에도 끔찍한 끈으로 목덜미를 결박했다. 이오는 팔을 내밀어 애원하며 아르고스에게 결박을 풀어 달라고 하려 했으나 내밀 팔이 없었고, 목소리는 자기 자신도 놀랄 정도로 소의 울음소

이오 헤라의 눈을 피하기 위해 구름으로 변신한 제우스가 이오에게 접근하고 있다. 빈, 미술사박물관

리를 닮아 있었다. 아버지와 자매들을 보고 그 곁으로 가면 등을 쓰다듬으며 아름다운 소라고 감탄할 뿐이었다. 아버지가 손을 내밀어 한 다발의 풀을 주자 이오는 그의 손을 핥았다. 이오는 자기가 누구인지를 아버지에게 알리고 싶었다. 자기의 소원을 말하고 싶었으나 말할 수 없었다. 마침내 이오는 글씨를 쓸 생각을 하고 자신의 짧은 이름을 발굽으로 모래 위에 썼다. 아버지 이나코스는 그것을 알아보았다. 그리고 오랫동안 찾아 헤맸으나 찾지 못하던 딸이 이같이 변신해 있는 것을 알자 슬프고 아픈 마음을 어찌할 수가 없어 딸의 목을 끌어안으며 큰 소리로 외쳤다.

"오, 내 딸아, 오히려 너를 아주 잃는 편이 덜 애통할 것 같구나."

이나코스가 이같이 탄식하고 있는 것을 보자, 아르고스는 달려와서 대번에 이오를 몰아 사방이 내려다보이는 높은 언덕 위에 자리를 잡고 앉았다.

제우스는 자기 애인의 이러한 고통을 보고 괴로워했다. 그래서 헤르메스를 불러 아르고스를 물리치라고 명령했다. 헤르메스는 서둘러 준비를 했다. 날개 달린 신을 신고, 머리에는 비행 모자를 쓰고, 잠이 오게 하는 지팡이를 짚고 하늘의 탑에서 땅으로 뛰어내렸다. 땅으로 내려와서는 날개를 떼어 내고 지팡이만을 손에 들고 양 떼를 모는 양치기로 변장했다. 그리고 이리저리 양을 몰면서 피리를 불었다. 그것은 시링크스 또는 판이라고 하는 피리였다. 아르고스는 처음 보는 악기에 멍하니 귀를 기울였다. 아르고스는 말했다.

"이보게 젊은이, 이리 와서 내 곁에 있는 이 바위 위에 앉게나. 여기가 양들이 풀을 뜯기에는 가장 좋은 곳이라네. 게다가 이곳엔 자네 같은 양치기들이 쉴 만한 좋은 그늘도 있네."

헤르메스는 아르고스의 곁에 앉아서 세상 얘기와 이런저런 이야기를 하면서 날이 어둡기를 기다렸다. 그러다가 날이 어두워지자 피리로 은은한 곡을 불면서 어떻게 해서든 아르고스의 감시

시링크스를 뒤쫓는 판 드레스덴, 국립미술관

하는 눈을 잠들게 하려고 애썼다. 그러나 아무리 애를 써도 허사였다. 왜냐하면 아르고스는 그 대부분의 눈을 감기는 했어도 그중 몇 개는 여전히 부릅뜨고 있었기 때문이다. 헤르메스는 자기가 불고 있는 악기가 어떻게 발명되었는지 아르고스에게 얘기했다.

"옛날 시링크스라는 이름의 님프가 있었는데, 숲속에 사는 사티로스와 요정들로부터 많은 사랑을 받았다네. 그러나 시링크스는 누구의 사랑도 받아들이려 하지 않고 아르테미스 여신만을 마음속으로 사랑하면서 사냥만 하고 있었다네. 사냥 옷을 몸에 걸친 시링크스의 모습은 아르테미스와 맞먹을 정도로 아름다웠지. 다만 다른 점은 시링크스의 활은 뿔로 되어 있었으나 아르테미스의 활은 은으로 되어 있었다는 점뿐이었네. 어느 날, 시링크스가 사냥에서 돌아오다가 판을 만났는데, 판은 그녀를 온갖 말로 설득하기 시작했어. 시링크스는 그의 찬사에는 귀를 기울이지도 않고 달아났다네. 그는 시냇가의 둑까지 시링크스의 뒤를 쫓아가 그곳에서 그녀를 붙잡았지. 시링크스는 다급해지자 친구인 물의 님프들에게 구원을 청할 도리밖에 없었어. 님프들은 그녀의 외침 소리를 듣자 곧바로 도와줬지. 판의 팔이 시링크스의 목을 끌어안자 뜻밖에도 그것은

한 묶음의 갈대로 바뀌어 있는 게 아니겠어? 그가 탄식을 하자, 그 탄식은 갈대 속에서 메아리쳐 구슬픈 소리를 냈다네. 판은 그 음악의 신기함과 감미로움에 취하여 말했지. '이렇게 된 바에는 내 기필코 너를 내 것으로 만들어야겠다.' 그러면서 판은 몇 개의 갈대를 쥐고 길이가 서로 다른 것을 나란히 한데 이어 피리를 만들었어. 그리고 그것에 이 님프의 이름을 따서 시링크스라는 이름을 붙인 것이지."

헤르메스가 이야기를 다 끝마치기도 전에 아르고스의 눈이 전부 감긴 것을 보았다. 그의 고개가 가슴 위에서 꾸벅거리고 있을 때, 헤르메스가 단칼에 그의 목을 베니 머리는 바위 위로 굴러떨어졌다. 오, 비운의 아르고스, 그대의 100개의 눈빛이 일시에 꺼져 버렸군!

헤라는 그러나 이 눈들을 빼어 자기 공작의 꽁지깃에 장식으로 달았다. 그래서 오늘에 이르기까지 그 눈들은 공작의 꽁지에 달려 있다.

하지만 헤라의 복수심은 더욱더 불타올랐다. 그녀는 이오를 괴롭히기 위하여 쇠파리 한 마리를 보냈다. 쇠파리는 이오를 뒤쫓아 온 세상을 날아다녔다. 이오는 이오니아 바다를 헤엄쳐 도망쳤다. 그래서 이 바다의 이름에는 이오의 이름이 남아 있다고 한다.[1] 그리고 일리리아의 들을 헤매 다니고, 하이모스산에 오르고, 트라키아 해협을 건너고—그 때문에 이 해협은 보스포루스(소가 건넜다는 뜻)라고 하게 됐지만—다시 스키티아를 지나 킴메르족(族)이 사는 나라를 떠돌다가, 마침내 네일로스강(나일강) 기슭에 다다랐다. 끝내 제우스도 용서를 빌게 되었다. 앞으로는 결코 이오에게 마음을 두지 않겠노라고 단단히 약속했으므로 헤라도 이를 받아들여 이오를 원래의 모습으로 되돌리기로 했던 것이다.

이오가 차츰 인간의 모습으로 다시 돌아가는 과정은 참으로 기묘했다. 거친 털이 몸에서 빠지고 뿔이 사라지고, 눈이 점점 가늘어지고, 입도 점점 작아졌다. 손과 손가락이 발굽을 대신하고 앞발이 사라졌다. 마침내 암소의 모습은 완전히 사라졌다. 오직 아름다움만이 남아 있었다. 이오는 처음에는 소의 울음소리가 나지나 않을까 걱정이 되어 말하기를 꺼렸으나 차츰 자신감을 회복하고는 마침내 아버지와 자매들에게 돌아가게 되었다.

---

1) 고대 그리스의 3대 비극 시인 중 하나인 아이스킬로스(기원전 525~456)의 설.

존 키츠가 리 헌트[2]에게 바친 시에는 판과 시링크스의 이야기가 다음과 같이
비유되어 있다.

> 누군가 살짝 다가가, 가지를 헤쳐 놓았다.
> 숲의 속이 널리 보인다.
> ......
> 숲이 말한다—예쁜 겁먹은 시링크스, 달아났단 말이지?
> 판이 그리 두려워, 달아났단 말이지.
> 가여운 님프—가여운 목신—그가 얼마나 울며 찾았나.
> 들리는 건 오직 바람의 한숨 소리,
> 강기슭 갈대숲에서 나는, 그건 불완전한 긴장의 소리,
> 그건 상쾌한 황량함의 소리—상쾌한 고통.

• 칼리스토

칼리스토 또한 헤라의 질투를 산 미녀 중의 한 사람이다. 헤라는 이 처녀를
곰으로 변하게 했다. 헤라는 말했다.

"난 말야, 내 남편을 사로잡은 너의 아름다움을 빼앗아 버리겠어."

칼리스토는 무릎을 꿇고 팔을 뻗어 애원하려 했다. 그러나 그 팔에는 어느
새 검은 털이 나 있었다. 손은 뭉툭해지고 갈퀴 같은 손톱이 나서 발 구실을 하
게 되었다. 입은 제우스가 그토록 아름답다고 늘 칭찬하던 것이건만 지금은 보
기에도 끔찍한 입이 되어 버렸다. 듣는 사람의 마음을 감동시켜 애틋한 마음을
불러일으키던 목소리는 으르렁대는 소리가 되어 공포를 불러일으키는 데 더 적
합하게 되었다. 그러나 마음만은 전과 다름없이 그대로 남아 있었다. 끊임없이
자신의 운명을 탄식하는 신음 소리를 내면서 하늘의 자비를 구하기 위하여 앞
다리를 들고 될 수 있는 한 꼿꼿이 섰다. 그리고 말은 할 수 없었지만, 제우스를
무정한 사람이라고 생각했다. 칼리스토는 홀로 숲속에 있기가 무서워 밤이 새
도록 전에 늘 다니던 곳을 얼마나 헤매었는지 모른다. 얼마 전까지도 사냥을 하

---

2) 키츠(1795~1821)는 영국의 낭만파 시인, 헌트(1784~1859)는 영국의 비평가·수필가·시인.

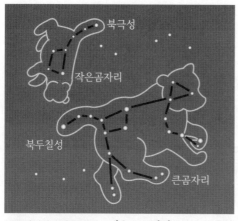

큰곰자리와 작은곰자리 제우스는 칼리스토를 큰곰자리로, 아르카스를 작은곰자리로 만들었다.

던 그녀가 개에게 놀라고 사냥꾼들이 두려워 도망치는 일이 또 얼마나 많은지. 때로는 자기가 지금은 한 마리의 짐승인 것조차도 잊고 다른 짐승들을 피한 일도 있다. 그리고 자기도 곰이건만 다른 곰을 두려워했다.

어느 날 한 젊은이가 사냥을 하다가 그녀를 발견했다. 칼리스토는 그 젊은이를 보고 그가 이제 늠름하게 장성한 자기의 아들임을 알았다. 칼리스토는 발을 멈추었다. 그리고 자기 아들을 안아 주고 싶은 마음을 금할 길이 없었다. 그래서 가까이 가려고 하자, 젊은이는 놀라 창을 들고 칼리스토를 곧장 찌르려 했다. 그때 마침 제우스가 이 광경을 보고 그 행동을 중지시키고, 그들을 둘 다 납치하여 큰곰자리와 작은곰자리로 하늘에 올려놓았다.

헤라는 자기의 연적이 이와 같은 명예로운 자리에 앉은 것을 보고 몹시 화가 났다. 그래서 서둘러 대양의 신인 늙은 테티스와 오케아노스[3]에게로 갔다.

그들이 그녀에게 왜 왔느냐고 묻자, 다음과 같이 까닭을 설명했다.

"당신들은 신들의 여왕인 내가 왜 천상을 떠나 이 바닷속으로 찾아왔느냐고 묻는 것이지요? 그건 내가 천상에서 밀려났기 때문이에요. 내 자리를 다른 사람이 차지했기 때문이라고요. 두 분은 내 말이 믿어지지 않을지 모르지만 밤이 세상을 어둡게 할 때 하늘을 쳐다보세요. 거기 내가 불평할 이유가 충분한 별자리 두 개가 보일 거예요. 하늘로 올라간 별자리요. 천체의 극 근처, 별 무리가 가장 적은 곳이에요. 나를 화나게 한 대가로 오히려 이와 같이 좋은 보답을 받게 된다면 앞으로 나의 분노를 살 것을 두려워할 자가 누가 있겠어요! 내가 그간 무슨 힘이나 쓸 수 있었겠는지 보세요. 나는 칼리스토가 인간의 모습을 갖

---

3) 티탄족 전쟁 때 헤라는 이 신들에게 양육되었다.

지 못하게 했어요. 그랬건만 지금 별이 되었어요! 내가 벌을 준 결과가 이렇게 된 거예요. 이것이 내 힘의 한계예요! 그럴 바에는 차라리 이오처럼 원래의 모습을 되돌려 주는 편이 나을 뻔했어요. 분명 남편은 칼리스토와 결혼하고 나를 쫓아낼 작정인 거라고요! 그러나 나를 길러 주신 두 분, 만약 나를 불쌍히 여기신다면, 또한 내가 이런 냉대를 받는 것을 괴롭게 여기신다면 증거로 그 별 한 쌍이 당신들의 바닷속으로 내려오지 못하게 해주세요."

바다의 신은 이 소원을 들어주었다. 그래서 큰곰자리와 작은곰자리의 두 별자리는 하늘에서 돌고 돌 뿐, 다른 별들처럼 바다 밑으로 지는 일이 없는 것이다.

밀턴의 다음과 같은 노래는, 큰곰자리가 결코 지지 않는다는 것을 암시하면서 한 노래이다.

> 나의 램프가 한밤중에도,
> 조금 높은 외로운 탑에서 보이게 해주오.
> 거기서 램프와 나, 그 곰자리 자주 바라보리니.

또 제임스 러셀 로웰이 쓴 시[4]에서 프로메테우스는 이렇게 노래하고 있다.

> 별은 하나씩, 떠올랐다 기울었다.
> 내 차가운 은빛 결빙의 사슬에도 빛이 점멸한다.
> 곰자리가 밤새, 가축우리 주위를 슬금슬금 서성인다.
> 우리 안에는 북극성─곰이 자기 동굴로 움츠렸다.
> 사박거리는 새벽의 발소리에 겁을 먹고서.

작은곰 꼬리의 가장 끝의 별은 북극성인데 이것은 '키노수라'라고도 불리고 있다. 그것을 밀턴은 다음과 같이 노래하고 있다.

---

4) 미국의 시인·문예비평가·외교관 로웰(1819~1891)의 작품 《프로메테우스》의 제1~5행 참조.

참말 내 눈은 신선한 기쁨을 만났다.
하늘의 길장승이 분명, 요리조리 치수를 잰다.
......
성곽과 고불고불한 총안(銃眼)이, 천년의 색으로,
언덕 위 작은 숲에 높이 안겼다.
거기엔 분명 유혹의 신이,
오벨리스크의 여인처럼 자리해 있으리.
가까이 우리 눈 속에, 키노수라가.

다음 시는 선원들의 길잡이로서의 북극성과 북극성의 매력적 자력을 노래한 것이다.
밀턴은 이 북극성을 '아르카디아의 별'이라고도 부르는데, 그것은 칼리스토의 아들 이름이 아르카스였고, 두 사람이 그곳에 살았었기 때문이다. 《코머스》에서 형은 숲속에서 날이 저물자 이렇게 노래하고 있다.

......제일 먼저 다가온 당신!
혹시 어느 불빛 한 줄기 서둘러 와도,
흙집 터진 구멍으로 스며 와도,
당신, 오랜 냉정의 규율, 오랜 빛의 강 건너,
아르카디아의 별이 되시오.
오, 티루스의 키노수라여.

2. 아르테미스와 악타이온

이상의 두 예로 보건대 헤라는 자기의 연적에 대해 대단히 가혹한 태도를 보여 왔다. 그럼 이번에는 처녀신 아르테미스가 자기의 사생활에 침입한 자를 어떻게 처벌했는지를 살펴보기로 하자.

그것은 해가 중천에 떠 있던 대낮의 일이었다. 카드모스왕의 아들(실은 손자)인 젊은 악타이온이 함께 산에서 사슴 사냥을 하고 있던 젊은이들에게 이렇게 말했다.

님프와 함께 목욕하는 아르테미스 파리, 루브르 박물관

"얘들아, 우리의 사냥 그물과 무기는 사냥감의 피로 온통 더러워지고 말았어. 하루의 사냥거리로 이만하면 충분해. 내일 다시 나머지를 계속하는 것이 좋겠다. 자, 태양신 포이보스(아폴론)가 대지를 말리는 동안 우리는 사냥 도구를 내려 놓고 잠시 쉬기로 하는 게 어때."

이 산에는 삼나무와 소나무가 울창하게 뒤덮인 골짜기가 있었고, 그 골짜기는 수렵의 여신 아르테미스의 것이었다. 골짜기의 가장 깊은 곳에는 동굴이 하나 있었다. 인공으로 꾸민 것은 아니었지만 자연이 그 구조에다 기교를 가한 것이 아닐까 여겨질 정도였다. 왜냐하면 자연에 의해서 만들어진 그 둥근 천장의 바위는 마치 인간의 손으로 깎아 낸 듯 아름다운 형태를 띠고 있었기 때문이다. 그리고 한쪽에서는 샘물이 퐁퐁 솟아 나오고, 널따란 연못은 푸른 풀이 우거져 있었다. 숲의 여신 아르테미스는 사냥을 하다 지치면 으레 이곳에 와서 그 청순한 처녀의 몸에 반짝이는 물을 끼얹곤 했다.

어느 날 아르테미스는 님프들과 그 샘에 와서 가지고 있던 창과 화살통과 활을 한 님프에게 맡기고, 입고 있던 옷을 벗어 다른 님프에게 맡겼다. 그러는 동안 세 번째 님프는 이 여신의 발에서 신을 벗기고 있었다. 그들 중에서도 가장 솜씨가 좋은 크로칼레는 여신의 머리를 빗겨 주었고, 네펠레와 히알레와 그 밖의 님프들은 큰 항아리에 물을 긷고 있었다. 여신이 이렇게 몸단장을 하고 있을 때, 악타이온은 친구들과 헤어져 하릴없이 거닐다가 운명에 이끌려 이곳에 이르렀다. 그가 동굴 입구에 모습을 나타내자, 님프들은 사내를 보고 비명을 지르면서 여신 쪽으로 달려가 자기들의 몸으로 여신의 알몸을 가렸다. 그러나 여신은 님프들보다도 키가 컸기 때문에 목의 윗부분이 밖으로 나와 있었다. 해가 질 무렵이나 뜰 무렵에 구름을 물들이는 그 붉은빛이 뜻하지 않은 일을 당한 아르테미스의 얼굴에 번졌다. 여신은 님프들에게 둘러싸여 있었지만 반사적 충동으로 님프들을 반쯤 밀치고 느닷없이 자기의 화살을 찾았다. 그러나 화살이 가까이 없음을 알자, 여신은 침입자의 얼굴에 물을 끼얹으면서 말했다.

"가서 아르테미스의 나체를 보았다고 말할 수 있으면 말해 보시지."

말이 끝나자마자 가지처럼 나뉜 사슴 뿔이 악타이온의 머리에서 솟아 나왔다. 그러더니 목이 길어지고 귀가 뾰족하게 되고, 손은 발이 되고, 팔은 긴 다리가 되고, 몸에는 털이 나고 반점이 있는 털가죽으로 덮게 되었다. 지금까지 용감했던 그가 어느새 겁쟁이가 되었고, 영웅의 모습은 온데간데없이 사라져 버린 것이 아닌가. 악타이온은 자기의 걸음이 얼마나 빠른지 스스로도 놀라지 않을 수 없었다. 그러나 물속에 비친 자기의 뿔을 보았을 때 "아, 이 무슨 처참한 꼴이람!" 하고 외치려 했으나 그 소리도 말이 되어 나오지 않았다. 그는 단지 신음 소리를 낼 따름이었다. 눈물이 본래의 자기 얼굴과는 손톱만큼도 닮지 않은 얼굴 위로 흘러내렸다. 그러나 의식만은 남아 있었다. 어떻게 하면 좋을까? 왕궁의 내 집으로 돌아갈 것인가, 아니면 숲속에 숨어 있을 것인가? 숲속에 있자니 무섭고, 집으로 돌아가자니 창피했다. 그가 어쩔까 망설이는 사이에 사냥개들이 그를 발견했다. 제일 먼저 스파르타의 개인 멜람푸스가 짖어 신호를 하자 팜파고스, 도르케우스, 라일라프스, 테론, 나페, 티그리스를 비롯하여 그 밖의 맹견들이 바람보다 날째게 악타이온의 뒤를 좇아왔다. 바위와 절벽을 넘고 길도 없는 골짜기를 지나서 그는 도망을 쳤고 개들은 뒤좇았다. 그가 전에 종종 사슴을 추격하면서 개를 격려하던 그 산속에서 이번에는 동료 사냥꾼들이 그 사냥

사냥꾼 악타이온의 죽음 악타이온은 자기 사냥개의 습격뿐 아니라 아르테미스의 화살 목표가 되어 있다. 보스턴 미술관

개들을 격려하면서 그를 추격했다.

"나는 악타이온이다. 너의 주인을 모르느냐?" 그는 부르짖고 싶었다. 그러나 마음먹은 대로 말이 나오지 않았다. 주위의 공기는 오직 개 짖는 소리로 울려 퍼질 따름이었다. 이윽고 개 한 마리가 그의 등에 달려들었는가 싶더니 다른 한 마리가 그의 어깨를 물어뜯었다. 이리하여 두 마리의 개가 자기 주인을 잡고 있는 동안에 다른 개들도 달려와서 사나운 이빨을 주인의 몸속에 박았다. 그는 신음했다—그것은 인간의 소리가 아니었으나 그렇다고 분명한 사슴의 소리도 아니었다—그러고는 무릎을 꿇고 눈을 들어, 팔이 있었다면 그 팔을 뻗어 목숨을 구걸할 터였다. 그의 친구들과 동료 사냥꾼들은 개들을 부추겼다. 그리고 악타이온도 이 사냥에 참가하라고 큰 소리로 부르면서 이리저리 그를 찾았다. 자신의 이름을 부르는 소리를 듣고 악타이온이 고개를 돌렸더니, 악타이온이 멀리 있는 모양이라며 애석해하는 그들의 말소리가 들렸다. 자기가 정말 그의 말대로 멀리라도 있었더라면 얼마나 좋을까 생각했다. 나중에 자기 개들이 세운 공을 보며 무척이나 기뻐할 수가 있으련만. 이렇게 개들을 자기의 육체로 느끼는 것은 견딜 수 없는 일이었다. 개들은 그의 주위에 모여들어 그의 몸을 집요

하게 물어뜯어 댔다. 그리고 그가 갈기갈기 찢겨 숨이 넘어갈 때까지 아르테미스의 분노는 풀리지 않았다.

셸리의 시 《아도네이스》에 나오는 다음과 같은 인용은 이 악타이온의 이야기를 가리키고 있다.

> 사람들 중 유난히 허술해, 그 모습의 설명도……
> 남자의 유령, 홀로 다니다,
> 생명 다한 폭풍 뒤 마지막 한 점 구름처럼,
> 불길한 천둥의 빗소리처럼, 그는 남아서,
> 사랑스런 자연이 벗은 모습을 보고 말았으리라.
> 이제 악타이온같이 달음질쳐 헤매니,
> 망망한 풀숲에 허망한 걸음질로,
> 꺼칠한 길 내내, 쫓고 쫓은 생각의 알몸들,
> 놈들은 사냥개 되어,
> 수호의 아버지—승화된 전리품을 추격한다.

이 시는 아마도 셸리 자신의 이야기인 것 같다.

3. 레토와 농부들

어떤 사람들은 악타이온의 이야기 속에서 여신이 취한 태도는 정도를 넘어서 지나치게 가혹하다고 생각하는가 하면, 어떤 사람들은 처녀의 존엄성에 대한 당연한 행위라 하여 찬양했다. 새로운 사건은 옛 사건을 떠오르게 하기 마련인데 이 이야기를 듣고 있던 어떤 사람이 다음과 같이 이야기했다.

옛날 리키아의 농부들이 여신 레토를 모욕한 일이 있었는데 물론 그 사람들은 무사치 못했다. 내가 아직 젊었을 무렵, 나의 아버지는 힘든 일을 하기에는 자신이 너무 늙었으므로 나에게 리키아로 가서 좋은 소를 몇 마리 몰고 오라고 명했다.

그리하여 난 그 지방에서 지금 이야기하는 이상한 사건이 일어난 못과 늪을

보게 되었다. 그 근처에는
오래된 제단이 있었는데,
제물을 태운 연기로 검게
그을려 있었고, 갈대 속에
거의 뒤덮여 있었다. 나는
이 제단이 어떤 신의 제단
인지를, 그러니까 파우누
스인지 또는 나이아스[5]인
지, 아니면 이 근처의 산
에 살고 있는 신인지를 물
어보았다. 그 지방 사람이
대답했다.

제우스와 레토 아폴론과 아르테미스를 안고 있는 레토

"그 제단은 산신의 것도 강신의 것도 아닙니다. 그것은 한 여신의 것입니다. 그
여신이란 다름 아니라 헤라 여왕의 질투로 말미암아 두 쌍둥이(아폴론과 아르테
미스)를 기를 집도 없이 이리저리 쫓겨 다니고 어느 곳에 가도 자기의 쌍둥이 아
기들을 기르지 못하게 된 레토입니다."

팔에 두 어린아이를 안고서 레토가 이 고장에 이르렀을 때는 이미 그 무게에
지칠 대로 지치고, 갈증이 나서 목이 타는 것 같았다. 우연히 그녀는 골짜기 밑
에서 맑은 물이 솟아나는 이 못을 발견했는데, 그곳에서는 마을의 몇몇 사람들
이 버드나무와 말채나무 가지를 모으고 있었다. 그녀는 가까이 가서 못가에 무
릎을 꿇고 마른 목을 축이려고 했다. 그러나 마을 사람들은 물을 마시지 못하
게 하는 것이었다. 그래서 그녀는 말했다.

"왜 물을 마시지 못하게 하나요? 물은 누구나 마음대로 마셔도 되는 것 아닌
가요? 자연은 빛이나 공기나 물을 자기의 사유물로 주장하는 누구도 허용하지
않습니다. 나는 누구에게나 주어진 이 자연의 은혜를 누리려 할 따름이에요. 더
구나 난 이렇게 간청하고 있어요. 몸이 녹초가 될 지경으로 지쳤지만 여기서 그
걸 씻으려는 게 아니에요. 단지 목만 축이면 됩니다. 입 속이 너무 말라서 이젠

---

5) 파우누스는 목신(牧神)으로 그리스 신화의 판(pan). 나이아스는 연못, 샘, 하천 등의 물의 님
프로 복수형은 나이아데스.

말도 제대로 나오지 않을 정도예요. 물 한 모금이 나에게는 넥타르 같을 것입니다. 그것은 나를 다시 살아나게 할 것이고, 나는 당신들을 생명의 은인으로 여기겠습니다. 부디 어린것들을 봐서라도 허락해 주세요. 나를 변호하기라도 하는 듯 작은 팔을 내밀고 있잖아요?"

그러고 보니 아기들은 실제로 팔을 내밀고 있었다. 레토의 이처럼 따뜻하고 부드러운 말에 감동하지 않을 사람이 있을까? 그런데도 이 어리석은 농부들은 자기들의 무례함을 모르고 조금도 물러서려 하지 않았다. 그러기는커녕 그들은 욕지거리를 퍼붓거나 조롱을 하면서 이곳에서 당장 물러가지 않으면 그냥 두지 않겠다고 위협까지 했다. 그뿐만 아니라, 그들은 못 속에 들어가 발로 휘저어 흙탕물이 일게 하여 마시지 못하게 했다. 레토는 너무도 화가 나서 목마른 것조차 잊었다. 이제는 이 어리석은 자들에게 매달리거나 구걸하지 않고 하늘을 향해 두 팔을 높이 쳐들고 부르짖었다.

"이자들이 절대로 이 못을 떠나지 못하고 평생 이곳에서 살기를 바라노니!"

그러자 소원은 이내 사실이 되어 나타났다. 그래서 그들은 지금도 물속에서 살고 있는 것이다. 때로는 완전히 몸을 물속에 잠기게 했다가 다시 수면으로 고개를 내밀기도 하고 헤엄을 치기도 한다. 때로는 못 가장자리로 나오기도 하지만 곧바로 물속으로 뛰어든다. 그들은 지금도 상스러운 목소리로 욕지거리를 하고 있다. 못의 물을 몽땅 차지하고 있으면서도 아직도 뭐가 불만인지 창피한 줄도 모르고 그 속에서 투덜대고 있는 것이다. 그들의 목소리는 귀에 거슬리며, 목구멍은 잔뜩 부풀어 있고, 입은 항상 욕지거리를 하느라 넓게 째져 버렸고, 목은 움츠러들어 없어지고, 머리와 몸뚱이가 한데 붙어 버렸다. 등은 녹색이고 어울리지 않게 커다란 배는 흰색이다. 결국 그들은 신의 저주를 받아 개구리가 된 것이며, 지금도 진흙투성이인 못 속에 살고 있는 것이다.

이 이야기는 밀턴의 소네트(14행시), 즉 이혼론에 대한 비판을 반박하는 소네트에 다음과 같이 비유되어 있다.

나는 그저 계속되는 고장을 막으려 늙어 감을 자극했을 뿐,
알려진 태고의 자유법에 따라 그리했을 뿐,

나를 둘러싼 난잡한 잡음을 두드려 고칠 때 그리했을 뿐,
야행성 바보 올빼미, 술 취한 뻐꾸기, 고집쟁이 당나귀—
그리고 흉내쟁이 원숭이, 개같은 겉치레의 잡음을 그리했을 뿐인데.
레토의 쌍둥이에게 야박한 비난 퍼부어 개구리 된 농부들 같구려.
그 쌍둥이는 해와 달을 물려받았소.

이 이야기에 나오는 레토가 헤라에게서 받은 구박이란 전설에 의하면 다음과 같다. 레토는 아폴론과 아르테미스를 낳기 전에 헤라의 노여움을 피해 이오니아해(에게해)에 있는 섬을 죄다 찾아다니며 안주할 곳을 찾았지만, 어떤 섬에서도 권세가 등등한 하늘의 여왕 헤라를 두려워한 나머지 여왕의 연적인 레토를 도우려 하지 않았던 것이다. 오직 델로스섬만이 장차 탄생할 신들의 탄생지가 되기를 승낙했다. 당시 이 섬은 물에 떠 있는 섬이었으나, 레토가 그곳에 도착했을 때 제우스는 그 섬을 견고한 쇠사슬로 바다 밑에 붙들어 매어 사랑하는 레토를 위해 그곳을 안전한 휴식처가 되게 했다. 바이런은 《돈 주앙》(제3편 86절)에서 다음과 같이 이 델로스섬에 대해 노래했다.

그리스의 섬, 그리스의 섬들이여!
열렬한 사포(Sappho)가 사랑하고 노래한 곳,
전쟁과 평화의 예술이 동시에 자란 곳,
델로스가 떠오르고 포이보스가 튀어나온 곳.

제5장
파에톤

파에톤은 아폴론과 님프인 클리메네 사이에서 태어난 아들이다. 어느 날 한 친구가 네가 무슨 신의 아들이냐고 비웃었다. 파에톤은 화가 나고 부끄러운 나머지 집으로 돌아가 어머니 클리메네에게 그 이야기를 했다.

"어머니, 만일 제가 정말 신의 아들이라면 뭔가 그 증거를 보여 주세요. 그래서 제가 신의 아들임을 주장할 권리를 확실하게 주세요."

클리메네는 하늘을 향하여 두 팔을 펼치고 말했다.

"우리들을 내려다보고 계시는 저 태양신을 걸고 맹세한다만 지금까지 네게 한 말은 모두가 사실이란다. 만약 내 말이 거짓이라면 지금 당장 죽는데도 상관없다. 그리고 네가 직접 가서 물어보고 싶다면 그것도 그리 어려운 일은 아니란다. 태양이 떠오르는 곳은 우리의 이웃 땅이다. 가서 태양신에게 나를 당신 아들로 인정하느냐고 물어보아라."

파에톤은 이 말을 듣고 기뻤다. 그는 바로 해 뜨는 지방에 해당하는 인도를 향해 길을 떠났다. 그리고 희망과 자긍심에 가슴을 설레면서 아버지 아폴론이 운행을 시작하는 곳으로 다가갔던 것이다.

태양신의 궁전은 둥근 기둥 위에 높이 솟아 황금과 보석으로 빛나고 있었다. 천장은 잘 닦아서 윤이 나는 상아로 되어 있었고, 문은 은으로 되어 있었다. 그러나 재료보다도 그것을 가공한 솜씨가 더 훌륭했다. 왜냐하면 벽에는 헤파이스토스가 땅과 바다와 하늘과 그 주민들을 그려 넣었기 때문이다. 바다에는 님프들이 있어 물결 속에서 장난을 치거나, 물고기의 등에 타기도 하고, 또는 바다 위에 앉아 바닷물같이 푸른 머리를 말리고 있었다. 그 님프들의 얼굴은 다 똑같다고 할 수 없었지만 그렇다고 다르다고 할 수도 없었다. 말하자면 자매 같은 모습이었다. 땅 위에는 마을과 숲, 시내, 전원의 신들이 그려져 있었다. 이 모든 것 위에는 영광스러운 하늘 세계의 모습이 새겨져 있었다. 또 은으로 된 문에는 양쪽에 여섯 개씩, 열두 개의 별자리가 새겨져 있었다.

클리메네의 아들은 험한 오르막길을 올라 그를 논쟁에 휘말리게 한 그의 아버지 집으로 들어갔다. 그리고 아버지가 있는 곳으로 갔는데 강한 빛이 너무 눈부셨기 때문에 가까이 가지 못하고 발을 멈추었다. 아폴론은 자줏빛 옷을 입고, 다이아몬드를 박아 놓은 듯 반짝이는 왕좌에 앉아 있었다. 그리고 그 좌우에는 날(日)의 신과 달(月)의 신, 해(年)의 신이 서 있었고 또 일정한 간격을 두고 때(時)의 신들이 서 있었다. 봄의 여신은 머리에 화관을 쓰고 있었고, 여름의 신은 옷을 벗어 던진 채 익은 곡식의 줄기로 엮은 관을 쓰고 있었으며, 가을의 신은 발이 포도즙으로 물든 채였고,[1] 또 얼음처럼 차가운 겨울의 신은 하얀 서리로 머리카락이 굳어 있었다.

이러한 시종 신들에게 둘러싸인 태양신 아폴론은 모든 것을 내려다볼 수 있는 눈을 가졌기 때문에, 이내 어떤 젊은이가 앞에 펼쳐진 고귀하고 화려한 모습에 취해 주춤 서 있는 모습을 보았다. 대체 무슨 일로 왔느냐고 묻자, 젊은이가 대답했다.

"오, 끝없는 세계의 빛, 빛나는 태양의 신, 그리고 나의 아버지—만약 아버지라 부르는 것을 허락해 주신다면—부디 제가 당신의 아들임을 알 수 있는 증거를 보여 주십시오."

파에톤은 대답을 기다렸다. 그러자 아폴론은 머리에 쓰고 있던 빛나는 관을 벗어 옆에 놓고, 젊은이에게 좀더 가까이 오라고 명령했다. 그리고 그를 끌어안으면서 말했다.

"너는 내 아들임에 틀림이 없다. 네 어머니가 네게 한 말은 다 맞는 말이다. 너의 의심을 풀기 위하여 무엇이든지 네가 원하는 선물을 줄 테니 말해 보아라. 나는 아직 본 일이 없다마는 우리 신들이 가장 엄숙한 약속을 할 때 내세우는 저 무서운 강[2]에 대고 맹세하겠다."

그러자 파에톤은 즉석에서 태양의 이륜차를 하루만이라도 좋으니 부리게 해

1) 통에 넣은 포도를 맨발로 밟아 포도주를 만들기 때문이다.
2) 저승을 둘러싸고 흐르는 스틱스강. 곧 명계의 강.

달라고 했다. 아폴론은 약속한 것을 후회했다. 몇 번이나 고개를 내저으며 이렇게 만류했다.

"너의 이 청만큼은 아무래도 들어줄 수가 없구나. 부디 그것만은 거두기 바란다. 그런 청을 들어주는 건 도리어 너에게 해가 될지도 모르거니와 또 너의 나이와 힘에 벅차기 때문이란다. 너는 애당초 인간으로 태어났다. 그런데도 인간의 힘에 겨운 것을 원하고 있어. 너는 아무것도 모르기 때문에 신들도 감히 생각지 못하는 일을 해보려 하는구나. 나 말고는 저 타오르는 해의 차를 부리는 자는 없을 것이다. 오른팔로 무시무시한 번개를 던지는 위대한 신 제우스도 이것만은 못한다. 그 차가 가는 길은 처음엔 험해서 기운 센 말이라도 아침에 오를 때 여간 어려운 게 아니란다. 중간의 길은 높은 하늘에 있기 때문에 거기서는 나도 발밑으로 펼쳐지는 땅과 바다를 정신이 아찔해서 내려다보기가 힘들 정도야. 그리고 마지막에는 경사가 심해서 마차를 부릴 때 지금까지보다 훨씬 신중하게 말고삐를 다루어야 한단다.

바다의 여신 테티스는 나를 마중하려고 기다리는데 그러다 내가 거꾸로 넘어지지나 않을까 걱정이 되어 벌벌 떠는 일이 종종 있을 정도지. 뿐만 아니라 하늘은 쉬지 않고 돌면서 별들도 함께 가져온단다. 그래서 나는 모든 것을 휩쓸어가는 그 운행의 흐름에 휩쓸리지 않도록 끊임없이 조심하지 않으면 안 된단다.

만약 내가 네게 그 이륜차를 내어 준다면 너는 어쩔 셈이냐? 천구(天球)가 네 밑에서 돌고 있는 그 속에서 똑바로 궤도를 유지할 수 있을 것 같으냐? 아마 너는 길가에 신들이 사는 숲과 마을이 있고, 궁전과 신전도 있으리라고 생각할 게다. 사실은 그렇지가 않아. 길은 무서운 괴물들 사이를 지난단다. 황소자리의 뿔 곁을 지나고, 활을 든 반인반마의 괴물 앞을 지나고, 사자자리의 턱의 코앞까지 가기도 하고, 전갈자리가 한쪽 팔을 뻗쳐 위협하는 곳도 지나고, 다른 편에 있는 게자리가 팔을 밖으로 구부리고 있는 곳도 통과해야 하지.

또한 이륜차를 끌고 가는 말을 몰기도 그리 쉬운 일이 아니란다. 왜냐하면 말들의 가슴은 가득히 불꽃을 태우고 있는 데다가 그것을 코와 입으로 내뿜으면서 질주하기 때문이지. 나도 말들이 말을 듣지 않고 고삐대로 움직이지 않을 때는 그들을 적당히 다루기가 쉽질 않아. 잘 생각해 보려무나, 내 아들아. 만약 너에게 이륜차를 내어 준다면 너의 생명이 위험할지도 모르니 아직 늦지 않았을

파에톤 제우스의 벼락과 번개에 맞아 추락하는 파에톤. 파리, 루브르 박물관

때 너의 청을 거두거라. 네가 바라는 것은 네가 내 피를 물려받은 진짜 아들이라는 증거 아니냐? 그거라면 내가 너를 위해 이렇게 걱정하는 것이 바로 그 증거란다. 내 얼굴을 보아라. 너한테 나의 가슴속을 열어서 보여 줄 수 있으면 좋겠구나. 그럼 넌 아비로서의 걱정을 볼 수 있을 텐데. 그러니까……."

그는 계속 말을 이었다.

"자, 세상을 잘 둘러보고 바다의 것이든 땅 위의 것이든 네가 갖고 싶어 하는 가장 귀중한 것을 골라 그것을 말해라. 절대 거절당할 염려가 없으니까. 다만 이륜차만은 조르지 말거라. 그것은 명예가 아니고 파멸을 초래할 뿐이란다. 아직도 내 목을 끌어안고 조르는 게냐? 네가 그렇게 고집을 부린다면 이륜차를 주마. 약속을 했으니 지킬 수밖에. 그러나 좀더 현명한 선택을 했으면 좋으련만."

아폴론은 말을 맺었다. 하지만 파에톤은 아무리 달래도 듣지 않고 처음의 소원을 굽히지 않았다. 아폴론은 설득에 설득을 거듭한 끝에 하는 수 없이 하늘의 이륜차가 놓여 있는 곳으로 데리고 갔다.

그 이륜차는 헤파이스토스가 황금으로 만들어 선물한 것이었다. 차축도 금으로 만들어졌고, 채와 바퀴도 금이었다. 바큇살만은 은으로 되어 있었다. 좌석의 측면에는 감람석과 금강석이 여러 줄 박혀 있었는데, 그것이 태양 광선을 사방으로 반사했다. 대담한 젊은 파에톤이 감탄하면서 들여다보고 있을 때, 새벽의 여신은 동쪽의 자줏빛 문을 열어젖히고 장미를 가득 뿌려 놓은 길이 나타나게 하였다. 별들은 금성의 지휘하에 물러나고 끝으로 금성도 물러났다.

아버지 아폴론은 땅이 붉게 빛나기 시작하고 달의 여신도 물러나려는 것을 보고, 시간의 신들에게 명령하여 말들에게 마구를 얹게 했다. 그들은 명령에 복종하여 높은 마구간으로부터 암브로시아로 배가 부른 말을 몇 필 끌어내어 고삐를 매었다. 아버지는 아들의 얼굴에다 특효가 있는 영약을 발라 화염의 열에도 견딜 수 있도록 했다. 머리에는 빛의 관을 씌워 주면서 불길한 일을 예감한 듯한 한숨을 내쉬며 말했다.

"내 아들아, 정 그렇다면 적어도 이것 한 가지만은 명심하여 아비의 말을 들어야 한다. 채찍질은 삼가고 고삐를 단단히 쥐고 있어야 한다. 말들은 힘을 모두 합해 휘달리기 때문에, 그 속력을 힘으로 조절해야만 한단다. 다섯 개의 별 무리 사이를 곧장 질러가지 말고 왼쪽 길로 들어서거라. 단, 중간 지대에서 벗어나지 말고 한대 지역이나 열대 지역 같은 곳도 침범하지 않도록 하거라. 그러다 보면 바큇자국이 눈에 띌 것이고, 그것이 길 안내 구실을 할 게다. 이건 모두 하늘과 땅이 제각기 똑같이 열을 받게 하기 위한 것이야. 너무 높이 오르면 천상의 신들의 집들은 불타 버리게 되고, 또 너무 낮으면 땅이 불타게 된단다. 그러니 중간 길이 가장 안전하고 좋은 길이란다.[3]

이제 너를 운명에 맡기겠다. 네가 지금까지 너 자신을 소중히 해온 것 이상으로 운명이 너를 돕기를 바라는 마음 간절하다. 벌써 밤의 여신이 서쪽 문 밖으로 나가려 하는구나. 이젠 더 이상 꾸물거릴 수가 없다. 자, 고삐를 잡거라. 그러나 마지막으로 여기서 그만 물러나서 내 충고를 받아들일 생각이 있거들랑 이대로 얌전히 있으면서, 대지를 따뜻하게 비추는 일은 아버지에게 맡기는 것이 좋겠구나."

그러나 기운이 끓어넘치는 젊은이는 이륜차에 뛰어오르더니 가슴을 쭉 펴고 고삐를 움켜쥐고는 기쁨의 얼굴을 빛냈다. 마음 내키지 않는 아버지에게 고맙다는 말을 되풀이하면서.

그러는 동안에도 말들은 콧바람과 불꽃 날숨으로 주위 공기를 녹이면서 더는 참지 못하겠다는 듯 성급하게 발을 구르고 있었다. 이윽고 고삐가 풀리자 그저 끝없이 넓은 우주가 그들 앞에 펼쳐졌다. 말은 기운차게 돌진하여 앞길을 가로막고 있는 구름을 발길로 차고, 동쪽 하늘에서 출발한 아침 바람도 제치며 나아갔다. 말들은 이내 짐 무게가 전보다 가벼운 것을 느꼈다. 바닥짐이 없는 배가 해상에서 이리저리 거친 파도에 시달리듯 이륜차도 평소의 무게가 없으니 마치 빈 차처럼 튀어 오르며 덜컹거렸다. 말들은 무턱대고 내달려 평소의 길에서 벗어났다.

파에톤은 깜짝 놀라 고삐를 어떻게 다루어야 할지를 몰랐다. 설령 알았다 하더라도 그의 힘으로는 어쩔 도리가 없었을 것이다. 큰곰자리와 작은곰자리가 불타 버렸다. 아마 그들은 가능하면 바닷속으로 뛰어들고 싶었을 것이다. 그리고 북극에서 또아리를 튼 채 움직이지 않으면서 아무런 해도 끼치지 않고 누워 있던 뱀(뱀자리)은 온기를 느끼자, 다시 사나운 성질이 되살아나는 것을 느꼈다.

---

3) 오비디우스 《변신 이야기(Metamorphoses)》 제2권 137행 참조.

전하는 바에 의하면, 견우성은 쟁기(큰곰자리)를 끌고 있었는데 날쌔게 몸을 움직이는 데 익숙지는 않았으나 재빨리 달아났다고 한다.

불운한 파에톤은 아래쪽 땅을 바라보았지만, 아득히 저 아래에 펼쳐져 있었으므로 그는 창백해지고 공포로 인해 무릎이 떨렸다. 사방이 빛으로 찬란한데도 눈은 침침해졌다.

그는 그제야 아버지의 말들에게 손대지 말았어야 했고, 태생을 몰라도 좋았을 거라고, 그리고 아버지의 요청을 물리치지 말았어야 했다고 생각했다. 가슴에 폭풍을 맞으며 비틀거리는 배처럼 버티면서, 이제 하늘의 고독한 조종사로서, 오직 한 줄기 희망을 향해 나아가는 수밖에 없었다. 그러나 돌아보니 지나온 하늘길도 한참이건만, 앞길은 더 멀었다. 그는 시선을 하루의 여정을 시작했던 그 목적지에서 다시 일몰의 왕국으로 옮겼다. 도저히 당도하지 못할 운명의 다음 목적지였다.

그는 자제력을 잃고 어찌해야 좋을지, 고삐를 죄어야 할지 늦춰야 할지도 몰랐다. 말들의 이름조차도 생각나지 않았다. 하늘의 곳곳에 흩어져 있는 여러 괴물들의 모습을 보고 무서움에 떨었다. 특히 전갈은 커다란 두 팔을 벌리고 꼬리와 갈고리 모양의 발톱을 12궁 위로 뻗치고 있었는데 소년 파에톤은 독을 내뿜으며 송곳니로 위협하는 전갈을 보자 그만 용기를 잃고 고삐를 손에서 놓치고 말았다.

말들은 등에서 고삐가 풀린 것을 느끼자마자, 속력을 높여 자기들을 억누르는 것이 없음을 좋아라 하면서 우주의 미지의 영역으로 뛰어들어 별들 사이를 제멋대로 내달렸다. 이륜차는 길도 없는 곳에 내팽개쳐져 때로는 높은 하늘 위로 올랐다가 때로는 거의 아슬아슬하게 지상까지 내려갔다.

달의 여신은 오빠의 이륜차가 자기의 마차보다 밑을 달리는 것을 보고 깜짝 놀랐다. 구름은 연기를 내기 시작하고 산꼭대기는 불타올랐다. 들판도 뜨거운 열 때문에 마르고, 초목이 시들고, 잎이 무성한 나무도 타기 시작하고, 거두어 놓은 곡식은 화염으로 바뀌었다! 그러나 이것도 모자라 커다란 도시들이 그 성과 탑과 더불어 불에 타 무너졌다. 모든 나라들이 그들 국민과 더불어 재가 되었다. 아토스와 타우로스, 트몰로스, 오이테 등 삼림이 우거진 산들도 타버렸다. 샘으로 유명하던 이다산도 이제는 완전히 말라 버렸고, 무사이 여신들이 사는 헬리콘산도 또 하이모스산도 다 타버렸다. 아이트나산(에트나산)은 안팎으로 불이 붙고, 파르나소스산의 두 봉우리도 화염에 싸였으며, 로도페산은 눈으로 된 왕관을 벗어야만 했다. 북쪽 나라의 추위도 스키티아에 아무런 도움이 되지 못했다. 카우카소스산도, 오사산도, 핀도스산도 또 이 두 산보다 큰 올림포스산까지도 인정사정없이 불타 버렸다. 공중에 높이 솟은 알프스산맥의 봉우리도 탔고, 구름을 쓰고 있던 아펜니노산맥의 봉우리들도 불타 버리고 말았다.

파에톤은 이렇게 온 세상이 불바다가 된 것을 보았고, 그 열기로 자신도 견딜 수가 없게 되었다. 그가 들이마시는 공기는 커다란 용광로에서 뿜어내는 공기처럼 뜨거운 데다가, 새빨갛게 불타는 재가 잔뜩 섞여 있었다. 그리고 연기는 까만 빛이었다. 그는 그 한가운데를 무작정 내달려 갔던 것이다. 이때부터 에티오피아인들은 열 때문에 갑자기 체내의 검은 피가 피부 표면에 몰리게 되어 피부색이 검어졌고, 리비아도 열 때문에 습기가 모두 증발되어 오늘날의 사막이 되었다고 한다.

샘의 님프들은 머리를 풀고 말라 가는 물을 슬퍼했는데, 둑 아래를 흐르는 강도 역시 무사하지는 않았다. 타나이스강(돈강)도, 카이코스강과 크산토스강, 마이안드로스강도 메말라 버렸다. 바빌로니아의 유프라테스강과 갠지스강, 사금이 나는 타구스강(타호강)도, 백조가 사는 카이스트로스강도 그러했다. 네일로스(나일강)는 도망치다가 고개를 사막 한가운데에 박아 버렸는데 지금도 여전히 그렇게 숨어 있는 것이다. 옛날에는 이 강도 물이 일곱 갈래로 바다에 흘러들었지만, 이제는 일곱 개의 말라붙은 강바닥만이 드러나 있었다. 대지는 크게 갈라지고, 그 틈으로 빛이 저승 세계인 타르타로스까지 비춰 저승의 왕과 여왕을 놀라게 했다.

바다는 말라붙고 말았다. 전에 바닷물이 있던 곳은 건조한 들판이 되고, 물결 밑에 파묻혔던 산이 고개를 들으니 섬이 되었다. 물고기들은 가장 깊은 곳을 찾아가고, 돌고래는 전처럼 바다 위로 뛰어나올 용기를 잃었다. 바다의 신 네레우스와 그의 아내 도리스까지도 네레이데스라 불리는 딸들[4]을 데리고 가장 깊은 바닷속 동굴로 달아나 버렸다. 포세이돈은 세 번이나 수면에 머리를 내밀었

4) 50명 또는 100명이 있었다고 하며, 단수형은 네레이스이다.

다가 뜨거워서 물속으로 다시 들어갔다.

대지의 여신은 물로 둘러싸여 있었으나, 머리와 어깨는 드러나 있었기 때문에 손으로 얼굴을 가리면서 하늘을 쳐다보며 목쉰 소리로 제우스를 불렀다.

"오, 신들의 지배자여. 만일 내가 이러한 대우를 받아 마땅하고, 불에 타 죽는 것이 당신의 뜻이라면 왜 당신의 번개를 내리지 않으십니까? 부디 나를 당신 손으로 직접 죽여 주세요. 이것이 나의 다산과 충실한 봉사에 대한 대가인가요? 나는 가축에겐 풀을, 인간에겐 과실을 주었고, 당신의 제단에는 유향(乳香)을 바쳤는데 그 대가가 이것인가요? 설사 나야 당신의 호의를 받을 가치가 없다 해도 내 동생 오케아노스(바다의 신)는 무슨 잘못을 저질렀기에 이런 운명을 겪어야 합니까? 우리들만으론 당신의 자비심 깊은 마음을 움직일 수가 없다면 부디 당신의 하늘을 생각해 보세요. 그리고 당신의 궁전을 받치고 있는 두 기둥이 연기를 뿜고 있는 것을 보십시오. 그것이 타버리면 궁전은 허물어질 것이 틀림없습니다. 아틀라스 신마저도 힘이 빠져서 당장에라도 그 무거운 짐(하늘)을 떨어뜨릴 것만 같군요. 바다와 땅과 하늘이 사라져 버린다면 우리는 옛날의 카오스에 빠지고 말 거예요. 부디 우리에게 남아 있는 것만이라도 모든 것을 집어삼키는 이 화염으로부터 구해 주세요. 이 무서운 순간에 우리를 구해 주시기를 간청합니다!"

대지의 여신은 이렇게 호소했지만, 뜨겁고 목이 말라 더 이상은 아무 말도 할 수가 없었다. 전능한 제우스는 이 광경을 실제로 보게 하여 자극하려고, 파에톤에게 이륜차를 내어 준 아폴론을 포함한 모든 신들을 불러 모은 뒤 빨리 손을 쓰지 않으면 모두가 멸망하리라는 것을 설명하고 높은 탑으로 올라갔다. 이 탑은 항상 제우스가 그 위에서 구름을 지상에 흩뜨리고 가지를 내뻗는 번갯불을 던지는 곳이었다. 그러나 이미 그때는 지상을 가릴 구름이 한 점도 눈에 띄지 않았다. 게다가 증발하지 않고 남아 있을 만한 빗방울도 없었다.

제우스는 우렛소리를 내며 번쩍이는 전광을 오른손에 쥐고 흔들다가 이륜차를 몰던 파에톤을 향해 던졌다. 그러자 파에톤은 순식간에 자리에서 떨어짐과 동시에 이 세상 밖으로 쫓겨나고 말았던 것이다!

파에톤은 머리카락에 불이 붙은 채로 거꾸로 떨어졌다. 그것은 마치 밤하늘에 빛의 꼬리를 끌면서 떨어지는 별똥별 같았다. 커다란 강의 신 에리다노스는 떨어져 내려오는 그를 받아 타고 있는 그의 몸을 식혀 주었다. 이탈리아의 나이아데스는 그의 무덤을 세우고, 다음과 같은 비문을 새겼다.

> 아폴론의 이륜차를 몰던 파에톤,
> 제우스의 번개 맞아 이 돌 밑에 잠들다.
> 아버지의 불마차를 제어치 못했으나,
> 오르고자 했던 그 열망만은 고결하다.[5]

파에톤의 누이들(헬리아데스)은 오빠의 운명을 탄식하고 있는 동안에 강가의 포플러나무가 되고 말았다. 그리고 끊임없이 흐른 그녀들의 눈물은 방울져 강에 떨어지고 호박(琥珀)이 되었다.

헨리 하트 밀먼[6]은 《세이모어》라는 시에서 파에톤의 이야기를 다음과 같이 묘사하고 있다.

> 빈사의 우주, 빛을 잃고
> 말을 잃고 고요했던 그 일처럼,
> 시인 입에 오르내린 말—태양신의 젊은 아들, 그리고
> 하늘의 무서운 12궁 사이로 비틀거리는
> 전차의 질주와, 아버지의 만류하던 모습이요,
> 분노한 제우스의 번개 맞은 파에톤이,
> 빛 잃은 에리다노스강에 곤두박질하고,
> 누이들은 포플러 잎새 되어,
> 이른 주검 위에 흘리는, 그 옛날의 호박 눈물이요.

월터 새비지 랜더[7]가 노래한 아름다운 시에 조가비에 대해 묘사하고 있는 곳이 있는데, 거기에는 태양신의 궁전과 태양신의 전차에 대한 비유가 있다.

---

5) 오비디우스 《변신 이야기》 제2권 327행 참조.
6) 영국의 역사가·성직자·작가(1791~1868).
7) 영국의 시인·수필가(1775~1864). 여기 인용된 시는 그의 대표작 《게비르(Gebir)》의 한 구절.

물의 님프가 이렇게 말한다.

난 물결무늬 조가비를 가졌어, 그 안은 진줏빛인데,
새어 나온 빛이 잡아들여 만든 것도 가졌어.
태양궁 베란다에 두었지—고삐 풀린 전차 바퀴는,
베란다—조가비의—물결 위에 두었어.

제6장
미다스, 바우키스와 필레몬

1. 미다스

어느 날 디오니소스는 그의 어릴 때 스승이며 양아버지인 실레노스가 언제부
턴가 행방불명인 것을 알았다. 그 노인이 술에 취해 헤매고 다니는 것을 본 농
부들이 그들의 왕인 미다스에게 데리고 간 것이었다. 미다스는 이 노인이 실레
노스임을 알자, 따뜻이 맞아들이고 열흘에 걸쳐 밤낮을 가리지 않고 계속 주연
을 베풀어 노인을 환대했다. 11일 만에 미다스는 실레노스를 무사히 그의 제자
에게 돌려보냈다. 그래서 디오니소스는 그에 대한 답례로서 무엇이든 바라는
것을 고르라고 미다스에게 말했다. 미다스는 그렇다면 무엇이든 자기의 손이 닿
는 것은 황금으로 변하게 해달라고 요청했다. 디오니소스는 그가 보다 나은 선
택을 하지 않은 것을 유감스럽게 여기면서도 승낙했다.

미다스는 이 새로운 힘을 얻은 것을 크게 기뻐하여 돌아가자마자 곧바로 그
힘을 시험해 보았다. 참나무 가지를 꺾으니 그것이 이내 황금 가지로 변한 것을
보고 그는 자기의 눈을 의심할 정도였다. 이번에는 돌멩이를 집어 올렸다. 그랬
더니 그것도 금이 되었다. 잔디에 손을 댔더니 그것도 마찬가지였다. 다음에는
사과나무에서 사과를 따보았다. 그것은 마치 헤스페리데스의 정원[1]에서 훔쳐
온 것이 아닐까 하는 생각이 들 정도였다.

미다스는 기뻐 어쩔 줄을 몰랐다. 그는 집에 돌아오자마자 하인들에게 훌륭
한 음식을 장만하라고 분부했다. 그런데 놀라운 일은 그가 빵을 만져도 그것이
손안에서 단단해지고 또 요리를 입으로 가져가도 곧 굳어 버려 이가 들어가지

---

1) 헤라가 제우스와 결혼할 때 가이아로부터 선물로 받은 황금 사과나무가 있는 정원을 헤스페
리데스 여신들이 지키고 있었다.

를 않았다. 그래서 그는 포도주를 마셨다. 그러나 그것 역시 마치 녹은 황금처럼 목구멍을 흘러 내려갔다.

이러한 듣도 보도 못한 재앙에 간이 서늘해진 미다스는 어떻게든 마력에서 벗어나려고 애썼다. 그리고 조금 전까지만 해도 그토록 바라던 선물을 증오하기 시작했다. 그러나 아무리 증오해도, 무엇을 하려 해도 허사였다. 굶어 죽는 것이 그를 기다리고 있는 것 같았다. 그는 금으로 빛나는 양팔을 들고 이 황금의 멸망으로부터 구원해 달라고 디오니소스에게 애원했다. 디오니소스는 자비심이 많은 신이었으므로 미다스의 소원을 듣고 그것을 들어주기로 하고 말했다.

"그러면 팍톨로스강에 가서 그 발원지까지 거슬러 올라가 그곳에 네 머리와 몸을 담그라. 그리고 네가 범한 과오와 그에 대한 벌을 씻어 내거라."

디오니소스가 일러 준 대로 미다스가 발원지의 물에 손을 대자 금을 만들어 내는 능력은 물속으로 사라졌다. 그리하여 모래가 황금으로 변했는데 지금도 여전히 그 금모래는 그대로 남아 있다.

그 후로 미다스는 부와 화려함을 싫어했고 시골에 살면서 들판의 신인 판의 숭배자가 되었다.

그런데 언젠가 판은 자기가 연주하는 음악을 아폴론의 음악과 비교해 보겠다, 그 수금의 신과 어깨를 겨루어 보겠다는 따위의 헛되고 위험한 말을 하기 시작했다. 아폴론은 이 도전을 받아들였고, 산신인 트몰로스가 심판으로 뽑혔다.

이 노인은 심판석에 앉더니 귓가의 나무들을 잘라 내고 조용히 귀를 기울였다. 신호를 하자 먼저 판이 피리를 불었다. 그 꾸밈없는 멜로디는 그 자신과 마침 그곳에 함께 있던 그의 충실한 신자인 미다스에게 큰 만족감을 주었다.

트몰로스가 이번에는 고개를 태양신 아폴론에게로 돌렸다. 그러자 숲의 나무들이 일제히 그를 따랐다. 아폴론은 벌떡 일어났다. 이마에는 파르나소스산의 월계수로 만든 관을 쓰고, 티루스 지방에서 나는 자줏빛 염료로 물들인 땅을 스치는 옷을 걸치고, 왼손에는 수금을 들고 오른손으로는 그 현을 탔다. 아름다운 가락에 마음을 빼앗긴 트몰로스는 즉석에서 수금의 신에게 승리를 선언했다. 미다스 말고는 모두가 이 판정에 잠자코 동의했던 것이다. 그러나 미다스는 이의를 제기하고 심판의 공정성에 불만을 토로했다. 그러자 아폴론은 이

미다스의 심판　베네치아, 아카데미아 미술관

런 무식한 귀를 인간의 귀 모양으로 놔두어서는 안 되겠다는 생각이 들어서 그 귀가 크게 늘어나 안팎으로 털이 나고, 귓불 쪽이 움직이게 만들었다. 그래서 당나귀의 귀와 똑같게 되었다.

　미다스왕은 이 불행한 사건으로 완전히 자존심에 상처를 입었으나 그 일을 어떻게든 감출 수는 있으리라 믿고 스스로를 달랬다. 넓은 머릿수건을 써서 귀가 남의 눈에 띄지 않게 했던 것이다. 그러나 그의 이발사는 당연히 이 비밀을 알고 있었다. 그는 그런 말을 입 밖에 내서는 안 된다는 명령을 받았고, 비밀을 지키지 않으면 엄벌에 처한다는 협박을 받았다. 하지만 이발사는 얼마 안 가서 이런 비밀을 그냥 감추고만 있는 것은 자기 힘으로는 불가능하다는 생각이 들었다. 그래서 그는 들판으로 나가 땅에 구멍을 파고 엎드려 비밀을 속삭인 다음 다시 흙으로 덮어 놓았다. 그러나 얼마 지나지 않아 그 초원에 갈대가 무성하게 자라나자, 갈대숲은 비밀을 속삭이기 시작했다. 그때부터 오늘날에 이르기까지 산들바람이 갈대가 나 있는 곳을 스치고 지날 때마다 이 이야기를 줄곧 속삭이고 있는 것이다.

　이 미다스왕의 이야기는 이 밖에도 여러 가지 다른 형태의 이야기가 있다. 존 드라이든[2]은 《바스 부인의 이야기》에서 미다스왕의 비밀을 누설한 것은 미다스의 아내라고 보고 있다.

---

2) 영국의 시인·극작가·평론가(1631~1700). 풍자시와 교훈시로 유명하다.

이것을 안 미다스,
아내에게만 이런 귀의 사정에 대해 알렸다네.

　미다스는 프리기아의 왕이었다. 그의 아버지는 고르디아스라는 가난한 농부였는데 사람들의 추대로 왕이 되었다. 사람들은 신탁의 명령에 따라 그를 뽑았는데 신탁은 미래의 왕이 짐마차를 타고 올 것이라고 했던 것이다. 그래서 모두들 이 신탁의 의미를 생각하고 있던 차에 고르디아스가 아내와 아들을 데리고 마을의 광장으로 짐마차를 타고 들어왔던 것이다.
　고르디아스는 왕으로 선출되자, 신탁을 내린 신에게 그의 짐마차를 바치고 그 자리에 마차를 단단히 매어 놓았다. 이것이 유명한 '고르디아스의 매듭'인데 후세에 전하는 바에 따르면 이 매듭을 풀 수 있는 사람은 아시아 전체의 왕이 되리라는 말이 퍼져 있었다고 한다. 그래서 많은 사람들이 이것을 풀어 보려고 했지만 아무도 성공하지 못했다. 그러다가 마침 알렉산드로스 대왕이 원정 도중에 프리기아에 왔다.
　대왕도 자기의 능력을 시험해 봤지만 역시 다른 사람들과 마찬가지로 잘 되지 않았다. 그러자 참다못한 대왕은 짜증을 내면서 별안간 칼을 뽑아 그 매듭을 끊어 버렸다. 그리하여 아시아 전체를 그의 지배 아래 두었을 때, 사람들은 대왕이야말로 진정한 의미에 있어서 신탁의 말에 따른 사람이었음을 깨달았다.

2. 바우키스와 필레몬
　프리기아의 어떤 언덕 위에 낮은 벽으로 둘러싸인 보리수와 참나무가 한 그루씩 서 있다. 그곳에서 그다지 멀지 않은 곳에 늪이 하나 있었는데 이곳은 전에는 좋은 주택지였으나 지금은 웅덩이가 곳곳에 있고, 들오리와 가마우지들이 모여드는 곳이 되어 있었다. 옛날 제우스가 인간의 모습을 하고 이 땅을 찾아온 적이 있었는데, 그의 아들인 헤르메스도―그 지팡이만은 가지고 있었으나―날개를 떼어 놓고 동행했다. 그들은 피로한 나그네처럼 이 집 저 집의 문 앞에 서서 하룻밤 쉴 곳을 찾았으나 모두가 문을 굳게 잠그고 열어 주지 않았다. 왜냐하면 이미 밤이 늦은 데다가 주민들은 몰인정하여 귀찮게 일어나서 문을 열고 그들을 맞아들이기를 꺼렸기 때문이었다.

그러나 마침내 어느 보잘것없는 오막살이집에서 그들을 맞아 주었다. 작은 초가집인데 그곳에는 바우키스라는 신심 깊은 할머니와 그의 남편 필레몬이 살고 있었다. 이 노부부는 젊었을 때 결혼하여 지금껏 함께 살아온 것이었다. 그들은 가난을 부끄러이 여기지 않고, 작은 바

제우스와 헤르메스를 대접하는 바우키스와 필레몬

람과 친절한 마음으로 그 가난을 견디어 왔다. 그래서 이 집에는 주인도 하인도 없었다. 노부부 두 사람이 가족의 전부여서 서로가 주인이자 하인이기도 했던 것이다.

하늘에서 방문한 두 나그네가 초라한 집에 들어와 고개를 숙이고 얕은 대문을 들어서자 노인은 자리를 권했다. 섬세하고 배려심 많은 바우키스는 자리 위에 깔개를 갖다 펴고 그들에게 앉기를 권했다.

그리고 잿더미 속에서 불씨를 찾아내어 마른 나뭇잎과 마른 나무껍질을 모아 놓고는 입으로 살살 불어 불이 피어오르게 했다. 노파는 방 한구석에서 장작과 마른 나뭇가지를 가지고 와서 잘게 쪼개어 작은 가마 밑에 넣었다.

남편이 뜰에서 기른 채소를 뜯어 오니 노파는 줄기의 잎을 따 잘게 썰어서 냄비에 넣고 끓일 준비를 했다. 노인은 양 끝이 갈라진 막대기로 굴뚝에 걸어 놓았던 베이컨 덩어리를 집어 내렸다. 그리고 그것을 한 조각 잘라 야채와 함께 끓이기 위해 냄비 속에 넣고, 나머지는 다음에 쓰기 위해 보관했다. 너도밤나무로 만든 그릇에는 손님들을 위해 더운 세숫물이 가득 채워져 있었다.

노부부는 이런 준비를 하고 있는 동안에도 이런저런 이야기를 건네어 손님들의 지루한 시간을 달래는 것이었다.

손님들을 위해 준비된 침대에는 해초를 채워 만든 쿠션이 깔려 있었고, 그 위에는 깔개를 덮어 놓았는데, 이 깔개는 꽤 낡고 검소한 것이었으나 큰일을 치를

때나 내놓는 것 같아 보였다. 앞치마 차림의 노파는 떨리는 손으로 식탁을 날랐다. 그 식탁의 다리 하나는 다른 다리보다 짧았는데 나뭇조각으로 괴어 놓아 뒤뚱거리지는 않았다. 그렇게 한 뒤에 노파는 좋은 향취가 나는 풀로 식탁을 훔쳤다. 그리고 그 위에 정숙한 처녀신 아르테미스의 성목(聖木)인 올리브나무의 열매와 식초로 절인 산딸기를 놓았다. 또 그 밖에 무와 치즈, 재 속에 넣어 살짝 익힌 달걀을 곁들였다. 접시는 모두 토기였고, 그 옆에는 흙으로 만든 주전자와 나무 컵이 놓여 있었다. 모든 준비가 다 되었을 때 김이 무럭무럭 나는 스튜가 식탁에 올려졌다.

그리 오래된 것은 아니었지만 포도주도 곁들여 나왔다. 후식으로는 사과와 꿀이 나왔다. 그 밖에 이러한 모든 것보다도 더 좋은 것은 친절한 두 사람의 얼굴과 소박하지만 정성이 담긴 환대였다.

식사가 진행되는 동안에 노부부가 놀란 것은 눈앞에 있는 술이 아무리 따라 내어도 새 술이 저절로 술병 속에 차 있는 것이었다. 간이 오그라든 바우키스와 필레몬은 이 손님들이 신임을 깨닫고, 무릎을 꿇고 두 손을 깍지 끼고, 대접이 소홀했음을 용서해 달라고 빌었다. 이 집에는 한 마리의 거위가 있었는데 늙은 부부는 그것을 집을 지키는 수호신처럼 기르고 있었다. 그들은 그런 거위를 잡아 손님을 대접하려고 했다. 그러나 거위가 있는 힘을 다해 달아나는 통에 노인들은 잡을 수가 없었다. 마침내 거위는 신들 사이로 가서 몸을 피했다. 신들은 거위를 죽이지 말라면서 다음과 같이 말했다.

"우리는 하늘의 신이다. 이런 야박한 마을은 그 불경 때문에 벌을 받아야 한다. 그대들만은 그 징벌을 면하게 하리라. 이 집을 떠나 우리와 더불어 저 산꼭대기로 가자."

늙은 부부는 곧장 이 말에 따라 지팡이를 손에 들고 험한 비탈길을 올라갔다. 그리고 산꼭대기에 거의 다 올랐을 때 눈을 돌려 밑을 내려다보니 그들의 집만 빼놓고는 마을이 온통 호수 속에 잠겨 있었다.

그들이 이 광경을 보고 놀라면서 이웃 사람들의 운명을 슬퍼하고 있노라니 문득 그들의 다 쓰러져 가는 오막살이가 신전으로 변하기 시작했다. 커다랗고 둥근 기둥이 모서리 기둥을 대신했고, 지붕을 인 짚은 금빛으로 빛나기 시작하더니 황금 지붕으로 둔갑을 했고, 바닥은 대리석으로, 문은 황금 조각과 장식들로 아름답게 꾸며졌다. 이윽고 제우스는 인자한 어조로 다음과 같이 말했다.

"매우 보기 드물게 덕이 높은 노인이여, 그리고 그 남편에 못지않은 노파여, 무엇이든 당신들의 소원을 말하거라. 당신들에게 어떤 은총을 베풀었으면 좋겠는지 말해 보거라."

필레몬은 바우키스와 잠시 상의한 뒤에 신들에게 그들의 공통된 소원을 말했다.

"우리는 사제가 되어 당신의 이 신전을 지켰으면 합니다. 그리고 우리는 사랑과 화목 속에서 평생을 보냈으므로 이 세상을 떠날 때에도 둘이서 함께 떠날 수 있게 해주십시오. 나 혼자 살아남아 마누라의 무덤을 보거나, 또는 마누라의 손으로 나의 무덤을 파는 슬픈 일을 겪지 않아도 될 테니까요."

두 사람의 소원은 받아들여졌다. 그들은 살아 있는 동안 신전을 지켰다. 그리고 그들이 아주 늙었을 때, 어느 날 신전의 계단 앞에 서서 이 땅에 대한 옛날이야기를 하고 있었다. 그때 바우키스는 필레몬의 몸에서 나뭇잎이 나오는 것을 보았고, 늙은 필레몬도 바우키스의 몸에서 똑같은 변화가 일어나는 것을 보았다. 다음 순간에는 어느새 나뭇잎 관이 그들의 머리에 씌워졌다. 말할 수 있을 때까지 그들은 서로 작별 인사를 나누었다.

"안녕, 사랑스런 님이여."

그들은 입을 모아 말했다. 바로 그 순간, 동시에 나무껍질이 그들의 입을 뒤덮어 두 사람의 모습을 감춰 버렸다. 티니아 지방의 양치기는 지금도 우리를 이 선량한 노부부가 변신하여 나란히 서 있는 그 두 그루의 나무가 있는 곳으로 안내해 준다.[3]

바우키스와 필레몬의 이야기는 조너선 스위프트[4]가 모방하여 희극을 지었다. 여기서는 제우스와 헤르메스가 두 나그네 성자가 되고, 그 집은 교회로 바뀌며, 필레몬은 그곳의 목사가 되어 있다. 참고로 일부를 소개한다.

그들은 말이 거의 없었소, 공정하고 조용히,

---

3) 《구약성경》의 〈창세기〉 제19장 참조
4) 영국의 소설가(1667~1745). 대표작 《걸리버 여행기》, 《통(桶) 이야기》.

지붕이 높아지고,
모든 대들보가 높아지고,
벽도 따라 서서히 높아지고,
굴뚝은 넓고 높게 그대로 자라,
첨탑 얹은 교회 탑이 되었는데,
주전자는 꼭대기까지 감아올려져,
들보에 묶였다오.
거꾸로 묶여,
아래로 향한 그 속성 다 보였소.
아하, 빈 주전자—하지만 우월한 힘을 보이려 하네.
그 바닥이 저 꼭대기에 붙어 멈추어 있네.
매달려 있어야 할 운명이라,
이제 주전자가 아니고 종(鐘)이로군.
저건 생기 없는 한 짝,
덥히는 기술 쓰지 않아 잃어버린 것. 왠지,
갑작스런 변화의 묘한 느낌.
내장의 바퀴 같은 새로운 기구가 끌어 올렸지.
놀라움 더한 것은,
그 생기 없는 움직임, 짝이 늦추었단 말씀.
그런데 회전기계는 무거운 납발이 매달려도
더욱 빨라져, 보기도 힘들지.
그러나 비밀의 힘 있어,
이젠 시속 1인치도 힘들다 하네.
나무 주전자와 굴뚝이 동맹하더니, 저리도
각자의 자리를 뜨지 않는군.
굴뚝이 자라서 뾰족한 탑 되면,
주전자 혼자, 남아 있을까?
뒷다리로 일어선 뾰족탑에 따라 올라,
시계가 되어, 여전히 매달려 있단 말씀.

그날그날 집안일에 대한 사랑은 여전해,
날카로운 새소리로 한낮의 정오를 고하지.
요리사 아가씨! 조심조심하라고,
달궈진 고기 못 돌아눕는다고.
삐걱이며 기는 저 의자 신음 소리 들어 보시오.
오, 커다란 달팽이처럼 벽을 타는군.
저리 높이 붙어 있으니, 누구라도 보고
작은 변화로 설교한다오.
여기 옛 모양의 침대를 하나 보시오.
판재가 여러 겹 촘촘한데,
조상님이 사용하신 것 같지요?
그건 이제 교회당 의자—
옛 색 여전해,
고달픈 나그네가 졸음으로 앉아 있다오.

제7장
페르세포네, 글라우코스와 스킬라

1. 페르세포네

제우스와 그의 형제들이 티탄 신족을 물리쳐 그들을 명계(타르타로스)로 쫓아 버리자, 다시 새로운 적이 신들에게 반항하여 일어났다. 그들은 티폰과 브리아레오스, 엔켈라도스 등의 거인족이었다. 그들 중의 어떤 자는 100개의 팔을 가지고 있었고, 어떤 자는 불을 내뿜었다. 그들은 마침내 정복되어 아이트나산 밑에 산 채로 매장되었는데, 그들은 아직도 때때로 그곳에서 도망치려고 몸부림을 치느라 섬 전체에 지진을 일으킬 때가 있다. 그들의 숨결이 산을 뚫고 솟아오르면 사람들은 이것을 화산의 분화라고 부르는 것이다.

이들 괴물이 추락할 때 대지를 진동하게 했으므로 명계의 왕인 하데스가 놀랐다. 그는 그 때문에 자기의 왕국이 백일하에 드러나지나 않을까 걱정했다. 이런 걱정을 하면서 검은 말이 끄는 이륜 전차를 타고, 피해 정도를 확인하기 위해 시찰을 떠났다. 그가 시찰을 하고 있는 동안 아프로디테는 에릭스산 위에 앉아 아들 에로스와 놀고 있다가 하데스를 발견하자 아들에게 다음과 같이 말했다.

"내 아들아, 제우스까지도 포함해서 모든 사람을 정복할 수 있는 너의 화살로 저기 가는 저 명계의 왕의 가슴을 향해 쏘아라. 그자만을 놓아줄 필요가 어디에 있느냐? 너와 나의 영토를 넓힐 기회를 놓치지 말거라. 천상에 있어서까지도 우리의 세력을 멸시하는 자가 있는 것을 너는 아느냐? 지혜의 여신인 아테나와 수렵의 여신인 아르테미스가 우릴 멸시하고 있다. 그리고 또 데메테르의 딸(페르세포네)도 그들의 흉내를 내려 하고 있단다. 만약 이것이 네 관심사라면, 아니 내 관심사를 존중해서라도, 어쨌든 이 두 가지를 똑같이 보거라."

페르세포네의 납치
명계의 왕 하데스가 페르세포네를 납치해 가는 장면. 로마, 보르게세 미술관

그래서 에로스는 화살통을 열어 가장 날카롭고 가장 적중률이 높은 화살을 골랐다. 그리고 무릎에 의지하여 활을 구부려 활시위를 당긴 다음 정확하게 겨눈 뒤, 끝이 갈고리 모양을 한 화살을 하데스의 가슴에 정통으로 쏘았다.

한편 엔나의 골짜기에는 나뭇잎으로 가려진 호수 하나가 있었는데, 숲은 호수를 뒤덮어 태양의 강렬한 빛이 내리쬐는 것을 막았고, 물기 머금은 땅은 꽃과 풀이 가득 피어서 봄의 여신이 1년 내내 그곳을 지배하고 있었다. 이곳에서 페르세포네는 백합꽃과 오랑캐꽃을 바구니와 앞치마에 하나 가득 따면서 친구들과 놀고 있었다. 그때 하데스가 그런 페르세포네가 견딜 수 없도록 좋아져서 그녀를 납치했다. 그녀는 살려 달라고 어머니와 친구들에게 외쳤다. 그리고 너무도 두려운 나머지 쥐고 있던 앞치맛자락을 놓쳐 담아 두었던 꽃이 모두 땅에 쏟아졌다. 그녀의 애통한 마음에는 이 꽃을 잃은 것이 또 하나의 새로운 슬픔으로 느껴졌다. 약탈자 하데스는 마차를 끄는 말의 이름을 하나하나 부르며, 머리와 목 위에 쇳빛의 채찍을 거칠게 휘두르면서 몰아댔다. 키아네강에 이르러 강이 앞을 가로막자, 하데스는 삼지창으로 강가를 쳤다. 그러자 땅이 갈라지면서 명계로 통하는 길이 열렸다.

데메테르는 납치당한 딸을 찾아 온 세상을 헤매고 다녔다. 금발의 에오스(새벽의 여신)가 아침 일찍 일어났을 때도, 헤스페로스(금성)가 저녁에 별들을 대동하고 나타났을 때에도 데메테르는 딸을 찾느라 여념이 없었다. 그러나 모든 것이 헛일이었다. 마침내 지치고 슬퍼서 데메테르는 바위 위에 털썩 주저앉았다. 그리고 햇빛과 달빛 아래서, 또는 비를 맞으면서 노천에서 9일 동안을 밤낮으로 앉아 있었다. 그곳은 지금 엘레우시스라는 도시[1]가 있는 곳이고, 그 당시는 켈레오스라는 노인의 집이 있던 곳이었다. 노인은 그때 들에 나가 도토리와 산딸기를 따고, 땔나무를 하고 있었다. 그의 어린 딸은 두 마리의 염소를 몰고 집으로 돌아오는 길이었다. 소녀는 노파로 변신한 여신의 곁을 지날 때 이렇게 말을 걸었다.

"어머니, 왜 바위 위에 홀로 앉아 계신가요?"

이 '어머니'라는 말이 데메테르에게는 무척이나 감미롭게 울려왔다.

---

1) 그리스의 아테네 서북쪽에 위치. 엘레우시우스 신비 의식의 장소로 유명하다.

노인도 무거운 짐을 지고 있었음에도 가던 길을 멈추고 노파를 향해 누추한 오막살이나마 하룻밤 쉬어 가라고 청했다. 데메테르는 응하지 않았으나 노인은 권하기를 그치지 않았다.

"제발 내버려 두세요. 그리고 따님을 가지신 것을 행복하게 생각하세요. 나는 딸을 잃었답니다."

그녀가 대답했다. 이렇게 말하는 동안에도 눈물이, 아니 어쩌면 눈물 같은 것이―왜냐하면 신들은 우는 일이 없으니까―두 볼을 흘러내려 가슴을 적셨다. 인정 많은 노인과 딸은 그녀와 함께 울었다. 노인은 말했다.

"우리와 함께 갑시다. 누추한 집이라고 흉보지는 마시오. 집에 가서 당신의 따님이 무사히 당신 곁으로 돌아오기를 기도합시다."

"그럼 안내해 주세요. 그렇게 말씀하시는데 사양할 수도 없군요."

데메테르는 바위에서 일어서서 그들을 따라갔다. 걸어가면서 노인은 자기의 어린 외동아들이 열이 나고 잠을 못 자며 중병으로 누워 있다고 말했다. 데메테르는 허리를 굽혀 양귀비 열매를 땄다.

일행이 오두막으로 들어가 보니 이미 모두가 슬픔에 잠긴 모습이었다. 어린애는 아무래도 살아날 가망이 없었던 것이다. 그런 와중에도 어린애의 어머니인 메타네이라는 노파를 따뜻이 맞이했다. 노파는 허리를 굽혀 앓는 아이에게 키스했다. 그러자 순식간에 아이의 창백한 얼굴에 혈색이 돌고 건강하게 활력이 되살아나기 시작했다.

온 가족이 기뻐했다. 가족이라고 해봤자 아버지와 어머니, 그리고 어린 딸이 전부였다. 이 집안에는 하인이 한 사람도 없었기 때문이다. 그들은 식탁을 펴고 그 위에 크림과 사과, 벌집에 든 꿀을 내놓았다. 모두가 식사를 하는 사이 데메테르는 아이의 우유에다 양귀비즙을 섞었다. 밤이 되어 온 가족이 모두 잠들었을 무렵, 노파는 일어나서 잠자고 있는 아이를 안더니 손으로 그의 팔다리를 주물렀다. 그리고 아이를 내려다보며 세 번 엄숙한 주문을 외운 다음, 걸어가서 그를 재 속에 뉘었다. 처음부터 손님이 하는 행동을 줄곧 지켜보던 아이의 어머니는 소리를 지르며 뛰어나와 황급히 아이를 불 속에서 *끄집어냈다*. 그러자 데메테르는 여신의 본모습을 드러냈다. 천상의 광채가 주위를 가득 비췄다. 그들이 놀라서 어찌할 바를 모르고 있자니 여신이 말했다.

페르세포네의 납치 날개 달린 쌍두마차를 탄 하데스가 페르세포네를 안고 있다. 그녀의 손에는 하데스로부터 받은 수탉이 있다. 고대 그리스에서는 사랑의 증표로 수탉을 주는 관습이 있었다. 타란트, 국립미술관

"어머니, 아들에 대한 당신의 사랑이 지나친 나머지 오히려 가혹한 일을 저지르고 말았네요. 나는 그대의 아들을 불사신의 몸으로 만들어 주려고 했는데 당신 때문에 모든 일을 망쳐 버렸어요. 그러나 이 아이는 훌륭하고 사람들에게 도움이 되는 인물이 될 거예요. 그는 백성들에게 쟁기 사용법과 농사짓는 방법을 가르쳐 줄 겁니다."

이렇게 말하면서 여신은 구름에 둘러싸여 몸을 감추고 이륜차를 타고 떠나 버렸다.

데메테르는 딸의 행방을 찾아 줄곧 이 땅에서 저 땅으로 헤매었고, 또 바다와 강을 건너면서 헤매다가 마침내 그녀가 처음 출발한 시칠리아섬으로 돌아와 키아네강 둑에 섰다. 이곳은 하데스가 납치한 페르세포네를 데리고 자기의 영토로 달아나는 길을 열었던 곳이었다. 그 강의 님프는 여신에게 자기가 목격한 사실을 다 말해 주고 싶었으나, 하데스가 무서워서 감히 말하지 못했다.

페르세포네가 납치될 때 떨어뜨린 허리띠를 주워 올려서 그것이 바람에 나부끼어 어머니의 발밑으로 가게 하는 것이 고작이었다. 데메테르는 그것을 보고 그녀의 딸이 죽었음을 이제는 의심치 않았으나, 아직 그 사정을 몰랐기 때문에 아무 잘못도 없는 땅에게 누명을 씌웠다. 그리고 그녀는 말했다.

"배은망덕한 땅아, 나는 너를 비옥하게 하고 풀과 자양분이 많은 곡식으로 덮어 주었으나 이제는 그러한 은총을 받지 못할 것이다."

그러자 가축은 죽어 버렸고, 쟁기는 밭고랑에서 망가지고, 씨앗은 싹이 트지 않았다. 가뭄 아니면 장마가 졌다. 새는 씨앗을 쪼았고, 자라는 것이라곤 엉겅퀴와 가시덤불뿐이었다. 이 광경을 본 샘의 님프인 아레투사가 땅을 위하여 중재

자로 나서서 말했다.

"여신이여, 땅을 탓하지 마십시오. 땅은 마지못해 따님에게 통로를 열어 주었을 뿐입니다. 나는 따님을 본 일이 있으므로 그녀의 운명에 관하여 말할 수 있습니다. 이곳은 내가 태어난 고향이 아닙니다. 나는 엘리스 지방에서 왔습니다. 원래 숲의 님프로서 사냥을 즐겼습니다. 모두들 나의 아름다움을 찬양했으나, 나는 그런 것을 염두에 두지 않고 오직 사냥에 능한 것만을 뽐냈습니다. 어느 날 숲으로 돌아오는 길인데, 뛰어다니느라 몸이 더웠습니다.

그때 한 강가에 이르러 보니,

트립톨레모스의 파견 지상에 농업기술을 전파하기 위해 데메테르와 페르세포네에게서 식물의 싹과 왕관을 받고 있다. 엘레우시스 출토. 아테네, 국립미술관

물은 소리 없이 흐르고, 바다의 자갈을 셀 수 있을 만큼 맑았습니다. 강둑은 조용히 느릿느릿 물가까지 이어져 그 위엔 그늘 드리운 버들과 무성한 풀이 있었습니다. 나는 가까이 가서 발을 물에 담갔습니다. 물 깊이가 무릎까지 닿았는데 그것으로 만족하지 않고, 버들가지에 옷을 벗어 걸고 더 들어갔습니다. 그리고 물속에서 놀고 있으려니까, 강바닥에서 들려오는 것처럼 가냘픈 소리가 들려왔습니다.

서둘러 가장 가까운 강둑으로 도망치려고 하자, 그 소리가 말했습니다. '아레투사야, 왜 달아나느냐? 나는 이 강의 신 알페이오스다.' 내가 달아나자 그는 쫓아왔습니다. 그의 걸음이 나보다 빠르지는 않았지만, 힘이 빠지자 그는 나를 따라잡았습니다. 마침내 지친 나는 아르테미스에게 구원을 요청했습니다. '여신님, 나를 살려 주십시오.' 여신은 이 소리를 듣고 갑자기 나를 검은 구름으로 감쌌습니다. 강의 신은 이곳저곳 둘러보다가 두 번이나 나의 가까이까지 왔으나 나를 발견하지는 못했습니다. '아레투사! 아레투사!' 하고 그는 부르짖었습니다. 아, 나는 무서워서 얼마나 떨었는지 모릅니다. 우리 밖에서 으르렁거리는 늑대의 소리를 듣는 양처럼 식은땀이 온몸에 배어나고, 머리칼은 흐르는 물이 되어 흘러내렸습니다. 내가 서 있는 곳에는 물이 괴었습니다. 말하자면 순식간에 나는 하나의 샘이 된 것입니다. 이렇게 변신했는데도 알페이오스는 나를 알아보고 자기의 물을 나의 물과 섞으려고 했습니다.

아르테미스가 땅을 가르자, 나는 알페이오스를 피하려고 그 갈라진 곳으로 들어갔습니다. 그리고 지구의 내부를 돌아 이 시칠리아섬으로 나오게 된 것입니다. 그때 지구의 밑바닥을 지날 때, 나는 당신의 따님 페르세포네를 보았습니다. 따님은 슬픈 안색이었으나 놀란 기색은 보이지 않았습니다. 따님은 여왕같이 보였습니다. 에레보스(암흑)의 여왕, 즉 죽은 자들의 나라를 지배하는 왕의 왕후가 된 것 같았죠."

데메테르는 이 말을 듣고 한동안 얼빠진 사람처럼 멍하니 서 있다가 이내 이륜차를 하늘로 돌리고 제우스의 옥좌 앞으로 갈 길을 서둘렀다. 데메테르는 자기의 불행한 이야기를 고하고 딸을 도로 찾아오도록 도와달라고 제우스에게 애원했다. 제우스는 승낙했지만 한 가지 조건을 내놓았다. 그것은 페르세포네가 명계에 머무는 동안 어떤 것도 입에 대지 않았어야 한다는 것이다.

만약 그렇지 않으면 운명의 여신들이 그녀를 풀어 줄 것을 허락하지 않기 때문이었다. 헤르메스가 봄의 여신을 대동하고 하데스에게서 페르세포네를 찾아오도록 파견됐다. 교활한 명계의 왕 하데스는 이를 승낙했다. 그러나 아, 애통하게도 페르세포네는 이미 하데스가 준 석류를 받고, 그 씨에 붙은 단 과즙을 먹고 만 것이었다. 그러니 완전히 풀려나는 것은 불가능하게 되었으나, 타협을 하여 반년은 어머니와 지내고 반년은 남편 하데스와 지내기로 했다.

데메테르는 이 타협에 응하고, 땅에 전과 같은 은총을 베풀었다. 이때 데메테르는 켈레오스와 그 가족과 어린 아들 트립톨레모스에게 한 약속을 다시 떠올렸다. 데메테르는 소년이 성장했을 때 쟁기 사용법과 씨 뿌리는 방법을 가르쳐 주었다. 그녀는 또 날개 돋친 용이 끄는 자기 이륜차에다 그를 태우고 지상의 모든 나라를 돌아다니며, 인류에게 유용한 곡식과 농업의 지식을 전파하고 다녔다.

여행에서 돌아오자, 트립톨레모스는 데메테르를 위하여 엘레우시스 지방에 웅장한 신전을 세우고, '엘레우시스의 신비 의식'이라는 이름으로 여신 숭배를 시작했다. 이 의식은 그 신전의 훌륭함과 장엄함에 있어서 그리스인들의 다른 모든 종교적 의식을 능가하는 것이었다.

데메테르와 페르세포네의 이 이야기가 우화인 것은 거의 의심할 여지가 없다. 페르세포네는 곡물의 씨앗을 의미한다. 종자는 땅속에 묻으면 그곳에서 그 모습을 감춘다. 말하자면 지하의 신에게 납치되어 있는 것이다. 그러다 거기서 다시 모습을 나타낸다. 즉 페르세포네는 어머니에게 돌아가는 것이다. 봄의 여신이 그녀를 햇빛으로 데려가는 것이다.

밀턴은 《실낙원》 제4권(268~275행)에서 페르세포네의 이 이야기에 대해 이렇게 쓰고 있다.

> ……저 엔나의 들판,
> 페르세포네가 꽃을 따 모은 곳. 아니,
> 더 어여쁜 페르세포네를,
> 어둠의 왕이 따 간 곳이지. 그래서 치른
> 데메테르의 고통이, 세상을 딸 찾아 헤매다,
> ……에덴 동산에서 인간을 위해 피어났으리라.

토머스 후드[2]는 《멜랑콜리에 바치는 송시(頌詩)》(제84~87행)에서 이 이야기를 실로 아름답게 인용하고 있다.

> 가끔 내가 잊거든, 용서해 주려무나,
> 눈앞에 천국의 기쁨이 올 것을, 고뇌로 잊거든.
> 겁먹은 페르세포네가 꽃을 떨군 순간,

---

2) 영국의 시인·저널리스트·유머 작가(1799~1845).

어둠의 왕이 그녀를 바라본 순간의 망각처럼.

알페이오스강은 그 일부가 땅 밑으로 사라져 땅속의 물길을 가다가 다시 땅 위로 나타난다. 시칠리아섬에 있는 아레투사라는 샘이 바다 밑을 지나 다시 시칠리아로 나타난 것이 알페이오스강이라는 말이 전해지고 있다.

콜리지가 그의 시 《쿠빌라이 칸(汗)》에서 다음과 같이 노래하고 있는 것은 이 알페이오스의 땅속 샘에 대한 이야기다.

상도(上都)에 쿠빌라이 칸이,
하늘의 명으로 짓기를, 웅장한 둥근 지붕. 그것은,
신성한 강 앨프(Alph)가, 휘돌아 온 강.
인간에겐 너무도 장대한
동굴 지나, 어두운 해저까지 휘돌아 온 강.

무어의 《젊은 날의 노래》(《그리스 소녀가 꿈꾸는 축복받은 섬》 제6절)에서 그는 다음과 같이 이 이야기를 다루고 있다. 그리고 화환이라든가 그 밖의 가벼운 것을 강에다 던져 가라앉히고 보이지 않게 했다가 다시 재현시키는 현상에 대해서도 언급하고 있다.

오, 내 사랑, 형체 없는 달콤함이여!
순수한 기쁨이 같은 영혼을 만날 때,
강의 신은 알고 있다―물이 흘러,
오직, 사랑―빛을 머금고 동굴로 내려가
온통 꽃주름 물결, 흥겨운 소리로 휘돌 때,
올림피아의 여인이, 어둠 속에서 만난 희망.
그녀가 아레투사의 샘 밑 모임에, 그 희망을 장식해 두었지.
생각해 보아, 샘 밑에 솟아오른 신부를 만나면,
어둠의 신비조차 머금은, 정다운 흐름을 만나면 어느 사랑이 떨게 할까?
아, 형체 없는 영혼, 서로에게 속하고 속해,

그들의 운명의 몫은, 어둠에— 태양에—
본래의 모습으로, 똑같이 흐른다네.

다음에 드는 무어의 《여행 중에 읊는 시》(제4장 2절)는 프란체스코 알바니의
〈에로스들의 춤〉[3]에 표현된 그림의 의미를 설명한 것이다.

대지로부터 엔나의 꽃을 꺾으려고,
떠들썩 춤추는 이 장난꾸러기들,
초록나무 둘러싼, 광야의 요정 같다.
아주 가까이 손잡고 눈부시게
볼을 맞댄, 화환의 장미 꽃봉오리들 같다.
더 멀리엔, 다른 무리가 있다.
그 화살 깃 아래 희미한 눈빛들.
무리 중 큰 친구가 한마디 한다. 자, 보시오!
갓 날아올라, 행복의 미소로 말한다.
아름다운 어머니를 괴롭힌 플루톤의 못된 장난……
어머니는, 세월을 키스로 맞으려 돌아선다.

2. 글라우코스와 스킬라

글라우코스는 어부였다. 어느 날 그물을 끌어 올렸더니 각종 물고기가 무진
장 많이 걸려 있었다. 그래서 그는 그물을 털고 풀 위에서 고기를 가리기 시작
했다. 그가 서 있는 곳은 강 가운데에 있는 아름다운 섬이었는데, 그곳은 외딴
곳이어서 인가도 없고 가축의 목장으로도 사용되지 않았으며, 글라우코스 외
에는 오는 사람도 없었다. 갑자기 풀 위에 놓아 둔 고기들이 다시 살아나 마치
물속에 있는 것처럼 지느러미를 움직이기 시작했다. 그가 놀라서 바라보고 있
는 동안에 고기들은 모조리 물속으로 들어가 헤엄쳐 달아나 버렸다. 그는 이것
이 어떤 신이 한 일인지 아니면 풀 속에 있는 어떤 신비로운 힘 때문이었는지 분

---

3) 이탈리아의 화가 알바니(1578~1660)의 작품. 에로스는 회화에서 흔히 복수로 그려진다.

간할 수가 없었다.

"어떤 풀이 이런 힘을 가진 것일까?"

그는 큰 소리로 말했다. 그리고 풀을 조금 뜯어서 씹어 보았다. 그 풀의 즙이 입 속으로 채 퍼지기도 전에 그는 물이 몹시 그리워졌다. 더는 견딜 수가 없어 그는 대지에 이별을 고하고 물속으로 뛰어들었다. 그러자 강의 신들은 그를 따뜻이 맞아 주었고 더불어 자기들의 동료가 될 수 있는 영예를 주었다. 그들은 바다의 지배자인 오케아노스와 테티스(오케아노스의 아내)의 동의를 얻어 글라우코스가 지니고 있는 인간적인 요소를 죄다 씻어 내기로 했다. 그러자 그가 이제까지 지니고 있던 감각은 물론이요, 의식까지도 깨끗하게 사라져 버렸다. 얼마 뒤 정신이 든 글라우코스는 자기의 모습도 마음도 변했음을 발견했다. 그의 머리칼은 바닷물처럼 파랗게 물 위로 길게 드리워져 있었다. 그의 어깨는 넓어지고, 허벅지와 다리 부분은 물고기의 꼬리 모양이 되어 있었다. 바다의 신들은 그의 새로운 모습을 칭찬해 주었다. 그리고 글라우코스 자신도 자기가 잘생기고 아름다운 신이 된 것처럼 느꼈다.

어느 날, 글라우코스는 바닷가를 거니는 아름다운 처녀의 모습을 발견했다. 그녀는 물의 님프들이 가장 좋아하는 아가씨였는데, 어느 편한 장소를 발견하자 그 맑은 물에 늘씬한 다리를 담갔다. 글라우코스는 어느새 그녀를 너무나도 사랑하게 되어서 물 위로 모습을 나타내고 그녀에게 말을 걸었다. 그리고 그녀를 잡아 둘 수 있으리라 생각되는 이야기를 이것저것 했다.

하지만 스킬라는 그의 모습을 보자마자 곧바로 등을 돌려 달아나 바다가 내려다보이는 높은 벼랑 위까지 도망쳤다. 거기까지 오자 멈추어 서서 상대가 신인지 아니면 바다짐승인지를 확인하기 위해 뒤돌아보았다. 그리고 그의 모습과 빛깔을 보자 깜짝 놀랐다. 글라우코스는 몸의 일부를 물 위로 드러내고 몸을 바위에 기대고 다음과 같이 말했다.

"아가씨, 나는 괴물도 아니고 바다짐승도 아닌 신이오. 그리고 프로테우스나 트리톤도 나보다는 지위가 높지 않소. 전에는 나도 인간이었소. 그리고 그전엔 생계를 위하여 바다를 좇았으나 지금은 완전히 바다에 속하게 되었다오."

이렇게 자기의 모습이 변한 그간의 사정을 이야기하고, 또한 어떻게 하여 현재의 높은 지위에 오르게 되었는지를 이야기했다.

글라우코스와 스킬라 빈, 미술사박물관

그리고 다시 덧붙였다.

"하지만 이런 이야기를 아무리 한들 당신의 마음을 움직일 수 없다면 무슨 소용이 있겠소?"

그는 그렇게 말을 계속하려 했으나 스킬라는 돌아서서 달아나 버렸다.

글라우코스는 무척이나 실망했다. 그러나 문득 키르케라 불리는 마법사 여신에게 상의해 볼까 하는 생각이 났다. 그래서 키르케가 사는 섬으로 갔다. 이곳은 나중에 오디세우스가 상륙한 곳과 같은 섬인데 이에 대해서는 다음 장에서 더 이야기하겠다. 키르케와 서로 인사를 나눈 뒤에 그는 말했다.

"여신이여, 제발 나를 불쌍히 여기소서. 내 이 괴로움을 누그러뜨릴 수 있는 분은 당신뿐입니다. 그 약초의 효력은 누구보다도 내가 잘 압니다. 그 풀 덕분에 나는 모습이 바뀌었으니까요. 나는 스킬라를 너무나 사랑합니다. 말씀드리기 부끄럽습니다만 나는 그녀에게 별별 말을 다하여 구애하고 맹세를 했습니다. 그렇지만 그녀는 나를 비웃을 따름입니다. 제발 부탁입니다. 당신의 주문을 외워 주십시오. 아니면, 그 약초가 더 효과가 있다면, 그 강한 약초를 써주십시오. 내 사랑이 치유되길 원하는 것이 아닙니다. 스킬라가 나에 대하여 나와 같은 애정을 느끼고 같은 애정으로 보답하게 해달라는 것입니다."

그러자 키르케는 대답했다. 바다의 푸른빛으로 빛나는 신의 매력에 도저히 마음이 기울어지지 않을 수가 없었던 것이다.

"당신을 좋아하는 애인을 구하는 것이 좋을 거예요. 당신 같은 분이라면 구애를 받을 만한 가치가 있어요. 당신 스스로 헛되이 구애할 필요는 없답니다. 자신을 가지세요. 당신 자신의 가치를 알아야 합니다. 나는 여신이고, 또 식물과 주문의 효력에도 통달하고 있습니다만, 그런 나도 당신으로부터 구애를 받는다면 거절하지 못할 것 같네요. 그녀가 당신을 비웃는다면 당신도 그녀를 비웃고 당신의 사랑을 기꺼이 받아들이는 여자를 사랑하세요. 그렇게 하면, 스킬라에 대해서나 그 사람에 대해서나 온당한 보답이 되지 않겠어요?"

여신의 말에 글라우코스는 대답했다.

"바다 밑바닥에 나무가 자라고, 산꼭대기에 해초가 무성할 때가 올지라도 스킬라에 대한, 오직 스킬라 하나만에 대한 나의 사랑은 변함이 없을 겁니다."

여신 키르케는 무척 화가 났지만, 그렇다고 글라우코스를 벌할 수도 없고, 또 벌하기를 바라지도 않았다. 왜냐하면 그러기에는 여신도 그를 너무 좋아했기 때문이다. 그래서 여신은 자기의 분노를 모조리 연적인 가엾은 스킬라에게 돌렸다. 여신은 독이 있는 약초를 몇 가지 뜯어 주문을 외우면서 섞었다. 그리고 자기 요술에 희생되어 뛰노는 많은 짐승들 사이를 지나 스킬라가 살고 있는 시칠리아의 바닷가로 갔다. 그 해안에는 스킬라가 날이 더울 때면 바닷바람을 쐬고 목욕을 하기 위해 자주 다니는 작은 만(灣)이 있었다. 이 바닷물에다 여신은 그 독약을 풀고 강력한 마력을 가진 주문을 외웠다.

스킬라는 언제나처럼 이곳에 와서 몸을 허리까지 물속에 담갔다. 이때 그녀는 자기의 주위에 한 떼의 독사들과 소리 높여 짖어 대는 괴물들을 보고 얼마나 공포를 느꼈던가. 처음에 스킬라는 그들이 자기 자신의 일부인 줄은 꿈에도 생각하지 못하고, 그들로부터 달아나고, 그들을 쫓아 버리려 했다. 그러나 스킬라가 달아나면 그들도 한데 붙어 다녔고, 자기의 팔다리에 손을 대어 보니 그것은 자기의 팔다리가 아니고 괴물들의 크게 벌린 턱이었다. 스킬라는 그 자리에 뿌리박힌 듯이 꼼짝도 할 수가 없었다. 그녀의 성질도 겉모습과 다름이 없이 추악해져 불운한 뱃사공들을 손에 닿는 대로 잡아먹는 데 쾌락을 느끼게 되었다. 그리하여 스킬라는 6명의 오디세우스의 동료들을 잡아먹었으며, 아이네이아스의 배를 난파시키려고도 했다. 그러다가 마침내 스킬라는 바위로 변했는데, 지금도 여전히 뱃사공들에게 공포의 대상이 되고 있다.

키츠는 《엔디미온》(제3권 218~806행)에서 '글라우코스와 스킬라' 이야기의 결말에 새로운 각색을 해보았다. 즉 글라우코스는 키르케의 달콤한 말에 따르지만, 이윽고 우연한 기회에 그녀의 짐승들에 대한 무참한 행동을 목격하고 만다. 그래서 키르케의 배신과 잔인함에 혐오감을 느껴 그녀로부터 도망치려고 했으나 붙들려 다시 끌려온다. 그녀는 그를 마구 몰아세운 뒤 그에게 1000년을 노쇠와 고통 속에서 지내도록 선고하고 쫓아냈다.

글라우코스는 바다로 돌아갔는데 거기서 스킬라의 시체를 발견한다. 여신은 그녀의 모습을 바꾼 것이 아니라 그녀를 물에 빠뜨려 죽인 것이었다. 거기서 글라우코스는 자기의 운명을 깨닫는다. 즉 자기가 1000년 동안 물에 빠져 죽은 연인들의 시체를 남김없이 주워 모으며 지내고 있노라면 이윽고 신들이 아끼는 젊은이가 나타나 자기를 구해 줄 것이었다. 그리고 엔디미온이 이 예언을 실현해 글라우코스에게 다시 젊음을 주어 스킬라와 그 밖의 물에 빠져 죽은 연인들을 모두 되살려 주는 것이다.

　다음의 인용은 글라우코스가 '바다로의 이동' 뒤 자기의 기분을 노래한 것이다.

　　살아오매, 생명 아니면 죽음으로
　　내 삶의 감각, 그리 가쁜 숨소리로 채워졌다.
　　고통의 작업 같았다.
　　이제 얼마나 투명한 부드러움인지,
　　팔다리의 느낌 얼마나 쾌활한 힘인지, 감동할 수 있다.
　　처음은 매일매일 순전한 놀라움으로,
　　내 마음 완전히 잃고,
　　힘센 썰물―밀물―에 따를 뿐이었다.
　　그런데, 새로 난 깃털을 처음 펼쳐 보이며,
　　새 한 마리가 내일의 한기에 파르르 떨었다.
　　나, 두렵지만 의지의 날개 끝을 시험해 보았다.
　　'자유란 이런 것!' 그리고 그 순간 찾았다.
　　놀라운 일을 끊임없이 벌이는 내 바다침대를.

　　　　　　　　　　　　　　　　　　　　　　　　키츠

제8장
피그말리온, 드리오페,
아프로디테와 아도니스, 아폴론과 히아킨토스

1. 피그말리온

피그말리온은 여자에게는 굉장히 많은 결점이 있음을 보고, 마침내 여성을 미워하게 되어 평생을 독신으로 지내기로 결심했다. 피그말리온은 조각가였다. 그래서 훌륭한 솜씨를 부려 상아로 조각을 하였는데, 그 작품의 아름다움은 살아 있는 여자 따위는 도저히 곁에 다가갈 수도 없을 만한 것이었다. 그것은 더할 나위 없는 처녀의 모습으로 정말 살아 있는 것처럼 보였다. 그것이 움직이지 않는 것은 단지 수줍음 때문이라고 여겨질 만큼 훌륭했다. 그의 기술이 매우 완벽했기 때문에 사람의 손길 같은 흔적은 남지도 않았고, 마치 대자연의 손이 만든 것 같아 보였다.

피그말리온은 자기 자신의 작품에 홀린 나머지 어느덧 이 작품과 사랑에 빠지게 되었다. 그는 그것이 정말로 살아 있는지 아닌지를 확인하려는 듯이 종종 그 위에 손을 대보았다. 손으로 만지기까지 했음에도 그것이 단순한 상아에 불과한 것이라고는 믿어지지 않았다. 그래서 그는 그것을 꼭 껴안기도 하고, 또 젊은 아가씨들이 좋아할 만한 선물, 즉 반짝이는 조개껍데기라든지, 맨들맨들한 돌이라든지, 작은 새라든지, 갖가지 색깔의 꽃이라든지, 구슬이나 호박 같은 것들을 선물로 주었다. 또 몸에는 옷을 입히고, 손가락에는 보석을 끼웠으며 목에는 목걸이를 걸어 주었다. 귀에도 귀고리를 달아 주고, 가슴에도 진주를 꿰어 달아 주었다. 옷이 잘 어울려서 옷을 입은 맵시는 입지 않았을 때 못지않을 정도로 매력이 있었다. 그는 그녀를 티루스 지방에서 나는 염료로 물들인 천을 깐 소파 위에 눕히고, 그녀를 자기의 아내라고 불렀다. 그러고는 그녀의 머리를 가

피그말리온과 갈라테아 피그말리온은 자기가 만든 상아조각을 사랑했다. 아프로디테에게 사랑의 성취를 부탁하자, 그 조각이 생명 있는 여자로 변신하였다. 이 신화를 프랑스 화가 제롬이 묘사하여 신비한 힘을 표현하였다. 뉴욕, 메트로폴리탄 미술관

장 보드라운 깃털을 넣어 만든 베개 위에 뉘었다. 깃털의 부드러움을 그녀가 마음껏 즐길 수 있기라도 한 것처럼. 곧 아프로디테의 제전이 가까워왔다. 이 제전은 키프로스섬에서 성대하게 축하하는 잔치였다. 제물을 바치고, 제단에는 향이 피어올랐으며 그 향내가 주위로 온통 퍼졌다. 피그말리온은 이 제전에서 자기의 할 일을 마친 뒤에 제단 앞에 서서 수줍어하면서 말했다.

"신들이여, 여러분께서 어떤 것이든 다 들어주신다면 제발 부탁입니다. 제게 주세요. 제 아내로요."

그는 차마 "내 상아 처녀를"이라는 말은 하지 못하고 대신에 이렇게 말했다. "내 상아 처녀와 닮은 여인을."

제전의 자리에 함께 있었던 아프로디테는 그의 말을 듣고 그가 말하려는 참뜻을 알았다. 그리고 그의 소원을 들어주겠다는 표시로 제단에 불타고 있는 불꽃을 세 번 공중으로 세차게 오르게 했다. 집으로 돌아온 피그말리온은 그의 조각상을 만나러 갔다. 그리고 몸을 소파에 기대고 조각의 입술에 키스했다. 그런데 그 입술은 왠지 온기가 있는 것 같았다. 그는 다시 조각의 입술에 키스하면서 그녀의 몸을 만져 보았다. 그러자 그 상아는 그의 손에 부드럽게 느껴졌다. 그리고 손가락으로 눌러 보니 히메토스산에서 나는 밀랍처럼 보드럽게 눌렸다. 피그말리온은 놀라고 기뻐 어쩔 줄 모르면서도 반신반의하면서, 자기가 착각을 하는 게 아닐까 걱정스러워 사랑으로 불타는 뜨거운 손으로 셀 수 없이 여러 번 사랑의 대상을 만져 보았다. 그러나 그것은 정말 살아 있는 것이 아닌가! 혈관은 손가락으로 누르면 쑥 들어갔다가 손을 떼면 다시 둥글게 되었다.

그제야 비로소 아프로디테의 숭배자인 피그말리온은 여신에게 감사를 드렸

다. 그리고 자기의 입술을 자기와 똑같이 피가 통하는 입술 위에 댔다. 처녀는 키스를 받고는 살며시 얼굴을 붉히면서 수줍은 듯한 눈을 떠 애인을 바라보았다. 아프로디테는 자기가 맺어 준 두 사람의 결혼을 축복했다. 그리고 이 둘의 결합으로 아들 파포스가 태어났다. 아프로디테에게 바쳐진 파포스라는 도시는 이 아이의 이름을 딴 것이다.

실러는 그의 《이상(理想)과 인생》(1795년)이라는 시에서 이 피그말리온의 이야기를 빌려 청년의 마음속에 내재된 자연애에 대해서 노래하고 있다. 다음은 내 벗이 그것을 영어로 번역해 준 것이다.

언젠가, 정열에 넘친 수많은 기도로,
피그말리온이 돌조각을 포옹하자,
차갑게 굳은 대리석이 상기되며,
이성의 감정의 빛이 그를 비추었다.
그렇게 나는 시인의 마음에 바쳐진
젊은 사랑으로, 빛나는 자연을 끌어안았다.
숨결, 따스함, 활기찬 몸짓, 마치
차가운 조각의 모습을 통해 날아갈 것 같았다.

그때, 내 온 열정 나누고도,
조용히 남아 있는 그 모습, 그러나 표정을 찾는다.
대담한 내 젊음의 키스 돌아와,
내 급한 심장 소리 알아듣는다.
그 활기찬 창조물은 그 뒤 나를 위해 살았다.
은빛 실개천이 재잘거리고,
나무와 장미가 상기되어 그 얘깃거리를,
끝없는 삶의 메아리를 나누었다.

2. 드리오페

드리오페와 이올레는 자매였다. 드리오페는 안드라이몬의 아내였는데, 남편의 사랑도 받고 첫아이도 낳고 그렇게 행복하게 살고 있었다. 어느 날 자매는 둑을 거닐고 있었다. 이 둑은 물가까지 완만한 경사를 이루고 있고 둑 위에는 도금양나무가 우거져 있었다. 그들은 님프들의 제단에 올릴 화환을 만들기 위해 꽃을 따러 나온 것이었다. 드리오페는 소중한 아들을 가슴에 안고 아기에게 젖을 먹이면서 걷고 있었다. 물가까지 가니 그곳에는 진홍색 연꽃이 만발해 있었다. 드리오페는 그 꽃을 몇 개 따서 아기에게 주었는데, 그러자 이올레도 그렇게 하려는 찰나 언니가 꽃을 딴 곳에서 피가 흐르고 있는 것을 보았다. 이 식물은 누구였을까. 그것은 싫어하는 남자에게 쫓겨 달아나다가 끝내 연꽃으로 변신한 님프 로티스였다. 그들은 이 사실을 나중에야 마을 사람들한테 들어 알았으나 때는 이미 늦었다.

드리오페는 자기가 무슨 짓을 했는지 깨닫자, 심한 공포에 사로잡혀 서둘러 그 자리를 떠나려 했다. 그러나 어느새 다리에 뿌리가 나서 땅에 달라붙어 있는 것이었다. 발을 빼내려고 해보았지만 윗몸을 조금 움직일 수 있을 따름이었다. 나무 같은 느낌이 윗몸까지 훑고 올라와 차츰 온몸을 휘감아 갔다. 그녀는 괴로운 나머지 머리카락을 쥐어뜯으려고 했으나 손에는 이미 양쪽 다 잎이 가득 나 있었다. 아기는 어머니의 가슴이 굳어지기 시작하고, 젖이 나오지 않게 된 것을 느꼈다.

이올레는 언니의 슬픈 운명을 그저 바라보기만 할 뿐, 어떻게 도울 방법이 없었다. 이올레는 언니의 몸이 점점 변하는 것을 막기라도 하려는 듯 그저 커져가는 나무둥치를 껴안았다. 그리고 할 수만 있다면 자기도 같이 이 나무껍질로 싸이기를 원했다. 그때 마침 드리오페의 남편인 안드라이몬이 장인과 함께 가까이 왔다. 그들이 드리오페는 어디 갔느냐고 묻자, 이올레는 지금 갓 생겨난 포플러나무를 가리켰다. 그들은 온기가 남아 있는 나무줄기를 포옹하고 그 잎에다 수없이 키스를 퍼부었다.

드리오페는 이제 얼굴을 제외하고는 그녀의 옛 모습이 남아 있는 곳이 없었다. 아직도 눈물이 흘러 잎새 위로 떨어졌다. 그녀는 아직 말할 수 있는 동안 이렇게 말했다.

"나는 죄가 없어요. 이런 비참한 운명에 빠질 까닭이 없어요. 나는 지금까지 아무에게도 상처를 입힌 적이 없으니까요. 내 말이 거짓이라면 나의 잎이 햇빛에 말라 죽고, 줄기는 베어져 불 속에 들어가도 좋아요. 부디 내 아기를 데려가서 유모에게 맡겨 주세요. 아기를 때때로 이곳으로 데려와 내 가지 밑에서 젖을 먹이고, 내 그늘 안에서 놀게 해주세요. 그리고 아기가 자라서 말을 할 수 있게 되거든 나를 어머니라 부르도록 가르쳐 주세요. 그리고 '내 어머니는 이 나무 속에 들어 있다'라는 말을 슬퍼하면서 말하도록 해주세요. 강가를 조심하고, 나무 덤불을 보거든 여신이 변신한 것은 아닌지 경계하여 꽃을 꺾지 않도록 주의하라고 일러 주세요. 자, 그러면 사랑하는 남편, 동생, 아버지, 안녕히 계세요. 아직도 나를 사랑하여 주신다면 도끼로 내 몸을 상하게 하거나 새나 짐승들이 내 가지를 물어뜯는 일이 없도록 해주세요. 나는 몸을 굽힐 수가 없으니 당신들이 이리 올라와 내게 키스해 주세요. 그리고 내 입술이 감각을 지니고 있는 동안에 키스를 하도록 아기를 들어 올려 주세요. 이제는 더 말할 수가 없을 것 같군요. 이미 껍질이 목까지 올라왔고 이내 온몸을 싸게 될 것이니까요. 나의 눈을 감겨 주실 필요는 없습니다. 내버려 두어도 껍질이 눈을 감겨 줄 테니까요."

말을 마치자 마침내 입술은 움직이지 않게 되었고, 인간의 목숨은 끊어지고 말았다. 그러나 아직 가지에는 얼마 동안 더 온기가 남아 있었다.

키츠는 《엔디미온》(제1권 491~495행)에서 드리오페에 대해 노래한다.

그녀는 맥박 치는 류트를 집어 들었다.
생생한 전주곡이 길로 이어지고,
그녀 목소리도 배회한다.
리드미컬한 섬세함이—거친 숲보다 야생이고,
아이 어르는 드리오페의 쓸쓸한 자장가보다 음악적인 출산이다.

3. 아프로디테와 아도니스

아프로디테는 어느 날 아들 에로스와 함께 놀아 주고 있는데, 아들이 가지고 있던 화살에 의해 자기 가슴에 상처를 입고 말았다. 그녀는 재빨리 아들을 밀

아프로디테와 아도니스   뉴욕, 메트로폴리탄 미술관

어냈으나 상처는 생각보다 깊었다. 그런데 상처가 채 낫기도 전에, 아프로디테는 아도니스를 보았다. 그러자 단박에 그의 포로가 되고 말았다. 그래서 지금껏 잘 다니던 도시 파포스도, 크니도스도, 게다가 광물이 풍부한 아마토스에도 아무런 흥미를 느끼지 않게 되었다. 그녀는 하늘로 올라가는 것조차도 하지 않게 되었다. 왜냐하면 하늘의 세계보다도 아도니스가 더 중요했기 때문이었다.

그녀는 아도니스의 뒤를 늘 따라다녔다. 여태 자기의 용모를 아름답게 하는 데만 관심을 가지고 그늘 밑에서 휴식을 즐기던 아프로디테였으나, 이제는 사냥의 여신인 아르테미스 같은 옷차림을 하고, 숲속을 쏘다니거나 산을 넘으면서 이리저리 돌아다녔다. 그리고 자기의 개를 불러 토끼나 사슴이나 기타 위험성이 없는 동물만을 사냥하고, 사냥꾼에게 덤벼드는 늑대나 곰은 피했다. 아프로디테는 아도니스에게도 이런 위험한 동물을 조심하라고 했다.

"겁쟁이 동물에게는 용감하게 행동하세요."

그녀는 말했다.

"하지만 거칠고 힘센 상대에게 용기는 안전하지 못해요. 몸을 위험에 처하게 해서 나의 행복을 빼앗지 않도록 조심해 주세요. 자연이 무기를 준 짐승을 상대해서는 안 됩니다. 나는 당신의 영예를 가장 높이 사지만 그와 같은 위험에 맞서면서까지 당신이 영예를 더하는 것은 원치 않아요. 당신의 젊음도, 또 이 아프로디테를 매혹하는 그 아름다움도 사자나 털이 곧추선 멧돼지들의 마음은 사로잡지 못할 거예요. 무서운 발톱과 터무니없이 억센 힘을 생각해 보세요! 나는 그런 동물들은 다 싫어요. 왜냐고 하시는 건가요?"

그녀는 아탈란테(또는 아탈란타)와 히포메네스의 이야기를 해주었다. 아프로디테를 배신했기 때문에 사자로 변해 버린 두 사람의 이야기를 했던 것이다.

아프로디테는 아도니스에게 경계의 말을 해주고는 백조가 끄는 이륜차를 타고 하늘을 날아갔다. 그러나 아도니스는 이와 같은 충고를 지키기에는 너무도 기품 있었기에 그런 충고에는 조금도 개의치 않았다. 그래서 개들이 멧돼지를 굴에서 몰아내자, 젊은이는 손에 들고 있던 창을 던져 들짐승의 옆구리를 찔렀다. 그러자 멧돼지는 창을 자기 입으로 빼내기가 무섭게 아도니스에게 거칠게 달려들었다. 아도니스는 재빨리 몸을 돌려 도망쳤다. 그러나 멧돼지는 어느새 그를 뒤쫓아와 그의 옆구리에 이빨을 들이박았다. 아도니스는 죽음에 이르는 상처를 입고 들판에 쓰러졌다.

그때 아프로디테는 백조가 끄는 이륜차를 타고 하늘을 날고 있었다. 키프로스섬에 채 이르기도 전에 사랑하는 사람의 신음 소리가 바람을 타고 들려왔다. 그래서 그녀는 다시 백조들을 땅으로 향하게 했다. 그리고 가까이 가서 높은 곳으로부터 피투성이가 된 아도니스의 시체를 보고 아프로디테는 황급히 땅으로 내려와 시체 위에 엎드려 자기의 가슴을 치며 머리칼을 쥐어뜯었다. 그리고 운명의 여신들을 원망하면서 이렇게 말했다.

"오냐, 나는 무엇이든 운명의 여신들이 승리하게 하지 않겠다. 내 슬픔의 기념만이 언제까지나 남게 하겠다. 그리고 내 아도니스여, 나는 당신의 죽음과 내 애통해하는 모습이 해마다 새로워지도록 당신이 흘린 피가 꽃이 되게 하겠어요. 이런 위로를 한다고 나를 시기할 수 있는 자는 아무도 없을 거예요."

아도니스의 죽음 프랑스, 퐁텐블로 궁전 벽화

　이렇게 말하면서 그녀는 그 피 위에 넥타르를 뿌렸다. 이 두 가지의 것이 섞이자 마치 못 위에 빗물이 떨어질 때처럼 거품이 일었다. 그렇게 한 시간쯤 지나자, 석류꽃 같은 핏빛의 꽃이 한 송이 피었다. 그러나 그것은 명이 짧았다. 바람이 꽃을 피우는가 싶다가 어느새 다음 바람이 와서 꽃잎을 흩뜨려 버린다. 그래서 사람들은 그것을 아네모네, 즉 '바람꽃'이라 부른다. 그 꽃이 필 때나 질 때 모두 바람이 돕기 때문이다.

　밀턴은 《코머스》(제998~1002행)에서 아프로디테와 아도니스의 사랑 이야기에 대해 이렇게 노래하고 있다.

　　청보라 히아신스와 붉은 장미 화단,
　　젊은 아도니스가 이따금,
　　부드러운 졸음으로 깊은 상처에 밀랍칠하며 머물다—
　　그리고 땅 위에 슬피 앉아 있는,
　　아시리아의 여왕이 여기에—

4. 아폴론과 히아킨토스

아폴론은 히아킨토스라는 소년을 몹시 귀여워했다. 그래서 그는 여러 가지 운동 경기에 소년을 데리고 다녔다. 또한 고기를 잡으러 갈 때는 그에게 그물을 들게 했고, 사냥할 때는 개를 몰고 가게 했으며, 산으로 소풍을 갈 때도 함께 데리고 갔다. 이와 같이 소년에게 열중한 나머지 아폴론은 자기의 소중한 수금이나 화살 같은 것은 거들떠보지도 않았다. 어느 날 두 사람은 함께 원반던지기를 하고 있었다.

아폴론은 기술과 힘을 모두 갖추고 있었으므로 원반을 높이 들어서 하늘 높이 멀리 던졌다. 히아킨토스는 그것이 날아가는 것을 쳐다보았다. 경기에 열중하느라 자기도 어서 던지고 싶어서 원반을 잡으려고 뛰어갔다. 그런데 그만 원반이 땅에서 튀어 오르는 바람에 히아킨토스는 이마에 원반을 맞고 말았다. 그는 정신을 잃고 쓰러졌다. 아폴론은 소년과 마찬가지로 얼굴이 창백해져서는 그를 안아 일으켜 상처의 출혈을 막고, 그의 꺼져 가는 생명을 어떻게든 붙잡으려고 온 힘을 다했다. 그가 할 수 있는 모든 시도를 했지만 모두 수포로 돌아가고 말았다.

상처는 약의 힘으로는 고칠 수가 없었다. 뜰에 핀 백합꽃의 줄기를 꺾으면 고개를 떨구며 꽃이 땅을 향하는 것처럼, 죽어 가는 히아킨토스의 고개는 목에 붙어 있기가 힘겨운 듯이 어깨 위로 늘어졌다. 포이보스(아폴론)는 말했다.

"네가 나 때문에 청춘을 빼앗기고 죽어 가는구나. 네가 얻는 것은 고통이요, 내가 얻은 것은 죄로다. 할 수만 있다면 너를 대신해 내가 죽었으면 좋겠구나! 하지만 그럴 수도 없으니 너를 기억과 노래 속에서 나와 함께 살게 하리라. 내 수금으로 하여금 너를 찬양하게 할 것이며, 내 노래가 너의 운명을 말하게 하겠다. 그리고 너는 내 애통한 마음을 아로새긴 꽃이 되게 할 것이다."

아폴론이 이렇게 말하는 동안에 이상하게도 지금까지 땅으로 흘러 풀을 물들이던 피가 변하여 티루스에서 나는 염료보다도 더 아름다운 빛깔의 꽃이 되었다. 그 꽃은 백합꽃과 비슷했는데 백합은 오직 은백색인 데 반해 그 꽃은 진홍빛이라는 점이 다를 뿐이었다. 포이보스는 이것만으로는 모자랐는지 더 큰 경의를 표하기 위해 "아아(Ah! Ah!)", 이렇게 꽃잎마다, 슬픔으로 다물지 못한 조그만 입에 비애의 소리를 아로새겨 놓았다. 이 꽃은 오늘날 히아신스라는 이름으로 불려 해마다 봄이 돌아오면 이 소년의 슬픈 운명의 기억을 다시 떠올리게 하고 있다.

제피로스(서풍의 신)도 히아킨토스를 좋아했는데 히아킨토스가 아폴론을 좋아했기 때문에 질투하여 원반의 진로를 어긋나게 해 히아킨토스에게 맞도록 바람을 바꿨다고 하는 이야기도 있다.
키츠는 《엔디미온》에서 이 이야기를 다루는 한편, 이 원반던지기를 곁에서 보는 자들에 대해 노래하고 있다.

원반투수 둘을 지켜보았겠지.
어느 쪽에게든 빠졌을 게야. 그러나,
연민의 정은 슬픈 죽음의 히아킨토스 것.
제피로스의 가혹한 입김 때문이었어, 그 죽음은.
후회하는 제피로스, 이제,
포이보스보다 먼저 하늘에 올라,
바람에 실려 흐느끼는 빗물로 와, 그 꽃 적시어 주려고.

이러한 비유는 밀턴의 《리시다스》 속에서도 볼 수 있다.

다혈질의 저 비통함 아로새겨진 붉은 꽃처럼.

제9장
케익스와 알키오네

케익스는 테살리아의 왕이었다. 그는 그 나라를 폭력이나 부정이 아닌 평화로움으로 통치하고 있었다. 그는 금성 헤스페로스의 아들이었는데 그의 빛나는 아름다움은 그의 아버지가 누구인가를 떠올리게 했다. 그의 아내는 아이올로스의 딸 알키오네였는데 그녀는 남편을 진심으로 사랑하고 있었다. 그런데 케익스는 형(다이달리온)을 잃고 깊은 슬픔에 잠겨 있었다. 그리고 형의 죽음에 뒤이어 일어난 여러 가지 무섭고 괴상한 일들은 그로 하여금 신들이 자기에게 적의를 품고 있는 것은 아닌지 의심하게 했다. 그래서 그는 이오니아 지방에 있는 클라로스로 건너가 아폴론의 신탁을 받는 것이 좋겠다고 생각했다. 그러나 그런 생각을 아내인 알키오네에게 털어놓자, 알키오네는 온몸을 떨며 얼굴이 창백해졌다.

"여보, 내가 무슨 잘못을 했기에 당신의 사랑이 나를 떠나게 되었나요? 그렇게나 뜨거웠던 나에 대한 당신의 사랑은 어디로 갔나요? 지금까진 가장 먼저 나를 생각해 주셨건만. 당신은 이제 이 알키오네와 떨어져 있어도 아무렇지 않다는 건가요? 나와 헤어지는 편이 오히려 낫겠다는 생각이라도 하시는 건가요?"

그녀는 어떻게 해서든지 남편을 붙잡아 두려고 무시무시한 폭풍의 힘에 대하여 이야기했다. 이 바람에 대해서는 그녀가 시집을 오기 전부터 친정집에서 자주 겪어 잘 알고 있었다. 왜냐하면 아버지 아이올로스는 바람의 신이었기 때문에 바람들을 마음먹은 대로 조종할 권력을 쥐고 있었던 것이다.

"바람이 불어닥칠 때는."

그녀는 이어서 말했다.

"그것은 엄청난 위력을 가졌기 때문에 서로 불꽃을 튀길 정도랍니다. 그러나 당신이 기어코 가시겠다면 부디 나를 데리고 가주세요. 그렇지 않으면 나는 당신이 분명 마주치게 될 바람 그것 말고도 이런저런 걱정 때문에 가슴이 너무 아플 거예요."

이러한 말들은 케익스왕의 마음을 무겁게 짓눌렀다. 그리고 그 자신도 아내의 바람 못지않게 그녀와 같이 가고 싶은 마음이 간절했다. 그러나 아내를 바다의 위험과 맞부딪치게 하는 것은 견디기 힘든 일이었다. 그래서 그는 있는 힘을 다해 아내를 달래면서 다음과 같이 말했다.

"나는 내 아버지 금성을 두고 약속하겠소. 운명이 허락한다면 달이 두 번 차기 전에는 돌아오리다."

이렇게 말을 마치고 왕은 창고에서 배를 꺼내어 노와 돛을 달도록 하인들에게 명령했다. 알키오네는 이와 같은 채비를 직접 눈으로 보면서 재난을 예감이나 한 듯이 몸을 떨었다. 눈물을 흘리고 흐느끼며 작별을 고하자 정신을 잃고 그 자리에 쓰러지고 말았다.

케익스는 배에 오르기는 했지만 아직은 출발을 늦추고 싶었다. 그러나 젊은 이들은 벌써부터 노를 잡고 천천히 그리고 질서 정연하게 저으며 힘차게 물을 헤쳐 나갔다. 알키오네가 눈물을 흘리며 고개를 드니 남편이 갑판 위에 서서 자기를 향해 손을 흔들고 있는 것이 보였다. 그녀도 배가 멀어져 남편의 모습을 분간할 수 없게 될 때까지 손을 흔들었다. 배의 모습이 보이지 않게 되자, 그녀는 돛대라도 한 번 더 반짝이는 것을 보려고 눈을 크게 떴으나, 마침내 그것마저 보이지 않게 되었다. 그래서 자기 방으로 돌아가 홀로 쓸쓸한 침상에 몸을 던졌다.

한편 배가 미끄러지듯 항구를 빠져나가자, 산들바람이 돛폭 사이에서 노닐었다. 선원들은 노를 치우고 돛을 올렸다. 항로의 반쯤 왔을 때, 밤이 가까워짐에 따라 바다는 커다랗게 굽이치며 흰 파도가 일기 시작했다. 동풍이 점차 세차게 불었다. 선장은 돛을 내리라고 명령했으나 폭풍이 복종을 허락하지 않았다. 거칠게 불어닥치는 바람과 미친 듯한 파도 소리 때문에 명령이 들리지 않은 탓이었다. 선원들은 각자 자기의 판단으로 노를 단단히 쥐고 배를 보강하고 돛을 내리기에 바빴다. 이처럼 모두가 최선을 다하는 동안에도 폭풍은 점점 심해지기만 했다. 선원들의 비명, 밧줄이 우는 소리, 파도가 부딪쳐 흩어지는 소리들이 천둥소리와 함께 뒤섞였다. 잔뜩 부풀어 오른 바다는 하늘까지 오르기라도 하려는 듯 구름 사이로 하얀 거품의 날을 세웠다. 그랬다가는 어느새 바다 밑바닥까지 가라앉아 스틱스강의 시커먼 색으로 바뀌는 것이었다.

배는 이런 바다의 현상들과 하나가 되어 가지각색으로 변화해 갔다. 한때는 사냥꾼들의 창끝을 향해 돌진해 가는 들짐승처럼 보였다. 어느새 굵은 빗줄기가 퍼붓기 시작했다. 그 모습은 당장에라도 하늘이 떨어져 내려와서 거친 바다와 하나가 될 것만 같았다. 천둥소리가 잠깐 멈추자, 밤은 폭풍우의 어둠과 더불어 더욱 어둡게만 느껴졌다. 다시 번개가 치자 그것은 어둠을 여덟 갈래로 가르고, 모든 것을 날카로운 빛으로 비추어 내는 것이었다. 선원들은 공포에 질린 나머지 그저 멍하니 아연해할 따름이었다. 저마다 집에 남겨 두고 온 처자식과 형제자매가 문득 떠올랐다. 케익스는 알키오네를 생각했다. 그에게 그녀 이외의 다른 이름은 떠오르지 않았다. 그녀를 그리워하면서도 그녀가 이 자리에 없음을 다행으로 여겼다.

얼마 안 있어 돛대는 벼락에 맞아 산산조각이 났고 키도 부서졌다. 의기양양해진 파도는 잠시 용솟음쳐서 난파선을 내려다보다가 이윽고 내리쳐 배를 산산조각으로 만들어 버렸다. 어떤 선원들은 이 충격으로 정신을 잃고 그대로 가라앉아 두 번 다시 떠오르지 않았다. 또 어떤 선원은 부서진 배의 조각에 매달렸다.

케익스는 평소 같으면 지휘봉을 쥐고 있을 손으로 배의 판자를 꼭 쥐고, 아버지와 장인을 향해 괜한 짓인 줄 알면서도 구원을 청했다. 그러나 가장 자주 그의 입에 오르는 것은 알키오네의 이름이었다. 그의 마음은 완전히 그녀에게 있었기 때문이었다. 그는 파도가 자기의 유해를 아내에게로 운반해 주기를, 그리고 그 유해가 아내의 손으로 묻히기를 기도했다. 마침내 파도는 그를 삼켜 버렸고 그는 바다 밑으로 가라앉았다. 그날 새벽에 금성은 다른 때 같지 않게 빛이 흐려 보였다. 그 별은 차마 하늘을 떠날 수가 없었기 때문에 그 슬픈 얼굴을 구름으로 가리고 있었던 것이다.

한편, 알키오네는 이렇듯 무서운 사건이 일어난 줄도 모르고 남편이 돌아오기로 약속한 날만을 손꼽아 기다리고 있었다. 이제는 그가 돌아오면 입힐 옷도 꼼꼼히 마련해 놓았고, 남편의 마중을 나갈 때 자기가 입을 옷까지도 만들어 놓았다. 그녀는 모든 신들에게 수도 없이 향을 피워 바쳤고, 특히 헤라에게는 향이 끊긴 적이 없었다.[1] 이젠 이 세상 사람이 아닌 남편을 위해 아무것도 모른 채 줄곧 기도를 했다. 남편이 무사하라고, 살아서 돌아오라고, 여행길에 자기보다 좋아하는 여자를 만나는 일이 없게 해달라고 기도했다. 그러나 이러한 모든 기원 가운데 마지막 것만이 받아들여진 것이었다. 마침내 헤라는 이미 죽은 사람을 위한 탄원을 그 이상 참고 들어 줄 수가 없었고, 장례를 치러야 할 손이 자기의 제단에 기원하는 것을 견딜 수 없었다. 그래서 이리스(무지개의 여신)를 불러 다음과 같이 말했다.

"내 충실한 사자 이리스야, 히프노스가 있는 잠의 집으로 가서 알키오네에게 꿈을 보내 그 꿈속에 케익스의 모습으로 나타나서 그동안 무슨 일이 있었는지 그녀에게 알리도록 해라."

이리스는 일곱 색깔 무늬의 옷을 몸에 두르고 하늘을 아름답게 물들이면서 잠의 신이 있는 궁전을 찾아갔다. 킴메르인이 사는 나라 근방의 산에 동굴이 있는데, 그곳에 게으름뱅이 히프노스의 집이 있었다. 태양신 포이보스는 해가 떠오를 때나 한낮에도, 또 해가 질 때에도 이곳에는 오려 하지 않았다. 구름과 그림자가 땅으로부터 솟아오르고 희미한 빛이 어렴풋이 깜박일 따름이었다. 그곳에서는 머리에 볏이 달린 새벽의 새(닭)도 에오스(새벽의 여신)를 향해 목청껏 외치는 일이 없었고, 경계심이 많은 개나 그보다 더 영리한 거위도 고요함을 깨뜨리는 일이 없었다. 한 마리의 가축도 짐승도 없었다. 바람에 나부끼는 나뭇가지 하나 없었고 사람의 말소리 하나 들리지 않았다. 오직 침묵만이 이곳을 지배하고 있었다. 그러나 바위 밑에서 속삭이는 그 소리를 들으면 저절로 잠이 오는 레테강(망각의 강)이 흐르고 있었다.

동굴 입구에는 양귀비와 약초들이 무성하게 자라고 있었다. 밤의 여신은 이런 약초의 즙에서 잠을 모아 어두워진 지상에 뿌리는 것이다. 히프노스의 거처에는 문이 없었다. 돌쩌귀의 삐걱거리는 소리가 들려선 안 되기 때문이다. 또한 문지기도 없었다. 오직 집 가운데 흑단으로 만든 긴 의자가 하나 있었고, 검은 깃털 이불이 펼쳐져 있으며 검은 장막이 드리워져 있을 뿐이었다. 그 위에 잠의 신은 몸을 눕히고 사지를 펴고 잠들어 있었다. 그의 주위에는 형형색색의 꿈들

---

1) 최고의 여신 헤라는 결혼과 출산을 관장하는 가정생활의 수호신이자 부부애의 수호신이기도 하다.

이 가로놓여 있었다. 그것은 추수할 때 거둬들인 곡식의 줄기만큼, 혹은 숲속의 나뭇잎만큼, 또는 바닷가의 모래알만큼이나 많았다.

이리스 여신이 들어와 자기 주위를 맴돌고 있는 꿈들을 쓸어 버리자마자 그녀의 광채는 동굴 전체를 빛나게 했다. 잠의 신은 간신히 눈을 뜨고서도 여전히 때때로 턱수염을 가슴 위에 늘어뜨리며 졸다가 마침내 정신을 차리고서 팔에 몸을 기대고 그녀의 용무를 물었다. 그는 그녀가 신들의 사자임을 알기 때문이었다. 이리스는 대답했다.

"신들 중에서도 가장 점잖고, 마음을 안정시키며 고뇌에 지친 가슴을 위로해 주는 히프노스여, 헤라께서 분부하시기를 트라킨시(市)[2]에 있는 알키오네에게 꿈을 보내어 그녀의 남편이 죽은 것과 난파선의 일들을 모두 알리라 하셨습니다."

이리스는 명령을 전하고는 서둘러 그 자리를 떠났다. 그곳에 감도는 공기를 더 이상은 견딜 수가 없기 때문이었다. 그래서 그녀는 졸음이 온몸으로 스며드는 것을 느끼고는 그곳을 도망쳐 처음 올 때처럼 무지개 다리를 건너 돌아간 것이었다. 히프노스는 그의 많은 아들들 가운데서 모르페우스(꿈의 신)를 불렀다. 모르페우스는 어떤 사람이든 그 사람의 모습과 걸음걸이, 용모, 말솜씨뿐만 아니라 옷맵시와 태도까지도 한 치의 오차 없이 흉내 내는 데 가장 능숙했다. 그러나 그런 그도 인간의 흉내만 낼 뿐, 새라든가 짐승, 뱀 같은 것은 다른 형제에게 맡겼다. 이 역할을 맡은 자는 이켈로스라 불렀다. 그리고 판타소스가 셋째였는데 그는 바위나 물, 나무 또는 기타 무생물로 변신하는 것이었다. 이들은 왕이나 귀족이 잠을 자고 있는 동안 그 베갯머리에서 시중을 들었고, 다른 형제들은 평범한 사람들 사이를 누볐다. 히프노스는 모든 형제들 가운데서 모르페우스를 선택하여 이리스가 말한 대로 하라고 일렀다. 그러고는 다시 베개를 베고 즐거운 휴식에 몸을 맡겼다.

모르페우스는 소리 없이 펄럭이는 날개를 달고 날아 얼마 안 가서 하이모니아(테살리아)에 이르렀다. 그곳에서 그는 날개를 떼어 놓고 케익스의 모습으로 변신했다. 그리고 그 모습으로, 그러나 얼굴은 죽은 사람처럼 창백하고, 몸은

---

2) 테살리아의 오이타산 기슭에 자리한 도시. 케익스의 거주지.

발가벗은 채 가련한 아내의 침대 앞에 섰다. 그의 수염은 물을 머금고 있었고, 물에 젖은 그의 머리칼에선 물방울이 뚝뚝 떨어지고 있었다. 침대에 몸을 기대고 눈물을 흘리면서 그는 말했다.

"가엾은 아내여, 그대는 이 케익스를 알아보겠는가, 아니면 죽었기 때문에 내 모습이 너무도 변했는가? 나를 보라. 나는 그대의 남편이 아니라 그 그림자요. 알키오네여, 그대의 기도도 소용이 없었소. 나는 죽었소. 그러니 내가 돌아오리라는 헛된 희망으로 더 이상 그대 자신을 괴롭히지 마시오. 에게해에서 폭풍이 일어나 배는 가라앉았고, 그대의 이름을 소리쳐 부르고 있을 때 파도가 내 입을 막아 버렸소. 이것은 결코 수상쩍은 심부름꾼이 그대에게 말하고 있는 것이 아니라오. 근거도 없는 소문이 그대의 귀에 이른 것도 아니오. 나는, 이렇게 난파한 내 모습으로 직접 그대에게 내 운명을 전하러 온 것이오. 자 일어나시오! 그리고 나를 위해 눈물을 흘려 주시오, 슬퍼해 주구려. 아무도 슬퍼해 주는 이 없이 타르타로스(명계)로 가지 않게 해주구려."

모르페우스는 이런 말을 그녀의 남편의 목소리와 똑같은 목소리로 했다. 그는 정말로 눈물을 흘리는 것처럼 보였다. 그의 몸짓도 케익스 그대로였다.

알키오네는 꿈속에서 눈물을 흘리면서 신음했다. 그리고 두 팔을 내밀어 남편의 몸을 껴안으려 했다. 그러나 잡히는 것은 허공뿐이었다. 그녀는 부르짖었다.

"기다려 주세요! 당신은 어디로 날아가려 하시나요? 나도 함께 데려가 주세요."

그녀는 자기 목소리에 잠이 깼다. 그리고 일어나서 남편이 아직 주위에 있는 것은 아닐까 둘러보았다. 하인들이 그녀의 부르짖음에 놀라 등불을 들고 들어왔다. 이윽고 남편이 그곳에 없음을 알고, 그녀는 가슴을 치며 입고 있던 옷을 찢었다. 머리가 헝클어져도 개의치 않고 마구 쥐어뜯었다. 유모는 왜 그렇게 슬퍼하느냐고 물었다. 그녀는 대답했다.

"알키오네는 이미 이 세상 사람이 아니에요. 그녀는 남편 케익스와 함께 사라져 버렸다고요. 아무 위로의 말도 하지 말아요. 그는 난파하여 죽었어요. 나는 그를 보았습니다. 나는 그를 붙잡으려고 손을 내밀었지요. 그랬더니 그의 모습은 사라져 버리더군요. 그러나 그것은 진정 내 남편의 모습이었어요. 예전처럼 옷을 갖춰 입은 아름다운 모습은 아니고, 얼굴은 창백한 데다 몸은 발가벗고 머리칼은 바닷물에 젖은 채로 그는 불운한 나에게 나타났습니다. 다름 아닌 바로 이곳에 그의 비탄에 잠긴 환영이 서 있었어요."

이렇게 말하면서 알키오네는 그의 발자국을 찾으려는 몸짓을 했다.

"이거였어요. 내 예감이 알린 것은 바로 이것이었다고요. 그래서 나는 그에게 나를 혼자 두고 파도에 운명을 맡기는 여행을 떠나지 말라고 간청했던 것입니다. 오, 그때 당신이 기어코 떠나야겠다고 말씀하실 때, 나도 함께 데려가셨더라면 좋았을 것을! 그편이 훨씬 나았을 거예요. 그랬더라면 나는 앞으로 당신 없이 살아가지 않아도 될 테고, 또 이렇게 서로 떨어져서 죽는 일도 없었을 것을. 만약 내가 앞으로 모든 것을 체념하고 살아 나갈 수 있다 하더라도 그것은 나 스스로에게 잔인한 짓일 것입니다. 바다가 나에게 잔인했던 것보다 더 잔인한 짓일 것입니다. 하지만 나는 몸부림은 치지 않겠어요. 가련한 당신, 나는 결코 당신을 떠나게 하지 않으렵니다. 하다못해 지금부터라도 당신을 따르게 해주세요. 죽은 뒤에 비록 둘이서 한 무덤 속에 들어가지 못하더라도 묘비명만은 함께 있을 수 있게요. 나의 유골과 당신의 유골이 나란히 있지는 못할지라도 적어도 나의 이름만은 당신의 이름과 떨어지지 않을 것입니다."

그녀는 너무나 슬픈 나머지 더 이상 말을 잇지 못했다. 이제까지 한 말도 눈물과 흐느낌으로 간간이 끊어지곤 했다.

이윽고 아침이 밝았다. 알키오네는 바닷가로 가서 마지막으로 이별하던 때에 남편을 배웅한 곳을 찾았다.

"여기서 그이는 망설였고, 손에 든 밧줄을 던지며 나에게 마지막 키스를 했었지."

알키오네는 하염없이 바다를 내려다보면서 그때 일어난 모든 일들을 하나하나 떠올리고 있었다. 그때 문득 그녀의 눈에 멀리 무엇인지 분명하진 않지만 물 위에 떠 있는 것이 보였다. 처음에는 저것이 무엇일까 의심했으나, 물결을 따라 점점 가까이 오는 것을 보니 어느 시체임을 알 수 있었다. 누구의 시체인지는 알 수 없으나 난파한 사람임엔 틀림이 없으므로 그 슬픈 주검에 깊이 연민을 느끼고, 멀리 떠 있는 그를 위해 눈물을 흘리면서 말했다.

"아! 불쌍한 이여, 그리고 당신에게 아내가 있다면 당신의 아내도 참으로 가련하군요."

시체는 물결에 떠밀려 점점 더 다가오고 있었다. 가까이 다가올수록 알키오네는 점점 더 몸을 떨었다. 그것은 바닷가 바로 앞에까지 왔다. 그리고 이제 누군지 알아볼 수 있는 특징이 나타났다. 그것은 그녀의 남편이었다. 떨리는 손을 그 시체를 향하여 내밀고 알키오네는 부르짖었다.

"오, 사랑하는 당신이여, 돌아오겠다고 하신 것은 이런 모습이 된다는 뜻이었나요?"

바닷가에는 방파제가 솟아 있었다. 바다의 습격을 되부수고, 거센 침입을 막기 위해 쌓아 놓은 것이었다. 알키오네는 제방 위로 뛰어올랐다. 그녀가 그렇게 할 수 있었다는 것은 실로 놀라운 일이었다. 그곳에서 뛰어내려 공중에 몸을 맡겼던 것이다. 그러고는 순식간에 돋아난 날개로 공중을 헤치면서 불행한 새가 되어 바다 위를 스쳐 지나갔다. 새가 날아갈 때 목에서 무척 슬픔에 찬 소리를 냈는데 그 소리는 애통해하는 사람의 목소리 같았다. 그렇게 그녀는 말 없고 핏기 없는 시체에 닿자 사랑하는 이의 손발을 자기의 새로 돋친 날개로 감쌌다. 그리고 뿔처럼 단단한 부리로 애써 키스하려 했다.

그러자 케익스가 그것을 느꼈음인지 혹은 물결의 움직임이었는지 곁에서 그 광경을 보는 사람들은 잘 알 수 없었지만, 하여간 시체는 머리를 드는 것처럼 보였다. 그런데 사실 케익스는 그 키스를 느꼈던 것이다. 그리고 그들을 불쌍히 여긴 신들이 그들을 둘 다 새의 모습으로 변하게 했다. 그들은 지금도 함께 다니며 새끼도 낳는다. 겨울철의 평온한 7일 동안 알키오네는 바다 위에 뜬 자기의 고요한 보금자리에서 알을 품는다. 그때는 바다도 뱃사공들에게 조용히 길을 내준다. 아이올로스가 바람을 제압하고 바다를 어지럽히지 못하게 하는 동안, 바다는 그의 손자들을 위해 얌전히 있기 때문인 것이다.

바이런의 《아비도스의 신부(新婦)》(제2편 62절)에서 인용한 다음의 한 구절은 이 이야기의 마지막 부분에서 따온 것처럼 여겨질지도 모른다. 그러나 사실 이 부분의 암시는 작자가 표류하는 사체의 움직임을 보고 얻은 것이다.

쉼 없이 흔들리는 베개에 쏠리듯,

그의 머리는 높이 부푼 파도와 함께 출렁인다.
손은, 더 이상 생기가 없건만, 그이련가,
아직도, 미약한 핏줄 붉혀 쥔 주먹인 듯하다.
바다의 흐름 따라 높이 던져져,
물결의 굴곡 지나 땅으로 돌아왔구려.

밀턴은 《그리스도 탄생의 아침에》(제5절)에서 다음과 같이 이 물총새의 이야기를 하고 있다.

오직 평화로운 것은 밤,
그곳에서 빛의 왕자가,
대지에 평화의 치세를 시작했다.
경이로 조용해진 바람이,
해안의 부드러운 물결에 키스해,
새로운 기쁨을 온순한 바다에 속삭이니,
바다는 이제, 성난 파도를 깜박 잊고,
고요한 바닷새가 알을 품도록, 물결에 마법을 건다.

키츠도 역시 《엔디미온》(제1권 453~455행)에서 이렇게 노래하고 있다.

오, 마법의 잠! 오, 편안한 바닷새,
마음의 고통 아는 저 바다 위에 귀한 사랑의 알을 품는다.
고요한 마법으로 평온한 동안.

제10장
베르툼누스와 포모나

하마드리아데스는 숲의 님프들이었다. 이들 중 포모나는 정원을 사랑하고 과실을 가꾸는 데 있어 그녀를 따를 자가 없었다.

그녀는 숲이나 시내에는 관심이 없었고, 경작한 토지와 감미로운 사과가 열리는 과일나무를 좋아했다. 그녀의 오른손은 무기인 투창 대신 가지를 자르는 칼을 갖고 있었다. 이 칼로 어느 때는 웃자란 나무를 자르거나, 보기 싫게 뻗은 가지를 자르기도 하고, 또 어느 때는 가지를 쪼개서 그 사이에 접붙일 가지를 끼워 넣으면서 바쁘게 지내고 있었다. 또 애지중지하는 나무들이 가뭄을 타지 않을까 걱정스러워 뿌리 곁에 물을 뿌려 주어 목이 마른 뿌리가 그것을 마실 수 있도록 해주었다.

이러한 일이 그녀가 바라던 일이었고 그녀의 정열이었다. 그리하여 아프로디테(베누스)가 심취하는 연애 따위는 전혀 염두에 두지 않았다. 다만 자기 땅의 사람들에 대한 불안한 마음이 가시질 않아 과수원에는 늘 자물쇠를 채워 남자들이 함부로 들어오지 못하게 했다.

많은 파우누스들이나 사티로스들은 자기가 가진 모든 것을 바쳐도 아깝지 않다면서 그녀를 자기 것으로 만들고 싶어 했다. 나이에 비하면 젊어 보이는 실바누스 노인도, 솔잎 관을 머리에 쓴 판도 그러했다. 그중에서도 베르툼누스(계절의 신)가 누구보다도 그녀를 사랑했다. 그렇다고 그가 유별나게 다른 신들보다도 잘나가는 것은 아니었다. 그는 추수하는 농부의 모습으로 변신하여 포모나에게 곡식을 바구니에 담아다 준 적이 한두 번이 아니었다. 그때의 그의 모습은 농부와 조금도 다름없었다. 건초 띠를 두른 모습은 조금 전까지 풀을 뒤적이다 온 사람으로밖에 보이지 않았다. 그것은 마치 피곤한 소의 멍에를 방금 벗기고 온 사람처럼 보였다. 때로는 가지 치는 가위를 들고 다니면서 포도원의 정원사 흉내를 내기도 했다. 때로는 사닥다리를 어깨에 메고 있는 모습이 마치 사과 따러 가는 사람 같았다. 또 제대군인처럼 뚜벅뚜벅 걸어가기도 하고, 고기를 잡으러 가는 것처럼 낚싯대를 손에 들고 있기도 했다. 그는 이런 식으로 여러 번 포모나에게 접근할 기회를 얻었고, 그렇게 그녀를 볼수록 정열은 더욱 타올랐다. 어느 날 그는 한 노파로 변신하여 나타났는데 회색 머리에는 모자를 쓰고 손에는 지팡이를 짚고 있었다. 노파는 과수원에 들어가서 과일들을 보며 감탄했다.

"참 훌륭한 과일이구려, 아가씨."

이렇게 말하며 노파는 포모나에게 키스했다. 그 키스는 늙은이에게는 어울리지 않을 정도로 강렬한 것이었다. 노파는 둑 위에 앉아 자기 머리 위로 열매가 주렁주렁 달린 가지를 쳐다보았다. 맞은편에는 느릅나무가 한 그루 있었는데 터질 듯한 포도송이가 달린 포도덩굴이 우거져 있었다.

노파는 느릅나무에도 또 그 위에 덩굴진 포도나무에도 칭찬을 아끼지 않았다.

"그러나 느릅나무 혼자 서 있고, 그 위에 이같이 포도나무가 뒤엉켜 있지 않다면 느릅나무는 아무 매력도 없고, 쓸데없는 잎사귀밖에는 우리에게 주는 것이 없을 게야. 마찬가지로 포도덩굴도 느릅나무에 엉키지 않는다면 땅바닥에 엎드려 있게 될 테고. 아가씨, 이 느릅나무와 포도나무에게서 가르침을 받지 않으려오? 그리고 배필을 얻을 생각은 없으신가? 그렇게 하는 것이 좋을 것 같구먼. 헬레네에게도, 영리한 오디세우스의 아내 페넬로페에게도 당신처럼 많은 구혼자는 없었다오. 당신이 그들을 차버리더라도 그들은 당신을 사모할 게야. 전원의 신들도 그렇고, 산에 자주 나타나는 여러 신들이 다 그렇지. 하지만 좋은 배필을 구하려거든 신중을 기해야 해. 나는 당신이 상상도 못할 만큼 당신을 생각한다오. 그러니 내 말을 귀담아들어 준다면 다른 자들은 다 물리치고 내 말만 믿고 베르툼누스를 받아들이구려. 나도 그 사람을 잘 알고, 그 사람도 나를 잘 안다오. 그는 여기저기 떠돌아다니는 신이 아니라 저 산에 살고 있어. 또 그는 요새 것들같이 아무나 눈에 띄는 사람을 사랑하지 않는다지 아마. 그는 당신만을 사랑한다더구먼. 뿐만 아니라 그는 젊고 미남인 데다가, 어떤 모습으로든지 바라는 대로 될 수 있는 기술을 가지고 있기 때문에 당신이 명령하는 대로 모습을 만들 수 있단 말야. 게다가 또 그는 당신이 사랑하는 것처럼 그렇게 사랑하고,

원예를 즐기며 당신의 사과나무를 놀랄 만큼 능숙하게 손질할 줄 안다오. 하지만 지금은 과실도 꽃도 다른 아무런 것도 염두에 없고, 오직 당신만을 생각하고 있대요. 그를 불쌍히 여기구려. 그리고 그가 지금 내 입을 빌려 말하고 있다고 상상해 보오. 신들은 잔인함을 벌하고 아프로디테는 무정을 미워하니까 얼마 안 있어 그런 자에게는 벌이 내릴 게야. 그 증거로 키프로스섬에서 실제로 일어난 유명한 이야기를 할 테니 들어 보구려. 바라건대 내 얘기를 듣고 좀더 인정이 많아졌으면 해……."

"이피스는 가난한 집안에서 태어난 젊은이였는데, 테우크로스라는 유서 깊은 집안의 아낙사레테라는 아가씨를 보고 반해 버렸어. 젊은이는 자기의 열정과 오랫동안 힘겹게 씨름했으나 체념할 수 없는 자신을 깨닫고 그 여인의 저택에 한 애원자로서 나타났어. 처음엔 그녀의 유모에게 털어놓으면서 당신도 아가씨를 사랑하니까 부디 자신의 청이 받아들여지도록 힘써 달라고 부탁했어. 이어 하인들을 자기편으로 끌어들이려 시도했고, 때로는 맹세의 말을 편지에 쓴 적도 있고, 또 눈물에 젖은 꽃다발을 아가씨의 방문에 걸어 놓은 적이 수도 없었어. 현관 앞에서 매정한 못과 빗장에 원망의 말을 쏟아 놓은 적도 있었지만 아가씨는 11월의 거센 바람에 흔들리는 파도만큼이나 세찬 그의 구애에 꿈쩍도 하지 않았고, 노리쿰[1]의 대장간에서 만든 강철보다도, 또 태어날 때부터 절벽에 달라붙어 있는 바위보다도 더 단단한 마음의 소유자였던 모양이야. 게다가 그녀는 그를 비웃고 웃음거리로 만든 데다가 무정한 대우에 무정한 말까지 하고, 한 방울의 희망조차 주지 않았어. 이피스는 희망 없는 사랑의 괴로움에 더는 견딜 수가 없어서 그녀의 방문 앞에 서서 마지막 말을 했어.

'아낙사레테여, 당신이 이겼습니다. 내가 당신을 귀찮게 하던 청을 이젠 참아 가며 들을 필요도 없습니다. 당신의 승리를 기뻐하십시오! 기쁨의 노래를 부르십시오. 그리고 이마에 월계수를 두르십시오. 당신이 이겼으니까요! 나는 죽습니다. 돌처럼 무정한 마음이여, 이젠 기뻐하셔도 됩니다. 당신을 기쁘게 하기 위하여 적어도 그것만은 할 수 있습니다. 죽기라도 하면 나를 칭찬하시지 않을 수 없겠지요. 목숨이 붙어 있는 한, 당신을 사랑했다는 것을 풍문으로만 듣게 하진

---

1) 다뉴브강 남부와 오스트리아 중앙부 및 바이에른주(州) 일부를 포함한 지역의 로마 시대 이름.

않으렵니다. 나 자신이 와서 당신의 눈앞에서 죽으렵니다. 그리하여 그 광경을 보는 당신의 눈을 즐겁게 하겠습니다. 그러나 인간의 비애를 내려다보시는 신들이여, 저의 운명을 지켜봐 주십시오. 저의 오직 한 가지 소원을 말씀드리겠습니다. 후세에라도 저에 대한 기억이 남게 해주십시오. 명대로 살지 못하고 죽는 몸이오니 죽은 뒤에 이름이라도 길이 남도록 해주십시오.'

이렇게 말한 이피스는 창백한 얼굴에 눈물 어린 눈으로 아가씨의 저택을 바라보며, 종종 화환을 걸었던 문기둥에다 끈을 매었지. 그러고는 그 끈에다 목을 매고 중얼거렸어.

'적어도 이 화환만은 당신의 마음에 들 것이오. 무정한 여인이여!'

이윽고 발판에서 발을 떼자 목뼈가 부러지면서 젊은이는 죽었고 그의 몸이 쓰러질 때 문에 부딪히는 소리가 났는데, 그것은 신음 소리 같았다고 해. 하인들은 문을 열고 그가 죽은 것을 발견하고는 불쌍히 여겨 한숨을 쉬면서 그의 몸을 일으켜 어머니가 있는 집으로 운반했지. 그의 아버지는 죽고 없었고 어머니가 아들의 시신을 받아 그 차가운 몸을 자기의 가슴에 껴안고는 아들을 잃은 어머니의 비통한 말을 토해 내었어. 슬픈 장례 행렬이 거리를 지나고 창백한 유해는 상여 위에 실려 화장터로 운반되었지. 우연히 아나사레테의 집은 장례 행렬이 지나가는 거리에 있었는데, 장례에 참석한 사람들의 탄성이, 이미 복수의 신이 벌을 주려고 작정한 그녀의 귀에 들려왔대.

'우리도 장례 행렬을 구경하자꾸나.'

이렇게 말하며 그녀는 탑 위로 올라가 열린 창문을 통해 장례 행렬을 내려다보다가 그녀의 시선이 상여 위에 가로놓인 이피스의 시신에 닿은 순간 눈은 굳어지고 몸속을 흐르는 따뜻한 피는 식기 시작했어. 뒤로 물러서려 했지만 발을 움직일 수가 없고 얼굴을 돌리려 했으나 그것도 마음먹은 대로 되지 않고 점점 그녀의 온몸은 그녀의 마음과는 달리 돌처럼 굳어져 버렸다는 이야기야."

"이 이야기가 믿어지지 않거든 아직도 석상이 그 아가씨의 생전 모습대로 살라미스에 있는 아프로디테의 신전에 서 있으니 가보구려. 이런 옛일을 생각해서라도 사랑을 비웃고 망설이는 마음을 버리고 사랑을 받아들이는 게 어떻겠소? 그렇게 하면 때 이른 봄 서리가 당신의 젊은 열매를 시들게 하는 일도 없을 것이며, 사나운 바람이 당신 과일나무의 꽃을 떨어뜨리는 일도 없을 것이오."

베르툼누스는 이렇게 말한 다음 노파의 변신을 풀고 본래의 자신으로 돌아가 아름다운 청년의 모습으로 포모나 앞에 나섰다. 그 자태는 구름을 뚫고 빛나는 태양처럼 보였다. 그는 다시 한번 애원하려고 생각했다. 그러나 그럴 필요는 없었다. 그의 이야기와 아름다운 본래 모습이 그녀를 사로잡았기 때문이다. 그리고 그녀는 더 이상 저항하지 않았다. 그녀의 가슴에도 사랑의 불길이 타올랐기 때문이다.

포모나는 사과밭을 지키는 특별한 신이었다. 그러므로 《사과술》이라는 시의 작자 존 필립스[2]는 무운시(無韻詩)에서 그녀를 노래했다. 제임스 톰슨[3]은 《사계(四季)》에서 필립스에 대해 다음과 같이 노래하고 있다.

> 포모나의 시인 필립스, 당신은 그녀의 두 번째 남편,
> 족쇄 풀린 무운시로 훌륭히 해내어,
> 영국풍 자유로 비틀어 쳐올린 노래.

그러나 포모나는 또한 다른 여러 가지 과실을 다스리고 있다고 생각되었다. 그러므로 톰슨은 또한 이렇게 노래하고 있다.

> 포모나, 나를 당신의 시트론 과수원에 영글게 해줘.
> 거기엔 레몬과, 신랄한 초록 라임도 있지?
> 그리고, 짙은 오렌지도—
> 초록으로 더 밝고 선명한 신의 은총도 있지?
> 난 그저 딱 벌어진 타마린드나무 아래 기대어 줘,
> 미풍이 부채질해 그의 열매 흔들어 열 식혀 주도록.

---

2) 영국의 시인(1676~1709). 《사과술》(1708년)은 베르길리우스의 《농경시》를 모방한 작품.
3) 스코틀랜드의 시인(1700~1748). 낭만주의의 선구자.

제11장
에로스와 프시케

어느 나라의 왕과 왕비에게 세 딸이 있었다. 두 언니도 보통 이상으로 아름다웠으나, 특히 막내딸 프시케는 너무나도 아름다워 말로 형용할 수 없을 정도였다. 그녀의 아름다움은 먼 나라까지 소문이 퍼져 이웃 나라에서 많은 사람들이 그녀의 아름다움을 보려고 몰려들었다. 그리고 그녀를 하늘을 우러러보듯 하면서 이제까지 아프로디테에게만 바치던 경의를 그녀에게 바쳤다. 그래서 사실상 아프로디테의 제단은 아무도 돌아보는 이가 없게 되었고, 사람들은 모두 이 젊은 아가씨를 숭배하게 되었던 것이다. 그녀가 지나가면 사람들은 그녀를 칭송하는 노래를 불렀고, 길 위에 화관이나 꽃을 뿌렸다.

이렇게 신들에게만 바쳐야 할 경의가 왜곡되어 인간이 존경받는 것을 보고 진짜 미의 여신인 아프로디테는 몹시도 화가 났다. 울화통이 터진 나머지 향기로운 머리카락을 흔들면서 아프로디테는 부르짖었다.

"그렇다면 내 명예를 인간의 딸로 인해 빼앗겨야 한단 말인가? 그럼 그 고상한 양치기(트로이의 왕자 파리스)의 판정은 거짓이었더란 말인가? 그 판정은 제우스마저도 인정하지 않았는가. 그리고 양치기는 그 휘황한 아테나나 헤라보다도 내가 훨씬 아름답다면서 나에게 승리의 종려나무를 주지 않았던가. 그러니 그녀가 내 명예를 그렇게 쉽사리 가로채지는 못할걸. 조만간 자기의 그런 부당한 아름다움을 후회할 때가 오고야 말 테니까."

그래서 그녀는 날개 달린 아들 에로스를 불렀다. 에로스는 워낙 천성적으로 장난을 좋아했는데, 어머니의 불평을 듣자 더욱 감정이 끓어올랐다. 그녀는 아들에게 프시케를 가리키며 말했다.

"내 사랑하는 아들 에로스야, 저 교만한 미녀를 골려 다오. 그녀가 받는 벌이 심하면 심할수록 나에게는 좋은 복수가 된단다. 저 교만한 처녀의 가슴속에 어떤 미천한 자에 대한 사랑을 불어넣어라. 그렇게 되면 그녀는 현재의 환희와 승리가 큰 만큼, 앞으로 받게 될 굴욕도 크리라."

에로스는 어머니의 명령에 따르기 위해 준비를 했다. 아프로디테의 정원에는 샘이 두 개 있었는데 그 하나는 물맛이 달고, 다른 하나는 쓴맛이 났다. 에로스는 두 개의 호박(琥珀) 병에다 두 샘물을 각각 담고서, 그것을 화살통 끝에 매달고 급히 프시케의 방으로 가보니 프시케는 자고 있었다. 쓴 샘물을 두어 방울 그녀의 입술 위에 떨어뜨렸다. 그녀의 자는 모습을 보자 불쌍한 생각이 들기도 했지만 굳게 마음먹고 일을 진행했다. 그런 다음 그녀의 옆구리에다 화살 끝을 댔다. 그러자 단박에 그녀는 잠에서 깨어나 에로스를 물끄러미 바라보았다. 그러나 에로스의 모습은 인간에게는 보이지 않는다. 그녀의 그런 모습에 에로스는 몹시 놀란 나머지 당황하여 자신이 들고 있던 화살로 자기도 모르게 상처를 입고 말았다. 그래도 상처 따위는 조금도 개의치 않고 온통 자기가 저지른 장난을 마무리하는 데 열중해 그녀의 비단결 같은 곱슬머리 위에 향기로운 기쁨의 물방울을 뿌렸다.

프시케는 그 뒤 아프로디테의 미움을 받아 그토록 아름답건만 그 아름다움으로부터 이득을 얻는 것이 아무것도 없게 되었다. 사실 모든 시선이 뜨겁게 그녀에게 쏟아지고 모두가 그녀를 칭찬했으나, 왕도 귀족의 젊은이도, 또 평민도 누구 하나 그녀에게 청혼하는 사람이 없었다. 보통 정도의 아름다움을 지녔던 그녀의 두 언니들은 이미 오래전에 왕자들과 결혼했다. 그러나 프시케는 독수공방 고독한 신세를 한탄하며, 많은 사람들로부터 칭찬을 받으면서도 사랑의 마음을 눈뜨게 하지 못하는 자기의 아름다움에 싫증을 느꼈다.

그녀의 부모는 자기들도 모르는 사이에 신의 노여움을 사지나 않았나 두려워하여 아폴론의 신탁에 물었더니 다음과 같은 답변이 들려왔다.

"그 처녀는 인간에게 시집갈 운명이 아니다. 그녀의 장래의 남편은 산꼭대기에서 그녀를 기다리고 있다. 그는 신도 인간도 그에게 반항하지 못하는 괴물이다."

무서운 신탁에 모두들 깜짝 놀랐다. 그리고 그녀의 부모는 슬픔에 잠겼다. 그러나 프시케는 말했다.

"아버지, 어머니, 왜 이제 와서 저의 신세를 슬퍼하세요? 도리어 사람들이 저에게 부당한 명예를 뒤집어씌워 한결같이 저를 아프로디테라고 불렀을 때 슬퍼하셨어야 했어요. 그런 호칭을 들은 벌이 제게 내린 것을 이제 알았어요. 저는 아프로디테라는 칭송에 희생된 것입니다. 운명에 순종하겠어요. 저의 불행한 운명이 정한 저 산꼭대기로 저를 데려다 주세요."

그래서 모든 준비가 다 되자, 공주는 행렬 속으로 들어갔다. 그러나 그것은 혼례 행렬이라기보다 장례 행렬이라고 하는 편이 어울렸다. 프시케는 사람들의 비탄 속에 부모와 더불어 산으로 올라갔다. 산꼭대기에 이르자, 사람들은 그녀를 그곳에 홀로 남겨 놓고 슬픈 마음으로 돌아갔다.

서풍 제피로스에 의해 실려 가는 프시케

프시케가 서서 공포에 떨며 눈물에 흠뻑 젖어 있으려니까 친절한 제피로스가 그녀를 일으켜 꽃이 가득히 피어 있는 골짜기로 실어다 주었다. 그러는 사이 마음도 점점 차분하게 가라앉았으므로 그녀는 풀이 무성한 둑에 누워 잠이 들었다. 이윽고 상쾌한 마음으로 잠에서 깨어 주위를 둘러보았다. 바로 가까이에 큰 나무가 우뚝 솟은 아름다운 숲이 있었다. 프시케는 그 속으로 들어갔다. 그리고 그 한가운데서 샘을 발견했는데, 그 샘에서는 수정과 같이 맑은 물이 솟고 있었고 바로 가까이는 굉장한 궁전이 있었다. 그 장엄함은 보는 사람으로 하여금 그 궁전이 사람의 손으로 만들어진 것이 아니라 어떤 신의 행복한 은신처라는 느낌을 갖게 했다. 감탄과 경이감에 이끌려 프시케는 용기를 내어 그 건물로 다가가다가 마침내 안으로 들어가고 말았다. 눈에 띄는 것 모두가 그녀의 마음을 기쁨과 놀라움으로 휘감는 것들뿐이었다. 황금 기둥이 반원형의 지붕을 받치고 있었고, 벽은 사냥의 대상이 되는 짐승이나 전원 풍경을 그린 조각과 그림으로 장식되어 보는 사람의 눈을 즐겁게 했다. 안으로 더 들어가 보니 의식을 치르는 용도의 홀 말고도 방이 여럿 있었는데 그것은 모두 갖가지 보물로 가득 차 있고, 천연과 인공의 아름답고 귀한 것들로 채워져 있는 것이었다.

그녀가 이러한 것들을 바라보고 있을 때, 어디에도 모습은 보이지 않는데 사람의 목소리가 나면서 이렇게 말했다.

"공주님, 당신이 지금 보고 계시는 것은 모두가 당신 것입니다. 당신이 듣고 계신 이 목소리의 주인공인 우리는 당신의 하인으로서 어떤 명령이든 가장 세심한 주의와 부지런함으로 받들어 모시겠습니다. 먼저 당신의 방으로 납시어 잠시 양털 침대 위에서 편히 쉬십시오. 또한 목욕을 하시려거든 하십시오. 저녁 식사는 옆에 있는 정자에서 드시는 것이 좋다면 그렇게 마련하겠습니다."

프시케는 말소리만 나는 시종의 말에 귀를 기울였다. 그리고 우선 침대 위에서 쉰 다음 목욕하고 기운을 차린 뒤에 정자에 들어가 앉았다. 그곳은 급사나 하인들이 일하는 것이 보이지 않는데도 어느새 식탁이 마련되어 맛난 음식과 감미로운 술이 차려져 있었다. 그리고 보이지 않는 연주자의 음악이 그녀의 귀를 즐겁게 했다. 그중 한 사람은 노래를 부르고 한 사람은 류트를 타다가 마지막에는 다 함께 훌륭한 하모니로 합창했다.

프시케는 운명의 남편을 본 적이 아직 한 번도 없다. 그녀의 남편은 한밤중에 왔다가 밤이 새기 전에 가버리기 때문이다. 그러나 그의 목소리는 사랑으로 가득 찼고, 그녀의 마음에도 그만큼 애정을 불러일으켰다. 그녀는 떠나지 말고 얼굴을 보여 달라고 여러 번 간청했지만 그는 듣지 않았다. 도리어 그는 정당한 이유가 있어 얼굴을 보이고 싶지 않으니, 자기를 볼 생각은 아예 하지 말라고 부탁했다.

"왜 나를 보고 싶어 하오? 내 사랑에 대하여 조금이라도 의심을 가지고 있소? 무슨 불만이 있소? 그대가 나를 본다면 두려워할지도 모르고 숭배할지도 모르나 중요한 것은 나를 사랑하는 것이고, 나는 그대에게 그것만을 바라오. 나는 그대가 나를 신으로서 숭배하기보다 같은 인간으로서 사랑하기를 바라오."

이 말에 프시케의 마음도 잠시 동안은 가라앉았다. 그리고 새로운 경험이 계속되는 동안에는 행복감에 빠져 있었다. 그러나 마침내 자기의 운명도 모르고 계실 부모님 생각과 자기의 지위에 대한 기쁨을 같이 나눌 수 없는 언니들 생각에 이르자, 그것이 마음에 걸려 궁전은 단지 화려하게 번쩍이는 감옥에 불과한 것으로 느끼게 되었다. 그러던 어느 날 밤, 남편이 왔을 때 프시케는 그에게 자기의 고민을 고백했다. 남편은 마지못해서 언니들을 초대해도 좋다고 허락했다.

그래서 그녀는 제피로스를 불러 남편의 명령을 전했다. 제피로스는 곧바로 명령에 따라, 어느새 언니들을 산 넘어 프시케가 있는 골짜기로 데리고 왔다. 언니들과 프시케가 서로 끌어안고 반가움을 나눈 뒤, 이윽고 프시케가 말했다.

"언니들, 이리 와서 우리 집으로 들어가요. 그리고 무엇을 좀 먹으면서 편히 쉬어요."

그녀는 언니들의 손을 잡고 금으로 만든 자기의 궁전으로 안내했다. 그리고 목소리만 들리는 수많은 시종들로 하여금 언니들의 시중을 들게 하여 목욕도 하고, 음식도 먹고, 여러 가지 보물도 보여 주었다.

동생이 자기들보다 훨씬 훌륭한 생활을 하고 있는 것을 보자 언니들의 가슴에는 질투심이 일어났다. 그래서 그녀들은 프시케에게 많은 질문을 하면서 특히 그녀의 남편이 어떤 사람인지 물었다. 프시케는 그가 아름다운 청년이요, 낮에는 보통 산으로 사냥을 나간다고만 대답했다. 언니들은 이 답변에 만족하지 않고, 프시케로 하여금 자기는 아직 한 번도 남편을 본 일이 없음을 고백토록 했다. 그러고는 그녀의 가슴이 어두운 의혹으로 가득 차도록 다음과 같이 말했다.

"저 피티아의 신탁(아폴론의 신탁)이 네가 무서운 괴물과 결혼할 운명이라고 한 것을 잊지 말아라. 이 골짜기의 주민들 말에 의하면, 네 남편은 무섭고 괴상한 뱀으로서 잠깐 동안 너를 맛있는 음식을 먹여 기른 뒤에 삼켜 버린다는구나. 우리 말대로 하거라. 등불과 날카로운 칼을 준비하도록 해. 남편에게 들키지 않도록 그것을 숨겨 놓았다가 그가 깊이 잠들거든 침대에서 빠져나와 등불을 켜고 이곳 주민들이 말하는 것이 사실인지 네 눈으로 확인해 보아라. 사실이라면 망설이지 말고 괴물의 머리를 베어 너의 자유를 되찾도록 해."

프시케는 이런 말에 개의치 않으려 했으나 그것이 그녀의 마음에 영향을 미치는 것을 어찌할 수가 없었다. 언니들이 떠나자, 그녀들의 말과 그녀 자신의 호기심이 너무도 강한 힘을 지니기 시작했고, 마침내는 거스를 수가 없게 되고 말았다. 그래서 프시케는 등불과 예리한 칼을 준비한 다음, 남편의 눈에 띄지 않는 곳에 감춰 두었다. 그가 막 깊은 잠에 빠졌을 때 살짝 일어나서 등불을 꺼내 남편의 얼굴을 보았다. 눈앞에 보이는 것은 무서운 괴물이 아니라 신들 가운데서도 가장 아름답고 매력 있는 신이었다. 그의 눈과 같이 흰 목과 진홍색 볼 위에서 금빛 곱슬머리가 물결치고, 어깨에는 이슬에 젖은 두 날개가 눈보다도 희게, 그리고 털은 보들보들한 봄꽃처럼 빛나고 있었다. 남편의 얼굴을 더 가까이 보기 위하여 등불을 기울였다. 그런데 순간, 불붙은 기름 한 방울이 그의 어깨에 떨어지고 말았다. 그는 깜짝 놀라 눈을 뜨고 프시케를 응시했다. 그러다 한마디 말도 없이 흰 날개를 펴고 창밖으로 날아갔다. 프시케는 그를 따라가려 애를 썼지만 보람도 없이 창밖으로 떨어지고 말았다. 에로스는 프시케가 먼지투성이가 되어 땅바닥에 엎어져 있는 것을 보고는 잠깐 멈추어 말했다.

"오, 어리석은 프시케, 이것이 내 사랑에 보답하는 짓이란 말이냐? 나는 어머니의 분부를 어기고 너를 아내로 맞았는데, 너는 나를 괴물로 여기고 내 머리를 베려고 생각했단 말이냐? 가거라, 언니들한테 돌아가거라. 내 말보다 그들의 말을 들었으니까. 나는 네게 다른 벌을 주지는 않겠지만 너에게서 영원히 떠나려한다. 사랑은 의심과 함께는 살아가지 못하기 때문이다."

그는 이렇게 말하고 땅에 엎드려 격렬히 흐느끼고 있는 가엾은 프시케를 버리고 떠나갔다.

그녀는 어느 정도 마음의 평정을 되찾아 주위를 둘러보았다. 궁전도 정원도 없어지고, 자기가 언니들이 살고 있는 도시로부터 얼마 떨어지지 않은 넓은 벌판에 있는 것을 깨달았다. 프시케는 언니들이 있는 곳으로 가서 자기가 당한 불행을 다 이야기했다. 심술궂은 언니들은 내심으론 기뻐하면서도 슬퍼하는 체했다. 그리고 겉으로 나타내지는 않았으나 이번에는 그가 그녀들 둘 중에 하나를 택할 것이라고 은근히 생각하고서 아침 일찍이 일어나 산에 올랐다. 그리하여 산꼭대기에 이르자, 제피로스를 불러 자기를 받아들여 그의 주인에게 데려다달라고 청했다. 그러고서 뛰어내렸는데 제피로스가 받쳐 주지 않아 몸은 절벽에서 떨어져 산산조각이 나버렸다. 그동안 프시케는 남편을 찾아 밤낮 먹지도, 자지도 않으면서 헤매고 다녔다. 어느 높은 산을 쳐다보면서 그 꼭대기에 훌륭한 신전이 있는 것을 보고 그녀는 탄식했다. 그리고 혼자 중얼거렸다.

"어쩌면 내 사랑, 내 주인은 저기에 살고 있을지도 몰라."

그녀는 그곳으로 발을 옮겼다.

에로스와 프시케

신전으로 발을 들여놓자마자, 밀 낟가리가 쌓여 있는 것이 눈에 띄었는데, 묶은 이삭도 있고 묶지 않은 것도 있고 이따금 보리 이삭이 섞여 있기도 했다. 낫과 갈퀴, 그 밖에 수확할 때 쓰는 여러 농기구들이 무더위에 지쳐 버린 농부가 함부로 던져 놓은 것처럼 이리저리 흩어져 있었다.

프시케는 어지럽게 흩어져 있는 것들을 적당한 장소와 종류로 나누어 깨끗이 정돈했다. 그것은 어떤 신이라도 소홀히 해서는 안 되고 모든 신을 경건한 마음으로 대하여 모든 신에게서 자비를 얻어야만 한다는 신념에서였다. 그것은 성스러운 데메테르(풍요의 여신)의 신전이었는데, 여신은 프시케가 그렇게 신을 위해 일하는 것을 보고 다음과 같이 말했다.

"오, 가엾은 프시케야, 비록 나는 너를 아프로디테의 미움으로부터 지켜 줄 수는 없지만, 그녀의 마음을 누그러뜨릴 수 있는 최선의 방법을 가르쳐 줄 수는 있단다. 그것은 다름이 아니라 지금 곧 너의 여왕인 아프로디테 앞에 가서 자진해서 굴복하고 겸손과 순종으로 용서를 빌거라. 그러면 아마 은총을 베풀어 잃어버린 너의 남편을 다시 돌려줄 것이다."

프시케는 데메테르의 말에 따라 아프로디테의 신전을 향하여 갔다. 마음을 굳게 먹으려 애쓰면서 대체 무슨 말을 해야 할지, 어떻게 하면 여신의 노여움을 풀 수 있을지 곰곰이 궁리를 했으나, 아무래도 결과는 좋지 않을 것 같은 예감이 들었다.

아프로디테는 프시케를 화난 낯빛으로 대했다.

"하인들 중에서도 가장 못돼 먹은 여인이여, 너는 주인을 섬기는 몸이라는 것을 이제야 깨달았느냐! 아니면 네가 이곳에 온 것은 사랑하는 아내에게서 받은 상처 때문에 아직도 몸져누워 있는 네 남편을 보기 위해서냐? 너는 밉살맞고 비위에 거슬린다. 그러니 네가 남편을 다시 찾을 수 있는 오직 한 가지 방법은 부지런히 일하는 것밖에 없다. 나는 너의 가정부로서의 솜씨를 시험해 보아야겠다."

이렇게 말하고 나서, 아프로디테는 프시케를 자기 신전의 창고로 데려가게 했다. 그곳에는 여신의 비둘기들의 모이로 많은 밀과 보리, 기장, 완두 따위가 저장되어 있었다. 여신이 말했다.

"저녁이 되기 전까지 이 곡식들을 모두 같은 종류끼리 한 알도 남김없이 가려

놓도록 하여라.”

그러고 나서 아프로디테는 훌쩍 가버렸다. 홀로 남은 프시케는 일거리가 너무도 많은 데 놀라서 멍하니 곡식 더미를 바라보고 있었다. 프시케가 어찌할 바를 모르고 앉아 있는 동안, 에로스는 들판의 주민인 작은 개미들을 부추겨 프시케에 대한 동정심을 일으켰다. 개미 언덕의 지도자는 여섯 개의 다리가 달린 그의 모든 졸개들을 거느리고 곡식 더미로 다가가 있는 힘을 다해 부지런히 한 알 한 알 곡식을 날라다가 종류별로 가려내 주었다. 그리고 그 일이 다 끝나자, 개미들은 순식간에 그곳에서 사라져 버렸다.

황혼이 가까워지자, 아프로디테는 향기로운 냄새를 풍기며 머리에는 장미 화관을 쓰고 신들의 향연에서 돌아왔다. 그리고 프시케에게 명령한 일이 다 끝난 것을 보고 외쳤다.

“못된 계집 같으니, 정말로 네가 다 했단 말이냐? 이것은 네가 한 것이 아니고 남편을 꾀어서 시킨 것이지? 어디 두고 보아라. 너 자신뿐만 아니라 네 남편마저도 뒤가 좋지 못할 것이니.”

이렇게 말하면서 프시케에게 저녁 식사로 검은 빵을 한 조각 던져 주고서는 가버렸다.

다음 날 아침, 아프로디테는 시종에게 명하여 프시케를 불러오게 하더니 그녀에게 이렇게 말했다.

“봐라, 저기 저쪽 숲을 보거라. 물가를 따라 키 큰 나무들이 늘어서 있지? 그곳에 가면 양치기도 없이 양들이 풀을 뜯고 있는데, 모두 금빛 양털을 몸에 걸치고 있다. 그곳에 가서 각 양들이 걸치고 있는 모피에서 값비싼 양털 견본을 모두 모아 나에게 가져오도록 하거라.”

프시케는 이 명령에 있는 힘을 다하리라 마음먹고 냇가로 갔다. 그런데 강의 신은 갈대로 하여금 노래 부르듯 속삭이게 했다.

“가혹한 시련을 받고 있는 처녀야, 위험한 냇물을 건너려고 하지도 말고 건너편에 있는 무서운 숫양 속에 들어가지도 말아라. 왜냐하면 해가 떠오를 무렵에 양들은 그 영향을 받아 날카로운 뿔과 사나운 이빨로 사람을 죽이려는 잔인한 분노에 불타기 때문이다. 그러나 대낮에 양 떼들이 그늘을 찾고 냇물의 청명한 정기가 그들을 달래서 재울 때에는 냇물을 건너도 안전하니, 건너가면 덤불이

나 나무줄기에 붙어 있는 금빛 양털을 발견할 수 있을 것이다.”

인자한 강의 신은 프시케에게 이렇게 여러 가지로 그 임무를 수행하는 방법을 가르쳐 주었다. 그가 일러 준 대로 하여 프시케는 얼마 안 있어 아프로디테가 있는 곳으로 금빛 양털을 가득 안고 돌아왔다. 그러나 프시케는 집념이 강한 여주인을 만족시키지 못했고, 여주인은 도리어 다음과 같이 말하였다.

“나는 이번에도 네가 이 일에 성공한 것이 네 자신의 힘이 아님을 잘 알고 있다. 나는 아직 네가 일을 잘한다고 믿지 못하겠다. 또 다른 일을 시켜 보겠다. 이곳에 있는 상자를 가지고 에레보스(명계)로 가서 페르세포네에게 전달하되, ‘내 여주인 아프로디테가 당신의 아름다움의 미약을 조금 나누어 주기를 바라십니다. 병석에 있는 아들을 간호하느라 자신의 아름다움을 조금 잃었기 때문입니다’라고 말하여라. 그러나 갔다 오는 데 너무 지체해서는 안 돼. 나는 오늘 저녁에 그 화장품을 몸에 바르고 신과 여신들의 연회에 참석해야 하니까.”

프시케는 이젠 자기의 죽음이 다가왔다고 생각했다. 제 발로 직접 에레보스에 내려가지 않으면 안 되니까. 그래서 어차피 해야 하는 피치 못할 일을 지체하지 않으려고 프시케는 몸을 거꾸로 떨어뜨려 명부로 내려갈 수 있는 가장 가까운 길을 택하기 위해 높은 탑 꼭대기로 올라갔다. 그러나 탑 안에서 어떤 소리가 들려왔다.

“가엾고 불행한 소녀야, 왜 그렇게 무서운 방법으로 목숨을 끊으려고 하느냐? 이제까지도 위험할 때마다 기적적으로 여러 번 신령의 가호를 받아 이 최후의 위험에까지 왔거늘 어찌하여 겁을 내고 죽으려는 것이냐?”

그리고 나서 그 소리는 어떤 동굴을 지나면 하데스의 나라에 도착할 수 있는지, 어떻게 하면 도중의 위험을 피할 수 있는지, 어떻게 하면 머리가 셋 달린 개 케르베로스의 곁을 지날 수 있는지, 또한 검은 강을 건너고, 다시 돌아오기 위해서는 어떻게 하면 뱃사공을 설득할 수 있는지를 가르쳐 주었다. 그리고 다음과 같이 덧붙였다.

“페르세포네가 그녀의 아름다움으로 가득 찬 상자를 주거들랑 가장 조심해야 할 일은 그것을 한 번이라도 열거나, 그 속을 들여다보아선 안 된다는 것이다. 또 호기심으로 여신들의 아름다움의 비결을 탐색하려 하지 말아야 한다.”

프시케는 이 충고에 힘을 얻어 모든 것을 일러 주는 대로 했다. 프시케는 페

에로스와 프시케 아프로디테의 끈질긴 시험을 극복한 프시케는 사랑하는 에로스와 다시 만나 혼인하게 된다.

르세포네의 궁전에 입장이 허용되었다. 그리고 아름다운 의자와 맛있는 음식이 제공되었으나 모두 사양하고, 거친 빵으로 만족하며 식사를 한 뒤에 곧바로 아프로디테로부터의 전갈을 전했다. 이윽고 프시케는 값진 물건이 가득한 뚜껑이 닫힌 상자를 건네받았다.

그래서 프시케는 온 길을 되짚어 돌아와 다시 햇빛을 보게 된 것을 기뻐했다. 그러나 위험한 임무를 이와 같이 썩 훌륭하게 이루고 나자, 상자 안에 무엇이 들었는지 보고 싶은 충동이 일어났다. 그녀는 혼잣말로 중얼거렸다.

"어째서 신의 화장품을 나르는 내가 이것을 좀 가지면 안 된다는 거지? 내 얼굴에 조금만 발라서 사랑하는 남편의 눈에 좀더 예쁘게 보이고 싶어!"

그래서 그녀는 조심스럽게 상자를 열었다. 하지만 그 속에는 아름다움은커녕 지옥의 캄캄한 잠뿐이었다. 그것은 감옥에 갇혀 있다가 풀려나자 프시케에게 덤벼들었다. 그래서 그녀는 길 한가운데 쓰러져 잠자는 시체처럼 느낌도 움직임도 없는 존재가 되었다.

그러나 에로스는 마침내 상처도 다 나았고, 사랑하는 프시케와 헤어져 있는 것을 더 이상 견딜 수가 없었다. 마침 자기 방의 창문이 열려 있었기 때문에 그 틈으로 빠져나와 프시케가 누워 있는 곳으로 날아갔다. 그리고 그녀의 몸에서 잠을 끌어모아 다시 상자 안에 가두고 그의 화살로 가볍게 그녀를 두드려 일으켰다. 그는 말했다.

"너는 또 전과 같은 호기심 때문에 하마터면 죽을 뻔했구나. 너는 이제 어머니가 분부하신 명령을 완수하도록 하라. 그 밖의 일은 내가 하겠다."

그래서 에로스는 높은 하늘을 꿰뚫는 번갯불처럼 재빠르게 제우스 앞으로 나아가 애원했다. 제우스는 호의를 가지고 들어 주었다. 그리고 두 연인을 위하여 간곡히 아프로디테를 잘 타일렀으므로 마침내 그녀도 승낙했다.

제우스는 헤르메스를 보내어 프시케를 하늘의 회의에 참석케 했다. 그리고 그녀가 도착하자 제우스는 늙지도 죽지도 않는 하늘의 음식이라고 하는 암브로시아를 한 잔 주면서 이렇게 말했다.

"프시케야, 이걸 마시고 불사의 신이 되어라. 에로스는 이 맺어진 인연을 끊지 못할 것이며, 이 결혼은 영원히 변함이 없을 것이다."

이리하여 프시케는 마침내 에로스와 혼인하였다. 그리고 이윽고 두 사람 사이에 딸 하나가 태어났는데, 그 아이의 이름은 '쾌락'이었다.

에로스와 프시케의 전설은 보통 우화로 생각되고 있다. 그리스어 '프시케'는 '나비'라는 의미와 '영혼'이라는 의미가 있다. 죽지 않을 프시케의 사랑을 이만큼 인상적으로 나타내 줄 이미지는 없다. 나비는 느릿느릿 배로 기어다니는 애벌레의 생활을 끝마친 뒤 자기가 지금까지 누워 있던 무덤 속에서 아름다운 날개를 파닥거리며 뛰쳐나온 뒤, 밝은 대낮에 훨훨 날아다니며 봄이 내어 준 더없이 향기롭고 감미로운 양식을 먹는다. 그러므로 프시케는 온갖 고난에 의하여 정화된 뒤에 진정하고 순수한 행복을 누릴 수 있는 인간의 영혼인 것이다.

그림이나 조각 등의 예술 작품에 프시케는 나비의 날개를 단 처녀로 묘사되어 있다. 그리고 그 곁에는 에로스가 있으며, 두 사람은 여러 가지 모습으로 풍자와 교훈을 나타내고 있다.

밀턴은 《코머스》의 마지막 부분(제1004~1011행)에서 에로스와 프시케의 이야기에 대해 이렇게 쓰고 있다.

그녀의 유명한 아들, 성숙한 하늘의 에로스가 이제,
소중하고 귀여운, 사랑에 빠진 프시케를 차지하나,
그녀의 방랑의 노역 길었소,
신들의 승낙 그리 쉬웠건만.
그래서, 영원한 아내가 되었건만.
이제 그녀의 아름다운 허리춤에서,
쌍둥이가 태어나리니,
'젊음'과 '기쁨'이라고, 제우스가 맹세하였소.

이 이야기와 교훈은 토머스 키블 허비[1]의 아름다운 시 속에도 잘 나타나 있다.

옛날에―사람들이 밝은 이야기를 짰다.
이유가 좀 있어, 공상의 채색 날개를 빌렸는데,
저기 황금 모래 위를 맑은 진실의 강이 덮고는,
노래하며 말하기를, 그것은 높고 신비한 것이라 하네.
이리 달콤하고 엄숙한 설명을 들으니,
순례자의 가슴이 희망으로 부풀어, 그것을 찾아
진실의 강을 온 세상으로 인도했더래.
그 '사랑의 숭배자'의 집은 하늘이었는데!

온 도시에―유령 출몰하는 샘가에,
어두운 동굴 기둥 물결무늬 사이에,
소나무 신전에, 달빛 야산에,

---

1) 스코틀랜드의 시인·비평가(1799~1859).

모두들 새침하니, 별들의 소리만 기다리는 듯해.
깊은 숲속의 빈터—알을 낳는 비둘기 사는 곳에,
짙은 화장을 한 계곡에, 코끝에 남는 흔적이 있어. 여기서
그녀는 에로스의 먼 메아리도 들었고,
온통, 그의 발자국 흔적이 아른거렸지.

그러나, 두 연인 두 번 다시 못 만나리!
의심과 두려움이 유령의 모습으로, 땅을 괴롭혀 마르게 하고,
죄와 눈물의 아이인 그녀 한가운데에 와서는,
영원히 죽지 않을 밝은 영혼으로 남았다.
사랑에 얽매인 영혼과 슬픈 눈으로,
그가 하늘에 있음을 보고서야,
지친 심장으로 마지막 날개 끈을 잡고서야,
하늘에 올라, 에로스의 천사 아내가 되었다.

에로스와 프시케의 이야기는 2세기경의 작가 아풀레이우스의 작품에 처음
으로 나타나 있다. 그러므로 지금 여러분이 읽고 있는 이 책의 우화적 신화시대
이야기들보다 훨씬 새로운 것인 셈이다. 키츠가 《프시케에게 바치는 송시》 속에
서 언급하고 있는 것은 바로 이것이다.

가장 젊고 아름다운 환영조차,
빛바랜 하늘의 올림포스와 함께 시들다니!
포이보스의 차가운 사파이어층 별보다도,
해거름, 다감한 하늘의 붉은 땅거미보다도 아름다웠지.
이보다 더 아름다운 신전, 당신은,
아무것도, 제단에 쌓인 꽃도 없이 아름다운데,
한밤중, 거기엔 젊은 천사 무리도,
유쾌한 탄식의 코러스도 없고,
용감한 목소리, 떨리는 류트, 유혹하는 피리, 그윽한 향연도,

사슬에 매달린 풍요의 향로에서 사라지고,
신성한 자리, 님프의 숲, 신탁의 소리 그리고 열기도
꿈꾸는 예언자의 핏기 없는 입에서 사라졌구나.

무어의 《여름 축제》에는 어떤 가장무도회에 대해 그려져 있는데, 거기에 등장
하는 인물 중의 한 사람으로 프시케가 있다.

……오늘 밤 어두운 가면무도회에서, 우리의 여주인공,
그 눈부신 빛을 가리지 않았다.
에로스의 땅을 발레리나처럼 걸으며 살피는,
그의 젊은 아내. 거룩한 맹세—
올림포스에서 서약—이런 세계가,
그녀의 모습에 있다.
눈처럼 흰 그녀의 이마에 드리워진,
불안한 맵시와 낯선 장신구가,
그녀가 인간의 영혼임을 말한다(아니라 해도 진실로—)
그렇게, 희디흰 이마에 반짝이는 생기로, 우린
오늘 밤, 프시케가 여기에 왔음을 안다.

제12장
카드모스, 미르미돈

1. 카드모스

어느 날 제우스는 황소로 변신하여 페니키아의 왕 아게노르의 딸 에우로페를 납치해 갔다. 아게노르는 아들 카드모스에게 그의 누이를 찾아오라고 명령을 하면서 만약 찾지 못하거든 돌아오지 말라고 덧붙였다. 카드모스는 사방팔방으로 오랫동안 그의 누이를 찾아보았으나 발견할 수 없었다. 맡겨진 일을 이루지 못하고 돌아갈 수도 없어서 어디로 가면 좋을지 아폴론의 신탁에게 상의했다. 신탁은 그에게 이렇게 일러 주었다.

"들에서 암소를 한 마리 발견하거든 어디든지 그 소가 가는 곳으로 따라가라. 그리고 소가 발을 멈춘 곳에 마을을 세워 테바이(테베)라 이름하여라."

카드모스가 신탁을 받은 카스탈리아의 동굴에서 나오자, 자기 앞을 천천히 걸어가는 어린 암소가 눈에 들어왔다. 카드모스는 그 뒤를 바짝 따라갔다. 그리고 포이보스(아폴론)에게 감사의 기도를 올렸다. 암소는 계속 전진하여 케피소스의 얕은 수로를 지나 파노페 평야로 나왔다. 그러자 암소는 거기서 발을 멈추고는 넓은 이마를 하늘로 향하게 하고 커다란 울음소리로 주위의 공기를 채웠다. 카드모스는 암소에게 고마움을 표하고 몸을 굽혀 미지의 대지에 키스했다. 그리고 눈을 들어 주위의 산에 인사하고는 제우스에게 제물을 올리려고 부하들을 시켜 제삿술로 사용할 깨끗한 물을 구해 오도록 했다.

그 근처에는 오래된 숲이 있었는데, 그것은 아직 한 번도 도끼에 의하여 그 신성함이 더럽혀진 일이 없었다. 그 한가운데에는 관목이 두껍게 우거진 동굴이 하나 있었다. 그 동굴의 지붕은 아치형을 이루었고, 그 밑으로부터 깨끗한 샘물이 솟고 있었다.

동굴 속에는 볏이 돋친 머리와 금빛으로 빛나는 비늘을 지닌 무서운 뱀 한 마리가 있었다. 눈은 불처럼 빛나고, 몸은 독액으로 부풀고, 세 개의 혀를 끊임없이 날름거리며 세 줄로 된 이빨을 보였다. 때마침 물을 길으러 온 사람들이 샘에 물병을 담가 병 속으로 물이 들어가는 소리가 나자, 온몸에 광채가 찬란한 뱀은 동굴 속에서 머리를 내밀고 무서운 소리를 냈다. 사람들은 손에서 물병을 떨어뜨리고, 얼굴에서 핏기가 가시면

에우로페 황소로 변신한 제우스에게 납치되어 가는 에우로페. 팔레르모, 국립미술관

서 온몸을 벌벌 떨었다. 뱀은 비늘 돋친 몸뚱이를 커다랗게 똬리를 틀고 머리를 가장 키가 큰 나무보다도 높이 쳐들었다. 사람들이 공포에 떨며 싸우지도 못하고 달아나지도 못하고 있는데, 뱀은 느닷없이 달려들어 어떤 자는 독니로 물어 뜯어 죽이고, 어떤 자는 몸으로 감아 죄어 죽이고, 어떤 자는 독기를 내뿜어 죽였다.

카드모스는 부하들을 기다렸으나 한낮이 되어도 돌아오지 않자 그들을 찾아 나섰다. 겉옷은 사자의 가죽이었으며, 손에는 투창 말고도 기다란 창을 가지고 있었다.

또 가슴속에는 창보다 훨씬 더 좋은 무기인 대담한 심장을 지니고 있었다. 그가 숲속으로 들어가니 여기저기 부하들의 시체가 널려 있고, 뱀은 턱이 피로 물들어 있었다. 그는 부르짖었다.

"오, 충실한 내 부하들, 나는 너희들의 원수를 갚든지 아니면 너희들의 뒤를 따라 죽겠다."

카드모스는 커다란 바위를 들어 뱀을 향하여 힘껏 던졌다. 그런 커다란 바위

를 던지면 요새의 성벽도 뒤흔들렸을 텐데 뱀은 꿈쩍도 하지 않았다. 그래서 카드모스는 투창을 던졌다. 이번에는 먼젓번보다는 효과를 냈다. 창은 뱀의 비늘을 뚫고 내장까지 꿰뚫었던 것이다. 아픔에 못 견디어 날뛰면서 뱀은 상처를 보려고 머리를 뒤로 돌렸다. 그리고 입으로 창을 빼려고 했으나 창은 부러지고 살촉은 살 속을 쑤셨다. 노여움에 목이 부풀고, 피거품이 턱을 덮고, 콧구멍에서 내뿜는 독기가 주위의 공중으로 흩어졌다. 때로는 몸을 둥글게 비비 꼬기도 하고, 때로는 자빠진 나무둥치처럼 땅에 펴기도 했다.

뱀이 카드모스에게 다가오자, 그는 그 앞에 서서 뒷걸음질하며 크게 벌린 뱀의 턱을 향하여 창을 겨누었다. 뱀은 창을 향하여 달려들어 창끝을 물어뜯으려고 했다. 카드모스는 기회를 보아 뱀이 머리를 뒤에 있는 나무둥치로 젖히는 순간 창을 던졌고, 뱀의 몸뚱이는 창에 꿰어져 나무에 매달렸다. 뱀은 자기 무게로 나무를 휘청거리게 하면서 죽음의 고통으로 몸부림쳤다.

카드모스가 해치운 적의 곁에 서서 엄청나게 커다란 몸뚱이를 바라보고 있는 바로 그때였다. 어디서 들려오는지는 알 수 없었으나 매우 똑똑하게 어떤 목소리가 들려왔다. 그 소리는 '뱀의 이빨을 뽑아 땅에다 뿌리라'는 것이었다. 그는 그 말대로 했다. 땅에다 고랑을 만들고 이빨을 뿌렸다. 그러자 흙덩이가 움직이더니 창끝이 여러 지면에 나타나기 시작했다. 다음엔 투구가 깃털 장식을 끄덕거리면서 나타났다. 이어 사람의 어깨와 가슴과 무기를 든 팔다리가 드러나더니 마침내 무장을 한 무사들이 나타나 어느새 군대를 이루었다. 카드모스는 깜짝 놀라 새로운 적에게 맞서려고 했다. 그러자 그중 한 사람이 그에게 말했다.

"우리들의 내부 다툼에 간섭하지 마시오."

그러고 나서 그 무사는 땅에서 태어난 그의 형제 중의 한 사람을 칼로 찔러 죽였다. 그러나 그도 다른 무사의 화살에 맞아 죽었다. 또 다른 무사도 네 번째 무사에 의해 죽었다. 이같이 온 무리가 서로 싸워 부상을 입고 쓰러져 남은 것은 이제 다섯뿐이었다. 이들 중 한 사람이 무기를 내던지고 말했다.

"형제들아, 우리 모두 평화롭게 살자꾸나!"

이들 다섯 사람은 카드모스와 힘을 합쳐 도시를 세우고 그 이름을 테베라고 했다.

카드모스는 아프로디테의 딸 하르모니아를 아내로 맞아들였다. 신들은 이 결혼을 축하하기 위해 올림포스를 떠나 결혼식에 참석했다. 헤파이스토스[1]는 자기가 만든 아름다운 목걸이를 신부에게 선물했다. 그러나 불행한 운명이 카드모스 일가를 기다리고 있었다. 그것은 카드모스가 죽인 그 커다란 뱀이 실은 아레스에게 바쳐진 성물이었기 때문이다. 그래서 카드모스의 딸 세멜레와 이노, 그리고 손자 악타이온과 펜테우스도 모두 다 불행한 죽음을 당했다. 카드모스와 하르모니아는 테베가

샘을 지키는 뱀을 죽이는 카드모스
카드모스는 그 근처에 테베시를 세운다. 파리, 루브르 박물관

싫어져서 그곳을 떠나 엔켈레이스로 이주했다. 이 나라 사람들은 예를 갖추어 그들을 맞이하고, 카드모스를 그들의 왕으로 삼았다. 그러나 자손들의 불행한 일들이 아직도 그들의 마음을 무겁게 짓누르고 있었다. 어느 날 카드모스는 외쳤다.

"뱀의 생명이 그렇게도 신들에게 귀중한 것이라면, 나도 뱀이었더라면 좋았을 걸."

그가 이 말을 채 마치기도 전에 그의 모습이 변하기 시작했다. 하르모니아는 그것을 보고 자기도 남편과 같은 운명을 따르게 해달라고 신들에게 기도했다. 그래서 둘 다 뱀이 되고 말았던 것이다.

지금도 그들은 숲속에 살고 있는데, 자기들이 전에 무엇이었는지를 알기 때문에 사람이 지나가도 도망치려고도 않으며, 결코 사람을 해치는 일도 없다.

전설에 따르면, 카드모스는 페니키아인에 의해서 발명된 알파벳의 문자를 처음으로 그리스에 들여왔다고 한다. 이것은 바이런도 언급하고 있는데, 그의 시에서 현대의 그리스인에게 다음과 같이 호소하고 있다.

---

1) 아프로디테의 남편. 그런데 하르모니아('조화'라는 뜻)는 아프로디테와 아레스의 비밀스런 사랑에 의해 태어난 딸이라고 한다.

그 옛날 카드모스가 준 문자—그리스인이여,
부당한 욕망의 노예가 되라고 그것을 주었겠는가?

밀턴은 하와를 유혹한 뱀에 대해 묘사할 때, 뱀에 대한 이 고전적 이야기를
이렇게 노래하고 있다—

—그 모습 매력 있었고,
어쩌면 유쾌하기도 해. 뱀의 종류로,
이보다 더 멋질 순 없지.
일리리아에서 변신한 하르모니아와 카드모스도,
에피다우로스의 신도.

2. 미르미돈

미르미돈은 트로이 전쟁 때 아킬레우스가 이끌고 간 군대였다. 이 종족의 이
름을 따서 오늘날에도 정치적 우두머리에 대해서 지조 없이 열광적으로 맹종하
는 자를 이르러 미르미돈이라 부르고 있다. 그러나 이 종족의 기원을 알아보면
용맹하고 잔인한 종족이라는 인상보다는 부지런하고 평화를 사랑하는 종족이
라는 느낌을 줄 것이다.

아테네의 왕 케팔로스는 그의 옛 친구이자 동맹자이기도 한 아이아코스의
도움을 얻고자 아이기나섬을 찾아왔다. 그때는 아이아코스왕이 크레타의 왕
미노스와 전쟁을 하고 있을 무렵이었다. 케팔로스는 융숭한 대접을 받고 바라
던 지원군도 쉽사리 약속을 받았다. 아이아코스는 말했다.

"나에게는 나를 지키고, 또 그대가 필요로 하는 병력까지도 제공하기에 충분
한 많은 수의 백성들이 있습니다."

케팔로스는 대답했다.

"아주 기쁩니다. 그러나 솔직히 말하면 전부터 좀 이상하게 생각했습니다만,
내 주위에 이렇게나 많은 수의 젊은 사람들이 있다니요. 그리고 모두들 거의 같
은 나이인 것 같군요. 그런데 전에 내가 알았던 많은 사람들은 지금 돌아보면
한 사람도 없는 것 같은데 그 사람들은 어찌 되었는지요?"

아이아코스는 긴 한숨을 내쉬며 슬픔에 잠긴 목소리로 대답했다.

"그 말을 하려던 참입니다. 일단 이야기하겠습니다. 그 이야기를 들으면 처음에는 무척이나 슬픈 일이었지만 때로는 거기서 행복한 결과가 나온다는 것을 알게 될 것입니다. 당신이 전에 알고 있던 사람들은 이젠 티끌과 재가 되었습니다. 화난 헤라가 내린 역병이 이 섬나라를 폐허로 만들어 버린 것이지요. 헤라가 이 나라를 미워한 것은 나라 이름이 자기 남편이 총애하던 애인의 이름을 땄기 때문이었습니다.[2] 병이 자연적 원인에 의하여 일어난 줄로 알았을 동안에는 우린 온 힘을 다하여 자연에서 얻은 약으로 치료하려 했습니다. 그러나 얼마 가지 않아 우리의 힘으로는 어쩔 도리가 없는 병이라는 것이 명백해져서 우리는 굴복하고 만 것이지요. 처음에는 하늘이 땅으로 내려앉은 줄 알았습니다. 여러 겹으로 쌓인 두꺼운 구름이 뜨거운 공기를 에워싸고 있었습니다. 질병이 우물과 샘까지 퍼졌습니다. 수천 마리의 뱀이 기어다니면서 샘에다 독을 뿜었습니다.

역병은 처음에는 하등동물과 개·소·양·새 따위에게 위세를 부렸습니다. 가련한 농부는 그의 소가 일을 하는 도중에 쓰러지고, 밭고랑을 갈다가 죽어 넘어지는 것을 보고 놀랐습니다. 고통스레 울부짖는 양들은 털이 빠지고, 몸은 나날이 여위어 갔습니다. 전에는 경주에서 제일가던 말도 이제는 승리를 다투지 않고 외양간에서 신음하다가 명예롭지 못한 죽음을 맞았습니다. 산돼지는 그의 거친 성질을 잃었고, 사슴도 그의 민첩함을 잃었으며, 곰도 이제는 소 떼를 습격하지 않았습니다. 모든 것이 생기를 잃었습니다. 시체는 길에도 들에도 숲에도 널려 있었습니다. 공기는 시체의 독기로 오염되었습니다. 도저히 믿어지지 않을 줄 압니다만 개도, 굶주린 이리도 시체에는 손을 대려고 하지 않았습니다. 이들 시체가 부패하면서 역병은 더욱더 멀리에까지 퍼졌습니다. 이어 그것은 시골 사람들을 공격했고, 점차 도시의 주민들에게도 만연했습니다. 이 병에 걸리면 처음에는 두 볼이 붉어지고 숨 쉬기가 어려워집니다. 혀도 거칠어져서 붓고, 건조한 입은 혈관이 확대되어 벌어지게 되고, 헉헉대며 헐떡이게 되지요. 환자들은 그들의 옷이나 침구의 열을 견딜 수가 없어 땅바닥에 누우려고 했습니다. 그러나 땅은 그들을 식혀 주기는커녕 오히려 그들이 누워 있는 곳을 뜨겁게 달구었

---

2) 아이기나(강의 신 아소포스의 딸)는 제우스의 사랑을 받아 아이아코스를 낳았다.

전사들의 행렬 아테네, 국립미술관

습니다. 의사들도 속수무책이었습니다. 역병은 의사들에게까지도 덮쳐 왔기 때문입니다.

그리고 환자에게 접근하면 바로 감염되었기 때문에 충실한 의사일수록 빨리 희생되었습니다. 마침내 구제의 모든 희망은 사라지고 질병의 유일한 해방자는 죽음밖에 없다고 생각하게 되었습니다. 그리고 신성한 사물에 대한 모든 존경의 마음이 없어졌습니다. 시체는 묻지 않은 채로 방치되었고, 화장하는 데 사용하는 나무도 부족하여 쟁탈전이 일어날 지경이었습니다.

울어 줄 사람조차도 남지 않게 되었습니다. 아들과 남편, 늙은이와 젊은이가 다 같이 애도하는 사람도 없이 죽어 갔습니다.

제단 앞에 서서 나는 하늘을 우러러 부르짖었습니다.

'제우스여, 당신이 정녕 저의 아버지시거든 그리고 저 같은 아들을 치욕으로 생각지 않으신다면 저의 백성을 돌려보내 주십시오. 아니면 제 목숨도 앗아 가십시오!'

이런 말을 하자 천둥소리가 들려왔습니다. 나는 부르짖었습니다.

'저건 무슨 징조로다. 제발 신이 나를 버리지 않으신다는 좋은 징조이기를!'

내가 서 있는 곳 근처에 가지가 크게 벌어진 참나무가 서 있었는데, 그것은 제우스에게 바쳐진 것이었습니다.

언뜻 보니 한 떼의 개미가 분주히 일을 하고 있었습니다. 그들은 조그만 곡식을 입에 물고 서로 앞서거니 뒤서거니 하면서 일렬로 나무줄기를 올라가고 있었습니다. 나는 그 많은 수에 놀라면서 말했습니다.

'오, 아버지시여, 저에게 이 개미들처럼 많은 수의 백성을 주셔서 텅 빈 도시를 다시 채우도록 해주십시오.'

그러자 그 나무는 바람도 불지 않았는데 가지를 흔들면서 살랑살랑 소리를 내었습니다. 나는 팔다리가 떨렸으나 땅과 나무에 키스를 했습니다. 내가 희망을 가졌던 것을 나 자신에게도 털어놓고 싶지 않았지만 솔직히 말해서 정말로 희망을 가졌었지요. 이윽고 밤이 왔고, 잠이 이런저런 걱정거리에 잔뜩 지친 내 몸을 사로잡았습니다. 그런데 그 참나무가 꿈속에서 내 앞에 나타났습니다. 가지에 온통 살아서 움직이는 것들로 뒤덮여서요. 그러더니 나무는 수많은 가지를 흔들면서 땅으로 그 엄청난 숫자의 부지런한 생물들을 흔들어 떨어뜨리는 것 같았습니다.

땅으로 떨어진 개미들은 점점 커지더니 얼마 가지 않아 똑바로 일어서서는 불필요한 다리와 검은 빛깔을 버리고 마침내 인간의 모습으로 변신했습니다. 그때 나는 잠이 깨었습니다. 그리고 나서 내 최초의 충동은 내게서 아름다운 꿈을 빼앗고 그 대신 실제로 아무것도 주는 바가 없는 신들을 원망하고 싶은 생각이었습니다. 그러나 내가 신전 안에 조용히 앉아 있으려니까 밖에서 많은 사람들의 음성이 들렸고, 그 소리는 내 주의를 끌었습니다. 그리고 그런 음성은 그즈음에 들어 본 적이 없던 것이었습니다. 아직도 꿈을 꾸고 있는 것이 아닌가 생각하고 있는데, 아들 텔라몬이 신전의 문을 열어젖히면서 부르짖었습니다.

'아버지, 이리 나와 보십시오. 아버지의 희망 이상의 것을 보십시오!'

그래서 나도 따라 나가 보았습니다. 꿈에서 본 것과 똑같은 무수한 인간이 행렬을 지어 지나가고 있는 것이 보였습니다. 내가 놀라움과 기쁜 마음으로 바라보고 있자니, 그들은 가까이 와서 무릎을 꿇고 나를 그들의 왕이라 부르며 맞아들였습니다. 나는 제우스에게 서약을 하고 이 빈 도시를 새로이 탄생한 종족에게 배당하여, 전답을 분배하는 일에 착수했습니다. 나는 그들을 개미(미르멕스)에서 나왔기 때문에 미르미돈이라고 불렀습니다. 당신은 그 사람들을 보았지요. 그들의 성질은 그 전신인 개미의 성질과 같습니다. 그들은 부지런한 종족으로서 모으기에 열중하고, 일단 모은 것은 헛되이 쓰지 않습니다.

그들 가운데서 당신이 필요로 하는 병력을 보충하십시오. 그들은 당신을 따라 기꺼이 전쟁터에 나갈 것입니다. 그들은 나이도 젊고 용감한 사람들입니다."

이 질병에 대한 얘기는 그리스의 역사가인 투키디데스가 아테네에 일어난 역병에 대해서 쓴 것을[3] 오비디우스가 고쳐 쓴 것이다. 투키디데스는 이 사건을 실제의 체험을 근거로 하여 묘사했다.

그러므로 훗날의 시인이나 소설가들은 같은 장면을 그려야 할 때에는 모두 그 상세한 부분을 그의 역사서에서 빌려다 썼던 것이다.

---

3) 기원전 5세기 후반 역사가 투키디데스는 《펠로폰네소스 전쟁사》를 남겼다. 인용된 부분은 제2권 47~54절.

제13장

니소스와 스킬라, 에코와 나르키소스
클리티에, 헤로와 레안드로스

1. 니소스와 스킬라

크레타 왕 미노스는 메가라와 전쟁을 하였다. 메가라 왕은 니소스였고, 스킬라는 그의 딸이었다. 포위 공격은 6개월이나 계속되었지만 여전히 메가라는 유지되고 있었다. 왜냐하면 운명이 정한 바에 의하면, 니소스 왕의 머리에서 빛나고 있는 어떤 자줏빛 머리카락이 그의 머리 위에 남아 있을 동안에는 절대로 메가라가 점령되지 않게 되어 있기 때문이다.

도시의 성벽에는 탑이 하나 있었는데, 거기에서는 미노스와 그의 군대가 진을 치고 있는 평야가 내려다보였다. 스킬라는 자주 탑 위로 올라갔다. 그리고 적군의 진영을 내려다보았다. 포위가 너무도 오랫동안 계속되었으므로 스킬라는 적의 지휘관급 인물을 분별할 수 있게 되었다. 특히 미노스는 그녀를 감탄케 했다. 투구를 쓰고 방패를 든 그의 우아한 풍채에 그녀는 감탄했다. 그가 투창을 던지는 것을 보면 재능과 힘을 겸비한 것 같았다. 활을 쏠 때의 우아한 자태는 아폴론 이상이었다. 더구나 그가 투구를 벗고, 자줏빛 옷을 입고, 화려하게 장식한 백마를 타고, 그 거품 나는 입을 고삐로 제어하고 있을 때면 스킬라는 거의 정신을 잃을 정도였다. 그녀는 감탄한 나머지 미칠 지경이었다. 그녀는 그가 손에 쥐고 있는 무기와 고삐가 자기였더라면 하면서 질투를 했다. 할 수만 있다면 적군의 사이를 뚫고 그에게로 달려가고 싶은 심정이었다. 탑 위에서 그의 진영 한가운데로 몸을 던지고픈, 그에게 문을 열어 주고픈, 그 밖에 그를 기쁘게 하는 일이라면 무엇이든지 하고 싶은 충동에 사로잡혔다. 탑 안에 앉아서 그녀는 홀로 중얼거렸다.

"나는 이 뼈아픈 전쟁을 기뻐해야 할지 슬퍼해야 할지 모르겠어. 나는 미노스가 우리의 적인 것은 원망스럽지만 그분의 모습을 바라볼 수 있다면 어떤 이유에서든 나는 기뻐. 아마 그분이라면 흔쾌히 평화에 응하고 나를 인질로 삼아 주실 거야. 할 수만 있다면 나는 날아가서 그의 진영에 내려앉아 우리는 모두 당신의 자비에 몸을 맡기겠노라고 전하고 싶어. 하지만 그랬다간 아버지를 배반하는 것이 되는데! 안 돼! 차라리 미노스를 다시는 안 보는 편이 나아. 아니야. 정복자가 인자하고 관대한 사람일 경우에는 정복당하는 것도 때로는 한 도시를 위하여 더 좋은 일일 수도 있어. 정의가 미노스 편에 있는 것이 분명해.[1] 그러니까 우리는 어차피 정복당할 운명이야. 그리고 그것이 이 전쟁의 결과가 분명하다면 전쟁에 의하여 성문이 열리도록 내버려 두는 대신에 사랑으로써 그에게 성문을 열어 주어서 안 될 건 없잖아? 될 수만 있다면 전쟁을 오래 끌지 않게 하고, 살육을 줄이는 것이 좋을 거야.

만약에 누가 미노스를 다치게 하거나 죽인다면 어떻게 하지? 설마 그런 짓을 저지를 마음을 먹을 사람은 한 사람도 없겠지만, 그래도 그분인 줄 모르고 그럴 수도 있지 않은가. 나 자신을 그에게 맡기고 내 나라를 지참금으로 해서 전쟁을 끝내야겠어. 하지만 그러려면 어떻게 해야 하지? 문엔 문지기가 있고, 열쇠는 아버지가 가지고 계시다. 내 길을 막는 것은 아버지뿐이야. 신들의 뜻으로 아버지를 처치하여 주면 좋으련만! 하지만 그런 걸 어째서 신들에게 바라야만 하지? 다른 여자였다면, 그리고 나처럼 거센 사랑에 불타고 있다면 자기의 사랑을 막는 것은 무엇이든 자기 손으로 제거할 거야. 그래도 누가 나보다 더 굳게 마음먹고 해낼 수 있겠어? 나는 목적을 이루기 위해 불도 칼도 상대할 필요가 없어. 오직 아버지의 자줏빛 머리카락을 필요로 할 뿐이야. 그것은 나에게는 금보다도 더 귀중한 것이며, 바라는 모든 것을 내게 줄 거야."

그녀가 이렇게 스스로를 합리화시키고 있는 동안 어느덧 밤이 되었고, 성안에 있는 모든 사람들은 잠이 들었다. 그녀는 아버지의 침실로 몰래 들어가 운명의 머리카락을 잘랐다. 그리고 몰래 도시를 빠져나와 적진으로 들어갔다. 그녀는 왕 앞으로 안내되자 다음과 같이 말했다.

---

[1] 이 싸움은 미노스의 아들(안드로게오스)에 대한 복수가 목적이었다.

158   그리스 로마 신화

"나는 니소스의 딸 스킬라입니다. 나는 당신에게 이 나라와 아버지의 집을 바칩니다. 그 대가로 당신 이외에는 아무것도 바라지 않습니다. 나는 오직 당신에 대한 사랑 때문에 이런 일을 했기 때문이지요. 이 자줏빛 머리카락을 보세요! 이 머리카락과 함께 나는 아버지와 그 왕국을 당신께 바칩니다."

그녀는 운명의 약탈품을 든 손을 내밀었다. 미노스는 뒤로 물러서며 손대기를 거부했다.

그는 부르짖었다.

"고약한 계집 같으니, 천벌을 받으리라. 우리 시대의 치욕이다! 바라건대 대지도 바다도 너에게 안식처를 주지 않을 것이다! 적어도 제우스의 요람지인 내 크레타가 너와 같은 괴물로 더럽혀져서는 안 돼!"

그는 정복된 도시에 공정한 조건을 부여하도록 부하들에게 명령하고, 또한 함대와 함께 즉각 섬을 떠나도록 명했다.

스킬라는 미쳐 버렸다.

"이런 배은망덕한 자를 보았나!"

그녀는 부르짖었다.

"당신은 이렇게 나를 버리고 간단 말인가? 승리를 얻게 한 나를…… 당신을 위해 어버이도 나라도 희생시킨 나를 버린단 말인가! 내가 죽을죄를 진 것은 사실이다. 마땅히 죽어야 하지. 하지만 네 손에 죽고 싶지는 않다."

함대가 해안을 떠나려고 하자 그녀는 바닷속으로 뛰어들었다. 그리고 미노스를 태운 배의 키에 매달려서 반갑지 않은 동반자로서 배를 따라갔다. 하늘 높이 솟은 물수리 한 마리가—그것은 새의 모습으로 변신한 그녀의 아버지였다—그녀를 발견하자 덤벼들어 부리와 발톱으로 덮쳤다. 무서운 나머지 그녀는 배에서 손을 떼고 말았다. 하마터면 물에 빠질 뻔했으나 어떤 인자한 신이 그녀를 새 (백로)로 변하게 했다. 물수리는 지금도 여전히 옛날의 원한을 품고 있다. 그래서 높이 날면서도 그 새를 발견했을 때는 언제나 옛날 원한에 대한 복수를 하기 위하여 부리와 발톱을 가지고 덤벼드는 것을 볼 수 있다.

2. 에코와 나르키소스

에코는 아름다운 님프였다. 숲과 언덕을 좋아해 사냥 따위를 하며 숲의 놀이에 빠져 있었다. 그녀는 아르테미스의 총애를 받아 사냥하는 데 따라다녔다. 그러나 이 에코에게는 하나의 결점이 있었으니, 그것은 말하기를 좋아하여 잡담을 할 때나 논의를 할 때나 끝까지 지껄이는 것이었다.

어느 날 헤라는 남편 제우스를 찾고 있었는데, 그것은 남편이 혹시 님프들에게 둘러싸여 희희낙락하고 있지나 않을까 의심했기 때문이다. 또 그것은 사실이었다. 에코는 님프들이 도망칠 때까지 여신을 붙들어 놓으려고 줄곧 지껄였다. 이 계략을 알아차리자, 헤라는 에코에게 다음과 같은 벌을 내렸다.

"너는 나를 속인 그 혀의 사용을, 네가 그토록 즐기는 대꾸를 할 때 말고는 금지당할 것이다. 남이 말한 뒤에 말할 수는 있으나, 네가 먼저 말할 수는 없을 것이다."

이러한 벌을 받은 에코는 어느 날 나르키소스라는 아름다운 청년을 보았다. 그가 숲속에서 사냥을 하고 있을 때였다. 에코는 이 청년을 사랑하게 되어 그의 뒤를 따라갔다. 그녀는 얼마나 아름다운 목소리로 말을 걸어 그와 이야기하고 싶었던가! 그러나 그럴 능력이 없었다. 그래서 그녀는 그가 먼저 말을 걸어 주기를 초조한 마음으로 기다렸고 대답할 말도 준비하고 있었다.

어느 날 나르키소스가 사냥하던 일행에서 떨어지게 되자 소리 높여 외쳤다.

"여기 누구 없소?"

에코는 대답했다.

"여기에—."

나르키소스는 사방을 둘러보았다. 하지만 아무도 발견하지 못했다.

"이리로 와."

그는 다시 외쳤다.

"이리와—"

에코가 대답했다. 아무도 오지 않자 나르키소스는 다시 불렀다.

"피하지 말고 같이 가지그래?"

에코도 질문을 했다.

"같이 가지그래?"

처녀는 애정에 찬 마음으로 같은 말을 하고, 그 장소로 급히 달려가서 그의 목에 팔을 감으려 했다. 그는 깜짝 놀라 뒤로 물러서면서 부르짖었다.

"놓아라, 네가 나를 붙잡게 두느니 차라리 죽겠다."

"나를 붙잡아—"

그녀는 말했다. 그러나 모두 허사였다.

그는 그녀의 곁을 떠나 버렸고, 그녀는 부끄러워서 하는 수 없이 숲속 깊이 붉어진 얼굴을 감추었다.

그때부터 그녀는 동굴 속이나 깊은 산속 절벽 가운데서 살게 되었다. 그녀의 모습은 슬픔 때문에 여위어 마침내 모든 살이 없어졌다. 그녀의 뼈는 바위로 변했고, 그녀의 몸에서 남은 것이라고는 목소리밖에 없게 되었다. 이 목소리는 지금도 그녀를 부르는 어떤 사람에게든 대답할 준비를 하고 있고 끝까지 말하는 옛 버릇을 유지하고 있다.

나르키소스의 냉혹한 처사는 이에 그치지 않았다. 그는 가엾은 에코를 내치기만 한 것이 아니라, 다른 여러 님프에 대해서도 다르지 않았다. 어느 날, 한 처녀가 그의 마음을 끌려고 애썼으나 아무 효과도 보지 못하자, 그도 언젠가는 사랑이 무엇인지, 또 애정의 보답을 받지 못하는 것이 어떠한 것인지를 깨닫게 해달라고 기도를 올렸다. 복수의 여신(네메시스)은 기도를 들어주기로 했다.

어느 곳엔가 맑은 샘이 있었는데 그 물은 은빛으로 반짝이고 있었다. 목자들도 그곳으로는 양 떼들을 몰지 않았고, 산양도, 다른 숲속에 사는 짐승들도 가지 않았다. 나뭇잎이나 가지가 떨어져 수면이 더럽혀지는 일도 없이, 신선한 풀만이 나고, 바위는 햇빛을 가려 주었다.

어느 날 나르키소스가 사냥과 더위와 갈증으로 잔뜩 지쳐서 이 샘에 오게 됐다. 그가 몸을 굽히고 물을 마시려 했을 때, 물속에 비친 자기 그림자가 눈에 들어왔다. 그는 그것이 이 샘에 살고 있는 아름다운 물의 요정인 줄 알았다. 그는 빛나는 두 눈과 디오니소스나 아폴론의 머리카락처럼 곱슬곱슬한 머리카락, 둥그스름한 볼, 상아 같은 목, 갈라진 입술, 그리고 이 모든 것에서 빛나는 건강하고 운동으로 단련된 모습이 못 견디게 좋아졌던 것이다. 키스하려고 입술을 대었다. 그리고 사랑하는 사람을 포옹하려고 팔을 물속에 담갔다. 그러나 그 순간 그것은 달아나고, 잠시 후 다시 돌아와서는 그 매력을 새로이 했다. 그는 그곳을 떠날 수가 없었다. 먹는 것도 잠자는 것도 잊고 언제까지나 샘 곁에서 서성거리며 자신의 그림자를 바라보고 있었다.

나르키소스와 에코 잠자는 나르키소스를 바라보는 님프 에코. 파리, 루브르 박물관

물의 요정이라 생각하고, 자기의 그림자에게 말을 걸었던 것이다.

"아름다운 이여, 그대는 왜 나를 피하는가? 내 얼굴이 그대가 싫어할 정도로 못생기지는 않았을 텐데. 님프들은 나를 사랑하고 있으니, 그대도 나에 대하여 무관심하지는 않은 것 같은데. 내가 팔을 내밀면 그대도 내밀고, 내게 미소를 짓고, 내가 손짓을 하면 그대도 손짓을 하니 말이야."

그의 눈물이 물속에 떨어져서 물그림자가 흔들렸다. 그는 그것이 사라져 가는 것을 보고 외쳤다.

"제발 부탁이니 기다려 다오! 그대를 만질 수가 없다면 하다못해 바라보기만이라도 하게 해다오."

그는 이외에도, 안타까움에 절절한 구애의 말로, 그 부서져 버릴 듯한 청명한 모습을 소중히 달래었다. 그 탓에 그의 안색은 날로 초췌해져 가고 힘은 쇠약해져서, 전에 그다지도 님프 에코를 매혹케 한 아름다움은 사라졌다. 그러나 에코는 아직 그의 곁에서 그가 "아, 아!" 하고 외치면 같은 말로 대답해 주었다. 마침내 나르키소스는 야위고 쇠약해져 죽고 말았다.

그리고 그의 망령은 지옥의 강을 건널 때에도 물속에 비친 자기의 모습을 찾으려고 뱃전에서 몸을 내밀었다.

님프들은 그를 보고 슬퍼했다. 특히 물의 님프들이 그러했다. 그리고 그들이 가슴을 치며 슬퍼하자, 에코도 자기의 가슴을 쳤다. 그들은 나뭇더미를 준비하고 화장하려고 했으나 시체를 발견할 수가 없었다. 그 대신 한 송이의 꽃을 발견했는데 속은 자줏빛이고 겉은 하얀 잎으로 둘러싸여 있었다.

그 꽃은 나르키소스(수선화)라 불리며 그의 추억을 영원히 간직하고 있다.

밀턴은 《코머스》(제230~242행)의 공주의 노래에서 에코와 나르키소스의 이야기에 대해 다루고 있다. 공주는 숲속에서 자기의 동생들을 찾고 있는데 그 두 사람의 주의를 끌기 위해 이 노래를 부른다.

> 사랑스런, 가장 사랑스런 님프—에코—
> 공기 방울 조가비에 살아 보이지 않네.
> 초록 쓴 은백의 느릿한 강 메안데르(마이안드로스) 곁에,
> 제비꽃 수놓인 계곡에 살아, 사랑 잃은 나이팅게일이,
> 밤새 슬픈 노래로 위로해 주었지.
> 왜 당신은 한 쌍의 편한 답을 못 주시나요?
> 나르키소스는 당신을 제일 좋아한다고.
> 오, 그 친절한 짝,
> 꽃 만발한 동굴에 숨겼나요?
> 어딘지만 말해 주세요.
> 넉넉한 말의 여왕, 하늘의 딸이여,
> 당신의 말 하늘로 올려져,
> 단아한 울림이, 온 하늘의 음악과 짝이 되게 말이죠.

밀턴은 나르키소스의 이야기를 흉내 내어, 하와에게 그녀가 샘에 비친 자기의 모습을 처음으로 본 것을 말하게 한다.

그날 내가 잠에서 깨어난 걸 종종 기억해,
깨어나 처음으로 본 고요한 내 모습.
꽃 위, 그늘 아래 있었어. 문득, 궁금해져—
어디서 왔는지—난 무엇이었는지—저편 어딘가에서 어떻게?
그때, 멀지 않은 곳에서 속삭이는 소리,
물소리—동굴에서 졸졸졸 흘러 퍼져,
부드러운 얇은 반죽이 발 앞에 굳게 펼쳐졌어. 아,
맑고 넓은 하늘이 여기 땅 위에 있다—오직 첫 생각으로 걸어,
초록 둔치로 가보니,
맑고 매끄러운 호수,
하늘이 여기에도 있다—두 번째 생각.
구부려 바라보았어—저 깊이에,
물속 어슴푸레한 빛 속에 어떤 모습이,
구부려 나를 보고 있어, 내가 뒤로 주춤하면,
저쪽도 주춤—즐거워 곧 다시 와보면,
기쁜 모습으로 거기에 있고.
왠지 동정과 사랑의 모습인 것을,
꼼짝 않고 서서, 움직이면 사라질 것을 보고 말았지.
왜 목소리가 이렇게 주의 주지 않았죠?
"아름다운 이, 넌 이미 네가 본 그것을 가지고 있단다."

고대의 전설 가운데서 나르키소스의 전설만큼 시인들이 자주 노래하는 것은 없다. 여기에 두 개의 풍자시를 들어 두겠는데 이 전설에 대한 표현법은 각기 다르다.

올리버 골드스미스[2]가 노래한 풍자시이다.

---

2) 아일랜드 태생의 영국 극작가·시인·소설가(1730~1774).

벼락에 맞아 맹인이 된 어떤 아름다운 청년에 대하여

왜 아니겠나, 그건 신이 짜놓은 일이라,
미움보다 연민의 정으로 그런 것. 그래서,
그가 에로스처럼 맹인이 되어야 했던 것 말이야.
나르키소스의 운명에서 구해야 한다고.

또 하나는 윌리엄 쿠퍼[3]의 것이다.

못생긴 사나이에 대하여

알아 둬, 친구야,
맑은 수정 시냇물이, 아니면 샘물이,
네 못생긴 매부리코를 보게 한다.
그러면—넌 나르키소스와 같은 운명.
거기에, 갈망으로 수척해진 미운 네가 있겠지.
자신을 사랑한 나르키소스처럼.

3. 클리티에

클리티에는 물의 님프였다. 그리고 아폴론(태양의 신)을 너무나도 사랑했으나 그는 전혀 응해 주지 않았다. 그래서 그녀는 흐트러진 머리칼을 어깨 위에 늘어 뜨리고 온종일 차가운 땅 위에 앉아서 날로 수척해져 갔다. 9일 동안이나 그대 로 앉아서, 아무것도 먹지도 마시지도 않았다. 그녀 자신의 눈물과 차가운 이슬 만이 유일한 음식이었다. 그녀는 해가 떠서 하루를 마치고 지는 것을 바라보고 있었다. 다른 것은 보지 않고 얼굴은 언제나 그를 향해 있었다. 그러다 마침내 그녀의 다리는 땅속에서 뿌리가 되고 얼굴은 꽃(해바라기)이 되었다. 이 꽃은 태 양이 동쪽에서 서쪽으로 움직임에 따라 얼굴을 움직여 늘 태양을 바라보고 있

---

3) 영국의 시인(1731~1800). 낭만파의 선구자.

다. 왜냐하면 지금도 여전히 아폴론을 사랑한 님프의 사랑을 지니고 있기 때문이다.

후드는《꽃들》(제1~8행)이라는 시에서 다음과 같이 이 클리티에에 대해 언급하고 있다.

> 나는 저 미친 클리티에가 싫어,
> 고개 빼뚜름하니 돌려, 태양만 바라보고.
> 저 튤립, 세련된 척 화냥기가 있어,
> 그러니 난 비켜 있을 테야.
> 저기 노란 앵초 있지—시골뜨기고,
> 그 옆 제비꽃은 착실한 여자라 하네.
> 난 섬세하고 실한 장미에게 말할 테야. 좋아한다고,
> 모두의 여왕이라고.

해바라기는 또 변치 않는 마음을 나타내는 말로 흔히 사용된다. 무어는 다음과 같이 사용한다.

> 진정 사랑을 한 심장에 자국이 남아,
> 차가워진 심장까지 보듬는다.
> 지는 태양신을 사랑한 자국이 남아,
> 해바라기는 온몸으로, 떠오르는 태양을 향해 고개 든다.

4. 헤로와 레안드로스

레안드로스는 아비도스의 청년이었다. 아비도스는 아시아와 유럽 사이에 있는 해협(헬레스폰토스)의 아시아 쪽에 있는 도시이다. 반대편 해안에 세스토스라는 도시가 있었는데, 그곳에는 아프로디테의 여사제인 헤로라는 처녀가 살고 있었다. 레안드로스는 너무도 그녀를 사랑했다. 그래서 밤마다 이 해협을 헤엄쳐 건너가 연인을 만났다. 그녀도 그를 위해 탑에다 횃불을 올려 그를 인도했다. 그

헤로와 레안드로스

러나 어느 날 밤 폭풍우가 일어나 바다가 거칠어졌다.

레안드로스는 힘이 빠져 익사하고 말았다. 파도가 그의 시체를 유럽 쪽 바닷가로 가져왔기 때문에 헤로는 그의 죽음을 알게 되었다. 그리고 절망한 나머지 그녀도 바다에 몸을 던져 죽어 버렸다.

다음의 소네트는 키츠가 지은 것이다.

레안드로스의 그림에 부치는 글

이리 오시라, 너무도 아름다운 처녀들
진지하게, 언제나 다소곳이, 그리고 억제된 눈부심은
순결한 눈꺼풀의 속눈썹 그늘에 가리우고,
아름다운 손 마주 잡아 참을성 있게 두면,
너무 자연스러워 보지 못한 듯,
아름답고 밝은—희생된—너의 매력은 최초의 자연으로 남아,
그의 젊은 영혼의 밤으로 숨는다.
그 바다의 어두운 현란함으로 함몰해 당황한 너.
바다 한가운데서 죽을힘을 다한 레안드로스가 있었다.
거의 기진한 채, 지친 입술은 오므리고,
영웅스런 거만한 볼로 미소 짓는다—그녀가 미소로 답하고,

오! 무서운 꿈! 마비된 무거운 몸이 가라앉는 것을 보라.
팔과 어깨가 잠시 빛난 뒤, 그는 탈진했다.
그의 모든 사랑의 숨이 공기 방울에 담겨 떠오른다.

레안드로스가 헬레스폰토스 해협을 건너간 모험 이야기는 지어낸 이야기로서 그건 불가능하다고 생각하는 사람도 있었는데, 바이런은 실제 장거리 수영으로 그 가능성을 실증했다.[4] 《아비도스의 신부》(제2편 3절)에서 그는 이렇게 노래하고 있다.

내 팔다리를 오히려 저 파도가 버티어 주었지.

그 좁은 곳에서도 거리가 거의 1마일이다. 게다가 끊임없이 바깥쪽으로 흐르는 조수가 마르마라해에서 다도해(에게해)로 흐르고 있다.
바이런 이래로 몇몇 사람이 이곳을 헤엄쳐 건너기도 했지만, 아직도 대단한 수영 기술과 힘이 필요한 시험이어서, 그 기록을 깨보려는 용기 있는 독자가 있다면 도전만으로도 명성을 얻을 수 있을 것이다.

바이런의 같은 시 제2편 1절에서 다음과 같이 노래가 계속된다.

바람이 높이 헬레의 파도를 타고,
거칠디거친 밤의 물결 위에 있는데,
에로스는 자신이 보낸, 이제 구해야 할,
젊고 아름답고 용감한 희망,
세스토스의 딸의 저 유일한 희망을 잊고 있다.
오, 홀로 저 하늘가에,
작은 탑 등불이 높이 반짝인다.
센 바람이 일고 흰 거품선이 무너지고,

---

4) 바이런은 이 해협(오늘날 다르다넬스 해협)을 헤엄쳐 건넜다고 하는데(1시간 10분의 기록), 그는 선천적으로 한쪽 다리가 짧은 장애를 가지고 있었다.

바닷새 소리가 검은 공기 막을 찢으며, 귀향을 통고해도,
구름은 높이, 물결은 앞에,
손짓으로, 소리로 막아서도,
그는 볼 수 없었다. 듣고 싶지 않았다.
들리는 것, 보이는 것, 모두 두려움뿐.
그러나 그는 사랑의 빛을 보았다.
저 위 단 하나의 별을.
그의 귀에 영웅의 노래가 들렸다.
"이보게, 파도. 연인들을 오래 갈라 놓진 말게나!"
오랜 이야기, 그러나 사랑은 다시 한번 더!
그들의 사랑 그대로 다 볼 수 있기를.

제14장
아테나, 니오베

1. 아테나와 아라크네

지혜의 여신 아테나는 제우스의 딸이었다. 그녀는 다 자란 어른의 모습으로, 그것도 완전히 무장한 모습으로 제우스의 머리에서 태어났다고 전해지고 있다. 그녀는 실용적인 기술이나 장식적인 기술을 관장하였다. 남자에게 필요한 기술, 즉 농업과 항해술을, 또한 여자의 기술로는 실잣기와 길쌈, 바느질 등을 관장했다. 아테나는 전쟁의 신이기도 했다. 그러나 그녀가 지원하는 것은 방위적인 전쟁일 뿐, 폭력이나 유혈을 좋아하는 아레스의 야만적인 방식과는 달랐다.

아테네는 그녀가 선택한 땅이자 그녀 자신의 도시였다. 그것은 그녀와 마찬가지로 이 도시를 원하던 포세이돈과 경쟁한 끝에 승리를 거둠으로써 그녀에게 주어진 것이다.

이때의 이야기는 이렇게 전해지고 있다. 즉 아티카의 첫 번째 왕인 케크롭스가 다스릴 때 아테나와 포세이돈 두 신이 그 도시를 각기 자기 것으로 만들려고 싸웠다. 올림포스 신들은 인간들에게 가장 이로운 선물을 준 신에게 상으로 이 도시를 주겠다고 중재했다. 포세이돈은 인간에게 말(馬)(샘이라고도 함)을 주고, 아테나는 올리브나무를 주었다. 신들은 올리브나무가 좀더 이로운 것이라 생각하고, 이 도시를 아테나에게 주었던 것이다. 그래서 아티카는 그녀의 이름을 따라 아테네로 바꾸어 부르게 되었다.

또 다른 다툼도 있었는데 그것은 인간 하나가 용감하게도 아테나와 싸운 것이다. 그 인간은 아라크네라는 처녀였다. 그녀는 길쌈과 수놓는 기술이 뛰어나 님프들까지도 그들이 살고 있는 숲속이나 샘에서 나와 그녀의 솜씨에 푹 빠지곤 하는 것이었다. 그것은 완성된 옷이나 자수가 아름다울 뿐만 아니라 일을 하고 있는 모습 역시 아름다웠기 때문이었다. 그녀가 헝클어진 털실을 손에 들고 타래를 만들거나, 손가락으로 선별하여 구름처럼 가볍고 부드럽게 보일 때까지 빗질을 하거나, 북을 솜씨 좋게 돌리거나, 직물을 짜거나, 짠 뒤에 수를 놓는 모습을 본 사람은 아테나가 손수 그녀에게 가르친 것이 아닌지 묻고 싶어질 정도였다. 그러나 그녀는 이를 부정했다. 그것이 실제로 여신으로부터 배운 것이라 하더라도 다른 사람의 제자로 여겨지는 것이 싫었다.

생각에 잠겨 있는 아테나 여신 아테나가 창에 기대어 깊은 생각에 잠겨 있는 모습. 아테네, 국립미술관

"아테나와 내 솜씨를 겨루게 해주세요. 만약 내가 지면 어떤 벌이든 받겠어요."

그녀는 말했다. 아테나는 이 말을 듣자 기분이 나빴다. 아테나는 노파로 변신하여 아라크네가 있는 곳으로 가서 다음과 같이 부드럽게 충고를 했다.

"나는 많은 경험을 했다오. 그러니 당신도 내 충고를 경멸하지 않았으면 좋겠어요. 같은 인간끼리라면 얼마든지 경쟁을 해도 좋지만 여신과는 경쟁하지 말아요. 도리어 당신이 말한 것에 대하여 여신께 용서 빌기를 나는 권한다오. 여신은 인자한 분이니까 당신을 용서할 거요."

아라크네는 베를 짜던 손을 멈추고 화난 얼굴로 노파를 바라보며 말했다.

"그런 충고라면 당신의 딸이나 하녀에게 하세요. 나는 내가 한 말을 충분히 알고 있거니와 취소하지도 않겠어요. 나는 여신 따위는 조금도 두렵지 않아요. 할 수 있다면 솜씨를 겨루어 보면 되지 않겠어요?"

"그 여신이 지금 여기에 있다!"

아테나는 여신의 본모습을 나타냈다. 님프들은 고개를 숙여 경의를 표하고,

곁에 있던 사람들도 한 사람도 남김없이 모두 경의를 표했다. 오직 아라크네만은 조금도 두려워하지 않았다. 그러나 사실은 그토록 자신만만해하던 그녀도 두 볼이 화끈 달아올랐다가 어느새 파랗게 질리고 있었다. 그런데도 아라크네는 결심을 바꾸지 않고 어리석게도 자기의 기술을 자만하면서 자신을 망치는 길을 향해 내달았다. 아테나도 더 이상 참지 않았다. 그리고 더는 충고를 하지 않았다.

두 사람은 겨루기를 시작했다. 각자 그 자리에 앉아 날을 말코에다 걸었다. 가느다란 북이 실 사이를 오가고, 섬세한 이로 갈대가 씨실을 쳐올려 직물의 짜임을 촘촘하게 했다. 두 사람 다 재빠르게 일을 했다. 그들의 익숙한 손이 빠르게 움직이고, 경쟁의 흥분이 이 힘든 일을 경쾌하게 했다. 티루스에서 나는 염료로 물들인 자줏빛 실이 다른 여러 빛깔의 실과 대조를 이루었는데 서로 맞닿은 부분의 빛깔이 점점 변하더니 섬세한 색이 되어 두 빛깔의 경계를 구분하지 못할 정도였다. 그것은 소나기에서 반사되는 빛 조각들에 의하여 생겨나 기다란 활 모양으로 하늘을 물들이는 무지개 같았다. 무지개의 각 빛깔은 서로 닿은 곳은 하나로 보이다가 조금 떨어진 부분에서는 어느새 전혀 다른 빛깔로 보인다.

아테나는 자기의 직물에다 포세이돈과 다투던 때의 광경을 짜 넣었다. 하늘의 12신이 그려졌고, 제우스가 위엄을 보란 듯이 그 중앙에 자리하고 있었다. 바다의 지배자인 포세이돈은 그의 삼지창을 손에 들고 그것으로 지금 막 땅을 내리쳐 거기서 말이 튀어나오는 듯했다. 아테나 자신은 머리에 투구를 쓰고 가슴은 방패로 가리고 있는 모습으로 그림의 한가운데 있었다. 네 귀퉁이에는 신들에게 대항하여 감히 경쟁하려고 대드는 예의 없는 인간들에 대한 신들의 노여움을 그림으로 예시하는 모습이 그려졌다. 사실 이런 광경은 더 늦기 전에 아라크네로 하여금 경쟁을 중지하도록 경고할 뜻으로 그린 것이다.

그런데 아라크네의 직물은 오직 신들의 실패와 잘못을 나타내기 위하여 고른 소재들로 가득 차 있었다. 어떤 장면은 레다가 백조를 쓰다듬고 있는 그림이었는데, 그 백조는 사실 제우스가 변신한 것이었다. 다른 장면에는 그의 아버지에 의하여 놋쇠로 만든 탑 속에 갇힌 다나에가 그려져 있고, 제우스는 황금 소나기로 변신하여 그 탑 속으로 들어가고 있었다. 또 다른 장면에는 황소로 변신한 제우스에게 속은 에우로페가 그려져 있었다. 그 소가 순한 데 용기를 얻어

베 짜는 여인들 가운데 뒷부분에 아테나가 아라크네에게 야단치는 모습이 그려져 있다. 마드리드, 프라도 미술관

에우로페가 그 등에 올라타니, 제우스는 바닷속으로 들어가 그녀를 등에 업은 채 크레타섬으로 헤엄쳐 갔다. 그 장면을 본 사람은 누구나 그것을 진짜 황소로 생각했을 것이다. 그만큼 그것은 자연스럽게 그려져 있었다. 황소가 헤엄치고 있는 바다도 그러했다. 에우로페는 동경하는 시선으로 떠나온 해안을 돌아보며 친구에게 도움을 호소하는 듯이 보였다. 그리고 물결치는 파도를 보고는 두려움으로 떨려서, 발이 물에 닿지 않도록 오므리는 것처럼 보였다.

아라크네는 그녀의 직물을 그것 말고도 이와 비슷한 그림들로 메웠는데, 그것은 놀랄 만큼 잘 완성된 것이긴 했어도, 그녀의 오만스럽고 불경한 마음이 나타나 있었다.

아테나는 아라크네의 솜씨에 감탄을 금할 수 없었지만, 모욕을 느끼고 분한 마음을 참을 수 없었다. 그래서 손에 들고 있던 북으로 에우로페가 그려져 있는 직물을 내리쳐서 찢어 버렸다. 그리고는 아라크네의 이마에 손을 대어 그녀로 하여금 자기의 죄와 치욕을 느끼게 했다. 그러자 아라크네는 그것을 견디지 못하고 뛰쳐나가 목을 매었다. 아테나는 그녀가 끈에 매달려 있는 것을 보고 불쌍한 생각이 들었다. 그래서 말했다.

"다시 살아나거라, 죄 많은 여인이여. 그리고 이 교훈을 기억하고 잊지 말아라. 앞으로 너와 너의 자손은 영원히 목을 매고 있거라."

아테나는 아라크네의 몸에다 아코나이트[1]의 즙을 뿌렸다. 그러자 어느새 아라크네의 머리카락도, 코도, 귀도 빠져 버렸다. 그녀의 몸은 오그라들고 머리는 더욱 작아졌다. 손가락은 옆구리에 붙어 버려 다리의 역할을 했다. 나머지는 다 몸뚱이였는데 이 몸뚱이에서 실을 뽑아 종종 그 실에 몸을 걸고 있었다. 이것이 아테나가 그녀에게 손을 대어 그녀를 거미로 만들었을 때의 모습인 것이다.

스펜서는 《무이오포트모스, 또는 나비의 운명》이라는 시(제329~344행)에서 아라크네 이야기를 하고 있다. 그리고 그는 스승으로 우러르는 오비디우스의 작품에 집착하고 있으나, 이야기의 결론 부분에서는 스승을 능가한다. 다음의 두 절은 아테나가 올리브나무의 창조를 직물에다 그린 뒤 무슨 일이 일어났는지를 이야기하고 있다.

> 그녀는 나뭇잎들 사이에 나비를 수놓았다.
> 나비는 훌륭한 날개 장치와 이상한 가벼움으로,
> 올리브 나뭇가지 사이에서 장난스레 파닥인다.
> 살아 있는 듯—바로 눈앞에 있다.
> 그의 날개 위에 비로드 솜털,
> 그의 등 위엔 실크 초원,
> 그의 분방하게 뻗친 섬세한 뿔과 털이 난 넓적다리들.
> 그의 화려한 색, 반짝이는 눈동자.[2]

---

1) 백부자(白附子). 아코니툼나펠루스의 말린 덩이뿌리에서 얻어지는 독약.
2) 제임스 맥킨토시 경(1769~1832)은 이에 대해 《전기(傳記)》 제2권 246쪽에서 다음과 같이 말하고 있다. "중국인이라고 해서 사교적 색채를 이 시보다 더 미세한 정확성으로 그려 낼 수 있다고 생각합니까?"

아라크네가 본 순간,
진정 귀한 기술로 완성된 걸작이었기에,
멍하니 오랫동안, 한마디 부정의 말도 못한 채 서 있었다.
그러고는 뜨겁게 달아오른 눈으로,
당황한 인간의 고요한 거울 속 신호를 응시했다.
승리는 이 패배자의 모습도 함께 낳았다.
깊은 초조와 격렬한 열기가 더해지며,
그녀의 온 피는 독을 품은 증오로 돌아선다.

이렇게 아라크네는 그녀 자신의 굴욕감과 분함에서 스스로 모습을 거미로 바꾸었지 아테나가 직접 바꾼 것이 아니다.

다음의 시는 데이비드 개릭[3]이 구식의 용기를 풍자한 것이다.

어느 여인의 자수

시인이 말하듯, 언젠가 아라크네,
솜씨를 여신에게 견주니, 곧
대담한 인간 타락해,
스스로의 자랑에 불행한 제물이 되었지.

이제, 아라크네의 운명에 말려들지 않기를!
분별 있게, 따르세요, 클로에.
미움을 받을 게 분명하니까,
그녀의 솜씨와 지혜에 겨루는 이 누구라도.

앨프레드 테니슨[4]은 《예술의 궁전》에서 그 궁전을 장식하고 있는 예술품을 설명하면서 다음과 같이 에우로페에 대해 노래하고 있다.

---

3) 영국의 배우·극작가(1717~1779). 최초의 성격 배우로 불린다.
4) 영국의 시인(1809~1892). 애국적인 내용과 세련된 운율미를 갖춘 시를 썼다.

……어여쁜 에우로페의 외투가 벗겨져 날린다.

어깨에서 내려, 수줍게 날린다.

한 손에는 진노랑 크로커스가 풀 죽어 고개 떨구고,

한 손엔 부드러운 황소의 금빛 뿔이 잡히어 있다.

테니슨은 《공주》(제7편 3절)에서 다나에에 대해 노래한다.

이제 온 땅이 다나에 되어 별들을 향하니,

당신의 온 마음 나를 비추네.

2. 니오베와 레토

아라크네의 운명은 널리 방방곡곡에 전해졌다. 그리고 모든 불손한 인간들에게 신들과 겨루어서는 안 된다는 교훈이 되어 누구도 신들과 견주어 보겠다는 생각은 하지 않게 되었다.

그러나 단 한 사람, 그것도 남편이 있는 몸이면서 겸양의 가르침을 배우지 못한 한 여인이 있었다. 그것은 테베의 여왕 니오베였다. 그녀는 뽐낼 만한 많은 것을 가졌다. 하지만 그녀의 마음을 교만하게 한 것은 남편의 명성도 아니고, 또 자신의 아름다움도 아니며, 훌륭한 집안도 아니고, 왕국의 위력도 아니었다. 그것은 그녀의 자식들이었다. 어쩌면 니오베는 어머니들 중에서 가장 행복한 어머니가 될 수 있었을지도 모른다. 그러나 그녀는 끝내 가장 큰 행복을 떠벌리고 말았다.

매년 개최되는 레토와 그녀의 아들과 딸, 즉 아폴론과 아르테미스를 기리는 축제 때의 일이었다. 축제 때면 테베 사람들은 이마에 월계관을 쓰고 모여서 제단에 유향(乳香)을 바치고 기원을 했다. 그때 니오베가 군중에 섞여서 모습을 나타냈다. 그녀의 의상은 금과 보석으로 찬란하게 빛나고 있었다. 그리고 얼굴은 분노로 불타고 있었으나 실은 아름답게 보였다. 그녀는 걸음을 멈추고 거만한 태도로 사람들을 둘러보며 말했다.

"어리석은 백성들 같으니. 자기들 눈앞에 있는 사람을 몰라보고 생전 본 적도 없는 자를 택하다니! 어째서 레토는 숭배하면서 나에겐 경의를 표하지 않는

니오베의 아들
아폴론과 아르테미스에게 살해되는 아들과
비통해하는 니오베.
상트페테르부르크, 에르미타주 미술관

니오베의 딸
신의 복수에 의한 화살을 등에 맞고 괴로워하
는 니오베의 딸들 중 하나.
로마, 국립미술관

단 말인가! 내 아버지는 탄탈로스로서 신들의 식탁에 초대를 받을 정도였고, 어머니는 여신(디오네)이었어. 내 남편은 이 도시 테베를 건설한, 이 나라의 왕이야. 그리고 프리기아는 내가 아버지로부터 물려받은 도시야. 때문에 사방 어디로 눈을 돌리든 나는 내 권력의 영역을 보는 것이지. 또 내 모습이나 풍모도 여신답지 못한 데가 한 군데도 없단 말야. 게다가 내게는 아들이 일곱, 딸이 일곱 있어 우리와 혼인해서 어울릴 만한 명문가에서 며느리와 사윗감을 구하고 있는 중이야. 이만하면 자랑할 만하지? 이래도 너희는 티탄의 딸에다 자식이 둘밖에 없는 레토를 나보다 훌륭하다고 여긴단 말이냐?

내게는 그의 일곱 배나 되는 자식들이 있어! 나는 진정 행복한 여인이요, 장래에도 그럴 것이야! 그리고 그것을 누가 부정하겠는가? 내 여러 자식들이 내 안전의 보증수표인 것이야. 나는 내게서 너무나도 강한 힘을 느끼기 때문에 티케[5]라도 나를 어찌하지는 못할걸? 티케가 아무리 많은 것을 빼앗으려 한다 해도 상관없어. 나에겐 그래도 많은 것이 남아 있을 테니까. 설령 아이들을 두서넛 잃는 일이 있다 할지라도 자식이라곤 오로지 둘밖에 없는 레토같이 빈약한 처지가 되지는 않을 것이야. 이제 이런 축제는 집어치우고 이마에 쓴 월계관도 벗어 버려라. 이런 예배 따윈 걷어치워!"

백성들은 이 니오베의 명령에 복종하여 제전도 도중에 그만두고 말았다.

레토는 분개했다. 그리고 자기가 살고 있는 킨토스의 산꼭대기에 서서 자기의 아들과 딸에게 이렇게 말했다.

"얘들아, 나는 오늘날까지 너희 둘을 자랑으로 여겨 왔고, 또 헤라 이외에는 어느 여신한테도 뒤지지 않는다고 생각했는데, 그런 내가 지금은 여신인지 아닌지조차도 의심받게 되었다. 너희들이 지켜 주지 않는다면 나는 숭배도 받지 못하게 될 것이다."

같은 어조로 계속 말하려고 하는 것을 아폴론이 막았다.

"이제 그만하세요. 말을 길게 하시면 형벌이 늦춰질 뿐이니까요."

딸 아르테미스도 같은 말을 했다. 그리고 두 신은 공중을 화살처럼 날아가 구름의 베일을 쓰고 테베의 탑 위에 내렸다. 성문 앞에는 넓은 들이 펼쳐져 있었고, 그곳에서는 테베의 젊은이들이 전쟁놀이를 하고 있었다. 그중에는 니오베의 아들들도 섞여 있었다. 어떤 자는 아름답게 치장한 준마를 타고 있었고, 어떤 자는 화려한 이륜 전차를 몰고 있었다. 장남 이스메노스가 거품을 품고 있는 말을 달리고 있을 때, 갑자기 하늘에서 날아오는 화살에 맞아 "악!" 하고 비명을 지르며 고삐를 놓고 땅으로 떨어져 숨을 거뒀다. 다른 한 아들도 화살 날아오는 소리를 듣고, 마치 폭풍우가 닥쳐오는 것을 보고 선원이 돛을 활짝 펴고 항구를 향하여 돌진하듯 말의 고삐를 풀며 도망치려 했다. 피할 수 없는 화살은 도망하는 그들을 따라잡았다. 그보다 나이가 어린 두 아들은 방금 공부를 마치고 레슬링을 하는 참이었다. 가슴을 서로 맞대고 있을 때 한 개의 화살이 두 사람을 관통했다. 두 사람은 작별을 고하는 듯 주위를 돌아보고 함께 최후의 숨을 거두었다. 그들의 형인 알페노르는 동생들이 쓰러진 것을 보고 구하려고 그

___
5) 운명의 여신. 로마 신화에서는 포르투나. 영어의 fortune은 이 말에서 유래한다.

장소로 달려갔다. 그러나 동생을 구하려다 자신도 화살에 맞아 쓰러졌다.

그리하여 이제는 일리오네우스 하나만이 남게 되었다. 그는 기도를 올리면 효험이 있을까 싶어서 하늘을 향하여 팔을 올렸다.

"신들이여! 나를 도와주옵소서."

그는 모든 신들에게 애원했다. 모든 신을 다 부를 필요가 없었지만, 그것을 몰라 늦게 불린 아폴론은 그를 살려 주고 싶었으나 이미 때는 늦어 화살이 활시위를 떠난 뒤였으므로 어쩔 도리가 없었다.

백성들의 공포와 신하들의 비탄에 잠긴 소리를 듣고 니오베는 어떤 사건이 일어났는가를 바로 알게 되었다. 그녀는 그런 일이 가능하리라고는 생각할 수 없었다. 신들이 그런 일을 저지른 데에 분노했고, 그들이 그런 일을 할 능력이 있는 데에 놀랐다. 그녀의 남편인 암피온은 충격을 이기지 못해 자살했다. 아, 조금 전까지만 해도 백성들을 제전에서 쫓아내고 위풍당당하게 시내를 활보하며 친구들의 선망의 대상이었건만 지금은 그녀의 적에게조차 동정을 받고 있다니! 그녀는 싸늘해진 여러 주검 앞에 일일이 무릎을 꿇고 죽은 아들들에게 키스했다. 그리고 창백한 두 팔을 하늘을 향해 들어 올리고 말했다.

"잔인한 레토여, 내 고통스런 먹거리로 당신의 분노의 밥주머니를 채워라! 당신의 잔인한 마음을 만족시켜라. 나도 내 일곱 아들들 뒤를 따라 죽을 테니까. 그러나 당신의 승리는 어디에 있지? 이렇게 아들과 남편을 앞세웠지만 아직도 나에겐 승리자인 당신보다 많은 자식들이 있어."

니오베가 말을 마치자마자 활시위 소리가 들려왔고, 그 소리는 모두의 가슴에 공포의 화살을 꽂았다. 그러나 니오베만은 태연했다. 니오베는 너무나도 슬픈 나머지 도리어 용감해졌기 때문이었다. 딸들은 상복을 입고 죽은 오빠와 동생들의 시신 앞에 서 있었다.

그런데 갑자기 딸 하나가 화살에 맞아 쓰러졌다. 지금까지 애도하고 있던 시체 위로 털썩 꺾어져 죽고 말았다. 다른 딸 하나도 어머니를 위로하려다가 갑자기 말하기를 그치고 죽어서 땅 위에 쓰러졌다. 셋째 딸은 도망치려 하고, 넷째 딸은 숨으려고 하고, 다른 딸들은 어찌할 바를 모르고 벌벌 떨며 서 있었다. 드디어 여섯이 죽고 딸 하나만이 남았다. 이 딸을 어머니는 두 팔로 끌어안고 온몸으로 지켰다.

아폴론과 아르테미스에게 살해되는 니오베의 자식들
파리, 루브르 박물관

"하나만, 그것도 제일 어린 딸 하나만 살려 주세요! 오, 제발 부탁입니다. 그 많은 자식 가운데서 하다 못해 단 하나만이라도 살려 주세요."

니오베는 부르짖었다. 이렇게 외치는 동안에 그 마지막 딸마저 죽고 말았다. 홀로 남은 니오베는 죽은 아들들과 딸들과 남편 가운데 쓸쓸히 앉아 있었다. 그리고 너무나도 슬픈 나머지 정신을 잃은 것 같았다.

바람이 불어도 머리카락 한 올도 움직이지 않고, 볼에는 색도 빛도 없으며, 오직 눈만이 반짝반짝 빛날 뿐 꿈쩍도 않고 앉아 있어서 살아 있다는 느낌이 전혀 들지 않았다. 혀는 입천장에 붙어 버리고, 핏줄은 생명의 흐름을 운반하기를 멈추었다. 목은 구부러지지 않았고, 팔은 움직이지 않았으며, 발은 한 발짝도 움직이지 않게 되었다.

니오베는 마음도 몸도 모두 돌로 변해 버린 것이다. 그런데도 눈물만은 끊임없이 흘러내리고 있었다. 그 모습 그대로 한 줄기 회오리바람에 실려 고향의 산으로 운반되어 지금도 커다란 바위로 그곳에 남아 있다. 그 바위에서는 물이 그치지 않고 방울져 떨어지는데 그것은 니오베의 끝없는 슬픔이라고 한다.

이 니오베의 이야기는 바이런이 현대 로마의 몰락한 모습을 그리는 시에서 놀라운 역할을 하고 있다.

> 여러 나라의 어머니 니오베여! 거기 그렇게
> 아이도 왕관도 없이, 슬픔으로 말없이 있군요.
> 메마른 손에 들린 빈 물항아리는
> 오랜 세월 독한 흙먼지로 얼룩져 있고요.

스키피오의 무덤에는 이제 유골도 없죠.
그저 성지만이,
그 시대에 살던 영웅들도 없이, 당신뿐입니다.
늙은 티베리스강(테베레강)이여! 대리석 황무지로 가시나요?
당신의 황색 물결 일으켜, 그녀의 메마른 피로를 거두어 주시구려.
                                    《귀공자 해럴드의 순례》 제4편 79절

니오베의 이야기는 피렌체의 황실 미술관에 있는 유명한 조각상에 묘사되어 있다. 그것은 본래 어떤 신전의 바닥면에 장식되었다고 생각되는 여러 조각상들 중 하나인데, 그중에서도 중요한 것이다. 두려움에 떠는 아이를 힘껏 끌어안고 있는 어머니의 모습은 가장 찬사를 받는 조각들 중의 하나이다. 그것은 라오콘과 아폴론의 조각상과 더불어 미술의 걸작 중에 속해 있다. 다음의 시는 그리스의 풍자시에서 옮긴 것인데, 이것은 아마도 이 조각상을 가리킨 것이라고 생각된다.

신들은 보았다―돌로 변한 그녀를, 그냥 그대로.
조각가의 솜씨는 그녀 숨결을 돌려놓았다.

니오베의 이야기는 비참하기 짝이 없지만 무어가 《여행 중에 읊는 시》(《서시》 제3절)에서 이 이야기를 이용한 그 수법에는 우리도 절로 미소를 짓지 않을 수 없다.

달리는 자가용 마차에서, 저 도도한
리처드 블랙모어 경은 시를 지었다.
그 순간의 영적 재치가, 그에게 틀리지 않으면,
죽음과 걸작 사이, 순간의 인사인데,
아, 주절거린 글과 뇌쇄적 글 사이는 종일이라.
전차를 쉬이 몰던 포이보스같이,
이제 거만한 노랫소리의 떨림이 퍼지며,

이제 젊은 니오베를 죽이며.

이 리처드 블랙모어 경[6]은 의사였는데, 많은 작품을 썼지만 무미건조한 시인
이었다. 그래서 그의 작품은 무어와 같은 재주꾼이 이렇게 농담 삼아서라도 말
해 주지 않았으면 오늘날 아무도 기억해 주는 사람이 없을 것이다.

---

6) 영국의 시인·의사·신학자(1654~1729). 앤 여왕(스튜어트 왕조의 마지막 왕)의 주치의였다.

제15장
그라이아이와 고르곤들, 페르세우스와 메두사,
아틀라스, 안드로메다

1. 그라이아이와 고르곤들

그라이아이는 3명의 자매인데, 그들은 태어날 때부터 백발이었다. 그라이아이라는 이름도 여기서 유래한 것이다.

고르곤들은 산돼지의 이빨과 같은 억세고 큰 이빨을 갖고 놋쇠처럼 거친 손을 가졌으며, 뱀 같은 머리털을 가진, 흡사 괴물 같은 여인들이었다. 이 괴물 중에서 신화에서 두각을 나타내는 것은 메두사뿐이다. 그래서 고르곤이라면 보통 메두사를 지칭하게 되었는데, 이제 그 이야기를 하려고 한다.

현대의 저작가들에 의하면 이제 내가 설명하려는 고르곤들과 그라이아이는

고르곤들에게 쫓기는 페르세우스 파리, 루브르 박물관

제15장 그라이아이와 고르곤들, 페르세우스와 메두사, 아틀라스, 안드로메다   183

바다의 공포를 의인화한 데 불과하다고 한다. 즉 고르곤은 넓은 바다의 굳센 파도를 의미하고, 그라이아이는 바닷가의 바위에 부딪히는 하얀 파도 머리를 의미한다는 것이다. 그리스어로 고르곤은 '굳세다'는 뜻이고 그라이아이는 '희다'는 뜻이다.

2. 페르세우스와 메두사

페르세우스는 제우스와 다나에 사이에서 태어난 아들이다. 그의 외할아버지인 아크리시오스는 딸이 낳은 외손자 때문에 죽게 되리라는 신의 목소리를 듣고 놀라 다나에와 그 아들을 궤짝에 넣어 바다에 띄워 버렸다.

궤짝이 세리포스섬까지 떠내려갔을 때 한 어부가 발견하고 두 모자를 데려가 그 나라의 왕인 폴리덱테스에게 바쳤다. 왕은 그들을 따뜻하게 맞아들였다. 페르세우스가 장성하자 폴리덱테스는 메두사를 물리치라는 명령을 내렸다. 메두사란 전부터 그 나라를 괴롭히던 무서운 괴물이었다. 메두사는 원래는 아름다운 처녀였다. 그녀의 머리칼은 특히 그녀가 자랑거리로 삼던 것인데 아테나와 아름다움을 견주려 하다가 그만 여신에게 미모를 빼앗겨 마침내 그 아름답던 곱슬머리도 '쉭쉭' 소리를 내는 여러 마리의 뱀으로 변하고 말았던 것이다. 메두사는 무서운 모습을 한 잔인한 괴물로 변했고, 그 표정은 어찌나 무서운지 사람이든 짐승이든 그녀를 보기만 하면 모두가 돌이 되어 버렸다. 그래서 그녀가 사는 동굴 주위에는 인간이나 동물의 돌 동상이 수도 없이 많았다.

페르세우스는 아테나와 헤르메스의 총애를 받아 아테나가 빌려준 방패와 헤르메스가 빌려준 날아다니는 신발을 신고 메두사가 잠든 틈을 타 몰래 숨어들었다. 그리고 그녀의 모습을 정면에

메두사의 목을 베는 페르세우스 수호신 아테나가 지켜보는 가운데 메두사의 목을 베는 장면. 메두사는 그 피에서 태어났다고 하는 천마를 안고 있다. 팔레르모, 국립미술관

서 바라보지 않기 위해 가지고 간 번쩍이는 방패에 비치는 그녀의 모습을 보고 달려들어 머리를 베었다. 그 머리를 아테나에게 바쳤더니 아테나는 그것을 자기의 아이기스(방패) 한가운데에 끼워 넣었다.

밀턴은 《코머스》(제447~452행)에서 다음과 같이 그 아이기스에 대해 노래한다.

저 뱀 머리 고르곤 방패—
무패의 처녀성인 지혜의 아테나가 사용한 것—
그녀의 적을 차가운 돌로 굳혀 버린 것— 무엇이었나.
그것은 오직 간결함과 검소함, 단단한 매무새요,
동물적 맹렬함을 물리친 당당한 우아함이었다.
돌연한 숭배심, 그리고 텅 빈 두려움이 만든 것.

《건강을 유지하는 기술》이라는 시의 작자 암스트롱은 물 표면에 생긴 얼음의 효과를 다음과 같이 노래하고 있다.

매서운 북풍이 내리덮는다.
저 굳어지는 온 땅에, 키르케가 일으켰던, 아니,
쓰러진 메데이아가 일으킨 일보다 강한 마법의 찬바람이 분다.
굽이쳐 강독에 재잘거리던 시냇물이,
고요히 둑 사이에 끼어 있고,
까칠하니 정겨운 갈대도 얼어붙는다……
파도는 사나운 북동풍으로 괴로워,
짜증스런 악의로 머리를 흔들며,
화가 나 멍하니 거품을 문 채,
기념비 같은 얼음이 된다.
……

저 힘의 완성,

그리 매섭고, 그리 급하게, 마무리한 모습은,

오, 매섭고 섬찟한 메두사로군.

그저 숲을 거닐던 그녀가, 뒤를 돌아보면,

돌이, 최고의 원주민이 거기에 있다.

같은 이야기—거품 문 사자가 먹잇감을 맹렬히 덮친다—이 사람,

그보다야 빠르지. 그의 성급함이

벌겋게 화난 채, 저 뒤에,

머쓱한 대리석처럼 있다.

3. 페르세우스와 아틀라스

메두사를 물리친 뒤 페르세우스는 그 고르곤의 머리를 들고서 멀리 육지와 바다 세계의 구석구석을 날아다녔다. 그리고 밤이 가까워질 무렵에 해가 지는 대지의 서쪽 끝에 이르렀다. 그는 그곳에서 아침까지 편안히 몸을 쉬게 하고 싶었다. 그곳은 아틀라스왕의 나라인데 그는 어느 누구에게도 지지 않을 정도의 커다란 몸집을 한 거인이었다. 아틀라스의 나라는 양·소·돼지 떼를 잔뜩 갖고 있었지만, 그것을 탐내는 이웃 나라나 적국은 하나도 없었다. 그러나 그가 가장 자랑스럽게 여기는 것은 황금 과일이 나는 정원이었다. 과일은 금빛 가지에 주렁주렁 매달려, 금색의 잎으로 반쯤은 가려져 있었다. 페르세우스는 왕에게 말했다.

"나는 손님으로서 여기에 왔노라. 당신이 빛나는 혈통을 가졌다면 나도 당신 못지않은 명문 출신이고 제우스는 내 아버지이다. 당신이 위대한 공을 세웠다면 '나도 메두사를 물리쳤노라'라고 말하겠다. 나는 하룻밤의 휴식과 음식을 원한다."

그러나 아틀라스는 제우스의 아들이 언젠가 자기의 황금 사과를 빼앗으러 오리라고 경고한 옛날의 신탁을 떠올렸다. 그래서 그는 대답했다.

"썩 꺼져! 그렇지 않으면 그 거짓 명예와 아버지 이야기도 너에게 아무 쓸모도 없는 것이 되게 해주겠어."

그러면서 아틀라스는 페르세우스를 밖으로 쫓아내려 했다. 페르세우스는 아틀라스가 자기보다 훨씬 세다는 것을 알았으므로 이렇게 말했다.

"내 우정을 그렇게까지 무시하다니 섭섭하군. 선물을 하나 받아 주겠나?"

그러고는 자기의 얼굴은 돌리고 메두사의 머리를 앞으로 내밀었다. 그러자 아틀라스의 거대한 몸집이 단박에 돌로 변하고 말았다. 수염과 머리털은 숲이 되고 팔과 어깨는 절벽으로, 머리는 산꼭대기가, 그리고 뼈는 바위가 되었다. 이어 온몸이 부풀어 오르더니 마침내 산이 되었다. 이 모습을 신들도 즐겼다. 그는 지금도 모든 별들과 더불어 하늘을 어깨로 떠받치고 있다.

4. 바다의 괴물

페르세우스는 계속 날아가 에티오피아 사람들의 나라 케페우스 왕국에 다다랐다. 케페우스의 왕비 카시오페이아는 자기의 아름다움

메두사의 머리를 자른 페르세우스
피렌체, 바르젤로 미술관

으로 잔뜩 교만에 빠져 자신을 바다의 님프들과 비교했다. 이 사실에 님프들은 너무도 화가 나서 마침내 거대한 바다의 괴물을 보내 이 나라의 해안을 할퀴고 못쓰게 만들었다.

케페우스는 님프들의 노여움을 누그러뜨리기 위해 신탁의 지시에 따라 딸 안드로메다를 괴물에게 바치기로 했다. 페르세우스가 하늘 높은 곳에서 내려다보니 한 처녀가 쇠사슬로 바위에 몸이 묶인 채 거대한 뱀이 다가오기를 기다리는 것이었다. 새파랗게 질린 얼굴로 꼼짝도 하지 않았으므로 만약 그녀의 흘러내리는 눈물과 산들바람에 나부끼는 머리카락을 못 보았더라면 그는 그것을 대리석상인 줄 알았을 것이다. 그는 너무나도 위험한 광경에 놀라 움찔하여 날개를 퍼덕거리는 것조차 잊을 정도였다. 그녀의 머리 위를 한 바퀴 날면서 그는 말했다.

"오, 처녀여, 당신에게 그런 사슬은 어울리지 않소. 서로 사랑하는 애인들을 맺어지게 하는 사슬이 어울릴 것이오. 부디 말해 주지 않겠소? 그대의 나라 이

페르세우스와 안드로메다 쇠사슬에 묶여 있는 안드로메다를 구출하기 위해 천마를 타고 괴물과 격투를 벌이고 있는 페르세우스. 파리, 루브르 박물관

름을, 그리고 그대가 이렇게 묶여 있는 까닭을 말이오."

그녀는 처음엔 수줍음 때문에 아무런 말도 하지 못했다. 그리고 할 수만 있다면 두 손으로 얼굴을 가리고 싶었다. 그러나 그가 거듭 묻자, 말 못할 무슨 죄를 저지른 것으로 오해를 받지나 않을까 걱정이 되어 자기의 이름과 나라 이름을 밝혔다. 그리고 자기 어머니의 자랑인 자신의 모습을 드러내었다. 그러나 그녀의 말이 채 끝나기도 전에 바다 저쪽에서 시끄러운 소리가 나더니 바다 괴물이 나타나 머리를 수면 위에 내놓고, 넓은 가슴으로 파도를 헤치며 다가왔다. 그러자 처녀는 두려움으로 비명을 질렀다. 막 도착하여 이 광경을 목격한 그녀의 부모는 비통해하였다. 특히 어머니에게는 당연히 비통한 일이겠지만, 도움의 손길을 내밀지도 못하고 그저 곁에 선 채로 슬픔의 말을 쏟아 놓거나 딸을 끌어안으려 할 따름이었다. 그때 페르세우스는 말했다.

"눈물이라면 나중에라도 얼마든지 흘릴 수 있을 것이오. 지금은 한시바삐 딸을 구해야만 하오. 제우스의 아들이라는 내 신분과 고르곤의 정복자라는 명성은 구혼자로서의 자격이 충분할 것이오. 더욱이 나는 신들이 허락한다면 다시 공을 세워 따님을 구하고자 하오. 만약 내 용감무쌍함으로 딸이 살아나면 그 대가로 딸을 나에게 주시오."

주저할 것이 무엇이 있으랴! 부모는 즉시 동의했다. 그리고 딸과 더불어 이 왕국을 지참금으로 주겠노라고 약속했다.

그러는 사이 바다 괴물은 돌던지기 명수의 돌에 맞을 만한 거리에까지 다가왔다. 그때 젊은이는 갑자기 대지를 박차고 하늘 높이 치솟았다. 높이 날다가,

독수리가 햇볕을 쬐고 있는 뱀의 목을 잡아 돌려 그 독니를 못 쓰게 하는 것과도 같이, 젊은이는 날쌔게 괴물의 등으로 돌진해 그의 어깨를 칼로 찔렀다. 부상을 입은 데화가 나서 괴물은 공중으로 몸을 뻗쳤다가 바다 깊은 곳으로 들어갔다. 그러더니 짖어 대는 한 떼의 개에게 둘러싸인 멧돼지처럼 다시 재빠르게 좌우로 몸을 날리면서 돌진해 왔다. 그러나 젊은이는 날개를 이용해 괴물의 공

안드로메다를 구출하는 페르세우스   피렌체, 팔라초 궁전

격을 피했다. 그리고 비늘 사이에 칼이 들어갈 만한 곳을 발견하기만 하면 옆구리에서 꼬리로 내려가면서 이곳저곳을 찔러 상처를 냈다. 괴물은 콧구멍으로부터 피가 섞인 바닷물을 내뿜었다. 페르세우스의 날개는 그 핏물에 젖었다. 그래서 이제는 날개에 의지하지 않았다. 물 위에 솟아 있는 바위로 내려와 바위 돌출부에 몸을 기대고 있다가 괴물이 가까이 헤엄쳐 왔을 때 마지막 일격을 가했다.

바닷가에 모여 있던 군중은 산이 떠나가도록 환호성을 올렸다. 그녀의 부모는 기뻐서 어쩔 줄 모르고 그들의 미래의 사위를 껴안으면서 그를 모두의 구세주라고 불렀다. 그리고 이 싸움의 원인이던 처녀는 바위에서 내려왔다.

카시오페이아는 에티오피아 사람이었다. 그러므로 그 자랑스러운 아름다움에도 불구하고, 적어도 밀턴은 그녀를 흑인이라고 생각하고 있었던 것 같다. 그래서 그는 《사색하는 사람(Il Penseroso)》에서 이 이야기를 하면서 '우울'에 대하여 언급하고 있다.

……여신—철학적 지식인—신비한 힘—

그녀의 얼굴은 너무 눈부셔,

인간의 시선을 맞혀 깨우지 못한다오.

그래서, 우리의 약해 빠진 시선엔,

검은 망토를 걸친 분명한 지혜의 빛이 머문다오.

검은 꽃, 카시오페이아, 그러나 가히 명성대로인

멤논 왕자의 누이다웠으리라.

빛나는 에티오피아의 여왕답게, 그 검은빛으로,

최고의 숭배 받으려다,

바다의 님프의 비위를 거스르고 말았으리라.

여기서 카시오페이아가 '별로 변한 에티오피아의 여왕'이라 불리는 것은 그녀가 죽은 뒤에 별 사이에 놓여 이 이름의 별자리가 되었기 때문이다. 그녀는 이러한 명예를 얻었지만, 그래도 그녀의 옛 원수인 바다의 님프들은 여전히 우세를 보여, 그녀를 북극에 가까운 하늘의 지금 위치에 놓고, 거기서 매일 밤 그 절반의 시간 동안 그녀에게 고개를 숙이게 하여 겸손을 배우도록 하고 있다.

멤논은 에티오피아의 왕자였는데, 그에 대해서는 다음 장에서 이야기하기로 하겠다.

5. 결혼 축하연

기쁨에 넘친 부모는 페르세우스와 안드로메다를 데리고 궁전으로 돌아왔다. 그곳에서는 이미 잔치 준비가 되어 있었고, 모두 환희와 축제의 기쁨으로 들떠 있었다. 그런데 갑자기 떠들썩한 소리가 나더니 안드로메다의 약혼자였던 피네우스(케페우스의 형제)가 부하 일당과 뛰어 들어와 처녀는 자기의 것이니 내놓으라고 요구했다.

케페우스가 말했다.

"자네의 그 요구는 내 딸이 괴물의 산제물로서 바위에 묶여 있을 때 했어야 했네. 내 딸이 그러한 운명을 당하도록 신들이 선언했을 때 모든 약속은 없어진 것이야. 죽음만이 그 요구에 답할 수 있었겠지만."

피네우스는 한마디 대답도 하지 않은 채 느닷없이 페르세우스를 겨냥해 창을 던졌다. 그러나 창은 빗나가 땅에 떨어졌다. 페르세우스도 창을 던지려 했다. 그러나 비겁한 침입자는 급히 도망쳐 제단 뒤에 숨었다. 그런 행동은 실은 케페우스의 손님들을 공격하라고 부하들에게 보내는 신호였던 것이다. 손님들은 각자 자신을 보호하기 위해 무기를 들었다. 마침내 일대 난투극이 벌어졌다. 늙은 왕이 아무리 말려 봐야 소용이 없음을 깨닫고 신들을 향해, 환대를 위한 자리를 짓밟은 이런 모욕은 자기 탓이 아니라고 맹세하면서 그 자리를 물러났다.

메두사(고르곤) 로마 론다니니 궁전에 있었던 작품. 뮌헨, 고대수집관

페르세우스와 그의 편에 선 사람들은 한동안 불리한 싸움을 계속했다. 적의 수가 압도적으로 많아 패배가 불가피할 것 같았다. 그때 돌연 페르세우스의 뇌리에 문득 떠오르는 것이 있었다.

'그렇다, 내 적이었던 자로 하여금 나를 지키게 하리라.'

그는 쩌렁쩌렁 울리는 커다란 목소리로 외쳤다.

"나와 같은 편인 친구는 고개를 돌려라!"

그러고는 고르곤(메두사)의 머리를 높이 쳐들었다.

"그런 속임수로 우릴 놀리려 해봤자 소용없어."

테스켈로스가 말했다. 그는 창을 던지려는 자세 그대로 돌로 변해 버렸다. 암픽스는 엎드린 적의 몸을 칼로 찌르려던 찰나였는데 팔이 굳어 버려 칼을 찌를 수도 거둘 수도 없게 되고 말았다. 또 어떤 사람은 크게 소리치며 달려드는 순간 발을 멈추고 입을 벌린 채 한마디 소리도 지르지 못하고 돌이 되었고, 피네우스의 한 친구 아콘테우스도 고르곤을 바라보는 순간 다른 자들과 다름없이 굳어 버렸다. 아스티아게스는 그런 줄도 모르고 칼을 휘둘러 페르세우스를 내리치려 했으나 다치게 하기는커녕 칼은 쨍하는 소리를 내면서 튀어 올랐다.

피네우스는 자기가 건 옳지 못한 시비의 무서운 결과를 보고 당황했다. 그는 친구들을 소리 높여 불렀다. 그러나 아무도 대답하는 사람이 없었다. 그들에게 손을 대보았다. 모두 돌이 되어 있었다. 그는 무릎을 꿇고 두 팔을 페르세우스 쪽으로 내밀고, 하지만 여전히 고개는 외면한 채로 자비를 베풀어 달라고 빌었다.

"모든 것을 다 가져가십시오. 그러나 목숨만은 살려 주십시오."

페르세우스는 말했다.

"비겁하기 짝이 없는 자여, 정 그렇다면 대단한 것을 너에게 주겠다. 네 몸이 어떠한 무기에도 꿈쩍 않게 해주지. 더불어 나는 너를 이 사건의 기념으로 내 집으로 소중히 가져가겠다."

이렇게 말하면서 그는 고르곤의 머리를 피네우스가 외면하고 있는 쪽을 향해 내밀었다. 그러자 피네우스는 무릎을 꿇고, 두 팔을 올리고 고개를 돌린 모습으로 움직이지 않는 커다란 돌덩이가 되었다.

페르세우스에 대한 다음의 비유와 인용은 밀먼의 《세이모어》(제1권)에 있는 것이다.

이야기 속 리비아의 결혼식―
페르세우스, 화가 나 고집스레 입을 다물고서
깃털 발목인 채, 반은 서고, 반은 떠 있다.
방패 위엔, 멋진 그의 얼굴이 부풀어 올라,
돌이 된 질투의 난투극을 보고 있다.
부풀었으나, 그 속에, 마법의 무기는 없고,
오직 허무적인 무서운 얼굴과 견고한 모습을 지키려는 자제력뿐.
브리튼 왕 세이모어는, 부풀어 오른 두려움으로,
위풍으로, 걸어 나갔다―홀은 이제 조용하다.

제16장
괴물들
기간테스, 스핑크스, 페가소스와 키마이라,
켄타우로스, 피그마이오스, 그리프스

1. 기간테스

괴물이란 신화에 의하면 이상한 몸이나 이상한 몸의 부분을 가진 생물로서 보통 사람들의 눈에 두려움과 공포로 보이는 것을 말한다. 가늠하지 못할 강한 힘과 흉포함을 지니고, 그것을 사용해 인간을 해치거나 괴롭히기 때문이다. 그러한 괴물 가운데는 서로 다른 동물의 신체 부분을 지니고 있는 것으로 상상되는 것도 있다. 예를 들면 스핑크스와 키마이라가 그러하다. 그래서 이들 괴물에게는 들짐승의 난폭한 성질과 동시에 인간의 지혜와 재능도 주어져 있다. 그 밖에 기간테스라는 것이 있는데 이것은 주로 몸의 크기가 인간과 다른 것을 말한다.

그런데 이 종족 가운데 우리가 알아 두어야 할 것은 기간테스에게도 커다란 구별이 있다는 점이다. 이런 말을 써도 될지 모르겠지만 인간적인 기간테스가 있는데 예를 들면 키클로페스라든지 안타이오스라든지 오리온 등의 기간테스는 인간과 전혀 다른 것은 아니다. 왜냐하면 그들은 인간과 사랑을 하기도 하고, 또 다투기도 하기 때문이다. 그러나 신들과 전쟁을 한 초인적인 기간테스는 터무니없이 커다란 체구를 지니고 있었다. 전하는 바에 의하면 티티오스가 몸을 초원에 펴면 9에이커[1]를 덮었으며, 신들이 엔켈라도스를 제압하려면 아이트나 산 전체를 그의 위에 놓지 않으면 안 되었던 것이다.

---

1) 야드파운드법에 의한 면적 단위 1에이커(ac)는 약 4407제곱미터(㎡).

기간테스가 신들을 상대로 했던 전쟁이나 그 결과에 대해서는 이미 이야기했다. 전쟁이 계속되는 동안 기간테스는 만만찮은 적들을 경험했다. 개중에는 브리아레오스처럼 100개의 팔을 가진 것도 있었고, 또 티폰처럼 불을 내뿜는 것도 있었다. 그래서 한때는 이들이 신들을 너무나도 불안하게 한 나머지 신들마저 이집트로 도망쳐 여러 가지 동물의 모습으로 변신하여 몸을 감춘 일도 있었다.

제우스는 숫양의 모습으로 바꾸었다. 그래서 그 뒤로 이집트에서는 그를 휘어진 뿔을 가진 암몬 신으로서 숭배했다.

아폴론은 까마귀, 디오니소스는 산양, 아르테미스는 고양이, 헤라는 암소, 아프로디테는 물고기, 그리고 헤르메스는 새가 되었다.

또 언젠가는 기간테스가 하늘로 쳐들어 가려고 오사산을 들어 올려 펠리온 산 위에 포개어 놓은 적도 있었다.[2] 그들은 마침내 번개에 의해 진압되었는데 이 번개는 아테나가 발명하여 헤파이스토스와 그의 키클로페스(외눈박이 거인들)에게 가르친 뒤 제우스를 위하여 만들게 한 것이었다.

2. 스핑크스

테베의 왕 라이오스는 새로 태어날 그의 아들이 그대로 자라도록 놔두었다간 왕위와 생명에 위험이 찾아올 것이라는 경고를 신탁에 의하여 받았다. 그래서 왕은 아들이 태어나자 자식을 한 양치기에게 맡겨 죽여 버리라고 명령했다. 그러나 양치기는 아이가 가엾어서 죽일 수도 없고, 그렇다고 명령을 어길 수도 없어서 아기의 발을 묶어 나뭇가지에 매달아 두었다. 이런 상태로 아기는 어느 농부에게 발견되었다. 농부는 그를 주인 부부에게 갖다주었다. 그들은 아기를 기르기로 하고 오이디푸스, 즉 '부푼 발'이라고 이름 지었다.

몇 년이 지난 뒤, 라이오스는 시종 하나만을 데리고 델포이로 가는 도중에 어느 좁은 길에서 한 청년과 맞닥뜨렸다. 상대도 그와 똑같이 이륜마차를 몰고 있었으므로, 서로 어느 한쪽이 비켜서지 않으면 지나갈 수 없었다. 청년에게 물러나라고 했지만 물러서기를 거부하자, 왕의 시종은 청년의 말 한 마리를 죽였

---

2) 베르길리우스 《농경시》 제1권 281행 참조.

다. 그러자 낯선 청년은 버럭 화를 내며 라이오스와 그의 시종을 죽였다. 이 청년이 오이디푸스였다. 그는 이렇게 저도 모르는 사이에 친아버지를 죽인 살인자가 된 것이다.

이 사건이 있은 지 얼마 안 되어 테베 사람들은 대로를 아무렇게나 헤집고 다니는 한 괴물 때문에 괴로움을 당해야 했다. 그것은 스핑크스라고 하는 괴물로서 사자 몸뚱이에 사람 얼굴을 한 여자였다. 괴물은 바위 꼭대기에 웅크리고 앉아 있다가, 그곳을 지나는 사람을 일일이 붙들고는 그들에게 수수께

스핑크스의 수수께끼를 푸는 오이디푸스 동굴 입구에서 오이디푸스가 스핑크스가 내는 수수께끼에 답하고 있는 장면. 파리, 루브르 박물관

끼를 내어 그것을 푸는 자는 무사히 지나갈 수 있으나 풀지 못하는 자는 생명을 잃을 것이라고 으름장을 놓았다.

그런데 지금껏 아무도 그것을 풀지 못해 지나가는 사람이 모두 죽음을 당했다. 오이디푸스는 이 놀랍고 무서운 이야기를 듣고도 조금도 겁내지 않고, 대담하게 시험해 보려고 갔다. 스핑크스는 그에게 물었다.

"아침에는 네 발, 낮에는 두 발, 저녁에는 세 발로 걷는 것은 무슨 동물이냐?"

오이디푸스는 대답했다.

"그것은 인간이다. 갓난아기 때는 두 손과 두 무릎으로 기어다니고, 커서는 두 발로 서고, 늙으면 지팡이의 도움을 받아 걷기 때문이다."

스핑크스는 자기가 낸 수수께끼가 풀린 것을 무척이나 분통해하면서 그길로 바위 밑으로 몸을 던져 죽어 버렸다.

테베 사람들은 오이디푸스가 괴물의 공포로부터 구해 준 것을 고맙게 여겨 그를 자기들의 왕으로 모시고 여왕인 이오카스테와 결혼하게 했다. 오이디푸스는 이미 자기의 아버지인 줄도 모르고 아버지를 살해했고, 이번에는 여왕과의 결혼으로 말미암아 자기 어머니의 남편이 된 것이다.

이런 무서운 사실이 드러나지 않은 채 세월이 흘렀으나 이윽고 테베에 굶주림과 전염병이 닥치자 신탁에 문의한 결과 오이디푸스의 두 가지 죄가 드러나게 되었던 것이다.

그리하여 이오카스테는 스스로 목숨을 끊고, 오이디푸스는 미쳐서 자기의 두 눈을 후벼 빼고 그길로 테베를 떠돌아다녔다.

사람들은 모두 그를 무서워하고 외면했지만 그의 딸들만은 정성껏 아버지를 보살폈다. 그렇게 길고 비참한 방랑 생활 끝에 마침내 그는 불우한 생애를 마쳤다.

3. 페가소스와 키마이라

페르세우스가 메두사의 목을 베었을 때, 그 피가 땅속에 스며들어 날개 돋친 말(천마) 페가소스(페가수스)가 생겨 나왔다. 아테나는 그 말을 붙들어다 길들여 무사이 여신들에게 선물했다. 그 여신들이 사는 헬리콘산 위에는 히포크레네라는 샘이 있는데 이것은 페가소스가 발굽으로 차서 솟아나게 한 것이다.

키마이라는 불을 내뿜는 무서운 괴물이었다. 몸의 앞부분은 사자와 산양을 합친 모양이었고 꼬리는 용의 꼬리를 달고 있었다. 그리고 그것은 리키아 지방을 꽤나 어지럽혔으므로 왕 이오바테스는 이 괴물을 물리칠 용사를 찾고 있었다. 마침 그때, 그의 궁정에 벨레로폰이라는 한 용감한 젊은 무사가 왕의 사위인 프로이토스의 편지를 전하러 왔다.

그 편지에서 프로이토스는 벨레로폰을 진심에서 우러나온 말로 추천했고, 정복당한 적이 없는 용감한 자라고까지 했는데, 편지의 말미에는 부디 장인어른께서 어떻게든 이 사내를 죽여 달라는 말이 덧붙여져 있었다. 그 까닭은 그의 아내 안테이아가 무사를 필요 이상으로 감탄의 눈길로 바라본다고 여기고 그 젊은이를 질투했기 때문이었다. 자기의 사형 집행 영장인 줄도 모르고 명령을 수행하러 온 벨레로폰의 이 고사에서 '벨레로폰의 편지'라는 말이 생겨났는데

키마이라
피렌체, 국립고고학박물관

그 뒤부터 편지를 든 사람에게 불리한 내용이 담긴 편지를 그리 일컫게 되었다.

이오바테스는 이 편지를 읽고서 어찌할 바를 모르고 당혹스러워했다. 손님을 보호해야 한다는 규정을 어기고 싶지도 않고, 그렇다고 사위의 청을 받아들이지 않을 수도 없었다. 마침 좋은 생각이 떠올랐다. 벨레로폰을 보내어 키마이라를 물리치게 하는 것이었다. 벨레로폰은 이 제안을 받아들였다. 그는 싸움터로 떠나기 전에 예언자 폴리이도스에게 상의해 보았다. 그랬더니 가능하면 천마 페가소스를 얻어 가지고 가는 것이 좋겠다고 말해 주었다. 그러려면 아테나 신전에서 밤을 지내는 것이 좋다는 지시도 했다.

벨레로폰이 그 지시에 따라 자고 있으려니 아테나가 꿈에 나타나 그에게 황금 고삐를 주었다. 그가 잠에서 깨었을 때 고삐는 아직 그의 손에 쥐어져 있었다. 아테나는 또 페가소스가 페이레네 샘에서 물을 마시고 있다는 것도 가르쳐 주었다. 그런데 찾아갈 것도 없이 천마 페가소스는 황금 고삐를 보자, 제 발로 찾아와 얌전히 고삐를 묶게 했다. 벨레로폰은 페가소스에 올라타 하늘로 치닫고 올라가 곧바로 키마이라를 찾아내 쉽사리 괴물을 물리쳤다.

벨레로폰은 키마이라를 물리친 뒤에도 적의를 품은 자신의 주인에 의하여 여러 시련과 어려운 일을 겪었으나 페가소스 덕분에 모두 이겨 냈다. 마침내 이오바테스는 벨레로폰이 신들의 특별한 총애를 받고 있다고 생각하고 그의 딸과 결혼시켰다. 그리고 왕위 계승자로 삼았다. 그러나 나중에 벨레로폰은 자만과 오만이 지나쳐 신들의 노여움을 사게 되었다. 전하는 바에 따르면 그는 날개 돋친 말을 타고 하늘까지 올라가려고 했다. 그러나 제우스는 한 마리의 쇠파리를 보내 페가소스를 찌르게 하여, 페가소스로 하여금 기수를 떨어뜨리게 했다. 그래서 벨레로폰은 절름발이가 되고 눈도 멀었다. 그 뒤 벨레로폰은 사람의 눈을 피하면서 알레이온 들판을 외로이 방황하다 비참한 최후를 마쳤다. 밀턴은 《실낙원》제7권 첫 부분(제1~20행)에서 이 벨레로폰에 대해 언급하고 있다.

> 우라니아(천문의 여신), 그 이름 진정으로 부르면,
> 하늘에서 내리시오. 난,
> 그 신성한 소리의 파동 따라, 올림포스 언덕 위로,
> 날아가는 페가소스 날개 위로 오를 것이오.
> ……당신 따라 오르다,
> 하늘들 중 하늘이라 여기던
> 지상으로부터의 손님, 그 하늘 팽팽한 음파의 공간에 이르면,
> (당신이 조율해 놓았죠) 내려오는 안전판에 태워,
> 나를 다시 그녀를 불렀던 입술로 보내 주오.
> 고삐 느슨한 나는 말에서 떨어질라,
> (낮게 올랐을 때지만, 벨레로폰이 그랬죠―)
> 난, 알레이온 들판으로 내렸지만,
> 벗어난 곳. 거기서 희망 잃고 방황했다오.

에드워드 영[3]은 《밤의 상념》에서 이렇게 노래하고 있다.

> 생각의 눈이 멀어 미래를 멀리하면,
> 무의식뿐인 벨레로폰, 당신같이,
> 자신을 고발해, 스스로 운명을 결정짓는 셈.
> 자신의 가슴을 읽으면, 신들의 삶을 안다.
> 거기에 자연의 여인이, 자신의 인간에게 기대어,

---

3) 영국의 시인(1683~1765). 묘지를 배경으로 인생의 유전(流轉), 죽음, 영혼 불멸 등을 명상하는 묘반파를 유행시켰다.

벨레로폰의 키마이라 퇴치
런던, 대영박물관

가슴의 긴 신화를 풀었다—그래서 남자는 거짓 신념이 되었다.

페가소스는 무사이 여신들의 말이었으므로, 언제나 시인들에게 회자되었다. 실러는 페가소스가 어떤 가난한 시인에 의해 팔려가 짐마차와 쟁기를 끄는 아름다운 이야기를 쓰고 있다. 이 말은 그러한 거친 노동에 맞지 않았으므로 무식한 주인은 그 말을 제대로 이용할 수가 없었다. 그러나 한 젊은이가 앞으로 나서며 그 말을 타도록 허락해 줄 것을 요청했다. 그가 말등에 올라타자 처음에는 몰기 어려웠으나, 나중엔 기력이 다한 것처럼 보이던 말이 당당하게 정령 또는 신처럼 일어서서 빛나는 날개를 펴고 하늘을 향해 날아 올라갔다. 미국의 시인 롱펠로도 이 유명한 천마의 모험을 《마구간의 페가소스》에 기록하고 있다.

셰익스피어도 《헨리 4세 제1부》(제4막 1장 104~110행)에서 페가소스에 대해 언급하고 있다. 거기서 버넌이 왕자 헨리를 이렇게 묘사한다.

젊은 해리 왕자를 보았네, 어깨엔 비버 모피,
허벅지엔 가리개까지, 투구 쓴 늠름한 모습으로,
날개 단 메르쿠리우스처럼 땅에서 튀어 오르더니,
둥근 천장 모양으로 가뿐히 날아,
천사가 구름에서 떨어진 듯 안장에 앉았지. 그러고는

사나운 페가소스 말 머리 높이 틀며 바람같이,
고귀한 승마술로 세상을 매혹했다네.

4. 켄타우로스

이 괴물은 머리에서 허리까지는 인간이고 나머지는 말의 몸을 하고 있다고
사람들은 생각했다. 고대인들은 말을 대단히 좋아했기 때문에 말과 인간의 원
시적 결합체를 타락한 혼합물로 생각했다.

그래서 켄타우로스는 고대의 기괴한 괴물 중에서 어떠한 좋은 형질도 받아
들일 수 있는 유일한 괴물이었다. 이 켄타우로스는 인간과의 교제가 허용돼 있
었기 때문에 페이리토스와 히포다미아가 결혼할 때도 다른 손님과 함께 초대를
받았다. 그 잔치에서 켄타우로스족의 한 사람인 에우리티온은 술에 잔뜩 취해
신부에게 폭행을 가하려 했다. 그러자 다른 켄타우로스들도 그를 따르는 바람에 마침내 무서운 싸움이 일어나 그들 중의 몇 사람이 죽음을 당했다. 이것이 저 유명한 라피타 이족과 켄타우로스족의 싸움으로 고대의 조각가와 시인들이 즐겨 다루는 소재가 되었던 것이다.

그러나 모든 켄타우로스들이 페이리토스처럼 거칠고 막된 손님이었던 것은 아니다. 케이론이라는 켄타우로스는 아폴론과 아르테미스에게서 가르침을 받아 사냥과 의술, 음악, 예언술에 능하기로 유명했다. 그리스의 이야기에 나오

팔라스(아테나)와 켄타우로스 정의·전쟁·이성의 여신 팔라스가 야수성의 상징인 켄타우로스를 지배하는 우화적인 뜻의 그림. 피렌체, 우피치 미술관

는 가장 유명한 영웅들(예를 들면 아킬레우스와 아스클레피오스, 이아손, 디오스쿠로이 등)은 모두 케이론의 제자였다.

특히 아스클레피오스의 아버지 아폴론은 아들이 어릴 때 케이론에게 지도해 달라고 맡겼다. 철인 케이론이 어린애를 데리고 집으로 돌아오자 딸 오키로이가 나와 그를 맞이하면서 보자마자 대뜸 예언자의 어조로(왜냐하면 그녀는 예언자였기 때문인데) 이 아이가 장차 이루게 될 영광을 예언했다. 아스클레피오스는 자라서 유명한 의사가 되었고, 죽은 사람을 다시 살린 일도 있었다. 그러나 하데스는 이것을 불쾌하게 생각했다.

그래서 제우스는 그의 소원에 따라 이 대담한 의사에게 벼락을 내려 죽였는데, 죽은 뒤에는 그를 신들의 축에 끼워 주었다.

케이론은 모든 켄타우로스 중에서 가장 현명하고 가장 공정했다. 그래서 제우스는 그가 죽은 뒤 궁수자리(인마궁)라는 별자리에 두었다.

5. 피그마이오스

피그마이오스란 난쟁이 종족인데, 그 이름은 큐빗,[4] 즉 약 13인치를 의미하는 그리스어에서 유래된 것이며, 그것이 이 종족의 키라고 했다. 그들은 네일로스강(나일강)의 발원지 근처 또는 인도에 살고 있었다고도 한다. 호메로스에 의하면,[5] 두루미는 해마다 겨울이 되면 이 피그마이오스 나라로 이주해 온다는 것이다. 그리고 이 새들이 나타나면 그것은 곧 주민에게는 피가 튀는 전쟁을 알리는 신호가 되었다. 그들은 무기를 들고 이 두루미라는 탐욕스런 외부의 약탈자로부터 그들의 옥수수밭을 지키지 않으면 안 되었다. 이 피그마이오스와 그들의 적인 두루미 이야기는 여러 예술 작품의 소재가 되었다.

후세의 작가들이 전하는 바에 의하면, 피그마이오스의 군대는 헤라클레스가 잠든 것을 발견하고, 마치 한 도시를 공격하는 것이라도 되는 양 그의 큰 몸집을 공격할 준비를 했다. 그러나 헤라클레스는 잠이 깨자 작은 무사들을 보고 웃으며, 그중 몇 사람을 사자의 가죽으로 싸서 에우리스테우스에게 갖다주었다고 한다.

---

4) 고대 이집트, 바빌로니아 등지에서 썼던 길이의 단위. 1큐빗은 팔꿈치에서 손끝까지의 거리.
5) 《일리아스》 제3권 참조.

밀턴은 이 피그마이오스를 《실낙원》 제1권(제780~788행)에서 직접적으로 비유하고 있다.

……저 피그마이오스 난쟁이들이 아닐까?
그들은 인도의 산 너머에 있는데—그러면,
작은 요정들? 이들은 숲가에서 숲에서 한밤중 잔치를 한다.
늦은 귀갓길 어느 농부의 눈에 들어,
(농부는 그 모습을 꿈꾼다) 꿈에서,
중재하는 여인이 달 위쪽에 자리하더니, 땅 가까이로
옅은 달빛 길을 달려온다. 그들은 유쾌한 웃음소리와 춤에 열중해
명랑한 음악으로, 농부의 귀를 황홀케 한다.
금새 기쁨으로, 두려움으로 그의 심장이 다시 뛴다.

5. 그리프스

그리프스는 사자의 몸뚱이에 독수리의 머리와 날개를 지녔고, 등은 깃털로 덮여 있는 괴물이다. 그것은 새처럼 보금자리를 짓지만 알 대신에 마노(瑪瑙)를 그 속에서 낳는다. 그리고 긴 발톱을 가지고 있어, 그 나라 사람들이 그것으로 술잔을 만들 수 있을 정도였다.

그리프스

이 그리프스의 고향은 인도라고 한다. 그들은 산에서 금을 찾아 금으로 보금자리를 만들었다. 사냥꾼들이 이를 탐내기 때문에 자지 않고 그것을 지키지 않으면 안 되었다. 그들은 본능적으로 금이 묻혀 있는 곳을 알았으며, 약탈자들이 접근하지 못하게 하기 위해 있는 힘을 다했다. 당시 이 그리프스들과 함께 번영하고 있던 아리마스포이인들은 스키타이의 외눈박이족이었다.

밀턴은 《실낙원》 제2권(제943~947행)에서 이 그리프스들을 비유하고 있다.

마치 그리프스가 황야를 가로질러,
커다란 날갯짓으로 언덕 너머 황무지 골짜기로 날아,
아리마스포이인을 분노로 쫓는 그때 같다.
잠 못 이루며 지켰건만 저 아리마스포이인이 몰래
그의 금을 훔쳤던 것이다.

제17장
황금 양털, 메데이아와 이아손

1. 황금 양털

옛날 테살리아에 아타마스라는 왕과 네펠레라는 왕비가 살고 있었다. 그들에게는 아들과 딸이 하나씩 있었는데, 시간이 흐르면서 아타마스는 아내에게 냉담해지더니 그녀와 이혼하고 다른 여자를 아내로 맞이했다. 네펠레는 계모의 권세를 보아하니 자기의 아들딸이 위험할 것 같아 그들을 계모의 손이 닿지 않는 곳으로 보낼 방도를 강구하였다. 헤르메스는 그녀를 동정하여 그녀에게 '황금 털'이 난 숫양 한 마리를 주었다. 그녀는 이 양이 자녀를 안전한 장소로 데려다줄 것을 기대하면서 그들을 양에 태워 보냈다. 그러자 양은 아이들을 등에 태운 채로 공중으로 뛰어올라 진로를 동쪽으로 잡더니 이윽고 유럽과 아시아의 경계선인 해협에 이르렀다. 그런데 바로 그때 딸아이 헬레가 양의 등에서 바닷속으로 떨어졌다. 그래서 이 바다는 헬레스폰토스라고 불리게 되었다. 오늘날의 다르다넬스 해협이다.

양은 계속 하늘을 달리다가 마침내 흑해의 동해안에 있는 콜키스라는 왕국에 당도했다. 그곳에서 양은 무사히 사내아이인 프릭소스를 내려놓았다. 그 아이는 그 나라의 왕 아이에테스의 따뜻한 영접을 받았다. 프릭소스는 그 양을 제우스에게 제물로 바치고 '황금 양털'을 아이에테스에게 주었다. 왕은 그것을 신에게 바쳐진 숲속에 놓은 다음 잠을 모르는 용이 지키게 했다.

테살리아에는 아타마스의 왕국 근처에 또 하나의 왕국이 있었는데, 그것은 그의 친척이 다스리고 있었다. 그 왕국의 왕 아이손(Aeson)은 정치를 돌보는 일이 싫어 아들 이아손(Iason)이 성인이 될 동안만이라는 조건을 달아, 아우인 펠리아스에게 왕위를 물려주었다. 이아손이 자라서 그의 숙부 펠리아스에게 왕위를

신과 영웅들 아르고호의 원정에 승선한 영웅들로 아테나, 헤라클레스, 테세우스, 멜레아그로스 등. 파리, 루브르 박물관

돌려달라고 하자, 펠리아스는 겉으로는 기꺼이 내놓을 것처럼 하면서 동시에 황금 양털을 찾기 위한 영광스러운 모험을 해보는 것이 어떻겠느냐고 넌지시 권유했다. 이미 이야기한 바와 같이 그 양털은 콜키스의 왕국에 있었고, 펠리아스가 주장한 대로 그들 일족의 정당한 소유물이었다. 이아손은 이 제안을 기꺼이 받아들여 곧장 원정에 나설 채비를 했다.

그 당시 그리스인에게 알려져 있던 유일한 항해술은 나무 기둥 속을 파내어 만든 작은 보트나 카누를 타는 것이었으므로, 이아손이 아르고스[1]에게 명령하여 50명을 태울 수 있는 배를 만들게 하자, 그것은 참으로 무모한 짓인 것처럼 보였다. 그러나 배는 마침내 완성되어 만든 사람의 이름을 따서 '아르고호(號)'라고 명명되었다. 이아손은 모험을 좋아하는 그리스의 모든 청년들을 끌어모았다. 그리고 곧 용감한 청년들의 대장이 되었는데 그들의 대부분은 뒤에 그리스의 영웅과 반신반인들과 더불어 이름을 떨쳤다. 헤라클레스와 테세우스, 오르페우스, 네스토르 같은 영웅들도 그들 중에 있었다. 그 배에 탄 청년들은 배의 이름

---

1) 앞에 나온 100개의 눈을 가진 거인 아르고스와는 다른 사람.

을 따서 아르고나우테스[2]라고 불리게 되었다.

영웅들을 태운 아르고호는 테살리아의 해안을 떠나 렘노스섬에 잠시 머문 뒤 미시아를 거쳐 트라키아로 갔다. 이곳에서 그들 일행은 철인 피네우스를 만나게 되어 그에게서 앞으로의 진로에 대한 가르침을 받았다. 그는 에욱세이노스 해(흑해)의 입구는 두 개의 바위섬에 의하여 바닷길이 가로막혀 있다고 했다. 그섬은 바다 위에 떠서 상하좌우로 흔들리다가 이따금 서로 부딪치곤 하였는데 그 사이에 끼는 것은 무엇이든 산산조각으로 부서뜨리고 갈아 없앤다는 것이다. 그래서 이 섬은 심플레가데스, 즉 '서로 맞부딪는 섬'이라고 불렸다.

트라키아의 맹인 왕 피네우스는 젊은 아르고나우테스들에게 이 위험한 해협을 지나는 방법을 일러 주었다. 그래서 그들은 그 섬에 이르렀을 때 비둘기 한 마리를 날려 보냈다. 그러자 비둘기는 바위 사이를 날아 꽁지깃을 조금 잃었을 뿐, 아무 탈 없이 그곳을 빠져나갔다. 이아손과 부하들은 섬이 부딪쳤다가 그 반동으로 사이가 벌어지는 기회를 포착하여 힘껏 노를 저어 무사히 지나갈 수가 있었다. 지나는 마지막 순간에 그들 뒤에서 두 섬이 부딪히는 바람에 사실상 배의 꼬리 부분이 약간 부서졌다. 그 후 그들은 해안을 따라 배를 저어 마침내 바다의 동쪽 끝에 도착하여 콜키스의 왕국에 상륙했다.

이아손이 콜키스의 왕 아이에테스에게 자신의 사명을 전하자, 왕은 이아손이 놋쇠발을 가진 두 마리의 불을 뿜는 황소를 쟁기에 매어 땅을 갈고, 그곳에 카드모스가 물리친 용의 이빨을 뿌려 준다면 황금 양털을 내놓겠다고 했다. 이미 알려진 바와 같이, 용의 이빨을 뿌리면 거기서 무장한 병사가 나와 그것을 뿌린 자에게 무기를 들고 덤벼든다는 것을 그는 알고 있었다. 이아손은 그 조건을 승낙하고 결행할 날짜까지 정했다. 그러나 그 전에 이아손은 온갖 수단을 동원해 왕의 딸인 메데이아에게 사정을 털어놓을 기회를 만들었다. 그는 그녀에게 결혼을 약속하고 헤카테 여신의 제단 앞에 서서 여신에게 결혼 맹세를 했다. 마침내 메데이아도 그의 말을 믿게 되었다. 그녀는 유명한 마법사였으므로, 그는 메데이아의 도움을 받아서 불을 뿜는 황소의 날숨과 무장한 병사들의 공격에 무사히 대항할 수 있는 마력을 얻을 수 있었다.

---

2) '아르고호 선원들'이라는 뜻이다.

이윽고 그날이 오자 사람들은 아레스(싸움의 신)에게 바쳐진 숲에 모였다. 왕은 옥좌에 앉고, 백성들은 산허리를 가득 메웠다. 놋쇠발을 가진 황소가 콧구멍으로 불을 내뿜으며 뛰어들어 오자, 그 불은 길가의 풀들을 태워 버렸다. 용광로에서 쇳물이 끓는 것 같은 소리가 나고, 생석회에 물을 끼얹을 때처럼 연기가 났다. 이아손은 황소를 향하여 용감하게 앞으로 나갔다. 그의 모습을 보고 그의 친구들인, 그리스 전역에서 선발된 영웅들도 모두 몸을 떨었다. 그는 불을 뿜는 콧김 따윈 거들떠보지도 않고 황소의 분노를 말로써 가라앉히고, 대담하게 손으로 그목을 어루만지다가 재치 있게

이아손과 메데이아 파리, 오르세 미술관

멍에를 살며시 씌워 쟁기를 끌도록 했다. 콜키스 사람들은 어안이 벙벙해졌고, 그리스 사람들은 환호성을 질렀다.

이아손은 이어 용의 이빨을 뿌리고 그 위에 흙을 덮었다. 그러자 바로 한 떼의 무사들이 튀어나왔다. 그리고 참으로 희한하게도 땅 위에 나타나자마자 무기를 휘두르며 이아손을 향해 덤벼들었다. 그리스인들은 그들의 영웅이 어찌 될까 걱정하며 떨었고, 그에게 호신술을 주고 그 사용법을 가르쳐 준 메데이아마저도 공포에 떤 나머지 얼굴이 창백해졌다. 이아손은 한동안 칼과 방패로 공격자를 막았으나, 그들의 엄청난 숫자에 도저히 맞설 수 없음을 알고는 메데이아가 가르쳐 준 마법을 사용하여, 돌 하나를 주워 들고 그것을 적들의 한가운데

에 던졌다. 그러자 그들은 곧바로 무기를 서로 자기편에게 돌려 서로 싸우기 시작했다. 마침내 용의 이빨에서 나온 일족들은 하나도 남김없이 죽어 버렸다. 그리스인들은 그들의 영웅을 껴안았다. 그리고 메데이아도 할 수만 있다면 그를 포옹하고 싶었다.

남은 일은 황금 양털을 지키고 있는 용을 어떻게 해서든지 잠재우는 일이었다. 그러나 이것은 메데이아가 준 마법의 약을 용에게 두세 방울 떨어뜨림으로써 손쉽게 이루어졌다. 약 냄새를 맡자 용은 분노를 가라앉히고, 잠깐 동안 꼼짝도 하지 않고 있더니 전에는 한 번도 감은 일이 없는 크고 둥근 눈을 감고서 옆으로 픽 쓰러져 깊은 잠에 빠져들었다. 이아손은 황금 양털을 손에 넣은 뒤 친구들과 메데이아를 데리고 국왕인 아이에테스가 그들의 출발을 저지하기 전에 서둘러 배에 올라 테살리아로 돌아갔다. 그리고 일행이 무사히 도착하자 이아손은 양털을 펠리아스에게 넘겨주고, 그들의 배 아르고호를 포세이돈에게 바쳤다.

그 뒤 이 양털이 어떻게 되었는지는 알 수 없으나, 어쩌면 다른 황금 보물과 마찬가지로 결국 이것도 손에 넣기 위해 쏟은 수고에 비하면 그다지 가치 있는 물건이 아님을 깨달았을 것 같다.

이 이야기는 최근의 어떤 작가가 말했듯이 다수의 가공의 이야기에 의해서 덮여 있다 하더라도 그 밑바탕에는 진리가 존재하는 것을 믿게 한다는 명분을 가진 신화적 이야기들 중 하나이다. 그것은 아마도 최초의 중요한 바다의 원정이었을 것이다. 그리고 우리들이 역사에서 배운 바로 모든 나라에 있어서의 이런 최초의 시도가 그랬듯이, 이것도 아마 반은 해적의 성격을 띠었으리라 생각된다. 값진 약탈품이 되돌아왔다면 황금 양털에 대한 생각을 일으킨 것은 당연한 일이었을 것이다.

또 박식한 신화학자인 제이컵 브라이언트[3]의 다른 설에 의하면, 이것은 저 노아의 방주 이야기[4]가 와전된 전설이 아닌가 보고 있다. '아르고'라는 배의 이름은 방주를 뒷받침하고 있는 것 같으며, 비둘기 얘기도 또한 그것을 확증하고

---

3) 영국의 고전학자(1715~1804). 대표작 《고대 신화의 새로운 체계 또는 분석》.
4) 《구약성경》의 〈창세기〉 제6~9장 참조.

있다.

　포프는 《성(聖) 체칠리아의 날에 바치는 송시》(제38~43행)에서 다음과 같이 이 아르고호의 진수와 오르페우스의 음악의 힘을 찬양하고 있다. 여기서 그가 트라키아인이라 부르는 것은 오르페우스를 말한다.

　　그렇게, 그 대담한 첫 배가 바다에 맞섰을 때,
　　트라키아인은 배 후미에 높이 서서, 힘껏 노래했다.
　　그때 아르고호는 자신의 몸과 같은 나무들을 보았다.
　　그들은 펠리온산에서 바다로 내려오고 있었다.
　　이주해 온 그 반인반신들이 둘러서고,
　　그 소란한 기분에 선원들은 영웅이 되었다.

　존 다이어[5]의 《양털》이라는 시에는 아르고호와 선원들에 대해 노래한 부분이 있는데 이것을 보면 이 원시적인 해상의 모험에 대해 잘 알 수 있다.

　　아이기아 해안 곳곳에서,
　　용감한 청년들이 모여드니, 그들은 바로
　　눈부신 쌍둥이 형제 카스토르와 폴리데우케스, 음악 시인 오르페우스,
　　바람처럼 빠른 제테스와 칼라이스,
　　힘센 헤라클레스, 그러고도 많은 최고의 영웅들이라.
　　깊숙한 이올코스의 모래 해변에서 그들은 만났다.
　　갑옷과 투구에, 눈빛에, 큰일을 위한 열망이 서성인다.
　　곧 월계수 줄기로 커다란 돌을 갑판에 감아올려 닻을 올리니,
　　긴 배의 놀라운 용골, 명예의 도전자 아르고스풍의 능란한 솜씨,
　　더 커진 배에 높이 세운 돛대로―바람 잔뜩 안고 부푼 항해를 한다.
　　이 일등 선원들은 첫 출항으로 이제 처음 알았다.
　　그들의 작은 선실이, 난바다의 풍랑 위에서 더 용감해져,

---

5) 영국의 시인(1699~1757). 현실의 풍경을 은유적 수사법으로 묘사하여 철학적 명상으로 승화
　시켰다.

금빛 별들을 따르고 있음을.

그들은 케이론의 솜씨로 둥근 하늘에 수놓인 별들과 같았다.

헤라클레스는 그가 사랑하는 미소년 힐라스 때문에 미시아에서 이 원정대와 헤어지고 말았다. 소년이 물을 구하러 갔을 때 그의 아름다움에 마음을 빼앗긴 샘의 님프들이 소년을 잡고 놓아주지 않았다. 그래서 헤라클레스는 이 소년을 찾으러 갔는데, 그가 없는 동안에 아르고호는 그를 남겨 두고 출범하고 말았다. 무어는 그의 시에서 이 사건을 아름답게 다루고 묘사했다.[6]

힐라스가 물병을 들고 샘가로 심부름 가는 길,
들판은 빛으로 가득하고, 마음은 한껏 느긋했네.
소년은 초원과 구릉을, 경쾌히 돌아치다,
그만 길 위의 꽃들은 잃고 말았다오.

그렇게 나와 같은 많은 젊은이들,
철학의 사원 옆 모퉁이에 흐르는 샘물을 맛보았을
그들의 시간은 위험한 변경의 꽃들과 함께 쇠약해져
내 물병처럼 그들의 물병도 가볍게 말라 버렸다오.

2. 메데이아와 이아손

황금 양털을 되찾은 것을 축하하는 자리에서 이아손을 우울하게 하는 일이 있었다. 그것은 아버지 아이손의 모습이 보이지 않는 것이었다. 아이손은 노쇠해서 그들과 자리를 함께할 수 없었던 것이다. 이아손은 메데이아에게 말했다.

"아내여, 나는 그대의 마법의 도움을 많이 받았는데, 그 마법을 다시 한번 나를 위해 써주지 않으려오? 내 수명에서 몇 년을 빼어 아버지의 수명에 보태 주구려."

그러자 메데이아는 대답했다.

---

6) 《아일랜드의 노래》의 〈이 세상에서의 생활은 모두 기쁨과 슬픔으로 채색되어 있다〉 제2절 참조.

"이건 그런 희생을 치러야만 하는 일은 아니에요. 마법이 제대로 듣기만 한다면 당신의 수명을 단축시키지 않더라도 아버님의 수명을 연장시킬 수 있답니다."

그녀는 다음 보름달이 뜨는 밤에, 모든 생물들이 깊이 잠들었을 때 홀로 살그머니 밖으로 빠져나왔다. 나뭇잎을 움직이는 산들바람 한 점 없고, 만물이 고요 속에 잠겨 있었다. 메데이아는 우선 별을 향하여 주문을 외웠다. 그다음에는 달에게, 그리고 지옥의 여신인 헤카테[7]를 향해, 또 대지의 여신 가이아를 향해 주문을 외웠다. 그것은 이러한 여신들의 힘에 의해서 마법에 효과가 있는 식물이 나기 때문이다. 그녀는 숲과 동굴, 산과 골짜기, 그리고 호수와 강바람과 안개의 신들에게도 힘을 달라고 빌었다. 그녀가 이렇게 빌고 있을 때 별들이 빛을 더하더니 얼마 안 있어 날아다니는 뱀들이 끄는 이륜차가 하늘에서 내려왔다. 메데이아는 그 이륜차를 타고 하늘 높이 올라 멀리 여러 지역으로 향했다. 그곳에는 효험 있는 식물들이 자라고 있었는데, 메데이아는 그중에서 자기 목적에 적합한 것을 선택할 줄 알았다. 그녀는 9일 동안을 꼬박 약초를 찾아 헤매면서 궁전으로 들어가지도 않고, 어떤 지붕 밑으로도 들어가지 않았으며, 인간과의 일체의 교제도 피했다.

이어 그녀는 제단을 두 개 만들었다. 하나는 '헤카테'의 것이고 또 하나는 청춘의 여신인 '헤베'의 제단이었다. 그리고 한 마리의 검은 양을 제물로 바치고 우유와 포도주를 부었다. 그녀는 명계의 왕 하데스와 그가 납치해 간 신부(페르세포네)에게 부디 늙은 부왕의 생명을 서둘러 거두어 가지 말도록 간청했다. 다음 그녀는 아이손을 데려오게 하더니 주문으로 깊은 잠이 들게 한 뒤, 약초로 만든 침대 위에 마치 죽은 사람처럼 누워 있게 했다. 부정한 눈이 그녀의 비법을 봐서는 안 되기 때문에 이아손 및 그 밖의 모든 사람들을 그곳에 드나들지 못하게 했다. 그런 다음에 메데이아는 머리를 풀고 제단 주위를 세 번 돌더니 불타는 작은 나뭇가지를 피로 적셔 제단 위에 쌓아 놓고 태웠다. 그러는 사이에 가마솥 안에 있는 것이 끓어올랐다. 그녀는 그 안에다 약초를 넣고, 아울러서

---

7) 헤카테는 때로는 아르테미스, 때로는 페르세포네와 혼동되는 이상한 여신이었다. 아르테미스가 달빛의 광휘를 표현하면 헤카테도 마찬가지로 밤의 어둠과 공포를 표현한다. 그녀는 마법과 요술의 여신으로 밤중에 지상을 배회했다. 그리고 그 모습은 개밖엔 볼 수가 없다. 때문에 밤에 개가 짖는 것은 이 여신이 왔음을 알리는 것이라고 믿었다.

쓴 즙이 나오는 씨와 꽃, 먼 동방에서 가지고 온 돌, 그리고 온 세상을 휘젓고 다니는 대양의 바닷가에서 수집해 온 모래를 넣었다. 그리고 달빛으로 모은 하얀 서리, 올빼미의 머리와 날개, 이리의 내장 등을 넣었다. 그리고 또 거북 껍데기 조각과 수사슴의 간과 인간의 아홉 세대를 넘어 산 까마귀의 머리와 부리를 넣었다. 그 밖에도 '이름도 모르는' 많은 것들을 메데이아는 그녀가 의도한 영약을 만들기 위해 함께 넣고 끓였다. 그리고 잘 섞이도록 마른 올리브나무 가지로 저었다. 그 가지를 끄집어내자, 희한하게도 그것은 바로 녹색이 되고 얼마 안 가서 잎과 싱싱하고 많은 올리브 열매로 덮이게 되었다. 그리고 용액이 부글부글 끓어 때때로 넘칠 때에는 그 넘친 물방울이 떨어져 닿은 풀에서 봄의 풀처럼 초록빛을 띤 싹이 텄다.

모든 준비가 다 된 것을 본 뒤 메데이아는 노인의 목을 째고 그의 피를 모두 꺼낸 다음, 입과 상처 속으로 솥에서 달인 용액을 부어 넣었다. 노인이 그 용액을 다 들이마시자 그의 머리털과 수염은 흰빛을 버리고 청춘의 검은빛을 띠기 시작했다. 그의 얼굴에서 창백함과 초췌함은 사라지고, 혈관에는 피가 가득 찼으며, 팔다리는 활기와 힘으로 넘쳐흘렀다. 아이손은 자기 자신에게 놀라며 지금 그의 상태는 40년 전 당시의 젊은 시절이라고 생각했다.

메데이아는 이곳에서는 그녀의 마법을 선량한 목적을 위해 사용했으나 다른 곳에서는 그렇지 못했다. 복수의 수단으로도 사용했던 것이다. 독자도 기억하다시피 펠리아스는 이아손의 왕위를 빼앗은 그의 숙부였으며, 그를 그 나라에서 쫓아냈다. 그런 펠리아스에게도 어딘가 복 받은 데가 분명 있었기에 그의 딸들도 부친을 깊이 사랑하여 메데이아가 아이손을 위하여 한 일을 보고, 자기들의 아버지에게도 그렇게 해달라고 메데이아에게 간청했다. 메데이아는 일단 승낙을 하고 전처럼 솥을 준비했다. 그리고 한 마리의 양을 가져오게 하여 솥 속에 던져 넣었다. 이내 '매애' 하고 우는 소리가 솥 속에서 들려왔고, 뚜껑을 여니 새끼 양이 한 마리 뛰쳐나와 목장으로 달아나는 것이었다. 펠리아스의 딸들은 이 실험을 보고 기뻐하면서 자기들의 아버지도 같은 처방을 받도록 시각을 정했다. 그러나 메데이아는 그를 위한 솥은 전혀 다른 방법으로 준비했다. 솥 속에는 단지 물과 보잘것없는 풀을 약간 넣었을 뿐이었다. 이윽고 밤이 되자 메데이아는 공주들과 더불어 늙은 왕의 침실로 들어갔다. 그동안 왕과 호위병들은 그녀의 마법에 걸려 깊은 잠에 빠져 있었다. 공주들은 단검을 빼들고 침대 곁에 서 있었다. 그러나 왕의 몸에 그것을 들이대기를 망설였기 때문에 메데이아는 그들의 결단성 없는 태도를 꾸짖었다. 그래서 마침내 그녀들은 고개를 돌리고 눈먼 사람처럼 아버지의 몸에 단검을 찔렀다. 왕은 잠에서 깨어나 부르짖었다.

"딸들아, 무슨 짓을 하고 있느냐? 이 아비를 죽이려는 게냐?"

그녀들은 움찔하면서 손에 들고 있던 단검을 떨어뜨렸다. 그러나 메데이아는 왕에게 마지막 일격을 가하여 그가 더 이상 말을 하지 못하게 했다.

이어 그들은 왕을 솥에다 넣었다. 그리고 메데이아는 뱀이

분노의 메데이아 이아손의 배신으로 분노한 메데이아는 자신의 아이들을 죽인다. 파리, 루브르 박물관

끄는 이륜차를 타고 자기의 배신행위가 발견되기 전에 서둘러 그곳을 떠났다. 그렇지 않았다면 그들의 복수가 대단했을 것이다. 그러나 그녀는 이렇게 도망치기는 했어도 이 복수의 결과가 전혀 기쁜 것만은 아니었다.

그녀가 이렇게까지 하면서 진심을 바쳤던 이아손이 크레우사라는 코린토스의 공주와 결혼하려고 메데이아를 버렸기 때문이다. 메데이아는 그의 배은망덕함에 발칵 화가 나서 신들에게 복수를 기원하고, 크레우사에게 독을 바른 옷을 선물로 보냈다. 그리고 나서는 자신의 아이들을 죽이고, 궁전에 불을 지르고, 뱀이 끄는 이륜차를 타고 아테네로 도망하여 그곳에서 테세우스의 아버지 아이게우스왕과 결혼했다. 후에 테세우스의 모험담을 이야기할 때, 다시 메데이아를

만나게 될 것이다.

또한 독자는 메데이아의 마법을 보고 《맥베스》[8] 속에 나오는 마녀들의 마법을 기억할 것이다. 다음은 이 고대의 이야기를 아주 분명히 되새겨 주는 한 구절이다.

가마솥 주위를 빙빙 돌며,
독 퍼진 솥 안에 넣어라.
……

늪지의 기다란 뱀을,
가마솥 속에서 끓이고 구워라.
도롱뇽의 눈알과 개구리 발가락,
박쥐의 털과 개의 혀,
독사의 독니와 눈먼 도마뱀 혀,
도마뱀의 다리와 올빼미 날개.
……

게걸스런 상어의 위장과
어둠에서 캐낸 독미나리, 모두 넣어라.
……

《맥베스》 제4막 1장

그리고 한편,

맥베스 : ─지금 무엇을 하는 게요?
세 사람의 마녀 : ─무엇이라 이름할 수 없소.

메데이아에 대한 또 하나의 이야기가 있는데, 그것은 고금의 시인들이 말하기를 갖은 잔학 행위를 저지른다고 하는 마녀의 짓이라 해도 기록하기에는 너

---

8) 셰익스피어의 4대 비극 중 하나.

무나 몸서리쳐지는 이야기이다. 메데이아는 이아손과 함께 황금 양털을 손에 넣은 뒤 콜키스에서 도망칠 때 동생 압시르토스도 데리고 갔다. 그리고 뒤를 쫓아 온 아이에테스의 배가 아르고호의 일행을 바짝 뒤따른 것을 보자, 그녀는 동생을 죽여 팔다리를 바다에 뿌렸다. 아이에테스는 그 장소에 이르러 이내 학살된 자식의 처참한 모습을 발견했다. 그런 그가 흩어진 유해를 모아 그것을 가까운 항구에 정중하게 매장하는 동안에 아르고호 일행은 달아났다.

토머스 캠벨의 시에는 에우리피데스가 쓴 비극 《메데이아》의 합창 절들 중 한 편에 대한 번역이 있다.[9] 시인 에우리피데스는 그 기회를 이용하여 태어난 고향인 아테네에 열렬한 찬사를 보내고 있다. 그 처음 부분은 이렇게 쓰여 있다.

오, 모질고 여윈 여왕이여! 그대는 친족의 피 위를 달려
아테네로 그 빛나는 이륜차를 이끌고,
그 지독한 근친 살해의 죄를 감추려 하는가.
'평화'와 '정의'가 영원히 사는 그 나라에?

---

9) 캠벨은 스코틀랜드의 시인(1777~1844)이며, 에우리피데스는 고대 그리스의 비극 시인(기원전 484?~406?).

제18장
멜레아그로스, 아탈란테와 히포메네스

1. 멜레아그로스와 아탈란테

아르고호의 원정에 참가했던 영웅의 한 사람으로 멜레아그로스가 있었다. 그는 칼리돈의 왕 오이네우스와 그의 아내 알타이아 사이에서 태어난 아들이었다. 알타이아는 아들을 낳을 때 3명의 모에라이(운명의 여신)를 보았다. 운명의 실을 잣는 이 여신들이 예언하기를, 이 어린아이는 지금 난로 속에서 타고 있는 장작이 다 타면 죽을 것이라고 했다. 알타이아는 그 장작을 꺼내어 불을 끄고서 몇 년 동안 소중하게 보관해 두었다. 그 뒤 멜레아그로스는 소년이 되고, 청년이 되고, 이윽고 장년이 되었다. 그런데 어느 날, 무슨 까닭에서인지 그의 아버지 오이네우스는 신들에게 제물을 바치면서 오직 여신 아르테미스에게만 깜박 잊고 바치지 않은 적이 있었다.

여신은 자기만 따돌림을 당한 데 격분하여 엄청나게 커다란 멧돼지 한 마리를 보내 칼리돈의 들판을 엉망진창으로 만들었다. 멧돼지의 눈은 피와 불로 빛나고, 그 털은 날을 세운 창처럼 꼿꼿이 서 있고, 어금니는 인도코끼리와 흡사했다. 여물기 시작하던 곡식은 짓밟히고, 포도와 올리브나무도 엉망이 되었으며, 양이나 소 같은 가축 떼도 난폭한 짐승에게 쫓겨 다니다 죽는 판국이 되었다.

보통 수단으로는 전혀 도움이 될 것 같지가 않았다. 그리하여 멜레아그로스는 그리스의 영웅들에게 격문을 보내 이 아귀와 같은 괴물을 물리치기 위한 용감한 사냥에 참가하도록 불렀다. 테세우스와 그의 친구인 페이리토스, 이아손, 나중에 아킬레우스의 아버지가 되는 펠레우스, 아이아스의 아버지인 텔라몬, 게다가 당시에는 아직 젊었으나 노인이 된 뒤에도 아킬레우스와 아이아스와 함께 무기를 들고 트로이 전쟁에 참가한 저 네스토르, 이러한 영웅들과 그 밖의 수많은 영웅들이 멧돼지의 사냥에 참가했다. 아르카디아의 왕 이아소스의 딸 아탈란테도 이 사냥에 참가했다. 반짝반짝 빛나는 금으로 된 조임쇠로 옷을 죄고 왼쪽 어깨에는 상아로 만든 화살통을, 왼손에는 활을 들고 있었다. 그녀의 얼굴은 여성미와 용감한 청년의 매력을 두루 갖추고 있었다. 멜레아그로스는 그녀를 보자마자 단박에 사랑에 빠졌다.

그러나 이미 일행은 괴물이 사는 굴 가까이까지 와 있었다. 그들은 튼튼한 그물을 나무 사이에 쳤다. 그리고 개들을 매어 둔 끈을 풀어 놓으니 개들은 풀 속에 있는 짐승 발자국을 찾으려고 혈안이 되었다. 숲속에는 늪이 많은 곳으로 향하는 내리막길이 있었다. 이곳에서 멧돼지가 갈대 속에 몸을 숨기고 있었는데, 추격하는 개들의 소리를 듣자 갑자기 개들을 향해 돌진해 왔다.

개가 한 마리씩 나가떨어져 죽임을 당했다. 이아손은 아르테미스에게 이기게 해달라고 빌면서 손에 들고 있던 창을 던졌다. 그러자 자기에게 기도하는 것에 기분이 좋아진 여신은 그 창이 목표에 맞는 것만은 허락했으나 상처를 입히는 것은 허용하지 않았다. 여신은 창이 날아가는 동안에 날을 빼버렸던 것이다.

네스토르는 멧돼지가 달려들자, 나무를 찾아 그 위로 올라가 몸을 피했다. 텔라몬은 멧돼지의 뒤를 쫓았으나 땅 위에 불쑥 솟아난 나무뿌리에 발이 걸리는 바람에 앞으로 고꾸라졌다. 그러나 마침내 아탈란테가 쏜 화살이 처음으로 괴물의 피를 맛보았다. 그것은 지극히 가벼운 상처였는데 멜레아그로스는 그것을 보고 기뻐서 그녀의 공이라고 선언했다. 안카이오스는 여자가 칭찬받는 것을 보고 질투심에 불타 자기 자신의 용맹을 소리 높여 외치며 멧돼지와 멧돼지를 보낸 여신에게 도전장을 내밀었다. 그러나 그가 돌진해 뛰어나가자 미쳐 날뛰던 멧돼지는 그에게 치명적인 부상을 입혀 넘어뜨렸다. 테세우스는 창을 던졌으나 튀어나온 나뭇가지에 걸려 옆으로 빗나갔다. 또 이아손이 던진 창은 목표물에 적중하지 않고 사냥개를 한 마리 죽였을 뿐이었다. 그러나 멜레아그로스는 한 번 실패한 뒤에 다시 창을 괴물의 옆구리에 찔러 넣고 돌진하여 세 번째 타격을 가해 멧돼지를 죽였다.

그러자 주위에서 환호성이 일어났다. 그들은 승리자인 멜레아그로스에게 축하의 말을 하면서 모여들어 그의 손을 잡았다. 그는 한쪽 발을 방금 숨이 끊어진 멧돼지의 머리에 올려놓은 채로 아탈란테를 돌아보며 전리품인 짐승의 머리와 거친 털이 나 있는 모피를 그녀에게 선물했다. 그러나 이것을 본 다른 사람들은 질투심이 일어 싸움을 걸었다. 멜레아그로스의 외숙인 플렉시포스와 톡세우스는 선물이 그녀에게 주어진 것을 누구보다도 못마땅히 여겨 전리품을 억지로 빼앗았다. 멜레아그로스는 자기에 대한 그들의 무례한 행위에 불같이 화가 났지만, 그보다 자기가 사랑하는 아탈란테에 대한 모욕에 벌컥 화가 나서 상대가 친족인 것도 잊고 그들 두 사람의 심장에 칼을 꽂았다.

그런 줄도 모르고 알타이아는 아들의 승리에 대한 감사의 선물을 신들의 신전에 바치려고 왔다가, 죽음을 당한 자기 친정 형제들의 시신을 보았다. 그녀는 울부짖으며 가슴을 치고 기쁨의 옷을 슬픔의 옷으로 갈아입었다. 그러나 형제들을 죽인 자가 누구인지 알게 되자, 슬픔은 아들에 대한 거센 복수심으로 바뀌었다. 그녀는 운명의 여신들이 멜레아그로스의 목숨과 이어 놓은 운명의 장작을, 지난날에는 불 속에서 꺼내어 불을 꺼두었지만 이젠 그 장작을 끄집어내더니 불을 붙이라고 명령했다.

그러나 장작을 던져 넣으려 하다가 네 차례나 망설이면서 아들의 신상에 초래될 파멸을 생각하고는 몸을 떨었다. 모정과 형제간의 정이 그녀의 가슴속에서 서로 싸웠다. 앞으로 자기가 하려는 일을 생각하고는 얼굴이 창백해지는가 하면, 다음 순간에는 아들의 행위에 대한 분노로 어느새 새빨갛게 타오르곤 하는 것이었다. 마치 바람에 한쪽 방향으로 몰리다가 조수가 밀어닥치자, 반대쪽으로 흘러가는 배처럼 알타이아의 마음은 갈팡질팡했다. 그러나 마침내 형제간의 정이 모정을 압도했다. 그녀는 운명의 장작을 손에 움켜쥐면서 말하였다.

"복수의 여신들이여, 보세요. 에리니에스 님! 제가 바치는 제물을 보세요! 죄는 죄로써 갚아야 합니다. 테스티오스 집안이 아들 둘을 잃고 슬픔에 빠져 있을 때, 오이네우스만이 승리의 아들을 보며 기뻐 들떠서야 되겠어요? 그렇지만 아아! 내가 대체 무슨 짓을 하려는 걸까? 형제들아, 어미로서의 내 약함을 용서하거라! 이 손이 말을 듣지 않는구나. 물론 멜레아그로스가 한 짓은 죽어 마땅하지만, 꼭 내 손에 죽어야만 하는 것은 아니야. 그렇다면 그 아이를 살려 주어 승리를 만끽하게 하고, 이 칼리돈 지방을 지배하게 해도 좋다는 말인가? 내 형제들이 한풀이도 못하고 황천길을 헤매어 다니는데도? 아니, 어림도 없는 소

멜레아그로스와 아탈란테의 멧돼지 사냥 빈, 미술사박물관

리! 멜레아그로스야, 너는 내가 불타던 장작을 꺼준 덕분에 오늘날까지 살았단다. 이제라도 너는 죽어서 네 죄를 갚아야 한다. 내가 너에게 두 번 준 생명, 첫 번째는 태어날 때, 두 번째는 화염 속에서 끄집어냈을 때 너에게 주었던 생명을 다시 내게 되돌리거라. 오, 이렇게 될 줄 알았더라면 차라리 그때 네가 죽는 것이 나았겠구나! 아! 승리는 불행하다. 그러나 형제들아, 너희는 승리를 얻었다.”

그렇게 말하고 알타이아는 고개를 돌린 채로 운명의 장작을 불타는 불구덩이 속으로 던졌다.

그것은 무서운 신음 소리를 냈다. 아니, 낸 것처럼 생각되었다. 그러자 멜레아그로스는 멀리 떨어져 있었는데도 무슨 까닭인지 알지도 못한 채 갑작스럽게 고통을 느꼈다.

그의 몸이 불타기 시작했다. 그는 자기를 태우려 하는 그 화마에게 용감한 자존심만으로 대항했다. 다만 피도 흘리지 않고 명예를 얻지도 못하는 죽음으로 파멸되는 것만을 한탄했다. 그리고 마지막 기력을 다해 그는 늙은 아버지와 형제, 다정한 누이들, 사랑하는 아탈란테의 이름을 불렀고, 또 자기의 죽음을 초래한 당사자인 줄은 꿈에도 모르고 어머니를 불렀다.

불꽃은 점점 더 타오르고 그와 더불어 영웅의 고통도 더해만 갔다. 마침내 불꽃도 고통도 가라앉기 시작하다가 결국 사라지고 말았다. 장작은 재가 되어 이렇게 멜레아그로스의 생명도 불어오는 바람에 실려 사라져 갔던 것이다. 알타이아는 장작을 불더미에 던져 넣은 뒤 스스로 목숨을 끊었다. 멜레아그로스의 자매들은 동생의 죽음을 어찌나 깊이 슬퍼했는지 아무도 위로할 수 없을 정도였다. 마침내 아르테미스는 과거 자기를 화나게 했던 이 집안의 불행을 불쌍히 여겨 그들을 나는 새로 변하게 해주었다.

2. 아탈란테와 히포메네스

이토록 많은 슬픔도 결국 그 원인은 여자라 하기에는 남자 같고, 또 남자라 하기에는 여자 같은 용모를 지닌 한 처녀에게 있었으나, 당사자에게는 실상 아무런 죄도 없었다. 그녀는 전에 자기의 운명을 신탁에 물은 적이 있었는데, 대답은 행운을 담은 듯하면서도 다음과 같은 의미의 것이었다.

"아탈란테여, 너는 결혼해선 안 된다. 결혼하면 죽으리라."

신탁에 겁이 난 아탈란테는 남자들과의 교제를 피하고 오로지 사냥에만 열중했다. 그러면서 청혼을 하는 자가 있으면(그녀에게는 많은 구혼자가 있었다) 한 가지 조건을 내세워서 그들의 성가신 요구를 교묘하게 물리치곤 하였다.

"누구든지 나하고 달리기 시합을 해서 이기는 사람은 나와 결혼을 할 것이나 지는 자는 벌로서 죽어야만 할 것이다!"

이런 혹독한 조건이었는데도 해보자고 덤비는 자들이 몇몇 있었다. 히포메네스는 경주의 심판을 보기로 되어 있었다. 그래서 말했다.

"겨우 여자 하나 때문에 그러한 위험을 무릅쓸 정도로 사람이 무분별해질 수 있다니 그런 바보 같은 짓이 어디 있단 말인가?"

그러나 경주를 하기 위해 기다란 겉옷을 벗은 아탈란테의 모습을 보더니 그는 대뜸 생각을 바꾸어 말했다.

"내 비웃음을 용서해 주게나. 나는 그대들이 다투어 받으려는 상의 가치를 몰랐네그려."

그는 청년들이 모두 지기를 바랐고, 조금이라도 이길 것처럼 보이는 자가 있으면 질투심으로 가슴을 졸였다. 그가 그런 생각을 하는 사이 처녀는 날 듯이 내달리기 시작했다. 그녀가 달리는 모습은 지금까지 보았던 것보다 훨씬 아름답게 보였다. 산들바람이 그녀의 다리에 날개를 달아 준 모양이었다. 머리칼은 어깨 위에서 춤추고, 색깔도 선명한 옷자락은 뒤로 나부꼈다. 새하얀 피부는 장밋빛으로 물들었다. 마치 대리석 벽에 진홍색 커튼을 드리운 것 같았다. 그녀와 겨루는 청년들은 모두 뒤로 처졌고, 가차 없이 죽임을 당했다. 그러나 히포메네스는 이런 결과를 보고도 겁내지 않고 처녀를 물끄러미 바라보면서 말했다.

"이런 느림보들을 이겼다고 해서 뽐내는 것이오? 내가 상대해 드리리다."

아탈란테는 측은히 여기는 듯한 눈길로 그를 바라보며, 이 남자를 이겨야 할지 말아야 할지 망설였다.

"대체 어떤 신이 이처럼 젊고 아름다운 청년을 유혹하여 목숨을 버리게 하는 것이지? 내가 안타깝게 여기는 것은 이 사람이 아름다워서가 아니라(그러나 그는 정말로 아름다웠다) 젊음 때문이야. 지금이라도 이 사람이 시합할 마음을 접어 주면 좋으련만. 만일 나에게 빠져 이렇게까지 제정신이 아니라면 부디 나보다 빨리 달리기를……."

그녀가 이런 생각을 하면서 주저하고 있으려니 구경꾼들은 좀이 쑤셔 더는 기다리지 못하겠다며 어서 시합을 하라고 성화를 해댔다. 아탈란테의 아버지도 시녀를 재촉해 채비를 하게 했다. 바로 그때 히포메네스는 아프로디테(사랑의 여신)에게 기도를 올렸다.

"아프로디테 님, 저를 도와주십시오. 제가 여기까지 온 것도 당신 때문 아닙니까?"

아프로디테는 이 말을 받아들여 자비를 베풀었다.

아프로디테의 소유인 키프로스섬의 신선한 정원에는 누런 잎새와 누런 가지와 황금 사과가 달린 사과나무 한 그루가 있었다. 이 나무에서 아프로디테는 황금 사과를 세 개 따서 아무도 모르게 히포메네스에게 주면서 사용법을 일러 주었다. 이윽고 출발 신호로 나팔이 울렸다. 두 사람은 출발점을 떠나 모래 위를 스치듯 날아갔다. 그들의 달림새가 어찌나 가볍던지 물 위나 물결치는 밀 이삭 위를 몸이 조금도 가라앉지 않고 달리는 것처럼 보였다. 구경꾼들은 큰 소리로 히포메네스를 응원했다. "힘껏 달려라! 빨리, 빨리! 앞질러라! 방심하지 마! 이제 다 왔어!"

이러한 성원을 청년과 처녀 중에 누가 더 기쁘게 들었는지는 알 수 없다. 그러

아탈란테와 히포메네스 아탈란테를 따돌리기 위해 황금 사과를 던지는 히포메네스와 사과를 줍는 아탈란테. 마드리드, 프라도 미술관

나 히포메네스는 점점 숨이 가빠 오고 목이 말랐다. 그러나 결승점은 아직도 멀었다. 그래서 그는 들고 있던 황금 사과를 하나 던졌다. 처녀는 깜짝 놀라 뛰다 말고 그것을 주웠다. 그사이에 히포메네스가 앞서고 사방에서 환호성이 일었다. 아탈란테는 힘을 더하여 얼마 안 있어 다시 따라붙었다. 그러자 그는 또다시 사과를 던졌고, 그녀는 다시 발을 멈추었으나 이번에도 그를 제쳤다. 결승점은 가까워졌다. 남은 기회는 단 한 번뿐이었다.

"여신이여, 이번에야말로 당신의 선물에 힘을 주십시오!"

그는 이렇게 말하면서 마지막 사과를 멀리 옆쪽으로 던졌다. 그녀는 그것을 바라보며 망설였다. 그러나 아프로디테는 그녀로 하여금 몸을 돌려 그것을 줍게 했으므로 경주에는 지고 말았다. 이리하여 청년은 그녀와 함께 돌아가게 되었다.

그러나 두 연인은 자기들의 행복에 너무나 깊이 취한 나머지 아프로디테에게 감사하는 것을 잊고 있었다. 여신은 그들의 배은망덕함에 화가 나서 그들로 하여금 키벨레를 화나게 하는 일을 저지르게 했다. 권세가 넘치는 여신이 자기에 대한 무례를 그냥 보아 넘길 리가 없었던 것이다. 여신은 즉각 그들로부터 인간의 모습을 빼앗고, 그들의 성격과 닮은 성격을 가진 들짐승으로 변하게 했다. 구혼자들이 흘린 피로 기고만장하던 여자 사냥꾼은 암사자로, 그녀의 남편은 수사자로 변하게 했다. 그리고 그들을 자기의 수레에다 맸다. 그래서 오늘날에도 그들은 그 모습 그대로 조각이나 회화 등에서, 여신 키벨레를 묘사한 작품 속에 등장하는 것을 볼 수 있다.

키벨레는 그리스인들이 레아 또는 옵스라고 부르는 여신의 라틴 이름이다. 그녀는 크로노스의 아내이고 제우스의 어머니였다. 그래서 미술 작품에서는 헤라나 데메테르와는 달리 침착한 자태를 보이고 있다. 때로는 베일을 쓰고 옥좌 위에 앉아 곁에 두 마리의 사자를 거느리고 있을 때도 있고, 때로는 두 마리 사자가 끄는 이륜차를 타기도 한다. 머리에는 성벽 모양의 왕관, 즉 가장자리가 탑이나 흉벽 모양을 한 금관을 쓰고 있다. 그리고 그녀를 섬기는 사제는 코리반테스라고 불렸다.

바이런은 《귀공자 해럴드의 순례》 제4편에서 아드리아해의 낮은 섬 위에 세워져 있는 베네치아를 그릴 때, 이 키벨레 여신으로부터 회화적인 묘사를 빌렸다.

바다에서 갓 올라온 바다의 키벨레처럼
자랑스러운 탑관(塔冠)을 쓰고 아득히 공기 중에
장엄한 자태로 솟아올랐다.
바다와 그 힘을 다스리는 베네치아.

무어는 《여행 중에 읊는 시》(제3장 1절)에서 알프스산의 절경을 노래하면서 다음과 같이 아탈란테와 히포메네스의 이야기에 대해 언급하고 있다.

나는 여기에 이 놀라운 광경 속에서도 보인다.
발빠른 '공상'이 '진실'을 훨씬 앞서가는 것이.

나는 적어도 저 히포메네스처럼 보인다.
그가 공상의 길에 던져 놓은 황금 환상을 그녀가 돌아보는 것이.

제19장
헤라클레스, 헤베와 가니메데스

1. 헤라클레스

헤라클레스는 제우스와 알크메네 사이에서 태어난 아들이다. 헤라는 인간과의 사이에서 태어난 남편의 자식에게 늘 적의를 품고 있었으므로 헤라클레스가 태어난 지 8개월여 만에 선전 포고를 했다. 그리고 두 마리의 독사를 보내어그가 아직 요람 속에 있는 동안 죽이려고 했으나, 조숙한 이 아기는 두 손으로한 마리씩 뱀을 잡아 목을 졸라 죽였다. 그러나 그는 헤라의 간계에 의하여 에우리스테우스의 부하가 되어 그의 모든 명령에 따라야만 했다. 에우리스테우스는 그에게 잇달아 목숨을 건 모험을 하게 한다. '헤라클레스의 12가지 과업'이라불리는 것이 바로 그것이다.

첫 번째 것은 네메아에 있는 사자와의 싸움이었다. 네메아 계곡에는 한 마리의 무서운 사자가 나타나곤 했다. 그래서 에우리스테우스는 헤라클레스에게 이괴물의 털가죽을 가져오라고 명령했다. 헤라클레스는 몽둥이와 활을 가지고 사자에게 맞섰으나 아무 효과가 없음을 알자, 자기 손으로 괴물의 목을 졸라 죽여서 죽은 사자를 어깨에 메고 돌아왔다. 그러자 에우리스테우스는 이 영웅의 엄청난 괴력을 목격하고 질린 나머지 앞으로 모험의 보고를 할 때는 동구 밖에서하도록 그에게 명령했다.

두 번째는 히드라를 물리치는 것이었다. 이 괴물은 아르고스 지방을 휩쓸고다니면서 아미모네 샘 근처에 있는 늪지에 살고 있었다. 이 샘은 그 지방에 가뭄이 닥쳤을 때 아미모네가 발견한 것이다. 그리고 전하는 바에 의하면, 그녀를 사랑한 포세이돈이 그의 삼지창으로 바위를 쳐도 된다고 그녀에게 허락해서 세개의 샘이 솟아 나왔다는 것이다. 이러한 곳에 히드라가 진을 치고 있었고, 그것

▲네메아의 사자를 죽이는 헤라클레스
브레시아, 시립미술관
◀히드라와 싸우는 헤라클레스
피렌체, 우피치 미술관

을 물리치라고 헤라클레스를 보낸 것이었다. 히드라는 아홉 개의 머리를 가지고 있었는데, 한가운데 있는 머리는 불사의 머리였다. 그래서 헤라클레스가 몽둥이로 그 머리를 하나씩 쳐서 떨어뜨려도, 그때마다 떨어진 곳에서 새로운 머리가 두 개씩 나왔다. 마침내 그는 이올라오스라는 그의 충성스런 하인의 도움을 받아 히드라의 머리를 모두 불태워 버리고 마지막으로 불사의 머리만을 커다란 바위 밑에 파묻었다. 또 하나의 과업은 아우게이아스의 마구간을 청소하는 일이었다. 엘리스의 왕 아우게이아스는 소를 3000마리나 가지고 있었는데, 그 마구간은 30년 동안 청소를 한 적이 한 번도 없었다. 헤라클레스는 알페이오스와 페네이오스 두 강물을 끌어들여 단 하루 만에 깨끗하게 청소를 해치웠다.

다음은 좀더 고상한 것이었다. 에우리스테우스의 딸 아드메테가 아마존족의 여왕이 매고 있는 허리띠가 탐난다고 하자, 에우리스테우스는 헤라클레스에게 그것을 얻어 오라고 명령했다. 아마존족은 여자들만 있는 종족이었다. 그들은 대단히 호전적이었으며, 풍요롭게 번성한 도시를 여럿 가지고 있었고, 여자아이만을 기르는 것이 그들의 관습이었으므로 남자아이는 이웃 나라로 쫓아내거나 아니면 죽이거나 했다. 헤라클레스는 많은 지원병을 거느리고 여러 가지 모험을 한 끝에 마침내 아마존족의 나라에 도착했다. 여왕 히폴리테는 그를 따뜻이 맞

▲헤라클레스와 게리온
세 개의 몸을 가진 게리온과 싸우는
장면. 발밑에는 거인 에우리티온과
머리 두 개 달린 개가 화살을 맞고
쓰러져 있다. 뮌헨, 고대수집관

▶헤라클레스와 아틀라스
창공을 떠받치고 있는 헤라클레스.
아틀라스가 황금 사과를 가져와 영
웅에게 바치는 장면이다. 좌측은 아
테나 여신. 올림피아 박물관

이하고 자기의 허리띠를 주겠노라고 했다. 그러나 헤라는 아마존족의 한 여인의
모습으로 변신하여 방방곡곡을 돌아다니며 외국인이 여왕을 납치해 가려 한다
고 소문을 쫙 퍼뜨렸다. 이 말을 믿고 아마존족 여인들은 즉각 무장을 하고 헤
라클레스의 배 쪽으로 몰려왔다. 헤라클레스는 히폴리테가 배반한 줄 알고 그
녀를 죽이고서 허리띠를 빼앗아 배에 돛을 올리고 돌아왔다.

　헤라클레스의 또 하나의 과업은 게리온의 소를 몰아 에우리스테우스에게 가
져오는 일이었다. 게리온이란 세 개의 몸뚱이를 가진 괴물로서, 에리테이아라는
섬(붉은색의 섬)에 살고 있었다. 그 섬은 서쪽의 저무는 햇빛 아래에 있었기 때문

에 그렇게 불렸다고 한다. 이런 설명으로 보아 아마 지금의 에스파냐를 가리키는 것 같은데 게리온은 그곳의 왕이었다. 여러 나라를 지나 헤라클레스는 마침내 리비아(아프리카의 북부)와 유럽의 국경에까지 왔다. 그리고 그곳에서 그는 칼페와 아빌라라는 두 개의 산을 세워 자기가 여기에 왔었노라는 기념비로 삼았다. 또 다른 설에 의하면, 산 하나를 둘로 쪼개어 양쪽으로 반씩 나누어서 지브롤터 해협을 만들었다고도 한다. 그래서 그 두 개의 산은 헤라클레스의 기둥이라 불린다. 한편, 그 게리온의 소는 거인 에우리티온과 그가 데리고 있는 머리가 둘 달린 개가 지키고 있었는데, 헤라클레스는 거인과 개를 죽이고 무사히 그 소를 에우리스테우스에게 갖다주었다.

12가지 과업 가운데 가장 힘들었던 것은 헤스페리데스가 지키고 있는 황금 사과를 따오는 일이었다. 헤라클레스는 그것이 어디에 있는지도 몰랐다. 그 사과는 헤라가 결혼할 때 대지의 여신(가이아)에게서 받은 선물이었으므로 그녀는 그것을 헤스페로스의 딸들에게 지키게 하고, 그것도 모자라 잠자지 않는 용까지 딸려 놓았던 것이다.

갖가지 모험을 한 끝에 헤라클레스는 아프리카의 아틀라스산에 도착했다. 아틀라스는 신들에게 반항하여 싸웠던 티탄족의 한 사람이었는데, 그들이 싸움에서 졌을 때, 그는 두 어깨로 무거운 하늘을 떠받치고 있어야 하는 벌을 받았다. 아틀라스는 헤스페리데스의 삼촌이었으므로 헤라클레스는 만약 사과를 발견하여 자기에게 갖다줄 자가 있다면 그것은 이 아틀라스뿐일 것이라고 생각했다. 그러나 어떻게 하면 아틀라스로 하여금 지금 있는 곳을 떠나 심부름을 가게 할 것이며, 그가 없는 동안은 어떻게 이 하늘을 떠받칠 수가 있을 것인가?

그래서 헤라클레스는 그 무거운 짐을 자기 어깨로 짊어지고 있기로 하고 아틀라스에게 심부름을 시켜 사과를 찾게 했다. 마침내 아틀라스는 황금 사과를 가지고 돌아왔다. 그러고는 마지못해서 다시 어깨에 무거운 짐을 지고 헤라클레스에게 사과를 건네주어 에우리스테우스에게 돌아가게 했다.

밀턴은 《코머스》(제981~983행)에서 헤스페리데스를 헤스페로스의 딸이자 아틀라스의 조카딸로 보고 있다.

……저 헤스페로스와 세 딸의,

　아름다운 정원에서,

　부녀가 함께 황금 나무를 노래하네.

　시인들은 저물녘 서쪽 하늘의 아름다운 광경을 보고 미루어 짐작하기를, 서쪽을 빛과 영광의 나라로 생각했다. 그래서 그들은 축복받은 사람들의 섬이라든가 게리온의 빛나는 소가 풀을 뜯고 있는 붉은 섬 에리테이아, 그리고 헤스페리데스의 섬 같은 것들이 다 서쪽에 있는 것으로 생각했다.

　그래서 그 황금 사과도 당시의 그리스인이 전해 듣고 있던 에스파냐의 오렌지일 것이라고 생각하는 사람이 있다.

　헤라클레스의 유명한 과업의 하나는 안타이오스와 싸워서 승리를 거둔 일이다. 안타이오스는 대지의 여신인 가이아의 아들이었는데, 힘이 센 거인이었으며 게다가 레슬링의 명수였다. 그 힘은 그가 어머니인 대지와 접촉하고 있는 동안은 누구도 그를 꺾을 수 없었다. 그래서 그는 자기 땅에 들어오는 자가 있으면 누구든지 자기와 격투를 하게 하였고, 더구나 지면(사실 모두 지고 말았지만) 죽여 버린다는 조건으로 싸웠다.

　헤라클레스는 이 안타이오스와 싸웠다. 아무리 그를 내던져도 소용이 없었다. 마침내 헤라클레스는 그가 땅에 넘어지면 힘을 다시 얻는다는 사실을 알고 그를 번쩍 치켜들어 그대로 공중에서 허리를 졸라 죽여 버렸다.

　카쿠스는 아벤티누스 언덕[1]의 동굴에 살고 있는 거인으로, 주위의 나라들을 거칠게 휩쓸고 다녔다. 헤라클레스가 게리온의 소들을 몰고 돌아가는 도중 카쿠스는 그중 몇 마리를 영웅이 잠들어 있는 틈을 타서 훔쳐 냈다. 그리고 소의 발자국을 보고 따라오는 것을 방지하려고 소꼬리를 잡고 뒷걸음질로 걷도록 하여 동굴로 끌고 갔다. 그래서 소의 발자국은 모두 소가 반대 방향으로 간 것처럼 보였다.

　헤라클레스는 이 계략에 속아 도둑맞은 소를 발견할 수 없었을 터였는데, 다

---

1) 아벤티노 언덕. 로마의 일곱 언덕 가운데 가장 남쪽에 있다.

행히도 남은 소들을 몰고 도둑맞은 소가 숨겨져 있는 동굴 옆을 지나갈 때, 안에 있던 소가 울기 시작해 마침내 찾을 수 있었다. 그리하여 카쿠스는 헤라클레스에게 죽임을 당했다.

마지막 과업으로 헤라클레스가 한 일은 케르베로스(명계를 지키는 개)를 명계에서 데리고 온 것이다. 헤라클레스는 헤르메스와 아테나의 안내로 하데스의 나라로 내려갔다. 그리고 하데스로부터 만일 무기를 사용하지 않고도 케르베로스를 데리고 갈 수 있다면 지상(이승)으로 데려가도 좋다는 허락을 받았다. 그래서 그는 저항하는 괴물을 재빨리 붙잡아 꼼짝 못 하게 하여 에우리스테우스에게 데려갔다가 다시 명계로 데려다주었다.

헤라클레스는 하데스의 나라에 있을 때, 평소 자기를 숭배하고 조수 노릇을 하기도 했던 테세우스를 자유의 몸이 되게 해주었다. 테세우스는 페르세포네를 구하려다 실패하고 그곳에 붙잡혀 있었던 것이다.

한번은 헤라클레스가 발광이 나서 그의 친구인 이피토스를 죽여 버렸다. 그래서 그는 이 죄 때문에 3년 동안 여왕 옴팔레의 노예가 되어야 한다는 선고를 받았다. 노역을 하는 동안 헤라클레스의 성질은 변한 것같이 보였다. 그는 유약한 나날을 보냈으며, 때로는 여자 옷을 입기도 하고, 옴팔레의 시녀들과 더불어 실을 잣기도 했다. 그동안 여왕은 그의 사자 가죽옷을 입고 있었다.

그는 노역을 마치고 데이아네이라와 결혼하여 3년 동안 평화롭게 살았다. 그러나 언젠가 아내와 더불어 여행을 하다가 어떤 강에 이르게 되었다. 그곳은 켄타우로스족의 네소스가 규정된 요금을 받고 나그네를 건네주는 곳이었다. 헤라클레스는 자신은 걸어서 건너고 아내는 네소스에게 맡겨 건너게 했더니, 네소스가 그녀를 데리고 달아나려 했다. 헤라클레스는 아내의 비명 소리를 듣고 네소스의 심장에 화살을 쏘았다. 죽음을 앞에 둔 네소스는 데이아네이라에게 남편의 사랑을 언제까지나 지속시킬 부적으로 사용할 수 있을 것이니 자기의 피를 얼마간 간직해 두라고 일러 주었다.

데이아네이라는 그가 시키는 대로 했다. 그리고 얼마 가지 않아 그녀는 그것을 사용할 때가 왔다고 생각했다. 헤라클레스는 많은 정복 행각을 하다가 이올레라고 하는 아름다운 처녀를 포로로 삼았는데, 데이아네이라가 허용하는 정도를 넘어 그녀를 깊이 사랑하였기 때문이다. 헤라클레스는 자신의 승리를 고맙

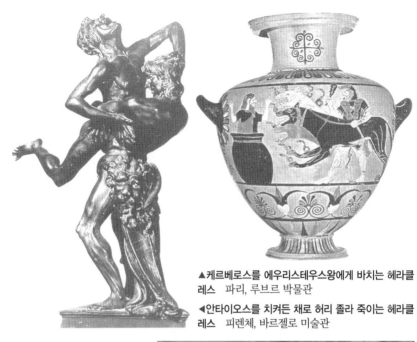

▲케르베로스를 에우리스테우스왕에게 바치는 헤라클
레스　파리, 루브르 박물관

◀안타이오스를 치켜든 채로 허리 졸라 죽이는 헤라클
레스　피렌체, 바르젤로 미술관

헤라클레스와 옴팔레
이피토스를 죽인 죄로 3년간 옴
팔레에게 노역 명령을 받은 헤라
클레스. 실타래봉과 방추를 들고
있다. 옴팔레는 헤라클레스의 사
자 가죽옷을 입고 있다. 파리, 루
브르 박물관

게 여겨 신들에게 제물을 바치려고, 행사 때 입을 흰 겉옷을 가져오도록 아내에게 사람을 보냈다. 데이아네이라는 지금이야말로 사랑의 부적을 시험해 볼 절호의 기회라 생각하고 그 옷을 네소스의 피로 적셨다. 그녀는 물론 세심한 주의를 기울여 그 피의 흔적을 남김없이 씻어 버렸지만, 마력만은 남아 있었다. 그래서 그 옷이 헤라클레스의 몸에 닿아 따뜻한 기운을 띠기 시작하자마자 순식간에 독이 그의 온몸에 스며들어 극심한 고통을 주었다.

울화통이 머리끝까지 솟은 나머지 그는 이 무서운 겉옷을 가져온 리카스를 붙잡아 바닷속으로 던져 버렸다. 그는 거칠게 그 옷을 벗으려고 했으나 그 옷은 몸에 달라붙어서 떨어지지 않는 것이었다. 그래서 온몸의 살과 함께 그것을 잡아 뜯어내고는 이러한 모습으로 배를 타고 집으로 돌아갔다. 데이아네이라는 자기가 한 짓의 뜻하지 않은 결과를 보자, 목을 매어 스스로 목숨을 끊었다. 헤라클레스는 죽을 각오를 하고서 오이테산에 올라 화장을 하기 위한 장작을 쌓고, 필록테테스에게 자기의 활과 화살을 주었다. 그리고 장작 위에 누워서 몽둥이를 베고, 사자 가죽을 덮은 뒤 마치 축제일의 신탁에 임한 듯한 침착한 얼굴로 필록테테스에게 불을 붙이라고 명령했다. 불길은 삽시간에 피어올라 눈 깜짝할 사이에 모든 것을 뒤덮었다.

밀턴은 헤라클레스의 광란을 다음과 같이 인용하고 있다.[2]

마치 저 알케이데스[3]가 오이칼리아로부터,
승리의 왕관을 쓰고 돌아오니, 입은 옷에서 독기가 느껴져,
괴로워서 테살리아의 소나무를 뿌리째 뜯어 버리고,
오이테산 꼭대기에서 리카스를,
에우보이아 바닷속으로 던져 버린, 그 분노 같아.

신들 자신도 지상의 전사(戰士)가 이와 같은 최후를 맞이하는 것을 보고 가슴 아파했다. 그러나 제우스만은 밝은 표정으로 그들에게 말했다.

2) 《실낙원》 제2권 542~546행 참조.
3) 알케이데스는 헤라클레스의 이름이다.

파르네세의 헤라클레스
당당한 체구의 헤라클레스
가 12가지 과업을 마친 후 휴
식을 취하고 있는 모습. 나폴
리, 국립미술관

"나는 그대들이 그에게 깊은 관심을 쏟는 것을 기쁘게 생각하오. 그리고 나는
그대들처럼 충성스런 신하들의 지배자요. 내 아들이 그대들의 사랑을 받고 있
는 것을 보고 만족스럽게 생각하는 바이오. 비록 그에 대한 그대들의 관심이 그
의 위대한 업적에 연유한 것이라 하더라도 내가 기쁘게 생각하는 것은 다름이
없소. 그러나 걱정 마시오. 모든 것을 정복한 그가 오이테산에서 타오르고 있는
불꽃에 정복되는 따위의 일은 있을 수 없기 때문이오. 어머니로부터 받은 부분
(육체)만이 불에 탈 따름이지 아버지인 내게서 받은 것은 영원히 사라지지 않을
것이오. 나는 지상에서 생명을 잃은 그를 하늘로 데려오려고 하니 그대들도 모

두 그를 따뜻이 맞아들이기 바라오. 비록 그가 이러한 영광을 받는 것을 못마땅히 여기는 자가 있을지라도 아무도 그가 그만한 것을 받을 자격이 있다는 것을 부인하지 못할 것이오."

신들은 다 찬성했다. 오직 헤라만은 마지막 말을 기분 나쁘다는 표정으로 듣고 있었다. 꼭 자기를 두고 한 말인 것 같았기 때문이었다. 그러나 남편의 결정에 분통을 터뜨릴 정도는 아니었다.

그리하여 불꽃이 헤라클레스의 어머니로부터 받은 부분을 태워 버리자 그의 신성한 부분은 불꽃에 손상되지 않고 도리어 새로운 생명력을 얻어 밖으로 나와 더 고상한 풍채와 당당한 위엄을 갖춘 것 같았다. 제우스는 그를 구름으로 싸고 네 마리의 말이 끄는 마차에 태워 하늘에 오르게 하여 별들 사이에서 살게 했다.

헤라클레스가 하늘에 자리를 차지하자, 아틀라스는 묵직한 새 별의 무게를 느꼈다.

헤라는 이제 헤라클레스와 화해를 하고, 딸 헤베를 그에게 시집보냈다.

독일의 시인 실러는 《이상과 인생》이라는 시에서 실제의 것과 상상의 것의 대조를 아름답게 그리고 있는데, 그 마지막 2절을 다음과 같이 옮겼다.

겁 많은 인간의 노예로 전락해서도,
용감한 알케이데스는 끝없는 시합을 견디며,
펼쳐진 괴로운 가시밭길을 통과했다.
히드라를 살해하고, 사자의 힘을 밟아 누르고,
죽음이 사는 작은 배에 몸을 던져,
친구를 밝은 삶으로 데려왔다.
헤라의 미움이 그에게 지상의 온갖 고뇌를,
노역을 지웠으나, 그의 운명적 탄생부터
생의 웅대하고 슬픈 마감일까지 잘 견뎠다.

버려진 땅의 분신이

하늘의 더 순수한 공기를 마시니, 신은 마침내
불꽃 속의 인간으로부터 떼어 받아들였다.
처음 맛본 가벼움으로 기뻐서,
청명한 하늘을 향해 치솟으며,
땅 위의 어둡고 무거운 마음의 짐을 떼어 놓았다.
높은 올림포스에선 조화로운 축하의 인사가
그의 숭배하는 아버지의 신전에 바쳐진다.
젊음으로 빛나는 여신이 모임에서, 장미빛 뺨으로
남편이 될 그에게 감로주를 건넨다.

2. 헤베와 가니메데스

헤라의 딸로서 청춘의 여신인 헤베는 신들에게 술을 따르는 일을 맡고 있었
다. 일반적으로 전하는 바에 따르면, 그녀가 헤라클레스의 아내가 되자 그 역을
그만두었다고 한다. 그러나 다른 전설에 따르면, 헤베는 어느 날 신들에게 술을
따르다 갑자기 넘어져 구르는 바람에 그만두게 되었다고도 한다. 어쨌든 그 임
무를 이은 것은 트로이 태생의 소년 가니메데스였다. 이 소년이 이다산에서 동
무들과 놀고 있을 때, 독수리로 변신한 제우스가 하늘로 납치하여 헤베의 빈자
리를 채웠다고 한다.

테니슨은《예술의 궁전》에서 벽 장식품들 중 특히 이 이야기를 그린 한 장의
그림에 대해 다음과 같이 노래하고 있다.

여기에도 얼굴이 상기된 가니메데스가
장밋빛 허벅지를 반쯤 독수리의 날개에 묻고,
하늘로 쏘아올려진 별 하나가 날듯,
하늘을 받치는 기둥들의 도시 위로 향했다.

그리고 셸리의《프로메테우스》에서는 제우스가, 새로운 잔을 채워 바치는 하
인 가니메데스를 향하여 이렇게 말하고 있다.

독수리에게 붙잡힌 가니메데스
독수리로 변신한 제우스가 가니메데스 소년을 납치하여 날아오르고 있다. 마드리드, 프라도 미술관

천상의 포도주로 계속 채워라, 이데 산의 가니메데스여,

다이달로스의 갖가지 잔들을 불꽃처럼 채워라.

'헤라클레스의 선택'[4]에 대한 아름다운 이야기는 《태틀러》[5]의 제97호에서 볼 수 있다.

---

4) 쾌락을 버리고 미덕을 취하여 고난 끝에 영생을 얻는 것을 말한다.
5) 제임스 스틸(영국의 작가·정치가·언론인)이 조지프 에디슨(문필가·정치가)과 조너선 스위프트(소설가)와 함께 편집 발행한 정기 간행물. 주 3회 발행으로 1709년에서 1711년까지 계속되었다.

제20장
테세우스, 다이달로스, 카스토르와 폴리데우케스

1. 테세우스와 히폴리토스

테세우스는 아테네(아테나이)의 왕 아이게우스와 트로이젠의 왕 피테우스의 딸 아이트라 사이에서 태어난 아들이다. 그는 트로이젠에서 자라다가 성인이 되면 아테네로 가서 아버지를 만나기로 되어 있었다. 아이게우스는 아들 테세우스가 태어나기 전에 아이트라와 헤어져 아테네로 돌아왔는데 그때 자기의 칼과 샌들을 커다란 돌 밑에 넣어 두고는 장차 아들이 커서 그 돌을 움직여 그 밑의 물건들을 꺼낼 정도가 되거든 자기에게로 보내라는 말을 남겼다. 그때가 왔다고 생각되었을 때 어머니는 테세우스를 돌 있는 곳으로 데리고 갔다. 그는 힘들이지 않고 돌을 움직여 칼과 샌들을 꺼냈다.

그 무렵 육로에는 노상강도들이 자주 나타났으므로 그의 외할아버지는 그에게 더 가깝고 안전한 길, 즉 바닷길을 택해 아버지의 나라로 가라고 간곡히 설득했다. 그러나 젊은 테세우스는 혈기에 영웅심과 기개가 뻗쳐서 자기도 헤라클레스처럼 나라를 괴롭히는 나쁜 놈들과 괴물들을 물리쳐 그리스 전체에 명성을 날리고 싶은 마음을 억누를 수가 없어 위험이 더 크고 무모한 육로를 택했다.

여행 첫날 그는 에피다우로스까지 왔다. 이곳은 헤파이스토스의 아들인 페리페테스라는 자가 살고 있는 곳이었다. 이 사내는 광포한 야만인이어서 늘 쇠몽둥이를 들고 다니며 난폭한 짓을 일삼아 모든 여행자들을 공포에 빠지게 했다. 그러다가 테세우스가 가까이 오는 것을 보자, 별안간 덮쳐 보았으나 오히려 젊은 영웅의 반격을 받고 쓰러졌다. 테세우스는 그의 쇠몽둥이를 빼앗아 최초의 승리 기념으로 항상 가지고 다녔다.

아테네의 소년·소녀들을 해방시키는 테세우스
테세우스가 미노타우로스 괴물을 쓰러뜨리자, 해방된 아이들이 고마움을 표시하고 있다. 나폴리, 국립 미술관

그 뒤로도 그 지방의 자잘한 폭군이나 약탈자들과 이와 비슷한 싸움을 여러 번 했는데 언제나 테세우스의 승리였다. 그러한 악인 가운데 하나로 프로크루스테스, 즉 '늘이는 자'라 불리는 자가 있었다. 그는 쇠침대를 가지고 있어 그의 수중에 들어온 모든 여행자들을 그 위에 묶고는, 그들의 키가 침대보다 짧으면 몸을 잡아 늘여서 침대에 맞추고, 반대로 침대보다 길면 그만큼 잘라내 버렸다. 테세우스는 프로크루스테스를 그가 다른 여행자들에게 했던 대로 똑같이 처치해 주었다.

이렇게 육로의 모든 위험을 극복하고 테세우스는 마침내 아테네에 도착했는데 이곳에도 새로운 위험이 그를 기다리고 있었다. 마법사 메데이아가 이아손과 헤어진 뒤에 코린토스로부터 도망쳐 와서 테세우스의 아버지인 아이게우스의 아내가 되어 있었던 것이다. 메데이아는 마법의 힘으로 젊은이가 누구인가를 알고는 만약 그가 남편의 아들로 인정되면 남편에 대한 자기의 영향력을 잃을까 걱정되어, 아이게우스의 마음을 젊고 낯선 손님에 대한 의구심으로 가득 차게 한 다음, 남편을 부추겨 젊은이에게 독이 든 잔을 권하게 했다. 그러나 테세우스가 앞으로 나아가 그것을 마시려는 순간, 그가 차고 있던 칼을 본 아이게우스는 그가 누군지를 알아채고 운명의 잔을 쳐서 떨어뜨렸다. 메데이아는 간계가 발각되자, 벌을 면하려고 또다시 도망쳐 아시아 지방으로 갔다. 이 지방은 나중에 '메디아'라고 불렸는데 그것은 그녀의 이름에서 유래한 것이다. 테세우스는 아버지의 인정을 받아 그의 후계자로 널리 알려지게 되었다.

당시 아테네 사람들은 크레타의 왕 미노스가 소년·소녀 각각 7명씩을 제물로 바치라고 강요하여 깊은 시름에 잠겨 있었다. 미노스는 사람들에게 그 재물을 머리는 황소이고 몸은 인간인 미노타우로스라는 괴물에게 해마다 주도록 했다. 그것은 대단히 억세고 사나웠으므로 다이달로스가 만든 미궁 속에 갇혀 있었다. 이 미궁은 구조가 대단히 교묘해서 일단 그 속에 갇히게 되면 누구든지 혼자 힘으로는 빠져나올 수가 없었다. 미노타우로스는 그 속에서 돌아다니며 인간의 제물을 먹이로 받아먹고 있었다.

테세우스는 죽을 각오를 하고 이 재난으로부터 백성들을 구할 결심을 했다. 제물을 보낼 시기가 다가와, 지금까지 했던 대로 소년과 소녀들을 제비뽑기로 결정해야 할 때가 되자, 테세우스는 아버지의 간곡한 만류를 뿌리치고 자진하여 제물로 나섰다. 그리고 배는 전과 같이 검은 돛을 달고 떠났다. 테세우스는 그의 아버지에게 자기가 이기고 돌아올 때는 이 돛 대신에 흰 돛을 달고 오겠다고 약속했다. 이윽고 크레타에 도착한 소년과 소녀들은 미노스 왕 앞으로 끌려 나갔다. 그러나 그 자리에 있던 공주 아리아드네[1]가 테세우스의 모습을 보고는 깊이 사랑하게 되었고, 테세우스 또한 그녀의 사랑에 기꺼이 보답했다. 그녀는 그에게 한 자루의 칼을 주면서 이걸로 미노타우로스와 싸우라고 했다. 또한 실타래를 주면서 그것을 풀어 놓았다가 다시 따라 나오면 미궁에서 빠져나올 수 있다고 했다. 덕분에 그는 수월하게 미노타우로스를 죽이고 미궁에서 빠져나와 아리아드네를 데리고 자기가 구출해 낸 소년과 소녀들과 함께 아테네를 향해 떠났다. 도중에 일행은 낙소스섬에 들렀는데 테세우스는 여기서 아리아드네가 잠든 사이에 그녀를 나두고 떠나 버렸다. 은인에게 이와 같은 배은망덕한 짓을 한 것은, 꿈에 아테나가 나타나 그렇게 하라고 명령했기 때문이었다.

아티카의 바닷가에 가까웠을 때 테세우스는 아버지와 약속한 신호를 잊고

---

1) 이탈리아 조각의 가장 뛰어난 작품 중의 하나로서 바티칸의 〈모로 누운 아리아드네〉가 있는데, 그것은 이때의 일을 나타내고 있다. 그리고 그 모조품이 보스턴의 아테네움 미술관에도 소장되어 있다.

흰 돛을 달지 않았고, 늙은 왕은 아들이 죽은 줄 알고 자결했다. 그래서 테세우
스는 아테네의 왕이 되었다.

테세우스의 모험 가운데 가장 유명한 것은 아마존족 원정이다. 그는 그들이
헤라클레스에게서 받은 타격에서 채 회복되기도 전에 습격하여 여왕 안티오페
를 납치했다. 그러자 이번에는 아마존족이 아테네에 침입하여 도시 한가운데까
지 쳐들어왔는데 테세우스는 바로 아테네 한가운데서 그들과의 마지막 전투를
치르고 승리를 거두었다. 이 전투는 고대의 조각가들이 즐겨 선택하는 제재의
하나로서 현존하는 많은 예술 작품에 그 모습이 남아 있다.

테세우스와 페이리토스의 매우 깊은 우정은 무기를 들고 싸우던 시절에 시작
되었다. 페이리토스는 마라톤 들판에 쳐들어와 아테네 왕이 소유하고 있는 소
떼를 약탈해 가려고 했다. 그래서 테세우스는 약탈자를 물리치러 갔으나 페이
리토스는 그를 본 순간 감복했다. 그리고 화평의 표시로서 오른손을 내밀고 이
렇게 외쳤다.

"처분대로 하시오. 당신은 어떤 배상을 원합니까?"

"그대와의 우정이오!" 테세우스는 대답했다. 그래서 그들은 변치 않는 믿음을 맹세했다. 그 뒤 그들은 이 맹세를 어기지 않았으며, 참된 전우로서의 우정은 언제까지나 계속되었다. 그리고 각자 제우스의 딸을 아내로 맞고 싶어 했다. 테세우스는 헬레네를 선택했다. 당시는 아직 어린아이(10살 또는 12살)였지만 나중에는 그 유명한 트로이 전쟁의 원인이 되기도 했을 정도로 이름난 미인이었다. 테세우스는 친구 페이리토스의 도움을 받아 그녀를 납치했다.

페이리토스는 에레보스의 여왕[2]을 원했기 때문에 테세

테세우스와 안티오페 아마존족의 여왕 안티오페를 납치하는 테세우스. 에레트리아 박물관

우스는 위험한 일인 줄을 충분히 알면서도 큰 꿈을 품은 친구와 더불어 명계로 내려갔다.

그러나 그들은 명계의 왕 하데스에게 붙잡혀 궁전의 문 옆에 있는 마법 바위 위에 앉아 있어야 했다. 마침내 헤라클레스가 와서 테세우스는 구출되었지만 페이리토스는 운명에 맡길 수밖에 없었다.

안티오페가 죽은 뒤 테세우스는 크레타 왕 미노스의 딸 파이드라와 결혼했

---

2) 에레보스(암흑)는 명계로, 그곳의 여왕은 제우스와 데메테르의 딸 페르세포네이다.

다. 그녀는 테세우스의 아들 히폴리토스를 보며 그의 아버지가 지닌 매력과 미덕, 그리고 자기와 동갑내기가 지닌 매력과 미덕을 두루 갖춘 청년이라고 생각했다. 그래서 그를 몹시도 사랑했지만 청년은 그런 계모의 접근을 물리쳤다. 그 때문에 그녀의 사랑은 증오로 변했다. 그녀는 남편이 자기에게 홀려서 제정신이 아닌 것을 이용해 자기 아들을 질투하게 만들었다. 테세우스는 포세이돈에게 아들을 처벌해 달라고 빌었다.

어느 날 히폴리토스가 바닷가를 따라서 이륜마차를 몰고 있을 때, 바다의 괴물이 파도 사이에서 모습을 드러내 말을 놀라게 했다. 그로 인해 말은 미쳐 날뛰다가 달아났고 이륜마차는 산산조각으로 부서졌다. 히폴리토스는 이렇게 해서 죽었으나, 그가 평소 숭배하던 아르테미스의 도움으로 의술의 신 아스클레피오스가 그를 다시 살려 냈다. 아르테미스는 히폴리토스를 제정신이 아닌 아버지와 부정한 계모의 권력이 미치지 않는 이탈리아로 데려다 놓고 에게리아라는 님프로 하여금 보호하게 했다.

테세우스는 마침내 백성들의 지지를 상실해 스키로스의 왕 리코메데스의 궁정으로 물러났다. 리코메데스는 처음에는 테세우스를 따뜻이 맞았으나 뒤에 배반하여 그를 죽였다. 몇 년 뒤, 아테네의 키몬 장군은 그의 유해가 있는 곳을 발견하고 그 유해를 아테네로 옮겼는데, 유해는 그를 기념하기 위하여 세워진 테세이온이라 불리는 신전에 안치되었다.

테세우스가 자기 아내로 삼은 아마존족의 여왕은 히폴리테였다고도 전해진다. 그래서 셰익스피어의 《한여름 밤의 꿈》에서 이 이름이 쓰이고 있다. 그리고 이 작품의 주제는 테세우스와 히폴리테의 결혼식과 더불은 흥겨운 잔치이다.

펠리시아 헤먼즈 부인[3]은 마라톤 전쟁 때 '테세우스의 환영'이 나타나 아테네 군의 사기를 높였다는 고대 그리스의 전설을 노래한 시를 썼다.

테세우스는 반쯤 역사적인 인물이다. 그에 관한 기록에 따르면, 그는 몇 개의 종족을 통합해 아티카 지방을 하나의 나라로 만들었는데 그 수도가 아테네였다는 것이다. 이 대사업의 기념으로 그는 아테네의 수호신인 아테나를 위해 '판

---

3) 영국의 시인(1793~1835). 가정적이고 낭만적인 시를 주로 썼다.

아테나이아'라는 축제를 만들었다. 이 축제는 그리스의 다른 축제와는 크게 두 가지 점이 다르다. 하나는 이 축제가 아테네 사람들로 한정되어 있었다는 점과, 다른 하나는 축제의 중요 행사가 엄숙한 행렬이라는 점이다.

행렬은 페플로스,[4] 즉 아테나의 성의(聖衣)를 파르테논[5]에 가지고 가 여신상 앞에 바치는 것이었다. 페플로스에 아름다운 수를 놓았는데 그것은 아테네에서 가장 신분 높은 집안의 처녀를 선발하여, 그들로 하여금 만들게 한 것이었다. 행렬에는 남녀노소를 가리지 않고 모든 사람들이 참가했다. 노인들은 손에 올리브 나뭇가지를 들고, 젊은 남자들은 무기를 들고 행진했다. 젊은 여자들은 성스러운 그릇과 과자와 기타 제물을 올리는 데 필요한 모든 것이 든 바구니를 머리에 이고 행진했다. 그 행렬은 파르테논 신전의 외부를 장식한 부조의 주제가 되었다. 이 조각의 상당한 부분이 지금 영국 박물관에 보존되어 있는데, '엘긴 마블스'[6]라는 이름으로 알려진 조각 중의 일부이다.

• 올림픽 경기 및 그 밖의 축제 때의 경기

여기서 그리스의 유명한 국가적 제전 경기에 관해서 알아보도록 하자. 최초로 시작되었던 가장 유명한 것은 올림피아 경기로서 제우스가 직접 창시했다고도 전해진다.

이 경기는 엘리스 지방에 있는 올림피아에서 개최되었다. 많은 관람객들이 그리스에서 그리고 아시아·아프리카·시칠리아로부터 모여들었다. 경기는 5년에 한 번 한여름에 열려 닷새 동안 계속되었다. 이 경기를 계기로 올림피아의 해[7]가 만들어져 시간을 따지거나 여러 사건이 일어난 때를 기록하거나 하는 습관의 원조가 되었고, 제1회 올림피아 해는 기원전 776년에 해당한다고 일반적으로 생각하게 되었다.

피티아(피톤) 경기는 델포이 부근에서 행하여졌고, 이스트미아 경기는 코린토

---

4) 고대 그리스 여성들이 어깨에 걸쳐 입던 주름 잡힌 긴 옷.
5) 아크로폴리스 언덕에 있는, 아테네의 수호여신 아테나 신전.
6) 외교관이었던 엘긴 백작(토머스 브루스)이 19세기 초 파르테논 신전에서 매입하여 떼어 간 대리석 조각품.
7) 올림피아드를 말한다 기원전 776년부터 기원후 39년까지 계속되었다.

스에서, 네메아 경기는 아르고스 지방에 있는 네메아에서 열렸다.

축전의 운동 종목은 다섯 가지로, 달리기와 멀리뛰기·레슬링·원반던지기·창던지기 또는 권투였다.

이러한 육체적인 힘을 필요로 하거나 몸이 빨라야 하는 경기 말고도 음악과 시, 웅변 시합도 있었다. 그래서 이러한 경기들은 시인과 음악가, 작가들이 자신들의 작품을 대중 앞에 선뵈는 절호의 기회가 되었고, 승리자들의 명성은 멀리 각 지방으로까지 퍼졌다.

2. 다이달로스

테세우스가 아리아드네의 실타래에 의지해 빠져나온 미궁은 다이달로스라는 아주 솜씨 좋은 발명가에 의해 만들어진 것이다. 그것은 복잡한 대건축물로서 수없이 구불구불한 복도와 굴곡들이 서로 통해서, 시작되는 곳도 끝나는 곳도 없는 것 같았다. 마치 마이안드로스강이 바다로 가는 길에서 앞으로 흐르는가 싶다가 뒤로 흐르면서 마침내는 시작된 곳으로 다시 흘러드는 것과도 비슷했다. 다이달로스는 미노스왕을 위하여 이 미궁을 만들었는데 뒤에 왕의 총애를 잃어 탑 속에 갇히는 신세가 되었다. 그는 감옥에서 도망할 궁리를 했으나, 바다를 건너 섬을 빠져나갈 수 없었다. 왜냐하면 왕이 모든 배를 엄중히 감시하게 했으므로 세밀한 검열을 받지 않고서는 단 한 척의 배도 지나가지 못했기 때문이었다. 다이달로스는 말했다.

"미노스는 육지와 바다를 지배할 수는 있어도 공중을 지배하지는 못할 것이다. 나는 이 길을 택해 보겠다."

그래서 그는 자신과 어린 아들 이카로스를 위하여 날개를 만들기 시작했다. 우선 가장 짧은 깃털로 시작해서 차츰 큰 것을 덧붙여서 끝으로 갈수록 넓게 퍼지는 모양이 되게 했다. 큰 털은 실로 잡아매고 작은 털은 밀랍으로 붙여서 전체를 새의 날개처럼 가볍게 구부렸다. 아들 이카로스는 곁에 서서 지켜보다가 때로는 바람에 날아간 털을 잡으러 이리저리 뛰어다니기도 하고, 때로는 밀랍을 만지작거리는 등 장난을 쳐 아버지를 성가시게 했다. 마침내 다 만들어지자, 위대한 발명가는 날개를 퍼덕여 보았다. 그랬더니 몸이 공중으로 떠오르며 공기의 지탱을 받아 허공에 떴다. 그는 아들에게도 똑같은 방법으로 날개를 달

아 주고, 나는 법을 가르쳐 주었
다. 그것은 마치 새가 어린 새끼
를 높은 보금자리로부터 공중으
로 유인하는 광경과 같았다. 날
준비가 다 되었을 때 그는 아들
에게 말했다.

"이카로스야, 미리 말해 두겠는
데 꼭 중간 높이에서 날아야 한
다. 왜냐하면 너무 낮게 날면 바
다의 물기로 인해 날개가 무거워
질 것이고, 너무 높은 곳을 날면
태양열이 날개를 녹여 버릴 것이
기 때문이란다. 항상 내 옆을 따
라오너라. 그러면 안전할 것이다."

이렇게 일일이 주의를 준 다음,
아들의 어깨에 날개를 달아 주

이카로스와 탈출하기 위해 날개를 만드는 다이달로스

고 있는 동안에도 아버지의 얼굴은 눈물에 젖고 손은 떨렸다. 그는 아들에게 키
스했다. 그것이 마지막 키스가 되는 줄도 모르고…… 이윽고 날개를 타고 날아
오르면서 내 뒤를 따르라고 아들에게 용기를 북돋웠다. 그렇게 허공을 날면서
도 뒤돌아보며 아들이 날개를 퍼덕이는 모습을 지켜보았다. 이렇게 그들이 날
아가자 농부들은 일손을 멈추고 올려다보았고, 양치기는 지팡이에 기대어 바라
보며 그 광경에 놀라면서 저렇게 하늘을 날다니 저 두 사람은 신임에 틀림없다
고 생각하기도 했다.

그들은 왼편으로는 사모스섬과 델로스섬을 바라보고, 오른편으로는 레빈토
스섬을 보면서 날아갔는데, 바로 그때 아들은 자기가 날고 있다는 기쁨에 흠뻑
취해서 앞에서 이끄는 아버지를 떠나 하늘까지 가기라도 하려는 듯 높이 올라
가기 시작했다. 뜨겁게 타오르는 태양에 너무 가까이 가는 바람에 날개를 고정
시키고 있던 밀랍이 녹아 날개가 떨어져 이리저리 흩어졌다. 이카로스는 두 팔
을 퍼덕여 보았지만 공기를 지탱할 날개는 하나도 남아 있지 않았다. 아버지를

다이달로스와 이카로스 이카로스가 아래로 추락하고 있다. 나폴리, 국립미술관

향해 소리쳤지만, 이미 그의 몸은 바다의 푸른 물속에 가라앉고 말았다. 그래서 이 바다는 훗날 그의 이름을 따서 불리게 되었다. 아버지는 외쳤다.

"이카로스야, 이카로스야, 어디에 있느냐?"

마침내 그는 깃털들이 바다 위에 떠다니는 것을 보았다. 그리고 자기의 재주와 기술을 한탄하면서 아들의 시신을 찾아 묻고, 그곳의 이름을 아들을 기념하여 이카리아라고 불렀다. 다이달로스는 무사히 시칠리아에 도착해 그곳에다 아폴론을 위한 신전을 건립하고, 날개를 신에게 바쳤다.

다이달로스는 자기의 재주를 대단히 자랑스럽게 여겼으므로, 자기와 실력을 겨룰 자가 있다는 따위는 생각만 해도 견딜 수가 없었다. 그의 누나(또는 여동생)는 아들 페르딕스를 그에게 맡겨 기계에 관한 기술을 배우게 했다. 페르딕스는 재주 있는 젊은이로서 놀랄 만한 재간을 나타냈다. 예를 들면 바닷가를 걷다가 물고기의 등뼈를 주우면 그것을 본떠서 철판 가장자리를 잘게 잘라 내어 톱을 발명했다. 그는 또 두 개의 쇠막대의 한쪽 끝을 못으로 연결하고 다른 끝을 뾰족하게 하여 컴퍼스를 만들기도 했다.

다이달로스는 조카의 발명에 시기가 나서 어느 날 둘이 높은 탑의 꼭대기에 있을 때 기회를 보아 조카를 밀어 떨어뜨렸다. 그러나 그의 재주를 사랑한 아테나가 그가 떨어지는 것을 보고 새로 변하게 하여—이 새는 그의 이름을 따라 페르딕스(자고새)라 불렸다—죽음을 면하게 했다. 이 새는 나무에 보금자리를 짓지도, 높이 날지도 않고 울타리 속에 깃들며, 떨어질까 봐 높은 곳을 피한다.

이카로스의 죽음은 이래즈머스 다윈[8]의 시에 다음과 같이 나타나 있다.

—녹는 밀랍과 느슨해진 실로
부실한 날개를 단 불운한 이카로스는 추락했다.
놀란 공기를 가르며 곤두박질하니,
팔다리의 움직임은 뒤틀리고 머리카락은 헝클어졌다.
사방으로 흩어진 깃털들은 파도 따라 너울거리고,
슬퍼하는 네레이데스는 수중의 묘를 장식했다.
창백한 주검 위에 그들은 진줏빛 바다꽃 물방울을 흘리면서
이카루스의 대리석 침대에 빨간 이끼를 뿌렸다.
산호의 탑 안에, 지나는 종소리가 부딪히며,
그의 메아리가 바다 널리 울렸다.

3. 카스토르와 폴리데우케스

카스토르와 폴리데우케스는 레다와 백조 사이에서 태어난 아이들이었다. 그 백조는 실은 제우스가 둔갑한 것이었다. 레다는 알을 하나 낳았는데 이 알에서 쌍둥이가 태어났다. 훗날 트로이 전쟁의 원인이 되어 유명해진 헬레네는 그들의 누이였다.

테세우스와 그의 친구 페이리토스가 헬레네를 스파르타로부터 납치해 가자, 젊은 영웅 카스토르와 폴리데우케스는 부하들을 거느리고 누이를 구하기 위해

---

8) 영국의 의사·철학자(1731~1802). 진화론의 선구자 가운데 한 사람. 《종(種)의 기원》을 쓴 찰스 다윈의 할아버지.

레다와 백조 레다와 백조로 변신한 제우스 사이에서 태어난 쌍둥이 형제 카스토르와 폴리데우케스 로마, 보르게세 미술관

즉각 아티카로 달려갔다. 테세우스가 마침 자리를 비운 틈을 타서[9] 두 쌍둥이 형제는 누이를 손쉽게 구출하여 돌아왔다.

카스토르는 거친 말을 길들여 능숙하게 다루는 것으로 유명했고, 폴리데우케스는 권투를 잘하기로 이름이 높았다. 두 형제는 사이가 무척 좋아서 무엇을 하든지 함께 했다. 그래서 아르고나우테스들의 원정에도 함께 나섰던 것이다.

항해 중에 폭풍우가 일어났을 때, 오르페우스는 사모트라케섬의 신들에게 기도를 올리고 하프를 탔다. 그러자 폭풍우는 가라앉고 별들이 두 형제의 머리 위에 나타났다.

이 사건으로 말미암아 카스토르와 폴리데우케스는 훗날 항해자들의 수호신으로 여겨지게 되었다. 또한 대기에 어떤 기운이 돌아 배의 돛이나 돛대 주위에 언뜻언뜻 어른거리는 불이 있으면 그것을 사람들은 이 형제의 이름으로 부르게 되었던 것이다.

아르고나우테스들의 원정 뒤에 카스토르와 폴리데우케스는 이다스와 린케우스를 상대로 싸우게 되었다. 카스토르는 죽음을 당하고 말았는데 폴리데우케스는 이를 슬퍼한 나머지 제우스에게 자기의 목숨 대신에 그를 다시 살려 달라고 간청했다. 제우스는 청의 일부를 받아들여 두 형제가 교대로 생명을 누리게 해주었다. 즉, 하루를 지하에서 보냈으면 다음 날은 하늘의 집에서 보내도록 했다. 다른 설에 의하면 제우스는 두 형제의 우애에 감탄하여 그들을 게미니, 즉 쌍둥이자리로 별 사이에 놓았다고 한다.[10]

그들은 디오스쿠로이(제우스의 아들들)라는 이름으로 신으로서 예우를 받았다. 그리고 사람들이 믿는 바로는 그 뒤 이 형제는 격렬한 전쟁이 일어난 곳에 이따금 훌륭한 백마를 타고 나타나서 어느 한쪽에든 가담했다고 한다. 그래서 고대 로마 역사는 그들이 레길루스 호수 전투(기원전 496년)에서 로마군을 도왔다고 하며, 승리한 뒤에는 그들을 기려 그들이 모습을 나타냈던 곳에 신전을 세웠다고 한다.

매컬리는《고대 로마의 담시(譚詩)》에서 이 이야기에 대해 다음과 같이 말하

---

9) 테세우스는 페이리토스와 함께 명계에 내려가 있었다.
10) 미국의 2인승 인공위성의 이름 '제미니'는 게미니의 영어식 표기이다.

고 있다.

두 사람은 너무도 닮아서,
인간은 아무도 분간하지 못했으리라.
그들의 갑옷은 눈처럼 희고,
준마도 눈처럼 희었다.
이렇게 진귀한 갑옷은
지상의 대장간 모루 위에서 번쩍인 적이 없고
이렇게 아름다운 준마가
지상의 강물을 음미한 적이 없었다.
......
"전투 중에
무장한 쌍둥이 형제가
오른편에 있으면 그 장수는
승리를 거두고 돌아온단다.
쌍둥이 형제가
돛 위에 앉아 한 번이라도 반짝이면
그 배는 큰 파도를 지나 질풍을 지나
항구로 돌아온단다."

제21장
디오니소스, 아리아드네

1. 디오니소스

디오니소스(바쿠스)는 제우스와 세멜레 사이에서 태어난 아들이었다. 헤라는 세멜레에 대한 원한을 풀기 위해 계략을 꾸며 그녀를 없애려 했다. 헤라는 세멜레의 늙은 유모 베로에의 모습으로 변신하여(베로에는 그 무렵 에피다우로스로 돌아가 있었다), 연인으로 드나드는 사내가 정말 제우스가 맞느냐면서 의심을 품도록 하기 위해 이렇게 말했다.

"저야 사실이라면 오죽이나 좋겠습니까만, 그래도 이 할멈은 걱정이 되는 걸

제우스와 어린 디오니소스
디오니소스가 제우스의 허벅지에서 막 태어난 상태. 페라라, 스피너 고고학박물관

어쩌겠습니까. 세상에는 겉보기와 똑같은 것만 있는 게 아니랍니다. 그가 진짜 제우스 님이라면 그 증거를 보여 달라고 하세요. 하늘에서처럼 휘황찬란한 그 투구를 쓰고 오라고 말해 보세요. 그러면 더 의심할 필요가 없을 테니까요."

마침내 세멜레는 할멈의 꼬임에 넘어가 그렇게 해보기로 했다. 그녀는 무엇인지 밝히지는 않고서, 소원이 있는데 들어달라고 제우스를 졸랐다. 제우스는 뭐든 들어주마고 약속하고 신들도 두려워하는 스틱스강의 신을 증인으로 내세워 절대로 취소할 수 없는 맹세를 하고 말았다.

그제야 세멜레는 자기의 소원을 말했는데 그녀가 말하는 도중에 제우스는 제지하고 싶었지만 이미 때는 늦었다. 말이 대기 속으로 달아나 버려 자기의 약속도 그녀의 소원도 돌이킬 수 없게 되었다.

그는 깊은 근심에 싸여 그녀의 곁을 떠나 하늘로 돌아가서는, 그녀에게 보여 주기 위한 투구를 썼지만, 옛날 거인(기간테스)족들을 물리치던 때처럼 무시무시한 투구가 아니라 신들 사이에 제2의 무장으로 알려져 있는 약한 투구를 택해서 썼다. 이런 차림으로 그는 세멜레의 방에 들어섰으나 신이 아닌 그녀의 육체는 천계의 휘황함을 지닌 투구의 빛을 견뎌 낼 재간이 없었다. 그래서 그녀는 모조리 타서 재가 되고 말았던 것이다.

디오니소스 피렌체, 우피치 미술관

제우스는 어린 디오니소스를 데려다가 니사산의 님프들에게 맡겼다. 님프들은 그를 소년이 될 때까지 길렀다. 제우스는 그 수고의 대가로 님프들이 히아데스성단(星團)이 되어 별들 사이에 자리잡게 해주었다.

디오니소스는 무럭무럭 자라서 포도 재배법과 그 귀중한 과즙 짜내는 법을 발견했다. 그러나 헤라는 그를 미치게 하여 쫓아내 세상을 떠돌아다니게 했다. 프리기아에 이르렀을 때, 여신 레아는 그의 광기를 치료해

주고 그녀의 비밀스런 종교 제례를 가르쳐 주었다. 그는 다시 길을 떠나 아시아를 돌면서 사람들에게 포도 재배법을 가르쳤다. 그의 여행 가운데 가장 유명한 것은 인도 원정으로 여러 해 동안 계속되었다고 한다. 거기서 그는 승리를 거두고 돌아와 그리스에다 자기의 신앙을 펴려고 했으나, 몇몇 군주들의 반대에 부딪쳤다. 그들은 그 신앙이 초래할 무질서와 광기 어린 열광 때문에 포교를 두려워한 것이다.

그가 고향 마을 테베 가까이 오자, 국왕 펜테우스는 이 새로운 신앙을 조금도 존중하지 않고 제례의 집행을 금지했다. 그러나 디오니소스가 온다는 소식이 널리 퍼지자 남녀를 막론하고, 특히 여자들은 노소의 구별 없이 구름처럼 몰려 나와서 그를 맞이하고, 그의 개선 행렬에 참가했다.

롱펠로는 《술잔치의 노래》(제3~4절)에서 디오니소스의 행렬을 다음과 같이 노래하고 있다.

> 파우누스들이 젊은 바쿠스와 함께 따른다.
> 초록 아이비 왕관이 올려진 그들의 이마는
> 아폴로의 이마처럼 고귀하게
> 영원한 젊음을 유지한다.
>
> 그의 주위에는 아름다운 바카이[1]들이
> 심벌즈와, 피리와, 바쿠스 지팡이를 들고서,
> 거칠게 낙소스 숲의 자킨토스 포도원에서 나와
> 열광적으로 시를 노래한다.

펜테우스가 아무리 설득을 하고 명령하고 으름장을 놓아도 헛일이었다. 그래서 그는 그의 시종들에게 말했다.

"가거라, 가서 소란을 피우는 군중을 이끌고 있는 떠돌이를 잡아 오너라. 그가

---

1) 바카이는 바쿠스의 여사제들. 동일한 신 디오니소스의 여사제들은 마이나데스(단수는 마이나스).

신족 출신입네 떠들고 돌아다니는데 내가 그놈의 입을 열어서 거짓임을 낱낱이 밝히고 가짜 신앙을 버리게 해주지, 아무렴."

펜테우스의 친한 친구들과 어진 신하들이 디오니소스에게 덤비지 말라고 간곡히 진언하고 탄원했지만 소용이 없었다. 충고를 하면 할수록 펜테우스의 노여움은 점점 더 끓어오를 따름이었다.

디오니소스를 잡아 오라고 왕이 파견했던 부하들이 돌아왔다. 그들은 디오니소스의 신자들에게 쫓겨나 돌아온 것인데 그래도 신자 하나를 재주껏 포로로 잡아 올 수가 있었다. 포로의 팔을 뒤로 결박하여 왕 앞으로 데려왔다. 펜테우스는 끓어오르는 울화통으로 그를 무섭게 노려보면서 말했다.

"이놈아! 이제 곧 너를 처형해 너의 죽음을 다른 놈들에게 본보기로 삼을 것이다. 한시라도 빨리 너를 처형하고 싶지만 그 전에 네놈의 이름과, 네놈들이 금지된 것을 어겨 가면서까지 하려는 그 낯선 제례의 정체를 소상히 밝히거라."

포로는 전혀 두려워하지 않고 대답했다.

"제 이름은 아코이테스이며 고향은 마이오니아입니다. 저의 부모는 가난하여 유산이라고는 땅 한 뙈기, 양 한 마리 남기지 않았고, 남긴 것이라고는 낚싯대와 그물과 고기잡이 가업뿐이었습니다. 저는 이 가업에 여러 해 동안 종사했습니다만 언제나 한 장소에 머무르는 것에 싫증이 나서 물길을 안내하는 기술을 익혀 별을 보고 항로를 안내할 수 있게 되었습니다. 델로스를 향하여 항해하고 있을 때, 디아섬에 들르게 되어 상륙했습니다. 다음 날 아침 먹을 물을 구하러 선원들을 보낸 뒤에 저는 바람의 방향을 관찰하려고 자그마한 언덕을 올라갔습니다. 그때 선원들이 굉장한 것을 잡아 왔다면서 기품이 있어 보이는 소년을 데리고 왔습니다. 그 소년은 자고 있었다는데 선원들은 아이가 귀족 태생으로 보인다면서 어쩌면 어느 임금님의 아들일지도 모르니 몸값이 상당히 나가지 않겠느냐고 했습니다. 그래서 저도 그의 차림새와 걸음걸이와 생김새를 유심히 살폈지요. 그런데 그에게는 확실히 인간 이상의 것인 듯한 뭔가가 있더란 말입니다. 저는 선원들을 향해 말했습니다.

'그 모습 속에 어떤 신이 숨어 있는지는 모르지만 어쨌든 신이 계시다는 것만은 확실하다. 부디 관대하신 신이여! 저희들이 당신에게 저지른 무례를 용서하십시오. 그리고 저희들이 하는 일에 행운을 주십시오'라고요.

돛대 오르기와 줄 타고 내리기에 명수인 딕티스와 키잡이 멜란토스, 선원들이 구령을 외칠 때 지휘를 하는 에포페우스 등은 이구동성으로 외치더군요.

'우리 일이라면 기도하지 않아도 돼.'

모두들 몸값에 눈이 멀었던 게지요! 그들이 소년을 배에 태우려고 할 때 저는 말렸습니다.

'나는 신을 두려워하지 않는 너희들의 그런 짓으로 이 배를 더럽힐 수 없다! 나는 이 배에 대해 너희들보다 더 큰 권한을 가지고 있으니까.'

그러나 난폭한 리카바스는 저의 멱살을 잡고 바다에 빠뜨리려 했지요. 저는 밧줄에 매달려 겨우 목숨을 건졌습니다. 다른 자들도 이러한 그의 행동을 막으려고 하지 않았습니다. 그러자 디오니소스(그 소년이 사실 디오니소스였습니다)는 졸음을 쫓기라도 하려는 듯한 모습으로 외치더군요.

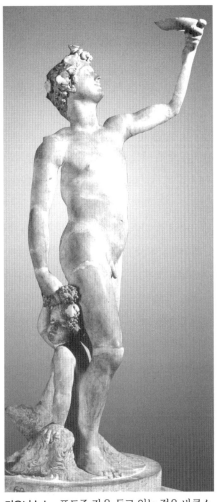

디오니소스 포도주 잔을 들고 있는 젊은 바쿠스. 로마, 국립미술관

'아저씨들은 나를 어떻게 하려는 건가요? 무엇 때문에 싸우고 있어요? 누가 나를 이런 곳으로 데려왔지요? 그리고 나를 어디로 데려가려는 것이지요?'

그들 중의 한 사람이 말했지요.

'아무 걱정할 것 없어. 네가 가고 싶은 곳을 말하거라. 우리가 너를 그리로 데려다주마.'

디오니소스는 말했습니다.

'우리 집은 낙소스예요. 그곳으로 데려다주세요. 아저씨들에게 후하게 사례를 하겠어요.'

그들은 그렇게 하마고 약속했습니다. 그리고 저에게 배를 낙소스로 향하도록 하라고 명령했습니다. 낙소스는 오른편에 있었으므로 저는 배가 그리로 향하도록 돛을 올리려 했습니다. 그러자 어떤 자는 눈짓으로, 다른 자는 귀엣말로 신호를 했습니다. 그들의 의도는 나로 하여금 배를 반대 방향으로 향하게 하고, 소년을 이집트로 데려가서 노예로 팔려는 것이었지요. 저는 당황하여 말했습니다.

'그렇다면 다른 사람에게 키를 잡게 하라.'

나는 더 이상 그들의 음모에 가담하지 않겠다고 했습니다. 그들은 저에게 욕지거리를 퍼붓고 그중의 한 사람은 이렇게 소리쳤어요.

'우리 목숨 모두가 네게 달린 줄 아나 본데 잘난 척 좀 그만하시지.'

그러고는 저 대신 키를 잡고 진로를 바꿔 낙소스 방향으로부터 멀어져 갔습니다.

그제야 디오니소스는 그들의 배반을 알아차렸는지 바다를 바라보며 울먹이는 소리로 말하더군요.

'아저씨들, 저곳은 나를 데려다주겠다고 약속한 곳이 아니에요. 저곳은 우리 집이 있는 곳이 아니라고요. 내가 뭘 어쨌다고 이런 짓을 하는 거죠? 어린아이를 속이는 것이 아저씨들에겐 명예로운 일인가요?'

저는 이 말을 듣고 눈물을 흘렸습니다. 그러나 선원들은 우리 둘을 비웃고 파도를 헤치며 배의 속도를 올렸습니다. 그런데 갑자기—이상한 일이지만 사실이었습니다—배가 바다 한가운데서 좌초한 듯이 꼼짝도 하지 않게 되었습니다. 선원들은 놀라 노를 잡아당기기도 하고 돛을 더 펴기도 하며 배를 움직이려고 애썼으나 헛일이었지요. 무거운 열매가 달린 덩굴이 노를 감아 올라 움직이지 못하게 했고, 돛 위에도 달라붙었습니다. 포도가 줄줄이 달린 포도 덩굴이 돛대 위로 뻗어 오르고 뱃전에도 엉켰습니다. 피리 소리가 들리고 향기로운 포도주 냄새가 사방에 풍겼습니다. 디오니소스 자신은 포도 잎사귀로 된 관을 쓰고 손에 담쟁이가 엉킨 창을 들고 있었습니다. 별들이 그의 발밑에 웅크리고 형형

바다를 건너는 디오니소스 뮌헨, 고대수집관

색색의 스라소니와 얼룩무늬 표범이 그의 주위에서 놀고 있었습니다. 선원들은 공포에 사로잡히거나 미치기도 했습니다. 어떤 사람은 물속으로 뛰어들었습니다. 다른 사람들도 그 뒤를 따르려고 하다가 먼저 들어간 동료들의 모습이 변하여 몸은 밋밋하게 되고 끝에는 구부러진 꼬리가 난 것을 보았습니다. 한 사람이 부르짖었습니다.

'이 무슨 기이한 일이란 말인가!'

그가 말하는 순간 그의 입은 넓어지고 콧구멍은 확대되고 온몸이 비늘로 덮였습니다. 다른 사람도 노를 저으려고 했지만 손이 오그라들다가 얼마 가지 않아 손이 아니라 지느러미가 된 것 같았습니다. 또 다른 사람은 팔을 들어 줄을 잡으려 했지만 팔이 없어졌음을 알고, 불구의 몸을 구부려서 바닷속으로 뛰어들었습니다. 이제까지 그들의 다리였던 것은 끝이 초승달 모양인 꼬리가 되었습니다. 모든 선원들은 돌고래가 되어 배 주위를 헤엄쳐 다녔습니다. 물 위에 뜨기도 하고 가라앉기도 하고 물보라를 사방에 뿌리기도 하고 넓은 콧구멍으로 물을 뿜기도 했습니다. 12명 가운데 저 혼자만 남았지요. 공포에 떨고 있는데 디오니소스는 저를 위로해 주더군요.

'두려워할 것 없어요. 배를 낙소스로 돌리세요.'

저는 복종했습니다. 그리고 그곳에 도착했을 때 저는 제단에 불을 밝히고 디오니소스 제전을 거행했습니다."

펜테우스는 부르짖었다.

"말도 되지 않는 이야기를 듣느라고 시간을 너무 허비했다. 저놈을 데리고 가서 속히 처형하라!"

아코이테스는 펜테우스의 부하들에게 끌려가 삼엄한 감옥 속에 갇혔다. 그러나 그들이 처형에 쓸 도구를 마련하는 동안에 옥문이 저절로 열리고, 팔다리를 묶고 있던 쇠사슬도 풀려 떨어졌다. 그들이 그를 찾으러 왔을 때는 이미 아코이테스의 모습은 온데간데없었다.

펜테우스는 이런 경고의 징후에도 아랑곳 않고, 부하들을 보내는 대신 몸소 제례 장소에 가기로 마음먹었다. 키타이론산은 신자들로 가득 찼다. 그리고 마이나데스의 부르짖음은 사방에 울려 퍼졌다. 그런 소란은 펜테우스의 화를 또다시 돋구었다. 그건 마치 나팔 소리가 전쟁터의 말들을 흥분시키는 것과도 같았다. 펜테우스는 숲을 가로질러 풀밭으로 나왔는데, 그때 마침 제례의 주요 장면이 그의 눈에 들어왔고 동시에 여자들도 그를 보았다. 그녀들 가운데 디오니소스에게 눈이 먼 펜테우스의 어머니 아가베가 펜테우스를 보고 맨 먼저 소리쳤다.

"봐라, 저기 멧돼지가 있다! 저 커다란 괴물이 숲을 어지럽히고 있다! 자매들이여! 이리로 오라. 내가 맨 먼저 저 멧돼지를 발길질해 줄 테니."

그러자 군중은 모두 펜테우스를 향하여 돌진했다. 그가 거만한 태도를 버리고 겸손하게 빌기도 하고, 변명을 하기도 하고, 자신의 죄를 인정하며 용서를 비는 동안에도 그들은 그에게 달려들어 해를 입히려 했다. 그는 이모들을 향해 어머니를 좀 말려 달라고 큰 소리로 애원했지만 그것도 소용이 없었다. 왜냐하면 아우토노에와 이노[2]가 그의 두 팔을 하나씩 잡고 당기는 동안에 그의 몸은 찢

---

2) 모두 아가베의 자매들. 테베 건설자 카드모스와 하르모니아의 딸.

마이나스
주신(酒神) 디오니소스의 여사제
가 미친 듯이 춤추는 모습.
뮌헨, 고대수집관

어지고 말았기 때문이다. 그의 어머니는 외쳤다.

"이겼다, 이겼어! 우리가 해냈다. 이 영광은 우리의 것이다!"

이리하여 디오니소스의 신앙은 그리스에 확립되었던 것이다.

디오니소스와 선원들의 이야기는 밀턴이 《코머스》 제46행에서 다음과 같이 언급하고 있다. 이 시에 나와 있는 키르케의 이야기에 대해서는 제29장에서 자세하게 이야기하겠다.

> 자줏빛 포도 사이에 처음 나타난 디오니소스는,
> 악용된 와인의 달콤한 독을 밟아 버렸다.
> 에트루리아의 선원들을 변질시킨 뒤,
> 바람이 이끄는 대로 티레니아해의 연안을 따라가
> 키르케의 섬에 올랐다. "저 태양의 딸 키르케를 누가
> 모를까? 그녀의 마법의 잔에 입을 댄 자
> 누구든 똑바로 서는 모습을 잃고
> 쓰러져 돼지처럼 땅을 긴다."

**아리아드네·디오니소스·
에로스**
결혼한 뒤 디오니소스와
아리아드네의 모습. 각자
악기를 들고 있는 것으로
보아 방금 축제를 끝낸
듯하다. 런던, 대영박물관

2. 아리아드네

앞에서 나왔던 테세우스의 이야기로 알 수 있다시피 미노스왕의 딸 아리아
드네가 테세우스를 도와 미궁으로부터 빠져나가게 한 뒤, 테세우스와 함께 낙
소스섬에 왔으나, 배은망덕한 테세우스는 그녀가 잠든 사이에 그녀를 남겨 두
고 혼자서만 귀향길에 올랐다.

아리아드네는 잠이 깨어 버림받은 것을 알고 깊은 슬픔에 잠겼다. 아프로디테
는 그녀를 불쌍히 여겨 그녀가 잃은 인간 애인 대신에 신을 애인으로 내려 줄
것을 약속하며 그녀를 위로했다.

아리아드네가 버림받은 곳은 디오니소스가 좋아하는 섬으로서, 티레니아해
의 선원들이 몸값을 받고자 그를 붙잡았을 때 데려다달라고 대답했던 곳도 다
름 아닌 이 섬이었다.

아리아드네가 신세 한탄을 하고 있을 때 디오니소스는 그녀를 발견하고 위로
하여 자기 아내로 삼았다. 결혼 선물로 그는 그녀에게 보석을 박은 금관을 주었
다. 그리고 그녀가 죽었을 때는 그 금관을 공중으로 던졌다. 금관이 하늘로 올
라감에 따라 보석은 더욱 빛을 발하다가 마침내 별이 되었다. 그래서 원래의 모

양 그대로 아리아드네의 금관은 지금도 하늘 한쪽에 무릎을 꿇은 헤라클레스(헤라클레스자리)와 뱀을 쥐고 있는 남자(뱀자리) 사이에 별자리(북쪽왕관자리)가 되어 있다.

스펜서는 아리아드네의 금관에 대해 《신선 여왕》(제6권 10편 13절)에서 언급하고 있는데, 그의 신화에 약간 잘못이 있기는 하다. 켄타우로스족과 라피타이족이 싸운 것은 페이리토스의 결혼식에서이지 테세우스의 결혼식에서가 아니었다.

보라, 하얀 이마 위에 금관을 쓴 아리아드네를
테세우스가 그의 결혼식에 데리고 간 날,
얼마나 아름다웠는지. 그날,
저 무례한 켄타우로스들이 용감한 라피타이들과
피비린내 나는 싸움을 하여 그들은 당황했었다.
이제 하늘의 한편에서,
그녀의 빛이 청초한 밤하늘을 장식하며
별들의 장신구가 되었다.
그녀 주위를 별들이 둥글게 움직인다.
흐트림 없이 멋지게.

제22장
전원의 신, 물의 신, 바람의 신들

1. 전원의 신

판은 숲과 들의 신이기도 하고, 양 떼와 양치기의 신이기도 하여 작은 동굴 속에 살면서 산과 골짜기를 돌아다니며 사냥을 하거나 님프들의 춤을 지휘하거나 하는 일을 즐기고 있었다. 앞에서 말한 바와 같이 그는 음악을 좋아하여 시링크스라는 양치기 피리를 발명해 스스로 그것을 멋지게 불었다.

판은 숲속에 사는 다른 신들과 마찬가지로, 사람들이 일 때문에 밤에 반드시 숲을 지나야만 할 때 두려움의 대상이었다. 왜냐하면 어둡고 적막한 곳은 사람을 미신적인 공포로 내몰기 때문이다. 그래서 사람들은 뚜렷한 까닭도 없이 갑작스럽게 덮쳐오는 공포를 판이 한 짓이라 여기고 그것을 '판의 공포'라고 했고, 패닉이란 말은 여기서 온 것이다.

이 신의 이름은 전체라는 뜻을 나타내기 때문에, 판은 우주 전체의 상징, 또는 대자연의 권세로 여기게 되었다. 그러다가 나중에는 모든 신과 이교 신앙 자체의 대표 신으로 여겨지기도 했다.

실바누스와 파우누스는 로마의 신인데 그들의 성격은 판과 매우 비슷하므로 우리는 그들을 이름이 다른 같은 신으로 보아도 무관할 것 같다.

숲에 사는 님프들은 님프들 중 일부로서 판의 춤 상대자이기도 했으며, 그 밖에 시내와 샘을 지배하는 님프 나이아스, 산과 동굴의 님프인 오레이아스, 바다의 님프 네레이스가 있었다. 이 세 종류의 님프들은 불사신이었는데, 드리아데스 또는 하마드리아데스라고 불리는 숲의 님프들은 자신들이 사는 곳이기도 하고, 또 태어날 때 함께 있었던 나무들과 운명을 함께한다고 믿었다. 그래서 나무를 함부로 베어 넘어뜨리는 것을 불경스런 행위로 여기고 심한 경우에는 엄

아프로디테와 목신 '판' 아테네, 국립미술관

벌을 가하기도 했다. 우리가 다음에 이야기하려고 하는 에리직톤의 경우가 바로 그 예이다.

밀턴은《실낙원》제4권(제226~268행)에서 아름다운 필치로 천지 창조를 그리면서, 판을 대자연의 화신으로서 다음과 같이 노래하고 있다.

......지극히 보편적인 우리의 판은,

미의 여신들과 짧은 시간들을 춤으로 엮어,
영원한 봄으로 인도했다.

그리고 하와의 거처에 대하여 이렇게 노래했다.

······아주 은밀한 나무 그늘 휴식처에,
더욱 신성하게 또는 격리된 채 가장했을 뿐,
그 숲엔 판도 실바누스도 잠들지 않았고,
파우누스도 나타나지 않았다.

고대 이교에서 볼 수 있는 재미난 특징은 사람들이 대자연의 작용을 모조리 신이 한 것으로 생각하기를 좋아했다는 점이다. 그리스인은 상상력으로 육지와 바다의 모든 곳에 신들을 살게 하고는 모든 현상을 이러한 신들의 힘에 의한 것이라고 한 것인데, 오늘날의 철학은 그러한 것들을 모두 자연의 법칙에 따른 작용이라고 보고 있다.

때로 시적인 기분에 잠겨 있을 때 우리는 그 변화가 후회스럽다는 기분이 들면서 그 새로운 기분에 의해 우리의 지성이 얻은 것만큼 심성을 상실했다는 생각이 들 때가 있다.

이러한 기분을 윌리엄 워즈워스[1]는 다음과 같이 강하게 표현하고 있다.

위대한 신이여, 나는 오히려
케케묵은 신앙의 젖을 먹고 자란 이교도가 되겠습니다.
그러면 이 즐거운 초원에 서서,
나를 덜 고독케 하는 희미한 빛을 보겠지요.
프로테우스가 바다에서 솟아나는 것을 보거나,
늙은 트리톤이 부는 뿔피리 소리를 듣겠지요.

---

1) 영국의 시인(1770~1850). 자연의 아름다움과 인간과의 영적인 교감을 읊었다.

실러는 옛날의 아름다운 신화가 사라진 것을 슬퍼하여 그 마음을 《그리스의 신들》이라는 시로 노래하였고, 그리스도교의 열렬한 신자였던 시인 엘리자베스 배럿 브라우닝[2]은 그에 답해 《죽은 판》이라는 시를 썼다.

> 그대의 아름다움이, 최고의 '미'에
> 정복된다고 고백하여도,
> 그리고 우리의 대단한 영웅적 추측이
> 그대의 거짓을 통해 진실을 알게 되어도,
> 우리는 슬퍼하지 않을 것이오!
> 대지는 눈물과 땀을 흘리며
> 각 신의 후광을 상속할 것이니,
> 판은 죽었소.
> 이제 대지는 어릴 적 곁에서 노래로 불려지던
> 신화적 공상을 앞질러 성장하고,
> 저 상냥한 로맨스는,
> 들려도 진실 곁에서는 둔하다오.
> 포이보스는 전찻길을 완주하였소!
> 시인들이여, 고개를 들어 태양을 보시오.
> 판, 판은 죽었소.

이 시는 초기의 그리스도교 전설에 근거하여 쓰인 것으로, 전설에 의하면 천사들이 베들레헴의 양치기들에게 그리스도 강림을 알리자, 갑자기 신음 소리가 그리스 전체에 울려 퍼지며 "위대한 판은 죽었고, 올림포스의 신들은 모두 그 지위를 잃었으며, 몇몇 신들은 차갑고 어두운 세계로 쫓겨났다"는 말이 들렸다고 한다. 그래서 밀턴은 《그리스도 탄생의 아침에》(제20절)에서 다음과 같이 노래하고 있다.

---

2) 영국의 시인(1806~1861). 빅토리아 시대를 대표하는 시인 로버트 브라우닝의 아내.

쓸쓸한 산들을 넘어
해변에 울려 퍼지며,
탄식의 소리가, 커다란 애도의 소리가 들려왔다.
님프가 출몰하는 샘과 골짜기가
파리한 포플러나무에 둘러싸여 있고,
그곳에선, 이별을 고하는 수호신이 한숨지으며 떠난다.
님프들도 꽃비녀 꽂은 머리 타래를 풀어 헤치고
우거진 숲에 모습을 감춘 채 황혼의 어스름 속에서 탄식한다.

2. 에리직톤

에리직톤은 신앙심이 없는 불경한 자로서 신들을 경멸하기까지 했다. 그러던 어느 날, 그는 대담하게도 데메테르에게 바쳐진 숲을 도끼로 쓰러뜨리려 했다. 이 숲속에는 참나무(떡갈나무)가 한 그루 서 있었는데 어찌나 큰지 그 한 그루만으로도 숲인 것처럼 보일 정도였다. 오래된 그 줄기는 높이 솟아 그 위에 사람들이 바친 꽃다발이 종종 걸려 있었고, 또 그 나무의 님프를 향한 기원자들의 감사의 마음이 아로새겨져 있었다. 숲의 님프인 하마드리아데스는 손에 손을 잡고 그 주위에서 종종 춤을 추었다. 그 나무둥치의 둘레는 15큐빗이나 되고 관목 위에 솟아 있는 다른 나무보다 더 위에 솟아 있었다. 그럼에도 불구하고 에리직톤은 그 나무를 내버려 두어야만 하는 까닭도 모른 채 하인들에게 베어 버리라고 명령했다.

하인들이 주저하는 것을 보자, 그는 그들에게서 도끼를 빼앗으며 불경스럽게도 이렇게 소리쳤다.

"이것이 여신이 총애하는 나무든 아니든 그런 건 상관없어. 설령 이 나무가 여신이라 할지라도 내게 방해가 된다면 베어 버리겠다."

그는 도끼를 휘둘렀다. 참나무는 떨면서 신음 소리를 내는 것 같았다. 최초의 일격이 나무에 가해지자, 상처로부터 피가 흘러나왔다. 보고 있던 사람들은 공포에 떨었다. 그중 한 사람이 용기를 내어 위험한 도끼질을 그만두라고 충고했다. 에리직톤은 경멸하는 눈초리로 그를 노려보며 말했다.

"네놈의 신심의 대가를 받아라."

그는 나무를 찍으려던 도끼를 돌려 그를 찍어 그의 몸에 많은 상처를 내고, 그의 머리를 베었다. 그때 참나무 속에서 목소리가 들려왔다.

"이 속에 살고 있는 나는 데메테르의 총애를 받고 있는 님프이다. 지금은 네 손에 걸려 죽지만 꼭 복수를 할 테니 그리 알라."

그런데도 그는 도끼질을 멈추지 않았다. 나무는 마침내 여러 번이나 도끼에 찍히고 줄로 당겨져 요란한 소리를 내며 쓰러졌다. 숲의 대부분이 그 밑에 깔려 함께 쓰러졌다.

하마드리아데스는 형제가 살해되고 숲의 긍지이기도 한 거목이 베어진 것을 보고는 놀라 다 같이 상복을 입고 데메테르에게로 몰려가서, 에리직톤에게 벌을 내려 주십사고 간청했다. 여신은 승낙했다. 그 표시로 고개를 끄덕거렸을 때 들판에 익은 곡식들도 고개를 움직였다. 여신은 그런 죄인을 누군가가 동정한다면 동정하지 않을 수 없을 만큼의 무서운 형벌을 에리직톤에게 내리겠다고 마음먹었다. 즉 그 형벌이란 다름이 아니라 굶주림의 여신(리모스)에게 그를 넘기는 것이었다. 운명의 여신들(모에라이)이 데메테르가 직접 굶주림의 여신을 절대로 만날 수 없도록 했기 때문에 데메테르는 오레이아스를 불러 말했다.

"아주 멀리 스키티아에 얼음으로 뒤덮인 한 지방이 있는데 그곳은 나무도 없고 곡식도 없는 거칠고 못쓰는 땅이다. 그곳에는 '추위'와 '공포' '전율' '굶주림'이 살고 있다. 가서 '굶주림'에게 에리직톤의 창자를 점령하라고 일러라. 어떠한 유혹에도 넘어가지 말고 끝끝내 '굶주림'의 지조를 굳게 지키라고 일러라. 멀다고 놀라지 말고—리모스는 아주 먼 곳에 살고 있었다—나의 이륜차를 타고 가거라. 나의 이륜차를 끄는 용들은 빨리 달리고 고삐에 잘 복종하므로 공중을 날아 잠시 후면 목적지에 도착할 것이다."

데메테르는 고삐를 오레이아스에게 주었다. 오레이아스는 이륜차를 몰아서 마침내 스키티아에 도착했다. 카우카소스산에 도착하자, 용을 멈추게 하고는 이내 리모스가 돌이 많은 들판에서 이빨과 발톱으로 얼마 남지 않은 풀을 뜯고 있는 것을 발견했다. 그녀의 머리카락은 거칠고, 눈은 움푹 패이고, 얼굴과 입술은 창백하고, 턱은 먼지에 덮여 있고, 몸은 비쩍 말라서 피골이 상접해 있었다. 오레이아스는 멀리서 그녀를 바라보면서 감히 가까이 갈 용기가 나지 않았으나 그래도 데메테르의 명령을 전했다. 아주 잠시 동안인 데다가, 또 될 수 있는 대로 멀리 떨어져 있었는데도 오레이아스는 즉시 시장기를 느끼기 시작했다. 그래서 재빨리 용의 머리를 돌려 테살리아로 돌아왔다.

리모스는 데메테르의 말에 따랐다. 그리고 하늘을 달려 에리직톤의 집에 도착해서 그 죄인의 침실로 몰래 들어가니 그가 자고 있었다. 여신은 그를 자기의 날개로 감싼 다음 자신을 그의 몸속에 불어넣고 그의 혈관 속에 독을 넣었다. 임무를 마친 뒤에 그녀는 풍요의 나라를 떠나서 자기가 살던 곳으로 돌아갔다. 에리직톤은 그때까지도 잠을 자고 있었는데 꿈속에서도 먹을 것을 찾고 있었고, 마치 무엇을 먹고 있는 듯 턱을 움직이고 있었다. 잠에서 깨니 견딜 수 없을 정도로 배가 고팠다. 마음대로 할 수만 있다면 잠시도 머뭇거리지 않고 땅에서 나는 것이든, 바다에서 나는 것이든, 공중에서 나는 것이든 무엇이든지 먹을 수 있는 것을 식탁에 갖다 놓고 싶었다. 그리고 먹고 있으면서도 배가 고프다고 투덜거렸다. 한 도시의 백성이 모두 먹기에 충분한 양인데도 그는 만족하지 않았다. 먹으면 먹을수록 더 먹고 싶었다. 그의 시장기는 모든 냇물을 받아 삼켜도 차지 않는 바다와 같았다. 앞에 쌓여 있는 모든 연료를 다 태워 버리고도 더 탐을 내는 불길과도 같았다.

먹어도 먹어도 배가 차지 않고 허기져서 견딜 수가 없는 끊임없는 식욕 때문에 그의 재산은 갑작스레 줄어들었다. 그러나 그의 시장기는 조금도 줄어들지 않았다. 마침내 재산을 다 탕진하고 딸 하나만이 남았는데 그녀는 그런 아버지의 딸이라고는 생각되지 않을 만큼 훌륭했다. 그러나 그 딸마저 팔아 버렸다. 그녀는 노예로 팔리게 된 자기의 운명에 순종하지 않고 바닷가에 서서 손을 들고 포세이돈(바다의 신)에게 기도를 올렸다.

포세이돈은 그녀의 기도를 들었다. 그리고 그녀의 새 주인이 바로 앞에서 그녀를 보고 있었는데도 그 앞에서 눈 깜짝할 순간에 그녀의 모습을 바꿔 열심히 일하고 있는 어부의 모습이 되게 했다. 그녀의 주인은 그녀를 찾다가 어부의 모습을 한 그녀를 보고 말을 걸었다.

"여보시오, 어부. 방금 이곳에 있었던 처녀는 어디로 갔소? 머리카락은 헝클어지고 허름한 옷을 입고, 당신이 서 있는 가까이에 있었는데, 바른대로 알려 주시오. 그래야 운수가 좋아 고기도 잘 잡히리라."

처녀는 자기의 소원이 받아들여진 것을 알아채고는 자신에 대한 질문을 직접 듣는 것이 내심 즐거웠다. 처녀는 대답했다.

"어디의 누구신지 모르지만 용서하세요. 나는 고기 잡는 일에 열중하느라 아무것도 보지 못했답니다. 그러나 그동안 나 말고는 여자든 남자든 아무도 이곳에 없었음을 맹세해요. 내 말이 거짓이라면 고기가 한 마리도 잡히지 않는다 해도 좋습니다."

주인은 이 말을 곧이듣고 자기의 노예가 도망친 줄 알고 돌아갔다. 그러자 처녀는 원래의 모습으로 되돌아갔다. 그녀의 아버지는 딸이 아직 자기와 함께 있을 수 있는 것을 알고, 게다가 딸을 판 돈이 아직 수중에 있는 것을 알고 대단히 기뻐했다. 그래서 그는 또다시 딸을 팔겠다고 내놓았다. 그러나 그녀는 팔릴 때마다 포세이돈에 의해서 변신되었다. 말이 되기도 하고, 새가 되기도 하고, 소가 되기도 하고, 사슴이 되기도 하여 사들인 사람으로부터 도망쳐 집으로 돌아왔다. 이와 같은 비열한 방법으로 굶주린 아비는 먹을 것을 얻었다.

그런데도 여전히 허기를 면할 수 없어 마침내는 자기의 팔다리를 먹지 않을 수 없게 되었으며, 자기의 몸을 먹음으로써 자기의 몸을 먹여 살리려 했다. 죽음이 데메테르의 복수로부터 그를 해방시킬 때까지 그 고통은 계속되었다.

3. 로이코스

하마드리아데스는 자기들에게 해를 끼친 자를 벌하는 동시에 은혜에 보답할 줄도 알았다. 로이코스의 이야기가 이를 뒷받침한다. 로이코스는 우연히 참나무가 넘어지려고 하는 것을 보고 하인들을 시켜 버팀목으로 받치게 했다. 나무가 넘어지면서 깔려 죽을 뻔했던 님프가 와서, 목숨을 건져 주어 고맙다고 하면서 그에게 무엇이든 소원이 있으면 말하라고 했다. 그러자 로이코스는 대담하게도 사랑을 요구했다. 님프는 그의 소원을 들어주었다. 동시에 그에게 그 마음이 변하지 않기를 바란다고 하면서 꿀벌을 보내 만날 시각을 알려 주겠다고 말했다. 그러던 어느 날, 로이코스가 장기를 두고 있을 때 벌이 날아왔는데 그는 그만 무심결에 쫓아 버리고 말았다. 님프는 울화통이 터져서 로이코스를 맹인으로 만들었다.

제임스 러셀 로웰은 이 이야기로 《로이코스》라는 제목의 시를 썼다. 첫 부분

(제2절)은 이렇게 시작된다.

　　이제 고대 그리스의 옛이야기를 들어 보세요.
　　자유와 젊음과 아름다움이 여전하고,
　　그 우아함의 영원한 새로움이, 전 시대에 걸쳐
　　아티카풍 기둥 위 처마 끝에 새겨져 있다오.

4. 물의 신

오케아노스와 테티스는 티탄 신족으로서 물의 영역을 지배하고 있었다. 제우스와 그의 형제들이 티탄족을 정복하고 권력을 차지한 뒤에는 포세이돈과 암피트리테가 오케아노스와 테티스를 대신하여 물의 통치권을 이어받았다.

• 포세이돈

포세이돈은 물의 신들을 지배했다. 그의 권력의 상징은 삼지창(三枝槍)이었는데 이것을 가지고 바위를 깨뜨리기도 하고, 폭풍우를 불러일으키거나 가라앉히기도 하고, 해안을 온통 휩쓸기도 했다. 그는 말[馬]을 창조해 냈으므로 경마의 수호신이기도 했다. 그의 말들은 모두 놋쇠 발굽에, 갈기는 금빛이었다. 말들은 바다 위에서 그의 이륜차를 끌었는데 그럴 때면 바다는 고요하게 가라앉고, 깊은 바다의 괴물들이 그의 주위에 여기저기서 뛰어놀았다.[3]

• 암피트리테

암피트리테는 포세이돈의 왕비였다. 그녀는 네레우스와 도리스의 딸이자 트리톤의 어머니였다. 포세이돈은 암피트리테에게 청혼을 하려고 돌고래를 타고 갔다. 순조롭게 그녀를 아내로 맞이한 뒤에, 돌고래를 별자리들 사이에 있게 하여, 그 은혜에 보답했다.

• 네레우스와 도리스

---

3) 《일리아스》의 제13권 23행 이하 참조.

네레우스와 도리스는 네레이데스라고 불리는 바다의 님프들의 부모였다. 네레이데스 중에서 가장 유명한 것은 암피트리테와 아킬레우스의 어머니인 테티스, 그리고 외눈박이 거인족의 한 사람인 폴리페모스에게 사랑을 받았던 갈라테이아였다. 네레우스는 지식이 있고 진리와 정의를 사랑하는 것으로 유명했다. 그가 장로라는 호칭을 얻은 것도 그 때문이었다. 또 그에게는 예언의 힘도 있었다.

포세이돈 바다의 신, 지진의 신, 경마의 수호신 베를린, 샤를로텐부르크 궁전

• 트리톤과 프로테우스

트리톤은 포세이돈과 암피트리테의 아들이었다. 시인들은 그를 그의 아버지의 나팔수로 표현했다. 프로테우스도 포세이돈의 아들이었는데, 그도 네레우스처럼 현명했으며, 앞으로 일어날 일을 미리 알았으므로 바다의 장로라고 불렸다. 그가 지닌 특별한 능력은 자기 모습을 마음대로 바꾸는 것이었다.

• 테티스

테티스는 네레우스와 도리스의 딸이었는데 너무나 아름다워서 제우스가 청혼했을 정도였다. 그러나 제우스는 거인족의 한 사람인 프로메테우스로부터 테티스가 아버지보다 위대한 아들을 낳으리라는 말을 듣고 청혼하기를 단념하고 테티스를 인간의 아내가 되게 했다.

그래서 테살리아의 왕 펠레우스가 켄타우로스의 한 사람인 케이론의 도움을 받아 테티스를 신부로 맞는 데 성공했다. 그들의 아들이 유명한 아킬레우스였다. 나중에 트로이 전쟁 이야기를 할 때 우리는 테티스가 충실한 어머니로서 온갖 어려움으로부터 아들을 돕고, 시종일관 아들을 위해 있는 힘을 다하는 것을 볼 것이다.

• 레우코테아와 팔라이몬

이노는 카드모스의 딸로서 아타마스의 아내였는데, 남편이 미치자 어린 아들 멜리케르테스를 안고 도망쳐 절벽에서 바다로 뛰어내렸다. 신들은 그녀를 불쌍히 여겨 바다의 여신으로 만들어 레우코테아(하얀 여신)라는 이름을 붙여 주었고, 아들은 팔라이몬이라는 신이 되게 했다. 두 사람 다 난파선을 구하는 힘이 있다고 생각하여 선원들은 그들을 섬겼다.

팔라이몬은 보통 돌고래를 타고 있는 모습으로 묘사되는데, 이스트미아 경기가 그의 명예를 위하여 거행되었다고 하여 로마 사람들은 그를 포르투누스라고 부르고, 항구와 해안을 지배한다고 생각했다.

밀턴은 《코머스》의 결론 부분(제859~873행)의 노래에서 이 신들에 대해 언급하고 있다.

공정하고 아름다운 사브리나……
이 목소리를 듣고, 위대한 대양의 신
오케아노스의 이름으로 우리에게 나타나 주오.
대지를 흔드는 포세이돈의 철퇴와
테티스의 엄숙하고 장엄한 걸음,
백발노장 네레우스의 주름 잡힌 얼굴과
카르파토스섬 마법사의 영약과 함께여도 좋소.

비늘 돋은 트리톤의 나선형 조가비와
늙은 예언자 글라우코스의 주문(呪文),
바다의 여신 레우코테아의 사랑스런 양손과
해안을 지배하는 그녀의 아들,

테티스의 은빛 슬리퍼를 신은 발과
달콤한 세이렌의 유혹하는 노래와 함께여도 좋소.
......

《건강을 유지하는 기술》을 쓴 시인 암스트롱은 건강의 여신 히기에이아[4]에게
서 영감을 받아 다음과 같이 나이아데스를 찬양하고 있다. 여기에 나오는 파이
에온이란 아폴론과 아스클레피오스에 대한 호칭이다.

자, 나이아데스여, 와서 저 샘물로 인도해 주오!
친절한 아가씨들이여! 그대들의 일은 노래로,
선물로, (저 '건강'의 신 파이에온이 명령한 대로),
그대의 집 수정 같은 물을 찬양하는 것이라오.
오, 넉넉한 흐름을 보시오! 열렬한 입술,
떨리는 손, 음울한 갈증으로
새로운 생명을 들이켜면, 상쾌한 활력이 그 혈관을 채운다오.

시골 노인들은 따스한 컵을 몰랐고,
인간의 조상들도 덮히는 도구를 찾지 않았어.
같은 나날 속에 절제된 행복이 있었고,
유쾌한 법석보다 따스한 열기는 없었으며,
싫증난 낙담도 없고, 잔잔하게, 즐겁게
신의 축복으로 악에 면역되어,
수 세기 동안 살며, 그들의 유일한 운명은
무르익어 늙은 나이, 그리고 죽음보다 잠이었다네.

• 카메나이
로마 사람들은 무사이 여신들을 카메나이라고 불렀다. 그러나 그들은 이 밖

---

4) 의술의 신 아스클레피오스의 딸로, 최초의 간호사라고 한다.

에 다른 신들, 주로 샘의 님프들을 카메나이에 포함시켰다. 에게리아는 그 님프들 중의 하나로서 그녀의 샘과 동굴은 오늘날에도 볼 수 있다.

전하는 바에 의하면, 에게리아는 로마의 두 번째 왕인 누마를 사랑해서 그와 자주 밀회를 했는데, 그때 그녀는 누마에게 지식과 법을 가르쳐 주었으며 그는 이것을 그의 신흥 국가의 여러 제도에 구체적으로 적용했다고 한다. 누마가 죽은 뒤에 그 님프는 날로 여위어서 샘으로 변해 버렸다.

바이런은 《귀공자 해럴드의 순례》 제4편(제118절)에서 에게리아와 그 동굴에 대해 다음과 같이 노래하고 있다.

그대는 영혼을 빼앗긴 이 동굴 속에서 살았구나.
에게리아여! 지고의 기쁨으로 고동치는 그 가슴으로
인간 애인의 먼 발소리를 기다리고 있었다.
자줏빛의 한밤중은 별 총총 박힌 하늘 지붕으로,
그 신비의 만남을 덮어 주었다.
......

테니슨도 《예술의 궁전》에서 누마왕이 이 밀회를 은근히 기다리고 있는 모습을 언뜻 보여 준다.

한 손을 귀에 대고,
그녀의 발소리에 기울이며,
숲의 님프[5]가 보일 때까지, 에트루리아 왕은
지혜와 법률 이야기를 들으려 기다리고 있었다.

5. 바람의 신
그리 대단치 않은 능력을 지닌 것들도 이처럼 신격화되었으므로 바람도 그러

---

5) 에게리아는 네미의 디아나 숲에 있는 샘의 님프였다. 에트루리아 왕이란 누마를 일컫는다.

제피로스와 플로라의 승리 서풍의 신 제피로스와 애인 플로라의 사랑의 찬가. 베네치아, 카레초니코 궁전

했으리라는 것은 쉽게 짐작할 수 있다. 보레아스 또는 아퀼로라는 것은 북풍이요, 제피로스 또는 파우보니우스라는 것은 서풍이다. 노토스 또는 아우스테르 같은 것은 남풍이고, 에우로스는 동풍이다.

시인들이 읊은 것은 주로 앞의 북풍의 신과 서풍의 신 두 가지인데 북풍의 신은 난폭함의 전형으로, 서풍의 신은 온화함의 전형으로 읊어졌다.

보레아스는 님프 오레이티아를 사랑해 애인 노릇을 하려고 했으나 실패했다. 조용히 숨을 쉬는 것이 그에게는 무척이나 힘든 일이었고, 더구나 탄식하는 투는 아예 불가능했다.

아무리 노력해도 성과가 없는 데 지쳐 마침내 본성을 나타내어 처녀를 강탈하여 납치했다. 그들 둘 사이에서 태어난 아들이 날개 돋친 무사로 알려진 제테스와 칼라이스였다. 이들은 아르고나우테스들의 원정에 참가하여 하르피아이라고 불리는 새의 몸에 여자 얼굴을 한 새들과 싸워 공을 세웠다.

제피로스는 플로라[6]의 연인이었다. 밀턴은 《실낙원》(제5권 11~19행)에서 이들에 대해 언급하고 있다. 아담이 아직 잠들어 있는 하와를 깨우려고 물끄러미 그 모습을 응시하고 있는 것을 묘사한 대목이다.

> ……그는 몸을 구부려,
> 반쯤 서서, 따스하고 다정한 모습으로,
> 마음을 사로잡은 그녀 위에 드리우고,
> 깨어도, 잠들어도 어여쁜 그녀를 바라보았다.
> 특별한 아름다움이여.
> 제피로스가 꽃 위에서 부드럽게 숨 쉬듯, 그 목소리가
> 그녀의 손을 부드럽게 스치며 이렇게 속삭였다—
> "깨어나세요! 나의 여인, 나의 짝, 나의 마지막,
> 그리고 하늘의 마지막 최고 선물, 나의 영원한 새 기쁨이여!"

《밤의 상념》을 쓴 시인인 에드워드 영 박사는 태만하고 사치스러운 자들을 향해서 이렇게 말하고 있다.

> 사치스런 자들! 아무것도 참지 못하며,
> (스스로를 가장 참지 못하지) 그대들을 위하여
> 늦은 겨울 장미는 찬바람에 나부껴야 하니,
> ……명주처럼 부드러운 파우보니우스여
> 좀더 부드럽게 불어라, 그렇지 않으면 야단맞을 테니!

---

6) 꽃과 과실과 풍요와 봄의 여신. 그리스 신화의 클로리스와 동일시되기도 한다.

제23장
아켈로스와 헤라클레스
아드메토스와 알케스티스, 안티고네, 페넬로페

1. 아켈로스와 헤라클레스

강의 신 아켈로스는 테세우스와 그의 친구들에게 에리직톤의 이야기를 들려주었다. 그들은 여행을 하다가 아켈로스가 지배하고 있는 물이 넘쳐 어쩔 수 없이 머무는 동안 그의 환대를 받고 있었다.

"나도 변신할 수 있는 능력을 가졌는데 구태여 남이 변신한 이야기만 늘어놓을 필요가 어디 있겠나? 나는 때로는 뱀이 되었다가 또 때로는 머리에 두 개의 뿔이 돋친 황소가 될 때도 있네. 아니, 과거에는 그랬었다고 하는 것이 옳겠군. 하지만 지금은 그 뿔도 하나밖엔 없어. 다른 하나는 잃어버렸거든."

이렇게 말하고 그는 신음 소리를 내더니 입을 꾹 다물었다.

테세우스는 왜 그렇게 슬퍼하느냐, 그리고 어떻게 해서 뿔 하나를 잃게 되었느냐고 물었다. 그러자 강의 신은 이렇게 대답했다.

"자기의 패배를 남에게 말하고 싶어 하는 자가 어디 있겠나? 그러나 나는 나의 패배를 용기를 내어 말하려 하네. 상대의 위대함을 생각하면 그나마 위로가 되거든. 그것은 바로 헤라클레스였으니까 말야. 아마 당신도 아름답기로 소문이 자자한 처녀 데이아네이라의 명성을 들었을 테지. 그녀에게 구혼자가 구름처럼 몰려들여 서로 경쟁했는데, 헤라클레스와 나도 그 안에 섞여 있었다네. 그리고 다른 자들은 우리 둘에게 양보하게 되었지. 그러자 헤라클레스는 자기가 제우스의 아들이라고 밝히며 계모 헤라가 내린 힘든 일들을 해낸 고생담을 그녀에게 들려주더군. 그래서 나는 처녀의 아버지에게 이렇게 말했지.

'나를 잘 보십시오. 나는 당신의 땅을 흐르는 모든 강의 왕이오. 낯선 땅에서

헤라클레스와 아켈로스의 싸움
런던, 대영박물관

굴러 들어온 자가 아니라 이 땅의 사람이라 그 얘기입니다. 당신 영토의 일부라 그 말이지요. 여왕 헤라가 나에겐 적의를 품지 않고 어려운 일을 시켜 벌하지도 않는다고 해서 그것이 나의 단점이라고는 생각하지 마십시오. 저자에 대하여 말씀드리자면 녀석은 자기가 제우스의 아들이라고 잔뜩 뽐내고 있지만 그것은 거짓 주장입니다. 아니 만일 그것이 정말이라면 저 사내에게 있어서는 불명예스러운 일입니다. 왜냐하면 그것은 자기 어머니의 행실이 좋지 않았다는 것을 드러내는 것이니까요.'

내가 이 말을 하는 동안에도 헤라클레스는 나를 노려보면서 분노를 참느라고 애쓰는 모양이더군. 그러더니 마침내 이렇게 말하는 거야.

'말싸움의 승부는 너에게 양보하겠다만 나는 힘으로 보여 주겠다.'

말이 끝나자마자 녀석은 내게로 다가왔어. 나도 그에게 그런 말까지 한 바에야 물러서는 것은 부끄러운 일이라고 생각했지. 그래서 녹색 옷을 벗고 싸울 준비를 했고.

그는 나를 내던지려 하더군. 나의 머리를 공격하기도 하고, 팔다리를 겨냥해 덮치기도 했어. 그러나 나는 몸집이 큰 덕분에 그가 아무리 공격을 해와도 아무 소용이 없었지. 우리는 잠시 동안 쉬었다가는 다시 또 싸우기 시작했어. 서로 버티어 한 발자국도 물러서지 않으려고 했지. 나는 그의 몸 위로 덮쳐 그의 팔을 꽉 잡고 나의 이마로 그의 이마를 받으려고 했지. 헤라클레스는 세 번이나 나를 밀쳐 내려고 하더군. 그리고 네 번째에 성공하여 나를 땅 위에 넘어뜨리고 내 등 위에 올라탔어. 마치 산이 내리누르는 것 같더군. 나는 헐떡거리고 땀을 흘리면서 팔을 빼내려고 애를 썼네. 그는 나에게 만회할 기회를 주지 않고 목을 누르더군. 내 무릎은 땅 위에 닿고 입은 흙 속에 묻혔다네. 나는 힘으로는 도저히 그의 적수가 되지 못함을 깨닫고 뱀으로 변신하여 빠져나왔지. 나는 몸을 돌돌 말고 갈라진 혀로 그를 향하여 '슈슈' 하고 소리를 냈어. 그는 이것을 보고 비웃더군.

'뱀 따위는 갓난아기 적에 해치운 일이야.'

이렇게 말하면서 그 손으로 내 목을 꽉 잡았지. 나는 거의 숨이 막힐 것 같아 내 목을 그의 손아귀에서 빼내려고 몸부림쳤어. 뱀의 형태로도 진이 빠진 나는 이제 남아 있는 유일한 수단을 써서 황소로 변신했네. 그는 나의 목을 팔로 잡고 나의 머리를 땅바닥에 질질 끌다가 나를 모래밭 위에 내던지더군. 이것만으로 만족하지 않고 그의 무자비한 손은 내 뿔을 하나 뽑아 버린 거야. 나이아데스는 그것을 손에 쥐고 신성시하여 그 속을 향기로운 꽃으로 채웠어. '풍요'의 여신이 내 뿔을 받아 자기 것으로 삼고, '코르누코피아(풍요의 뿔)'라고 불렀지."

옛 사람들은 그들의 신화 속에 있는 숨겨진 뜻을 찾아내기를 즐겼다. 그래서 그들은 아켈로스와 헤라클레스의 이 싸움에 대하여 다음과 같이 설명한다. 즉 아켈로스는 우기(雨期)에 제방을 넘어 범람한 하천이라고 한다. 아켈로스가 데이아네이라를 사랑하고 청혼을 했다는 이야기는 그 하천이 굴곡을 이루며 데이아네이라 왕국을 가로질러 흘렀다는 것을 의미한다. 그것이 뱀의 형태가 되는 것은 요란한 소리를 내면서 흐르기 때문이다. 또 범람했을 때는 다른 물길을 만들었으니 이는 머리에 뿔이 달렸다는 것을 뜻한다. 헤라클레스는 제방을 쌓고 운하를 파서 강이 주기적으로 넘치는 것을 막았다고 하니, 이는 그가 강의 신을 정복하고 그의 뿔을 하나 빼버렸다는 이야기를 뜻한다.

그리고 마지막으로 지금까지 강이 범람하는 일이 많았던 땅도 지금은 아주 비옥한 땅이 되었는데 이것은 풍요의 뿔에 의해 그렇게 되었다는 것이다.

풍요의 뿔의 기원에 대해서는 다른 이야기도 있다. 제우스의 어머니 레아는 아들을 낳자마자 곧장 크레타의 왕 멜리세우스의 딸들에게 맡겼다. 그녀들은 어린 신을 아말테이아라는 산양의 젖으로 길렀다. 그래서 제우스는 그에 대한 답례로 산양의 뿔을 하나 뽑아서 그녀들에게 주고, 그것을 가진 자가 바라는 것이면 무엇이든 거기서 솟아나게 하는 신비한 힘을 뿔에게 부여했다고 한다.

또 어떤 작가들은 아말테이아라는 이름을 디오니소스의 어머니에게도 붙이고 있다. 그러므로 밀턴의 《실낙원》 제4권(제275~279행)에 다음과 같이 묘사되어 있는 것을 볼 수 있다.

······저 니사의 섬은,
트리톤강 줄기에 둘러매여 있고, 거기엔 늙은 캄이,
이교도들로부터 암몬이라고, 리비아의 제우스라고 불리면서,
아말테이아와 그녀의 장밋빛 어린 아들을 숨긴 곳.
거기서 그렇게 어린 디오니소스가 계모 레아의 눈을 피해 있던 곳.

2. 아드메토스와 알케스티스

아폴론의 아들 아스클레피오스는 아버지에게서 훌륭한 의술을 물려받았기 때문에 죽은 사람을 다시 살릴 수도 있었다. 이를 안 하데스는 놀라서 제우스를 설득해 아스클레피오스에게 번개를 던지게 했다. 아폴론은 아들의 죽음에 미친 듯 화가 나서 천둥과 번개를 만든 죄 없는 직공들에게 한풀이를 하려 했다. 이 직공들은 키클로페스들로서 그들의 공장이 아이트나산(에트나산) 밑에 있었으므로 그 산에서는 용광로의 연기와 불꽃이 끊임없이 솟아오르고 있었다. 아폴론은 키클로페스들을 자기의 활로 쏘아 죽여 버렸다. 그러자 제우스는 몹시 노하여 아폴론에게 벌을 내려 1년 동안 인간의 하인이 되게 했다. 그래서 아폴론은 테살리아의 왕 아드메토스의 하인이 되어 암프리소스강의 초록 제방 위에서 왕의 양 떼를 돌보고 있었다.

아드메토스왕은 다른 구혼자들과 섞여 펠리아스의 딸 알케스티스를 아내로 맞이하기를 바라고 있었다. 아버지인 펠리아스는 사자와 멧돼지가 끄는 이륜 전차를 타고 딸을 데리러 오는 자에게 딸을 주겠다고 약속했다. 아드메토스는 자기의 양치기로 일하고 있는 아폴론의 도움을 받아 어렵지 않게 이 난제를 해결

하고 알케스티스를 차지해 행복하게 살고 있었다. 그러던 어느 날, 아드메토스 왕이 병에 걸려 거의 죽을 상태가 되자 아폴론은 운명의 여신을 설득하여, 왕을 대신해 기꺼이 죽으려는 자가 있다면 왕의 목숨을 살릴 수 있을 것이라는 약속을 받았다. 아드메토스는 일단 죽음이 미루어진 것을 기뻐한 나머지 자기 대신 죽을 사람에 대해서는 깊이 생각지 않았다. 그는 자기에게 아첨하는 자들이나 신하들이 평소 그를 위해서라면 충성을 다하겠다고 말한 것을 기억해 내고 자기를 대신하여 죽을 자를 구하기는 어렵지 않으리라 생각했던 것이다. 그러나 사실은 그렇게 쉬운 일이 아니었다. 왕을 위해서라면 기꺼이 목숨을 바칠 용의가 있다고 큰소리를 치던 용감한 병사들도 병석에 누운 군주 대신 죽는 것은 싫어했다. 어려서부터 아드메토스왕과 그 집안의 덕을 입었음에도 불구하고 늙은 신하들 역시 얼마 남지 않은 여생을 기꺼이 버리면서까지 은혜를 갚으려 하지는 않았던 것이다. 그래서 사람들은 의아하게 생각했다.

"어째서 임금님의 부모님 가운데 한 분이 대신 죽지 않을까? 그들은 수명도 얼마 남지 않았을 것이요, 또 그들이야말로 아들을 요절로부터 구할 의무가 있는 것 아닌가?"

물론 부모도 아들을 잃는 것을 슬퍼하기는 했으나 그런 사명은 꺼렸다. 마침내 알케스티스가 자기 몸을 아끼지 않는 희생정신으로 대신 죽겠다고 나섰다. 아드메토스는 아무리 살고 싶다 하더라도 그와 같은 희생을 치러 가면서까지 자기의 생명을 연장하려고 하지는 않았다. 그러나 다른 방도가 없었다. 이미 운명의 여신이 약속한 조건은 적용되고 말았던 것이다. 이렇게 하여 결정된 것은 취소할 수가 없었다. 아드메토스의 병이 나음과 동시에 알케스티스는 어느새 죽음으로 가라앉고 있었다.

바로 이때 헤라클레스가 아드메토스의 궁전에 도착하여 모든 궁중 사람들이 충실하고 덕망이 높은 사랑하는 왕비의 임종에 깊이 슬퍼하고 있는 것을 보게 되었다. 헤라클레스에게 어려운 일 따윈 아무것도 없었으므로 그는 서둘러 그녀를 구하기로 결심했다. 그러고는 죽어 가는 왕비의 방문 옆에 대기하고 있다가 죽음의 신이 그의 먹이를 잡아가려고 왔을 때, 그를 붙잡아 그의 제물을 단념하게 했으므로 알케스티스는 회복되어 다시 남편에게로 돌아갔다.

밀턴은 그의 《죽은 아내에게 바치는 소네트》(제1~4행)에서 알케스티스의 이야기를 다루고 있다.

> 죽은 아내를 본 것 같았다.
> 알케스티스처럼 무덤 속에서 날 찾아온 듯하다.
> 제우스의 위대한 아들이 그녀를 남편에게 데려다주었듯이,
> 창백히 실신한 아내를 그가 힘으로 죽음에서 구해 온 듯했다.

제임스 러셀 로웰은 《아드메토스왕의 양치기》란 제목의 짧은 시를 쓰고 있다. 그는 이 이야기를 아폴론이 처음으로 인간에게 시와 노래를 가르친 의미로 노래하고 있다.

> 사람들은 그를 소용도 없는 젊은이라 했다.
> 선(善)이라고는 보이지 않는다고,
> 그런데, 자기들도 모르게, 사실은,
> 그의 경솔한 말을 자신들의 법률로 삼고 있었다.

> 그러고는 그의 모든 발자취가
> 나날이 성스러움을 더했다.
> 이윽고 훗날의 시인들만이
> 그들의 첫 형제가 신이었음을 알게 되었다.

3. 안티고네

전설에 나오는 그리스의 흥미 있는 인물이나 고상한 행위의 주인공은 대부분 여성이었다. 알케스티스가 부부애의 본보기인 것처럼 안티고네는 효성과 우애의 아름다운 귀감이었다. 그녀는 오이디푸스와 이오카스테의 딸이었는데, 이 집안은 가혹한 운명의 희생물이 되어 멸망했던 것이다. 오이디푸스는 미쳐서 자기의 눈을 잡아 빼고, 천벌을 받은 자로서 모든 백성들의 공포의 대상이 되고 버림을 받아 그가 왕이었던 테베로부터 쫓겨났다. 그의 딸인 안티고네만이 떠돌이인 그를 따라다니면서 그가 죽을 때까지 그의 곁에 있다가 테베로 돌아왔다.

안티고네의 오빠인 에테오클레스와 폴리네이케스는 서로 상의한 끝에 공동으로 나라를 다스리고자 하여 1년씩 번갈아 가며 왕이 되기로 했다. 첫해는 에테오클레스가 다스리게 되었는데, 기한이 다 되어도 나라를 아우에게 내놓으려 하지 않았다. 폴리네이케스는 아르고스의 왕 아드라스토스에게로 도망했다. 왕은 그를 자기의 딸과 결혼시키고, 군대를 주어 왕위를 빼앗도록 주선했는데, 이것이 그리스의 서사 시인과 비극 시인에게 많은 소재를 제공한 '테베 공략의 일곱 용사'의 유명한 원정의 발단이 된 것이다.

아드라스토스왕의 배다른 동생 암피아라오스는 이 계획에 반대했다. 왜냐하면 그는 예언자였기 때문에 점술로 아드라스토스 이외의 다른 지휘자들이 하나도 살아 돌아오지 않으리라는 것을 알았던 것이다. 그런데 암피아라오스가 왕의 누이인 에리필레와 결혼할 때, 자기와 왕 아드라스토스의 의견이 서로 다를 경우에는 반드시 에리필레의 결정에 따르기로 합의했었다. 폴리네이케스는 이것을 알고 에리필레에게 '하르모니아의 목걸이'를 선물하여 그녀를 자기편으로 만들었다. 이 목걸이는 하르모니아가 카드모스와 결혼할 때 헤파이스토스가 선물한 것으로서 폴리네이케스가 테베로부터 망명할 때 갖고 온 것이었다.

에리필레는 이와 같은 유혹적인 뇌물을 거스를 수가 없었다. 그래서 그녀의 결정에 따라 전쟁이 선택되어, 암피아라오스는 자기의 피할 수 없는 운명에 맞서게 되었다. 그는 다른 장군들과 함께 용감하게 싸웠지만 끝내 자기의 운명을 피하지는 못했다. 적에게 쫓겨 강을 따라 도망치고 있을 때, 제우스가 던진 번개가 땅을 갈라놓았기 때문에 그도 그의 이륜 전차도, 그리고 마부도 모조리 그 속으로 빨려 들어가고 말았던 것이다.

여기서 그 전투의 모든 영웅적인, 또는 잔인한 행동을 자세히 기술하는 것은 적당치 않을 것이다. 그러나 우리는 에리필레의 불성실한 성격과는 반대인 에우아드네의 성실성만큼은 기록하지 않을 수 없다. 에우아드네의 남편 카파네우스는 타오르는 듯한 전투 의욕 때문에 무심코 테베가 제우스의 도시임에도 불구하고 그 안으로 밀고 들어가 보이겠노라고 큰소리를 쳤다. 그는 성벽에 사다리를 걸고 올라갔다. 그러나 그의 불경한 말에 분노한 제우스는 번개를 내리쳐 그를 죽였다. 그의 장례식 때 에우아드네는 그의 화장용 장작더미 위에 스스로 몸을 던져 죽었다.

전쟁 초기에 에테오클레스는 예언자 테이레시아스에게 결과가 어찌 될 것인지 물었다. 테이레시아스는 젊었을 때 우연히 아테나가 목욕하고 있는 것을 본 일이 있었다. 아테나는 노하여 그의 시력을 빼앗았다. 그러나 나중에는 가엾게 여겨 그에게 그 대가로 미래의 일을 아는 능력을 주었던 것이다. 에테오클레스가 물어오자, 그는 만약 크레온의 아들 메노이케우스가 자진하여 희생물이 된다면 테베가 승리할 것이라고 예언했다. 이 영웅적인 청년은 이 예언을 듣고 첫 번째 싸움에서 자기의 목숨을 내던졌다.

포위전은 오랫동안 계속되었고 각각의 승리로 좀처럼 승패가 결정되지 않았다. 마침내 양군은 에테오클레스와 폴리네이케스와의 일대일 싸움으로 승패를 결정하기로 합의했다. 그들은 서로 싸웠지만 둘 다 상대편의 손에 의하여 쓰러졌고, 군대들은 또다시 전투를 시작했다. 마침내 침입자들은 패배하여 죽은 자들을 묻을 새도 없이 달아나 버렸다. 전사한 두 왕자의 큰아버지(또는 작은아버지)이자 이제는 왕이 된 크레온은 에테오클레스를 특별히 예를 다하여 매장케 했으나, 폴리네이케스의 유해는 그가 전사한 곳에 그대로 내버려 두게 하고, 그 매장을 금하면서 위반하는 자는 사형에 처한다고 포고했다.

폴리네이케스의 누이동생 안티고네는 몹시 분개했다. 오빠의 시체를 개나 독수리의 밥이 되게 하고, 죽은 자의 안식에 필요한 것으로 생각되는 장례도 치르지 못하게 한 몰인정한 포고를 들었기 때문이었다. 애정은 깊으나 겁이 많은 동생이 말렸지만 안티고네는 듣지 않고, 거들어 줄 사람을 구하지도 못한 채 위험을 무릅쓰고 혼자서 직접 시신을 묻다가 현장에서 들켰다. 그래서 크레온은 국가의 엄숙한 포고를 무엄하게 어겼다 하여 안티고네를 산 채로 매장하라는 명령을 내렸다. 그녀의 애인이자 크레온의 아들인 하이몬은 그녀의 운명을 막을 길도 없고, 또 자기 혼자 살아남는 것도 싫어서 스스로 목숨을 끊었다.

안티고네는 그리스의 시인 소포클레스의 훌륭한 두 비극 작품[1]의 주제를 이루고 있다. 제임슨 부인[2]은 《여성의 특질》(1832)에서 안티고네의 성격을 셰익스피어의 《리어왕》에 나오는 코델리아의 성격과 비교하고 있다. 그 의견을 충분히 생

---

1) 소포클레스(기원전 496?~406)가 쓴 《안티고네》와 《콜로노스의 오이디푸스》.
2) 영국의 작가·미술사학자·페미니스트 안나 브라우넬 제임슨(1794~1860).

각하며 읽으면 독자도 분명히 납득하리라고 생각한다.

　다음에 드는 한 구절은 오이디푸스를 애도하는 안티고네의 슬픔의 노래이다. 죽음이 마침내 오이디푸스를 그 고난에서 해방했을 때의 일이다.

　　아! 나는 다만 불쌍한 아버지와
　　함께 죽기만을 바랐습니다. 무엇 때문에,
　　더 오래 살기를 바라겠습니까?
　　오, 아버지와 함께한 괴로움도 좋았습니다.
　　더없이 싫은 일도 아버지와 함께라면
　　사랑스러웠죠. 오, 나의 소중한 아버지,
　　지하의 깊은 어둠 속에 감추어진 아버지,
　　당신은 노령으로 지쳐 있을지라도 내게는 더욱
　　사랑스러웠고, 앞으로도 영원히 소중합니다.
　　　　　　　　　　　　　　프랭클린[3] 역(譯) 소포클레스

4. 페넬로페

　페넬로페의 아름다움도 생김새의 아름다움이라기보다는 성격과 행위가 아름다운 전설상의 여주인공 중 하나였다. 그녀는 스파르타의 왕 이카리오스의 딸이었다. 그리고 이타카(이타케)의 왕인 오디세우스가 그녀에게 청혼하여 모든 경쟁 상대를 물리치고 그녀를 획득했다. 신부가 친정을 떠날 때가 되었을 때, 아버지 이카리오스는 딸과의 이별을 견디지 못하여 남편을 따라 이타카에 가지 말고 자기가 함께 살자고 설득하려 애를 썼다. 오디세우스는 친정에 있든지 자기와 같이 가든지 마음대로 하라고 페넬로페에게 선택권을 주었다. 페넬로페는 아무런 대답도 않고 얼굴을 베일로 가렸다. 이카리오스도 더 이상 만류하지 않고 그녀가 떠난 뒤, 그들이 헤어진 곳에 '정절의 여신'상을 세웠다.

　이리하여 오디세우스와 페넬로페는 둘이서 즐거운 나날을 보냈으나 겨우 1년 남짓 지났을 때 즐거운 생활도 중단의 위기를 맞았다. 때마침 일어난 트로이 전

---

3) 토머스 프랭클린(1721~1784). 케임브리지 대학교 그리스어 교수.

페넬로페와 텔레마코스 페넬로페는 깊은 생각에 잠겨 앉아 있고, 아들 텔레마코스가 바라보고 있다. 뒤에는 직조기가 보인다. 키우시, 치비코 미술관

쟁에 오디세우스가 소집 명령을 받았던 것이다. 그 뒤 그가 집을 비운 지도 오래되고, 또 아직 살아 있는지도 알 수 없어 돌아올 가망성이 아주 희박했으므로 많은 구혼자들이 페넬로페를 성가시게 굴었다. 그들의 등쌀에서 벗어나려면 그들 중 한 사람을 남편으로 고르는 수밖에는 도리가 없었다. 그러나 페넬로페는 여전히 오디세우스가 돌아오기를 기대하면서 온갖 수단을 다해 미루려고 애를 썼다. 미루는 구실 중의 하나는 시아버지인 라에르테스의 수의(壽衣)를 짜는 일이었다. 이 수의 짜는 일을 마치면 구혼자 중에서 하나를 선택할 것을 약속했다. 낮에는 수의를 짜고 밤이 되면 낮에 짠 것을 다시 풀었다. 이것이 유명한 '페넬로페의 옷감'이라는 속담의 기원이 된 것인데, 이 말은 끊임없이 일을 하지만 끝마치지 못하는 일을 뜻하게 되었다. 페넬로페 이야기의 나머지는 그녀의 남편의 모험담을 소개할 때 다루기로 하겠다.

제24장
오르페우스와 에우리디케
아리스타이오스, 신화 속의 시인과 음악가들

1. 오르페우스와 에우리디케

오르페우스는 아폴론과 무사(Mousa) 칼리오페 사이에서 태어난 아들이었다. 그는 아버지로부터 리라를 선물받고, 그것을 타는 법을 배웠는데 어찌나 잘 탔는지 그의 음악에 흠뻑 매료되지 않는 사람이 없었다. 사람뿐만 아니라 들짐승도 그의 음악을 들으면 온순해져서 사나운 성질을 버리고 그의 주위에 모여들어 음악에 황홀해지곤 했다. 그뿐만 아니라 나무나 바위마저도 그 매력을 이해했다. 나무는 그의 주위로 모여들고, 딱딱한 바위는 그가 연주하는 선율에 따라 어느 정도 부드러워지곤 하는 것이었다.

히메나이오스(결혼의 신)는 오르페우스와 에우리디케의 결혼식에 참석하여 두 사람을 축복해 달라는 초대를 받았다. 그런데 히메나이오스는 초대에 응하기는 했으나 아무런 행복의 선물을 가져오지 않았다. 그의 횃불마저도 연기만 나는 통에 그들의 눈에서 눈물만 뽑아내는 것이었다. 이러한 전조처럼 에우리디케는 결혼 뒤 얼마 안 되어 그녀의 동무인 님프와 거닐다가 아리스타이오스라는 양치기의 눈에 띄게 되었고, 그녀의 아름다움에 감동을 받은 그는 사랑을 얻고자 추근거렸다. 그러자 그녀는 달아나기 시작했다. 그리고 도망치다가 풀 속에 있는 독사를 밟는 바람에 발을 물려 죽고 말았다. 오르페우스는 그의 슬픔을 노래로 지어 신과 인간을 가리지 않고, 아니 이 땅의 공기를 마시는 모든 것에게 하소연했다. 그리고 그것이 아무 소용이 없음을 알자, 이번에는 지하 세계로 가서 아내를 찾겠다고 마음먹고 타이나로스곶에 있는 동굴로 내려가 마침내 스틱스강에 이르렀다. 그는 유령들이 떼 지어 있는 사이를 지나 명계의 왕 하

오르페우스와 에우리디케가 있는 풍경 목가적 풍경 속에 오르페우스가 리라를 연주하고 있다. 그러나 에우리디케는 독사에게 물려 죽는다. 파리, 루브르 박물관

데스와 페르세포네 앞으로 나아갔다. 그리고 리라로 반주를 하면서 다음과 같은 말로 노래를 불렀다.

"오, 하계의 신들이여, 우리들 생명 있는 것들이 언젠가는 오게 되어 있는 명계의 신들이여, 부디 저의 노래를 들어 주십시오. 이것은 진실입니다. 제가 이곳에 온 것은 타르타로스의 비밀을 캐내기 위해서도 아니고, 뱀 같은 머리카락에다 머리가 셋 달린 문지기 개와 힘을 겨루기 위함도 아닙니다. 저는 꽃다운 청춘에 독사에 물려 뜻하지 않은 죽음을 당한 제 아내를 찾으러 온 것입니다. 에로스 신이 저를 이곳으로 이끈 것이지요. 에로스는 땅에서 사는 우리에게는 전능의 신입니다. 그리고 만약 예부터 전해 오는 말이 맞는다면 이곳 하계에서도 역시 그러할 테지요. 저는 이 공포로 가득 찬 곳, 그리고 침묵과 아직 창조되지 않은 것들의 나라에 부탁드립니다. 부디 에우리디케의 생명의 줄을 다시 이어 주십시오. 우리의 운명은 모두 당신들에게로 가게 마련이지만 오직 일찍 가느냐, 더디게 가느냐의 차이가 있을 따름입니다. 제 아내도 역시 수명을 다한 뒤에는 당연히 당신들에게 올 것입니다. 그러나 그때까지는 부디 아내를 저에게 돌려주십시오. 부탁입니다. 만약 거절하신다면 저는 홀로 돌아갈 수 없습니다. 두 분께선 우리 두 사람이 함께 죽는 것을 보고 승리의 노래를 부르십시오."

그가 이렇게 애달픈 노래를 부르자, 망령들까지도 눈물을 흘렸다. 탄탈로스는 목이 칼칼한데도 불구하고 한동안 물을 마시려는 노력조차 잊었고, 익시온의 바퀴도 멎고, 독수리는 거인의 간 쪼기를 그만두고, 다나오스의 딸들은 두레박으로 물을 퍼 올리던 손을 멈추고, 시시포스는 바위에 앉아서 귀를 기울였다. 바로 그때 처음으로 복수의 여신들(에리니에스)의 볼도 눈물에 젖었다고 한다. 페르세포네는 오르페우스의 간청을 모른 체할 수가 없었다. 하데스도 그의 청을 받아들였다. 이윽고 에우리디케가 불려 나왔다. 그녀는 새로 들어온 망령들 사이를 헤치고 다친 발을 절룩거리며 나타났다. 오르페우스는 그녀를 데리고 가도 좋다는 허락을 받았으나, 한 가지 조건이 있었다. 그것은 지상에 도착할 때까지 절대로 아내의 모습을 돌아보아서는 안 된다는 것이었다.

이런 조건으로 오르페우스가 앞장을 서고 에우리디케는 뒤따르면서 어둡고 비탈이 험한 길을 깊은 침묵에 싸여 올라갔다. 마침내 그들이 밝은 지상 세계로 나가는 출구에 거의 다 왔을 때, 오르페우스는 무심코 조건을 잊고 아내가 뒤를 따라오는지 확인하려고 돌아보았다. 그러자 순식간에 에우리디케는 뒤로 끌려갔다. 그들은 서로 팔을 내밀어 껴안으려 했으나 잡히는 것은 오로지 공기뿐이었던 것이다! 그리하여 다시 죽음의 길로 끌려가면서도 에우리디케는 남편을 원망할 수가 없었다. 아내의 모습을 보고 싶어 끝내 기다리지 못한 남편의 마음을 어떻게 나무랄 수가 있으랴!

"안녕히."

그녀는 말했다.

"이것이 마지막이군요."

말이 채 끝나기도 전에 그녀는 끌려갔으므로 그 목소리마저 남편의 귀에는 이르지 않았다.

오르페우스는 그녀의 뒤를 따라가려고 했다. 그리고 그녀를 다시 데리고 올 수 있도록 하계에 내려가게 해달라고 애원했다. 그러나 사정을 모르는 사공은 그를 떠밀어 내고 건네주기를 거절했다. 그는 7일 동안 먹지도 않고, 잠도 자지 않고 강가에 앉아 있었다. 그리고 에레보스(암흑)의 신들의 무자비함을 거세게 원망하면서 자기 생각을 노래에 담아 바위와 산에다 하소연했다. 그러자 호랑이도 감동하고, 참나무도 감동하여 커다란 줄기를 흔들었다. 그 뒤로 오르페우

오르페우스와 에우리디케 에우리디케가 염려되어 뒤돌아보는 오르페우스(오른쪽), 명계의 사자 헤르메스(왼쪽)가 에우리디케를 잡고 있다. 나폴리, 국립미술관

스는 그 일을 떠올리면서 늘 슬픔에 잠겨 나날을 보내며 여자들을 멀리했다. 트라키아의 처녀들은 그의 마음을 사로잡으려고 갖은 노력을 다 했으나 그는 그녀들의 구애를 모두 물리쳤다. 그런 그의 행동을 처녀들은 가능한 한 오래 참을 만큼 참았다. 그러나 어느 날, 무슨 짓을 해도 오르페우스의 마음이 바뀌지 않는다는 것을 알자, 디오니소스의 제전에 참석하여 잔뜩 흥분한 처녀들 가운데 하나가 소리쳤다.

"저기 우리를 모욕한 사내가 있다!"

그러고는 그를 향해 창을 던졌다. 그러나 창은 리라 소리가 들릴 만한 거리까지 날아오자 순식간에 힘을 잃고 곧장 그의 발밑에 떨어지고 마는 것이었다. 그녀들이 던진 돌도 마찬가지였다. 그러자 처녀들은 일제히 소리를 질러 리라 소리가 들리지 않게 했다. 그러자 창은 오르페우스가 있는 곳까지 날아와서 어느새 그를 피로 물들였다. 미쳐 날뛰는 처녀들은 그의 사지를 갈기갈기 찢어 그의 머리와 리라를 헤브로스강에다 던져 버렸다. 그러자 그것들은 슬픈 노래를 속삭이는 듯 노래와 연주를 하며 흘러 내려갔고, 양쪽 강가에서도 이에 맞춰 슬픈 노래를 불렀다. 무사이 여신들은 갈기갈기 찢긴 그의 몸을 모아 레이베트라라는 곳에 묻어 주었다.

이 레이베트라에서는 지금도 밤꾀꼬리(나이팅게일)가 그의 무덤에서 그리스의 다른 지방에서보다도 더 아름다운 소리로 운다고 한다. 제우스는 그의 리라를

별자리 가운데에 놓았다. 오르
페우스는 망령이 되어 또다시
타르타로스로 내려가 거기서
에우리디케를 찾아내자 그녀를
뜨겁게 포옹했다. 그들은 지금
행복의 들판(엘리시온)을 함께
거닐고 있다. 때로는 그가 앞서
기도 하고 때로는 그녀가 앞서
기도 하면서. 이제 오르페우스
는 마음껏 그녀의 모습을 바라
볼 수 있다. 무심결에 뒤돌아본
다 해도 이제는 슬픈 일이 일어
나지 않을 것이기 때문이다.

포프는 이 오르페우스의 이
야기를 인용하여 《성(聖) 체칠리
아의 날에 바치는 송시》에서 음
악의 힘의 위대함을 노래하고
있다. 다음의 구절은 이야기의
결론을 노래한 것이다.

오르페우스의 머리를 수습하는 트라키아 처녀 갈기갈기
찢겨 강물에 버려진 오르페우스의 머리와 리라를 수
습하고 있는 장면. 파리, 오르세 미술관

그러나 빨리, 그가 너무도 빨리 연인을 뒤돌아보아서,
그녀는 그만 하계에 떨어져 또다시 죽는다, 그녀가 죽는다, 다시 죽는다!
운명의 여신들의 마음을 어떻게 움직일 것이요?
아내를 사랑한 게 죄가 아니면, 그대에겐 죄가 없건만.
이제 저기 걸린 산 아래
샘의 폭포 곁에서,
또는 헤브로스강이 배회하며
굽이치는 곳에서,

온전히 홀로
그는 슬퍼하며
아내의 망령을 부른다.
영원히, 영원히 사라진 아내여!
이제는 분노에 휩싸이고,
절망에 뒤섞여,
그는 로도페산의 눈 속에서
떨며 붉게 빛을 발한다.
보라, 쏜살같이 달리는 그의 모습,
사막 위의 사나운 바람 같다.
들으라! 하이모스산을 울리는 저 주정꾼들의 외침 소리.
아, 죽어 가는 그를 보라!
죽음 속에서조차 그는 에우리디케를 노래했으며,
아직도 에우리디케는 그의 혀 위에서 떨렸다.
에우리디케는 숲에,
에우리디케는 강에,
에우리디케는 바위에, 휭하니 패인 산골짜기에 떨리며 울려 퍼졌다.

오르페우스의 무덤 위에서 밤꾀꼬리가 딴 곳에서보다 더 아름다운 소리로
운다는 이야기는 로버트 사우디[1]의 《살라바》(제6편 21절)에도 나와 있다.

그때 그의 귀에 들어온,
그 조화의 소리는 무엇이었던가!
무르익어 보드라운 아련한 노랫소리였던가.
흥겨운 나무 그늘로부터,
먼 폭포로부터,
나뭇잎 속삭이는 작은 숲으로부터 왔다.

---

1) 영국의 시인(1774~1843). 1813년에 계관(桂冠) 시인이 되었다.

그리고 밤꾀꼬리 한 마리가

온통 들장미 피어난 가지에 앉아 강렬히 울었다.

그것은 짝에게 사랑의 노래를 들려주는

아름다운 새의 멜로디가 아니었다.

오르페우스의 무덤 곁에서 트라키아의 양치기는

그보다 더 부드러운 소리를 들었다.

거기 무덤 속의 망령이

온 힘으로 불어,

사랑하는 향기로 부풀려 해도,

그 소리는 더욱 부드러웠다.

2. 꿀벌 치는 아리스타이오스

인간은 자기들의 이익을 위하여 하등 동물의 본능을 이용하는 일이 있다. 벌을 치는 것도 그런 일의 하나다. 꿀이 처음에는 야생의 산물로 알려졌을 것이고, 벌은 속이 빈 나무나 바위틈에, 또는 그와 비슷하게 생긴 곳을 우연히 발견하게 되면 그곳에다 집을 만들었을 것이다. 그러다 보면 때로는 죽은 짐승의 시체 속에다가도 집을 지었을 것이다. 그런 일 때문에 벌은 짐승의 썩은 살에서 발생한 것이라는 미신이 생겨난 것인지도 모른다. 다음 이야기 베르길리우스의 《농경시》(제4권 315행)도 이런 미신을 바탕으로 한 것이다.

아리스타이오스는 가장 먼저 벌 치는 방법을 가르친 사람인데, 그는 물의 님프 키레네의 아들이었다. 어느 날 그는 키우던 벌이 몽땅 죽어 버리자 도움을 청하러 어머니에게 갔다. 그는 강가에 서서 어머니에게 이렇게 말했다.

"오, 어머니, 제 삶의 자랑거리를 빼앗겼어요! 귀중한 벌을 몽땅 잃었다고요. 남다른 저의 세심함과 기술도 소용이 없게 되고 말았어요. 어머니도 이 불행한 일로부터 저를 막아 주지 못하셨군요."

마침 그의 어머니는 강 밑의 궁전에서 시중드는 님프들에게 둘러싸여 앉아 있었다. 님프들은 실을 잣거나 옷감을 짜는 등, 여자들이 하는 일에 종사하고 있었다. 그리고 그중의 한 님프는 다른 님프들을 즐겁게 하기 위하여 이야기를 하고 있었다. 아리스타이오스의 슬픈 소리가 들려오자 모두 일손을 놓았고, 그 중의 한 님프가 물 위로 얼굴을 내밀었다. 그리고 아리스타이오스의 모습을 확인하고는 다시 돌아와 그의 어머니에게 보고했다. 그러자 어머니는 그를 자기 앞으로 데려오라고 명령했다. 강물은 이 명령을 받고 입을 벌려 그를 지나가게 해주기 위해 우뚝 솟은 산들처럼 깎아지른 벼랑이 되어 서 있었다. 그리하여 아리스타이오스는 커다란 강의 원천이 수없이 있는 강의 나라로 내려갔는데, 그곳에서 그는 거대한 저수지를 보았다. 그 물이 대지를 촉촉하게 하기 위해 여러 방향으로 거세게 흘러 나가는 모습을 바라보고 있노라니 그 엄청난 물소리에 귀가 멀 지경이었다. 이윽고 어머니가 사는 궁전에 이르자, 키레네와 시녀 님프들이 뜨겁게 맞아 주며 식탁에 산해진미의 진수성찬을 차리기 시작했다. 그들은 우선 포세이돈에게 예를 올린 뒤 맛있는 음식을 즐겼다. 식사가 끝나자 키레네는 아리스타이오스에게 말했다.

"프로테우스라는 늙은 예언자가 있는데, 그는 바닷속에 살면서 포세이돈의 총애를 받아 물개들을 지키는 일을 맡고 있단다. 우리 님프들은 그를 매우 존경하고 있지. 왜냐하면 그는 학자로서 옛날 일이나 지금의 일, 또 앞으로의 일을 죄다 알기 때문이야. 아리스타이오스야, 그 사람이라면 너에게 벌이 죽은 까닭도, 또 그것을 살릴 방법도 가르쳐 줄 수 있을 게 틀림없단다. 하지만 아무리 애원을 해도 스스로 나서서 가르쳐 주지는 않을 것이니 완력으로 강요해야만 할 게다. 네가 그를 붙들어 쇠사슬로 잡아매면 그는 풀려나기 위해서 너의 물음에 대답을 할 것이야. 네가 쇠사슬을 꼭 쥐고 있으면 그가 어떤 재주를 부려도 벗어날 수가 없지. 그가 정오에 낮잠을 자러 동굴로 돌아올 때 내가 너를 그리로 데려다주마. 그러면 쉽사리 그를 붙잡을 수 있을 것이다. 그러나 자기가 붙잡힌 것을 알면 그는 갖가지 모양으로 변신할 수 있는 능력을 사용할 거야. 그는 멧돼지가 되기도 하고, 사나운 호랑이가 되기도 할 것이며, 온몸이 비늘로 뒤덮인 용도 될 것이고, 누런 갈기를 지닌 사자가 되기도 할 테지. 또는 불꽃이 튀는 소리나 물이 쏜살같이 내닫는 것 같은 소리를 내서 네가 아차 하는 순간 쇠사슬을 놓치도록 유도하다가 틈을 타 도망칠 거야. 그러니 그를 꼭 붙잡고만 있거라. 마침내 모든 재주를 부려 봤자 소용이 없다는 걸 깨달으면 그는 원래 모습으로 돌아가서 네 명령에 복종할 것이니."

이렇게 말하면서 그녀는 아들의 몸에다 신들의 음료인 향기로운 넥타르를 뿌렸다. 그러자 순식간에 지금까지 없던 활력이 그의 온몸을 채우고, 용기가 그의 가슴을 꽉 채우고, 향기로운 냄새가 그의 주위에 감돌았다.

키레네는 아리스타이오스를 데리고 예언자의 동굴로 갔다. 그리고 그를 바위틈 깊숙한 곳에 숨기고 자신은 구름 뒤에 숨었다. 이윽고 정오가 되어 인간과 짐승들이 모두 다 뜨겁게 내리쬐는 태양을 피하여 조용한 낮잠을 즐기려 하는데 프로테우스가 물속으로부터 모습을 드러냈다. 그의 뒤로 물개 떼가 따르고 있었으나 그들은 모두 기슭을 따라 몸을 뉘었다. 그는 바위 위에 앉더니 물개들을 세었다. 그리고서는 동굴 바닥에 누워 잠이 들었다. 그가 잠이 들자마자, 아리스타이오스는 그의 다리를 쇠사슬로 묶고 큰 소리로 외쳤다. 프로테우스는 잠에서 깨어나 자기가 사로잡힌 것을 알자, 즉각 재주를 부리기 시작했다. 처음에는 불로 변했다가 다음에는 강이 되고, 그다음에는 무서운 들짐승이 되는 등, 계속해서 여러 가지 모습으로 재빠르게 변했다. 그러나 아무리 하여도 소용이 없음을 알고는 마침내 자기의 본모습으로 돌아가서 잔뜩 화가 난 말투로 아리스타이오스에게 말했다.

"간 큰 젊은이로군. 남의 거처에 이렇게 무엄하게 쳐들어오다니 넌 대체 누구며, 나한테 무슨 볼일이 있는가?"

아리스타이오스는 대답했다.

"프로테우스, 당신은 이미 알고 있을 것이오. 아무도 당신을 속이지는 못할 테니. 당신도 내 손아귀에서 벗어나려는 노력을 버리시지. 나는 신의 도움을 받아 나의 불행의 원인과 치료법을 당신에게 들으려고 왔소."

이 말을 듣자, 예언자는 아리스타이오스를 회색 눈으로 뚫어져라 바라보더니 날카로운 표정으로 말했다.

"넌 네가 한 짓에 대한 벌을 받은 것이다. 너 때문에 에우리디케가 죽었거든. 그 처녀는 너한테서 도망칠 때 독사를 밟는 바람에 발을 물려 죽지 않았나? 그녀의 원수를 갚기 위해 그녀의 친구 님프들이 너의 벌을 몰살시킨 것이야. 그러니 너는 그녀들의 화를 가라앉혀 주어야 하겠지. 그러려면 이렇게 해야만 할게야. 잘생기고 커다란 황소 네 마리와 아름다운 암소 네 마리를 뽑아 님프들을 위한 네 개의 제단을 세운 다음, 마련한 소를 제물로 바치고, 소의 사체를 나뭇잎이 우거진 숲속에 내버려 두되, 오르페우스와 에우리디케에 대한 원한이 풀릴 만한 정중한 제물을 올리도록 해. 그러고는 9일 뒤에 돌아가서 제물로 바쳤던 소의 사체를 살피면서 무슨 일이 일어났는지 보면 돼."

아리스타이오스는 그의 말에 충실히 따랐다. 소를 제물로 바치고 그 사체를 숲속에 그대로 둠으로써 오르페우스와 에우리디케의 망령을 달래고자 했다. 그런 뒤 9일째 되는 날에 돌아가서 소의 사체를 살펴보니 세상에 이런 일이! 사체 하나를 벌 떼가 가득 차지하고는 벌집 안에서와 똑같이 부지런히 일하고 있었다.

쿠퍼는 《과제(課題)》라는 시(제5편 127~137행)에서 러시아의 왕비 안나에 의해 세워진 얼음 궁전에 대해 노래할 때 아리스타이오스의 이야기를 다루고 있다. 시인은 얼음이 폭포 등과 함께 만들어 내는 수많은 환상적인 모습을 노래하고 있다.

더욱 감탄하여도 칭찬할 가치는 더 없는 것.
그것은 새로운 모습을 한 인간의 작품이요,
모피를 두른 러시아 황제의 왕비요,
가장 멋지고 대단한 변덕, 그리고
북극의 얼어붙은 놀라운 광경이다. 숲은,
그대가 집 지으려 할 때 쓰러지지 않았고, 돌산은,
그대의 집 벽을 높이려는 돌을 보내지 않았다. 그것 대신
강물을 잘라, 그대는 매끄러운 유리 물결 대리석을 만들었지.
그런 궁전에서 아리스타이오스는,
키레네를 만나, 잃어버린 꿀벌의
가련한 이야기를 어머니의 귀에 알렸다.

밀턴도 또한 《코머스》의 〈수호 정령의 노래〉(제859~866행)에서 세반강의 님프 사브리나에 대해 노래할 때, 키레네와 그 강바닥의 모양을 마음에 떠올리고 있었으리라고 생각된다.

아름다운 사브리나!

지금 그대가 앉아 있는

그 유리처럼 차고 투명한 파도 밑에서 들어 다오.

그 고불고불한 호박색 머리카락에

백합을 엮어 느슨히 땋아 늘어뜨린 채로.

들어 다오, 은백색 강의 여신이여!

처녀의 존귀한 명예를 위하여

듣고, 그녀를 구해 다오.

3. 신화 속의 시인과 음악가들

다음에 이야기하는 인물들은 신화로 전해 오는 그 밖의 유명한 시인과 음악
가들인데 그중에는 결코 오르페우스에 뒤지지 않는 사람들도 있다.

• 암피온

암피온은 제우스와 테베의 여왕인 안티오페 사이에서 태어난 아들이었다. 그
는 쌍둥이 동생인 제토스와 함께 태어나자마자 곧바로 키타이론산에 버려졌다.
그곳에서 부모가 누구인지도 모른 채 양치기들 사이에서 자라났다. 헤르메스는
이 암피온에게 리라를 주고 타는 법도 가르쳐 주었다. 아우 쪽은 사냥이나 양
을 지키는 일을 했다. 그동안 그들의 어머니인 안티오페는 테베의 왕위를 노리
고 있는 리코스와 그의 아내인 디르케에게 심한 학대를 받았었는데, 기회를 보
아 아들들에게 그들의 권리를 알려 자기를 돕도록 했다. 그들은 동료 양치기들
과 함께 리코스를 공격하여 그를 없애고, 디르케의 머리칼을 황소에다 잡아매
어 죽을 때까지 끌고 다니게 했다.[2] 암피온은 테베의 왕이 된 뒤 성벽을 쌓아 수
비를 강화했다. 그가 리라를 타면 돌들이 저절로 움직여 성벽을 쌓았다고 전해
진다.

테니슨의 《암피온》이라는 시는 이 이야기를 바탕으로 하여 만든 흥미 있는
작품이다.

---

2) 디르케에 대한 이러한 형벌은 오늘날 나폴리 국립미술관에 소장되어 있는 유명한 조각상들
   의 주제를 이루고 있다.

파르네세의 황소
안티오페의 두 아들 암피온과 제
토스가 어머니를 괴롭힌 테베 왕
비 디르케를 소뿔에 묶어 끌고
다니다 죽이는 복수 장면. 나폴
리, 국립미술관

• 리노스

리노스는 헤라클레스의 음악 선생이었는데, 어느 날 제자를 너무 심하게 나
무라자 헤라클레스는 화가 나서 리노스를 수금으로 때려서 죽여 버렸다.

• 타미리스

타미리스는 옛날 트라키아의 노래하는 시인이었는데 지나치게 자기의 능력을
믿은 나머지 무사이 여신들에게 겨루기를 해보자고 도전했다. 그러나 패배하여
여신들에 의해 맹인이 되었다.

밀턴은 《실낙원》(제3권 35행)에서 자신이 눈먼 것에 대해서 노래하고 있는데,
그때 이 타미리스와 그 밖의 노래하는 눈먼 시인에 대해서도 언급하고 있다.

아폴론과 마르시아스   아폴론과 마르시아스가 음악 경연하는 장면. 아폴론은 하프 연주를 끝냈고, 피리를 불고 있는 마르시아스 그리고 살가죽 벗기는 처형을 맡은 스키타이인이 손에 칼을 쥐고 다가간다. 아테네, 국립미술관

• 마르시아스

아테나는 피리를 발명하여 불면서 하늘에 있는 신들을 즐겁게 했다. 그러나 장난꾸러기 에로스가 피리를 부는 여신의 기묘한 얼굴을 바라보다가 무엄하게도 웃는 바람에 아테나는 화가 나 피리를 내던졌다.

그러자 땅에 떨어진 피리를 마르시아스가 줍게 되었다. 그가 그 피리를 부니 사람의 마음을 빼앗는 듯한 매우 아름다운 소리가 났다. 그래서 자만한 나머지 아폴론에게 도전해 음악 경쟁을 했다. 아폴론이 이긴 것은 물론이고 아폴론에게 도전한 벌로서 마르시아스는 신으로부터 산 채로 가죽이 벗겨지는 벌을 받았다.

• 멜람푸스

멜람푸스는 예언의 능력을 받은 최초의 인간이었다. 그의 집 앞에는 참나무가 한 그루 서 있었고, 그 속에는 뱀의 보금자리가 있었다. 늙은 뱀들은 하인들이 죽였으나, 새끼 뱀들은 멜람푸스가 불쌍히 여겨 아주 소중히 길러 주었다. 어느 날 그가 참나무 밑에서 자고 있을 때 뱀들이 그의 귀를 혀로 핥았다. 잠이 깨어 그는 새나 기어다니는 동물들의 말을 이해하게 되었음을 발견하고 깜짝 놀랐다. 이 능력 때문에 그는 앞으로의 일을 예언할 수 있게 되어 유명한 예언 자가 되었다. 어느 날 그의 적들이 그를 사로잡아 엄중히 감금했다. 멜람푸스는 깊고 고요한 밤에 재목 속에 있는 벌레들이 서로 이야기하는 것을 듣고 벌레들이 재목을 거의 다 파먹어서 지붕이 얼마 가지 않아 내려앉으리라는 것을 알게 되었다. 그는 자기를 감금하고 있는 자들에게 그 사정을 말하고는 풀어 달라고 요구하고, 그들도 조심하라고 경고했다. 그들은 그의 충고를 받아들여 죽음을 면하자 깊이 감사하고 그를 존경했다.

• 무사이오스

무사이오스는 반(半)신화적인 인물로 어떤 전설에 의하면 오르페우스의 아들이라고 한다. 또 종교적인 시집이나 신화집을 썼다고 전해지기도 한다.

밀턴은 《사색하는 사람》(제103~108행)에서 이 무사이오스의 이름이 나오자 즉각 오르페우스의 이름을 떠올린다.

> 오오, 슬퍼하는 순결의 신, 그 순결한 슬픔의 힘으로,
> 무사이오스를 나무 그늘에서 일으키고,
> 오르페우스의 영혼이 노래하게 했으리.
> 그가 리라에 맞추어 노래하면,
> 하데스의 볼에도 철의 눈물이 흘러내려,
> 지옥도 사랑이 바라는 것을 돌려주었으리.

제25장

이야기 속의 시인들
아리온, 이비코스, 시모니데스, 사포

이 장에 나오는 시인들은 실제로 존재했던 인물이고, 그들이 쓴 것 가운데는 오늘날까지 남아 있는 것도 있다. 그러나 작품 자체보다도 훗날의 시인들에게 미친 그들의 영향이 더 중요하다.

이제부터 이야기에 나오는 이러한 시인들에 대한 기록은 지금까지 나왔던 다른 이야기와 마찬가지로 시인들에 의해 구전된 것이다.

여기에 나오는 최초의 두 편은 독일어를 번역한 것이며, 아리온의 이야기는 슐레겔의 민요시 《아리온》에서, 이비코스의 이야기는 실러의 민요시 《이비코스의 두루미》에서 따온 것이다.

1. 아리온

아리온은 유명한 음악가로서[1] 코린토스의 왕 페리안드로스의 궁정에 살면서 왕의 특별한 총애를 받았다. 아리온은 시칠리아에서 음악 경연대회가 열린다는 소식을 듣고, 자기도 나가서 상을 받고 싶어 했다. 그래서 페리안드로스에게 그 얘기를 하자, 페리안드로스는 마치 친동생에게 말하듯 친근한 어조로 그런 생각을 버리라고 말하였다.

"제발 내 곁에 있어 주오. 나와 함께 있는 것으로 만족하고, 딴 생각은 하지 마시오. 승리를 얻으려고 싸우는 자는 승리를 잃는 법이거든."

그러자 아리온은 대답했다.

"방랑 생활이야말로 시인의 자유로운 마음에는 가장 잘 어울리는 것이지요.

---

1) 기원전 7세기경 사람으로, 디티람보스(디오니소스를 찬양한 이야기 형식의 합창)를 완성했다.

나는 신에게서 부여받은 이 재능을 다른 사람들에게도 즐거움의 원천으로서 나눠 주고 싶어요. 그리고 만일 내가 상을 타게 된다면 그 기쁨은 얼마나 크겠습니까! 나의 명성이 널리 알려지게 될 테니까요."

그래서 그는 출전하여 상을 타고, 많은 상품을 코린토스의 배에 싣고는 귀로에 올랐다. 배를 띄운 다음 날 아침에는 바람도 부드럽게 불어 배를 밀어 주었다. 그는 외쳤다.

"오! 페리안드로스, 이제 걱정할 것 없습니다. 머지않아 당신과 포옹하는 순간 모든 걱정을 잊게 될 것입니다. 우리는 많은 재물을 신들에게 바쳐 그들을 기쁘게 할 것이고 또 축하연 자리는 얼마나 즐거울까요!"

바람과 바다는 여전히 평온했다. 하늘에는 구름 한 점 없었기 때문에 바다를 맘껏 믿어도 지나침이 없을 정도였다. 그러나 인간을 너무 믿었던 게 탈이었다. 그는 선원들이 서로 뭔가 수군거리고 있는 것을 엿듣고, 그들이 자기의 재물을 약탈하려는 음모를 꾸미고 있다는 것을 알았다. 얼마 안 있어 선원들은 소리를 지르고 반항적인 태도를 보이면서 그를 둘러싸고 말했다.

"아리온, 너는 죽어야 해! 육지에 너의 무덤이 있기를 바란다면 얌전히 이 자리에서 죽고, 아니면 바다에 몸을 던지거라."

"너희가 바라는 것이 꼭 나의 목숨인 것이냐?"

아리온은 말했다.

"나의 재물이 탐난다면 좋다. 가져라. 나는 기꺼이 그 돈으로 내 목숨을 사겠다."

"아니, 안 돼. 우리는 너를 살려 둘 수 없어. 너의 목숨은 우리에게 너무도 위험하거든. 우리가 강도질을 한 것이 페리안드로스에게 알려지기라도 하는 날엔 우린 도망칠 데가 없어. 집에 돌아가서도 걱정거리가 없어지지 않는다면 너에게서 빼앗은 재물도 아무 소용이 없게 되잖아?"

그는 말했다.

"그렇다면 마지막 소원을 들어다오. 이제 무슨 말을 해도 내 목숨을 구할 수가 없을 것 같아서 그런다. 제발 내가 이제까지 살아온 것처럼 음유 시인답게 죽을 수 있도록 해다오. 내가 나의 임종의 노래를 다 부르고, 또한 나의 리라 줄이 진동을 멈추면 그때 나는 이 세상에 작별을 고하고 나의 운명에 순순히 따르겠다."

이 소원도 다른 소원과 마찬가지로 들어줄 것 같지 않았다. 왜냐하면 그들은 오직 약탈품만을 생각하고 있었기 때문이다. 그러나 꽤나 유명한 음악가의 노래를 들을 수 있다는 생각이 그들의 거친 마음을 움직이게 했다. 그래서 그는 덧붙였다.

"그러면 부디 옷을 갈아입을 동안 잠시 기다려 다오. 아폴론은 내가 음유 시인의 옷차림을 하고 있지 않으면 힘을 빌려주시지 않으니까."

아리온은 균형이 잘 잡힌 몸에 눈이 부실 듯한 아름다운 금빛과 자줏빛 옷을 입었다. 그의 옷은 우아하고 아름다운 주름을 이루면서 그의 몸을 감싸고, 보석은 그의 팔을 장식하고, 금빛 화관은 그의 이마를 덮고, 목과 어깨로는 향기로운 냄새를 풍기는 머리칼이 흐르고 있었다. 그의 왼손은 리라를 잡고 오른손은 리라의 줄을 타는 상아 막대기를 쥐고 있었다. 그는 영감을 받은 사람처럼 아침 공기를 들이마신 뒤에 아침 햇빛 속에서 반짝이기 시작한 듯 보였다. 선원들은 감탄하며 바라보았다. 그는 뱃전으로 걸어 나가 깊고 푸른 바다를 내려다보다가 리라를 향해 노래를 불렀다.

"나의 목소리의 벗이여, 나와 더불어 황천으로 오라. 케르베로스가 으르렁거린다 하더라도 노래의 힘으로 그 노여움을 가라앉힐 수 있음을 나는 안다. 저 어두운 강을 건너가 행복의 섬(엘리시온)에 사는 영웅들이여, 행복한 영혼이여, 나도 곧 그대들 사이로 들어갈 수 있으리라. 그러나 그대들이 나의 슬픔을 가라앉혀 줄 수 있을까? 아, 나는 한 친구(페리안드로스)를 이 세상에 남겨 놓고 가야만 하네. 오르페우스여, 그대는 에우리디케를 발견했으나 곧 다시 잃지 않았던가. 그녀가 꿈처럼 사라졌을 때 찬란한 햇빛도 그대에게는 얼마나 얄미운 것이었겠나! 나는 가야 하네. 그러나 두려워하지 않으리. 신들이 하늘에서 보살펴 주실 것이니. 죄도 없는 나를 죽이려는 자들아, 내가 이 세상에서 죽어 없어지면 이윽고 그대들이 몸을 떨 때가 찾아오리라. 자, 바다의 여신 네레이데스여, 그대들의 자비에 몸에 맡기는 이 나그네를 부디 맞아 주시게!"

이렇게 노래 부르면서 아리온은 깊은 바닷속으로 뛰어들었다. 커다란 파도가 순식간에 그의 몸을 뒤덮어 버렸다. 선원들은 이제 자기들의 범행이 드러날 걱정이 없다면서 마음 놓고 항해를 계속했다.

그러나 어느새 아리온의 노래를 들은 바다의 생물들이 모여들어 귀를 기울이고 있었다. 그리고 돌고래들은 마법에 걸리기라도 한 듯 배의 뒤를 따랐다. 아리온이 물결 속에서 허우적댈 때 돌고래 한 마리가 자기 등에 타라고 다가와 그를 등에 태우고 무사히 바닷가로 데려다주었다. 그가 상륙한 곳에는 훗날 청동 기념비가 세워져 이 사건을 오래도록 후세에 전했다.

아리온과 돌고래가 각자 살던 곳으로 돌아가기 위해 헤어질 때, 아리온은 진심으로 고마워하면서 이렇게 말했다.

"안녕, 충성스럽고 우정이 넘치는 물고기여! 잘 가거라. 나는 그대에게 은혜를 갚고 싶으나 그대는 나와 같이 갈 수 없고, 나도 그대와 같이 갈 수 없어 안타깝구나. 우리는 서로 길동무가 될 수는 없으니, 바다의 여왕 갈라테이아가 그대에게 은총을 내려 주시기를! 또한 여왕의 자랑거리이기도 한 네가 그분의 이륜차를 끌 때 부디 바다도 매끄러운 거울처럼 고요하기를!"

아리온은 바닷가를 떠나 급히 서둘렀다. 얼마 가지 않아 눈앞에 코린토스의 여러 탑이 보이기 시작했다. 손에 리라를 들고 노래를 부르며 계속해서 걸었다. 마음은 사랑과 기쁨으로 가득 넘쳐서 빼앗긴 재물 따위는 깡그리 잊고 오직 자기에게 남은 절친한 친구와 리라만을 생각했다. 마침내 궁전에 도착하자 뜨거운 영접과 함께 곧장 페리안드로스의 따뜻한 가슴에 안겼다.

아리온은 말했다.

"친구여, 나 이렇게 그대에게로 다시 돌아왔소. 신이 내게 주신 재능은 수많은 사람들을 기쁘게 했지만 값비싼 상금은 모두 악당들이 앗아가 버렸지요. 하지만 온 세상에 알려진 명성만은 지금도 잃지 않고 이렇게 가져왔다오."

그는 자기에게 일어난 놀라운 일들을 페리안드로스에게 빠짐없이 이야기하였다. 페리안드로스는 어처구니가 없어 하며 듣고 있었다.

"그런 못된 짓을 하고도 그들이 하늘 아래 버젓이 살아 숨을 쉰대서야 어디될 말인가! 그런 짓을 그냥 놔두었다간 내게 있는 권력도 헛된 것이 되고 말 걸세. 우리가 범인을 잡을 수 있도록 자네는 여기 숨어 있도록 하게. 그러면 놈들은 전혀 눈치채지 못하고 다가올 테니."

배가 항구에 도착하자, 왕은 선원들을 불러들였다.

"너희는 아리온의 소식을 듣지 못했느냐? 나는 노심초사하며 그가 돌아오기를 기다리고 있다."

그가 묻자 그들은 대답했다.

"저희는 그분을 무사히 타렌툼(타란토)에 내려드렸습니다."

그들이 이 말을 채 끝내기도 전에 아리온이 그들의 눈앞에 나섰다. 균형 잡힌 몸에 눈이 번쩍 뜨일 만큼 아름다운 금빛과 자줏빛 옷을 입었는데, 윗옷은 우아한 주름으로 몸을 감싸고, 두 팔은 보석으로, 이마는 금빛 화관으로 장식하고, 목에서 어깨로 흐르는 머리칼에는 몇 종류인가의 향료 내음을 풍기고, 왼손에는 리라, 오른손에는 리라 타는 상아 막대기를 들고 있어 그의 갑작스런 등장은 더욱 놀라웠다. 그들은 마치 벼락을 맞기라도 한 것처럼 그의 발밑에 엎드렸다.

"우리는 그분을 죽이려고 했는데, 그분은 신이 되었다. 오, 대지여, 입을 벌려 우리를 삼켜 주기를!"

그러자 페리안드로스는 말했다.

"노래의 대가인 그는 아직 살아 있다! 자비심 깊은 하늘의 신께서 시인의 생명을 지키시기 때문이지. 나는 신들에게 너희에 대한 복수를 기원하지 않겠노라. 아리온이 너희의 피를 바라지 않기 때문이다. 탐욕의 노예들아, 썩 꺼져라! 너희는 어딘가 야만의 땅을 찾는 것이 좋겠다. 그리고 그 어떤 아름다운 것도 너희의 마음을 즐겁게 하는 일이 없도록 빌어 주마!"

스펜서도 아리온에 대해 언급하면서, 돌고래의 등을 타고 온 아리온이 포세이돈과 암피트리테의 행렬을 앞서서 이끄는 것으로 그리고 있다.[2]

그때 더없이 아름답고
신묘한 음악 소리가 뒤따랐다.
그러고는 동요하는 파도 위 흰 옥좌에 자리한,
아리온이 리라를 타니, 그 우아한 행렬에
모든 귀와 마음이 사로잡혔다.

---

2) 《신선 여왕》 제4권 11편 23절 참조.

그를 품어, 아이가이온의 바다를 해적을 피해 건네준
저 돌고래, 이제 그의 지식의 노래에 놀라며,
그의 곁에 조용히 서 있다.
거친 바다도 기쁨으로, 으르렁거림을 잊었다.

바이런도《귀공자 해럴드의 순례》제2편(제21절)에서 아리온의 이야기에 대해
언급하고 있다. 그것은 바이런이 자신의 항해를 떠올리며 한 선원에 대해 노래
하고 있는 대목이다. 선원은 음악을 연주하여 모두를 즐겁게 하려고 이렇게 노
래하고 있다.

달이 떠올랐다, 맹세코 아름다운 밤이다!
긴 빛의 강이 거대한 바다 위 검은 무도장에 퍼지면,
이제 해변의 젊은 녀석들은 사랑의 한숨을 쉬고,
처녀들은 그 사랑을 믿을 것이다.
해변으로 돌아만 간다면 그것은 우리의 운명!
그런 생각에, 거친 아리온의 들뜬 손이
선원들이 좋아하는 활기찬 화음으로 정적을 깬다.
즐거운 청객들이 둘러서서
친숙한 몸짓으로 멋지게 움직인다.
여전히 해변 위의 자유로운 표류자들인 양, 생각을 잊고서.

2. 이비코스

이제 이야기할 이비코스의 이야기를 이해하려면 다음의 몇 가지를 상기할 필
요가 있다. 우선 고대의 극장은 1만 내지 3만 명의 관객을 수용할 수 있는 큰 건
물이었고, 극장은 제전 같은 때에만 사용했으며 누구나 무료로 입장할 수 있었
으므로 늘 만원이었다. 그리고 극장의 지붕이 없이 하늘을 향해 넓게 열려 있었
고, 공연은 모두 낮에 펼쳐졌다. 작품의 내용 면에서는 복수의 여신들의 무시무
시한 모습이 이야기상으로 과장되게 묘사되는 일이 없었다. 그런데도 언젠가 비
극 시인 아이스킬로스가 50명으로 구성된 합창단으로 하여금《복수의 여신들》

을 공연하게 했을 때,[3] 관객들이 심한 공포에 휩싸여서 많은 사람들이 기절하고 경련을 일으켰다고 한다. 그래서 나라에서는 그 후로 이와 같은 연출을 금지했다고 한다.

경건한 시인인 이비코스[4]는 어느 날, 한창 그리스인의 인기를 모으던 코린토스의 이스트모스에서 거행되는 이륜차 경주와 음악 경연 대회에 참석하려고 길을 떠났다. 아폴론이 그에게 노래의 재능과, 시인의 꿀처럼 달콤한 입술을 부여했으므로 그는 걸음걸이도 가볍게 신의 은혜에 흡족해하면서 걸어갔다. 어느새 하늘 높이 솟은 코린토스의 탑들이 시야에 펼쳐졌다. 그는 두렵고 경건한 마음으로 포세이돈의 성스러운 숲속으로 들어갔다. 주위에는 인기척도 없이 오직 한 떼의 두루미가 그와 똑같은 방향을 향해 날고 있을 따름이었다. 남쪽 나라로 이동하는 것이었다. 그는 외쳤다.

"힘내라, 정든 두루미들아! 너희와는 바다를 건널 때부터 함께였어. 나는 그것을 행운의 징조라고 생각해. 우리는 서로 멀리서부터 와서 따뜻한 쉼터를 찾는 것이니까. 부디 너희나 나나 이방인을 불행으로부터 지켜 주는 친절한 대접을 받으면 좋으련만!"

그는 기운차게 계속 걸어서, 얼마 안 가 숲 한가운데까지 이르렀다. 그러자 좁은 길에서 느닷없이 강도 2명이 뛰어나와 그의 길을 가로막았다. 그는 항복을 하거나 아니면 맞서 싸워야 했다. 리라에는 익숙했으나 무기를 가지고 싸우는 데는 익숙하지 않은 그의 손은 힘없이 처졌다. 인간과 신들에게 도움을 청했으나 그의 목소리는 도와줄 이의 귀에 이르지 못했다. 그는 말했다.

"이곳에서 끝내 나는 죽는구나. 낯선 땅에서 슬퍼해 줄 이도 없이 무뢰한의 손에 의해 죽는구나. 원수를 갚아 줄 사람도 구하지 못한 채!"

심하게 다친 그는 마침내 그 자리에 쓰러졌다. 그때, 두루미들이 쉰 목소리로 울면서 머리 위로 날아가자 그는 말했다.

"두루미야, 나의 하소연을 사람들에게 전해 다오. 너희의 목소리 말고는 나의 부르짖음에 아무도 답하지 않는구나."

---

3) 《오레스테이아》 3부작 가운데 〈자비로운 여신들〉을 말한다.
4) 기원전 6세기 말 그리스의 서정 시인.

그는 이렇게 말하면서 눈을 감고 말았다.

이리저리 찢기고 동강이 난 사체가 발견되었다. 비록 상처로 인해 볼썽사나운 모습으로 바뀌어 있기는 했지만 이비코스를 맞이하려고 잔뜩 기다리던 코린토스의 친구는 그를 알아보고 외쳤다.

"이런 모습으로 내 너를 다시 만날 줄이야! 나는 노래 경연 대회의 승리의 화관이 너의 이마를 장식하기를 바랐건만!"

제전에 모여든 사람들은 이 소식을 듣고 놀랐다. 그리스의 모든 사람들이 마치 자기가 다친 것처럼 여겼고, 마음으로 모두 그의 죽음을 자신의 죽음처럼 생각했다. 그들은 법정 주위에 모여 살인자에게 앙갚음하고, 그들의 피로써 속죄하게 하라고 요구했다.

그러나 성대한 제전을 보러 모여든 엄청난 군중 속에서 무엇을 증거로 범인을 찾아낼 수 있을 것인가? 그는 강도의 손에 죽은 것인가, 아니면 개인적 원한을 가진 누군가가 살해한 것인가? 그것을 알고 있는 것은 모든 것을 내려다보는 태양신뿐이다. 그 밖의 다른 누구도 그것을 본 사람이 없었기 때문이었다. 그러나 범인은 복수의 칼날이 하릴없이 그를 찾고 있는 바로 지금 이 순간에도 저 군중 속에 있으면서 자기 죄의 열매를 즐기고 있는지도 모른다. 어쩌면 벌써 신전의 경내에서 신들을 모욕하고, 아무렇지도 않은 얼굴로 군중 사이에 섞여서 원형극장 속으로 흘러 들어가는 참일지도 모른다.

이제 군중들은 줄지어 좌석을 메워 건물이 무너지지나 않을까 싶을 정도로 빼곡히 들어찼다. 원형으로 된 층층대의 좌석은 하늘에 닿을 듯이 위로 치솟아 올라가고, 위로 갈수록 원은 넓어지며, 관객들이 와글와글 떠들어 대는 소리는 바다의 포효처럼 들렸다.

이윽고 수많은 군중들은 복수의 여신으로 분장한 합창대의 무시무시한 목소리에 귀를 기울이고 있었다. 합창대는 장엄한 의상과 절제된 발걸음으로 전진하여 무대 주위를 돌고 있었다. 이런 무시무시한 그룹을 이루고 있는 합창대는 과연 이 세상의 여자들일까? 그리고 물을 끼얹은 듯한 대군중은 과연 살아 있는 인간들일까!

합창대원들은 검은 옷을 입고, 야윈 손에는 검붉게 타오르는 횃불을 들고 있었다. 그들의 볼은 핏기가 없고, 이마 주위에는 머리카락 대신에 몸이 비꼬이고 부푼 독사가 휘감겨 있었다. 이런 무서운 사람들이 원을 그리면서 성가를 부르기 시작하자, 그것은 죄인의 가슴을 헤집고 온몸을 오그라들게 했다. 노랫소리는 높아지고 널리 퍼져서 악기 소리를 압도하고, 듣는 사람의 판단력을 빼앗고, 심장을 마비시키고, 피를 얼어붙게 했던 것이다.

"마음이 정결하고 죄 없는 자는 행복할지어다! 그런 자에게는 우리 복수의 여신도 손대지 않으며, 또한 우리에게 찔리는 일 없이 목숨을 이어 갈 수 있다. 그러나 비밀스런 살인을 저지른 자는 화를 면치 못하리! 우리들, '밤'의 무서운 동포들은 우리의 몸으로 그자의 온몸을 휘감아 조이는도다. 날아서 우리의 손아귀를 벗어나려 하는가? 우리는 더 빨리 날아서 뒤쫓고, 독사가 그의 다리를 휘감아 땅으로 끌어내려 넘어뜨릴 것이다. 지치지 않고 뒤쫓을 것이니, 어떠한 동정의 손길도 우리의 앞길을 가로막지 못하리라. 목숨이 다할 때까지 쫓고 또 쫓아서 그에게 평화도 쉼도 주지 않으리라."

복수의 여신들(에우메니데스)은 노래했다. 그리고 장엄한 몸놀림으로 춤을 추었는데, 그러는 동안 죽음과도 같은 고요함이 관중 전체를 뒤덮어 그것은 마치 진짜 신을 보고 있는 것처럼 여겨질 정도였다. 마침내 그들은 장엄한 발걸음으로 무대를 한 바퀴 돌고는 곧장 뒤쪽으로 사라졌다.

사람들의 심장은 환상과 실체 사이에서 고동쳤고, 가슴은 정체를 알 수 없는 공포로 물결치고 있었다. 비밀의 범죄를 감시하고, 운명의 실타래를 보이지 않게 감고 있는 무서운 힘 앞에서 떨었다. 바로 그때, 가장 윗좌석 근처에서 갑자기 외침 소리가 들려왔다.

"저길 봐! 친구, 저기 이비코스의 두루미들이 있어!"

그러자 갑자기 하늘 저편에서 뭔가 거무스름한 물체가 날아오기 시작했다. 자세히 보니 그것은 극장을 향해 곧장 날아오는 두루미 떼임을 단박에 알 수 있었다.

"이비코스의 두루미라니! 그가 그렇게 말했지?"

정든 그 이름을 듣자, 사람들의 가슴에는 슬픔이 되살아나기 시작했다. 바다에서 파도가 파도를 쫓듯이 다음과 같은 말이 사람들의 입에서 입으로 전해졌던 것이다.

"저것이 이비코스의 두루미래! 우리가 다 슬퍼하고 있는 이비코스. 살인자의 손에 무참히 죽은 그 이비코스 말이야! 아 참, 그런데 저 두루미가 그 사람과 무슨 관계야?"

웅성대는 소리는 차츰 높아지는데, 그러는 동안에도 번개처럼 어떤 생각이 사람들의 가슴에 떠올랐다.

"이것이야말로 복수의 여신들의 힘이다! 그 경건한 시인의 원수를 갚아야 한다. 살인자는 자기의 죄를 스스로 고발했다. 처음에 부르짖은 자와 그자가 말을 건 자를 잡아라!"

범인은 자기의 말을 주워 담을 수가 있다면 기꺼이 그렇게 했겠지만 때는 이미 늦었다. 공포로 창백해진 살인자들의 얼굴이 자기들의 죄를 고스란히 드러냈기 때문이다. 사람들이 그들을 재판관 앞으로 끌고 가자 범인은 모든 것을 자백하고 마땅한 벌을 받았다.

3. 시모니데스

시모니데스[5]는 그리스의 초기 시인들 가운데 가장 많은 작품을 쓴 시인 중 하나였으나 오늘날에는 그 작품 중에서 몇 개의 단편만이 전해지고 있을 따름이다. 그가 쓴 것으로 찬가(讚歌)와 송가(頌歌), 비가(悲歌)가 있다. 그는 특히 비가에 뛰어났다. 그는 감동적인 시에 능해서, 사람의 심금을 울리는 데 그보다 더 진실한 효과를 거둔 시인은 없었다. 《다나에의 비탄》은 현재까지 남아 있는 그의 시 단편들 중에서도 가장 중요한 것인데, 그것은 다나에와 그의 어린 아들이 그녀의 아버지 아크리시오스의 명령에 의하여 상자 속에 갇혀 바다에 띄워졌다는 전설을 바탕으로 쓴 것이다. 상자는 세리포스섬에 닿았고, 그곳에서 어부 딕티스가 두 사람의 생명을 구하여 그 나라의 왕 폴리덱테스에게 데리고 갔는데, 왕은 그들을 받아들여 보호해 주었다. 그 후 아들 페르세우스는 자라나서 유명한 영웅이 되었고 그의 모험담은 앞에서(제15장) 이야기한 바와 같다.

시모니데스는 일생의 대부분을 왕들의 궁정에서 보내면서 종종 그의 재능을 활용해 송가와 축가를 지었다. 국왕의 위대한 업적을 찬양하고, 왕의 두터운 보살핌 속에서 후한 사례를 받곤 했다. 그렇게 부탁을 받아 시를 짓고, 그 대가를

---

5) 고대 그리스의 서정 시인(기원전 556?~468?).

받는 것은 불명예스러운 일이 아니어서 초기의 시인들은 모두 그와 비슷한 삶을 살았다. 예컨대 호메로스가 묘사하는 데모도코스가 그러했으며,[6] 또 전설에 따르면 호메로스 스스로도 그러했다고 기록되어 있다.

시모니데스가 테살리아의 왕 스코파스의 궁정에 머물고 있을 때, 왕은 주연 석상에서 낭독시키기 위하여 자기의 공적을 찬양하는 시를 지어 달라고 그에게 부탁했다. 경건한 시인으로 널리 알려져 있는 시모니데스는 시의 주제에 변화를 주기 위하여 그의 시에 카스토르와 폴리데우케스의 위대한 업적을 집어넣기로 했다. 이러한 수법은 다른 시인들이 그런 시를 지을 경우에도 결코 드문 일은 아니었다. 게다가 보통 사람 같으면 자기가 레다의 아들들(카스토르와 폴리데우케스)과 동급으로 찬사를 받는 것을 만족스럽게 생각했을 것이다. 그러나 허영심은 한이 없는 것인지 스코파스는 축하잔치 자리에서 대신들과 아첨꾼들에게 둘러싸여 있었으므로 자기에 대한 찬양을 세세히 언급하지 않는 그 시가 몹시도 거슬렸다. 시모니데스가 약속한 대가를 받으려고 가까이 오자, 스코파스는 약속한 액수의 반만 주면서 다음과 같이 말했다.

"네 시 속에 내 이름이 나온 만큼만 돈을 주겠다. 카스토르와 폴리데우케스의 이름이 나온 부분은 마땅히 그 두 사람이 지불할 것 아니겠나?"

당황한 시인은 왕의 이러한 비아냥에 뒤이은 웅성거리는 비웃음 속에 자기 자리로 돌아왔다. 얼마 뒤에 그는 말을 탄 두 젊은이가 밖에서 그를 만나고자 기다리고 있다는 전갈을 받았다. 시모니데스는 문밖으로 나가 보았으나 방문객의 모습은 보이지 않았다. 그러나 잔치가 열리고 있는 커다란 홀을 그가 나오자마자 순식간에 지붕이 꿍음을 내며 무너져 내려 스코파스왕과 그의 축하객들은 한 사람도 남김없이 그 잔해 속에 묻히고 말았다. 그렇지만 자기를 불러냈다는 그 젊은이가 대체 누구일까 궁금해하던 시모니데스는 바로 그들이 다름 아닌 카스토르와 폴리데우케스임을 확신했다.

4. 사포
사포[7]는 그리스 문학의 가장 초기에 활약했던 여류 시인이었다. 그녀의 작품

---

6) 《오디세이아》 제8권 참조.
7) 기원전 612년경에 태어난 그리스의 시인. 레스보스섬의 방언으로 시를 지었다.

가운데 남아 있는 것은 겨우 몇 편에 지나지 않지만 그것만으로도 그녀가 매우 뛰어난 시적 재능을 지녔음을 알기에 충분하다. 사포에 대해 전해 내려오는 이야기 가운데 이런 것이 있다. 그녀는 파온이라는 잘생긴 청년을 뜨겁게 사랑했지만 그의 사랑을 받지 못하자 비관하여 레우카디아(레우카스) 절벽의 '연인들의 투신 바위'에서 바다로 몸을 던졌다. 그녀는 '연인들의 투신 바위(Lover's-leap)'에서 몸을 던진 사람이 만약 전혀 몸을 다치지 않으면, 사랑의 아픔이 치유될 것이라는 속설을 믿었기 때문이라고 한다.[8]

바이런은 《귀공자 해럴드의 순례》 제2편(제39~40절)에서 사포의 이 이야기를 묘사하고 있다.

귀공자 해럴드는, 슬픈 페넬로페가
내려다보았던 그 황량한 해역의 물결 위를 항해했다.
저 앞의 산을 바라보니, 아직도 잊지 않았구나.
연인의 은신처, 레스보스섬 여인의 무덤을.
슬펐던 사포여! 그 불멸의 시로,
불멸의 불꽃이 스며든 가슴을 구하지 못했단 말인가?

그리스의 어느 가을날, 고요한 저녁나절에
해럴드는 멀리 레우카디아의 절벽을 향해 그렇게 외쳤다.
……

사포와 '연인들의 투신 바위'에 대해서 더 자세하게 알고자 하는 분은 《스펙테이터(Spectator)》지(紙) 제223호와 229호를 보기 바란다. 또 무어의 《그리스의 저녁》을 함께 읽기 바란다.

---

8) 오비디우스의 《여인들의 편지(Heroides)》 제15권 참조.

제26장

신이 사랑한 인간들
엔디미온, 오리온, 에오스와 티토노스, 아키스와 갈라테이아

1. 엔디미온

엔디미온은 라트모스산에서 양을 치는 잘생긴 청년이었다. 어느 조용하고 청명한 밤에 달의 여신 아르테미스[1]가 아래 세상을 내려다보니 이 젊은이가 잠들어 있는 모습이 눈에 들어왔다. 청년의 뛰어난 아름다움에 처녀신의 차가운 마음도 눈 녹듯 사라져서 마침내 여신은 그에게로 내려와 키스를 하고 그가 잠들어 있는 동안 내내 지켜 주었다.

또 다른 전설에 따르면 제우스가 그에게 영원한 청춘과 영원한 잠을 결합시킨 선물을 주었다고도 한다. 이러한 선물을 받은 사람이므로 엔디미온에 대해서는 이렇다 할 만한 모험담은 거의 없다. 전설에 따르면 아르테미스는 그의 가축 무리가 번성하게 하고, 양과 새끼 양을 들짐승으로부터 지켜 재산을 잃지 않도록 돌보아 주었다고 한다.[2] 그 덕분에 그는 나태한 인생의 고통을 겪지 않았다고 한다.

이 엔디미온의 이야기도 그것이 비밀스럽고 얇은 베일로 덮여 있는 인간적인 의미에서 보면 독특한 매력을 지닌다. 우리는 이 엔디미온에게서 젊은 시인의 공상과 마음을 본다. 이는 자신을 만족시켜 줄 만한 것을 헛되이 찾고, 자기가 좋아하는 시간을 조용한 달빛 속에서 찾으며, 그 빛나는 무언의 목격자(달)가 내리비치는 빛 아래에서 우울함과 정열로 자신을 소모시키곤 하는 것이다. 그러

---

1) 달의 여신 셀레네는 나중에 아르테미스와 동일시되었다. 로마 신화에서는 각각 루나와 디아나.
2) 아르테미스는 사냥과 야생 동물의 보호자이기도 하다.

셀레네와 엔디미온
동이 트자 애인 엔디
미온과 헤어지는 달
의 여신. 디트로이트
미술관

므로 이 이야기는 동경과 시의 사랑, 그리고 현실보다는 몽상으로 보내는 인생, 젊어서 멋대로 맞이하는 죽음을 암시한다.

키츠의 《엔디미온》은 격렬하고 공상적인 시이지만 그 속에는 다음의 구절처럼(제3권 57~64행) 달을 향해 노래 부르는 참으로 아름다운 시 몇 편이 있다.

당신의 밝은 빛 속에 누워,
잠든 암소들은 신의 들판을 꿈꿉니다.
헤아릴 수 없는 산들이 일어서고, 일어서,
당신의 눈길을 숭배하고자 열망합니다.
당신의 축복은 어두운 은신처나
작은 장소엔 비추이지 않아 어두워도,
그곳에 기쁨이 깃들기도 합니다. 둥지를 찾는 굴뚝새도,
그 조용한 이해심으로 당신의 공정한 얼굴을 품으니까요.

에드워드 영도 《밤의 상념》에서 다음과 같이 엔디미온에 대해 이야기하고 있다.

······나의 상념은, 오 밤이여, 그대의 것이다.

연인들의 비밀스런 한숨처럼, 너로부터 왔다.

모두 잠든 사이에. 시인들의 여린 손끝으로 킨티아[3]가,

어둠의 베일 속에서 거리낌 없이 둥근 하늘을 타고 내려와,

그녀에게 빠진 양치기를 위로한 모양이다.

나의 것인 그대가 더 매혹적인데.

존 플레처[4]는 《충실한 양치기 여인》(제1막 3장 36~43행)에서 이렇게 노래하고 있다.

숲에서 사냥을 하던 창백한 포이베[5]가 어떻게

젊은 엔디미온을 처음 보았을까—그의 눈에서 그녀는

결코 끌 수 없는 영원한 정염을 보았다.

그녀는 어떻게 잠이 든 그의 관자놀이에

살며시 양귀비를 달아,

굉장한 라트모스 봉우리로 데려갔을까—

그녀는 밤마다 몸을 굽히고,

오빠의 금빛으로 아름답게 장식한,

그 산의 가장 사랑하는 연인에게 키스를 한다.

2. 오리온

오리온은 포세이돈의 아들이었다. 그는 준수한 용모의 거인이었고, 또 힘센 사냥꾼이었다. 그의 아버지는 아들에게 바다 밑을, 또 다른 설에 따르면 바다 위를 걷는 능력을 주었다고 한다.

오리온은 키오스섬의 왕 오이노피온[6]의 딸 메로페를 사랑하여 그녀에게 청

---

3) 아르테미스의 별칭. 델로스의 킨토스산에서 태어난 데서 얻은 이름.

4) 영국의 극작가(1579~1625). 보몬트와 공동 집필한 희비극으로 당대 셰익스피어와 경쟁했다.

5) 각각 해와 달을 상징하는 아폴론은 '포이보스', 아르테미스는 '포이베'라고 불렸는데 둘 다(오누이 사이) 밝은 빛을 뜻하는 말이다.

6) '포도주를 마시는 사람'이라는 뜻의 이름.

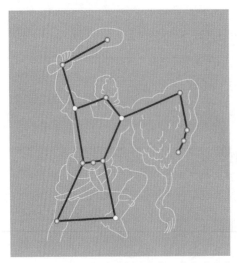

오리온자리 겨울철 대표적 별자리로 사자 가죽과 몽둥이를 든 거인 모습이다.

혼을 했다. 그는 섬에 있는 들짐승을 한 마리도 남김없이 잡아서 그것을 사랑하는 그녀에게 선물로 가져갔다. 그러나 처녀의 아버지 오이노피온이 별별 핑계를 다 대면서 승낙을 미루자, 오리온도 끝내 참지 못하고 처녀를 완력으로 자기 것으로 만들려 했다. 그의 이러한 행동에 화가 머리끝까지 난 그녀의 아버지는 오리온을 술에 취하게 한 뒤, 눈을 멀게 하여 그를 바닷가에 버렸다. 맹인이 된 이 영웅은 외눈박이 거인족(키클로페스)의 망치 소리를 따라 길을 더듬어 렘노스섬에 도착해서 헤파이스토스의 대장간으로 갔다. 그를 불쌍히 여긴 헤파이스토스는 케달리온이라는 직공으로 하여금 그를 태양의 궁전(아폴론)으로 안내하도록 주선해 주었다. 오리온은 케달리온을 어깨에 메고 동쪽을 향하여 나아가다 마침내 태양의 신을 만나 그 빛으로 시력을 되찾았다.

그 후, 그는 사냥꾼으로서 아르테미스와 함께 살았다. 그가 여신의 마음에 쏙 들었던 것이다. 그리고 여신이 그와 결혼하려 한다는 소문까지 나돌게 되었다. 여신의 쌍둥이 오빠(아폴론)는 이를 대단히 탐탁지 않게 생각하여 그녀를 자주 꾸짖었으나 아무런 소용이 없었다. 그러던 어느 날 오리온이 고개만 물 밖으로 내놓고 바다를 건너오는 것을 발견한 아폴론은 누이동생에게 그것을 가리키면서 네가 아무리 잘났어도 저기 바다에 떠 있는 검은 것을 맞히지는 못할 것이라고 부추겼다. 활의 명수이기도 한 여신은 운명의 과녁을 향해 활시위를 당겼다. 이윽고 파도는 오리온의 시신을 바닷가로 몰아왔다. 아르테미스는 눈물을 펑펑 쏟으면서 자기의 엄청난 실수를 한탄하여 슬퍼하고 그를 별자리에 있게 해주었다. 그리하여 오리온은 오늘도 하늘의 별자리에 거인의 모습으로 나타나 허리띠와 칼, 사자 가죽과 몽둥이를 들고 있는데, 사냥개 세이리오스가 그의 뒤를 따르고, 플레이아데스가 그의 앞을 날아서 도망치고 있다.

플레이아데스란 아틀라스의 딸들이자, 아르테미스의 시녀 님프들이었다. 어느 날 오리온은 그녀들을 보고 한눈에 반해 뒤를 쫓아갔다. 어찌할 바를 몰라 하던 그녀들은 자기들의 모습을 바꿔 달라고 신에게 기도했다. 그래서 불쌍히 여긴 제우스는 그녀들을 비둘기로 변신하게 하여 하늘의 별자리(플레이아데스자리)가 되게 했다. 처음에는 일곱 개였는데 지금은 여섯 개밖엔 보이지 않는다. 그것은 그 가운데 하나인 엘렉트라[7]가 트로이의 함락을 그냥 두고 볼 수가 없어 그곳을 떠났기 때문이라고 한다. 왜냐하면 트로이는 그녀의 아들인 다르다노스가 세운 것이었기 때문이다. 함락의 광경은 너무나 비참했으므로 그녀의 자매들도 그날 이후 오늘에 이르기까지 줄곧 창백한 얼굴을 하고 있다.

롱펠로가 쓴 《오리온자리 엄폐》라는 시가 있다. 다음에 드는 것은 시인이 이 신화에 대해 노래한 한 구절(제5절)이다. 여기서 우리가 미리 알아 두어야 할 것은, 하늘에 빛나는 오리온은 사자 가죽을 몸에 두르고 몽둥이를 휘두르고 있는 모습으로 그려져 있다는 점이다. 이 별자리의 별이 하나씩 달빛에 사라져 가는 그 순간을 시인은 우리에게 이렇게 노래해 준다.

> 사자의 붉은 가죽이 툭 떨어져,
> 그의 발아래, 강으로 가라앉았다.
> 이젠 그 힘센 몽둥이가
> 황소의 이마를 내리치지도 않고,
> 다만, 그는 예전처럼 비틀거리며 바닷가를 걸었다.
> 오이노피온에게 눈을 빼앗긴 채 걷고 걸어,
> 대장간의 대장장이를 찾아갔다.
> 그리고 좁은 골짜기로 올라
> 핏기 없는 흰 눈으로 태양을 응시했다.

테니슨은 플레이아데스에 대해서는 다른 생각을 갖고 있다.

---

7) 아가멤논의 딸 엘렉트라와는 다른 사람. 플레이아데스 중 한 사람을 지칭하는 단수형은 플레이아스.

밤마다 수없이, 플레이아데스가

푹 영근 어둠 속에서 나오는 것을 보았다.

반딧불 무리가 은줄로 엉켜 있는 듯 현란히 반짝였다.

《록슬리 홀》제9~10행

바이런은 홀연히 모습을 감춘 한 플레이아스에 대해 다음과 같이 노래하고 있다.[8]

지상에서 더 이상 보이지 않는 잃어버린 플레이아스 같아.

3. 에오스와 티토노스

새벽의 여신 에오스도 언니인 달의 여신과 마찬가지로 인간을 사모하는 마음에 휩싸이곤 했다. 그녀가 가장 사랑했던 것은 트로이의 왕 라오메돈의 아들 티토노스였다고 한다. 여신은 그를 납치해 와서는 제우스를 설득해 영원한 생명을 그에게 주게 했다. 그러나 영원한 생명과 더불어 영원한 젊음을 받아 두는 것을 깜박 잊는 바람에 얼마 지나자 애통하게도 그가 점점 늙어 가는 것을 느끼기 시작했다. 그의 머리카락이 완전히 하얘지자 그와의 사이도 멀어지게 되었다. 하지만 그는 여전히 여신의 궁전에 살면서 신과 똑같은 것을 먹고, 하늘의 옷을 입을 수 있었다. 그러나 마침내 팔다리를 움직일 힘도 없게 되자, 그녀는 그를 방 안에 가두어 놓았다. 그러자 거기서 그의 힘없는 소리가 이따금 들려왔다. 그래서 여신은 마침내 그를 매미가 되게 했다.

멤논은 에오스와 티토노스 사이에서 태어난 아들이었다. 그는 에티오피아의 왕으로서 동쪽 끝자락의 오케아노스 해안에 살고 있었다. 그리고 트로이 전쟁 때에는 그의 아버지의 친족을 도우려고 군대를 이끌고 왔다. 프리아모스 왕[9]은 그를 정중히 맞아들이고, 그가 오케아노스 해안의 신기한 일들을 이야기하자 감탄하면서 귀를 기울였다.

트로이에 도착한 다음 날, 멤논은 가만히 몸을 놀리고 있는 것이 답답해서

---

8) 《베포(Beppo)》 제14절 참조.
9) 트로이의 마지막 왕. 티토노스의 형제.

곧장 군대를 이끌고 싸움터로 나갔다. 네스토르의 용감한 아들인 안틸로코스가 그의 손에 쓰러지자, 그리스군은 물러서지 않을 수 없게 되었다. 그런데 바로 그때, 아킬레우스가 나타나 군대를 새로이 정비했다. 이제 아킬레우스와 에오스의 아들 사이에 길고 거친 싸움이 시작되었다. 마침내 승리는 아킬레우스에게로 돌아가, 멤논은 전사하고 트로이군은 허둥지둥 도망쳤다.

하늘의 자기 거처에서 아들의 위험을 걱정스레 바라보던 에오스는 그가 죽는 것을 보고, 다른 아들들인 바람의 신들에게 명하여 그의 시신을 파플라고니아의 아이세포스강 기슭으로 가져오

여명(새벽)의 여신 에오스
에오스가 횃불을 들고, 2명의 에로스가 끄는 차를 타고 새벽 하늘을 밝히고 있다. 여신은 인간 티토노스를 사랑하였다. 베네치아, 개인 소장

게 했다. 저녁이 되자, 에오스는 시간의 여신들과 플레이아데스들을 데리고 와서 죽은 아들을 보고 통곡했다. 밤의 여신도 그의 깊은 슬픔을 동정하여 구름으로 하늘을 덮었다. 천지 만물 모두가 새벽의 여신 에오스의 아들의 죽음을 애도했다. 에티오피아인들은 님프들의 숲속을 흐르는 강가에 그의 무덤을 세웠다. 그리고 제우스는 화장하는 나뭇더미에서 솟아오르는 불똥과 재를 새로 변하게 했는데, 새들은 두 편으로 갈라져 나뭇더미 위에서 서로 싸우다가 마침내 불 속으로 떨어져 모습을 감췄다. 해마다 멤논의 제삿날이 되면 새들은 다시 모습을 나타내 똑같은 재현으로 그의 제사를 지냈다. 그러나 에오스는 자식을 잃은 것을 도무지 체념할 수가 없어서 지금도 눈물을 흘리고 있다. 아침 일찍 풀 위에 내린 이슬방울이 바로 그녀의 눈물인 것이다.

아들 멤논의 시신을 안고 슬퍼하는 에오스
파리, 루브르 박물관

멤논의 이 이야기는 고대 신화 속의 많은 이상한 이야기와는 달리 오늘날까지도 기념이 될 만한 것이 몇 가지 남아 있다. 이집트의 나일강 기슭(테베)에는 두 개의 거대한 조각상이 서 있는데 그 하나가 멤논의 상이라고 한다.

그리고 고대 작가들의 기록에 따르면, 아침 해의 최초의 빛이 이 조각상에 닿으면 마치 리라의 현을 탈 때와 같은 소리가 들렸다고 한다. 그러나 현존하는 그 조각상이 이러한 고대의 작가들이 전하는 것과 과연 동일한 것인지에 대해서는 조금 의심스럽다.[10] 또 그 이상한 소리에 대해서는 더욱 의심스럽지만 그렇다고 해서 그러한 소리를 지금도 들을 수 있다는 점에 대한 현대적인 증명이 아주 없지는 않다. 즉 이 큰 바위로 만든 조각상 속에 들어 있던 공기가 틈새라든가 구멍으로 빠져나갈 때 나는 소리가 이러한 이야기에 어떤 근거를 주고 있는 것이 아닌가 보고 있다. 가장 권위 있는 여행가 가드너 윌킨슨 경[11]은 이 조각상 자체를 조사한 결과 속이 비어 있는 것을 발견하고, "상의 무릎 근처 부분의 돌을 두드리면 금속성의 소리가 나는데 그것이 애초부터 상의 신비한 힘을 믿고 찾아온 관광객을 속이는 데 아직까지 이용되고 있는 것 같다"고 서술하고 있다.

소리를 내는 이 멤논상은 시인들이 즐겨 쓰는 제재가 되고 있다. 이래즈머스 다윈은 《식물원》(제1권 1편 182행)에서 이렇게 노래하고 있다.

멤논의 신전에 찾아든 성스런 태양신에게,
자연의 화음이 팽팽한 아침 공기를 바치니,

---

10) 고대 이집트 제18왕조의 왕 아멘호테프 3세(재위 : 기원전 1417년?~1379년?)의 상으로 여겨진다.
11) 영국의 여행가·작가·이집트학자(1797~1875). '영국 이집트학의 아버지'라 불린다.

떠오르는 응답의 빛이, 살아 있는 리라에 닿아,

소리가 일며, 모든 현이

태고의 떨림으로 노래한다.

신전의 긴 통로에 부드러운 음조가 이어지고,

거룩한 메아리로 숭배의 노래가 퍼진다.

4. 아키스와 갈라테이아

스킬라는 옛날 시칠리아에 살고 있던 아름다운 처녀로서 님프들의 총애를 받고 있었다. 구혼자가 많았으나 그녀는 그들을 모두 물리치고는 곧잘 바다의 님프 갈라테이아의 동굴로 가서 그들 때문에 귀찮아 죽겠다고 하소연을 하는 것이었다. 어느 날 스킬라가 여신(갈라테이아)의 머리를 빗겨 주면서 그 이야기를 하니 여신이 이렇게 대답했다.

"하지만 말야, 너를 끈질기게 귀찮게 구는 남자들은 인간 가운데서 그리 점잖지 못한 종족은 아니니까 네가 원하면 그나마 거절할 수 있는 거란다. 그에 비하면 나는 네레우스의 딸인 데다가 여러 언니들의 보살핌을 받고 있지만, 바닷속으로 달아나는 것 말고는 그 외눈박이 거인[12]의 사랑에서 벗어날 수 없단다."

눈물이 여신의 목을 메게 했다. 그래서 동정심이 많은 스킬라는 아름다운 흰 손가락으로 눈물을 닦아 주고 여신을 위로하면서 말했다.

"여신님, 부디 그 슬픔의 연유를 말해 주세요."

그러자 갈라테이아는 이런 이야기를 들려주었다.

"아키스는 파우누스와 님프 나이아스 사이에서 태어난 아들이었어. 그의 아버지와 어머니는 그를 몹시 사랑했지만 그들의 사랑도 나의 사랑에 비하면 별것 아니었지. 왜냐하면 그 아름다운 청년은 나한테만 마음을 주었거든. 그리고 그때 그 사람은 막 16살이 되어 솜털이 조금씩 검게 볼을 덮기 시작했었어. 내가 그와 결혼하고 싶어 하면 할수록 그 폴리페모스란 녀석도 나랑 결혼하고 싶어 하는 거야. 아키스를 사랑하는 마음과 폴리페모스를 미워하는 마음 중에 어느 쪽이 강했느냐고 묻는다면 나는 대답할 수가 없어. 양쪽이 똑같았으니까. 오,

---

12) 키클로페스족의 폴리페모스. 키클로페스 중 하나를 지칭하는 단수형은 키클롭스.

갈라테이아 갈라테이아를 짝사랑하는 외눈박이 거인 폴리페모스가 그녀를 응시하고 있다. 파리, 개인 소장

아프로디테여, 당신의 힘은 어찌나 위대하던지요! 무서운 거인에다 숲의 공포이고, 운 없는 외지인을 한 사람도 무사히 도망치게 한 적이 없으며, 제우스에게조차 대들던 그 사내가 이제 사랑이 어떤 것인지를 알고는 나에 대한 정열에 휩싸여서 자기의 가축들도, 자기가 물어 뜯어 쌓아 놓은 인간들도 잊어버리는 지경에 이르렀지. 그러고 나서야 비로소 자기의 외모를 깨닫고 겉보기만이라도 좋게 보이려고 애를 쓰기 시작하는 거야. 굵고 거친 머리칼을 곰 같은 손으로 긁어 빗고, 수염은 낫으로 깎고, 못생긴 얼굴을 물에 비춰 보거나 하면서 얼굴을 가꾸더구나. 죽이기를 좋아하는 사나운 성질도, 맹수 같은 성질도, 피를 찾는 목마름도 그전 같지 않게 된 덕분에 그의 섬에 들르는 배도 무사히 다시 나갈 수 있게 되었지. 그는 커다란 발자국을 남기며 이리저리 바닷가를 걸어 다니다 지치면 동굴 속에서 조용히 쉬곤 했어. 그곳에는 바다로 튀어나온 절벽이 있었는데 그 양쪽 기슭에서 물결이 출렁거렸지. 어느 날 키클롭스는 그곳에 올라앉아 있었어. 그의 뒤를 따라오던 양 떼는 주위에 흩어져 놀고 있었지. 그는 배의 돛대로도 쓸 수 있을 만한 지팡이를 발치에 놓고, 많은 갈대를 모아서 만든 피리를 꺼내 산과 바다에 가락이 울려 퍼지게 하는 거야. 나는 그때 바위 그늘에 숨어서 사랑하는 아키스에게 기대어 멀리서 들려오는 그 가락에 귀를 기울였어. 그것은 나의 아름다움을 터무니없이 찬미하는 동시에 나의 냉정함과 잔인함을 격렬히 나무라는 것이더구나.

노래를 끝내자 그는 일어서서, 한시도 가만히 서 있지 못하는 황소처럼 숲속으로 걸어갔지. 아키스와 나는 이미 그의 생각을 잊었는데 느닷없이 그가 우리가 앉아 있는 광경이 보이는 곳에 와 있었어. 그는 부르짖더군. '이런 꼴을 보게 되다니! 이것이 너희의 마지막 밀회가 되게 해주지.' 그의 목소리는 성난 키클롭스가 아니면 도저히 낼 수 없는 포효였어. 아이트나산도 그 소리에 벌벌 떨었거든. 나는 너무도 두려운 나머지 바다로 뛰어들었단다. 그런데 아키스는 되돌아서더니 '살려 줘, 갈라테이아. 살려 주세요. 아버지, 어머니!' 하고 외치며 도망치는 거야. 키클롭스는 그를 뒤쫓다가 산기슭에서 바위를 떼어 내 그를 겨냥해 던졌어. 겨우 바위 한 귀퉁이가 그에게 스쳤을 뿐인데 그 사람은 박살이 나고 말았지.

나는 운명의 여신이 나에게 준 능력 말고는 아키스를 위해 아무것도 할 수가 없었어. 결국 나는 그 사람에게 그의 할아버지뻘 되는 강의 신과 동일한 영예를 주었지. 새빨간 피가 바위 밑으로 흘러나오다가 차츰 색이 옅어지더니, 비로 탁해진 시냇물 같은 색이 되고 마침내는 다시 점점 맑아지더구나. 이윽고 바위는 둘로 쪼개지며 물이 그 틈새로 솟아나 어느새 즐거운 속삭임 소리가 나고 있었어."

이리하여 아키스의 몸은 강으로 바뀌었으므로 그 강은 지금도 아키스란 이름으로 불리고 있다.

드라이든은 《키몬과 이피게네이아》라는 시(제129~134행)에서 시골뜨기가 사랑의 힘에 의해서 교양 있는 신사로 변하는 이야기를 노래하고 있는데, 어떤 의미에서 이것은 갈라테이아와 키클롭스의 전설과 비슷한 데가 있다.

아버지의 걱정도, 개인교사의 기술도,
그의 거친 마음에 고통으로 심을 수 없었던 것, 바로
최선의 교사, 사랑이 곧 그의 맘을 움직였다.
메마른 땅이 타서 열매를 맺은 듯.
그래서 사랑은 그에게 부끄러움과
사랑 싸움의 부끄러움과
삶의 달콤한 예의를 가르쳐 주었다.

제27장
트로이 전쟁

1. 전쟁의 불씨

아테나는 지혜의 여신이기는 했지만 언젠가 매우 어리석은 짓을 한 적이 있었다. 헤라와 아프로디테에게 도전하여 아름다움의 상을 받으려 했던 것이다. 사건의 발단은 이러하다.

펠레우스와 테티스의 결혼식 피로연에 모든 신들이 초대를 받았는데 전쟁의 여신 에리스만이 초대를 받지 않았다. 여신은 자기가 왕따를 당한 것에 울화가 치밀어 잔치 자리에 황금 사과를 하나 던졌다. 그 사과에는 '가장 아름다운 여신을 위하여'라는 글이 쓰여 있었다. 그래서 헤라와 아프로디테와 아테나는 제각기 그 사과가 자기 것이라고 주장했다.

신들의 향연　펠레우스와 테티스의 결혼 축하 향연. 하를럼, 프란스 할스 박물관

파리스의 심판
세 여신 중 아프로디테에게 황금
사과를 주는 파리스. 카를스루
에, 국립미술관

　제우스는 이러한 미묘한 문제에 판결을 내릴 마음이 내키지 않았으므로 여
신들을 이다산으로 보냈다. 그곳에는 잘생긴 양치기 파리스가 양을 돌보고 있
었는데 이 파리스에게 판결을 맡긴 것이었다. 그래서 여신들은 파리스 앞에 가
서, 각기 자기에게 유리한 판결이 내려지게 하려고 헤라는 파리스에게 권력과
부를, 아테나는 전쟁에서의 영광과 명성을, 아프로디테는 가장 아름다운 여자
를 아내로 얻어 주마고 약속했다.

　파리스는 아프로디테의 편을 들면서 그녀에게 황금 사과를 주었다. 그로써
다른 두 여신을 그의 적이 되게 한 것이다. 파리스는 아프로디테의 보호 아래
그리스로 건너가 스파르타 왕 메넬라오스의 따뜻한 영접을 받았다. 그런데 메
넬라오스의 아내 헬레네가 바로 아프로디테가 파리스에게 약속한 가장 아름다
운 여인이었던 것이다. 이전에 수많은 구혼자들이 그녀에게 아내가 되어 달라고
애원했었다. 그리고 구혼자 중의 한 사람이었던 오디세우스의 제의에 따라 그
들은 모두 그녀를 모든 위험으로부터 지킬 것이며, 필요하다면 그녀를 해치는
자에게 원수를 갚겠다고 맹세했다.

　마침내 그녀가 메넬라오스를 남편으로 선택해 그와 더불어 행복한 나날을
보내고 있던 중에 파리스가 찾아와 그들의 손님이 된 것이었다. 파리스는 아프
로디테의 도움을 받아서 헬레네를 설득해 함께 궁전을 도망쳐 나와 그녀를 트
로이로 데리고 갔다. 이로써 그 유명한 트로이 전쟁—호메로스나 베르길리우스
가 노래한 고대의 가장 위대한 시 《일리아스》와 《오디세이아》, 《아이네이스》의

헬레네를 꾀어내는 파리스   파리스가 헬레네의 손을 잡아끌고 있다. 보스턴 미술관

주제가 되었던 사건—이 일어나게 된 것이다.

　메넬라오스는 그리스의 왕족들에게 심부름꾼을 보내 전에 맹세했던 대로 자기를 도와 아내를 되찾는 데 힘을 써달라고 부탁했다. 그들은 대개 이에 응하여 찾아왔으나 그 무렵 오디세우스는 페넬로페와 결혼하여 처자식을 거느리고 매우 즐거운 나날을 보내고 있었으므로, 이와 같이 성가신 일에 나설 생각이 전혀 없었다. 그래서 그가 선뜻 나서지 않고 뭉그적거리고 있자, 그를 설득하기 위해 팔라메데스가 왔다.

　팔라메데스가 이타카에 도착하자 오디세우스는 미친 척했다. 그는 나귀와 소에게 함께 멍에를 씌워 쟁기를 얹은 다음, 밭에다 씨앗 대신 소금을 뿌리기 시작했다. 팔라메데스는 그가 진짜 미쳤는지 시험하려고 오디세우스의 어린 아들 텔레마코스를 쟁기 앞에다 놓았다. 그러자 그는 쟁기를 옆으로 비켜서 자기가 미치지 않았다는 것을 드러내고 말았다. 이제 더 이상은 약속을 모른 체할 수 없었다. 그리하여 끝내는 어쩔 수 없이 이 계획에 끼게 되고 말았는데 막상 그렇게 되자 이번엔 별로 내키지 않아 하는 왕족들, 그중에서도 특히 아킬레우스를 참가시키려 애쓰게 되었다.

　영웅 아킬레우스의 어머니는 바로 테티스였는데, 그녀의 결혼식 때 그 분쟁의 사과가 여신들 사이에 던져졌던 것이다. 테티스는 죽음을 모르는 신의 하나로서 바다의 님프였다. 그래서 자기 아들이 원정에 참가하면 트로이성 앞에서 죽을 운명임을 알았으므로 어떻게든 아들을 보내지 않으려고, 그를 처녀로 변장시켜 리코메데스왕의 궁정으로 보내어 왕의 딸들 사이에 몸을 숨기게 했다.

오디세우스는 아킬레우스가 그곳에 있다는 말을 듣고 장사꾼으로 변장을 하고 궁궐로 가서 여성용 장식물을 펼쳐 놓았다. 그 속에는 무기도 섞여 있었다. 그러자 왕의 딸들은 노리개에 열중하고 있는데 유독 아킬레우스는 무기를 만졌다. 엉겁결에 오디세우스의 날카로운 눈에 자기의 정체를 드러내고 만 것이었다. 이로써 오디세우스는 별로 힘들이지 않고 아킬레우스를 설득해 그의 어머니의 간곡한 부탁을 잊게 한 다음, 모두와 함께 전쟁에 참가하게 했던 것이다.

프리아모스는 트로이의 왕이었고, 양치기 신분으로 헬레네를 유괴해 간 파리스는 그의 아들이었다. 파리스가 양치기 같은 비천한 처지로 자라나게 된 것도 사실은 갓난아기일 때부터 그가 나라를 망칠 원인이 되리라는 불길한 예언이 있었기 때문이었다. 그 예언은 이제 실현될 것 같은 조짐이 보였다. 왜냐하면 지금 대기하고 있는 그리스군은 전에 없던 대규모의 군비를 갖추고 있기 때문이었다.

미케네의 왕으로서 아내를 빼앗긴 메넬라오스의 형인 아가멤논이 사령관으로 뽑혔다. 아킬레우스는 전체 군인 가운데서도 가장 뛰어난 장수였다. 그다음은 아이아스였는데, 그는 몸집이 크고 매우 용맹스러웠지만 머리는 따라 주지 않았다. 디오메데스는 영웅다운 여러 기질에 있어서 아킬레우스에 버금가는 장군이었다. 오디세우스는 현명함과 지식으로 한몫했고, 네스토르는 그리스군의 지휘자 가운데 가장 연장자로서 모든 이가 도움말을 청할 정도의 고문격인 인물이었다.

그러나 트로이도 결코 약한 상대는 아니었다. 국왕 프리아모스는 지금은 꽤 나이가 들었지만 나라 안에서는 훌륭한 치세로, 나라 밖에서는 이웃 여러 나라와의 동맹으로 나라를 튼튼하게 함으로써 젊었을 적부터 어진 군주로 이름을 날렸다. 하지만 그의 왕위를 지탱하는 가장 중요한 기둥이자 버팀대이기도 한 것은 아들 헥토르였다.

그는 고대 작가들이 묘사했던 가장 훌륭한 인물의 한 사람이다. 그는 애초부터 자기 나라가 망하리라는 예감을 가졌으면서도 용감하게 전투에 계속 임했으

이피게네이아의 희생 좌측은 아가멤논, 우측은 예언자 칼카스이다. 상공에는 아르테미스가 수사슴을 거느리고 이피게네이아를 맞이하고 있다. 나폴리, 국립미술관

며, 더구나 이런 위험을 초래한 그 부정함(동생 파리스의 행위)에 대해서는 결코 그것을 정당화하려 하지 않았다. 그는 안드로마케를 아내로 맞았는데 그의 인격은 남편으로나 아버지로도 장수 못지않게 훌륭했다. 트로이군의 주요 지휘자는 이러한 헥토르 외에도 아이네이아스와 데이포보스, 글라우코스, 사르페돈 등이 있었다.

2년에 걸친 전쟁 준비가 끝나자, 그리스의 함대와 군대는 보이오티아의 아울리스항(港)에 집결했다. 그런데 이곳에서 아가멤논이 사냥을 하다가 아르테미스에게 바쳐진 수사슴을 죽이자 여신은 앙갚음을 하기 위해 군대에 전염병을 퍼뜨리고, 또 바람을 멎게 해서 함대(돛배)의 출항을 가로막았다. 그래서 예언자 칼카스가 점을 쳐보니 이 처녀신(아르테미스)의 노여움을 가라앉히는 단 한 가지 방법은 제단에 처녀를 제물로 바치는 것뿐이며, 그것도 반드시 죄를 저지른 당사자의 딸이어야만 하지 다른 사람은 아무도 받아들여지지 않을 것이라고 했다. 아가멤논은 전혀 마음이 내키지 않았지만 마침내 승낙을 했다. 그래서 딸 이피게네이아를 아킬레우스와 결혼시킨다는 구실 아래 불러왔다. 그녀를 막 제물로 바치려는 순간에 여신은 마음이 풀려 그녀를 데려가고, 대신에 암사슴을 한 마리 남겨 놓았다. 아르테미스는 이피게네이아를 구름으로 싸서 타우리스로 데려가 자기 신전의 사제가 되게 했다.

테니슨은 《미녀들의 꿈》(제106~117행)에서 이피게네이아가 제물로 바쳐지는 순간 그녀의 느낌을 다음과 같이 말하고 있다. 이 순간은 수많은 명화에 그려져 있기도 하다.

나는 저 슬픈 장소에서 희망이 없었다.
아직도 영혼의 입에 올리기조차 싫고 두렵다.
아버지는 얼굴을 한 손으로 가렸고,
나는 눈물이 앞을 가려 보이지 않았다.

그래도 무언가를 말하려 애썼는데, 한숨으로 목이 메고,
마치 꿈속 같았다. 희미하게 보이는 것은,
이리 같은 눈에 검은 수염의 장군들이,
내 죽음을 보려고 기다리는 모습뿐.
배 위에서 돛대가 떨렸다.
신전도, 사람들도, 그리고 해안도.
누군가 날카로운 칼을 내 가느다란 목에 들이대었다.
천천히—그리고—아무 일도 없었다.

이윽고 불어온 바람의 힘으로 함대는 출범을 했다. 군대는 트로이 해안에 이르렀으나, 트로이군은 그리스군의 상륙을 저지하려고 진격했다. 첫 번째 공격에서 프로테실라오스는 헥토르의 손에 전사했다. 프로테실라오스는 라오다메이아라는 아내를 집에 남겨 놓고 왔는데 그녀는 남편을 매우 사랑했다. 남편이 전사했다는 소식을 듣고 그녀는 신들에게 단 세 시간만이라도 좋으니 남편과 이야기를 나눌 수 있게 해달라고 간곡히 청했다. 소원이 받아들여져서 헤르메스가 프로테실라오스를 이 세상으로 다시 데려왔다. 그가 다시 죽었을 때는 라오다메이아도 그와 더불어 이승을 하직했다. 전하는 바에 따르면 님프들이 그의 무덤가에 느릅나무를 여러 그루 심었는데 이 나무들은 쑥쑥 자라서 트로이 전체가 내려다보일 만큼 자랐다가, 어느새 시들어 버리고 그와 동시에 새 가지가 뿌리에서 나기 시작했다고 한다.

이 프로테실라오스와 라오다메이아의 이야기를 주제로 한 워즈워스의 시가 있다. 그 시의 내용으로 보아 신탁은 이 싸움의 승리는 맨 먼저 전쟁 희생자가 난 쪽으로 간다고 내려져 있었던 듯싶다. 시인은 여기서 프로테실라오스가 이

세상을 다시 본 그 짧은 기간 동안에 자기의 운명에 대해서 라오다메이아에게
이야기하는 장면을 이렇게 노래하고 있다.

바라던 바람도 불고, 그제야 나는
조용한 바다 위에서 그 신탁을 생각했다.
그리고 결심했다―나보다 더한 명장이
앞장서지 않는 한, 1000척 중 내 배가
그 바닷가에 첫 인상을 새기고,―
그 트로이의 모래에 내가 첫 피를 물들이리라.

그런데 이리 잦은 쓰디쓴 고통은,
사랑하는 아내여, 당신을 잃는다고 생각할 때요!
너무도 어리석게 내 기억은 당신에게 매달리고,
인간의 생에서 나눈 우리의 기쁨이,
우리가 걸어온 길에 있던 이 샘물과 꽃들이, 그리고
내가 설계한 새로운 도시, 미완성의 망루가 내 앞에 걸려 있었다오.

그러나 이 아쉬움의 미결 상태가, 적이 멋대로 외치게 하리라.
"보라, 그들이 떨고 있다"고, "전열은 도도한데
아무도 죽으려 하지 않잖아?"라고.
나의 정신은 그런 모욕적 생각을 떨쳐 내었다.
또다시 오래된 약한 마음이 일었으나, 곧
높은 생각이 행동으로 내 마무리된 해방을 이루었다.
......
헬레스폰토스 바닷가 한 모퉁이에서
뾰족탑 모양의 나무 한 무리가,
그녀가 사모하다 죽은 남편의 무덤에서 오랜 세월 자라났다.
나무가 자라 일리오스의 성벽이 보이게 될 때마다,
성벽을 본 키 큰 나무 꼭대기는 시들고

또 자라서는 시들면서,

끊임없이 새로운 성장과 마른 죽음을 되풀이했다.

2. 일리아스

전쟁은 딱히 승패가 가려지지 않은 채로 9년 동안 이어졌다. 그러던 차에 그리스군에게는 치명적이라고도 할 만한 사건이 일어났다. 그것은 아킬레우스와 아가멤논 사이의 불화였다. 호메로스의 위대한 서사시 《일리아스》[1]가 시작되는 것은 바로 여기서부터이다.

그리스군은 트로이를 공격해 함락시키지는 못했으나 그 이웃에 있는 동맹국들을 점령하고 있었다. 그래서 전리품을 나눌 때 크리세이스라는 여자 포로가 아가멤논의 차지가 되었다. 크리세이스는 아폴론의 사제 크리세스의 딸이었다. 크리세스는 사제의 상징물을 들고 와서 딸을 놓아달라고 간청했다. 아가멤논이 거절하자, 크리세스는 자기 딸을 내놓지 않고는 못 배길 때까지 그리스군을 괴롭혀 달라고 아폴론에게 빌었다.

아폴론은 자기 사제의 소원을 받아들여 그리스군 진영에 악성 전염병을 퍼뜨렸다. 그러자 회의를 소집해 어떻게 신의 노여움을 가라앉히고, 역병을 막을 것인지를 토의했다. 아킬레우스는 대담하게도 이 재앙은 아가멤논이 크리세이스를 돌려주지 않았기 때문이라고 단언했다. 아가멤논은 버럭 화를 내면서 그녀를 놓아주기는 하겠지만 그 대신에 브리세이스를 달라고 아킬레우스에게 요구했다. 브리세이스는 전리품을 나눌 때 아킬레우스가 차지한 처녀였다. 아킬레우스는 그의 요구에 따랐다. 그러나 동시에 자기는 이제 이 전쟁에서 손을 떼겠노라고 선언했다. 그는 자신의 군대를 본진에서 퇴각시키고, 아무에게도 거리낄 것 없이 그리스로 돌아갈 작정이라고 밝혔다.

남녀 신들도 직접 싸우는 당사자들 못지않게 이 유명한 전쟁에 깊은 관심을 갖고 있었다. 물론 신들은 그리스군이 끈기 있게 공격을 계속하고 자진하여 원정을 포기하지만 않는다면 트로이도 마침내는 함락되리란 것을 알고 있었다. 그러나 양군에 각각 가담한 신들의 희망과 근심이 자극하여 훈수를 둔다면 승패

---

1) '일리오스의 노래'라는 뜻. 일리오스(Ilios)는 트로이의 별칭.

아킬레우스 로마, 바티칸 미술관

가 바뀔 수도 있는 여지가 여전히 남아 있었다.

헤라와 아테나는 파리스가 자기들의 아름다움을 멸시했다면서 트로이군에게 적의를 품고 있었다. 아프로디테는 그와 반대의 이유로 트로이 편을 들었다. 그래서 평소 자기를 숭배하던 아레스를 트로이 편에 끌어들였지만, 포세이돈은 그리스 편을 들었다. 아폴론은 중립을 지켰으나 때로는 이쪽 편을 들다가 또 때로는 다른 편을 들기도 하는 것이었다. 제우스는 이름난 왕 프리아모스 편을 들었으나, 되도록 공평한 태도를 잃지 않았다. 그러나 예외가 없었던 것은 아니었다.

아킬레우스의 어머니 테티스는 자기 자식에게 가해진 모욕에 몹시 분노했다. 그래서 곧바로 제우스의 궁전으로 가서 트로이군에게 승리를 줌으로써 그리스군으로 하여금 아킬레우스에게 저지른 잘못을 후회하게 해달라고 탄원했다. 제우스는 청을 받아들였다. 그래서 그다음 벌어진 전투에서는 트로이군이 크게 이겼고, 그리스군은 싸움터에서 물러나 배 안으로 피난했다.

아가멤논은 회의를 열어 가장 지혜가 뛰어나고 용감한 장수들에게서 의견을 들었다. 그리스 장군의 연장자인 네스토르는 아킬레우스에게 사절을 보내, 그가 다시 싸움터로 나오도록 설득해야 한다고 충고한 동시에, 아가멤논이 한 잘못을 보상할 만한 충분한 선물과 함께 불화의 원인인 처녀를 아킬레우스에게 돌려주어야 한다고 조언했다. 아가멤논은 이를 받아들였다. 그리하여 오디세우스와 아이아스, 포이닉스가 아킬레우스에게 사절로 가서 사죄의 말을 전하기로 했다. 그들은 임무를 완수하려고 애를 썼지만 아킬레우스는 그들의 설득에 꿈쩍도 않고 전쟁터로 되돌아갈 것을 완강히 거부하면서 지체 없이 배를 그리스로 돌리겠다고 단호하게 말했다.

그리스군은 배 주위에 방호벽을 쌓았고, 이제 그들은 트로이를 공격하기는커녕 방호벽 안에서 공격을 당하는 꼴이 되었다. 아킬레우스에게 보낸 사절이 밥값도 못하고 돌아온 다음 날, 다시 전투가 벌어졌다. 트로이는 제우스의 도움을 받아 승리를 거두고, 손쉽게 그리스군의 방호벽 일부를 부수고 배에다 불을 지르려고 했다.

포세이돈은 그리스군이 곤경에 빠진 것을 보고 구원하러 왔

브리세이스를 넘기는 아킬레우스
아가멤논의 요구로 브리세이스를 인도하고 있는 아킬레우스. 폼페이 벽화. 나폴리, 국립미술관

다. 그는 예언자 칼카스로 변신하여 나타나 큰 소리로 장병들을 격려하고, 병사 한 사람 한 사람의 사기를 북돋웠다. 그러자 그리스군의 사기도 크게 충천해 트로이군을 물리칠 수 있을 정도가 되었다.

아이아스는 수많은 용맹한 공을 세우고, 마침내 헥토르와 맞겨루게 되었다. 아이아스가 커다란 목소리로 도전하자, 헥토르는 이에 응답하여 거대한 몸집의 무사 아이아스에게 창을 던졌다. 그것은 아이아스의 칼을 맨 띠와 방패를 맨 띠가 가슴에서 열십자로 만나는 곳을 한 치의 어긋남 없이 맞혔다. 그러나 칼과 방패가 창이 관통하는 것을 막았으므로 그는 전혀 다치지 않았고, 창은 땅에 떨어졌다. 이에 아이아스는 커다란 돌―이것은 배를 버티어 두는 돌이었다―을 집어 들고 헥토르를 향해 던졌다. 돌은 헥토르의 목을 맞혀 쓰러뜨렸다. 그의 부하들은 부상당해 기절한 그를 곧장 부축해서 데리고 물러갔다.

이같이 그리스군이 포세이돈의 도움으로 트로이군을 물리치고 있을 동안에 제우스는 사태의 흐름을 전혀 파악하지 못하고 있었다. 그도 그럴 것이 헤라의 간계에 빠져 그는 싸움에 대해 전혀 신경을 쓰지 않았기 때문이다. 헤라는 별별 수단을 다 써서 매력적으로 몸치장을 했는데 끝내는 아프로디테에게서 케스토

스라는 허리띠까지 빌릴 정도였다. 이 허리띠는 두르고 있는 자에게 도저히 저항할 수 없을 만큼의 매력을 갖게 한다. 이렇게 몸치장을 한 헤라는 올림포스산 위에 앉아서 전투를 내려다보고 있던 남편 곁으로 갔다. 제우스가 본 그녀의 모습은 너무나도 매력적이어서 소싯적의 그 사랑의 마음이 되살아나는 것이었다. 그리하여 그는 전쟁도, 그 밖에 다른 나랏일도 잊은 채 그녀만을 생각함으로써 전쟁은 될 대로 돼라고 팽개쳐 두었던 것이다.

그러나 이러한 상태가 언제까지나 계속되지는 못했다. 제우스가 아래 세상으로 눈을 돌렸더니 헥토르가 부상을 입어 고통으로 거의 생명이 끊어질 지경임을 보자, 제우스는 크게 노하여 헤라를 물리치고 이리스와 아폴론을 불러오라고 명령했다. 무지개의 여신 이리스가 오자, 그는 여신을 포세이돈에게 보내 빨리 싸움터에서 떠나도록 했다. 한편 아폴론에게는 가서 부상당한 헥토르의 상처를 치료하고 기를 북돋우라고 했다. 그의 명령들은 착착 진행되어 아직 전투가 한창인 동안에 헥토르는 급히 싸움터로 돌아오고, 포세이돈은 자기의 영역으로 물러갔다.

파리스의 활을 떠난 화살은 아스클레피오스의 아들 마카온에게 상처를 입혔다. 그는 아버지의 의술을 이어받았으므로 용감한 무사인 동시에 군의(軍醫)로서 그리스군에게 없어서는 안 될 인물이었다. 네스토르는 화살에 맞은 마카온을 그의 이륜 전차에 태워 후방으로 옮겼다. 그들이 아킬레우스의 함대 곁을 지날 때 아킬레우스는 늙은 네스토르를 알아보았지만, 부상한 장군이 누구인지는 알아보지 못했다. 그래서 아킬레우스는 자기의 죽마고우요, 둘도 없는 친구인 파트로클로스를 불러서 네스토르의 진영으로 보내어 그 부상자가 누군지 알아보라고 했다.

파트로클로스는 네스토르의 진영에 도착하여 마카온이 부상당한 것을 보았다. 그런 뒤 자기가 찾아온 까닭을 밝히고 서둘러 돌아가려는데 네스토르가 그를 붙잡고 그리스군의 비참한 상황을 미주알고주알 늘어놓는 것이었다. 네스토르는 파트로클로스에게 아킬레우스와 자기가 트로이를 향하여 출발할 때 각자 아버지에게서 어떤 충고를 받았는지를 일러 주었는데, 아킬레우스는 영광의 절정에 이를 대망을 품어야 할 것이며, 자신은 연장자로서 그의 친구를 지켜보고 경험으로 미숙한 점은 잘 이끌어 주어야 한다는 충고를 들었다는 것이다. 네스토르는 말을 계속했다.

"지금이야말로 아킬레우스를 설득해야 할 때야. 일이 잘만 된다면 자네가 그를 참전하게 할 수 있을지도 몰라. 그게 안 된다면 하다못해 그의 병사들만이라도 싸움터에 보내게 해야 해. 그러고는 파트로클로스, 자네가 아킬레우스의 갑옷을 입고 나가는 거야. 어쩌면 갑옷만 보고도 트로이군은 물러날걸?"

파트로클로스는 네스토르의 말을 듣고 대단히 감동했다. 그리하여 아킬레우스가 있는 곳으로 서둘러 돌아가면서도 자기 눈으로 보고, 귀로 들은 것을 계속 되풀이하여 생각했다. 그는 얼마 전까지만 해도 막역한 친구였던 장수들의 진영의 비참한 상황을 귀공자 아킬레우스에게 낱낱이 고했다. 디오메데스와 오디세우스·아가멤논·마카온 같은 장군들이 모조리 부상을 입었으며, 방호벽이 무너지면서, 적이 그리스군의 함대들 사이까지 진격해 왔으므로 당장에라도 배들을 불태워 그리스로 돌아갈 수단을 죄다 없앨지도 모른다는 이야기였다.

그들이 이야기를 나누는 동안에 이미 한 척의 배에서 불길이 솟아오르고 있었다. 마음이 굳게 닫혀 있던 아킬레우스도 그 광경을 보자, 마음이 움직여 파트로클로스에게 그의 소원대로 미르미돈(아킬레우스의 병사들은 특히 이렇게 불렸다)을 이끌고 싸움터로 향할 것을 허락하고, 갑옷도 빌려주었다. 그것은 파트로클로스가 이 갑옷을 입음으로써 트로이군을 한층 공포에 떨게 할 수 있기 때문이었다. 병사들에게 즉각 집합 명령을 내렸다. 파트로클로스는 찬란한 갑옷을 입고 아킬레우스의 전차에 올라 용감한 병사들의 선봉에 섰다. 떠나기 전에 아킬레우스는 그에게 주의시키기를, 반드시 적을 쫓아내는 것만으로 만족하라고 단호하게 일렀다.

"알겠나? 나 없이 트로이군에게 공격해 들어가거나 해서는 안 돼. 그건 오히려 내 명예를 손상시키기 때문이야."

이어 그는 병사들에게 각자 최선을 다하라고 격려하여 사기충천한 그들을 싸움터로 내보냈다.

파트로클로스와 그가 이끄는 미르미돈은 가장 격렬한 싸움이 벌어지고 있는 곳으로 곧장 뛰어들었다. 이 광경을 보고 기뻐 용기를 얻은 그리스군이 일제히 환호성을 질렀다. 트로이군은 이름도 드높은 아킬레우스의 갑옷을 보자, 공포에 떨며 달아날 곳을 찾기에 바빴다. 배를 점령하고 불을 지르던 자들이 가장

아가멤논의 사절들을 만나는 아킬레우스
오디세우스·아이아스·포이닉스가 아킬레우스를 설득했으나
실패한다. 그리하여 결국 파트로클로스가 아킬레우스를 대신
해 그의 갑옷을 입고 출전하였으나, 헥토르에 의해 죽게 된다.

먼저 달아났으므로 그리스군은 배를 되찾고 불을 껐다. 그러자 나머지 트로이군도 당황하여 허둥지둥 도망치기 시작했다. 아이아스와 메넬라오스와 네스토르의 두 아들은 매우 용감하게 싸웠다. 그래서 적의 대장 헥토르는 어쩔 수 없이 말 머리를 돌려 포위망을 뚫고 빠져나가야

만 했고, 구렁에 떨어져 버둥대는 부하들은 각자 재주껏 달아나라고 내버려 두었다. 파트로클로스는 도망치는 적들을 뒤쫓아 수없이 쓰러뜨렸다. 어느 누구도 그에게 칼을 맞설 자가 없었던 것이다.

드디어 제우스의 아들인 사르페돈이 파트로클로스와 겨루기 위해 앞으로 나섰다. 제우스는 그 광경을 보고 아들을 들어 올려 그를 기다리고 있는 죽음의 운명으로부터 구하려 했다. 그러나 헤라가 옆에서 참견하기를, 만약 그렇게 했다간 하늘에 있는 다른 신들도 자기 자식이 위태로울 때마다 그런 방식으로 간섭하게 될 것이라고 한마디 했다. 그 말에도 일리가 있는지라 신들의 왕 제우스도 더 이상 할 말을 찾지 못했다. 사르페돈은 창을 던졌으나 파트로클로스를 맞히지 못했다. 그러나 파트로클로스가 던진 창은 사르페돈의 가슴에 명중하여 그는 친구들의 이름을 부르면서 자기의 시체를 적의 손에 넘기지 말라고 당부하면서 죽었다. 이어 그의 시신 쟁탈전이 벌어졌고, 그리스군은 쉽사리 그것을 차지해 사르페돈의 갑옷을 벗겼다.

제우스는 아들의 시신이 모욕당하는 것을 더는 방관하지 않았다. 그의 명령을 받은 아폴론이 병사들 속에서 사르페돈의 시신을 낚아채어 타나토스(죽음의 신)와 히프노스(잠의 신)의 쌍둥이 신에게 맡겼다. 그들은 시신을 사르페돈의 고향인 리키아로 운반해 정중하게 장례를 치렀다.

여기까지는 파트로클로스도 예상했던 대로 성공을 거둬 트로이군을 물리치거나, 자기편의 군세를 어지간히 유지하고 있었다. 그러나 이제 다시 운명의 변화가 닥치기 시작했다. 헥토르가 전차를 타고 그에게 대항했던 것이다. 파트로클로스는 헥토르를 향하여 커다란 돌을 던졌다. 겨냥은 빗나갔지만 돌은 마부 케브리오네스에게 맞아 그를 전차에서 굴러떨어지게 했다. 헥토르가 전우를 살리려고 전차에서 뛰어내리자, 파트로클로스도 뛰어내려 자기의 승리를 완전한 것이 되게 하려 했다.

　이리하여 두 영웅은 서로 맞서 싸우게 되었는데, 이 결전에 대해 시인 호메로스는 헥토르에게 승리의 영예를 주기가 꽤나 싫었는지 포이보스 아폴론이 가세해 파트로클로스에게 대항한 것처럼 기록하고 있다. 즉 태양신 아폴론이 내리쳐서 파트로클로스의 투구와 창을 떨어뜨렸다는 것이다. 동시에 등 뒤에서 몰래 다가온 트로이 병사 하나가 그의 등에 상처를 입히자 그제야 헥토르가 돌진하여 파트로클로스를 창으로 찔렀고 파트로클로스는 치명상을 입고 쓰러졌다는 것이다.

　그러자 파트로클로스의 시체를 둘러싸고 격렬한 싸움이 일어났다. 그러나 그의 갑옷은 순식간에 헥토르의 수중에 들어갔다. 헥토르는 뒤로 재빨리 퇴각하면서 자기의 갑옷을 벗어 버리고 파트로클로스에게서 벗긴 아킬레우스의 갑옷을 입고 다시 싸움터로 돌아왔다. 아이아스와 메넬라오스는 파트로클로스의 시신을 지키려고 싸웠고, 헥토르와 그의 가장 용감한 무사들은 그것을 빼앗으려고 싸웠다.

　격렬한 싸움이 승패를 가르지 못한 채 이어지자 제우스는 하늘을 온통 검은 구름으로 덮어 버렸다. 번갯불이 번쩍이고 천둥 벼락이 천지를 뒤흔들었다. 아이아스는 주위를 둘러보면서 누군가를 아킬레우스에게 보내어 친구의 죽음을 알리고 유해가 적의 수중에 넘어가려 한다는 소식을 전하고 싶었지만 적당한 사람을 찾을 수가 없었다. 이때의 그의 절규는 매우 유명해서 자주 인용된다.

　　하늘과 땅의 아버지여! 이 어둠 속에서
　　아카이아의 장군을 구하고, 하늘의 구름을 거두어 주시오.
　　밝은 승리의 날을 주시오. 당신의 절대 의지가 이러하다면,

사르페돈의 매장 파트로클로스의 창의 맞에 죽은 사르페돈의 시신을 빼앗아 매장하기 위해 옮기는 쌍둥이 신 히프노스(좌측)와 타나토스(우측). 뉴욕, 메트로폴리탄 미술관

파멸도 함께이리라. 그러나 오, 밝은 승리의 날을 주시기를.

쿠퍼 역(譯)

또한 포프의 번역에 따르면(제17권 527~532행)—

······땅과 하늘의 주인이시여!
오, 왕이여! 아버지여! 내 하찮고 소란스런 기도를 들어주시오!
이 구름을 몰아내고, 하늘의 빛을 되돌려 주시오.
보이게 해주신다면 아이아스가 무엇을 더 바라오리까.
그리스가 멸망해야 한다면, 우리는 당신 뜻에 따라 멸망하리라.
그러나 우리를 한낮의 빛 속에서 죽게 해주시기를!

제우스는 기도를 받아들여 구름을 거둬들였다. 그제야 아이아스는 안틸로코스를 아킬레우스에게 보내어 파트로클로스의 죽음과 그의 유해를 둘러싸고 벌

어지고 있는 격렬한 싸움에 대해
알렸다. 그리스군은 마침내 유해
를 배가 있는 곳으로 옮겨 올 수
있었는데 바로 뒤에서 헥토르와
아이네이아스와 그 밖의 트로이
군이 바짝 뒤를 쫓고 있었다.

아킬레우스는 친구가 죽었다는
소식을 듣고 깊이 애통해하였다.
그가 너무도 슬퍼한 나머지 자살
하지나 않을까 안틸로코스는 걱
정이 될 정도였다.

아킬레우스의 신음 소리는 바
닷속 깊이 살고 있는 그의 어머

테티스에게 아킬레우스의 무기를 건네는 헤파이스토스
아킬레우스의 어머니이며 바다의 여신인 테티스가
헤파이스토스로부터 아킬레우스의 무기를 건네받
고 있다. 빈, 미술사박물관

니 테티스의 귀에까지 들렸다. 테티스는 서둘러 그를 찾아와 까닭을 물었다. 아
들은 지금까지 아가멤논에 대한 원한만을 염두에 두어 친구를 죽게 했다는 극
심한 자책감 때문에 괴로워하고 있었다. 그 슬픔의 유일한 위안은 복수뿐이었
다. 아킬레우스는 지금 당장 달려가 헥토르를 찾아내고 싶었다. 그러나 그의 어
머니는 그에게 지금 갑옷이 없다는 사실을 상기시키며, 내일까지만 기다리면 헤
파이스토스에게서 먼젓번 것보다 더 훌륭한 갑옷을 한 벌 얻어다 주마고 약속
했다. 아킬레우스가 그러겠다고 하자, 테티스는 곧장 헤파이스토스의 궁전으로
갔다. 그때 헤파이스토스는 대장간에서 자신의 궁전에서 쓸 삼발이를 만드느
라 바빴다. 이 삼발이들은 실로 교묘하게 만들어져서 필요할 때는 스스로 걸어
나오고, 필요 없을 때는 다시 들어가는 것이었다. 헤파이스토스는 테티스의 부
탁을 듣더니 하던 일을 멈추고 곧장 그녀의 주문에 매달렸다.

그는 아킬레우스를 위하여 훌륭한 갑옷을 한 벌 만들었다. 처음에는 세밀한
무늬로 장식한 방패를 만들고, 다음에는 황금으로 앞 장식을 단 투구를 만들었
고, 이어서 칼이나 창이 들어가지 않는 갑옷의 가슴받이와 정강이받이를 만들
었다. 그것은 모두 다 아킬레우스의 몸에 꼭 맞게, 또한 완전무결하게 만들어졌
다. 모두 다 하룻밤 새에 완성되었으므로 테티스는 그것을 받아 들고 아래 세상

아킬레우스와 헥토르의 싸움 아킬레우스는 창을, 헥토르는 칼을 들고 싸우고 있다. 런던, 대영 박물관

으로 내려가 새벽녘에 아킬레우스의 발치에 갖다 놓았다.

아킬레우스는 근사한 갑옷을 보고 파트로클로스가 죽은 뒤 처음으로 기뻐했다. 그는 재빨리 갑옷을 입고 아군의 진영으로 가서 장수들을 모두 회의에 소집했다. 그들이 다 모이자, 그는 장수들을 향해 연설하기를, 아가멤논에 대한 원한을 버리겠으며, 그 원한 때문에 생겨난 수많은 슬픈 일들을 깊이 탄식한다고 하면서, 곧장 싸움터로 나갈 것을 호소했다. 아가멤논도 그의 호소에 기꺼이 호응하면서 모든 책임을 불화의 여신 에리스의 탓으로 돌렸다. 이로써 두 영웅 사이에 완전한 화해가 성립된 것이다.

아킬레우스는 전쟁터로 나갔다. 복수에의 굶주림과 갈증으로 가슴이 떨리고 있었으므로 아무도 그에게 대적하지 못했다. 가장 용감하다던 무사들도 공포에 떨며 도망치거나 그의 창에 맞아 쓰러져 버렸다. 헥토르는 아폴론의 경고를 받아들여 멀리 떨어져 있었다. 아폴론은 프리아모스의 아들 가운데 하나인 리카온의 모습으로 변장을 하고 아이네이아스를 격려하여 이 무시무시한 적장 아킬레우스에게 맞서 싸우게 했다. 아이네이아스는 자기가 도저히 상대할 수 없다는 것을 알았지만 전투를 거부하지는 않았다. 그래서 손에 들고 있던 창을 있는 힘을 다해 상대의 방패를 향해 던졌다. 헤파이스토스가 만든 그 방패에 던진 것이다. 방패는 5장의 금속판으로 되어 있었다. 2장은 청동, 2장은 주석, 나머지 1장은 황금이었다. 창은 그 가운데 2장의 판을 꿰뚫었으나 세 번째 판에서 멈춰 버렸다. 이어 아킬레우스가 창을 던졌는데 그것은 명중하여 아이네이아스의 방패를 꿰뚫었다. 그러나 어깨 근처를 스쳤을 뿐, 부상을 입힌 것은 아니었다.

아이네이아스는 요즘 사람 같으면 장정 둘의 힘으로 들 수 있을까 말까 한 커다란 바위를 집어 들어 던지려고 했다. 그러자 아킬레우스도 칼을 빼 들고 아이네이아스에게 돌진할 기세였다. 바로 그 순간, 싸움을 지켜보던 포세이돈은 아이네이아스를 빨리 구하지 않으면 분명 아킬레우스에게 죽음을 당하리라는 생각에서 그를 불쌍히 여겨 두 사람 사이에 구름을 펼치고 아이네이아스를 땅에서 집어 올려 무사들과 말들의 위를 넘어 후방으로 데려다 놓았다. 아킬레우스는 구름이 걷히자 곧장 주위를 둘러보았으나 상대는 온데간데없었다. 그는 이것이 필시 신이 한 일임을 깨닫고 창을 다른 적장에게로 겨누었다. 그러나 아무도 그와 맞서려는 자가 없었다.

한편 트로이의 프리아모스왕이 성벽 위에서 내려다보니 자기의 군사들이 죄다 성문을 향해 쏜살같이 도망쳐 오고 있었다. 왕은 성문을 활짝 열어 그들을 맞아들이고 아군이 다 통과하거든 적군이 들이닥치지 못하도록 성문을 즉각 닫아 버리라고 명령했다. 그러나 아킬레우스가 바로 뒤를 육박해 왔으므로 채 성문을 닫을 겨를이 없을 것 같았다. 바로 그때, 아폴론은 프리아모스의 아들인 아게노르의 모습으로 변신해 잠깐 동안 아킬레우스와 싸우다가 발길을 돌려 도망쳐 성에서 멀어져 갔다. 아킬레우스가 그 뒤를 쫓아 성벽에서 한참 멀리 떨어진 곳에 이르러서야 상대를 따라잡았다. 그때 아폴론은 정체를 드러냈다. 아킬레우스는 그제야 계략에 말렸음을 깨닫고 뒤쫓기를 단념했다.

그사이 다른 군사들은 모두 성안으로 도망쳐 들어왔는데 오직 헥토르만은 일전을 치를 각오로 성 밖에서 기다리고 서 있었다. 그의 늙은 아버지는 충돌을 부추기지 말고 빨리 안으로 들어오라고 성벽 위에서 통사정하듯 소리쳤다. 어머니 헤카베도 역시 애원했지만 소용이 없었다. 헥토르는 혼자 중얼거렸다.

"모두 내 명령으로 오늘의 전쟁에 나섰고, 많은 부하들이 목숨을 잃었는데 내어찌 단 하나의 적이 두렵다고 도망쳐 내 안위를 걱정하리요. 그런데 만약 그에게 헬레네와 그녀의 모든 재물을 포기하고, 거기다가 우리의 재물도 충분히 얹어 주겠다고 제안하면 어떨까? 아, 그건 안 돼! 지금으로선 너무 늦었어. 그는 내 말을 끝까지 듣기도 전에 나를 죽여 버릴 게야."

그가 이렇게 고민을 하는 동안에도 아킬레우스는 차츰 다가오고 있었다. 무시무시한 그의 모습은 마치 군신 아레스 같았고, 몸에 두른 갑옷은 그가 움직일 때마다 번갯불처럼 빛을 내뿜었다. 이 광경을 보자 헥토르는 기가 질려 도망치기 시작했다. 아킬레우스는 날 듯이 뒤를 쫓았다. 그들은 성벽을 따라 줄곧 달려서 마침내 트로이성을 세 바퀴나 돌았다. 헥토르가 성벽 밑으로 다가가려 할 때마다 아킬레우스는 그를 가로막아 바깥쪽의 더 넓은 코스를 돌게 했다. 그러나 아폴론은 헥토르의 힘을 북돋아 지쳐 쓰러지지 않게 해주었다.

그러자 팔라스(아테나)는 헥토르의 동생 중에서 가장 용감한 데이포보스의 모습으로 변신해 갑작스레 헥토르의 곁에 나타났다. 헥토르는 동생을 보더니 크게 기뻐하고 용기를 얻어 달아나기를 그만두고 아킬레우스에게 맞서 싸우려고 몸을 돌렸다. 그러고는 창을 던졌지만 창은 아킬레우스의 방패에 맞고 튕겨져 나갔다. 헥토르가 동생에게서 다시 던질 창을 받으려고 뒤를 돌아보았을 때 데이포보스는 이미 사라지고 없었다. 헥토르는 자기의 운명을 깨닫고 말했다.

"아! 이제 내 마지막 순간이 왔나 보다! 데이포보스가 곁에 있는 줄 알았건만 팔라스가 나를 속였다. 동생은 역시 트로이성 안에 있다. 그러나 나는 부끄러운 죽음은 맞지 않겠다."

그렇게 말하면서 그는 허리에서 칼을 빼 들고 곧장 돌진했다. 아킬레우스는 방패로 몸을 방어하면서 헥토르가 다가오기를 기다리고 있었다. 헥토르가 창의 사정거리 안에 들어올 때까지 가만히 틈을 살피던 아킬레우스는 헥토르의 목 부분만이 갑옷 사이에 드러나 있는 것을 간파하고 그곳을 겨냥해 창을 던졌다. 헥토르는 치명상을 입고 그 자리에 쓰러져 다 죽어 가는 목소리로 말했다.

"부디 내 시체만은 돌려다오! 몸값을 받고 내 부모님에게 돌려줘. 내 주검이 트로이 사람들의 장례를 받을 수 있도록."

아킬레우스는 대답했다.

"시끄럽다. 이놈아! 몸값이니 동정이니, 그따위 말은 내게 하지도 마라. 네가 나를 얼마나 괴롭혔는지 몰라서 그러나? 안 되지 안 돼! 아무도 너의 시체가 개밥이 되는 것을 막지 못할 것이다. 아무리 몸값을 많이 가져오고, 네 몸무게만큼의 금덩이를 가져와도 나는 다 거절하겠다."

아킬레우스는 헥토르의 몸에서 갑옷을 벗기고 밧줄로 그의 발을 묶어 전차 뒤에 매달아 시체가 땅에 질질 끌리게 했다. 그러고 나서 그는 전차에 올라 말에 채찍질을 하여 트로이성 앞에서 시체를 이리저리 끌고 다녔다. 이와 같은 광경을 보는 프리아모스왕과 왕비 헤카베의 애끓는 마음을 무엇으로 다 형용하랴! 신하들은 성 밖으로 뛰쳐나가려는 왕을 간신히 붙들었다. 그는 진흙땅에 몸을 던지고 신하들의 이름을 하나씩 부르면서 끝까지 구해 보라고 애원했다. 헤카베의 슬픔도 왕에 못지않게 끓어올랐다. 백성들은 그들을 둘러싸고 소리 높여 울었다.

사람들의 울부짖는 소리가 마침내 헥토르의 아내 안드로마케의 귀에도 들려왔다. 그녀는 마침 시녀들을 곁에 두고 바느질을 하고 있었다. 그녀는 불길한 예감이 들어서 서둘러 성벽 쪽으로 나갔다. 그곳에서 벌어진 광경을 목격하고 그녀는 곧장 아래로 몸을 던지려 했으나 그러기도 전에 정신을 잃고 시녀들의 팔에 안기고 말았다. 정신이 돌아오자 그녀는 자기의 팔자를 한탄하면서 조국은 멸망하고, 자신은 포로가 되고, 사랑하는 아들은 이방인들의 동정을 구하며 구걸하는 광경을 떠올렸다.

아킬레우스와 그리스군은 파트로클로스를 죽인 자에 대한 원수를 갚고 나자, 파트로클로스의 장례식을 치르기 위한 준비에 들어갔다. 나뭇더미가 세워지고, 유해는 엄숙한 절차를 거쳐 화장되었다. 이어 장례 경기로 힘과 기술을 겨루는 전차 경주와 레슬링, 권투, 궁술 시합이 열렸다. 시합이 끝난 뒤에는 모두 자기들의 진지로 돌아가 쉬었다. 그러나 아킬레우스만은 음식도 먹지 않고, 잠도 자지 않았다. 죽은 친구를 생각하면 도저히 잠이 오질 않았고 둘이서 함께했던 수많은 역경과 위험, 그리고 전투하던 들판과 거친 바다가 떠오르는 것이었다. 그래서 아킬레우스는 날이 새기도 전에 막사를 나와 전차에 발빠른 말을 매고서 헥토르의 주검을 끌고 다니기 위한 채비를 했다. 어제처럼 그것을 질질 끌면서 파트로클로스의 무덤 주위를 돌다가 모래 먼지 속에 주검을 팽개쳤다. 그러나 아폴론은 시신이 이러한 가혹한 처사에 손상되는 것을 그냥 그대로 내버려 두지 않고 모든 더럽힘과 모독으로부터 지켜 주었다.

아킬레우스가 노여운 나머지 용감한 헥토르의 주검을 이와 같이 욕을 보이고 있을 때, 제우스는 그것을 가엾게 여겨 테티스를 불러서 말하기를, 아들에게로 가서 헥토르의 주검을 트로이군에게 돌려주도록 설득하라고 했다. 이어 제우스는 무지개의 여신 이리스를 프리아모스에게 보내 왕이 아킬레우스한테 직접 가서 아들의 주검을 구걸하여 받아오게 하라고 했다. 이리스가 그 뜻을 전하자 프리아모스는 명령에 따를 준비를 서둘렀다.

보물 창고를 열고 아름다운 옷과 옷감, 황금 10탈란톤,[2] 훌륭한 삼발이 두 개, 특별히 정교하게 세공을 한 금잔 등을 꺼냈다. 이어 아들들을 부르고 마차를 꺼내어 아킬레우스에게 몸값으로 줄 여러 물건들을 싣게 했다. 준비가 끝나자 늙은 왕은 자기와 비슷하게 나이가 든 마부 이다이오스만을 데리고 홀로 성문을 나섰다. 왕은 성문에서 왕비 헤카베와 모든 친지들에게 작별 인사를 했다. 그들은 왕의 그런 뒷모습을 배웅하면서 피치 못할 죽음을 향해 가는 사람을 배웅하는 마음으로 슬픔에 잠겨 있었다.

그러나 제우스는 이 노왕의 모습을 보고 불쌍히 여겨 헤르메스를 보내 길잡이 겸 호위자 역할을 하게 했다. 헤르메스는 젊은 무사의 모습으로 변신해 두 노인 앞에 나타났다. 그를 보고 그들이 도망을 칠까, 아니면 동정심에 호소할까 망설이고 있는데 헤르메스가 다가와 프리아모스의 손을 잡더니 자기가 아킬레우스의 막사로 데려다주겠다고 제안했다. 프리아모스가 기꺼이 제안을 받아들였으므로 헤르메스는 마차에 올라 고삐를 잡고 얼마 안 가서 그들을 아킬레우스의 막사로 데려갔다. 헤르메스의 지팡이가 경비병들을 모두 잠재웠으므로 그는 아무런 제지 없이 프리아모스를 아킬레우스가 있는 진지로 안내했다. 아킬레우스의 곁에는 2명의 무사가 있을 뿐이었다. 그래서 늙은 왕은 아킬레우스의 발밑에 엎드려 자기의 아들들을 죽인 무서운 손에 입을 맞췄다.

"오! 아킬레우스, 그대의 아버지 생각을 해보구려. 나처럼 늙어 내일을 알지 못하는 목숨 줄의 끝에서 벌벌 떨고 계실 아버지를. 아니면 지금 이웃 나라의 왕에게 붙들려 곤경에 빠져 있는데 아무도 구해 줄 사람이 없다고 상상해 보구려. 그렇지만 그분은 그대가 살아 있다는 것만 알면 언젠가는 사랑하는 아들을 만날 수 있다는 희망을 가지고 기뻐할 것이라오. 하지만 나에겐 아무런 위안도 없소. 용감한 아들들은 조금 전까지만 해도 일리오스(일리온)의 꽃이라는

---

2) 1탈란톤은 약 26킬로그램에 해당하는 금속의 무게. 무게와 화폐의 개념을 모두 포함한다.

찬양을 받았소만 모두 죽고 없
다오. 그래도 아직 한 녀석, 늙은
나에게 다른 누구보다도 힘이 되
고, 나라를 위해 싸워 주던 아들
이 있었건만 그놈조차도 당신은
죽여 버렸소. 나는 지금 그의 주
검을 찾아가려고 가치를 따질 수
없을 만큼 귀한 몸값을 가져왔다
오. 아킬레우스여! 부디 신들을
두려워하시기를! 당신의 아버지

헥토르의 시신을 돌려줄 것을 간청하는 프리아모스
헥토르의 시신이 침대 밑에 뉘어 있다. 프리아모스
왕이 아킬레우스를 찾아와 시신을 돌려줄 것을 간
청하고 있다. 빈, 미술사박물관

생각을 해주시오! 아버지를 위한다는 생각으로 이 늙은이에게 동정을 베풀어
주구려!"

이 말은 아킬레우스의 마음을 흔들었다. 그는 고향의 아버지와 죽은 친구 파
트로클로스를 번갈아 생각하다가 눈물을 떨어뜨렸다. 프리아모스의 하얗게 센
머리칼과 턱수염이 측은한 생각이 들어 그는 늙은 왕을 일으키며 말했다.

"프리아모스, 당신께서 이곳까지 오신 것은 어떤 신인지 모르지만 그의 인도
에 따른 것일 테지요. 신의 도움 없이는 아무리 혈기 왕성한 젊은이라도 인간으
로선 감히 마음먹을 자가 없을 테니까요. 나는 당신의 청을 들어드리겠소. 그렇
게 하는 것이 신들의 왕이신 제우스의 뜻이겠지요."

아킬레우스는 일어서서 두 무사와 함께 밖으로 나가 왕의 마차에서 다른 짐
을 다 내리면서도 시신을 덮을 커다란 천 두 장과 옷은 남겨 놓았다. 그리하여
헥토르의 주검을 마차에 싣고 그 위를 천으로 덮어 줌으로써 주검이 노출된 채
로 트로이까지 운반되는 치욕을 면하게 해주었다. 이어 아킬레우스는 장례를
위해 12일 동안의 휴전을 허용하기로 약속한 뒤에 노왕과 그의 시종을 돌아가
게 했다.

마차가 트로이성으로 다가와 성벽에서도 보일 정도가 되자, 사람들은 그들의
영웅의 얼굴을 다시 한번 보기 위해 몰려나왔다. 헥토르의 어머니와 아내가 가
장 먼저 달려와 유해로 다가가자 슬픔의 눈물은 더욱 새로워졌다. 군중들은 그
들과 함께 울었고, 날이 저물 때까지 울음소리는 그치지 않고 이어졌다.

날이 밝자 장례 준비가 시작되었다. 9일 동안 사람들은 장작을 날라 나뭇단을 쌓았다. 그리고 10일째 되는 날, 유해를 올려놓고 횃불을 옮겨 붙였다. 트로이 사람들은 모두 몰려나와 그 주위를 에워쌌다. 타오르는 불꽃이 사그라지자 술을 뿌려 남은 불을 끄고, 잔해를 모아 황금 항아리에 담았다. 그런 다음 그 위를 흙으로 덮어 돌로 무덤을 쌓았다.

이러한 경의를 일리온은 그 영웅에게 표했다.
그로써 슬픈 인간들에게 남아 있던 위대한 헥토르의 영혼도 평화로이 잠들었다.

포프 역(譯)[3]

---

3) 포프가 번역한 《일리아스》는 이 제24권 1015~1016행의 구절로 끝나 있다.

제28장
트로이의 함락

1. 트로이의 함락

《일리아스》의 이야기는 헥토르의 죽음으로 끝난다. 그러므로 우리가 그 밖의 영웅들의 운명에 대해서 알려면 《오디세이아》를 비롯한 그 뒤의 작품을 읽어야만 가능하다. 헥토르가 죽은 뒤에도 트로이는 곧바로 함락되지는 않았다. 새로운 동맹자로부터 원조를 받아 저항을 계속했다. 이들 동맹자의 한 사람으로 에티오피아의 왕 멤논이 있었는데 그의 이야기는 앞에서 나온 바 있다. 또 한 사람은 아마존의 여왕 펜테실레이아로서 여자만으로 구성된 군대를 이끌고 왔다. 그녀들의 용기와 전투할 때의 그 함성의 무서운 효과에 대해서는 여러 문헌들이 이구동성으로 증명하고 있다. 펜테실레이아는 그리스군을 많이 무찔렀으나 마침내 아킬레우스에 의하여 죽음을 당했다. 그러나 아킬레우스는 자기가 쓰러뜨린 적장 위에 허리를 굽히고 그녀의 아름다움과 젊음과 용기에 감동을 받아 자기의 승리를 뼈저리게 후회한 한편, 예의를 모르는 불한당으로서 싸움을 잘하고 군중을 선동하는 테르시테스는 그의 슬픔을 비웃은 까닭에 아킬레우스에 의해 죽음

아마존 여왕 펜테실레이아를 죽이는 아킬레우스
아킬레우스는 죽은 그녀의 아름다움, 용기에 감동한다. 런던, 대영박물관

을 당하였다.

아킬레우스는 이따금 프리아모스왕의 딸 폴릭세네를 본 일이 있었다. 그것은 아마 헥토르의 장례를 위해 트로이군에게 허용된 휴전 때였던 모양이다. 그는 그녀의 아름다움에 마음을 빼앗겨 그녀를 아내로 맞을 수 있다면 전쟁을 끝내고 트로이에 평화를 주도록 그리스군을 설득하겠다고 말했다. 아폴론의 신전에서 혼담이 오가고 있을 때, 파리스가 그를 향하여 독화살을 쏘았다. 화살은 아폴론의 이끌림을 받아 아킬레우스의 몸에서도 상처를 낼 수 있는 유일한 곳인

아킬레우스의 시신을 구출하는 아이아스
베를린, 페르가몬 미술관

발뒤꿈치를 맞혔다. 발뒤꿈치는 아킬레우스의 유일한 약점이었다. 그의 어머니 테티스가 갓난 아킬레우스를 명계의 스틱스강 물에 담가 온몸을 불사의 몸으로 만들 때, 그녀가 손으로 쥐고 있던 발뒤꿈치가 물에 닿지 않고 남았기 때문이다.[1]

이와 같은 약점의 노출로 인해 죽음을 당한 아킬레우스의 유해는 아이아스와 오디세우스에 의하여 구출되었다. 어머니 테티스는 그리스의 병사들에게 아들의 갑옷을 살아남은 모든 용사 가운데서 가장 받을 만한 가치가 있는 영웅에게 주라고 했다. 아이아스와 오디세우스 두 사람만이 유일하게 자격이 있는 후보자였다. 다른 장수들 가운데 몇 사람이 뽑혀 심사를 하기로 했다. 심사 결과, 오디세우스에게 갑옷을 주기로 함으로써 지혜가 용맹함보다 높이 평가되었다. 이 때문에 아이아스는 스스로 목숨을 끊었다. 그의 피가 땅속으로 스며들자 그곳에서 한 송이 꽃이 피어났다. 히아신스라 불리는 것으로서 꽃잎마다 아이아스라는 이름의 첫 두 글자, A와 I의 모양을 품고 있다. 그리스어로 '아이'라는 말은 '아, 슬프다'는 뜻이다.

---

1) 아킬레우스가 불사신이었다는 이야기는 호메로스의 작품에는 묘사되어 있지 않다. 만약 아킬레우스가 불사신이었다면 헤파이스토스의 갑옷의 도움 따위는 필요가 없었을 것이다.

자살하기 위해 칼을 땅에 꽂고 있는 아이아스 볼로뉴쉬르메르 미술관

소년 히아킨토스와 더불어 이 꽃이 생겨난 유래에서 명예를 요구할 수 있게 되었다. 제비꽃의 일종으로서 고대 시인들이 묘사하던 히아신스를 대신하여 이 사건의 추억을 오늘날까지 전하는 꽃이 있는데 그것은 '델피니움 아이아키스', 즉 '아이아스의 제비꽃'이다.

이제 트로이를 함락시키려면 헤라클레스의 화살의 도움을 받는 것 외에 달리 도리가 없음을 알았다. 그 화살은 헤라클레스의 친구로서 마지막까지 그와 함께하다가 그의 유해를 화장할 때 불을 붙여 주었던 필록테테스가 갖고 있었다. 필록테테스는 그리스군에 참가해 트로이 원정에 나섰다가 우연히 독화살에 발을 다치고 말았다. 일설에 따르면 독사에 물렸다고도 한다. 그의 상처에서 심한 악취가 났으므로 동료들이 그를 렘노스섬에 데려다 두었다. 그에게 다시 군대에 참가하도록 설득하기 위하여 디오메데스를 보냈다. 설득은 원만히 진행되었고, 마카온이 필록테테스의 상처를 치료했다.

그리고 파리스가 전쟁에서 무서운 독화살의 첫 번째 희생자가 된 것이다. 고통 속에서 파리스는 이제껏 잘 살던 동안에는 잊고 지내던 한 여인을 떠올렸다. 그가 젊었을 때 결혼했으나, 문제의 미인 헬레네 때문에 버린 오이노네라는 님프였다. 오이노네는 자기가 당한 파리스의 못된 짓을 잊지 못해 그의 상처 치료

트로이의 목마

를 거절했다. 그래서 파리스는 트로이로 돌아가 끝내 죽고 말았다. 오이노네는 곧 후회하여 약을 들고 파리스의 뒤를 따라갔으나 때는 이미 늦었으므로 슬픈 나머지 목을 매어 죽었다.[2]

트로이에는 팔라디온이라 불리는 유명한 아테나의 조각상이 있었다. 그것은 하늘에서 떨어졌다고 전해지며, 이 조각상이 트로이성에 있는 한, 트로이는 함락되지 않는다는 믿음이 퍼져 있었다. 오디세우스와 디오메데스가 변장하고 몰래 성안으로 들어가 팔라디온을 탈취하는 데 성공해 그것을 그리스군의 진영으로 가져왔다.

그런데도 트로이는 여전히 버텼다. 그래서 그리스군도 무력으로 트로이를 정복할 수 없음을 깨닫고, 오디세우스의 충고에 따라 한 계략을 꾸미기로 했다. 그리스군은 포위를 풀 준비를 하는 척하면서, 함대 중 일부를 철수해 가까운 섬 뒤에 숨겼다. 그리고 이어 거대한 목마를 만들었다. 그들은 그것을 아테나의 노여움을 누그러뜨리기 위해 바칠 예정이라고 소문을 퍼뜨렸는데 사실 그 안에는 무장한 군사들이 가득 들어차 있었다. 남아 있던 그리스군은 모두 배에 타고 마치 마지막 출항인 것처럼 꾸며 돛을 폈다. 트로이군은 진영이 해체되고 함대가 떠나는 것을 보고 적군이 포위를 풀었다고 굳게 믿었다. 그리하여 성문을 완전히 열자, 성안의 사람들이 뛰쳐나와 오랫동안 금지되어 있던 통행의 자유에 기뻐하면서 조금 전까지만 해도 적의 진영이었던 곳을 마음껏 돌아다녔다. 커다란 목마는 모두의 호기심의 대상이었다. 대체 무엇에 쓰는 것일까 하고 모두 의아하게 여겼다. 전리품으로서 성안으로 가져가자고 하는 사람도 있었고, 그것을 두려워하는 사람도 있었다.

모두가 망설이고 있으려니 포세이돈의 사제 라오콘이 부르짖었다.

"시민들이여, 이 무슨 어리석은 짓인가! 너희는 그리스군의 간교한 계략을 아직도 모르는가? 경계들 하라. 나는 그들이 선물을 준다고 하는 때조차도 그들이 두렵다."[3]

---

2) 테니슨은 《오이노네》라는 제목의 짧은 시를 쓰고 있는데, 이야기의 가장 시적인 부분인 상처 입은 파리스의 귀환과, 오이노네(그녀는 약초에 대한 지식을 가지고 있었다)의 거절과, 그에 이어진 후회에 대해서는 생략하고 있다.
3) 베르길리우스 《아이네이스》 제2권 49행 참조.

이렇게 말하면서 그는 목마의 옆구리를 향해 창을 던져 맞혔다. 속이 빈 것 같은 소리가 울렸는데 그것은 신음 소리 같았다. 그래서 어쩌면 트로이 사람은 그의 충고를 받아들여 문제의 목마와 그 속에 들어 있는 군사들을 하나도 남기지 않고 모조리 없애 버렸을지도 모른다. 그런데 마침 그때, 한 무리의 사람들이 모습을 나타냈다. 그들은 포로처럼 보이는, 더구나 그리스인 같아 보이는 한 사내를 끌고 나왔다. 두려움에 벙어리가 된 듯한 모습으로 사내는 무사들 앞으로 끌려 나왔다.

무사들은 그의 마음을 가라앉히고, 묻는 말에 솔직하게 대답만 하면 목숨은 구해 주마고 약속했다. 그러자 사내는 자기는 시논이라는 이름의 그리스 사람이며, 오디세우스의 노여움을 사는 바람에 모두들 떠날 때 버림을 받았노라고 했다. 그리고 목마에 대해서 말하기를 그것은 아테나의 노여움을 가라앉히기 위해 바친 것이며, 저토록 큰 까닭은 목마를 성안으로 들여갈 수 없도록 특별히 만들어졌기 때문이고, 예언자 칼카스는 만약 트로이군이 그것을 손에 넣기라도 한다면 그들이 틀림없이 그리스군을 이길 것이라고 했다는 것이다.

이 말은 트로이 사람들의 마음을 180도로 바꿔 놓았다. 그래서 다들 어떻게 하면 이 커다란 목마를 수월하게 손에 넣어 그에 관한 재수 좋은 예언을 실현시킬 수가 있을까 궁리하기 시작했다.

바로 그때 갑자기 이상한 사건이 일어나서 사람들은 더 이상 의심할 여지가 없게 되었다. 두 마리의 커다란 뱀이 바다 위에 나타나더니 이쪽을 향해 다가온 것이었다. 뱀이 뭍으로 오르자 군중들은 사방팔방으로 도망쳤다. 뱀은 라오콘이 두 아들을 데리고 서 있는 곳으로 곧장 왔다. 뱀은 먼저 아이들을 공격하여 몸을 감고 얼굴에 독기를 내뿜었다. 라오콘은 아이들을 구하려 했지만 도리어 자기가 붙잡혀 뱀의 똬리 속에 감기는 신세가 되었다. 그는 뱀을 떼어 내려고 발버둥을 쳤지만 뱀은 그가 아무리 용을 써도 꼼짝 못 하도록 조여 그와 아이들을 독이 있는 똬리로 졸라 죽여 버렸던 것이다.

사람들은 라오콘이 목마에 대해 무례한 짓을 했기 때문에 신들이 노하여 이런 끔찍한 일이 일어났다고 생각하였다. 그래서 그들은 더 이상 주저하지 않고 목마를 신성한 제물로 여기고 정식 예의를 갖추어 도시 안으로 옮길 준비를 했다. 옮기는 의식은 노래와 승리의 환호 속에 거행되었고 온종일 잔치가 이어졌

라오콘 군상　바다 위를 헤엄쳐 온 두 마리의 큰 뱀에게 물려 죽는 라오콘. 로마, 바티칸 미술관

다. 밤이 되자 목마 속에 숨어 있던 무장한 병사들이 배신자 시논의 도움으로 밖으로 나와 자기편 군대가 들어오도록 도시의 성문을 열었다. 군대는 어둠을 틈타 바로 성 밖에까지 들어와 있었던 것이다.

성내에서는 불이 치솟았다. 요란한 잔치에 들뜨고 지쳐 깊은 잠에 빠져 있던 트로이 사람들은 죽음을 당했고, 그로써 트로이는 완전히 함락되고 만 것이다.

현존하는 가장 유명한 군상(群像) 조각의 하나로 커다란 뱀에 감긴 라오콘과 그의 자식들의 조각이 있다. 보스턴의 아나테움에는 그 복제가 있는데 원작은 로마의 바티칸 궁전에 있다. 다음의 시는 바이런의 《귀공자 해럴드의 순례》(제4

권 161절)에서 인용한 것이다.

> 지금 바티칸 궁전으로 돌아가서 보라.
> 고통을 고귀하게 칭한 저 라오콘의 모습을.
> 아버지의 애정과 인간의 고뇌가
> 신과 같은 인내와 뒤섞여 있는 모습—허망하다
> 저 몸부림! 감기고 조여드니 도리가 없다.
> 압박과, 더해 가는 큰 뱀의 조임,
> 늙은 인간신의 악력, 독 묻은 긴 사슬이
> 서로 얽힌 산 인간들을 그대로 굳혀 놓는다. 거대한 뱀은
> 고통 위에 고통을, 숨 막히는 두려움에 두려움을 가한다.

희극적인 시의 작자들도 때때로 고전의 이야기를 비유·인용하는 경우가 있다. 다음의 시는 스위프트의 《도시의 소나기》(제43~52행)에서 인용한 것이다.

> 의자에 파묻힌 멋쟁이 사내가 초조히 앉아 있고,
> 쏟아지는 비가 발작처럼 지붕을 타고 내린다.
> 이윽고 무섭고 엄청난 가죽 덮개 소리에
> 그는 안에서 떨고 있다.
> 저 트로이의 가마꾼들이 목마를 나를 때
> 목마의 배 안에서 나오려고 초조히 있던 그리스군같이.
> (그 기운찬 그리스군들은 요즘 사람들같이
> 가마삯도 지불 않고 그들 위를 달렸다지만)
> 라오콘이 목마의 배를 밖에서 창으로 찌르자,
> 감금된 투사들이 무서워 떨었던 그때같지 않은가.

프리아모스왕은 그의 왕국이 멸망할 때까지 살았으나, 성이 그리스군에게 점령당하던 날 밤에 피살되고 말았다. 그는 갑옷을 입고 다른 용사들과 함께 싸우려 했지만, 나이 든 왕비 헤카베에게 설득당하여 아내와 딸들을 데리고 제우

스의 제단으로 피난해 거기서 도움을 청하기로 했다. 그런데 바로 그때, 그의 막내아들인 폴리테스가 아킬레우스의 아들인 피로스에게 쫓기다가 부상을 입고 그곳으로 뛰어 들어와서 아버지의 발밑에서 숨졌다. 프리아모스는 격분하여 피로스를 향하여 힘없는 팔로 창을 던졌으나 오히려 피로스의 창에 맞아 눈을 감았다.

왕비 헤카베와 딸 카산드라는 포로 신세가 되어 그리스로 끌려갔다. 카산드라는 옛날에 아폴론의 사랑을 받은 적이 있었는데, 그때 아폴론은 그녀에게 예언 능력을 주었다. 그런데 그녀에게 화가 났던 아폴론은 그녀의 능력이 아무런 소용이 없게 했다. 그녀의 예언을 아무도 믿지 않게 해버린 것이다. 아킬레우스가 사랑했던 프리아모스의 다른 딸 폴릭세네는 이 영웅의 소원대로 그리스군에 의해 제물이 되어 그의 무덤에 바쳐졌다.

2. 메넬라오스와 헬레네

여러분은 이같이 엄청난 살육의 원인이 되었던, 아름답지만 죄 많은 헬레네가 어떻게 되었는지 궁금할 것이다.

트로이가 함락되자 메넬라오스는 아내를 다시 찾았다. 그녀는 아프로디테의 힘에 눌려 남편을 버리고 다른 남자에게 가긴 했지만 남편 메넬라오스에 대한 사랑이 식은 것은 아니었다.

파리스가 죽자 그녀는 여러 차례 은밀하게 그리스군을 도왔다. 특히 오디세우스와 디오메데스가 변장을 하고 성안으로 들어와 팔라디온을 빼내려 할 때도 그녀가 도왔다. 그녀는 오디세우스를 보고 정체를 알았지만 비밀을 아무에게도 흘리지 않았던 것이다. 그리고 그들을 도와 조각상을 내어 주는 일까지 했다. 이로써 그녀는 남편과 화해를 하게 되었고, 두 사람은 가장 먼저 트로이를 떠나 고향으로 향하는 무리에 끼었다.

그러나 신들의 노여움을 산 그들은 풍랑에 의해 지중해 연안을 따라 이리저리 떠다니다가 키프로스와 페니키아, 이집트를 찾아가게 된다. 이집트에서는 환대를 받고 값비싼 선물을 받기도 했는데, 그 가운데 헬레네의 것으로는 금으로 된 물렛가락과 바퀴가 달린 바구니가 있었다. 그 바구니는 이집트의 여왕이 옷감을 짤 때 양모나 실패를 넣기 위한 것이었다.

트로이성 함락
불타는 트로이성 가운데 목
마가 보인다. 뮌헨, 알테피나
코텍 미술관

다이어는 《양털》이라는 시에서 이것에 대해 다음과 같이 노래하고 있다.

    ……아직도 많은 사람들은
    그 옛날의 물렛가락에 가슴을 대고
    걸으면서 물레를 돌린다.
    ……
    이것은 옛날, 수치가 없던 시절의 일이었다.
    그때의 실 잣는 유행은, 이집트 왕자가
    황금 실패를 저 아름다운 님프에게,
    너무도 아름다운 헬레네에게 보냈던 선물이었다.

밀턴도 또한 이집트의 여왕이 헬레네에게 준 '네펜테스'⁴⁾라는 유명한 강장제
의 비법에 대해 다음과 같이 노래하고 있다.

    이집트 톤 왕의 왕비가
    제우스의 딸 헬레네에게 준 그 네펜테스는,
    이처럼 기쁨을 자극하는 힘은 없고,
    이만큼 삶에 친절하지도, 이만큼 목마름에

⁴⁾ '고통과 근심을 잊게 해준다'는 뜻이다.

시원치도 못한 것이오.

《코머스》(제675~678행)

메넬라오스와 헬레네는 마침내 무사히 스파르타에 도착하여 다시 왕위에 어
울리는 위엄을 찾고, 영화를 누리면서 나라를 다스렸다. 그리고 오디세우스의
아들 텔레마코스가 아버지를 찾으러 스파르타에 도착했을 때, 메넬라오스와
헬레네는 딸 헤르미오네와 아킬레우스의 아들 네오프톨레모스와의 결혼식을
축하하고 있었다.

3. 그리스군의 귀환과 아가멤논, 오레스테스와 엘렉트라

그리스군의 총사령관이었던 아가멤논은 메넬라오스의 형이다. 그는 자기가
아니라 동생이 당한 부당한 처사에 대한 복수전에 휘말린 것이었는데, 그의 마
지막은 동생과 마찬가지로 행복하지 못했다. 그가 없는 동안에 그의 아내 클리
타임네스트라가 그를 배신한 것이다. 그녀는 남편의 귀국 소식을 듣자 애인 아
이기스토스와 짜고 남편을 없애려 했다. 그리하여 남편의 귀환을 축하하는 잔
치석상에서 그를 죽여 버린 것이다.[5]

공모자들은 아가멤논의 아들 오레스테스마저 죽일 작정이었다. 아직은 어려
서 걱정할 것은 없었으나, 그냥 두었다가 나중에 자라면 위험할지 모른다고 생
각했기 때문이었다.

하지만 오레스테스의 누나 엘렉트라는 그를 도와 숙부인 포키스의 왕 스트
로피오스에게로 몰래 도망치게 했다.

오레스테스는 스트로피오스의 궁전에서 왕자 필라데스와 함께 자라면서 그
와 두터운 우정을 맺었다. 이 우정은 오늘날에도 속담이 되어 남아 있다.[6] 엘렉
트라는 심부름꾼을 보내 동생에게 아버지의 원수를 갚아야 한다고 수도 없이
상기시켰다. 오레스테스는 성장하여 델포이의 신탁에 물었다. 신탁은 복수의 결
심을 더욱 굳어지게 했다.

그래서 그는 변장을 하고 아르고스에 가서 스트로피오스의 사자라 사칭하

---

5) 일설에 따르면, 집에 도착해 무장을 풀고 들어간 욕실에서 살해했다고 한다.
6) 둘의 우정은 '다몬과 피티아스', '다윗과 요나단'의 우정과 더불어 유명하다.

아가멤논의 죽음 그물을 덮어씌워 움직일 수 없는 아가멤논을 칼로 찌르려는 아이기스토스, 아가멤논 뒤에 클리타임네스트라가 이를 돕고 있다. 보스턴 미술관

고, 오레스테스의 사망을 알리러 왔다고 했다. 더구나 유골 항아리에 유골까지 넣어 가져왔던 것이다. 그는 아버지의 묘를 참배하고 당시의 관습에 따라 제물을 바친 뒤에 누나 엘렉트라에게 자기의 정체를 밝힌 다음, 얼마 안 있어 아이기스토스와 클리타임네스트라를 죽였다.

자식이 어머니를 죽인 이 패륜 행위는 그것이 피살된 자의 죄악과 신들의 명령에 연유한 것이므로 수긍할 점이 전혀 없는 것은 아니지만, 역시 옛사람의 마음에도 오늘날 우리가 느끼는 것과 같은 혐오감을 불러일으키지 않을 수 없었을 것이다. 그래서 복수의 여신인 에우메니데스들은 오레스테스를 붙잡아 미치게 하여 이 나라에서 저 나라로 떠돌아다니게 했다.

필라데스는 유랑하는 그를 따라다니면서 돌보아 주었다. 마침내 신탁에 다시 물어보니 스키티아의 타우리스에 가서, 하늘에서 떨어졌다고 전해지는 아르테미스상을 가지고 오라는 것이었다. 그래서 오레스테스와 필라데스는 타우리스로 갔다. 그곳에 사는 야만족에게는 자기 땅에 흘러 들어온 이방인을 모조리 여신 아르테미스에게 제물로 바치는 관습이 있었다. 그래서 오레스테스와 필라

아이기스토스의 죽음 앉아 있는 아이기스토스를 칼로 찌르는 오레스테스. 그의 뒤에는 도끼를 치켜든 클리타임네스트라가 있고, 오른쪽에는 엘렉트라가 이를 보고 오빠 오레스테스에게 소리 치는 장면. 베를린 박물관

데스는 붙잡혀 꽁꽁 묶인 채 제물 신세가 되어 여신의 제단으로 끌려갔다. 그런 데 아르테미스의 사제는 다름 아닌 이피게네이아였다.

그녀는 여러분도 기억하겠지만, 옛날 제물로 희생되기 직전에 아르테미스가 구해 주어 이곳에 온 것이었다. 끌려온 포로들이 누구인지를 알고 나자, 이피게 네이아도 자신의 신분을 그들에게 밝혔다. 그래서 이들 셋은 여신상을 가지고 도망하여 미케네로 돌아왔다.

그러나 오레스테스는 여전히 복수의 여신들 손아귀 안에 있었다. 그래서 그 는 마침내 아테네에 있는 아테나에게로 도망쳤다. 여신은 그를 보호해 주었고, 아레오파고스의 법정에 명령해 그의 운명을 재판하게 했다. 여신들은 그를 기 소했다. 그러자 오레스테스는 자신의 행위가 델포이의 신탁 명령이었다고 변명 했다. 법정이 투표를 한 결과, 표는 무죄와 유죄로 똑같이 나뉘었으므로 오레스 테스는 아테나가 정한 바에 따라 무죄가 선고되었다.

바이런은 《귀공자 해럴드의 순례》 제4편(제132절)에서 오레스테스의 이 이야 기에 대해 다음과 같이 노래하고 있다.

오, 인간의 잘못에 대한
저울눈의 균형을 깨뜨린 적 없는 위대한 네메시스여!
복수의 여신들을 나락의 바닥에서 불러내
오레스테스 주위에서 울부짖으며 야유케 하여
잔인한 보복을 나무란 당신이 그 행위를
방금 저질렀으나 그 죄악은 먼 과거의 손으로부터 온 것.
나는 굴욕의 땅으로부터 당신의 옛 왕국을, 당신을 부르리라!

그리스 고전극 가운데 가장 비장한 장면의 하나는 소포클레스가 그린 오레스테스와 엘렉트라의 장면이다. 오레스테스가 포키스에서 돌아와 엘렉트라를 하녀로 오해한다. 복수의 기회가 올 때까지 자신의 귀환을 비밀로 해두기로 하고, 오레스테스의 유골이 들어 있다는 항아리를 내놓는다. 엘렉트라는 정말로 그가 죽은 줄 알고, 그 항아리를 건네받자 가슴에 끌어안으며 절망에 차서 슬픔을 토로한다.

밀턴도 소네트에서 이렇게 노래하고 있다.

슬픈 엘렉트라를 노래한 시인들이 일으킨
끊임없는 산들바람의 힘이
아테네의 성벽을 벌거벗은 황폐로부터 구했다오.

이것은 당시 아테네가 스파르타 군대의 수중에 들어가 도시를 파괴하자는 이야기가 나왔을 때, 누군가가 우연히 에우리피데스의 합창의 한 구절을 읊기 시작하자 그 제안이 부결되었다는 이야기에 대해 노래한 것이다.[7]

---

7) 《공격이 도시에서 계획되었을 때》 제12~14행 참조.

• 트로이

트로이와 그 영웅들에 관하여 이렇게 많은 이야기를 들었는데, 이 유명한 도시의 정확한 위치가 아직도 밝혀지지 않고 있어 논쟁거리가 되고 있다고 하면 독자는 깜짝 놀랄 것이다. 오늘날 호메로스와 고대의 지리학자들의 기록에 가장 많이 들어맞는 평원에 분묘의 흔적이 있기는 하지만, 그것 말고는 그곳에 큰 도시가 있었다는 증거는 하나도 없다.[8]

바이런도 그의 주무대였던 트로이의 현재 모습을 다음과 같이 노래하고 있다.

> 바람은 높고, 헬레의 해류는
> 본바다로 굽이치며 어둡게 흘러가는데,
> 밤의 검은 커튼이 내려와
> 어리석게 피로 적신 저 들판을 숨기는구나.
> 늙은 프리아모스가 자랑하던 그 황야도,
> 그의 치세의 유일한 유적인 저 무덤도 가리워진다.
> 모두 다,—다만 저 불멸의 꿈들만은 가리지 않아,
> 스키오(키오스섬)의 바위섬에 눈먼 늙은이 호메로스를 위로하였구나.
>
> 《아비도스의 신부》

---

8) 불핀치의 이 책이 출판된 지 16년 후 1870년에 H. 슐리만이 오늘날 소아시아반도, 트로아스 지방의 에게해 연안 근방 히사를리크 언덕에서 트로이의 도시 유적을 발견하고 발굴을 시작했는데, 이 도시는 최하층 제1시에서 최상층 제9시까지 9개의 도시가 겹쳐져 있었다고 한다. 1932년부터 C.W. 블레겐의 조사에 의해 다시 이 9개 층 도시에 대한 정확한 위치가 측정되었다.

제29장
오디세우스의 모험(1)
로토파고스, 키클로페스, 키르케와 세이렌, 스킬라와 카리브디스, 칼립소

1. 로토파고스

앞으로는 《오디세이아》라는 이상한 이야기의 시가 우리의 주의를 끌게 된다. 이 시는 오디세우스(라틴어로는 '울릭세스', 영어로는 '율리시스')가 트로이로부터 자기 왕국인 이타카로 돌아가는 동안의 방랑기를 읊은 것이다.

트로이를 떠난 일행은 처음에 이스마로스라는 키콘족이 살고 있는 항구 도시에 상륙했다. 그곳에서 주민들과 작은 충돌이 일어나 오디세우스는 각 배에서 6명씩의 부하를 잃었다. 다시 그곳을 떠난 그들은 폭풍우를 만나 9일 동안 바다를 떠다닌 끝에 로토파고스(연밥을 먹는 사람들이라는 뜻)의 땅에 닿았다. 이곳에서 식수를 보충한 뒤 오디세우스는 3명의 부하를 보내 이 땅에 어떤 인종이 살고 있는지 정찰하게 했다. 부하들이 로토파고스가 있는 곳으로 가자, 그곳 사람들은 세 사람을 친절하게 맞이하고, 자기네들의 식량인 연밥(로터스)을 음식으로 내놓았다. 그런데 이 음식은 그것을 조금이라도 먹으면 고향 생각을 깡그리 잊고 그 나라에 언제까지나 머물고 싶도록 한다. 그래서 오디세우스는 억지로 세 사람을 끌고 와서 배의 벤치 밑에 묶어 두지 않으면 안 될 정도였다.[1]

---

1) 테니슨은 《로터스 먹는 사람들》이라는 시(《합창》 제5절)에서 이 식물이 만들어 낸다는 꿈같은 나른한 느낌을 다음과 같이 아름답게 표현하고 있다.

> 얼마나 즐거웠는지, 반쯤 눈을 감고, 영원일 듯,
> 흘러 떨어지는 샘 소리를 들으며
> 반쯤 꿈속으로 떨어졌다오!
> 높은 산 위의 미르라 수풀을 떠나지 않고,

2. 키클로페스

일행은 그다음에 키클로페스의 나라에 도착했다. 이 키클로페스족은 거인으로서 그들만의 소유인 섬에 살고 있었다. 그 이름은 '둥근 눈'이라는 뜻인데 이 거인들이 그렇게 불린 까닭은 그들이 눈을 하나밖에 갖고 있지 않았고, 또 그것이 이마의 중앙에 위치해 있었기 때문이다. 그들은 양치기였기 때문에 동굴 속에 살았고, 섬의 야생 식물과 양젖을 마시며 살았다. 오디세우스는 정박한 배에다 주력 부대를 남겨 놓고, 자신은 부하 몇 명과 함께 보트를 타고 식량을 구하러 키클로페스의 섬으로 갔다. 그는 선물하기 위해 술 한 병을 들고 부하들을 거느리고 상륙했다. 그리고 커다란 동굴이 있는 곳에 이르러 안으로 들어가 보았으나 아무도 없어 무엇이 있는지 조사해 보았다. 동굴 속에는 살이 포동포동 찐 양 떼와 많은 치즈, 젖을 담은 통과 주발, 우리 속에 갇혀 있는 새끼 양과 새끼 염소 등이 질서 정연하게 가득 차 있었다.

얼마 안 있어 동굴의 주인 폴리페모스가 큰 나뭇짐을 지고 돌아와 그것을 동굴 입구에 내려놓았다. 그는 젖을 짜기 위해서 양과 염소를 동굴 안으로 몰아넣고 안으로 들어오더니 스무 마리의 황소의 힘으로도 끌 수 없는 커다란 바위를 동굴 입구에 굴려다 놓았다. 그러더니 앉아서 양젖을 짰다. 그리고 일부분은 치즈를 만들기 위하여 저장하고 나머지는 식사 때 먹기 위하여 그대로 놔두었다.

그런 다음 둥근 눈으로 사방을 둘러보다가 낯선 사람들이 눈에 띄자, 큰 소리로 너희는 누구며 어디서 왔느냐고 물었다. 오디세우스는 아주 공손한 태도로 자기들은 그리스 사람인데 최근 트로이를 정복하여 혁혁한 공을 세운 대원

저기 걸쳐진 호박(琥珀)빛 같이 꿈꾸고 또 꿈꾸고 싶었어.
매일매일 연밥을 먹으며
서로의 속삭임을 듣고 싶었어.
해변의 보글보글 부서지는 잔물결과
새하얀 물보라의 부드러운 만곡선을 보고 또 보고 싶고,
우리의 마음과 영혼을 오로지
부드러운 우울의 힘에 내맡기고 싶었어. 그러고는
가만히 들여다보고, 가슴에 품고, 다시 기억 속에 살리고 싶었는데,
어린 시절의 보고픈 얼굴들이
저기 작은 풀 언덕에 있고
밀폐된 청동 항아리 속, 두 줌의 하얀 재에 있었다오.

눈을 찔린 폴리페모스 오디세우스 일행이 폴리페모스의 외눈에 나무 막대를 박아 넣는 장면. 로마, 빌라줄리아 미술관

정으로부터 귀국하는 도중이라고 말하고 후대해 주기를 간청했다. 폴리페모스는 아무런 대답도 하지 않고 한쪽 팔을 내밀어 오디세우스의 부하 2명을 붙잡더니 동굴 벽을 향하여 내던져 머리가 박살나게 했다. 그러고는 그들을 맛나게 배불리 먹고 나서 동굴 바닥에 누워 잠이 들었다.

오디세우스는 이 기회를 놓치지 않고 그가 잠자고 있는 동안에 칼로 찌를까 생각하기도 했지만 그렇게 하면 도리어 그들 모두의 죽음을 초래하는 결과가 될 것 같았다. 왜냐하면 거인이 동굴 입구에 갖다 놓은 바위를 그들의 힘으로는 도저히 움직일 수 없으므로 그들 자신을 영원히 동굴 속에 가두는 결과가 될 것이기 때문이었다. 다음 날 아침에도 거인은 2명의 그리스인을 붙잡아 어제 그들의 동료들에게 했던 것처럼 한 점의 살도 남기지 않고 몽땅 먹어 치웠다. 그러고 나서 입구에 있는 바위를 열고 전처럼 양 떼를 몰아내고, 자기도 나간 뒤에 바위로 다시 입구를 막았다. 그가 나간 뒤 오디세우스는 피살된 부하들의 원수를 갚고 남은 부하들과 도망칠 방법을 궁리했다.

그는 부하들로 하여금 큰 나무 막대를 준비하게 했다. 그것은 키클롭스(폴리페모스)가 지팡이를 만들기 위하여 베어 온 것인데 그들은 그것을 동굴 속에서 발견했다. 그들은 그 끝을 뾰족하게 하여 불에다 잘 말리고, 동굴 바닥에 있는 짚 밑에다 감춰 놓았다. 이어 가장 용감한 사람 4명이 선발되고 오디세우스는 다섯 번째로 그들에게 가담했다. 저녁때가 되니 키클롭스가 돌아와서 아침에 했던 것처럼 바위를 굴려 동굴 입구를 열고 양 떼를 안으로 몰아넣었다. 그리고 전과 같이 젖을 짜고 이런저런 준비를 한 뒤에 다시 오디세우스의 부하 중 2명을 붙잡아 머리를 박살내고 그것으로 저녁을 먹기 시작했다. 저녁 식사를 마치자 오디세우스는 그에게 다가가 술을 한 사발 따라 주면서 말했다.

"키클롭스, 이것은 술이라고 하오. 인간의 고기를 먹은 뒤에 마시면 특별히 더 맛이 있으니 먹어 보시오."

그는 그것을 받아 마시더니 대단히 맛있다며 더 달라고 했다. 오디세우스가 더 따라 주었더니 거인은 아주 기뻐하면서 자기가 특별히 은총을 베풀어 너를 제일 나중에 잡아먹겠노라고 약속했다. 거인이 이름을 묻자, 그는 "내 이름은 우티스[2]이다"라고 대답했다.

저녁 식사가 끝나자, 거인은 자리에 누워 바로 잠이 들었다. 오디세우스는 선발된 4명의 부하와 함께 막대 끝을

오디세우스의 탈출 폴리페모스의 동굴에서 양의 배에 매달려 탈출하는 오디세우스. 카를스루에, 바덴 주립미술관

불 속에 집어넣어 벌겋게 불붙인 뒤, 그것을 거인의 외눈을 똑바로 겨누어 눈구멍에 깊이 박고는 목수가 송곳 돌리듯 빙빙 돌렸다. 무서운 외마디 비명 소리는 동굴 안을 가득 채웠다. 오디세우스는 그의 부하들과 함께 재빨리 몸을 피해 동굴 한쪽 구석에 숨었다. 거인은 울부짖으며 이웃 동굴에 살고 있는 키클로페스들을 소리 높여 불렀다. 그들은 그의 외침 소리를 듣고 그의 동굴 주위로 모여들어 무슨 일 때문에 그렇게 시끄럽게 떠들어 잠도 못 자게 하느냐고 투덜대며 물었다. 그는 대답했다.

"오! 친구들이여, 나 죽네 나 죽어. 우티스가 나를 괴롭혀."

그러자 그들은 대답했다.

"우티스? 아무도 너를 괴롭히지 않는단 말이네. 그것은 제우스가 하는 짓이니 넌 참아야만 해."

이렇게 말하면서 그들은 신음하는 그를 놔두고 가버렸다.

다음 날 아침 그 거인은 양 떼를 목장으로 내보내기 위하여 바위를 굴려 놓고 동굴 입구에 서 있었다. 그러고는 동굴을 나서는 양을 일일이 만져 보는 것이

2) 그리스어로 '아무것도 아니다'라는 뜻이다.

키클롭스 외눈박이 거인이 바위산에 모습을 드러내는 장면. 오테를로, 크뢸러뮐러 미술관

었다. 그것은 오디세우스와 그의 부하들이 양 떼에 섞여 달아나는 것을 막기 위해서였다. 그러나 오디세우스는 부하들로 하여금 동굴 바닥에 있던 버들가지로 마구(馬具)를 만들게 한 다음, 세 마리의 양을 한 조로 하여 마구를 채워 나란히 걸어가게 했다. 세 마리 가운데 중간 것에 한 사람씩 매달리고 양옆에 있는 양들은 이를 비호했다. 양이 지나갈 때 거인은 등과 옆구리를 만지기는 했지만 배를 만져 볼 생각은 하지 못했다. 그래서 부하들은 모두 무사히 빠져나왔고, 오디세우스가 마지막으로 나왔다. 동굴에서 몇 걸음 떨어진 곳에 왔을 때 오디세우스와 그의 부하들은 양에게서 몸을 푼 다음 많은 양 떼를 몰고 바닷가로 내려와 배가 있는 곳으로 돌아왔다. 그러고는 서둘러 양을 배에다 싣고 해안에서 떠나 버렸다. 안전한 거리에 왔을 때, 오디세우스는 부르짖었다.

"키클롭스, 신들이 너의 잔악한 행위에 대해서 보복할 것이다. 네가 수치스러운 맹인이 된 것은 오디세우스의 행적인 줄 알아라."

이 말을 듣자 그 거인은 산등성이에 튀어나온 바위를 뽑아내더니 허공으로 높이 들어 올려 있는 힘을 다해 소리나는 쪽을 향해 던지는 것이었다. 거대한 바위는 밑으로 떨어져 아슬아슬하게 배의 후미를 스치고 지나갔다. 엄청나게 커다란 바위가 바다로 떨어지는 바람에 배는 물결이 일어 바닷가까지 밀려가 자칫하면 뒤집힐 뻔했다. 그들이 가까스로 배를 해안으로부터 끌어내어 출발할 때, 오디세우스는 거인을 다시 부르려 했지만 부하들이 극구 말렸다. 그러나 그는 거인에게 그가 던진 바위를 피해 맞지 않았다는 사실을 알리고 싶어 견딜 수 없었다. 그래서 아까보다 더 안전한 거리에 이르렀을 때, 기어코 그 사실을 알렸다. 거인은 저주로써 이에 대답했다. 오디세우스와 그의 부하들은 힘껏 노를 저어 얼마 안 가 정박해 있는 본선에 이르렀다.

오디세우스는 다음으로 아이올로스의 섬에 도착했다. 제우스는 이 섬의 왕에게 모든 바람의 지배권을 맡기고 있었으므로 왕은 자유자재로 바람을 내보내거나 멎게 할 수 있었다. 왕은 오디세우스를 친절히 대접한 뒤, 떠날 때는 해롭고 위험한 바람을 모조리 가죽 자루에다 넣고 은사슬을 매어 그들에게 주었다. 그러고는 순풍에게 명령하여 배를 그들의 고국으로 인도하게 했다. 9일 동안 그들은 순풍에 돛을 달고 질주했다. 그동안 오디세우스는 잠을 자지 않고 키 옆에 있었는데 끝내는 피곤했는지 잠이 들었다. 그가 자는 동안에 선원들은 그 신비스런 자루에 관하여 이야기를 나누었다. 그들은 그 자루 속에는 친절한 아이올로스왕이 자기들의 선장에게 선물한 보물이 들어 있을 것이라는 결론을 내렸다. 그러고는 좀 나눠 가질 생각에 끈을 풀었다. 그런데 풀자마자 곧바로 바람이 튀어나와서 배는 진로로부터 멀리 벗어나 그들이 방금 출발한 섬으로 다시 되돌아왔다. 아이올로스는 그들의 어리석은 짓에 화를 내며 더 이상의 도움을 거부했다. 그래서 그들은 똑같은 항로를, 이번에는 죽을 고생을 하면서 노를 저어야만 했다.

2. 키르케와 세이렌

그들의 다음 모험은 라이스트리고네스라는 야만족을 상대로 겪은 것이었다. 배는 모두 그들의 항구로 들어갔다. 완전히 육지로 둘러싸여 굽이진 곳의 안전한 풍치에 매혹되었기 때문이었다. 오직 오디세우스만이 그의 배를 항구 바깥에 정박시켰다. 라이스트리고네스는 배들이 완전히 자기네의 영향권 안에 있음을 알자, 공격을 개시해 돌을 던져 배를 부수고 전복시켰다. 그리고 물속에서 버둥거리는 선원들을 창으로 찔러 죽였다. 항구 바깥에 남아 있던 오디세우스의 본선을 제외한 모든 배들이 선원들과 더불어 궤멸되었다. 오디세우스는 도망치는 것 외에는 별도리가 없다고 판단하고, 부하들을 격려하고 힘껏 노를 젓게 하여 도망쳤다. 그리하여 그들은 가까스로 달아날 수가 있었다.

죽은 동료들에 대한 슬픔과 자신들이 무사히 도망친 데 대한 기쁨이 뒤섞인

오디세우스와 키르케 오디세우스를 유혹하는 마녀 키르케. 그들은 1년을 그곳에서 보낸다. 빈, 미술사박물관

마음으로 그들은 항해를 계속하여 마침내 태양의 딸 키르케가 살고 있는 '아이아이에섬'에 이르렀다. 이곳에 상륙해 오디세우스는 한 작은 언덕에 올라가 사방을 둘러보았다. 사람이 사는 자취를 발견할 수는 없었으나 오직 섬의 중심부의 한 곳에 나무로 둘러싸인 궁전이 보였다. 그는 에우릴로코스[3]의 인솔 아래 선원의 반을 보내 어떤 대접을 기대할 수 있는지를 알아보게 했다. 궁전에 다가갔을 때 그들은 사자와 호랑이, 늑대들에게 둘러싸이고 말았다. 이들 짐승은 사납지 않고, 키르케의 마술에 의해 길이 든 것이었다.

키르케는 유능한 마술사였다. 이 동물들은 모두 전에는 인간이었으나, 키르케의 마술에 걸려 짐승의 모습으로 바뀌어 있었다. 부드러운 음악 소리와 여자의 아름다운 노랫소리가 안에서 들려왔다. 에우릴로코스가 큰 소리로 부르자 여신이 나와 그들을 맞아들였다. 그들은 모두 즐거운 마음으로 안으로 들어갔으나, 에우릴로코스만은 혹시 위험하지 않을까 걱정이 되어 들어가지 않았다. 여신은 손님들을 별실로 안내하여 술과 여러 가지 산해진미를 대접했다. 그들이 실컷 먹고 마시고 있을 때 키르케는 마법의 지팡이를 그들 한 사람 한 사람에게 살짝살짝 댔다. 그러자 그들은 모두 곧장 돼지로 변해 버렸다. 딱하게도 머리와 몸뚱이와 목소리와 털은 돼지 그대로였으나, 정신은 전과 다름이 없었다. 키르케는 그들을 돼지우리 속에 가두고 도토리와 돼지가 잘 먹는 다른 먹이를 주었다.

---

3) 오디세우스의 누이동생 크티메네의 남편.

에우릴로코스는 서둘러 배가 있는 곳으로 돌아가 사정을 이야기했다. 오디세우스는 어떻게든 동료들을 살려 내겠다고 결심했다. 그가 혼자서 걸어가고 있을 때 한 젊은이를 만났는데, 그 젊은이는 그의 여러 가지 모험을 아는지 친절하게 말을 걸었다. 자기는 '헤르메스'라고 밝히며, 오디세우스에게 키르케의 마술에 관하여 알려 주면서 그녀에게 접근하면 위험하다고 말했다. 그래도 오디세우스를 단념하게 할 수 없음을 깨닫자 헤르메스는 마술에 대항하는 강력한 힘을 지닌 '몰리'라는 약초를 그에게 주고 용법을 가르쳐 주었다. 오디세우스가 궁전에 도착했을 때 키르케는 그를 친절히 맞아들이고 전에 그의 동료들에게 했던 것처럼 융숭한 대접을 했다. 그가 식사를 끝내자 그녀는 지팡이를 그의 몸에 대면서 말했다.

우는 모습의 세이렌 사자의 영혼을 저승으로 인도하는 상반신은 여자, 하반신은 새의 모습을 한 바다 괴물. 아테네, 국립미술관

"자, 착하지? 돼지우리를 찾아가서 네 동료들과 딩굴고 있거라."

그러나 그는 복종하지 않고 칼을 빼어 들고 잔뜩 성난 얼굴로 그녀에게 달려들었다. 그녀는 무릎 꿇고 용서를 빌었다. 그는 그녀에게 자기의 동료들을 풀어 주고 다시는 자기나 동료들에게 해를 끼치지 않겠다는 맹세를 하라고 명령했다. 그녀는 맹세를 되풀이하며 그들을 친절히 대접한 뒤에 무사히 풀어 주겠다고 약속했다. 그녀는 말한 대로 이행했다. 돼지로 변했던 사람들은 다시 원래의 모습으로 돌아오고, 다른 선원들도 해안에서 올라와 날마다 융숭한 대접을 받았다. 이윽고 오디세우스는 고국도 잊고 안일한 생활에 젖어 부끄러운 줄도 모르고 그 생활에 만족하는 것처럼 보였다.

오디세우스와 세이렌 세이렌들 사이를 무사히 빠져나가는 오디세우스. 런던, 대영박물관

　마침내 그의 동료들은 그에게 고상한 감정을 깨우쳐 주었고, 그는 그 충고를 고맙게 받아들였다. 키르케는 그들의 출발을 도우며, 세이렌들이 있는 해변을 무사히 지나가는 방법을 가르쳐 주었다. 세이렌들은 바다의 님프인데 그 노랫소리를 듣는 자를 빠짐없이 매혹하는 힘을 가지고 있었기 때문에, 불행한 선원들은 불가항력적으로 바닷속으로 뛰어들려는 충동을 느껴 몸을 망치곤 하였다. 키르케는 오디세우스에게 선원들의 귀를 밀랍으로 막아 노랫소리를 듣지 못하게 하라고 일렀다. 그리고 또 이르기를 오디세우스 자신을 선원들로 하여금 돛대에 묶게 하고 세이렌의 섬을 지나갈 때까지 그가 무슨 소리를 하거나, 무슨 짓을 하거나 간에 그의 몸을 절대로 풀어 주어서는 안 된다고 하라고 일렀다.

　오디세우스는 키르케의 말에 따라 부하들의 귀를 밀랍으로 막았다. 또한 그들로 하여금 자신을 줄로 단단히 돛대에 붙잡아 매도록 했다. 그들이 세이렌의 섬에 가까이 다가가자 바다는 평온하고 그 위로 매우 매혹적인 노랫소리가 들려왔다. 그래서 오디세우스는 결박을 풀려고 몸부림쳤고, 부하들에게 말과 몸짓으로 몸을 풀어 달라고 애원했다. 그러나 그들은 처음에 들은 명령대로 뛰어와서 그를 더 꽁꽁 묶었다. 그들은 항해를 계속했다. 노랫소리는 점점 약해져서 마침내 들리지 않게 되었다. 그제야 오디세우스는 기뻐하며 선원들에게 귀에서 밀랍을 빼라고 신호를 했고, 그들은 오디세우스를 묶은 밧줄을 풀었다.

현대 시인 키츠의 상상력은 키르케의 제물이 된 사람들의 모습이 바뀐 뒤 그들의 머리에 떠오른 온갖 생각들을 발견해서 우리에게 전해 주고 있다. 《엔디미온》(제3권 543~554행)에서 시인이 그리고 있는 것은 그 희생자의 한 사람 중 코끼리로 변한 어떤 국왕의 생각인데, 그는 마법사를 향하여 인간의 말로 다음과 같이 호소한다.

> 나는 다시는 내 행복한 왕관을 청하지 않고,
> 나의 동지들이 평원에 모일 것을 청하지 않고,
> 나의 쓸쓸한 과부 아내를 청하지 않고,
> 나의 장밋빛 생명 방울인 아름다운 아이들,
> 사랑스런 딸들과 아들들을 청하지 않겠소.
> 나는 그들을 잊고, 그런 기쁨을 그냥 지나치리다.
>
> 그런 천상의 것을 바라지 않소, 너무도—너무도 높은 것을.
> 다만 가장 공정한 은혜로 죽기를 기도할 뿐,
> 이 어색한 육체에서,
> 이 천하고, 밉살스럽고, 불결한 올가미에서 풀려 차갑고
> 황량한 공기에 드러나길 바랄 뿐이오.
> 자비를 베푸시오, 여신이여! 키르케여, 내 기도를 들어주오!

4. 괴물 스킬라와 카리브디스

오디세우스는 또한 키르케에게서 스킬라와 카리브디스라는 두 괴물을 경계해야 한다고 주의를 받았다. 우리는 이미 글라우코스의 이야기를 할 때 스킬라에 대해서도 말한 바 있고, 그녀가 전에는 아름다운 처녀였는데 키르케에 의하여 뱀 모양의 괴물로 바뀌었다는 사실을 기억한다. 그녀는 높은 절벽 위에 있는

동굴 속에 살면서 그곳으로부터 기다란 목(그녀는 6개의 머리를 가지고 있었다)을 내밀어 그 목이 닿는 거리를 지나가는 배가 있으면 그 배의 선원 가운데 한 사람씩을 잡아먹는다는 것이었다.

또 하나 무서운 괴물은 카리브디스라는 해변 가까이 살고 있는 소용돌이인데, 매일 세 번씩 무서운 바위틈으로 물이 들어왔다가 다시 세 번씩 역류하는 것이었다. 이 소용돌이 근처를 지나가는 배는 바닷물이 들어올 때마다 어쩔 수 없이 그에 빨려 들어갔다. 포세이돈일지라도 그것을 구출할 수는 없었다.

이 괴물들이 나타나는 곳에 다가갈 때 오디세우스는 그들을 발견하려고 삼엄한 감시를 하고 있었다. 카리브디스에 바닷물이 들어올 때는 물소리가 크게 나므로 멀리서도 경계할 수 있으나 스킬라는 어디 있는지 알 수가 없었다. 오디세우스와 부하들이 불안한 눈길로 무서운 소용돌이를 감시하느라 스킬라의 공격에 대한 주의가 부족해지자, 괴물은 뱀 모양의 여러 머리를 내밀어 여섯 사람을 붙잡아 쨰지는 듯한 소리로 울부짖는 그들을 깊고 넓은 동굴 속으로 납치해 갔다. 그것은 오디세우스가 이제까지 본 것 가운데서 가장 슬픈 광경이었다. 동료들이 이같이 희생되는 것을 보고, 또 그들의 비명을 들으면서도 속수무책이었다.

키르케는 또 다른 위험을 오디세우스에게 경고했다. 스킬라와 카리브디스를 지나 다음에 상륙한 곳은 트리나키아라는 섬이었는데, 그곳에서는 태양신 히페리온의 가축을 그의 두 딸 람페티에와 파에투사가 기르고 있었다. 항해꾼들에게 아무리 필요한 것이라 하더라도 이 가축 떼를 건드려서는 안 된다는 것이었다. 이 금지령을 위반하면 파멸이 내리리란 것은 당연했기 때문이다.

오디세우스는 이 태양신의 섬에 들르지 않고 지나치려 했으나, 배를 정박시키고 바닷가에서 하룻밤만 자도 피로를 회복할 수 있겠다고 부하들이 조르는 바람에 양보를 했다. 그러나 그는 그들에게 키르케가 배에 실어 준 나머지 식량만으로 만족해야 하며, 신성한 양이나 다른 가축에게는 일절 손을 대서는 안 된다고 당부하고 부하들의 맹세를 받았다.

식량이 남아 있는 동안에는 부하들도 맹세를 지켰다. 하지만 역풍으로 말미암아 한 달 동안이나 섬에 억류되어 남은 식량을 모두 먹어 버린 뒤에는 새나 물고기를 잡아먹지 않으면 안 되었다. 굶주림이 그들을 괴롭혔고, 마침내 어느 날 오디세우스가 없을 때, 그들은 가축을 몇 마리 죽이고 그 일부분을 신들에게 바쳐 자기들이 저지른 잘못의 용서를 빌고자 했다. 그러나 이는 쓸데없는 짓이었다.

오디세우스는 바닷가로 돌아와 그들의 소행을 알고 공포에 떨었다. 뒤이어 일어난 불길한 징조 때문에 더욱 그러했다. 짐승의 가죽이 땅 위를 기어다니고, 고기는 불로 구울 때 꼬챙이에서 우는 소리를 냈다.

이윽고 순풍이 불기 시작했으므로 그들은 섬을 떠났다. 얼마 가지 않아 날씨가 바뀌더니 폭풍우가 일고, 우렛소리가 천지를 뒤흔들고, 번갯불이 번쩍였다. 천둥과 번개가 돛대를 부수고, 돛대가 넘어지는 바람에 키잡이가 깔려 죽었다. 마침내 배마저도 부서지고 말았다.

나란히 떠내려가는 용골과 돛대로 오디세우스는 뗏목을 만들어 몸을 의지했다. 바람이 잦아들자 물결은 그를 칼립소의 섬으로 옮겨 놓았다.

다른 선원들은 모두 죽고 없었다.

다음에 나오는 한 구절은 지금까지 한 이야기를 다루고 있는데, 이것은 밀턴의 《코머스》 제252행에서 따온 것이다.

······나는 몇 번이고 들은 적이 있지요.
나의 어머니 키르케가 세 세이렌과 함께
꽃 가운을 입은 나이아데스에게 둘러싸여
효력 있는 약초와 독초를 따 모으며 노래하면서,
갇혀 있는 영혼을 사로잡아,
평화로운 엘리시온에 안겨 주려 했죠. 스킬라가 훌쩍거리며,
짖는 파도를 잔소리로 주의케 하니,
사나운 카리브디스 물결도 조그맣게 투덜거리며 승낙했다오.

5. 칼립소

칼립소는 바다의 님프였다. 님프란 신분이 낮기는 하지만 신들의 속성을 다분히 가지고 있는 요정들을 뜻한다. 칼립소는 오디세우스를 따뜻하게 맞아들여

오디세우스와 칼립소
칼립소는 오디세우스를 영원
히 자기 곁에 두기를 원했다.
그러나 오디세우스의 결심은
변하지 않았다. 바젤 미술관

융숭한 대접을 했다. 그녀는 이내 그를 사랑하게 되었고, 그를 영원히 죽지 않게
하여 언제까지나 자기 곁에서 떠나지 못하게 했다. 그러나 그는 고국과 처자식
에게 돌아가려는 결심을 버리지 않았고, 마침내 칼립소는 그를 돌려보내 주라
는 제우스의 명령을 받아들여야 했다. 헤르메스가 이 명령을 가지고 그녀에게
왔을 때, 그녀는 바위굴 속에 있었다. 그 바위굴을 호메로스는 다음과 같이 그
리고 있다.

> 화려한 포도나무 한 그루가 넓은 동굴을 온통 덮고
> 탐스러운 포도송이들을 드리우고 있었다.
> 맑은 수액의 샘이 넷,
> 구불구불 나란히 흘러,
> 사방을 돌아다니고, 어디에나 보이는
> 가장 부드러운 초록의 풀, 풀 끝은 호화롭고
> 오, 수줍은 보랏빛. 하늘에서 온 신조차도
> 놀라움과 기쁨으로 넘치게 할 광경이었다.

칼립소는 전혀 마음이 내키지 않으면서도 제우스의 명령에 따랐다. 그녀는
오디세우스에게 뗏목을 조립하는 방법을 가르쳐 주고, 식량도 충분히 실어 주
고, 순풍도 보내 주었다. 그는 여러 날 동안 순조로이 항해하여 육지가 보이는

데까지 왔으나, 갑자기 폭풍우가 일어나, 돛대를 부러뜨리고 뗏목도 망가질 것만 같았다. 그가 이런 위기에 처해 있는 것을 동정심이 많은 바다의 한 님프가 발견하고 바닷새로 변신하여, 뗏목 위에 앉아 있는 그에게 띠를 하나 주면서 그것을 가슴 밑에 매도록 일렀다. 어쩔 수 없이 물속으로 들어가야만 할 경우에, 그것이 그의 몸을 뜨게 하여 헤엄쳐서 육지에 도달할 수 있게 한 것이었다.

페늘롱[4]은 그의 《텔레마코스의 모험》이라는 이야기에서 오디세우스의 아들 텔레마코스가 아버지를 찾아 헤매는 동안의 여러 모험을 그리고 있다. 아버지의 발자취를 더듬어 가는 여러 장소 중에는 칼립소의 섬도 있다. 그리고 아버지의 경우와 마찬가지로 이 여신은 온갖 수단을 다하여 텔레마코스를 잡아 두려고 자기처럼 불사신의 몸으로 만들어 주겠다고 말했다. 그러나 아테나 여신이 멘토르[5]의 모습을 빌려 텔레마코스를 따라다니면서 그의 행동 일체를 지배하고 있었으므로, 이때도 칼립소의 유혹을 뿌리치게 했다. 그리고 두 사람은 달리 도망칠 길이 없음을 알고 벼랑에서 몸을 던져 바다로 뛰어들어, 바다에 머물러 있던 배로 헤엄쳐 갔다. 바이런은 텔레마코스와 멘토르가 뛰어내린 데 대해서 다음과 같이 노래하고 있다.[6]

그러나 지중해의 자매 섬,
칼립소의 섬들을 조용히 지나지는 못해,
거기서 항구는 여전히 지친 선원에게 미소 짓는다.
신을 마다하고 인간 아내를 감히 택한 영웅을 위해,
저 아름다운 여신은 오래 울기를 그치고,
그녀의 해안 절벽 너머로 바라보기를 멈추었건만.
이곳은 그 영웅의 아들 또한 엄한 멘토르의 재촉에
저 까마득한 바다 물결 위로 뛰어든 곳,
그리하여 두 사람을 빼앗긴 님프의 여왕은 두 겹의 한숨을 쉬었지.

---

4) 프랑스의 종교가·소설가(1651~1716). 루이 14세 손자의 사부(師傅)였으나 이후 실각했다.
5) 오디세우스가 원정을 나갈 때 아들을 가르쳐 달라고 부탁했던 친구.
6) 《귀공자 해럴드의 순례》 제2권 29절 참조.

제30장
오디세우스의 모험(2)
파이아케스인, 구혼자들의 최후

1. 파이아케스인

오디세우스는 뗏목에 조금이나마 몸을 의지할 수 있을 동안에는 그것에 달라붙어 있었다. 그리고 그것마저 불가능하게 되자 띠를 몸에 두르고 헤엄을 쳤다. 아테나는 그의 앞에 있는 파도를 가라앉히고 바람을 보내어 물결이 바닷가로 흘러가게 했다. 밀려오는 파도는 바위에 높이 부딪혀서 뭍으로 다가갈 수 없었다. 그러나 마침 그는 조용히 흐르는 하구에 잔잔한 파도를 발견하고 뭍으로 올라갔다. 너무나 지쳐서 숨도 못 쉬고 말도 못 하고 마치 죽은 사람 같았다. 얼마 뒤 기운을 차리자 그는 기뻐 날뛰며 땅에다 입을 맞췄다. 그러나 앞으로 어떻게 해야 좋을지를 몰랐다. 조금 떨어진 곳의 숲을 발견하고는 그리로 향하여 갔다. 그곳에서 그는 나무가 우거져 있어 햇빛과 비를 피할 수 있는 은신처를 발견하고 나뭇잎을 모아 침상을 만들어 그 위에 몸을 눕히고 나뭇잎을 덮은 뒤 실컷 잠을 잤다.

표류하던 오디세우스가 도착한 곳은 파이아케스인의 나라인 스케리아였다. 이 파이아케스인들은 원래 키클로페스족이 사는 곳 근처에 살면서, 이 야만족에게 억눌려 지내다가 나우시토오스라는 왕의 지휘 아래 스케리아섬으로 이주한 것이었다. 호메로스의 말에 따르면 그들은 신들과 혈연관계가 있는 종족으로서, 신들은 그들이 제물을 바치면 그들에게 나타나서 함께 잔치를 즐기고, 혹시 홀로 지나는 낯선 나그네와 마주치는 일이 있어도 몸을 감추지 않는다는 것이다.[1]

---

1) 《오디세이아》 제5권 35행과 제7권 205행 참조.

그들은 풍부한 부를 가졌으며, 그 기쁨 속에서 전쟁의 소동에 흔들리는 일 없이 지내고 있었다. 왜냐하면 그들은 이득을 추구하는 사람들과 멀리 떨어져서 살고 있었기 때문에 어떤 적도 그들의 해안에 가까이 오는 일이 없었고, 따라서 활과 화살통을 쓸 필요도 없었다. 그들의 주된 일은 항해였다. 그들의 배는 새가 날 때와 같은 속도에다가, 두뇌까지도 지니고 있었다. 그래서 배 스스로가 모든 항구를 인지하고 있어 항로 안내자가 따로 필요하지 않았다. 나우시토오스의 아들 알키노오스가 그들의 왕이었는데 그는 어질고 공정한 군주로서 백성들의 사랑을 받고 있었다.

오디세우스가 파이아케스인의 섬에 이르러 나뭇잎 침상에서 자고 있던 그 날 밤에 왕의 딸 나우시카는 아테나가 점지한 꿈을 꾸었다. 꿈에 이르기를 그녀의 결혼식 날이 멀지 않았다는 것과, 그 준비로 온 가족의 옷을 세탁해 두는 것이 좋으리라는 것이었다. 그것은 쉬운 일이 아니었다. 왜냐하면 내는 상당히 멀리 떨어져 있는데 옷을 그리로 가져가야 했기 때문이었다. 잠이 깨자 공주는 자기의 마음속에 있는 말을 하러 서둘러 부모에게 가서, 자기의 결혼식에 관하여 언급하지는 않았으나 적당한 이유를 붙여 말했다.

아버지인 왕은 쾌히 승낙하고 하인들로 하여금 마차를 준비하게 했다. 세탁할 옷들이 마차에 실리고, 어머니는 풍부한 음식과 술까지 마차에 실어 주었다. 공주는 자리에 앉아 채찍질을 하고, 시녀들은 걸어서 그녀의 뒤를 따라갔다. 시냇가에 도착하자 말들을 풀어 풀을 뜯게 하고, 마차에서 짐을 내려 옷을 물가로 운반해 즐거운 듯이 재빨리 세탁을 하여 순식간에 그 일을 마쳤다. 그러고는 세탁한 옷을 말리기 위해 냇가에 널어 두고, 목욕을 한 뒤 앉아서 식사를 했다. 즐겁게 식사를 마친 시녀들은 일어나 공놀이를 하며 흥겹게 놀았다. 공주는 놀고 있는 그들을 위하여 노래를 불러 주었다. 그러나 이윽고 그들이 말린 옷을 걷어 성으로 돌아갈 채비를 하려 할 때, 아테나는 공주가 던진 공이 물속으로 떨어지게 했다. 그 바람에 그들이 모두 소리를 쳐서 오디세우스는 잠이 깨었다.

이때의 오디세우스의 볼품없는 모양새를 눈에 그려 보자. 난파를 당한 이 선원은 불과 몇 시간 전에 거친 바다로부터 구사일생 헤어 나와 완전히 벌거숭이가 된 채로 자고 있었다. 갑자기 들려오는 소리에 수풀 사이로 젊은 처녀들—그것도 분위기로 보나 차림새로 보나 미천한 농부의 딸이 아니라 고귀한 집안의 딸인 것 같아 보이는 처녀들——의 모습이 눈에 확 들어왔다. 구원을 청할 마음이야 간절했지만 감히 벌거숭이 모습으로 어떻게 자신을 드러내고 호소할 수 있었겠는가? 이때야말로 그의 수호신인 아테나가 조종하고 나설 만한 장면이었다. 이 여신은 이제까지도 그가 위기에 처했을 때 그를 버린 적이 없었다. 오디세우스는 잎이 많이 달린 나뭇가지를 하나 꺾어 몸을 가리고 숲으로부터 걸어 나왔다. 처녀들은 그를 보자 사방으로 달아났으나 나우시카만은 예외였다. 왜냐하면 아테나가 그녀를 도와 용기와 분별력을 부여했기 때문이다. 오디세우스는 공손한 태도로 멀리 서서 자기의 비참한 사정을 설명하고, 그 미인(그녀가 여왕인지 여신인지 오디세우스는 구별이 가지 않았으므로)에게 먹을 것과 입을 것을 간청했다.

공주는 바로 구조해 드릴 것이며, 왕께서 이 사실을 아시면 환대할 것이라고 친절히 대답했다. 그녀는 달아난 시녀들을 돌아오라고 불러서 침착성이 없음을 꾸짖으며, 파이아케스인들에게 두려워할 적이 어디 있겠느냐고 그녀들에게 일깨워 주었다. 그녀는 또 말하기를 이분은 제우스의 나라에서 온 불행한 나그네이니 정중히 대접해야 한다고 했다. 그러고는 먹을 것과 옷을 가져오라고 명령했다. 마차 안에 남자 형제들의 옷이 좀 있었기 때문이다. 시녀들이 명령대로 옷을 가져오자 오디세우스는 후미진 곳으로 가서, 몸에서 바다의 소금기를 씻어낸 뒤 옷을 입고는 식사로 기운을 되찾았다. 그러자 아테나(팔라스)는 그의 몸을 살찌게 하고, 넓은 가슴과 남자다운 얼굴에 우아한 빛을 퍼뜨렸다.

공주는 그를 보자 감탄을 하면서 시녀들에게 자기는 신에게 이런 남편을 보내 달라고 기도했노라고 말하기를 망설이지 않았다. 그녀는 오디세우스에게 성으로 함께 갈 것을 권하고, 들길을 걷는 동안만은 자기들 일행을 따라오라고 했다. 그러나 도시에 가까워지면 자기들과 떨어져서 와달라고 했다. 그 까닭은 무식하고 천한 백성들이 전에 보지 못했던 멋쟁이를 데리고 그녀가 돌아오는 것을 보고 이러쿵저러쿵 떠들어 댈 것을 걱정했기 때문이다. 그런 일이 없도록 그녀는 그에게 도시에 인접한 숲속에서 잠시 기다려 달라고 말했다. 그곳에는 아버지의 과수원이 있었다. 공주와 그 일행이 도시로 들어갈 동안 그곳에서 기다리고 있다가 오라는 것이었다. 그리고 누구든지 만나는 사람에게 부탁하면 왕궁까지 안내해 줄 것이라고 했다.

오디세우스는 이 지시에 따라 잠시 기다린 뒤, 시내를 향하여 걷기 시작했다. 시내에 거의 다 왔을 때, 물동이를 이고 물을 길러 오는 젊은 처녀를 만났다. 그것은 변장한 아테나였다. 오디세우스는 그녀에게 인사를 하고, 알키노오스왕의 궁전으로 안내해 달라고 부탁하니 처녀는 안내해 주겠다고 공손히 대답했다. 궁전은 그녀의 아버지가 사는 집 근처에 있다는 것이었다. 여신의 안내를 받으면서, 그리고 그녀의 힘에 의하여 구름으로 몸을 가리고 사람의 눈에 띄지 않게 오디세우스는 바삐 오가는 군중 사이를 걸어갔다. 그리고 그들의 항구와 배, 공회당(영웅들의 집회소)과 성벽을 보며 감탄을 금치 못했다. 마침내 궁전에 이르자 여신은 그에게 그 나라와, 앞으로 만나게 될 왕, 그리고 백성들에 관한 예비지식을 일러 주고 그의 곁을 떠났다.

오디세우스는 궁전 뜰로 들어가기 전에 서서 주위의 광경을 살펴보았다. 그 화려함이 그를 놀라게 했다. 놋쇠로 된 벽이 입구로부터 궁전까지 이어져 있었고, 궁전의 문은 황금으로, 문의 양 기둥과 위쪽 가로대는 은으로 되어 있으며, 군데군데 황금으로 장식되어 있었다. 문의 양편에는 여러 마리의 맹견상이 금과 은으로 조각되어 있어 마치 입구를 지키는 것 같았다. 벽을 따라 의자가 길게 놓여 있는데, 그 위에는 파이아케스 처녀들의 손으로 짠 훌륭한 직물이 덮여 있었다. 왕자들이 이 의자에 앉아 향연을 즐기고 있었고, 금으로 만든 우아한 청년 동상들이 손에 든 횃불로 실내를 밝히고 있었다. 50명이나 되는 하녀들이 일에 열중하고 있었는데, 곡식을 빻고 있는 사람도 있었고 자줏빛 양모를 풀고 있는 사람도 있었고, 베틀에서 옷감을 짜는 사람도 있었다.

파이아케스의 여자들은 그 나라의 남자들이 배를 다루는 데 있어서 다른 나라 사람들보다 뛰어난 것과 마찬가지로 집안일에 있어서 다른 어느 나라의 부인들보다 뛰어났다. 궁정 밖에는 4에이커나 되는 넓은 과수원이 있었다. 거기에는 석류와 배, 사과, 무화과, 올리브나무 등 많은 나무들이 높이 솟아 있었다. 겨울의 추위도 여름의 가뭄도 나무의 성장을 가로막지 않았다. 한 나무가 열매를 맺으면 다른 나무는 싹이 터 번갈아 계속하여 번성했다.

포도원도 풍작이었다. 한편에는 꽃이 피었거나 익은 포도송이가 달린 포도나무가 있는가 하면, 다른 쪽에선 포도원 일꾼들이 포도즙 짜는 기구를 발로 틀고 있었다. 과수원 주변에는 각종 빛깔의 꽃이 잘 손질되어 1년 내내 피고 있었다. 과수원 한가운데에는 두 개의 샘에서 물이 솟아오르고, 그중 한 샘의 물은 인공 수로에 의해 과수원의 사방을 흐르고 있었으며, 다른 샘의 물은 궁전의 안마당으로 흘러들어 시민들이 그곳에서 필요한 물을 길을 수 있게 되어 있었다.

오디세우스는 감탄하면서 이 광경을 바라보고 있었으나, 그의 모습은 그들의 눈에 띄지 않았다. 그것은 아테나가 그의 주위에 펴놓은 구름이 아직 그를 가리고 있었기 때문이었다. 충분히 구경을 한 뒤에 그는 빠른 걸음으로 궁전으로 들어갔다. 궁전에서는 족장과 원로들이 모여서 헤르메스에게 제주를 따르고 있었다. 헤르메스의 제례는 만찬 후에 행해졌던 것이다. 바로 그때 아테나는 구름을 벗기어 오디세우스의 모습을 족장들의 눈앞에 나타나게 했다. 그는 왕비가 앉아 있는 곳으로 나아가 그녀의 발밑에 무릎을 꿇고 고국으로 돌아갈 수 있도록 은총과 원조를 간청했다. 그러고는 물러서서 탄원하는 자의 예절에 따라 난롯가에 가서 앉았다.

잠시 동안 아무도 말하는 사람이 없었다. 마침내 한 연로한 원로가 왕을 향하여 입을 열었다.

"우리의 후한 대접을 바라고 있는 손님을 아무도 환영하지 않고 탄원자의 자세로 기다리게 하는 것은 예의가 아닙니다. 그를 우리 사이에 앉도록 하고 식사와 술을 대접하시지요."

이 말을 듣고 왕은 일어서서 오디세우스에게 손을 내밀어 그를 안내해 자기의 아들에게 자리를 양보하게 한 다음 그 자리에 앉게 했다. 이윽고 식사와 함께 술이 나오자, 오디세우스는 그것을 먹고 기운을 되찾았다.

왕은 족장과 원로들을 물러가게 하고는 내일 오디세우스를 위해 대책을 강구할 회의를 소집하겠다고 했다.

모두들 물러가고 오디세우스만이 왕과 왕비와 더불어 남았을 때 왕비는 그에게 그가 누구며, 어디에서 왔는지, 그리고(그가 입고 있는 옷이 자기의 시녀들과 자신이 만든 것임을 알아채고) 그 옷을 누구에게서 받았느냐고 물었다. 오디세우스 자신은 이 섬에 오기 전에 칼립소의 섬에서 머물렀으며, 그곳을 떠난 후 항해 도중에 뗏목이 난파하여 헤엄쳐서 뭍에 이르렀다는 것, 그리고 공주의 도움을 받았다는 사실 등을 이야기했다. 왕과 왕비는 고개를 끄덕이며 듣고 있었다. 왕은 귀국할 때 배를 준비해 주겠다고 약속했다.

이튿날 족장들은 회의를 열고, 왕의 약속을 확인했다. 배가 준비되고 노 저을 건장한 선원들이 선발되어 궁전으로 갔으며, 그곳에서는 성대한 잔치가 벌어졌다. 잔치가 끝난 뒤 왕의 제의에 따라 젊은 사람들은 손님에게 그들의 운동 경기 솜씨를 보여 주게 되었다. 그래서 모두 달리기와 레슬링, 그리고 여러 가지 경기를 하기 위해 시합장으로 나갔다. 모두들 최선을 다한 뒤에, 오디세우스도 무엇이든 할 수 있는 것을 보이라고 제안했다. 그는 처음에는 거절했으나 한 젊은 이가 그를 비웃는 바람에 파이아케스인도 던질 수 없을 만큼 무거운 쇠고리를 잡고서 그들 가운데 어느 누구보다도 멀리 던져 보였다. 모두들 놀라 그 손님을 전에 없이 매우 존경하는 마음으로 우러러보았다.

경기가 끝난 뒤에 그들은 궁전으로 돌아갔는데, 그때 한 신하가 맹인인 음유 시인 데모도코스를 데리고 들어왔다.

> ······무사이의 사랑을 받았는데,
> 그 여신들은 그에게 좋은 것과 함께 나쁜 것을 주었노라.
> 이 사내로부터 시력을 빼앗고, 신성한 노래를 주었노라.
>
> 쿠퍼 역(譯) 《오디세이아》 제8권(제73행~75행)

데모도코스는 노래 제목을 그리스군이 트로이성으로 쳐들어갈 때 수단으로 사용한 '목마'로 정했다. 아폴론이 영감을 주었으므로 시인은 트로이 함락 당시의 그 비참했던 일과 무장들의 눈부신 활약상을 실로 감동적으로 노래해 모두가 기뻐했다. 그러나 오디세우스만은 눈물을 흘렸다. 그것을 보고 알키노오스 왕은 노래가 끝나자, 그에게 왜 트로이의 이야기를 듣고 슬퍼하느냐고 물었다. 그곳에서 부친을 잃었는가, 형제를 잃었는가, 혹은 친구를 잃었는가 물었다. 오디세우스는 자기의 본명을 말하고 그들의 물음에 답하여, 트로이를 출발한 이래 겪은 여러 가지 모험을 이야기했다. 이 이야기를 듣고 오디세우스에 대한 파이아케스인의 동정과 감탄은 최고도에 달했다. 왕은 모든 족장들이 손님에게 선물을 주는 것이 좋겠다고 제안하고, 자기가 먼저 모범을 보였다. 그들은 이 제안에 응하여 앞다투어 이 유명한 손님에게 값진 선물을 선사했다.

이튿날 오디세우스는 파이아케스의 배를 타고 출범하여 얼마 뒤에 자기의 고국인 이타카섬에 무사히 도착했다. 배가 해변에 도달했을 때, 그는 잠들어 있었다. 선원들은 그를 깨우지 않고 해변에 옮겨 놓았다. 그러고는 선물이 든 상자도 함께 내려놓고 그곳을 떠나 버렸다.

포세이돈은 파이아케스인이 자기의 영역권 내에서 이와 같이 오디세우스를 구출한 것에 화가 나 배가 귀환하려는 순간, 항구 입구에서 배를 바위로 변하게 했다.

호메로스가 그리는 파이아케스인의 배의 모양은 오늘날의 증기선에 의한 항해의 훌륭함을 예상했던 듯이 보인다. 알키노오스는 오디세우스를 향해 다음과 같이 말한다.

> 어느 도시, 어느 지방에서 왔는지 가르쳐 주게.
> 또 어떤 주민이 그 고장을 뽐내지?
> 말해 주면 곧 놀라운 배에 태워 그 나라로 보내 주겠네.
> 그 배는 스스로 움직이고, 직감도 있다네.
> 항로를 지키는 키도, 수로 안내인도 없이
> 마치 영리한 인간처럼 물결을 가르며 나아가지.
> 그 배는 태양빛 아래의
> 모든 해변, 모든 만을 알고 있다네.
>
> 포프 역(譯) 《오디세이아》 제8권(제601~608행)

칼라일 경[2]은 《터키(튀르키예)와 그리스 항해 일기》에서 코르키라섬(코르푸섬)에 대해 다음과 같이 말하고 있다. 그는 이 섬을 옛날의 파이아케스인의 섬이라고 생각하고 있다.

"이곳의 유적을 보면 《오디세이아》의 이야기도 수긍이 간다. 해신의 신전으로 이보다 더 적절한 장소는 없으리라 생각되는 곳이다. 항구나 수로, 대양이 내려다보이는 바위산 끝의 아주 부드러운 잔디밭으로 된 푸른 대지이다. 만(灣)의 입

---

2) 제7대 칼라일 백작 조지 윌리엄 프레더릭 하워드는 영국의 정치가·웅변가·작가(1802~1864).

구에는 아름다운 바위 하나가 작은 수도원을 태우고 떠 있는데, 그것은 전설에 의하면 오디세우스를 태우고 갔던 배가 모습을 바꾼 것이라고 한다.

섬에는 아마도 하나뿐인 듯한 강이 있고, 국왕의 도시나 궁전의 유적으로 생각되는 곳에서 꽤 떨어진 곳을 흐르고 있다. 그래서 저 나우시카 공주는 시녀들을 데리고 가족의 옷을 세탁하러 갈 때 점심을 싸 가지고 마차를 타고 갔다."

2. 구혼자들의 최후

오디세우스는 20년 동안이나 이타카를 떠나 있었으므로 해변에서 잠이 깨었을 때는 자기의 고국을 알아보지 못했다. 아테나가 젊은 양치기의 모습으로 그에게 나타나 그곳이 어디며, 그가 없는 동안 그의 궁전에서 어떠한 일들이 일어났었는지를 이야기해 주었다. 이타카와 인근의 여러 섬에 사는 100명 이상의 귀족들이 모두 오디세우스가 죽은 줄로 알고, 그의 아내인 페넬로페에게 오랫동안 구혼하고, 그의 궁전과 국민에 대하여 마치 자기들이 주인이나 되는 듯이 위세를 부렸다는 것이다.

오디세우스가 그들에게 복수하려면 그의 정체가 발각되지 않아야만 했다. 그래서 아테나는 그를 추한 거지의 모습으로 변하게 해주었고, 그는 거지의 모습으로 그의 집의 충실한 하인이자 돼지를 기르는 에우마이오스의 친절한 대접을 받도록 했다.

그의 아들 텔레마코스는 아버지를 찾으러 집을 나가고 없었다. 텔레마코스는 트로이 원정에서 돌아온 여러 왕들의 궁전을 차례로 방문하는 도중에 아테나로부터 집으로 돌아가라는 권고를 받고 집으로 돌아와서, 구혼자들이 있는 곳으로 가기 전에 그동안의 궁전의 사정을 알기 위하여 에우마이오스를 찾았는데, 그는 에우마이오스가 어떤 낯선 사람과 함께 있는 것을 보고서 비록 거지 차림이었으나 친절히 대접하며 돕겠다고 약속했다.

페넬로페에게 그녀의 아들이 돌아왔음을 세밀히 보고하기 위하여 에우마이오스가 파견되었다. 그는 구혼자들을 조심해야만 했다. 왜냐하면 그들은 텔레마코스도 알다시피 그를 가로채어 없애 버릴 음모를 꾸미고 있었기 때문이다. 에우마이오스가 떠나자, 아테나가 오디세우스에게 나타나 아들에게 정체를 알리라고 지시했다. 동시에 그의 몸에 손을 대어 늙고 가난한 겉모습을 없애고 본래의 훤칠한 모습이 되게 했다. 텔레마코스는 그를 보고 깜짝 놀라 처음에는 그가 인간 이상의 존재임이 틀림없으리라고 생각했다. 그러나 오디세우스는 자신이 그의 아버지임을 알리면서 모습이 달라진 것은 아테나가 그렇게 한 것이라고 설명했다.

> ……그러자 텔레마코스는 팔로
> 아버지의 목을 껴안고 울었다.
> 마구 울고 싶은 기분이 두 사람을 사로잡았다.
> 다정한 말을 나누면서 두 사람은
> 각자 슬픔에 빠졌다.
>
> 쿠퍼 역 《오디세이아》 제16권(제254~258행)

아버지와 아들은 구혼자들을 제압하고 그들의 거친 행동에 앙갚음할 방도를 상의했다. 그 결과, 텔레마코스는 궁전으로 가서 전과 같이 구혼자들 사이에 섞여 있을 것이며, 오디세우스도 거지 모습으로 갈 것을 약속했다. 미개한 고대에, 거지는 지금과는 다른 특권을 누렸던 것이다. 거지는 나그네로서, 그리고 재미있는 이야기를 하는 사람으로서 고관들이 있는 궁전에도 입장이 허가되어 손님으로서 대접을 받는 일이 자주 있었다. 그러나 때로는 물론 모욕을 당하는 일도 있었다.

오디세우스는 아들에게 당부하기를 행여 자기에게 보통 이상의 관심을 표시하여 그 정체를 알고 있는 것 같은 인상을 주지 말 것이며, 심지어 자기가 모욕을 당하거나 얻어맞는 일이 있을지라도 모르는 사람에 대한 것 이상으로 간섭해서는 안 된다고 일렀다.

궁전에 들어가 보니 전과 다름없는 음주 유탕의 광경이 눈에 띄었다. 구혼자들은 비록 속으로는 텔레마코스를 없애려는 그들의 음모가 실패한 것을 원통하게 생각했으나, 겉으로는 그가 돌아온 것을 반기는 체했다. 늙은 거지도 입장이 허용되어 음식이 제공되었다.

오디세우스가 궁전의 안뜰에 들어갔을 때 감동적인 사건이 일어났다. 늙어서 거의 빈사 상태로 드러누워 있던 개가 낯선 사람이 들어오는 것을 보고서 귀를 세우고 고개를 쳐들었다. 그것은 전에 오디세우스가 사냥할 때면 곧잘 데리고 다니던 아르고스라는 이름의 개였다.

> ……그 개는 곧 알아보았다.
> 오랫동안 보지 못하던 오디세우스가 가까이 오자,
> 귀를 늘어뜨리고, 꼬리를 들어 반가움을 표하려 했다.
> 그러나 이제 주인에게 다가갈 기력이 없었다.
> 오디세우스는 그것을 알고 남모르게
> 흐르는 눈물을 닦았다.
> ……이윽고 늙은 아르고스의 운명은 해방되었다.
> 살아서 20년 만에 가까스로
> 주인과 만나자마자.
>
> 쿠퍼 역 《오디세이아》 제71권

오디세우스가 홀 안에서 거지 모습으로 그의 자리에 앉아 음식을 먹고 있을 때, 구혼자들은 그에 대하여 오만한 행동을 하기 시작했다. 그가 조용히 항의하자 그들 중 하나가 의자를 들어 그를 때렸다. 텔레마코스는 아버지가 자기 궁전의 홀에서 그런 모욕을 당하는 것을 보자 분노를 금할 수 없었으나, 아버지가 미리 일러 둔 말을 생각하고 비록 젊으나 집주인이요, 빈객들의 보호자이므로 예의에 어긋나는 말을 하지 않았다.

페넬로페는 이제까지 구혼자 중에서 한 사람을 선택하기를 오랫동안 미뤄 왔으므로 이제는 더 이상 미룰 구실이 없었다. 이제까지 남편이 돌아오지 않는 것을 보면 더 이상 희망이 없는 것 같았다. 그동안 아들이 성장하여 일처리를 할 수 있게 되었다. 그래서 그녀는 구혼자들의 재능을 시험한 후 선택하자는 아들의 의견을 받아들였다.

시험은 활쏘기였다. 한 줄로 배열된 열두 개의 고리 전부를 화살로 꿰뚫은 사람이 왕비를 차지하기로 결정되었다. 전에 오디세우스가 한 친구에게서 받았던 활이 무기고로부터 꺼내어져 화살이 가득 찬 화살통과 함께 홀 안에 놓였다.

구혼자들과 활쏘기 대회를 벌이는 오디세우스
거지로 변장한 오디세우스가 열두 개의 고리를 향해
활을 겨누고 있다.

텔레마코스는 다른 모든 무기
(구혼자 개인들이 소지한 무기는
물론)들은 경기에 열중한 나머
지 자제력을 잃고 함부로 쓰게
될 위험이 있다는 구실로 모두
다른 곳으로 치우도록 했다.

시합 준비가 다 끝난 뒤, 맨
처음에 할 일은 시위를 메기기
위하여 활을 구부리는 일이었
다. 텔레마코스가 시험해 보았

으나 헛일이었다. 그래서 그는 자기의 힘에 넘치는 일을 시도했다고 겸손히 고백
하면서 활을 다른 사람에게 넘겼다. 이 사람도 해보았으나 성공하지 못했다. 그
래서 동료들의 웃음과 조롱 속에서 손을 떼었다. 다른 사람, 또 다른 사람이 해
보았다. 그들은 활에 기름도 발라 보았으나 그것도 아무 효과가 없었다. 활은 구
부러질 기미도 보이질 않았다. 마침내 오디세우스가 입을 열고 자기에게도 한번
시켜 달라고 겸손히 말했다.

"저는 거지입니다만 전에는 무사였습니다. 저의 사지에 아직도 힘이 조금 남
아 있습니다."

구혼자들은 비웃고 소리치면서 그런 오만방자한 자를 내쫓으라고 명령했다.
그러나 텔레마코스는 큰 소리로 그를 변호하면서, 오직 늙은이의 마음을 만족
시키기 위해서라며 한번 해보라고 명령했다. 오디세우스는 익숙한 솜씨로 활을
구부려 활줄을 걸었다. 그리고 화살을 활시위에 메기어 줄을 당겨 쏘자, 어김없
이 열두 개의 고리 속을 관통했다.

그들에게 경탄의 소리를 낼 여유도 주지 않고 그는 말했다.

"이제 또 하나의 표적이 있다."

그러고는 구혼자 중에서 제일 무례한 자를 향하여 정면으로 겨누었다. 화살
은 그의 목구멍을 관통하였고, 그는 그 자리에 쓰러져 죽었다. 텔레마코스와 에
우마이오스와 그 밖의 충성스런 신하들이 단단히 무장을 하고 오디세우스의
곁으로 뛰어갔다. 구혼자들은 놀라 주위를 돌아보고 무기를 찾았으나 이미 치

워 버린 뒤였고, 에우마이오
스가 문을 지키고 있었기 때
문에 도망할 방도도 없었다.
오디세우스는 마침내 자기의
정체를 밝혔다.

　그는 자기가 오랫동안 부재
중이던 주인이라는 것, 그들이
이제까지 침범한 것은 자기의
왕궁이요, 10년 동안 그들이
괴롭힌 것은 바로 자기의 아
내와 아들이라는 것을 상기시
키며, 이에 대한 철저한 복수

오디세우스와 페넬로페의 재회
20년 만에 귀환하여 아내 페넬로페와 재회한 오디세우
스. 오하이오, 톨레도 미술관

를 하겠노라고 밝혔다. 이로써 그 구혼자들은 모두 다 참살되고, 오디세우스는
다시 궁전의 주인이 되어 그의 왕국과 아내를 되찾게 되었다.

　테니슨의 《오디세우스》라는 시는 늙은 오디세우스를 그리고 있다. 영웅은 갖
가지 위험을 겪은 뒤, 지금은 궁전에서 행복하게 사는 것 외에 아무 할 일이 없
는 이런 따분한 생활에 싫증이 나서 또다시 새로운 모험을 찾아 출발하고자 마
음먹는다(제57~65행).

　자, 내 벗들이여,
　다시 새로운 세계를 찾기에 아직 늦지 않았다.
　노를 젓자, 그리고 정연히 자기 자리에 앉아
　출렁이는 물결을 헤치고 가자. 내 목적은
　해가 지는 곳보다도, 서쪽의 모든 별이 목욕하는 바다보다도
　더욱 멀리, 생명이 있는 한 항해하는 것.
　소용돌이가 우리를 깊이 삼킬지도 모르지.
　운 좋게 행복한 섬에 닿을 수도 있고,
　발뒤꿈치에 화살을 맞은 저 위대한 아킬레우스를 볼 수도 있다.

제31장
아이네이아스의 모험(1)
트로이 탈출, 하르피아이, 디도, 팔리누로스

1. 트로이 탈출

지금까지 우리는 그리스의 영웅 가운데 한 사람인 오디세우스의 뒤를 따라 트로이로부터 고향으로 돌아올 때까지의 갖가지 모험을 살펴보았다. 이제는 정복당한 사람들 가운데 살아남은 자들에 대하여 그 운명을 더듬어 보기로 하자. 이 사람들은 고국 트로이가 멸망한 뒤, 대장 아이네이아스의 지휘 아래 신천지를 찾아 떠났다. 목마가 그 배 속에 있던 무사들을 토해 내 트로이가 함락되고 불바다가 되던 운명의 밤에 아이네이아스는 붕괴된 잔해 더미 속에서 아버지와 아내와 어린 아들을 데리고 탈출했다. 그의 아버지 안키세스는 늙어서 빨리 걸을 수 없었기 때문에 아이네이아스는 그를 어깨에 떠메고 갔다. 그는 이런 무거운 짐을 지고 아들의 손을 잡고, 아내는 뒤따르게 하고 될 수 있는 한 서둘러서 불타는 도시로부터 벗어나기는 했으나, 혼란 가운데 아내를 잃어버리고 말았다.

예정된 장소에 가보니 그곳에는 이미 많은 남녀 피난민들이 모여 있었는데, 그들은 모두 아이네이아스의 지휘에 몸을 맡겼다. 몇 달의 준비 끝에 마침내 그들은 출범했다. 맨 처음 그들은 이웃 트라키아의 해안에 도착하여 그곳에 도시를 건설할 준비를 하였으나, 아이네이아스의 신상에 이상한 일이 일어나 중단되고 말았다.

아이네이아스는 제물을 바치려고 가까운 숲에서 나뭇가지를 꺾었다. 그런데 놀랍게도 꺾은 자리에서 피가 흘러내렸다. 계속 가지를 꺾자, 땅속에서 어떤 소리가 들려왔다.

"살려 주시오, 아이네이아스! 나는 당신의 친척인 폴리도로스요. 나는 여기서 많은 화살을 맞고 죽임을 당했는데, 그때의 화살이 내 피를 빨아 먹고 자라나서 이렇게 숲이 되었다오."

이 말을 듣고 아이네이아스는 트로이의 어린 왕자였던 폴리도로스를 떠올렸다. 그의 아버지는 자기 아들을 전쟁의 재난으로부터 멀리 떨어진 곳에서 자라게 하기 위하여 많은 재물과 함께 그를 이웃 나라인 트라키아에 보냈다. 그런데 트라키아 왕은 아이를 죽이고 그 재물을 빼앗았다. 아이네이아스와 그 일행들은 이곳이 그 같은 더러운 범죄에 의해 저주받은 땅임을 알고 급히 떠나게 된 것이다.

다음에 일행은 델로스섬에 상륙했다. 이 섬은 원래 바다에 떠 있는 섬이었던 것을 제우스가 튼튼한 쇠사슬로 해저에 묶어 놓았다. 아폴론과 아르테미스가 이곳에서 태어났고, 그 때문에 섬은 아폴론에게 봉헌되었다. 이곳에서 아이네이아스는 아폴론의 신탁에 문의한 결과, 그의 신탁이 늘 그렇듯이 애매한 답변을 얻었다.

"너희들의 옛 조상을 찾거라. 그곳에 아이네이아스의 종족이 살고 있으며, 다른 모든 종족들은 그들의 지배 아래 놓일 것이다."

트로이 사람들은 이를 듣고 기뻐했다. 그들은 곧바로 "신탁이 뜻하는 곳은 어딜까?" 하고 서로 물었다. 안키세스는 자기들의 조상이 크레타에서 왔다는 전설을 떠올렸다. 그래서 그들은 그곳으로 향하기로 했다. 그들은 크레타에 도착하여 곧 도시를 건설하기 시작했으나 갑자기 그들 사이에 병이 발생하고, 힘들여 갈고 씨를 뿌린 밭에서는 한 알의 곡식도 나지 않았다. 이러한 암담한 처지에 놓여 있을 때 아이네이아스는 꿈을 꾸었는데, 그 꿈에서 이르기를 그곳을 떠나서 헤스페리아라는 서쪽 나라를 찾아가라고 하는 것이었다. 그곳은 트로이 민족의 진정한 조상인 다르다노스가 처음으로 이주해 온 곳이었다.

그래서 그들은 오늘날 이탈리아라고 불리고 있는 이 헤스페리아를 향해 진로를 바꾸기로 했다. 그곳에 도달하기까지 갖가지 모험을 겪고, 오늘날의 배 같으면 지구를 몇 번이나 돌 만한 오랜 시일을 지나 겨우 그곳에 도착했다.

2. 하르피이아이

그들이 처음 상륙한 곳은 괴물 하르피이아이[1]가 살고 있는 섬이었다. 하르피이아이는 처녀의 얼굴을 하고, 긴 발톱을 가진, 언제나 굶주림으로 인해 창백한 얼굴을 한 혐오스런 새들이었다. 이 새들은 옛날에 제우스가 그 잔인한 소행에 대한 벌로서 눈을 빼앗은 피네우스[2]라는 자를 괴롭히기 위하여 신들이 보낸 것이었다. 피네우스 앞에 식사가 놓이면 언제나 공중으로부터 하르피이아이가 날아와서 가로채 가는 것이었다. 그런데 저 아르고나우테스 원정대의 영웅들에 의하여 피네우스의 곁에서 쫓겨나자 이 섬으로 도망쳐 이제 아이네이아스에게 발견된 것이다.

배가 항구로 들어갔을 때, 트로이인들은 가축 떼들이 들판을 어슬렁대고 있는 것을 보았다. 그래서 그들은 필요한 만큼의 가축을 잡아 잔치 준비를 했다. 그러나 그들이 모두 식탁에 앉자마자 느닷없이 무섭고도 요란한 소리가 공중에서 들려왔다. 그리고 추악한 하르피이아이가 그들을 향하여 돌진해 내려와, 발톱으로 접시에 있는 고기를 낚아채더니 그대로 날아가려고 했다. 그래서 아이네이아스와 그의 동료들은 칼을 빼 들고, 이 괴물들 사이로 들어가 휘둘렀으나, 아무리 휘둘러도 효과가 전혀 없었다. 상대는 너무나 민첩하여 맞힐 수가 없었고, 맞힌다 해도 날개가 딱딱하여 칼로도 자를 수 없는 갑옷 같았다. 그중의 한 마리가 가까운 곳에 있는 절벽 위에 앉아 부르짖었다.

"트로이 놈들아, 죄 없는 우리에게 어째서 이런 짓을 하는가? 처음엔 우리 가축을 잡아먹더니 이번엔 싸움까지 걸다니!"

그러더니 새는 장래 그들의 앞길에 무서운 재난이 있을 것이라는 예언을 하고 실컷 욕을 퍼붓고는 날아가 버렸다. 트로이인들은 급히 그곳을 떠나 다음에는 에페이로스 해안을 따라 항해하였다. 그들은 이곳에 상륙하자 놀랍게도 전에 포로로 이곳에 끌려온 몇 명의 트로이인들이 이 지방의 지배자가 되어 있었다. 헥토르의 과부인 안드로마케는 승리를 거둔 어느 그리스군 대장의 아내가

---

1) 바다의 신 타우마스와 오케아노스의 딸 엘렉트라 사이에서 태어난 딸들로, 무지개 여신 이리스와 자매간이다. 단수형은 하르피아.
2) 트라키아의 왕으로서 후처의 꼬임에 속아 전처가 낳은 두 아들의 시력을 빼앗은 일 때문에 자신도 신의 벌을 받아 앞을 볼 수 없게 되었다.

되어 아들까지 하나 두고 있었다. 그
리고 그 대장이 죽자 그녀는 아들의
후견인으로서 나라를 섭정하고, 같
은 포로 신세인 트로이의 왕족 헬레
노스와 결혼한 상태였다. 헬레노스
와 안드로마케는 아이네이아스 일행
을 정중하게 환대하고 출발할 때는
많은 선물을 주어 떠나보냈다.

아이네이아스 일행은 그곳을 떠나
다시 시칠리아의 해안을 따라 항해
하다가 키클로페스의 나라를 지나게
되었다. 그때 그들을 부르는 자가 있
었는데 행색은 초라하고 옷은 남루
했으나, 차림새로 보아 그가 그리스
사람임을 알 수 있었다. 그는 오디세

하르피이아 런던, 대영박물관

우스가 상황이 급박하여 급히 떠났기 때문에 미처 승선하지 못해 홀로 남게 되
었다고 말했다. 또한 오디세우스가 폴리페모스를 상대로 벌인 모험담을 들려주
었다. 그는 이곳에는 나무 열매나 풀뿌리밖에는 먹을 것이 없으며, 항상 키클로
페스의 위협을 받고 있으니 자기를 데려가 달라고 애원했다.

그가 말하고 있는 동안에 폴리페모스가 나타났다. 그는 못생기고 몸집이 우
람하며, 하나밖에 없는 눈마저 먼 무서운 괴물이었다.[3] 그는 도려내진 눈구멍을
바닷물로 씻으려고 지팡이로 길을 더듬으며 조심스런 걸음걸이로 바닷가로 내
려왔다. 그러더니 그들을 향하여 물속을 걸어왔다. 그는 키가 무척 컸기 때문에
바다로 깊이 들어갈 수 있었다. 트로이인들은 무서워서 그를 피하려고 노를 잡
았다. 노 젓는 소리가 들리자, 폴리페모스는 그들을 향하여 부르짖었다. 그 부르
짖는 소리로 해안이 쩌렁쩌렁 울렸고, 그러자 그 소리를 들은 다른 키클로페스
가 동굴과 숲속에서 뛰어나와 바닷가에 한 줄로 섰는데, 그것은 마치 키 큰 소

---

3) 베르길리우스의 《아이네이스》 제3권 658행 참조.

나무들이 늘어서 있는 것 같았다. 트로이인들은 힘껏 노를 저어 그들의 시야에서 벗어났다.

아이네이아스는 일찍이 헬레노스로부터 괴물 스킬라와 카리브디스가 지키고 있는 해협을 피하라는 주의를 받았었다. 여러분도 기억하겠지만 그곳에서 오디세우스는 선원들이 카리브디스를 피하느라 정신을 빼앗기고 스킬라에게 붙잡히는 바람에 6명의 부하를 잃었던 것이다. 그래서 아이네이아스는 헬레노스의 충고에 따라 이 위험한 해협을 피하여 시칠리아섬의 해안을 따라 항해했다.

헤라는 트로이인들이 목적지를 향해 순조롭게 갈 길을 재촉하고 있는 것을 보고, 그들에 대한 옛날의 원한이 또다시 되살아나는 것을 느꼈다. 그녀는 파리스가 자기의 아름다움을 무시하고 그 사과를 다른 여신에게 주어 자기에게 가한 모욕을 잊을 수가 없었기 때문이었다. "신들의 마음속에도 이와 같은 원한이 깃들다니!"[4] 그래서 그녀는 급히 바람의 지배자인 아이올로스에게로 갔다. 아이올로스는 전에 오디세우스에게 순풍을 보내 주고 역풍은 모두 묶어 자루 속에 넣어 준 신이다. 아이올로스는 여신의 명령에 따라 자기의 아들인 보레아스(북풍)와 티폰(태풍), 그 밖의 바람들을 보내 풍랑을 일으키게 했다. 드디어 무서운 폭풍우가 일어나고, 트로이인의 배들은 그들의 진로에서 벗어나 아프리카의 해안으로 밀려 나갔다. 배들은 난파할 위험에 처해 이리저리 흩어져서 아이네이아스는 자기 배 이외의 다른 배들은 다 없어진 줄 알았다.

바람 앞의 등불 같은 이런 위급한 때에 포세이돈은 폭풍우가 성나 외치는 소리를 듣고, 이것이 자기가 명령한 것이 아닌데 이상하다 싶어 파도 위로 고개를 내밀어 보았다. 그러자 폭풍우에 밀려 떠내려가는 아이네이아스의 배들이 보였다. 동생인 헤라가 트로이인에 대해 적의를 품고 있는 것을 알고 있었으므로 곧 납득이 갔다. 그러나 자기의 영역을 침범한 데 대한 노여움은 참을 수가 없었다. 그는 바람들을 불러 혹독하게 꾸짖어 돌려보냈다. 그리고 물결을 가라앉힌 후, 태양을 가리고 있는 구름을 걷어 냈다. 암초에 걸려 꼼짝 못 하게 된 배들 중 몇 척을 삼지창으로 끌어내 주기도 했다. 그동안 트리톤과 바다의 님프는 다른 배들을 어깨로 들어 올려 물 위에 다시 뜨게 해주었다. 트로이인들은 바다가 평

---

4) 《아이네이스》 제1권 11행 참조.

온해지자 제일 가까운 해안을 찾아갔는데 그곳은 카르타고의 해안이었다.

　여기서 아이네이아스는 배들이 몹시 파손되기는 했지만 차례로 모두 무사히 도착하는 것을 보고 크게 기뻐했다.

　월러는《호민관(크롬웰)을 향한 찬사》라는 시에서 포세이돈이 이 폭풍우를 잠재운 데 대하여 다음과 같이 노래했다.

> 포세이돈이 거친 파도 위에 얼굴을 내밀고
> 바람들을 꾸짖어 트로이 종족을 구했듯이,
> 전하(殿下)께서도 나머지 사람들을 일으켜,
> 우리를 억압하는 야망의 폭풍우 위로 건져 올렸다.

3. 디도

　트로이의 유랑민들이 상륙한 카르타고는 시칠리아의 반대편인 아프리카 해안에 있는 도시였다. 이곳은 당시 티루스의 이주민들이 그들의 여왕 디도의 지휘 아래 새로운 나라의 기초를 쌓으려 하고 있던 곳이다. 훗날 로마의 적이 되는 운명의 나라이다.

　디도는 티루스의 왕 벨로스의 딸이요, 부왕의 왕위를 계승한 피그말리온의 누이동생이었다. 그녀의 남편은 시카이오스라 하는 엄청난 재산의 소유자였는데, 피그말리온은 그의 재산에 눈이 어두워 그를 죽음에 이르게 했다. 그래서 디도는 많은 친구들과 부하들을 모두 이끌고 몇 척의 배를 타고서 시카이오스의 재산도 모두 싣고 티루스로부터 도망하는 데 성공했다. 그리고 자기들의 미래의 보금자리로 고른 장소에 이르자, 그들은 원주민에게 부탁하기를 한 마리의 황소 가죽으로 둘러쌀 수 있을 정도의 땅이면 족하니 좀 나누어 달라고 했다. 그들이 흔쾌히 승낙하자 디도는 황소 가죽을 가늘고 길게 잘라 몇 개의 끈을 만들어 그것으로 땅을 에워싸고 그 경계 안에 성채를 쌓아 비르사(짐승의 가죽)라고 불렀다. 이 성채 주위로 카르타고시(市)가 일어나, 얼마 뒤에 그곳은 강대해지고 번영하게 되었다.

디도의 죽음 아이네이아스가 떠나 버리자, 낙심하여 장작더미 위에 올라 자결한다.

마침 이러한 상황에 놓여 있을 때 아이네이아스는 동료들과 함께 이곳에 도착했다. 디도는 이 유명한 유랑민들을 친절히 환대했다.

"나 자신도 고생을 했기 때문에 불쌍한 사람들을 도울 줄 알게 되었소."[5]

이렇게 그녀는 말했다.

여왕은 그들을 환대하기 위하여 축제를 열고, 힘과 재량을 겨루는 경기도 열었다. 아이네이아스의 일행도 여왕의 신하들과 대등한 조건으로 종려나무 잎(승리의 상징)을 얻으려고 다투었다. "승리자가 트로이인이건, 티루스인이건 나에게 차별은 없다"고 여왕이 선언했기 때문이다. 경기가 끝난 뒤 잔치가 벌어진 자리에서 아이네이아스는 여왕의 요구에 응하여, 트로이 역사의 종말에 관한 여러 가지 사건과 트로이 함락 이후의 자기의 모험을 이야기했다. 디도는 아이네이아스의 이야기 솜씨에 매혹되고, 그의 공적에 감격했다. 어느새 그녀는 그를 사랑하게 되었고, 아이네이아스도 기꺼이 이 행운을 받아들일 것이라고 생각했다. 그는 유랑 생활의 행복한 종말과 가정, 왕국과 아내를 동시에 차지할 수 있을 테니까. 그들이 서로 교제를 즐기는 동안 몇 달이 지나갔다. 그리하여 마침내 이탈리아의 일도, 또 그 해안에 건설할 예정인 왕국에 대해서도 모두 잊힌 듯했다. 그러자 이것을 본 제우스는 곧 헤르메스를 아이네이아스에게 보내어 그에게 숭고한 사명감을 환기시키고 항해를 계속하도록 명령했다.

아이네이아스는 디도에게서 그를 만류하려는 갖은 유혹과 수도 없는 설득의 말을 들었으나 끝내 그녀와 헤어졌다. 그녀의 사랑과 자존심에 대한 이러한 타

---

5) 《아이네이스》 제1권 574행, 630행 참조.

격은 그녀가 참고 견디기에는 너무나도 컸다. 그래서 마침내 그가 가버린 것을 알고 난 뒤, 전부터 쌓아 두었던 화장용 장작더미 위에 올라가 스스로 몸을 찌르고 나뭇더미와 함께 불탔다. 도시의 상공으로 타오르는 화염이 떠나는 트로이인들의 눈에도 띄었다. 화염의 원인은 알 수 없었으나, 그것은 아이네이아스에게 불길한 일의 조짐 같은 것을 느끼게 했다.

다음의 풍자시는 《우아한 시선집(詩選集)》[6] 안에 있는 것이다.

라틴어의 시에서

디도여, 너의 운명은 불행했다.
첫 번째 결혼도, 또 두 번째 결혼도!
첫 번째 남편의 죽음은 너의 탈출의 원인이 되고
두 번째 남편의 탈출은 너의 죽음의 원인이 되었다.

3. 팔리누로스

아이네이아스의 일행은 그다음에 시칠리아섬에 다다랐는데 당시 이곳을 지배하고 있던 트로이 왕가의 피를 받은 아케스테스의 환대를 받은 뒤, 그들은 다시 이탈리아를 향해 항해를 계속했다. 아프로디테는 포세이돈에게 자기 아들(아이네이아스)로 하여금 대망의 목적지에 이르게 하고, 해상의 위험을 끝마치게 해달라고 부탁했다. 포세이돈은 그 부탁을 받아들였다. 다만 조건이 있었으니 그것은 한 생명만 희생물로 내놓으면 다른 생명은 살리겠다는 것이었다. 그 희생자는 키잡이인 팔리누로스였다. 그가 키를 단단히 잡고 별을 바라보면서 앉아 있을 때, 포세이돈이 보낸 잠의 신 히프노스가 포르바스[7]의 모습으로 변신하여 그에게 가까이 오며 이렇게 말했다.

"팔리누로스야, 바람은 순풍이고 바닷물은 잔잔해. 그리고 배는 순조롭게 항

---

6) 영국의 수필가·교육자·성직자 비시무스 녹스(1752~1821)가 편집한 명시 선집으로 19세기에도 널리 읽혔다.
7) 트로이왕 프리아모스의 아들이다.

해하고 있지 않니? 피곤할 텐데 잠깐 누워서 쉬는 것이 좋지 않겠어? 내가 너 대신 키를 잡아 줄게."

그러자 팔리누로스는 이렇게 대답했다.

"바닷물이 잔잔하다느니, 순풍이 분다느니, 그런 말은 꺼내지도 마시오. 나는 그들의 배반을 너무도 많이 보아 왔소. 이런 변덕스러운 날씨나 바람에 어찌 아이네이아스에게 항해를 맡길 수가 있단 말이오?"

그리고 팔리누로스는 계속하여 키를 잡고 별을 바라보았다. 그러나 히프노스가 레테강 기슭의 이슬에 젖은 나뭇가지를 그의 머리 위에 흔들자 그의 눈은 마침내 졸음을 참을 수 없어 자꾸만 감기는 것이었다. 이윽고 히프노스가 그의 몸을 떠밀자, 팔리누로스는 넘어지며 바닷속으로 빠졌다. 그러나 그의 손이 키를 잡은 채로 떨어져 키도 그와 함께 떨어져 나갔다. 포세이돈은 자기의 약속을 잊지 않고, 키도 키잡이도 없는 배를 앞으로 나아가게 했다. 아이네이아스는 한참 지나서야 팔리누로스가 없어진 것을 알고 이 충실한 키잡이의 죽음을 깊이 슬퍼하며 자기가 직접 키를 잡았다.

스콧[8]의 《마미온(Marmion)》이라는 담시(譚詩) 제1편의 서론에는 팔리누로스의 이야기에 대한 아름다운 한 구절이 있다. 여기에서 스콧은 이 시가 완성되기 2년 전에 병사한 윌리엄 피트[9]에 대해서 이야기하면서 이렇게 노래하고 있다.

오오, 희생을 요구하며,
죽음의 그림자가 하늘을 선회한 최후의 날까지
그는 팔리누로스처럼 변함없는 마음으로
위험한 책임의 자리에 꿋꿋이 서 있었다.
필요한 휴식을 권해도 거절하고
죽어 가는 손으로 방향 키를 움켜쥐었다.
그가 쓰러지자 불길한 동요와 더불어
왕국의 배는 방향을 잃었다.

---

8) 영국의 시인·소설가(1771~1832). 스코틀랜드의 민요·전설을 모아 역사 소설을 썼다.
9) 영국의 정치가(1759~1806). 24세에 수상직에 올라 정권을 공고히 했다.

배는 마침내 이탈리아의 바닷가에 도착했다. 모두 기뻐 날뛰며 육지로 뛰어올라 갔다. 부하들이 야영 준비를 하고 있는 동안에 아이네이아스는 시빌레[10]의 집을 찾아갔다. 그곳은 아폴론과 아르테미스에게 봉헌된 신전과 숲 근처의 동굴 속이었다. 아이네이아스가 그 동굴 속의 광경을 바라보고 있을 때, 시빌레가 그에게 말을 걸었다. 그녀는 그가 무엇 때문에 이 곳까지 왔는지를 알고 있는 것 같았다. 그리고 아폴론의 영감을 받아, 갑자기 예언자적 어조로 아이네이아스가 최후의 성공을 거두기까지 겪어야 할 많은 노고와 위험

아이네이아스와 아프로디테 아이네이아스 앞에 어머니 아프로디테가 나타나 길을 안내한다. 파리, 루브르 박물관

을 암시했다. 그리고는 다음과 같은 격려의 말로 맺었는데 그 말은 훗날 속담이 되었다.

"재난에 굴하지 말라. 더욱 용감히 나아가라."[11]

아이네이아스는 무슨 일을 당할지라도 각오가 되어 있다고 답변했다. 그에게는 오직 하나의 소원이 있었다. 그는 꿈속에서 계시를 받았는데, 죽은 자들의 거처를 찾아가 그의 아버지 안키세스[12]를 만나서 여러 가지를 의논하고 그로부

---

10) 아폴론의 신탁을 받은 한 여인의 이름이었으나 후대에 무녀를 총칭하는 일반 개념이 되었다. 로마 신화에서는 시빌라.
11) 《아이네이스》 제16권 95, 126, 143행 참조.
12) 그는 항해 도중 시칠리아에서 죽었다. 《아이네이스》 제3권 710행 참조.

터 자기 장래의 운명과 자기 민족의 운명에 대한 계시를 받으라는 것이었다. 그래서 아이네이아스는 그 임무를 완수하는 데 필요한 도움을 그녀에게 청했다. 그러자 시빌레는 대답했다.

"아베르누스(명부)까지 내려가는 것은 쉬운 일입니다. 하데스의 문은 밤낮으로 열려 있으니까요. 그러나 발을 돌려 지상 세계로 돌아오는 것은 힘들고 어려운 일이지요."

그리고 그녀는 그에게 숲속에 가서 황금 가지[13]가 달려 있는 나무를 찾으라고 가르쳐 주었다. 그리고 이 가지를 꺾어서 페르세포네에게 선물로 갖다주어야 하는데, 운이 좋으면 가지는 꺾는 자의 손에 복종하여 쉽게 나무로부터 떨어지지만, 운이 나쁘면 어떠한 힘으로도 그것을 꺾을 수 없다고 하였다. 또한 "그것을 꺾을 수만 있다면, 다음 일은 만사가 일사천리로 잘 되어 갈 것입니다"라고 말했다.

아이네이아스는 시빌레의 지시대로 황금 가지를 찾아 길을 떠났다. 그러자 그의 어머니 아프로디테는 자기의 비둘기 두 마리를 그의 앞에서 날게 하여 안내해 주었다. 비둘기의 도움으로 그는 그 나무를 발견하고, 가지를 꺾어 시빌레에게로 돌아왔다.

---

13) 영국의 사회인류학자 제임스 조지 프레이저(1854~1941)가 쓴 《황금 가지》는 여기 얽힌 전설을 설명한 것이다.

제32장
아이네이아스의 모험(2)
지옥, 엘리시온, 시빌레

1. 지옥

앞에서 우리는 그리스도교 이전의 고대 사람들이 세계 창조에 관해 어떻게 생각하고 있었는지를 설명하였다. 이제 우리의 이야기도 막바지에 이르렀으므로 죽은 사람들이 사는 세계(명계)의 이야기를 하기로 하겠다. 이것은 가장 훌륭한 고대 시인 중의 한 사람인 베르길리우스가 서술한 것이다.

베르길리우스가 죽은 자들이 사는 지옥의 입구라고 생각한 곳은 지상에 있는 우리 인간들에게 무섭고 초자연적인 것에 대한 관념을 환기시키기에는 가장 적당한 곳일 것이다. 그곳은 베수비오산 부근의 화산 지대로서 그 지대의 깊이 갈라져 터진 곳은 유황의 불꽃이 튀어 올라오고, 지면은 속에 갇혀 있는 증기로 뒤흔들리고, 또 땅속으로부터는 신비스러운 소리가 들려온다. 아베르누스 호수는 사화산의 분화구에 물이 고인 곳으로 상상된다. 폭이 반 마일쯤 되는 원형의 호수로 대단히 깊으며 높은 둑으로 둘러싸여 있었는데, 이 둑은 베르길리우스 시대에는 울창한 숲으로 덮여 있었다. 유독성 증기가 수면으로부터 올라와 둑 위에는 풀 한 포기 찾아볼 수 없었고, 새 한 마리 날지 않았다. 베르길리우스에 의하면 이곳에 지옥으로 통하는 동굴이 있었다고 한다.

이곳에서 아이네이아스는 페르세포네와 헤카테, 에리니에스 등 지옥의 여신들에게 제물을 바쳤다. 그러자 포효 소리가 들려오고, 언덕 위의 숲이 흔들리고, 개 짖는 소리가 여신들이 가까이 온 것을 알렸다.

"자, 이제 용기를 내세요. 이제부터는 용기가 필요하니까요."

이렇게 시빌레는 말했다. 그녀는 동굴 속으로 내려갔다. 아이네이아스도 그

저승길 아이네이아스와 동행한 쿠마이의 시빌레. 피렌체, 우피치 미술관

뒤를 따랐다. 지옥의 문에 들어가기 전에 그것은 한 무리의 군상들 사이를 통과했는데, 그들은 '비탄', '근심', '병', 범죄의 동기가 되는 '공포', '기아', '노역', '가난', '죽음' 등의 형상으로서 보기에도 끔찍하였다. 복수의 여신 에리니에스와 불화의 여신들이 그곳에 침상을 펴고 있었는데, 불화의 여신의 머리칼은 피 묻은 끈으로 묶인 여러 마리의 독사로 돼 있었다. 또 그곳에는 100개의 팔을 가지고 있는 브리아레오스, 머리가 아홉 달린 히드라, 불을 토하는 키마이라 같은 괴물들이 있었다.

이 광경을 보고 아이네이아스는 몸서리를 치며, 칼을 뽑아 치려고 했다. 그러나 시빌레가 그를 제지했다. 다음에 그들은 '코키토스'라는 검은 강에 이르렀는데, 그곳에는 늙고 추레하지만 굳세고 정력이 왕성한 뱃사공 카론이 여러 종류의 손님들을 배에 태우고 있었다. 그 가운데는 고매한 영웅들도 있었고, 소년도 있었고, 미혼의 처녀도 있었는데, 그 수는 가을바람에 떨어지는 낙엽이나, 또는 겨울이 다가온 것을 알고 남쪽으로 날아가는 새 떼만큼 많았다. 그들은 앞다투어 배를 타고 맞은편 기슭으로 건너가려 했다. 그러나 엄격한 뱃사공은 자기가 선택한 자만을 받아들이고 나머지는 쫓아 버렸다. 아이네이아스는 이 광경을 보고 이상히 여겨 시빌레에게 물었다.

"왜 이런 차별을 하는 것이오?"

그녀는 대답했다.

"정식 장례를 치른 자의 영혼만이 배를 탈 수 있고, 그렇지 못한 자는 이 강을 건너지 못합니다. 그들은 100년 동안 강가에서 이리저리 헤매 다녀야 합니다. 그 기간이 지나야만 그들도 건너갈 수 있지요."

아이네이아스는 폭풍우를 만나 죽은 동료들이 생각나 슬펐다. 바로 그때, 배 밖으로 떨어져 물에 빠져 죽은 키잡이 팔리누로스를 보았다. 아이네이아스는 그에게 어째서 그런 재난을 당했느냐고 물었다. 팔리누로스는 키가 떨어져 나가는 바람에 그것을 붙잡고서 같이 물살에 휩쓸렸다고 대답했다. 그는 제발 손을 내밀어 자기를 잡아 주고, 함께 맞은편 기슭으로 데려가 달라고 아이네이아스에게 줄곧 애원했으나, 시빌레는 그런 행동은 하데스의 규칙에 어긋나는 일이라면서 팔리누로스를 나무랐다.

그러나 그녀는 그의 시체가 표류하여 다다른 해안의 사람들이, 갖가지 이상한 일이 계속 일어날 것이 두려워 그의 시체를 정중히 매장하게 되리라는 것과, 그곳은 '팔리누로스곶(串)'이라 불릴―지금도 그렇게 불리고 있다―것임을 그에게 알려 주어 위로했다. 이러한 말로 팔리누로스를 위로하면서 시빌레는 그와 함께 배가 있는 곳으로 갔다.

카론은 다가오는 이 무사를 날카로운 눈초리로 쳐다보면서 무슨 권리로 목숨 있는 자가, 더구나 무장까지 하고 이 강가에 가까이 오느냐고 물었다. 이에 대하여 시빌레는 자기들은 결코 난폭한 짓을 하려는 것이 아니며, 아이네이아스의 유일한 목적은 그의 아버지를 만나 보는 것이라고 답변하며 황금 가지를 내보였다. 이를 보자 카론은 곧 노여움을 풀고, 급히 서둘러서 배를 강가로 돌려 그들을 태웠다. 이 배는 원래 육체를 떠난 가벼운 영혼만을 태우도록 만들어져 있었으므로[1] 아이네이아스가 타자 무거워서 신음 소리를 냈다.

그들은 곧 맞은편으로 건너갔다. 그곳에서 머리가 셋 달리고, 목에는 뱀이 억센 털처럼 나 있는 케르베로스라는 개를 만났다. 케르베로스는 세 개의 목구멍을 다 열고 짖었는데, 시빌레가 약이 섞인 과자를 던져 주자 그것을 게 눈 감추듯 먹어 치우더니 곧 굴속에 몸을 뉘고는 그대로 잠들었다.

아이네이아스와 시빌레는 육지로 뛰어올랐다. 그러자 태어나자마자 죽은 갓난아기들의 통곡 소리가 들렸고, 그들 옆에는 억울하게 죽은 사람들이 있었다.

---

1) 짐승 가죽을 이어 만들었다고 한다.

미노스²⁾가 재판관으로서 그들을 지배하고, 각자의 행적을 조사하고 있었다. 그 옆에 자리를 잡고 있는 무리는 인생을 증오하여 죽음 속에 피난처를 구한 자살한 사람들이었다. 그러나 오, 다시 살아날 수만 있다면 그들은 이제는 빈궁도 노고도 그 밖의 어떠한 고생도 얼마나 달게 받을 것인가!

다음에 들어간 곳은 '비탄의 들'이었다. 이곳은 몇 갈래의 좁은 듯한 오솔길로 나누어져 있고, 이 길들은 도금양(挑金孃)의 숲속으로 통해 있었다. 여기에는 이루지 못한 사랑의 희생자가 되어 죽어서도 고통에서 벗어나지 못한 사람들이 거닐고 있었다. 이들 가운데서 아이네이아스는 아직도 상처가 아물지 않은 디도의 모습을 본 듯했다. 어두컴컴하기 때문에 처음에는 확실치 않았으나, 가까이 가자 디도임이 분명했다. 눈물이 아이네이아스의 눈에서 흘러내렸다. 그리고 그는 그녀에게 애정 넘치는 어조로 말을 걸었다.

"불쌍한 디도여! 그럼 그대가 죽었다는 소문은 진실이었는가? 그리고 아, 내가 그 원인이란 말인가? 신들을 증인으로 내세울 수도 있는 일이지만, 내가 그대를 떠난 것은 내 본뜻이 아니고, 제우스의 명령에 복종하지 않을 수 없었기 때문이라오. 또 내 출발이 당신에게 그와 같이 엄청난 영향을 끼칠 줄은 전혀 생각지 못했구려. 제발 발을 멈추어 주시오. 그리고 내 마지막 작별의 말을 거부하지 말아 주오."

디도는 잠시 동안 서 있었으나 얼굴을 돌리고, 눈은 아래로 떨어뜨리고 있었다. 목석처럼, 그의 변명이 들리지 않는 듯, 말없이 걸어갔다. 아이네이아스는 얼마 동안 뒤를 따르다가 무거운 마음으로 시빌레와 함께 다시 길을 계속 갔다.

다음에 그들은 전사한 영웅들이 어슬렁대고 있는 들판으로 들어갔다. 이곳에는 그리스와 트로이 무사들의 망령이 많이 있었다. 트로이의 망령들은 아이네이아스 주위에 모여들었는데, 그를 보기만 하는 것으로는 만족하지 않았다. 망령들은 아이네이아스가 이곳에 온 까닭을 물었고, 많은 질문을 퍼부었다. 그러나 그리스의 망령들은 어두운 대기 속에 번쩍이는 갑옷을 보고 그것이 아이네이아스인 줄을 알자, 공포에 떨며 발길을 돌려 도망쳤다. 그것은 트로이의 전쟁터에서 흔히 그들이 보였던 모습과 흡사했다.

---

2) 크레타섬의 왕. 제우스와 에우로페의 아들로, 법을 제정하고 선정을 베풀었으며, 죽어서는 저승의 재판관이 되었다.

아이네이아스는 이 트로이의 친구들과 좀더 시간을 보내고 싶었으나 시빌레는 떠나기를 재촉했다. 그리고 그들이 다음에 온 곳은, 길이 두 갈래로 갈라진 지점이었다. 하나는 엘리시온(극락)으로 통하고, 다른 하나는 지옥으로 통하는 길이었다. 아이네이아스는 한편에 굉장한 도시의 성벽이 있는 것을 보았는데, 그 주위에는 '플레게톤'이 화염의 물결을 출렁이고 있었다. 앞에는 신들도 인간도 열지 못하는 다이아몬드로 된 문이 있었다. 문 옆에는 쇠로 된 탑이 서 있었고, 그 위에서는 복수의 여신 티시포네가 감시를 하고 있었다. 성안으로부터는 신음 소리와 채찍 소리와 쇠가 삐걱거리는 소리와 쇠사슬이 절걱절걱 울리는 소리가 들려왔다. 아이네이아스는 공포에 떨며 지금 들려온 소리는 어떤 범죄에 대한 형벌이냐고 물었더니 시빌레는 이렇게 대답했다.

"이곳은 라다만티스[3]의 법정인데 살아생전에 저지른 죄를 이 법정에서 모두 밝히기 때문에 범죄자가 자기의 죄악을 아무도 모르게 감추었다고 생각하여도 다 헛된 일이지요. 티시포네는 쇠사슬 채찍으로 죄인을 때린 뒤에 그를 다른 복수의 여신에게로 넘긴답니다."

마침 그때, 무시무시한 소리를 내며 청동 문이 열렸다. 아이네이아스는 문 안쪽에 히드라가 50개의 머리로 입구를 지키고 있는 것을 알았다. 시빌레는 아이네이아스에게 지옥의 심연은 마치 그들의 머리 위에 있는 하늘이 무한히 높듯이 그 밑바닥이 밑으로 무한히 깊다고 말했다. 이 심연의 바닥에는 옛날에 신들에게 반항했던 거인족(티탄족)이 꿇어 엎드리고 있었다. 그리고 살모네우스도 그곳에 있었다. 그는 오만하게도 제우스와 우열을 다투고자 하여 청동으로 된 다리를 만들고, 그 위를 전차로 달리며 그 소리가 우렛소리처럼 나게 하고, 번갯불을 흉내 내어 불타는 나뭇가지를 백성들에게 던졌다. 이런 짓을 했기 때문에 제우스는 마침내 진짜 번개를 그에게 가하여 인간의 무기와 신의 무기에 어떤 차이가 있는지를 가르쳐 주었다. 또, 드러누우면 9에이커의 땅을 차지하는 거인 티티오스도 있었다. 그의 간은 독수리의 먹잇감이 되고 있었는데 파먹히자마자 새로운 간이 재생되어 나오므로, 그의 형벌은 그칠 날이 없었다.

아이네이아스는 많은 사람들이 맛있는 음식이 놓여 있는 식탁을 향하여 앉

---

3) 제우스와 에우로페의 아들. 정의의 무사로, 죽은 자를 심판한다. 라다만토스라고도 한다.

아 있는 것을 보았다. 곁에는 복수의 여신 하나가 서 있다가 그들이 그 음식을 먹으려고 하면 그들의 입으로부터 그것을 빼앗아 가는 것이었다. 또 어떤 자들의 머리 위에는 금방이라도 떨어질 것 같은 커다란 바위가 걸려 있어 그들은 끊임없는 공포의 상태 속에 있었다. 이들은 살아생전에 형제를 미워한 자, 부모를 때린 자, 친구를 속인 자, 부자이면서 이웃에게 베풀지 않은 자 등이었는데 마지막 부류에 속하는 자가 가장 많았다.

또 이곳에는 결혼 약속을 배반한 자, 옳지 못한 전쟁을 한 자, 주인에게 불충실한 자들이 있었다. 또 돈 때문에 조국을 팔아먹은 자, 법률을 악용하여 자기에게 유리하게 해석하기를 일삼은 자들이 있었다.

익시온도 그곳에 있었는데 그는 쉴 새 없이 돌아가는 차바퀴에 묶여 있었다. 또 시시포스도 있었다. 그의 일은 커다란 돌을 산꼭대기까지 굴려 올리는 것이었는데, 등성이를 거의 다 올라갔는가 하면, 바위는 어느새 어떤 갑작스런 힘에 의하여 다시 들판을 향해 굴러 내려가는 것이었다. 그는 다시 돌을 위로 올리려고 애를 쓰고 땀은 피곤한 그의 온몸을 흥건히 적시지만, 아무리 해도 헛노릇이었다. 탄탈로스도 그곳에 있었는데 그는 못 속에 서 있었고, 그의 턱은 수면과 같은 높이였는데도 목이 말라 타는 듯한 갈증을 면할 도리가 없었다. 왜냐하면 그가 물을 들이마시려고 백발의 고개를 숙이면 어느새 물이 달아나서 그가 서 있는 곳은 한 방울의 물도 없이 말라 버리기 때문이다. 또 배와 석류, 사과, 맛좋은 무화과 등 과실이 많이 달린 나무의 가지들이 그의 위에 늘어져 있었다. 그러나 손을 내밀어 잡으려고 하면 바람이 갑자기 나뭇가지를 손이 닿지 않게 높이 들어 올렸다.

시빌레는 아이네이아스에게 이제는 이 음울한 곳에서 벗어나 행복한 사람들이 살고 있는 나라를 찾아갈 때라고 알려 주었다. 그들은 암흑의 중간 지대를 지나 '엘리시온의 들판'으로 나왔다. 행복한 사람들이 사는 숲이다. 그들은 안도의 숨을 쉬면서 자줏빛 광선에 싸인 세상을 보았다. 그 지역은 고유의 태양과 별들을 가지고 있었다. 주민들은 여러 방법으로 즐기고 있었는데 어떤 사람들은 푸른 잔디 위에서 운동을 하거나 역기, 또는 기타의 경기를 하고 있었고, 또다른 사람들은 춤을 추거나 노래를 부르고 있었다.

오르페우스는 리라를 타서 매혹적인 소리를 내었다. 이곳에서 아이네이아스는 행복한 시절에 트로이 나라를 건설했던 고결한 영웅들을 보았다. 또한 그는 지금은 사용되지 않고 그곳에 조용히 안치되어 있는 그 무렵의 이륜 전차나 번쩍이는 무기들을 경탄의 눈길로 바라보았다. 창은 땅에 꽂혀 있었고, 말들은 마구를 벗고 들판을 어슬렁대고 있었다. 옛날의 영웅들이 생전에 자신들의 훌륭한 갑옷과 군마에 대하여 지닌 자부심은 이곳에서도 다름이 없었다. 그는 또 다른 한 무리의 사람들이 잔치를 열고 음악에 귀를 기울이고 있는 것을 보았다. 그들은 월계수 숲속에 있었는데 이곳은 저 위대한 포강(에리다노스)의 원천이 되는 숲이였다.

또 이 숲속에는 조국을 위하여 싸우다 죽은 용사들, 순결을 지킨 사제들, 아폴론의 예언을 노래한 시인들, 유익한 기술적 발명으로 삶을 풍요롭게 한 사람들, 인류에 봉사한 사람들이 살고 있었다. 이 사람들은 눈처럼 하얀 리본을 이마에 매고 있었다. 시빌레는 이들에게 어디로 가야 안키세스를 만날 수 있느냐고 물었다. 그들이 일러 준 대로 가서 푸른 잎이 무성한 골짜기에 있는 안키세스를 곧 찾았다. 안키세스는 그곳에서 자손들과 일, 그리고 그들의 운명과 그들이 장차 달성할 훌륭한 위업에 대해서 생각하고 있었다. 그리고 아이네이아스가 가까이 오는 것을 보자, 두 손을 그에게 내밀고 하염없이 눈물을 흘렸다. 그리고 말했다.

"마침내 왔구나. 오랫동안 네가 오기를 기다렸단다. 그 수많은 위험을 무릅쓰고 잘도 찾아와 주었어. 오, 내 아들아, 나는 너의 삶을 바라보면서 얼마나 걱정했는지 모른단다!"

그러자 아이네이아스가 대답했다.

"오, 아버지! 아버지의 영상은 언제나 저의 눈앞에 있어 저를 가르쳐 이끄시고 지켜 주셨습니다."

그리고는 그의 아버지를 팔로 힘껏 껴안으려 했다. 그러나 그의 팔은 실체가 없는 환상을 포옹한 것에 지나지 않았다.

아이네이아스의 눈앞에는 넓은 골짜기가 가로놓여 있었는데 그것은 나무가 조용히 바람에 나부끼고, 그 사이를 레테강이 흐르는 고요한 풍경이었다. 강가에는 여름날 공중에서 볼 수 있는 날벌레처럼 수많은 군중이 방황하고 있었다. 아이네이아스는 놀라서 그들이 누구냐고 물었다. 안키세스는 대답했다.

"적당한 시기에 육체가 주어질 영혼들이란다. 그동안 그들은 레테강 기슭에서 머물며 그 물을 마시면서 전생의 기억을 없애 버리려는 것이지."

아이네이아스는 말했다.

"오, 아버지! 대체 누가 이런 조용한 곳을 떠나 지상으로 가고 싶어 할 만큼 육체적 생명에 연연하겠습니까?"

안키세스는 천지 창조의 계획을 설명함으로써 대답을 대신했다. 그는 다음과 같이 말했다. 조물주는 영혼을 구성하는 재료를 불과 공기·흙·물 등의 네 가지 원소를 가지고 만들었는데, 이 원소들이 결합될 때는 그중에서 가장 탁월한 요소인 불의 형태로 되었다. 이 화염은 태양·달·별 등 천체 사이에 씨앗처럼 뿌려졌다. 하위의 신들이 이 종자를 가지고 인간이나 다른 모든 동물을 창조했는데, 그때 여러 비율로 흙이 혼합되는 바람에 종자의 순수성은 감소되었다. 그래서 흙의 요소가 구성물 속에 많으면 많을수록 그 구성된 개체는 순수성이 적다. 우리도 알 수 있듯이 육체가 성숙한 남녀는 유년 시절의 순수성을 점차 잃게 되어 육체와 영혼이 결합하고 있는 시간이 오래 지나면 불순성은 영혼으로까지 옮겨 간다. 이 불순성은 죽은 뒤에 정화되어야 하는데, 그것은 영혼에 바람을 쐬어 깨끗하게 하거나 물속에 담그거나, 불로 그 여러 불순성을 태워 버림으로써 이루어진다. 극소수의 사람들—안키세스는 자기도 그중의 한 사람임을 암시했다—은 단번에 엘리시온에 들어가 그곳에서 사는 것이 허용된다. 그러나 그렇지 않은 사람들은 흙의 요소에서 유래된 여러 가지 불순한 점이 정화되고, 레테강의 물로 전생의 기억이 완전히 씻겨야만 새로운 육체가 부여되어 이 세상으로 다시 보내진다. 하지만 개중에는 완전히 부패하여 인간의 신체를 받아들일 수 없는 상태에 이른 자가 있다. 이런 자는 사자, 호랑이, 고양이, 개, 원숭이 등과 같은 짐승의 모습으로 태어난다. 이것을 고대 사람들은 메템프시코시스, 즉 영혼의 윤회라 불렀다. 인도의 원주민들은 아직도 이것을 굳게 믿고 있다. 그래서 그들은 극히 미미한 동물의 생명일지라도 그것이 자기들의 친척이 변한 모습일지도 모른다고 생각하여 죽이기를 꺼린다.

안키세스는 이런 설명들을 한 다음, 더 나아가서 아이네이아스에게 장래에 태어날 그의 민족의 인물들과 그들이 지상에서 달성할 위업에 관해서 이야기했다. 그런 뒤, 그는 화제를 현재로 다시 돌려서 아들에게 그들 종족이 이탈리아에 완전히 정착하기까지 그가 해야 할 일을 말했다. 즉 갖가지 크고 작은 전쟁을 치러야 한다는 것, 신부를 맞이하리란 것, 그리고 그 결과 트로이 사람의 나라가 세워지고, 그로부터 장차 세계의 패권자가 될 로마 제국이 일어나리란 것 등을 이야기했다.

아이네이아스와 시빌레는 안키세스와 작별하고, 시인이 자세히 설명하지 않은 어떤 지름길을 통해 지상으로 돌아왔다.

2. 엘리시온

베르길리우스가 생각하는 엘리시온은 우리가 보아 온 바와 같이 지하에 있는 것이며 축복받은 사람들의 영혼이 거주하는 곳이다.

그러나 호메로스의 엘리시온은 죽은 사람이 사는 나라의 일부분이 아니다. 그는 엘리시온을 지구 서쪽 끝의 오케아노스 근처에 두고, 행복한 나라로 그리고 있다. 그곳은 눈도 추위도 비도 없이 항상 제피로스(서풍)의 미풍이 산들거리고 있다. 이곳에는 신의 은총을 입은 영웅들이 죽음을 맛보는 일 없이 보내져서 라다만티스의 지배 아래 행복하게 살고 있다.

헤시오도스[4]나 핀다로스[5]의 엘리시온은 서쪽 끝의 오케아노스 가운데에 있는 '축복된 사람들의 섬', 또는 '행운의 섬'에 자리 잡고 있다.

'아틀란티스'라는 행복한 섬의 전설은 여기서 유래한 것이다.

이 행복한 나라는 완전한 상상에 지나지 않은 것인지도 모르지만, 그런 전설이 생겨난 것은 아마도 폭풍우를 만나 선원이 표류하다가 아메리카 해안을 언뜻 보고 퍼뜨린 이야기에서 생긴 것인지도 모른다.[6]

제임스 러셀 로웰은 그의 한 짧은 시[7]에서 현대에도 행복한 나라에 살 수 있다고 말한 바 있다. 그리고 먼 옛날을 불러 보면서 시인은 이렇게 노래하고 있다.

---

4) 기원전 8세기경 활동한 시인으로, 민중의 일상과 농업의 존귀함을 노래했다.
5) 고대 그리스의 서정 시인(기원전 518~438). 여러 가지 합창을 위한 시를 지었다.
6) 파리의 '샹젤리제(Champs-Élysées)'는 엘리시온의 들판이란 뜻이다.
7) 《먼 옛날에 부쳐》 제8절 및 9절 참조.

그대 안의 진정한 삶은 무엇이든,
이 시대의 핏줄 속에 뛰고 있다.
……
지금도, 우리의 싸움과 근심의 황량한 파도 사이에
푸른 '행운의 섬'이 떠 있어,
그곳에 그대들의 영웅적 혼이 모두 살며
우리의 고뇌와 수고를 함께 나눈다.
현대는 옛 시대를 웅장하게 하는
용감하고 훌륭하고 아름다운 모든 것의
시중을 받으며 움직인다.

밀턴도 역시 《실낙원》 제3권 568행에서 같은 전설을 다루고 있다.

옛날의 유명한 저 헤스페리데스의 정원처럼,
행복한 들과, 숲과, 꽃의 골짜기가 있어
세 배로 행복한 섬.

또 같은 책 제2권(제577~586행)에서는 에레보스의 다섯 강에 대한 각각의 특
징을 그리스어 명칭의 의미에 따라 그리고 있다.

혐오하는 스틱스는 죽음과 같은 '증오의 강',
슬픈 아케론은 검고 깊은 '비통의 강',
침울한 큰 소리로 흐르는 코키토스는
'비탄의 강'이라 하네.
맹렬한 플레게톤은 불의 폭포가 분노로 '불타는 강',
이들 강으로부터 멀리 있는 레테는
느리고 조용한 '망각의 강',
레테는 물의 미로를 지나면서
전생도 존재도 곧 마셔 버려,

기쁨도 슬픔도 쾌락도 고통도 모두 잊는다네.

3. 시빌레

아이네이아스와 시빌레가 지상으로 돌아가고 있을 때, 그는 그녀에게 말했다.
"당신이 여신이건, 또는 신들의 은총을 받은 인간이건 간에 나는 언제나 당신을 섬기겠습니다. 지상에 도착하면 나는 당신을 위하여 신전을 세우고 직접 제물을 바치겠습니다."

이에 대해 시빌레는 말했다.

"나는 여신이 아니에요. 그러므로 나는 희생물이나 제물을 바라지 않는답니다. 나는 인간이에요. 그러나 내가 아폴론의 사랑을 받아들일 수 있었다면 아마 나는 죽지 않는 불사의 여신이 되었을 겁니다. 그는 내가 그의 것이 되기를 승낙하기만 하면 내 소원을 이루어 주겠다고 약속했었죠. 그래서 나는 한 줌의 모래를 쥐고 앞으로 내밀며 말했지요. '저의 손에 있는 모래알만큼의 수많은 생일을 지내도록 해주십시오.' 그러나 나는 불행하게도 계속 청춘으로 있게 해달라는 청을 잊었습니다. 이 소원도 내가 그의 사랑을 받아들일 수만 있었다면 그는 물론 허용했을 것입니다. 하지만 내 거절에 기분이 나빠진 그는 나를 늙도록 내버려 두더군요. 내 청춘과 청춘의 힘은 사라진 지 오래입니다. 나는 지금까지 700년을 살아왔으니까요. 모래알의 수와 같아지려면 아직도 300번의 봄과 300번의 가을을 맞이해야 합니다. 내 몸은 해마다 위축되고 있으니 언젠가 내 몸이 보이지 않게 될 때가 오겠지요. 그러나 내 목소리는 남아서, 후세의 사람들도 분명 내 말을 존중하여 줄 것입니다."

시빌레가 한 나중의 말은 그녀의 예언력을 암시한 것이다. 그녀는 동굴 속에 있으면서 모아 온 나뭇잎 위에 한 사람 한 사람의 이름과 운명을 적는 습관이 있었다. 이와 같이 글씨를 쓴 나뭇잎은 동굴 안에 질서 있게 배열되어, 그녀의 신자들이 볼 수 있게 되어 있었다. 하지만 문을 열 때 만일 바람이 들어와서 그 나뭇잎을 흐트러뜨리면 시빌레는 그것을 다시는 원상태로 해놓지 않아 그 신탁의 운명은 회복되지 않고 사라져 없어지는 것이었다.

시빌레에 관한 다음 전설은 후세에 이루어진 것이다. 고대 로마의 타르키니우스왕이 다스리던 시절에, 왕 앞에 한 부인(시빌레)이 나타나 아홉 권의 책을 내놓고 사라는 것이었다. 그러나 왕은 이를 거절했다. 그러자 이 부인은 물러가서 세 권을 불태워 버리고는 다시 돌아오더니 나머지 책을 내놓고, 아홉 권의 가격과 똑같은 값으로 사라는 것이었다. 왕은 또다시 거절했다. 그러자 부인은 이번에도 세 권의 책을 불사른 뒤에 돌아와서 나머지 세 권을 내놓으며 아홉 권의 가격과 동일한 가격으로 사라고 청하자 왕은 호기심이 생겨 마침내 그 책을 샀다. 그리고 읽어 보니 거기에는 로마국의 운명이 여러 가지로 기록되어 있었다. 그래서 책은 카피톨리누스 언덕에 있는 제우스 신전의 돌상자에 넣어져 보관되고, 그 임무를 위해 특별히 임명된 관리에게만 열람이 허용되었다. 그리고 그들은 나라에 중대한 일이 있을 때 그 책에 적혀 있는 신탁을 해석하여 백성들에게 전해 주었다.

보통 시빌레라고 말하지만, 시빌레에도 여러 가지가 있었다. 하지만 그중에서도 오비디우스나 베르길리우스가 묘사한 쿠마이의 시빌레가 가장 유명하다. 오비디우스에 의하면 그녀의 생명은 1000년 동안이나 계속되었다고 한다. 이것은 아마도 여러 상황의 시빌레가 같은 인물임에도 되풀이해서 등장하다 보니 그렇게 묘사한 것 같다.[8]

영은 《밤의 상념》(제5야)에서 시빌레를 다루고 있다. 시인은 '세상의 지혜'에 관해 이렇게 노래하고 있다.

> 그녀가 미래의 운명을 계획해도 그것은 모두 나뭇잎에 있는 것.
> 시빌레처럼, 빈약한 순간의 행복이라,
> 한바탕의 바람에 대기 속으로 사라지고 만다.
> ……
> 이 세상에서의 계획이 시빌레의 나뭇잎과 닮았듯이,
> 선량한 사람의 나날은 시빌레의 책과도 비슷하여,
> 수는 적어지고 값은 점점 높아지는구나.

---

8) 미켈란젤로(1475~1564)는 시스티나 성당의 천장에 5명의 시빌레를 그렸다.

제33장
아이네이아스의 모험(3)
이탈리아 도착, 야누스의 문, 요람기의 로마

1. 이탈리아 도착

아이네이아스는 시빌레와 작별하고 그의 함대로 돌아가 이탈리아 해안을 따라 항해하다가 티베리스강의 하구에 닻을 내렸다. 시인 베르길리우스는 그의 주인공(아이네이아스)을 그의 방랑의 목적지인 이곳에 도착하게 한 뒤에 시의 여신인 무사로 하여금 중대한 때에 직면한 이 나라의 사정을 그에게 말하도록 한다. 당시 그 나라를 다스리던 자는 사투르누스로부터 3대째에 이른 라티누스였다. 그는 이제 늙은 데다가 뒤를 이을 아들이 하나도 없었다. 그러나 라비니아라는 아름다운 딸이 있었다. 그녀는 인근의 여러 왕들의 구혼을 받았는데, 그 가운데 투르누스라는 루툴리인의 왕이 있었다. 그는 라비니아의 부모의 마음에도 들었으나 아버지 라티누스는 꿈에서 라비니아의 남편 될 사람은 이국에서 올 것이라는 계시를 그의 아버지 파우누스로부터 받았다. 그리고 두 사람의 결합으로부터 전 세계를 정복할 운명을 가진 민족이 나오리라는 것이었다.

여러분도 기억하고 있으리라 생각하는데 아이네이아스 일행이 하르피이아이 무리와 전투를 할 때, 반은 인간이요 반은 새인 괴물 중의 하나가 트로이인에게 무서운 괴로움이 닥쳐올 것을 예언하고 위협했었다. 특히 그 하르피이아이는 그들의 방랑 생활이 끝나기 전에 식탁마저도 먹어 버릴 지경의 굶주림으로 고통을 당하리라고 예언했다. 이 예언이 이제 실행된 것이다. 왜냐하면 일행이 풀밭에 앉아 얼마 남지 않은 식사를 하려고 무릎 위에 굳은 빵을 올려놓고, 또 그 위에 숲에서 겨우 얻을 수 있었던 나무 열매 따위를 올려놓고 있는 상황이었기 때문이다.

그리고 그들은 단숨에 그 열매를 다 먹어 버리더니 이번에는 무릎 위의 굳은 빵마저 다 먹어 치우고서야 겨우 식사를 끝냈다. 그것을 보자 아이네이아스의 아들인 이울루스(율루스)가 농담을 했다.

"야아, 우리가 식탁까지 먹고 말았네."

아이네이아스는 이 말을 듣고 예언의 의미를 깨달았다.

"만세! 이곳이 약속의 땅이다!"

그는 외쳤다.

"여기가 우리의 터전, 우리의 나라다!"

그리고 그는 여러 가지로 손을 써서 그곳의 원주민이 누구이며, 지배자가 누구인지를 조사했다. 선발된 100명의 사람들에게 많은 선물을 들려 라티누스의 마을로 보내 우의와 협력을 청했다.

그곳으로 간 그들은 환대를 받았다. 라티누스는 트로이의 영웅 아이네이아스가 바로 신탁에 의해 자기의 사위로 약속된 사람이라는 결론을 곧장 내렸다. 그는 흔쾌히 협력을 약속하고, 사자들을 자기 마구간에 있는 말에 태워 선물과 호의에 넘치는 소식과 함께 돌려보냈다.

헤라(유노)는 일이 트로이인에게 순조롭게 잘 되어 가는 것을 보자 그녀의 옛 원한이 되살아나는 것을 느꼈다. 그래서 에레보스(암흑계)로부터 알렉토(복수의 여신 중 하나)를 불러내어 불화를 일으키라고 파견하니 알렉토는 먼저 왕비 아마타를 손에 넣고, 갖은 방법으로 트로이인과의 동맹을 반대하도록 부추겼다.

알렉토는 서둘러 투르누스의 나라로 가서 늙은 여사제의 모습으로 변신하여 투르누스에게 전하기를 외래인들이 도착했으며 그 외래인들의 왕이 당신의 신부를 빼앗으려 한다고 하고, 이번에는 주의를 트로이 진영으로 돌렸다. 그곳에서는 소년 이울루스와 그의 친구들이 사냥을 하며 놀고 있는 것이 눈에 띄었다. 그래서 알렉토는 개들의 후각을 더욱 날카롭게 해 가까운 숲속으로부터 한 마리의 수사슴을 몰아내도록 했는데, 이 사슴은 바로 라티누스왕의 양치기인 티루스의 딸 실비아가 매우 아끼는 사슴이었다.

이울루스가 던진 창이 사슴에게 상처를 냈다. 사슴은 겨우 집으로 돌아갈 기력이 남아 있을 따름이었는데 마침내 실비아의 발밑에서 숨졌다. 그녀의 울부짖음과 눈물은 그녀의 오빠들과 양치기들을 격분하게 했다. 그들은 닥치는 대로 무기를 잡고 사냥하는 이울루스 일행을 맹렬히 공격했다. 그러나 달려온 이울루스의 친구들이 이들을 막아 주어서 마침내 목동들 중 두 사람을 잃고 쫓기어 돌아갔다.

왕비와 투르누스와 백성들은 이러한 사건들은 전쟁의 폭풍을 다시 일으키기에 충분하니 외부에서 온 사람들을 나라 바깥으로 쫓아내라고 노왕에게 강하게 요구했다. 왕은 될 수 있는 한 반대했으나, 자기의 반대가 소용이 없음을 깨닫고 마침내 양보하여 궁궐 안에 틀어박혀 있었다.

2. 야누스의 문

이 나라의 관습으로는 전쟁을 시작할 때가 되면 왕이 예복을 입고 엄숙한 의식을 거행하고, 평화로울 때에는 닫혀 있던 야누스 신전의 문을 열게 되어 있었다. 백성들은 이제 늙은 왕에게 그 엄숙한 의식을 수행하라고 강권했으나 왕은 거절했다. 그들이 이렇게 말다툼을 하고 있을 때, 헤라가 하늘로부터 내려와 저항할 수 없는 힘으로 문을 부수어 열어 버렸다. 곧바로 나라 안은 들끓기 시작했다. 백성들은 사방에서 뛰쳐나와 "전쟁이다, 전쟁이다!" 하고 외쳤다.

투르누스가 총지휘자로 추대되었다. 다른 무사들은 동맹자로서 참가했고 동맹자들의 사령관은 메젠티우스였다. 메젠티우스는 용감하고 유능한 무사였으나 실로 증오할 만한 잔인성의 소유자였다. 그 때문에 그는 인접한 도시의 우두머리였으나 백성들에게 쫓겨난 신세였다. 이런 메젠티우스와 함께 그의 아들 라우수스도 참가했는데 그는 아버지와는 달리 훌륭한 우두머리가 될 만한 고결한 성품의 청년이었다.

•카밀라

카밀라는 아르테미스의 총애를 받는 처녀로 사냥의 달인인 동시에 훌륭한 무사였다. 그녀는 아마존족의 관례에 따라 기마대를 대동하고 와서 투르누스군에 가담했는데, 그 기마대에는 선발된 여군들이 있었다. 카밀라는 물레나 베틀에 손을 댄 적은 단 한 번도 없었고, 오직 전투 연습이나 바람보다도 빨리 달리는 연습만을 했다. 들판에 서 있는 보리밭 위를 달리면 곡식을 밟지 않을 정도로 재빠르게 달리는 듯했으며, 물 위를 달리면 발도 적시지 않고 달릴 수 있을 정도였다. 카밀라의 생애는 처음부터 기구했다. 그녀의 아버지 메타보스는 내란에 의하여 자기가 살던 도시로부터 쫓겨났는데 그때 어린 딸을 데리고 도 망했었다. 적의 맹렬한 추적을 받아 숲 한가운데를 도망치다가 아마세누스강 기슭에 도착했을 때 강물은 비로 인해 홍수가 져서 건널 수가 없었다. 메타보스 는 잠시 발을 멈추고 주저했으나 건너 보기로 결심했다. 그는 어린 딸을 나무껍 질로 만든 보자기로 싸서 자기 창에 붙잡아 매어 그 창을 한 손으로 높이 들어 올리고는 다음과 같이 아르테미스에게 말했다.

"숲의 여신이여! 나는 이 아이를 당신에게 바칩니다."

그렇게 말하고 나서 그는 무거운 짐을 붙잡아 맨 창을 건너편 강가로 힘껏 던 졌다. 창은 성나 날뛰는 강물을 건너 날아갔다. 추격자들은 이미 그를 바짝 쫓 고 있었다. 그가 물속으로 뛰어들어 헤엄쳐 건너가 보니 강가에 어린아이를 붙 잡아 맨 창이 무사히 도착해 있었다. 그때부터 그는 양치기들과 함께 살게 되었 고, 딸에게는 숲속에서의 생활에 필요한 기술을 가르치며 길렀다. 그래서 그녀 는 어릴 때부터 활쏘기와 창던지기를 익혔고 새총으로 두루미나 야생의 백조 를 쏘아 떨어뜨릴 수 있었다. 그녀의 옷은 호랑이 가죽이었다. 아들을 가진 많 은 어머니들이 그녀를 며느리로 삼기를 원했으나 그녀는 줄곧 아르테미스에게 만 충실했다.

• 에반드로스

이같이 무서운 동맹자들이 아이네이아스와 싸움을 벌이려 하고 있었다. 때는 마침 밤이었다. 아이네이아스는 노천의 강둑에서 몸을 펴고 자고 있었는데 그 때 강의 신 티베리누스가 버드나무 그늘에서 얼굴을 내밀고 다음과 같이 말하 는 것 같았다.

"여신의 아들이며 라티움 영역의 소유자가 될 운명을 가진 자여, 여기가 약속 의 땅이자 그대의 본거지가 될 곳이다. 그대가 충실히 인내하기만 한다면 신들 의 적의도 더 이상 계속되지 않을 것이다. 이곳에서 멀리 떨어지지 않은 곳에 그 대의 편이 될 사람들이 있다. 배를 준비하여 이 강을 저어 올라가라. 내가 아르 카디아인의 우두머리인 에반드로스가 있는 곳으로 안내해 주리라. 그는 오랫 동안 투르누스와도, 루툴리인들과도 사이가 나쁘므로 기꺼이 너의 동맹자가 될 것이다. 자, 일어나라! 그리고 헤라에게 맹세를 하고 그녀의 분노를 일으키지 않기를 기원하라. 그리고 그대가 승리를 거두었을 때엔 나를 생각해 달라."

아이네이아스는 잠이 깨어 이 친절한 환몽의 지시에 곧 복종했다. 그는 헤라에게 제물을 바치고, 물의 신과 그의 부하인 우물들에게 도움을 베풀어 주기를 호소했다. 비로소 무장한 무사들을 가득 실은 배가 티베리스강을 거슬러 올라갔다. 물의 신은 물결을 가라앉혀 조용히 흐르도록 명령했다. 노 젓는 사람들이 힘차게 노를 저었으므로 배는 빠른 속도로 강을 거슬러 올라갔다.

어느 날 정오 무렵에 아이네이아스 일행은 세운 지 얼마 되지 않는 도시의 건물들이 여기저기 보이는 곳에 이르렀다. 이 도시에서 훗날 그 영광이 하늘에 닿을 만한 위대한 로마가 자라난 것이다.

늙은 에반드로스왕은 우연히도 그날 헤라클레스와 모든 신들에게 해마다 거행하는 제전을 올리고 있었다. 아들 팔라스와 작은 나라의 우두머리들이 그의 곁에 있었는데, 우뚝 솟은 커다란 배가 숲속을 미끄러지듯이 접근하고 있는 것을 보고는 놀라 식탁에서 일어섰다. 그러나 팔라스는 좌중을 향해 제전을 계속하도록 명령하고 자신은 창을 잡더니 강가로 걸어 나갔다. 그는 소리 높여 그들은 누구며 무엇 때문에 온 것이냐고 물었다. 아이네이아스는 올리브 가지(평화의 증표)를 내밀며 대답했다.

"우리는 트로이인데 당신네들에 대해서는 호의를 가지고 있고, 루툴리인에 대해서는 적의를 가진 사람들이요. 우리는 에반드로스왕을 만나러 왔소. 그리고 우리의 병력과 당신들의 병력을 합치기를 원하는 바이오."

팔라스는 이 위대한 민족의 이름을 듣고 놀라서 그들에게 상륙하도록 청했다. 그리고 아이네이아스가 강가에 닿자, 팔라스는 그의 손을 잡고 안내를 하며 내내 우정의 손을 놓지 않았다. 그들이 숲속을 지나서 왕과 신하들의 앞으로 나오자 극진히 환대했다. 그들을 위한 자리가 마련되고, 다시 잔치가 계속되었다.

3. 요람기의 로마

제전이 끝나 모두 시내로 돌아가고 있었다. 늙어서 허리가 굽은 왕은 아들과 아이네이아스 사이에서 두 사람의 팔을 번갈아 잡으면서 걸어갔다. 그리고 여러 가지 재미있는 이야기꽃을 피워 길이 먼 것도 잊게 했다. 아이네이아스는 즐거운 기분으로 보고 들었다. 주위의 아름다운 경치를 보며 고대의 유명한 여러 영웅들의 이야기를 많이 들었다. 에반드로스는 이렇게 말했다.

"이 넓은 숲속에는 전에 파우누스와 님프, 그리고 나무들 속에서 태어나 법률도 사회적 교양도 없는 야만인들이 살고 있었습니다. 그들은 소에게 멍에를 맬 줄도 몰랐고, 농사지을 줄도 몰랐으며, 장래의 필요에 대비하여 현재의 풍족한 물품을 저장할 줄도 몰랐습니다. 그들은 나뭇가지의 새싹을 뜯어 먹거나 사냥한 것들을 먹을 뿐이었습니다. 그들이 이런 상태에 있을 때, 사투르누스가 그의 아들에게 쫓겨 올림포스로부터 이 야만인들이 있는 곳으로 왔습니다. 그는 이 사나운 야만인들을 한데 모아 사회를 이루게 하고, 법률을 만들어 주었습니다. 그 뒤로 평화롭고 풍요로운 사회가 이루어지니 후세 사람들은 이 사투르누스의 치세 시절을 황금시대라고 부르게 되었습니다. 그러나 점점 이와는 전혀 다른 시대가 이어져, 금과 피에 대한 갈망이 날뛰며 계속하여 폭군들의 지배가 이어질 무렵 내가 고국 아르카디아에서 쫓겨나 저항할 수 없는 운명의 힘에 이끌려 이곳에 오게 된 것입니다."

이런 이야기를 한 뒤, 에반드로스는 아이네이아스를 타르페이아의 바위[1]와, 당시는 덤불이 우거진 황무지였으나 나중에 유피테르의 신전이 장엄한 자태로 높이 서게 될 곳을 그에게 보여 주었다. 이어 그는 허물어져 가는 성벽을 가리키며 말했다.

"이쪽에 보이는 것이 야누스가 건립한 야니쿨룸이고, 저쪽에 보이는 것이 사투르누스의 도시인 사투르니아입니다."

이러한 말을 하는 가운데, 그들은 검소한 에반드로스의 저택에 이르렀는데 그곳에선 가축 무리가 들판을 노닐고 있는 광경을 볼 수 있었다(이 들판에 현재는 로마의 굉장한 공회당이 서 있다). 일행이 저택으로 들어가니 아이네이아스를 위한 긴 의자가 마련되어 있었다. 그것은 안에다 폭신한 나뭇잎을 넣고, 겉은 리비아의 곰 가죽으로 씌운 것이었다.

다음 날 아침, 늙은 에반드로스는 새벽 햇빛과 그의 검소한 저택의 처마 밑에서 지저귀는 새소리에 잠이 깨어 일어났다. 윗옷을 입고, 어깨에는 호랑이 가죽을 걸치고, 발에는 덧신을 신고, 허리에는 훌륭한 칼을 차고 노왕은 그의 손

---

1) 카피톨리누스 언덕의 가장자리에 있는 절벽으로, 후에 국사범을 이곳에서 떨어뜨린 것으로 유명하다.

님을 만나러 나섰다. 두 마리의 맹견이 그의 뒤를 따랐다. 이 개는 그의 유일한 시종이자 호위병이었다. 아이네이아스는 그의 충실한 아카테스와 함께 있었고 얼마 안 가서 팔라스도 왔다. 그 자리에서 노왕은 다음과 같이 말했다.

"위대한 트로이인이여, 당신의 위업에 우리가 도울 수 있는 힘은 아주 적습니다. 우리 나라는 한쪽은 강이, 다른 한쪽은 루툴리인이 가로막고 있는 약소한 나라입니다. 하지만 나는 당신을 세력이 강한 나라와 동맹하게 하고자 합니다. 마침 운명이 당신을 적당한 시기에 이곳으로 인도한 것입니다. 이 강의 건너편은 에트루리아인의 나라입니다. 메젠티우스가 그들의 왕이었는데 그는 자기의 복수심을 만족시키기 위해 전대미문의 형벌을 자행한 잔인무도한 자입니다. 죽은 사람과 산 사람의 손과 손, 얼굴과 얼굴을 한데 묶어 불행한 희생자가 끔찍한 포옹 속에서 죽게 하는 그런 사람이었습니다.

마침내 백성들은 그의 일가를 추방했습니다. 그의 궁전을 불사르고 그를 따르던 무리를 참살했습니다. 결국 투르누스 나라로 도망쳐서 투르누스가 지금도 그 왕을 무력으로 보호하고 있습니다. 에트루리아의 국민들은 그 죄에 상응하는 형벌에 처하기 위하여 그를 내놓으라고 요구하다가 최근에는 무력으로라도 그 요구가 이루어지게 하려 하고 있습니다.

그러나 사제들이 그들을 제지하며 말하기를 '이 나라에서 태어난 자는 누구도 백성을 승리로 이끌지 못하리라. 그 운명적인 지도자는 반드시 바다를 건너오리라'고 했습니다. 그래서 그들은 나에게 왕관을 바치겠다고 했으나, 나는 그와 같은 큰일을 맡기에는 너무 늙었고, 내 아들은 본국 태생이므로 하늘의 뜻에는 적합하지 않습니다. 당신이야말로 태생으로 보나, 연배로 보나, 무공으로 보나 신들이 정한 인물이 틀림없으니 그들 앞에 나타나기만 하면 곧바로 그들의 지도자로서 환영을 받을 것입니다. 그러니 당신의 일에 나는 유일한 희망이자 위안인 아들 팔라스를 가담하게 하겠습니다. 당신 밑에서 전술을 배우게 하고, 당신의 위대한 무공을 본받게 할 작정입니다."

그러고는 트로이의 우두머리들을 위해 준마[2]를 준비하도록 명령했다. 아이네

---

2) 베르길리우스는 이곳에 유명한 시구(詩句)를 삽입하고 있는데, 그 구절의 울림은 군마가 달리는 모습을 그대로 복사한 것이 아닌가 생각될 정도다. 우리말로 바꾸어 놓는다면 이렇게 되지나 않을는지. "준마의 말발굽은 네 겹의 울림으로 대지를 진동하게 한다"《아이네이스》

이아스와 그의 일행은 에트루리아인의 진영에 무사히 도착하여 타르콘과 그가
이끄는 백성들로부터 환영을 받았다.

• 니소스와 에우리알로스

그동안 투르누스도 군대를 소집하고, 전쟁에 필요한 모든 준비를 갖추었다.
헤라는 무지개의 여신 이리스를 그에게 보내 아이네이아스가 없는 틈을 타 트
로이인의 진영을 기습하도록 부추겼다. 그래서 곧 습격을 했지만 트로이인들은
적의 습격을 미리 경계하고 있었다. 그리고 아이네이아스로부터 그가 없는 동안
에는 절대로 전쟁을 하지 말라는 엄명을 받았으므로, 보루 속에 잠복하고만 있
을 뿐, 아무리 루툴리군이 유인하려 하여도 그 술책에 응하지 않았다. 밤이 되
자 투르누스의 군대는 자기네가 우세하다고 생각하고는 기고만장하여 축하 잔
치를 베풀어 실컷 술을 마시고 놀다가 들판에 몸을 던져 깊은 잠에 빠지고 말
았다.

한편 트로이인 진영의 사정은 이와는 사뭇 달랐다. 모든 사람이 한잠도 안 자
고 적에 대한 경계와 아이네이아스의 귀환을 초조하게 기다리고 있었다. 니소
스가 진영의 입구에서 망을 보고 있었고, 그의 곁에는 전체 군대 중에서도 온
화한 인품과 뛰어난 자질을 겸비한 유명한 청년인 에우리알로스도 서 있었다.
그들은 우정으로 맺어진 전우였다. 니소스는 에우리알로스에게 말했다.

"어떤가? 자네에게도 보이나? 저놈들의 자신만만해 방심하고 있는 모습이 말
이야. 모닥불도 거의 다 타서 어두컴컴해졌군. 게다가 모두 다 술에 취해 잠이
든 모양이네. 자네도 알겠지만 아군의 장수들은 아이네이아스에게 사람을 보내
그의 지시를 받고 싶어 하네. 그래서 나는 적진을 뚫고 나가 아이네이아스를 찾
아갈 결심을 했네. 만일 내가 성공하면 그 명예만으로도 나에게 충분한 보상이
되네. 그리고 만약 그 이상의 보상을 받을 가치가 있다고 인정되면 그것은 자네
가 받게 해주겠네."

에우리알로스는 모험심에 불타면서 대답했다.

"그러면 니소스, 자네는 그 모험에 나를 빼놓겠단 말인가? 내가 자네를 그와

제8권 596행).

418   그리스 로마 신화

같은 위험한 곳에 혼자 보낼 것 같은가? 용감한 내 아버지께서 나를 그렇게 기르지는 않았으며, 나도 아이네이아스의 군대에 참가할 때부터 그런 생각은 없었네. 그때 벌써 명예를 위해서는 목숨을 내놓을 각오를 했었네.”

그러자 니소스는 대답했다.

“친구여, 나도 그런 줄 아네. 하지만 자네도 알다시피 이 일은 결과가 어찌 될지 확실치 않은 데다가 나야 어찌 되든 상관없지만 자네만은 무사하기를 바라네. 자네는 나이도 나보다 젊고 장래가 더 있네. 또 나는 만일의 경우에도 저기와 계시는 자네 어머니의 슬픔의 원인이 되지는 않을 걸세. 어머니는 다른 부인들과 아케스테스의 도시에 평온하게 머물기보다 이 싸움터에서 자네와 함께 있기를 택하지 않았던가.”

에우리알로스는 대답했다.

“아무 말 말게. 자네가 아무리 나를 단념시킬 이유를 찾으려 해봤자 소용없네. 나는 자네와 동행하기로 굳게 결심했으니까. 자, 서둘러 출발하세.”

그들은 수비병을 불러 임무를 맡기고 총사령부의 진영을 찾아갔다. 장수들은 그들의 상황을 아이네이아스에게 알릴 방안을 의논하는 중이었다. 두 친구들의 제안은 기꺼이 받아들여졌고, 동료들로부터 수많은 찬사를 받았으며, 성공했을 때에는 더없이 풍성한 보상을 받기로 약속되었다. 특히 이울루스는 에우리알로스에게 인사를 하고 영원한 우정을 다짐했다. 에우리알로스는 그에 대해 이렇게 대답했다.

“다만 부탁이 하나 있네. 내 노모가 진영에 함께 와 있네. 나 때문에 어머니는 트로이 땅을 떠났고, 다른 부인들과 더불어 아케스테스에 남으려고 하지 않았지. 나는 어머니에게 작별하지 않고 떠나겠네. 어머니의 눈물을 참아 낼 도리가 없고 만류하시면 뿌리칠 수 없기 때문이야. 원컨대 내 어머니의 슬픔을 위로하여 주게나. 이것만 나에게 약속해 준다면 나는 용기백배하여 어떤 위험에 부딪히더라도 용감히 뛰어들겠네.”

이울루스와 다른 장수들은 감동하여 눈물을 흘리고 그의 부탁을 들어 주마고 약속했다. 이울루스는 말했다.

“자네의 어머니가 내 어머닐세. 그리고 만일 자네가 돌아오지 못할 경우에는 내가 자네의 어머니를 보살펴 드리겠네.”

이렇게 니소스와 에우리알로스는 진영을 떠나 곧바로 적진 한가운데로 뛰어 들어갔다. 감시자도 보초도 발견할 수 없었고, 병정들은 풀 위나 마차 사이에 흩어져 잠들어 있었다. 그 당시 전쟁에서는 용감한 자가 잠자고 있는 적을 죽여도 흠될 것은 없었다. 그래서 두 트로이인은 적진을 지나면서 될 수 있는 한 많은 적을 아무 소동도 일으키지 않고 참살했다. 에우리알로스는 한 진영에서 황금과 깃털이 반짝이는 훌륭한 투구를 빼앗았다. 그들이 발견되지 않고 적의 한가운데를 통과했을 때 갑자기 코앞에 적의 기병대가 나타났다. 적들은 대장 볼켄스의 인솔 아래 진영으로 돌아오는 중에 에우리알로스가 빼앗은 반짝이는 투구가 눈에 띄자 두 사람을 큰 소리로 불러 누구며, 어디서 왔느냐고 물었다. 니소스와 에우리알로스는 대답하지 않고 숲속으로 뛰어 들어갔고 기병들은 그들의 도주를 막기 위하여 사방으로 흩어졌다. 니소스는 추격을 피하여 위험을 벗어났으나, 에우리알로스가 보이지 않아 찾으러 돌아왔다. 다시 숲속으로 들어가 인기척이 나는 데까지 와서 숲 사이로 들여다보니 한 무리의 적이 에우리알로스를 둘러싸고 이것저것 떠들썩하게 질문을 퍼부어 대고 있었다. '어떻게 해야 할까! 어떻게 하면 에우리알로스를 구해 낼 수 있을까! 그와 함께 죽는 것이 낫지 않을까?'

니소스는 밤하늘에 밝게 비치는 달을 바라보며 말했다.

"여신이여! 저에게 은총을 베푸소서."

그는 손에 들고 있던 창을 기병대의 한 지휘관을 향하여 던졌다. 창은 그의 등을 맞혀 치명상을 입히고 그를 그 자리에 거꾸러뜨렸다. 그들이 놀라 허둥거리고 있는 사이에 또 하나의 창이 날아와 또 한 놈을 쓰러뜨렸다. 지휘관인 볼켄스는 어디서 창이 날아오는지 몰라 칼을 손에 움켜쥐고 에우리알로스에게 돌진했다. 그리고 "두 부하의 원수를 갚겠다"고 외치면서 그 칼로 에우리알로스의 가슴을 찌르려고 했다. 그때 니소스가 숲속에서 친구의 위험을 보고 뛰어나가 큰 소리로 부르짖었다.

"나다, 내가 그랬다. 루툴리인들아, 너희 칼을 내게로 돌려라. 창은 내가 던졌어. 그 사람은 친구로서 나를 따라왔을 뿐이다."

말이 채 끝나기도 전에 볼켄스의 칼이 불꽃을 튀기면서 에우리알로스의 아름다운 가슴을 꿰뚫었다. 고개가 털썩하고 어깨 위로 떨어졌다. 니소스는 볼켄스에게 돌진하여 칼로 그의 목을 찔렀다. 그리고 그 자신도 수많은 칼을 받고 참살되었다.

•메젠티우스

아이네이아스는 에트루리아의 동맹군을 데리고 마침 적당한 때에 전장으로 돌아와 적에게 포위된 아군을 구하게 되었다. 이제 양쪽 군대는 세력이 비슷해 졌으므로 전쟁은 마침내 본격적으로 시작되었다. 여기서는 자세한 이야기를 할 겨를이 없으므로 독자들에게 이미 소개한 바 있는 주요 인물들의 운명만을 적 는 데 그치려 한다. 폭군 메젠티우스는 싸우는 상대자가 반란을 일으킨 자기의 백성들임을 알고 야수처럼 길길이 뛰었다. 자기에게 저항해 오는 자는 모조리 참살했고, 그가 가는 곳마다 어디서나 많은 자들이 패배해 달아나게 했다. 마침 내 그는 아이네이아스와 마주치게 되었다. 메젠티우스는 들고 있던 창을 던졌다. 창이 아이네이아스의 방패를 치고 빗나가서 안토르를 맞혔다. 그는 그리스 출 신이었는데, 고향 아르고스를 떠나 에반드로스를 따라 이탈리아로 왔던 것이다. 시인 베르길리우스는 이 안토르를 가식 없고 비애에 찬 필치로 노래하고 있는 데, 그 말은 오늘날에도 흔히 속담으로 쓰이고 있다.

"불행한 그는, 다른 이를 겨눈 창에 맞아 쓰러져 하늘을 보고 죽어 가면서 그 리운 고향을 생각했다."[3]

이번에는 아이네이아스가 창을 던졌다. 창은 메젠티우스의 방패를 뚫고 그의 넓적다리에 꽂혔다. 그의 아들 라우수스는 이 광경을 그냥 두고 볼 수가 없어 갑자기 뛰어나와 아이네이아스의 앞을 가로막고 섰다. 그동안에 부하들은 메젠 티우스의 주위로 모여들어 그를 떠메고 갔다. 아이네이아스는 칼을 라우수스의 머리 위로 치켜들고 내리칠까 말까 망설였으나 격노한 라우수스가 맹렬히 공격 해 왔으므로 아이네이아스는 하는 수 없이 운명의 일격을 가했고 라우수스는 쓰러졌다. 아이네이아스는 가엾게 여겨 그의 위에 몸을 굽히고 얼굴을 들여다보 며 "불우한 젊은이여"라고 중얼거렸다.

---

3) 《아이네이스》 제10권 781행 참조.

"적일지언정 칭찬할 만한 그대에게 무엇을 해줄 수 있을까? 그대가 자랑스레 여기는 그 갑옷을 그대로 입고 있거나. 그리고 걱정하지 말라. 그대의 유해는 그 대의 친구에게 돌려줄 것이니 적당한 장례를 받도록 하라."

이렇게 말하면서 그는 어찌할 바를 몰라 하는 라우수스의 부하들을 불러 그 들의 손에 유해를 내주었다.

그동안 부하들은 메젠티우스를 냇가로 운반하여 상처를 물로 씻기고 간호를 하고 있었다. 얼마 뒤, 그곳에 라우수스가 전사했다는 소식이 전해지자 격노와 절망이 그의 기력을 대신했다. 그는 말을 타고 전투장인 숲속으로 돌진하여 아 이네이아스를 찾았다. 메젠티우스는 그를 발견하자 주위를 원을 그리며 말을 타 고 돌면서 계속해서 창을 던졌다. 한편 아이네이아스는 방패를 자유자재로 돌 려 창을 막으면서 대항했다. 마침내 메젠티우스가 세 바퀴 돌았을 때, 아이네이 아스는 창을 곧장 말 머리를 향해 던졌다. 창이 말의 관자놀이를 관통해 말이 쓰러지자, 양군에서는 환성이 일어나고 그 소리는 하늘을 찌를 듯했다. 메젠티 우스는 조금도 비굴한 자세를 보이지 않고, 오직 그의 유해가 배반한 백성들의 모욕을 받지 않도록 해달라며, 아들과 같은 무덤에 묻어 달라는 부탁만을 했다. 그는 각오를 하고 있다가 운명의 일격을 받자 피를 흘리며 숨을 거두었다.

• 팔라스와 카밀라, 투르누스

이러한 일이 전장의 한쪽에서 일어나고 있는 동안에 다른 곳에서는 투르누스 가 젊은 팔라스와 맞서 싸우고 있었다. 이처럼 실력 차이가 나는 전사끼리의 싸 움이란 뻔한 일이다. 팔라스는 용감히 싸웠으나 투르누스의 창에 맞아 쓰러졌 다. 승리자인 투르누스는 이 용감한 젊은이가 자기의 발밑에서 죽어 넘어진 것 을 보고 가엾은 생각이 들어 승리자의 특권, 즉 적의 갑옷을 박탈하는 특권을 행사하는 것을 그만두었다. 오직 금 못과 금 조각으로 장식한 띠만을 빼앗아 자 기 몸에 둘렀다. 시신은 팔라스의 병사들에게 넘겼던 것이다.

이 전투 뒤에는 양쪽 군대가 각기 죽은 자를 매장하기 위하여 며칠 동안의 휴전을 선포했다. 이 기간을 이용하여 아이네이아스는 사자를 보내 투르누스에 게 이 전쟁의 승부를 일대일의 단기전으로 가리자고 도전장을 내밀었지만 투르 누스는 이 도전을 교묘히 피했다. 그래서 다시 전쟁이 시작되고, 이번 전투에서는 처녀 무사인 카밀라가 특히 이목을 끌었다. 그녀의 용감한 전투는 가장 용감한 남자 무사들을 능가했다. 많은 트로이인과 에트루리아인이 그녀의 창에 찔리고, 혹은 도끼에 맞아 쓰러졌다. 마침내 아룬스라고 하는 에트루리아인이 오랫동안 그녀를 지켜보면서 기회를 노리고 있다가 그녀가 적병을 추격하는 것을 보았다. 그녀는 적병의 갑옷이 너무도 훌륭해 그것을 빼앗으려고 추격에 열중한 나머지 자기의 위험을 알아채지 못하고 그만 아룬스가 던진 창에 맞아 치명상을 입었다. 그녀는 쓰러져 곁에 있던 처녀 부하들의 팔에 안기어 최후의 숨을 거두었다. 그러나 그녀의 운명을 본 아르테미스 여신은 그녀를 죽인 자를 내버려 두지 않았다. 아룬스는 기뻐하면서도 한편으로는 무서워 슬그머니 그 자리에서 도망치려 했으나, 바로 그때 아르테미스의 무리에 속하는 한 님프가 쏜 신의 화살에 맞아 먼지 속에서 아무도 모르게 외로이 죽어 갔다.

마침내 최후의 전투가 아이네이아스와 투르누스 사이에 벌어졌다. 투르누스는 이 전투를 될 수 있는 한 피하려고 했으나, 마침내 자기편의 불리한 전세와 부하들의 불평 소리에 자극되어 싸울 결심을 했다. 승패는 뻔했다. 아이네이아스는 이길 운명이었고, 긴급한 사태가 일어날 때는 언제나 그의 어머니인 여신이 도와줄 것이며, 또한 그의 어머니가 특별히 부탁하여 헤파이스토스가 만들어 준, 뚫리지 않는 갑옷이 있었다.

이와 반대로 투르누스는 그의 편을 들어 주던 신의 가호도 이제는 기대할 수 없게 되었다. 왜냐하면 헤라는 더 이상 투르누스를 도와주어서는 안 된다는 제우스로부터의 엄명을 받고 있었기 때문이다. 투르누스는 창을 던졌으나 창은 아이네이아스의 방패에 맞아 아무런 상처도 입히지 못하고 다시 튕겨져 나갔다. 이번에는 트로이의 영웅이 창을 던졌다. 창은 투르누스의 방패를 뚫고 그의 넓적다리를 찔렀다. 그러자 투르누스는 불굴의 기상도 꺾였는지 관대한 처분을 해달라고 간청했다. 아이네이아스도 그를 불쌍히 여겨 살려 주려고 했다. 그러나 그 순간 팔라스의 띠가 눈에 띄었다. 그것은 투르누스가 피살된 팔라스로부터 빼앗아 두른 것이었다. 그 띠를 알아본 아이네이아스는 곧장 분노로 타올라 "팔라스가 이 칼로 너를 죽이노라" 하고 부르짖으며 들고 있던 칼을 투르누스의 몸에 꽂았다.

여기서 《아이네이스》 시는 끝난다. 우리들은 아이네이아스가 그의 적을 정복한 뒤에 라비니아를 신부로 맞아들였다고 상상할 수도 있다. 전설에 따르면 아이네이아스는 나라를 건설하고 신부의 이름을 따서 라비니움이라고 불렀다고 한다. 그리고 그의 아들인 이울루스는 알바롱가를 건설했는데 이곳이 그 로물루스와 레무스의 탄생지로서, 다름 아닌 로마 요람의 땅이다.

다음에 드는 포프의 유명한 시구에는 카밀라에 대한 부분이 있다. 시인은 여기서 "소리는 의미의 반향이어야 한다"라는 법칙을 설명하면서 다음과 같이 노래하고 있다.

> 아이아스가 크고 무거운 돌을 던지려 할 때
> 시구는 진통을 겪고 언어는 천천히 움직인다.
> 그러나 재빠른 카밀라가 들판을 달릴 때는
> 꼿꼿한 보리 이삭 위로 날거나 바다 위를 미끄러지듯 달린다.
>
> 《비평론》(제360~373행)

제34장
피타고라스, 이집트의 신, 신탁소

1. 피타고라스

안키세스는 아이네이아스에게 영혼의 성질에 관하여 설명하였는데, 그 가르침은 피타고라스학파의 학설에 준거한 것이었다. 피타고라스(기원전 570?~500?)는 사모스섬(그리스)에서 태어났으나 생애의 대부분을 이탈리아의 크로톤에서 보냈으므로 오늘날에도 가끔 '사모스의 현인'이라 불리기도 하고, 어떤 때는 '크로톤의 철학자'라고 불리기도 한다. 그는 젊은 시절에 널리 여행을 했다.

전하는 바에 따르면 이집트를 방문하여 사제들로부터 여러 학문을 배웠고, 훗날에는 동방으로 여행하여 페르시아와 칼데아의 마기,[1] 인도의 브라만[2]을 방문했다고 한다.

마침내 크로톤에 정착하게 되었는데, 이곳에서 그의 비범한 재능은 많은 제자들을 모았다. 당시 크로톤의 주민들은 사치와 방종에 빠져 있었는데, 피타고라스의 감화력은 그 영향력을 나타내기 시작했다.

근검과 절제의 바람이 일어나고, 600명의 주민들이 그의 제자가 되었다. 그들은 공동으로 지식을 추구하기 위해 단체를 조직하고 전체의 이익을 위해 각자의 재산을 모아 공유 재산을 만들었다. 그들은 가장 순결하고 검소한 생활 양식을 실천해야 했다.

그들이 배운 첫 번째 교훈은 '침묵'으로서, 당분간은 오직 듣기만 해야 했다. 사람들은 "피타고라스가 그렇게 말했다"고만 하면, 아무런 논증 없이 진실로 받아들였다는 것으로 충분하다고 생각하는 것이 상례가 되었다. 질문을 하고 반

---

1) Magi. 고대 페르시아에서 제사장, 마법사로 불리던 사제 계급.
2) Brahman. 인도 카스트 제도에서 가장 높은 지위인 승려 계급.

대 의견을 펼 수 있는 사람은 몇 년 동안의 복종을 견딘 상급 제자에 한했다.

피타고라스는 수(數)가 만물의 본질이자 원리라고 생각했고, 수가 있음으로써 물체는 실제로 분명히 존재하는 것이라고 말했다. 그의 견해로는 수가 우주 만물의 구성 요소라는 것이다. 그가 어떻게 이 결론에 이르게 되었는지 알 수 없으나, 그는 우주의 여러 형태와 현상은 그 기초이자 본질이 되는 수에 연관되어 있다고 보았다.

'모나스', 즉 '1'을 모든 수의 근원이라고 생각하고 '2'라는 수는 불완전하면서 증가와 분할의 원인이 된다고 생각하였으며 '3'은 시초와 중간과 종말을 가지고 있기 때문에 완전한 수라고 했다. '4'는 정방형을 표시하는 수로서 가장 완전한 수였다. 그리고 '10'은 이 네 개의 기본적인 수의 합계(1+2+3+4=10)가 담겨 있으므로, 모든 음악적이고 수학적인 비율이자 우주의 조직을 표시한다고 하였다.

여러 가지 수가 모나스로부터 시작되듯이, 피타고라스는 우주의 모든 형태도 신성(神性)이라는 순수하고 단순한 본질에서 생겨난 것이라고 생각했다. 그렇게 해서 우주의 신으로부터 생겨난 소산이 신과 악마, 그리고 영웅이며 네 번째로 생겨난 것이 인간 영혼이라는 것이다.

이 영혼은 불멸이고, 육체의 속박을 벗어나면 사자(死者)의 거처로 가서 다시 인간이나 동물의 신체 속에 거주하기 위해 이 세계로 돌아올 때까지 그곳에서 머문다. 그리고 완전히 정화되었을 때 마침내 맨 처음에 출발한 근원으로 돌아온다.

영혼의 윤회에 관한 이러한 학설은 원래 이집트에서 기원한 것으로서 인간의 행위에 대한 보상과 벌에 관한 학설과 연관이 있는 것인데, 피타고라스학파 사람들이 절대로 동물을 죽이지 않은 것도 그들이 이 학설을 신봉하고 있었던 것이 그 커다란 이유였다.

오비디우스는 피타고라스가 제자들에게 다음과 같이 말했다고 전하고 있다. "영혼은 결코 죽지 않고, 항상 한 거처를 떠나면 곧 다른 거처로 옮아간다. 나 자신도 트로이 전쟁 때는 판토스라는 사람의 아들인 에우포르보스였는데 메넬라오스의 창에 맞아 쓰러진 것을 기억한다. 최근에 아르고스에 있는 헤라의 신전에 가본 일이 있는데 그곳에 당시 내가 사용하던 방패가 전리품과 함께 걸려 있었다. 이와 같이 모든 것은 변할 따름이지 무엇 하나 없어지지는 않는다. 영혼은 이곳저곳으로 옮아가서 이번에는 이  육체, 다음에는 저 육체에 머무르고, 짐 승의 몸에서 인간의 몸으로, 인간의 몸 에서 또다시 짐승의 몸으로 옮겨 갈 때 도 있다. 밀랍이 어떤 모양의 각인으로 찍혔다가 녹여지고 또 다른 각인으로 찍 혀 새로운 모양이 되어도 항상 같은 밀 랍인 것처럼 영혼도 항상 같은 영혼이며, 때에 따라 여러 가지 다른 형태를 취할 뿐이다. 그러므로 여러분의 가슴에 동족 에 대한 사랑의 불꽃이 꺼지지 않았다면

피타고라스

원컨대 동물들의 생명을 난폭하게 다루 지 말기 바란다. 어쩌면 그것이 여러분 자신의 친척일지도 모르니 말이다.”

셰익스피어는 《베네치아의 상인》(제4막 1장)에서 그라티아노의 입을 빌려 메 템프시코시스에 관해 이야기한다. 여기서 그라티아노는 샤일록에게 이렇게 말 한다.

> 너를 보고 있으면 내 신앙까지도 비틀거려
> 피타고라스처럼 동물의 영혼이
> 인간의 몸통 속에 들어왔다는 생각마저 든다.
> 네 야비한 정신은
> 인간을 도살해 죽임을 당한
> 늑대에 깃들어 있던 것인데,
> 네 영혼에 매달려 네 몸속으로 들어간 것.
> 그래서 네 욕망은 늑대 같고, 피비린내 나고, 굶주려 탐욕스럽구나.

음계의 음표와 수와의 관계에 의해서, 속도와 박자가 같은 수로 진동할 때는 화음이 생기고, 그렇지 않은 것에서는 불협화음이 생기는 것이다. 이러한 음향

의 관계를 피타고라스는 시각적인 것에도 적용하여 '조화'라는 말을 사용해 그 각 부분이 서로 잘 적응하고 있는 상태를 의미하게 되었다. 드라이든이 《성 체칠리아의 날을 위한 송가》의 첫 마디(제1절 11~15행)에서 노래하고 있는 것은 이런 관념이다.

조화로부터, 하늘의 조화로부터
이 영원한 영혼의 느낌은 시작되었소.
조화로부터 태어나 조화의 끝에 이르기까지
짤막한 신의 메모들이 촘촘히 적혀
그 선율은 사람 안에 들어와 울림을 마감한다오.

우주의 중심에는(피타고라스의 생각에 의하면) 생명의 근원인 중심불이 있었다. 이 중심불은 지구·달·태양과 다섯 개의 유성으로 둘러싸여 있었다. 그리고 각 천체 사이의 거리는 음계의 비례와 같이 조화를 이루는 것으로 생각되었다. 천체는 그 속에 거주하는 신들과 더불어 이 중심불 주위를 돌면서 언제나 노래와 함께 합창·무용을 하고 있다고 생각되었다. 셰익스피어는 로렌조를 통해 다음과 같이 제시카에게 천문학을 가르치고 있는데, 그때 셰익스피어가 인용하고 있는 것이 이 설(說)이다.

보세요, 제시카, 하늘의 마루엔 얼마나 두툼한
황금 녹청이 장식되어 있는지!
저기엔 말예요, 아무리 작은 별도 동그란 것은 하나도 없죠. 다만
천사처럼 노래하며 움직이고,
케루빔같이 귀여운, 젊은 눈빛을 향해 여전히 합창한다오.
그 조화는 신의 영혼 속에 있는 것!
그러나 부패한 진흙 옷을 걸친 우리의 육체가
조화의 소리 가운데 닫혀 있는 동안은 우리는 그것을 들을 수 없다오.
《베네치아의 상인》 제5막 1장

또 천구(天球)는 수정이나 유리 같은 것으로 되어 있고 한 벌의 투명한 주발을 엎어 놓은 것처럼 서로 겹쳐져 있는 것으로 생각되었다. 각 천구의 내부에는 하나 또는 두서너 개의 천체가 붙어 있어 천구와 함께 돌게 되어 있다고 생각했다. 각 천구는 모두 투명하므로 우리는 그 천구들을 통하여 둥근 하늘의 몸체에 있는 것들을 보게 된다는 것이다. 그러나 이러한 천구도 그것이 돌 때에는 서로 마찰이 없을 수 없으므로 그로 인하여 절묘한 화음이 발생하는데, 그것이 또한 실로 아름다운 조화를 지닌 음으로서 너무나도 아름다워 인간의 귀에는 들리지 않을 정도이다.

밀턴은 《그리스도 탄생의 아침에》(제13절)에서 다음과 같이 이 천체의 음악에 대해 노래하고 있다.

소리를 내라, 수정 하늘들아!
한 번만 우리 인간의 귀를 축복해 다오.
(그대들이 우리의 감각을 그처럼 매혹할 수 있다면)
그 은종을
음악적인 박자에 맞추어 움직여 보렴.
깊은 하늘의 낮은 한숨으로 오르간을 울려
아홉 겹의 조화음으로 분장하고,
천사의 교향악과 완전한 연주를 해다오.

피타고라스는 또 리라를 발명했다고도 전해지고 있다. 미국의 시인 롱펠로는 《어린이에게》라는 시(제10절)에서 이 이야기를 다음과 같이 노래하고 있다.

옛날에, 위대한 피타고라스가
대장장이 집 문턱에 서서
그들이 모루 위에 내리치는
갖가지 음조의 쇠망치 소리를 듣고,
반향하며 변하는
여러 가지 쇠의 방언을 몰래 훔쳐 내어

쇠줄의 비밀로
일곱 줄의 리라를 만들어 내었지.

또 롱펠로의 《오리온자리 엄폐》를 보면 이런 시구가 있다.

"저 사모스 현인의 위대한 아이올로스 리라."

• 시바리스와 크로톤

시바리스는 크로톤 가까이에 있는 도시인데 사치와 방탕, 게으름으로 유명했다. 또한 크로톤은 그 반대의 이유로 그만큼 유명했다. 그래서 시바리스라는 이름 자체가 사치와 방탕과 게으름의 대명사로 속담에 오를 정도였다. 제임스 러셀 로웰은 그의 아름다운 소품—《민들레에게》(제23~27행)—에서 그 도시를 이러한 의미로 쓰고 있다.

6월 중순 무렵, 황금 투구를 쓴 꿀벌이
나만큼 느낄까?
한들거리는 백합(그가 정복한 시바리스) 텐트 속의,
여름다운 강한 황홀감을.
나는 그것을 민들레, 네게서 처음 알았다.—
네가 청록에서 노란 왕관을 터뜨릴 때, 더욱 강한 황홀감을.

시바리스와 크로톤 사이에 전쟁이 일어나서 시바리스는 정복당하고 파괴되었다. 밀로라고 하는 힘깨나 쓰는 유명한 장사가 크로톤의 군대를 이끌고 왔기 때문이다. 이 밀로의 엄청난 힘에 관해서는 많은 이야기가 전해지고 있는데 네 살배기 암소를 어깨에 메고 가서 하루 동안 모조리 먹어 치웠다는 이야기가 있다.

또 밀로의 죽음은 다음과 같았다고 한다.

그가 숲속을 지나고 있을 때, 나무꾼이 쪼개다 만 나무둥치가 눈에 띄었다. 그것을 더 쪼개려 하다가 그만 손이 나무둥치에 꼭 끼었는데, 그때 늑대의 습격을 받아 잡아먹혔다는 것이다.

바이런은 《나폴레옹 보나파르트에게 바치는 송시》(제6절 1~4행)에서 밀로의 이야기를 하고 있다.

옛날에 떡갈나무를 쪼개려고 한 그는
그 반발을 생각지 않았지.
장난삼아 쪼개려 한 나무둥치에 얽매여서,
홀로 머쓱히 주위를 둘러보더군!

2. 이집트의 신

이집트인들은 최고의 신으로서 암몬을 인정했다. 후에 제우스 혹은 유피테르 암몬이라고 불린 신이다. 암몬은 말이나 의지로써 자신을 나타냈는데 그는 의지로써 크네프와 아토르라는 남녀 두 신을 창조했다. 또 이 두 신으로부터 오시리스와 이시스가 탄생했다. 오시리스는 태양의 신이며 온기와 생명과 풍요의 원천으로서 숭배되었을 뿐만 아니라, 나일강의 신으로도 생각되어 매년 강이 범람하면 그의 아내 이시스(대지)를 만나러 가는 것이라고 여기게 되었다.
세라피스(일명 헤르메스)는 때때로 오시리스와 같은 신으로 그려지기도 하지만, 어떤 때는 별개의 신으로서 지하 세계의 지배자요, 의술의 신으로 인정되었다. 아누비스는 수호신으로서 개의 머리 모습으로 그려지며, 그 머리는 충실과 경계를 상징한다. 호루스(그리스 이름은 하르포크라테스)는 오시리스의 아들이었다. 그는 침묵의 신으로서 손가락을 입술에 대고 연꽃 위에 앉은 자태로 표현된다.

무어의 《아일랜드의 노래들》 가운데의 하나(《당신에게 말하리라, 내 비밀을》의 제2절)에 이 하르포크라테스에 관한 부분이 있다.

당신―어느 장미 덩굴 숲속에 앉아
잠자코 그 입에 손가락을 대고 있으라.

마치 저 어린아이처럼, 그 아이는
볼 붉힌 나일강 가의 꽃 속에서 태어나
내내 그런 모습으로 앉아 있다.
오직 땅과 하늘에 노래하면서—"쉿, 모두 조용히!"라고.

• 오시리스와 이시스의 이야기

오시리스와 이시스는 언젠가 지상으로 내려가서 그 주민들에게 선물과 축복을 주게 되었다. 이시스는 최초로 밀과 보리의 사용법을 가르쳐 주고, 오시리스는 농기구를 만들어, 쟁기를 소에다 메는 법을 가르쳐 주었다. 그리고 오시리스는 인간에게 법률과 결혼 관습과 사회 조직을 주고, 신들을 숭배하는 방법도 가르쳐 주었다. 그는 이와 같이 나일강 유역을 행복한 나라로 만든 뒤에 많은 천사들을 모아, 세상의 다른 곳에도 그의 혜택을 부여하기 위하여 떠났다. 그는 도처의 종족들을 무력으로써가 아니라 음악과 웅변으로 정복하였다.

오시리스의 동생인 티폰은 이것을 보고 질투와 악의에 넘쳐 그가 없는 동안에 그의 왕위를 빼앗으려고 했다. 그러나 정권을 맡고 있던 이시스가 그 계획을 좌절시켰다. 그래서 더욱 원한에 사무친 티폰은 마침내 형을 죽이기로 결심하고 다음과 같은 방법으로 음모를 진행했다. 그는 72명으로 음모단을 조직하여 그들을 데리고 왕의 승리의 귀환을 축하하는 잔치에 참석했다. 그리고 미리 오시리스의 몸에 꼭 맞게 만들어 놓은 궤짝을 가져오게 하여 누구든지 이 궤짝 속에 들어갈 수 있는 자에게 이 고귀한 재목으로 된 궤짝을 선사하겠노라고 선언했다.

모든 사람들이 들어가 보려 했으나 잘되지 않았다. 마침내 오시리스의 차례가 되어 그가 들어가자, 즉시 티폰과 그의 일당들은 뚜껑을 닫고 궤짝을 나일강에 던졌다.

이시스는 잔인한 살인 소식을 듣고 눈물을 흘리며 통곡하였다. 그녀는 머리를 깎고, 상복을 입은 채 가슴을 치며 남편의 시체를 열심히 찾았다. 이 탐색에서 그녀는 오시리스와 네프티스 사이에서 태어난 아들 아누비스에게 큰 도움을 받았다. 두 사람의 탐색은 얼마 동안은 허사였다. 왜냐하면 궤짝이 파도에 실려 비블로스 해안에 닿아 물가에 자라난 갈대에 얽히었을 때, 오시리스의 몸속에

오시리스 신화의 3주신상
중앙 방주에 앉아 있는 오시
리스, 좌측에 아들 호루스,
우측에 아내 이시스. 파리,
루브르 박물관

있던 신통력이 갈대에게 신비한 힘을 주어 갈대는 자라서 거목이 되었고, 그로
인해 궤짝은 그 밑줄기 속에 봉쇄되었기 때문이다.

그 후 얼마 가지 않아 나무는 신성한 물건을 속에 간직한 채 벌채되어 페니
키아 왕의 궁전의 기둥으로 세워지게 되었다. 이시스는 마침내 아누비스와 그를
섬기는 새들의 도움으로 이러한 사실을 알아내고 곧장 페니키아로 갔다. 궁전에
닿자 그녀는 왕궁의 하녀로 가장하고 궁전으로 들여보내 달라고 했다. 허락이
내려지자 곧 변장을 벗고, 우렛소리와 번갯불에 둘러싸여 여신의 모습을 드러
내며 손에 든 지팡이로 기둥을 치니 기둥이 갈라지면서 신성한 궤짝이 나왔다.

그녀는 그 궤짝을 가지고 돌아와 숲속 깊숙한 곳에 감추었으나, 티폰이 이를
찾아내 시체를 14토막으로 잘게 잘라 여기저기 뿌렸다. 이시스는 오랫동안 찾은
끝에 13토막을 찾았다. 나머지 한 토막은 나일강의 물고기가 먹어 찾을 수 없었
다. 그래서 그녀는 무화과나무로 그 부분을 대신 만들어 유해를 필라이섬에 묻

었다.

 이 섬은 그 뒤부터 이 나라의 유명한 묘지가 되어 순례자가 전국 각지에서 모여들었다. 그리고 이곳에는 오시리스를 위한 장엄하고 아름다운 신전이 세워지고, 그의 수족이 한 조각이라도 발견되었던 곳에는 작은 신전과 분묘가 세워져 이 사건을 후세에 전했다. 오시리스는 그 뒤로 이집트인의 수호신이 되었다. 그리고 그의 영혼은 늘 신의 소라고 하는 아피스의 몸에 머무르고, 그 소가 죽으면 다음 소에게로 옮아간다고 생각되었다.

 '멤피스의 황소'라고 불리는 이 아피스는 이집트인으로부터 가장 깊은 존경과 숭배를 받았다. 아피스로 인정되는 소는 어떤 일정한 표식을 가지고 있어 분간할 수 있었는데, 이를테면 전신이 새까맣고 이마에는 흰 정방형 표시가 있으며, 등에는 독수리 모양의 표시가, 혀 밑에는 갑충(甲蟲) 모양의 혹이 반드시 있었다. 이런 황소를 찾으러 특별히 파견된 사람들에게 그 표시가 발견되면 그 소는 동쪽으로 면한 건물 안에 안치되어 4개월 동안 우유로 길러진다. 이 기간이 끝나면 새 달이 뜨는 밤에 사제들은 엄숙하게 의식을 갖추고, 소가 있는 곳으로 가서 그 소를 아피스로서 영접했다. 그러고는 이 소를 훌륭하게 장식된 배에 태워 나일강을 따라 내려가 멤피스로 운반한다. 이곳에는 두 채의 예배소와 커다란 운동장이 딸린 신전이 소를 위해 준비되어 있다.

 여러 희생물을 아피스에게 바치고, 또 해마다 한 번씩 나일강이 범람할 때가 되면 황금으로 된 술잔을 강물에 띄우며, 아피스의 탄생일을 축하하는 성대한 제전을 거행한다. 사람들은 이 제전 기간 동안에는 악어들도 그 사나운 성질을 버리고 해를 끼치지 않는다고 믿었다.

 그러나 아피스의 행운에도 한계가 있었다. 그는 일정한 기간 이상 생존이 허용되지 않았으므로 25세에 달해도 아직 살아 있으면 사제들은 그를 신성한 저수지에 집어넣어 익사시켜 세라피스의 신전에 매장했다. 이 소가 죽으면 그것이 자연사든 비명의 죽음이든 간에 온 국민이 비탄에 잠겼고, 후계자가 발견될 때까지 이 비탄은 계속되었다.

 최근의 한 신문에 다음과 같은 기사가 났다.

 '아피스의 묘'—현재 멤피스에서 진행 중인 이 발굴은 매몰된 도시 폼페이만큼이나 흥미 깊은 것이 될 듯하다. 아피스의 거대한 묘는 수십 세기 동안 알려

지지 않고 있었는데 이제 그것이 열린 것이다.[3]

밀턴은 《그리스도 탄생의 아침에》(제23~24절 211~220행)에서 이러한 이집트의 신들에 대해서 말하고 있다. 여기에서 신들은 상상의 신들이 아닌 실제 악마로서 그려지고 그리스도가 나타남으로써 사라지게 된다.

> 거친 나일의 신들처럼 빠르게, 이시스도 호루스도
> 개의 머리를 한 아누비스도 급히 떠난다.
> 오시리스의 모습마저도
> 멤피스의 숲이나 초원에서 보이지 않는다.
> 그는 큰 소리로 울며 비[4]도 오지 않은
> 초원을 쿵쿵 밟으며 다녔는데.
> 그는 저 신앙의 가슴속에서도
> 쉴 수가 없다.
> 그의 수의가 쉴 곳은 가장 깊은 땅속 지옥뿐이다.
> 어리석은 작은북 소리와 어두운 송가에 맞추어
> 양털을 훔쳐 걸친 마법사가 그 명예롭던 계약의 궤를 메고 간다.

이시스는 머리를 베일로 가린 모습으로 조각상에 묘사되어 있다. 신비의 상징이기 때문이다. 테니슨이 《모드(Maud)》 제4절의 8(제1행)에서 말하고 있는 것은 바로 이것이다.

"창조주의 위력이 불가사의하기에, 그것은 베일에 가려진 이시스였다."

---

3) 프랑스의 고고학자 오귀스트 마리에트(1821~1881)는 1851년에 많은 아피스의 미라가 있는 세 개의 묘를 발견했다.

4) 이집트에서는 비가 조금도 내리지 않는다. 따라서 초원에 비가 오지 않아 토지가 비옥하게 되려면 나일강의 범람을 기다리는 수밖에 없다. 그리고 '궤'라는 말이 마지막 줄에 나오는데 이것은 오늘날에도 남아 있는 이집트의 신전 벽화에서 알 수 있듯이 사제들이 장례 행렬 가운데에서 메고 간 것이다. 아마도 그것은 오시리스가 들어갔던 그 궤짝을 그린 것으로 생각된다.

델포이의 아폴론 신전 유적지

3. 신탁소

오러클, 즉 신탁소란 사람이 신에게 미래의 일을 물으러 갔을 때, 신이 답변의 목소리를 들려준다고 생각되었던 곳을 가리킨다. 그리고 오러클은 신으로부터 주어진 그 답변 자체를 의미하기도 하였다.

가장 오래된 그리스의 신탁의 장소는 도도나에 있는 제우스의 신탁소였는데 어떤 기록에 의하면 그것은 다음과 같은 연유로 건립되었다고 한다.

두 마리의 검은 비둘기가 이집트의 테베에서 날아왔다. 한 마리는 에페이로스의 산중에 있는 도도나로 날아가서 떡갈나무 숲에 앉아 그곳 주민들에게 인간의 말로 그곳에 제우스의 신탁소를 건립하라고 명했다. 또 한 마리의 비둘기는 리비아의 오아시스에 있는 제우스 암몬 신전으로 날아가 그곳에도 같은 명령을 전했다고 한다. 다른 기록에 의하면 비둘기가 아니라 무녀라고도 한다. 그녀들은 이집트의 테베에서 페니키아인에게 납치되어 오아시스와 도도나에 가서 각각 신탁소를 건립했다고 한다. 이 신탁소에서의 답변의 목소리는 떡갈나무로부터 나왔다. 바람에 살랑대는 나뭇가지가 뭔가를 알리면 그 소리를 사제가 해석했던 것이다.

그러나 그리스의 신탁소 가운데 가장 유명한 것은 델포이에 있는 아폴론의 신탁소였다. 델포이는 포키스란 곳에 있는 파르나소스산의 중턱에 세워진 도시였다.

아주 오래전부터 알려져 있던 일이지만, 이 파르나소스에서 풀을 뜯어 먹던 염소는 산 중턱에 있는 길고 깊숙하게 틈이 벌어진 곳에 다가가면 반드시 갑작스레 경련을 일으킨다. 이것은 지하의 동굴에서 뿜어져 나오는 특수 증기에 기인한 것이었는데 한 양치기가 몸소 시험해 보고자 했다. 그래서 그 중독성의 증기를 들이마셨는데 정신을 잃고 염소와 마찬가지로 경련을 일으켰다. 사정을 몰랐던 이웃 주민들은 그러한 상태에서 지껄인 양치기의 발작적인 헛소리를 신의 영감 때문이라고 생각했다. 그리고 이 사실은 곧 사방으로 널리 알려져 그곳에 신전이 세워졌던 것이다.

처음에는 이 신전의 주인으로 대지의 여신 또는 포세이돈, 테미스, 그 밖의 신들이 내세워졌으나, 마침내 아폴론으로 확정되었고, 이 신만이 예언력을 가진 것으로 생각되었다. 그리고 그곳에 한 무녀가 선정되었는데, 그 임무는 그곳의 신성한 영기(靈氣)를 빨아들이는 것이었고, 무녀는 피티아라 불렸다.

그녀가 이 임무를 맡기 위해서는 우선 카스탈리아의 샘에서 목욕재계를 한 뒤, 머리에 월계관을 쓰고, 역시 월계수로 장식된 삼발이 위에 올라앉는다. 삼발이는 지하로 통하는 그 깊은 틈새 위에 놓여 있고 그 틈에서 신의 영기가 나온다. 이렇게 앉아 있는 동안에 그녀가 영감을 얻어 말을 하면 그것을 이 마을 사제들이 해석해 주었다.

• 트로포니오스 신탁소

도도나의 제우스와 델포이에 있는 아폴론의 신탁소 외에 보이오티아에 있는 트로포니오스의 신탁소도 유명하다. 트로포니오스와 아가메데스는 형제였다. 이들 두 형제는 저명한 건축가로서 델포이의 아폴론 신전과 히리에우스왕의 보물 창고 등을 건축했는데 그 보물 창고를 건축할 때 벽에다 돌을 끼워 놓고 언제나 그것을 들어낼 수 있도록 해놓았다. 그러고는 때때로 그 보물을 훔쳐 내었다. 히리에우스는 깜짝 놀랐다. 자기 손으로 잠근 자물쇠나 봉인은 아무 이상도 없건만 안에 있는 보물이 점점 줄어들었기 때문이다. 마침내 왕은 도둑을 잡기 위해 함정을 설치하였고 아가메데스가 이에 걸려들었다. 트로포니오스는 그를 구해 낼 수도 없었으며, 또 발각되면 고문을 받아 그가 공범을 발설할 것이 두려웠으므로 아가메데스의 목을 잘랐다. 그러나 트로포니오스 자신도 그 뒤 얼마 가지 않아 땅속으로 삼켜졌다고 전해진다.

트로포니오스 신탁소는 보이오티아의 레바데이아에 있었다. 전설에 따르면, 큰 가뭄에 시달리던 보이오티아인은 델포이의 아폴론으로부터 레바데이아에 있는 트로포니오스의 도움을 받으라는 신탁을 받았다고 한다. 그런데 그들이 그곳에 가보았더니 신탁소가 없었다. 그들 중 한 사람이 우연히 벌 떼를 보고 그 뒤를 따라갔는데 지면에 틈이 난 곳이 있었다. 알고 보니 이곳이 그들이 찾는 곳이었다.

이 신탁소에 신탁을 받으러 오는 사람은 특별한 의식을 행하지 않으면 안 되었다. 그리고 그 의식이 끝나면 좁은 길을 통해 동굴 속으로 내려갔다. 동굴에는 밤중에만 들어갈 수 있었다. 그리고 동굴에서 나올 때는 들어갔던 좁은 길을 뒷걸음질로 나왔다. 그때의 그들의 모습은 모두 우울하고 낙심한 것처럼 보였다. 이로부터 의기소침하고 우울한 사람을 가리켜, "그는 트로포니오스의 신탁을 문의하고 왔다"는 말을 하게 되었고, 속담이 되기까지 했다.

• 아스클레피오스 신탁소

아스클레피오스의 신탁소는 여러 곳에 있었는데 가장 유명한 것은 에피다우로스에 있는 것이었다. 이 신전 안에서 잠을 자는 병사들은 신탁의 답변을 얻거나 병이 나았다고 한다. 전하는 기록에 따르면 이러한 병자들의 치료법은 오늘날의 동물자기(動物磁氣), 또는 최면술이라고 불리는 것과 흡사했던 것으로 추측된다.

아스클레피오스에게는 뱀을 바쳤다. 그것은 아마도 뱀이 허물을 벗음으로써 그 청춘을 되찾는 능력을 가지고 있다는 미신에 기인한 것 같다. 아스클레피오스의 숭배가 로마에 소개된 것은 마침 로마에 심한 전염병이 유행하고 있을 때였다. 그래서 사자가 에피다우로스의 신전으로 파견되어 이 신의 구원을 청했던 것이다. 아스클레피오스는 곧 청을 들어주고, 사자의 배가 돌아갈 때, 뱀의 형태로 모습을 바꾸어 함께 갔다. 그리고 티베리스강에 도착하자 뱀은 배에서 빠져나와 강 가운데 있는 한 섬에 자리를 잡고 살았다. 사람들은 이곳에 신전을 세우고 아스클레피오스를 모셨다.

• 아피스 신탁소

멤피스에서는 신성한 황소 아피스가 신탁을 물으러 오는 사람들에게 답변을 해주고 있었다. 그것은 이 황소가 사람들이 바친 공물을 수납하느냐 거부하느냐에 따라 다르게 나타났다. 황소가 문의하는 사람의 공물을 받아들이기를 거부하면 불길한 징조이고, 받아들이면 길한 징조라고 생각되었다. 신탁의 답변이 단지 인간이 꾸며 낸 것인지, 아니면 악령의 작용인지는 알 수 없지만, 과거에는 후자의 의견이 우세했다.

최면술의 현상이 주목되기 시작한 후부터는 제3의 이론이 나오게 되었다.

그 이론에 의하면 무녀는 최면술의 혼수상태와 비슷한 상태에 빠져 천리안과 같은 능력이 일어난다는 것이다.

또 하나의 문제는 이러한 그리스·로마의 신탁이 더 이상 답변을 주지 않게 된 시기에 관한 문제이다. 그리스도교 신자인 고대의 저술가들은 신탁이 침묵하게 된 것은 그리스도의 탄생 때문이며, 그날 이후로는 들을 수 없게 되었다고 한다. 밀턴은 이 설을 《그리스도 탄생의 아침에》(제19절)에서 인용하고, 엄숙하고 기품 있는 아름다운 시구로 그리스도의 탄생에 이교의 신들이 당황하고 있는 모습을 그리고 있다.

> 신탁이 침묵한다.
> 목소리도, 듣기 싫은 신음 소리도
> 활 같은 지붕에, 거짓말이 되어 울리지 않는다.
> 아폴론은 그의 초인적인 목소리를 신전에서 더 이상 울리지 않고,
> 다만 움푹 파인 야윈 소리로 외치며 델포이의 언덕을 떠난다.
> 밤새 지나온 황홀경도, 숨죽인 주문 소리도
> 신탁의 무덤을 나오는 창백한 눈의 성자에게
> 생기를 찾아주지 못한다.

쿠퍼의 시 《야들리의 떡갈나무》(제33~44행)에는 신화에 대한 몇 가지 아름다운 시구가 있다. 다음에 드는 시의 전반부는 카스토르와 폴리데우케스의 이야기에 대한 것이며, 후반부가 오히려 지금 해오던 신탁 이야기에 적합한 것이다. 시인은 떡갈나무 열매(도토리)를 부르며 이렇게 노래하고 있다.

> 너는 영글어 떨어져, 비옥한 땅 밑에서
> 식물의 성장 본능으로 부풀어 올라,
> 너의 둥근 알껍질을 터뜨렸다. 신화 속의,
> 지금 저 쌍둥이 별처럼, 그것은 꼭 맞아 돌출한 쌍둥이 잎새.
> 한 잎 또 한 잎 그 뒤를 잇고
> 조그맣게 싹튼 네가 모두를 꼭 맞게 키우며
> 너는 작은 가지가 되었다.
> 네가 그럴 때, 대체 누가 살고 있었지?
> 오오, 마치 도도나 시절의 나무들처럼 네가 예언할 수 있으면,

나의 최상의 미래,
몰라도 좋겠지. 하지만 너의 캐묻는 입으로
듣고 싶다, 모호하지 않았던 그 시절의 일들을.

테니슨은 《말하는 떡갈나무》에서 도도나의 떡갈나무에 대해 다음과 같이 노래하고 있다.

그리고 나는 산문에도 운문에도 쓰겠어,
너를 더욱 칭찬하겠어.
서정 시인들이 너도밤나무나 라임나무, 그리고
검은 숲 비둘기가 앉아
신비한 말로 이야기한
저 테살리아의 숲을 찬미한 것 이상으로.

바이런도 델포이의 신탁소를 암시하고 있다. 그는 루소에 대해 언급하고 있는데, 루소의 작품이 프랑스 혁명에 큰 영향을 주었다고 여기면서 다음과 같이 묘사하고 있다.[5]

왜냐하면 그때 그는 영감을 받았다. 그 입에서는
마치 옛날 피티아의 불가사의한 동굴에서처럼
신탁이 튀어나와, 그것이 전 세계를 불붙게 하고
모든 왕국이 없어질 때까지 계속 탔다.

---

5) 《귀공자 해럴드의 순례》 제3편 81절 참조.

제35장

신화의 기원, 신들의 조각상, 신화 속의 시인들

1. 신화의 기원

이렇게 이야기해 온 그리스·로마 신화도 이제 끝마치게 되었는데 여기서 한 가지 의문이 나오게 된다. 그것은 "도대체 이런 이야기는 어디서 유래한 것인가? 이런 이야기는 실제로 어떤 근거가 있는 것일까, 혹은 단순한 상상력이 지어낸 꿈에 불과한 것일까?"라는 것이다.

철학자들은 이 문제에 관해 여러 학설을 주장했다.

① **성서설(聖書說)**—이 설에 따르면 모든 신화적 전설은 적잖이 과장되고 변형되기는 했으나, 모두 성서의 이야기에서 유래한다는 것이다. 예컨대 데우칼리온은 노아, 헤라클레스는 삼손, 아리온은 요나의 다른 이름에 불과하다는 것이다. 월터 롤리 경[1]은 그의 《세계사》에서 다음과 같이 말하고 있다.

"유발·야발·두발가인[2]은 각각 헤르메스·아폴론·헤파이스토스를 말하며, 목축·음악·대장일의 발명자였다. 황금 사과를 지키던 용은 하와를 유혹한 뱀이었다. 니므롯의 탑[3]은 하늘의 신들에게 반항한 거인들의 도전을 의미했다."

이와 같이 이상하게도 일치하고 있는 곳이 많음은 사실이다. 그러나 이런 식으로 신화의 대부분을 설명하기에는 무리가 따른다.

② **역사설**—이 설에 따르면 신화의 등장인물은 모두 실재 인물이긴 하나, 그

---

1) 영국의 정치가·군인·작가·탐험가(1554?~1618). 북아메리카 식민 사업에 손댔으나 실패했다.
2) 〈창세기〉 제4장 12절 이하 참조.
3) 바벨탑을 말한다. 〈창세기〉 제10장 8절 이하 참조.

들에 관해 이야기되고 있는 신화나 전설은 모두 후세의 사람들이 덧붙이거나 치장한 것에 지나지 않는다는 것이다. 그러므로 바람의 왕이요, 신이었던 아이올로스의 이야기는 다음 사실에서 유래한 것으로 생각된다. 아이올로스는 티레니아해에 떠 있는 어떤 섬의 지배자였는데, 그는 공정하고 경건한 왕으로서 나라를 다스리고, 원주민들에게 돛을 사용하여 배를 달리게 하는 법을 가르쳐 주고, 대기의 여러 가지 징후로써 날씨와 바람의 변화를 예측하는 법을 가르쳐 주었다. 또 용의 이빨을 땅에 뿌리자 그곳에서 무장한 무사들이 태어났다는 카드모스도 사실은 페니키아로부터 이주해 와서 그리스에 알파벳 문자의 지식을 가져다 원주민들에게 가르친 사람이다. 그래서 이러한 학문의 바탕에서 문명이 태어났던 것인데, 이러한 문화를 시인들은 늘 인류 최초의 상태인 순박하고 단순한 황금시대가 변질된 모습인 것처럼 그리곤 했다.

③ **우화설**—이 설에 따르면 고대인의 모든 신화는 우화적이고 상징적이며, 또한 우화의 형식을 취하면서도 도덕적 또는 종교적, 철학적 사실을 포함하고 있었는데, 시일이 지남에 따라 문자 그대로 이해하게 되었다는 것이다. 예컨대 자기의 아들을 잡아먹는 사투르누스는 그리스인들이 크로노스(시간)라고 부른 신과 같으므로, 사실 자기가 이 세상에 가져온 것은 무엇이든 멸망케 하는 것이라고도 말할 수 있다.

또 이오의 이야기도 같은 식으로 해석된다. 이오는 달이고 아르고스는 별이 있는 하늘이다. 이 하늘은 말하자면 자지 않고 달을 지킨다. 그리고 이오의 저 끝없는 오랜 방랑은, 달의 끊임없는 회전을 표현한 것이다. 그리고 그런 생각은 밀턴에게 다음과 같은 생각을 일으켰다.

저 방황하는 달이
가장 높은 한밤중 가까이에 떠 있다.
마치 길 없는 광활한 하늘에서,
유혹으로 길을 잃은 듯하구나.

《사색하는 사람》

④ **자연 현상설**—이 설에 따르면 공기와 불, 물과 같은 원소는 원래 종교적 숭배의 대상이었고, 주요한 신들은 모두 이러한 자연의 힘이 의인화된 것이다. 그들이 자연계의 여러 가지 것을 통할하고 지배하는 초자연적 존재자라는 생각을 갖게 하는 것은 쉬운 일이었다. 그리스인은 풍부한 상상력으로 모든 자연물에 눈에 보이지 않는 존재자가 살게 했고, 태양과 바다로부터 가장 작은 샘물이나 시냇물에 이르기까지 모든 세상이 어떤 특별한 신의 지배 아래에 있다고 상상했던 것이다.

워즈워스는 《소요(逍遙)》(제4권 851~887행)에서 이러한 그리스 신화의 사고방식을 다음과 같이 아름답게 발전시키고 있다.

저 아름다운 날에 외로운 목동이
부드러운 풀밭에 길게 누워
어느 여름날의 반나절을 지내고 있었는데,
음악 소리에 게으른 잠을 달래니
권태로운 기분이 찾아들었지.
자기의 숨소리가 조용해지고, 언뜻
멀리서 들리는 가락이, 자기의 서투른 피리 솜씨보다도
더욱 아름답게 들리는 바람에,
그의 상상은, 빛나는 황금 수레를 탄 태양신을 불렀다 하네.
그 신은 황금 류트를 타는 풋풋한 청년이었는데,
숲을 환희로 가득케 하였어. 그러나
힘센 사냥꾼도 눈을 들어
감사한 마음으로 새 초승달을 바라보며,
때마침 빛을 준 그 아름다운 '방랑자'에게
즐거운 경기를 청했던 거야.
그때 활기찬 여신이 미소 지으며 님프들과 함께
풀밭과 어둑한 숲속을
(바위나 동굴에서 더욱 큰 에코의 아름다운 소리와 함께)
휙 스치며 사냥감을 추격하였네. 마치 달이나 별이

강한 바람에 날려 구름 사이를 뚫듯이 말이야.
나그네도, 시냇물이나 솟아 나오는 샘물로
목을 축이고는 그 나이아스에게 감사를 드렸던 거야.
저 멀리 언덕 위의 햇살이 그림자를 끌면서
급히 미끄러져 가는 모습은, 약간의 공상의 힘으로,
경기를 즐기는 오레이아스들이 달려 지나는 모습으로 변했다 하네.
바람이 불 때면, 날개를 치며 날아가는
저 제피로스들도 아름다운 귓속말로 설득하곤 하였지.
사랑을 위한 아름다운 상대는 언제나 있었으니까.
잎새가 벗겨진 기괴하고 쇠잔한 큰 가지, 그리고 회색빛 잔가지들이
덤불 많은 은신처에서 호기심으로 그 모습을 내밀고서,
낮은 골짜기나 험한 산허리에 서 있으면, 그리고
때로 그 가지에, 움직이는 사슴뿔이나
산양의 늘어진 수염이 서로 엉켜 멈추며 흔들리면,
그것은 숨어 있는 반인반수의 사티로스들이자 틀림없이
장난기 넘치는 야생 숲의 신들,
아니면 판 자신이었다 하네.
그래서 저 단순한 양치기에게 두려움을 불어넣었던 거야.

앞에서 든 학설은 모두 어느 정도는 진실성을 지니고 있다. 그러므로 한 민족의 신화는 이 가운데 어느 한 가지에서 발생했다기보다는 그 전체가 결합하여 발생했다고 보는 것이 더 옳을 것이다. 또 이해할 수 없는 자연 현상을 설명하려는 인간의 욕망에 기인한 신화도 많다는 것을 덧붙여도 좋을 것이다. 또 지명이나 인명의 유래를 설명하려는 욕망에서 발생한 신화도 적지 않다.

2. 신들의 조각상
여러 신들의 이름 아래 사람들의 마음에 전하려고 한 사상을 우리의 눈으로도 볼 수 있도록 적절하게 표현하는 것은 타고난 재능과 기술의 최고 능력을 활용하지 않으면 안 되는 과제였다. 많은 시도 가운데 다음 네 가지의 조각상이

제우스 로마, 바티칸 미술관

가장 유명한 것으로 전해지고 있다. 처음 둘은 고대인의 기록에 의해서만 우리에게 알려지고, 다른 둘은 아직 현존하고 있으며, 그 작가의 솜씨는 누구나 인정하는 최고 걸작으로 전해진다.

• 올림포스의 제우스상

페이디아스가 제작한 올림포스의 제우스상은 그리스 미술의 조각 부분에서는 최고의 작품으로 평가되었다. 그것은 고대인들이 '크리셀레판티노스'라고 부르는 상아와 금으로 거대하게 만든 것이었다. 육체를 표현한 부분의 안은 나무와 돌로 만들고 그 위에다 상아를 입혔으며, 의복이나 다른 장식물은 금으로 되어 있다. 그 조각상의 높이는 40피트[4]로, 12피트 높이의 받침대 위에 있었다. 그것은 제우스가 그의 옥좌 위에 앉아 있는 상이었다. 이마에는 올리브의 화관을 쓰고 오른손에는 홀(笏)을 쥐고, 왼손에는 '승리의 여신'상을 들고 있었다. 옥좌는 삼나무로 되어 있는데 황금과 보석으로 장식되었다.

이 조각가가 구체적으로 표현하고자 한 것은 그리스 민족 최고신의 사상이었다. 그는 완전무결한 존엄성과 위엄을 갖춘 정복자로서 왕위에 올라 고개를 한 번 끄덕임으로써 온 세계를 지배하는 신을 표현하려 했다. 페이디아스는 호메로스가 《일리아스》 제1권에서 표현하고 있는 제우스의 모습에서 그의 착상을 얻었다고 했다. 그 한 절은 포프의 번역으로는 다음과 같다.

---

4) 야드파운드법에 의한 길이 단위 1피트(ft)는 1야드의 3분의 1, 1인치의 열두 배로 약 30.48센티미터.

제우스는 이렇게 말하고, 검은 눈썹을 엄숙히 찌푸리고
향기로운 고수머리를 흔들며 고개를 끄덕인다.
그것은 운명의 날인이며 신의 허락인 것이다.
고귀한 하늘은 존경으로 그 두려운 증표를 받았다.
모든 올림포스가 그 중심부까지 떨었다.

쿠퍼의 번역이 품위에 있어서 약간 못하지만 원작에는 더욱 충실하다.

제우스는 말을 마쳤다. 그리고 검은 눈썹 아래
승낙의 끄덕임을 보였다. 이 주권자의
불사(不死)의 머리 주위에서 향기로운 고수머리가
흔들리자 저 거대한 산이 흔들렸다.

• 파르테논의 아테나상

이 조각상도 페이디아스의 작품이
었다. 이것은 아테네에 있는 파르테
논, 즉 아테네의 신전에 서 있는 아테
나 여신의 입상(立像)이었는데, 한 손
에는 창을 들고, 다른 손에는 '승리의
여신'상을 들고 있었다. 그녀의 투구
는 화려하게 장식되어 있었다. 높이
장식되어 있는 투구 위에는 스핑크
스가 놓여 있었다. 그 입상의 높이는
40피트로, 제우스상과 같이 상아와
금으로 만들어졌다. 눈은 대리석으로
되어 있으며, 홍채와 동공을 표현하
기 위하여 채색되었을 것이다.

이 상이 서 있던 파르테논도 페
이디아스의 지시와 감독 아래 건립되

파르테논의 아테나 아테네, 국립미술관

메디치의 아프로디테상 피렌체, 우피치
미술관

었다. 그 외부는 여러 조각품으로 장식되어
있었는데 그 대부분이 페이디아스의 손으로
만들어진 것이었다.

지금 영국 박물관에 있는 '엘긴 마블스'는
그 조각품의 일부이다.

페이디아스가 제작한 제우스상과 아테나
상은 남아 있지 않지만, 현존하는 몇 개의
조각상과 흉상으로 두 신의 모습이 어떻게
표현되었는지 충분히 짐작할 수 있다. 그 상
들은 하나같이 엄숙하고 고귀한 아름다움
과, 미술 용어로 정지된 조화(repose)라고 부
르는 변하는 표정으로부터의 자유를 그 특
징으로 하고 있다.

앞서의 호메로스의 한 구절이, 다른 유명
한 번역으로는 어떻게 되어 있는지 알아보는 것도 흥미로운 일이라 생각한다.
이 번역은 포프의 번역과 동시에 티클⁵⁾의 이름으로 발간된 것인데 많은 사람들
은 이것을 애디슨⁶⁾의 작품으로 알고 있다. 그리고 이 번역 때문에 애디슨과 포
프 사이에 논쟁이 일어났다.

이렇게 말하자 그는 왕자다운 이마를 숙였다.
그러자 풍성하고 검은 곱슬머리가 뒤로부터 공손히 늘어지며
그 신의 준엄한 이마에 깊은 그늘을 던졌다.
그 전능의 끄덕임에 올림포스도 떨었다.

• 메디치가(家)의 아프로디테상

메디치가의 아프로디테는 로마의 메디치가가 소유하고 있었으므로 오늘날에
도 그렇게 불리고 있다. 이 조각상이 처음 사람들의 주목을 끌게 된 것은 지금

---

5) 영국의 시인·문학가(1687~1940).
6) 영국의 수필가·시인·정치가(1672~1719).

으로부터 약 200년 전의 일이다. 그 받침대에 새겨진 바에 의하면 기원전 200년에 활동하던 아테네의 조각가 클레오메네스의 작품으로 기록되어 있으나, 그 글의 신빙성은 의심할 여지가 있다.

전설에 따르면 이 조각가는 정부의 위촉을 받아 여성미의 완전한 모습을 구현한 조상을 만들게 되었으며, 그의 일을 도와주기 위해 정부는 아테네 시내에서 가장 아름다운 몸매를 한 여성을 몇 사람이나 모델로 제공했다고 한다.

톰슨이 〈여름〉(《사계》 중의 일부)에서 말하고 있는 것은 이 일을 말한다.

> 그렇게, 세계를 매혹하는 조각상이 일어서서,
> 그처럼 긴장시키며, 필적할 자 없는 명예와 자랑에 베일을 치려 한다.
> 그리스의 큰 기쁨을 총망라한 그 아름다움에.

바이런도 역시 이 조상에 대해 말하고 있다. 피렌체에 대해 말하면서 시인은 노래한다.[7]

> 여기, 돌처럼 굳어서도 사랑을 하는 여신이,
> 주위의 공기를 아름다움으로 충만하게 한다.

> 피도, 맥박도, 가슴도, 다르다니아(트로이) 양치기의
> 그 최고의 판정을 인정한다.

이 최후의 인용에 대해서는 제27장에서 설명해 두었으므로 그곳을 보아주기 바란다.

• 벨베데레의 아폴론상

현재 남아 있는 고대의 조각 가운데 가장 높이 평가되는 것은 벨베데레라고 불리는 아폴론상이다. 벨베데레란 이름은 아폴론 상이 놓여 있는 로마 교황 궁

---

7) 《귀공자 해럴드의 순례》 제4편 49절 참조. 피렌체는 우피치 미술관을 뜻한다.

벨베데레의 아폴론상

아르테미스상 파리, 루브르 박물관

전의 방[8] 이름에서 따온 것이다. 이 조상의 제작자가 누구인지는 모르며 오직 기원후 1세기경의 로마의 예술 작품으로 추측될 뿐이다.

7피트가 넘는 대리석 입상인 아폴론상은 알몸이고 목에만 옷을 둘렀는데, 옷자락이 뻗친 왼팔까지 내려와 걸쳐져 있는 모습이다. 그것은 아폴론이 괴물 피톤에게 화살을 쏜 순간을 표현한 것으로 생각된다(제3장 참조).

승리를 한 아폴론은 발을 앞으로 내디디고 있다. 활을 들고 있었던 듯한 왼팔을 쭉 뻗고, 고개도 같은 방향으로 향하고 있다. 자세와 균형에 있어서 더 이상 우아함과 위엄을 두루 갖춘 작품은 없다. 그러한 인상을 더욱 완전하게 하는 것은 그 조각상의 생김새이다. 얼굴에는 젊음이 넘치는 신적인 아름다움이 완벽히 나타나 있는 동시에 적을 쓰러뜨린 자신의 훌륭한 힘을 의식하는 마음이 깃들어 있다.

• **암사슴과 함께 있는 아르테미스상**

루브르 궁전(루브르 박물관)에 소장되어 있는 '암사슴과 함께 있는 아르테미스상'은 '벨베데레의 아폴론상'과 견줄 만하다. 자세도 아폴론의 조각상과 비슷하고 상의 크기와 수법도 비슷하다.

---

8) 벨베데레는 원래 '전망대'라는 뜻이다.

아폴론상과 같은 정도는 아니지만 최고급 작품 가운데 하나이다.

그 자세는 재빠르고 예리한 움직임을 포착한 모습이고 얼굴은 추격으로 잔뜩 흥분된 여사냥꾼의 표정이다.

왼손은 여신의 옆을 달리고 있는 암사슴의 이마 위로 뻗고, 오른팔은 화살통에서 화살을 꺼내기 위하여 어깨 위로 올리고 있다.

3. 신화 속의 시인들

우리가 지금까지 보아 온 트로이 전쟁과 그리스군의 귀환에 관한 이야기의 대부분은 《일리아스》와 《오디세이아》라는 두 서사시에서 취재한 것이다. 그 작자인 호메로스도 자신의 시에서 칭송하고 있는 영웅들과 마찬가지로 신화적인 인물이다. 전설에 따르면 호메로스는 늙고 눈먼 음유 시인으로서, 이곳저곳으로 방랑하며 때로는 왕의 궁중에서, 때로는 미천한 농가에서 하프 소리에 맞춰 자신의 시를 읊고 청중이 동정을 베푸는 돈으로 생활했다고 한다.

시인 바이런은 호메로스를 "암석이 많은 키오스섬의 눈먼 노인"[9]이라고 부른다. 또 어떤 유명한 풍자시[10]는 호메로스의 탄생지가 확실치 않은 것에 대해 이렇게 노래하고 있다.

일곱 개의 부유한 도시가 죽은 호메로스를 놓고 다툰다.
그 부유한 도시는 호메로스가 살아생전 빵을 구걸하며 다니던 곳이다.

이 일곱 개의 도시는 스미르나와 키오스, 로도스, 콜로폰, 살라미스, 아르고스, 그리고 아테네였다.

현재의 학자들은 호메로스의 시라고 전해지고 있는 것이 과연 한 사람이 쓴 것인지를 의문시하고 있다.

이러한 의문이 생기는 것은 이와 같은 장시(長詩)[11]가 그런 초기 시대에 쓰였다고는 믿기 어려운 데 기인한다. 보통 추정되고 있는 이 작품의 제작 연대는 현

---

9) 《아비도스의 신부(新婦)》 제2편 2절 참조.
10) 영국의 성직자·작가·편집자 토머스 수어드(1708~1790)의 《호메로스에 관해서》.
11) 《일리아스》는 1만 5693행, 《오디세이아》는 1만 2110행으로 되어 있다.

존하는 어떠한 묘비명(墓碑銘)이나 화폐보다도 오래된 시대이며, 그때는 아직 긴 작품을 적어 둘 만한 재료가 없었기 때문이다.

한편 이와 같은 장시가 어떻게 하여 기억에 의해서만 전해져 내려올 수 있었는지 의문시된다.

이 의문에 대한 믿을 만한 대답은 이러하다. 당시 라프소도스(Rhapsodos)라고 불리는 전문적인 음유 시인들이 있어 그 사람들이 타인의 시를 암송하고 있었던 것, 그리고 국가적, 애국적인 전설을 암기하여 그것을 읊으며 보수를 받아 생활하고 있었다는 것으로 설명되고 있다.

오늘날 학자들 가운데 가장 타당성 있다고 인정되는 설은, 그 작품의 골격과 대부분의 구성은 호메로스에게서 기원한 것이지만, 다른 사람들의 가필과 삽입도 많이 들어 있다는 것이다.

호메로스가 살아 있었다고 생각되는 시대는 헤로도토스[12]에 의하면 기원전 850년경이 된다.

• 베르길리우스

베르길리우스는 그 성(姓)으로 인해 '마로(Maro)'라고도 불린다. 그리고 우리의 아이네이아스 이야기는 이 베르길리우스의 서사시 《아이네이스》에서 취한 것인데, 베르길리우스는 로마 황제 아우구스투스의 다스림을 더욱 유명하게 하여 그 시대를 후세의 사람들이 '아우구스투스 시대'라 부르게 했던 위대한 시인 가운데 한 사람이었다. 베르길리우스는 기원전 70년에 만투아(만토바)에서 태어났다. 그의 이 위대한 작품은 호메로스의 작품에 이어 서사시의 최고급 걸작이라 한다. 베르길리우스는 독창력이나 발명력에 있어서는 호메로스보다 뛰어나다.

영국의 비평가들은 근대의 시인 가운데서 밀턴만이 이 훌륭한 두 사람의 고대 시인과 어깨를 견줄 만하다고 생각한다.

밀턴의 《실낙원》은 우리도 이제까지 수없이 그 시구를 인용해 왔지만, 많은 점에서 이러한 옛날의 위대한 작품 중 어떤 것에도 뒤떨어지지 않을 만큼 훌륭한 작품이며 어떤 점에 있어서는 오히려 더 우수하다. 다음에 인용한 드라이든

---

12) 고대 그리스의 역사가(기원전 484?~430?). 《역사》 제2권 53절 참조.

《아이네이스》 인용문 두 루마리를 들고 있는 베르길리우스
오른편에는 비극의 무사가, 왼편에는 서사시의 무사가 서 있다.

의 풍자시는 이러한 날카로운 비평에서 흔히 볼 수 있는 정도의 진실성을 가지고 이 세 시인의 특성을 나타내고 있다.

밀턴에 대하여

> 서로 다른 세 시대에 태어난 세 사람의 시인이
> 그리스와 이탈리아와 영국을 장식했다.
> 그리스 시인은 높은 정신에 있어 우수하고,
> 이탈리아 시인은 장엄함이,
> 마지막 영국의 시인은 두 가지 모두 뛰어났다.
> 자연의 힘으로 더 이상은 나아가지 못해서,
> 세 번째는 앞의 둘을 합친 것이다.

다음은 쿠퍼의 《식탁 위의 이야기》(제556~567행)에서의 인용이다.

> 호메로스의 빛이 보이기 전에 많은 시대가 지나갔다.

그리고 만투아의 백조 소리가 들리기 전에도.

그때까지 알 수 없었던 오랜 세월을 껴안기 위해, 그리고

밀턴 같은 시인을 낳기 위해 옛 시대는 다시 요구했다.

이렇게 천재는 시대의 요구에 일어나 앉았고,

먼 나라에까지 새벽의 빛을 쏘아 올려,

그가 택한 모든 땅을 기품 있게 만들었다.

그는 그리스로 져서 이탈리아로 떠올랐다.

그리고 중세의 어둡고 지루한 시대를 지나

모든 광휘(光輝)는 드디어 이 영국의 섬에 나타났다.

유쾌한 물총새들이 바다에 뛰어든다. 그리고

그 빛나는 깃털들을 저 먼 곳에 다시 나타낸다.

오비디우스

• 오비디우스

오비디우스는 시에서 '나소(Naso)'라는 성(姓)으로 불리기도 하는데, 기원전 43년에 태어났다. 그는 국가 관리가 될 교육을 받고 상당한 지위까지 올랐으나 시가 그의 기쁨이었고, 일찍부터 시에 몸 바칠 결심을 했다. 그래서 그는 당시 시인들과 교제를 하여, 호라티우스[13]와도 친근한 사이가 되었으며, 또 베르길리우스도 만난 일이 있으나, 베르길리우스는 오비디우스가 젊고 아직 유명해지기 전에 죽었기 때문에 친근한 사이는 못 되었다.

오비디우스는 충분한 수입이 있어 로마에서 안락한 생활을 했다. 그러나 만년에 이르러서는 어려움을 겪고 불행하게 되었다. 그것은 그가 처음에 아우구스투스 황제의 가족과 친하게 지내다가 뒤에 그중 한 사람에게 어떤 대단히 무례한 짓을 했기 때문이었으리라고 추측된다. 그는 50세 때 로마에서 추방되어 흑해 연안의 토미스[14]라는 곳으로 가라는 명령을 받았다. 호화스런 도시의 쾌

---

13) 고대 로마의 시인(기원전 65~8). 풍자시·서정시로 유명했다.

14) 오늘날 루마니아 동남부의 항구 도시 콘스탄차.

락과 유명한 사람들과의 교제를 즐기던 시인은, 그 생애의 마지막 10년을 야만인들과 혹독한 기후 속에서 비탄과 근심에 싸여 지냈다.

귀양살이에 있어서의 그의 유일한 위안은 아내와 친구들에게 편지를 쓰는 일이었는데, 그의 편지는 모두 시로 되어 있었다. 이 시들《비가(悲歌)》와 《흑해로부터의 편지》)은 그의 슬픔 외에 다른 소재를 취급하고 있지 않지만, 그의 멋스런 취향과 풍부한 창의로 말미암아 지루하다는 비난을 면하여, 이 편지는 오늘날에도 독자들을 즐겁게 하고 동정심까지 가지게 하면서 읽히고 있다.

오비디우스의 2대 걸작은 《변신 이야기(Metamorphoses)》와 《달력(Fasti)》이다. 그것은 둘 다 신화를 제재로 한 시로서 우리는 이 《변신 이야기》에서 대부분 이 그리스·로마 신화의 이야기를 빌렸다.

최근의 어떤 작가는 이 두 시의 특성을 다음과 같이 이야기하고 있다.

"그리스의 풍부한 신화는 지금도 시인과 화가, 조각가에게 그 예술의 재료를 제공하는 것과 같이 오비디우스에게도 그의 예술에 대한 재료를 제공했다. 그는 고대의 황당무계한 전설을 멋스러운 취향과 단순성과 정열을 가지고 서술했으며, 그 전설에다 거장의 손만이 능히 부여할 수 있는 실감 나는 외관을 부여했다. 그의 자연 묘사는 실로 인상적이고 충실하다. 그는 주의 깊게 적절한 것을 선택하고 불필요한 것을 버렸다. 따라서 그가 작품을 완성했을 때, 그 작품에는 부족한 것이 없었다. 《변신 이야기》는 젊은이들도 즐겨 읽으며 나이가 든 뒤에도 더 큰 기쁨을 가지고 읽는 작품이다. 이 시인은 그의 시가 그가 죽은 뒤에도 오래 남으리라는 것, 로마의 이름이 알려진 곳 어디서나 읽히리라는 것을 예언하기를 거리끼지 않았다."

이 예언은 《변신 이야기》의 끝맺음 절(제15권 871~882행)에 있다.

이제 여기서 내 작품을 끝마치려오. 이 작품은
제우스의 분노도, 시간의 이빨도, 칼도, 불도
없던 것으로 하지는 못할 것이오.

육체는 지배하나 영혼은 흔들지 못하는
저 운명의 날이여 오라.
그래서 내 여생을 채어 간다 해도,
나의 더 좋은 부분은 하늘의 별 위로 높이 오르고
나의 명성은 영원하리라.
로마의 무력과 예술이 퍼지는 곳 어디서나
사람들은 내 책을 읽을 것이며,
시인의 지적, 이상적 공상에 무언가 진실이 있다면
나의 명성은 불멸의 것이 될 것이오.

제36장
근대의 괴물들
포이닉스, 바실리스크, 일각수 유니콘, 살라만드라

고대에는 미신상의 괴물인 '고르곤, 히드라, 키마이라'의 뒤를 잇는 무시무시한 존재물들이 있는데, 그것은 그리스·로마의 신들과는 관련이 없었기 때문에 그리스도교가 그리스·로마 신앙의 자리를 대신한 뒤에도 민중의 신앙 속에 계속 존재했던 것 같다. 이러한 괴물들은 고전 작가들에 의해서도 언급된 듯하지만 널리 알려지고 유포된 것은 그보다 후대의 일인 것 같다. 우리가 그들에 관한 기록을 찾을 수 있는 것은 고대 시인들의 작품에서보다 고대의 박물지나 여행자들의 기행문에서이다. 우리가 이제부터 하는 이야기는 주로 《페니 백과사전》[1]에서 따온 것이다.

1. 포이닉스

오비디우스는 포이닉스(피닉스)에 대하여 다음과 같은 이야기를 하고 있다.

"대개의 생물은 다른 개체로부터 발생한다. 그러나 자가생식을 하는 생물이 하나 있다. 그것은 아시리아 사람들이 포이닉스라고 부르는 새이다. 이 포이닉스는 과실이나 꽃을 먹고 사는 것이 아니라, 향유(香乳)나 다른 향기로운 식물의 수액을 먹고 산다. 500년 동안 산 뒤에 떡갈나무 가지나 종려나무 꼭대기에 둥지를 튼다. 그리고 이 둥지 속에다 계피와 감송(甘松), 몰약(沒藥) 등을 물어다 쌓아 놓고, 그 위에 몸을 눕히고 갖가지 향기 속에서 마지막 숨을 거둔다. 이렇게 죽은 모체로부터 어린 포이닉스가 나와 역시 어미 새와 마찬가지로 500년이란 오랜 세월을 살아갈 운명을 가진다. 이 새끼 새가 자라서 충분한 체력을 가

---

1) 찰스 나이트(1791~1873)가 편집한 총 29권의 백과사전. 1833~1843년 간행.

지면, 자기의 요람이자 어미의 무덤인 나무에서 보금자리를 뜯어내어 이집트의 헬리오폴리스시(市)에 있는 태양신의 신전에 갖다 놓는다."[2]

이것은 시인의 보고서이다. 다음은 철학적 역사가의 설명을 들어 보자. 타키투스[3]는 이렇게 말한다.

"파울루스 파비우스가 다스리던 시절(34년)에 포이닉스라는 이름으로 세상에 알려진 기묘한 새가 오랫동안 보이지 않다가 이집트를 다시 방문했다. 그것이 날아올 때, 한 떼의 각종 새들이 따라왔는데 모두 다 그 신기함에 마음이 이끌렸고, 그 아름다운 광경을 경탄하면서 바라보았다."[4]

그리고 타키투스는 그 새의 특징에 관하여 다음과 같이 설명하고 있는데, 오비디우스의 설명과 별 차이 없으나 다소 자세한 묘사를 덧붙이고 있다.

"이 어린 새가 깃털이 나오고 믿을 만한 날개를 지니게 되면, 첫째로 해야 되는 일은 아버지의 장례를 치르는 일이다. 그는 이 의무를 쉽게 처리하지 않고, 상당한 양의 몰약을 모은 다음 자기의 힘을 시험하기 위해 등에 짐을 지고서 자주 장거리 비행을 한다. 자기 힘에 충분한 자신감을 갖게 되면 아버지의 유해를 지고 태양신의 제단으로 날아가 사체를 그곳에 내려놓고 향기 나는 화염 속에 태워 버린다."

또 다른 저술가들은 다른 점을 약간 덧붙이고 있다. 모아 온 몰약을 달걀 모양으로 뭉쳐 그 속에 죽은 포이닉스의 사체를 넣는다. 죽은 새의 썩은 살에서 한 마리의 벌레가 생겨나는데 이 벌레가 어른벌레로 자라면 모습이 새로 바뀐다. 헤로도토스도 이 새에 관해 다음과 같이 묘사하고 있다.

"내가 그것을 직접 본 일은 없고, 오직 그림에서 보았을 뿐이다. 그 깃털의 일부분은 금빛이고, 일부분은 진홍색이었다. 그리고 모양과 크기가 독수리와 비슷했다."[5]

이 포이닉스의 존재를 최초로 부인한 저자는 토머스 브라운 경[6]으로서, 1649

---

2) 《변신 이야기》 제15권 391행 이하 참조. 헬리오폴리스란 '태양의 도시'라는 뜻.
3) 고대 로마의 역사가·웅변가·정치가(56?~120?). 뛰어난 변론술과 간결한 문체가 특징이다.
4) 《연대기(年代記)》 제6권 28절 참조.
5) 《연대기》 제2권 73절 참조.
6) 영국의 의사·저술가(1605~1682).

년에 출판한 《미신론》이란 저서에서 이를 언급하고 있다.

이에 대하여 몇 년 뒤에 알렉산더 로스[7]가 답변했다.

"포이닉스는 본능적으로 모든 창조물 가운데 가장 포악한 인간을 피하는 것이 좋다는 것을 알고 있다. 왜냐하면, 만약에 잡히기만 하면 부유한 탐식가는 이 세상에 더없이 맛있는 것이 있을지라도 반드시 이 새를 잡아먹을 것이기 때문이다."

드라이든은 초기의 《공작 부인에게 바치는 시》[8](제52~57행)에서 포이닉스에 대해 다음과 같이 노래하고 있다.

새로 태어난 포이닉스가 처음으로 그 모습을 보이자,
그녀의 날개 돋친 신하들이 모두 여왕을 숭배한다.
여왕이 동쪽을 향해 나아가는 동안에
모든 숲으로부터 많은 시종들이 행렬에 참가했다.
하늘의 시인들이 여왕의 명예를 노래하자,
청중들은 기쁜 듯이 시인의 주위에서 날개를 퍼덕인다.

밀턴은 《실낙원》 제5권(제266~274행)에서 지상으로 내려오는 천사 라파엘을 포이닉스에 비유하고 있다.

저기 아래로 내리막길을 날아
미끄러지듯, 광대하고 영묘한 하늘을 지나
갖가지 세계 사이를 떠다닌다.
튼튼한 날개로
때로는 극지의 바람을 타고,

---

7) 스코틀랜드의 작가·신학자(1591~1654).
8) 요크 공 제임스(후의 영국 왕 제임스 2세)의 아내 앤을 말한다. 더욱이 이 시는 1665년 6월 3일 네덜란드군을 로스토프 해안에서 격파한 공작의 눈부신 승리와 그 후 공작 부인의 북방 여행을 기념하여 읊은 것이다.

때로는 빠른 파닥거림으로
풍만한 공기를 키질한다.
높이 날아오른 독수리들
무리에 섞이자
그는 포이닉스인 듯 보여서
모두가 쳐다본다.
태양신의 빛나는 신전에 부모의 유해를 모시기 위해
이집트의 테베로 날아갈 때의 그 하나뿐인 새, 포이닉스 같았다.

2. 괴물 뱀 바실리스크

이 동물은 뱀의 왕이라고 일컬어졌다. 왕이라는 증거로서 머리에 볏이 왕관 모양으로 있었다고 전해진다. 그것은 수탉의 알이 두꺼비 혹은 뱀에 의해 부화되어 태어난 것으로 생각되었다. 그리고 이 동물에는 여러 종류가 있었는데, 그중 어떤 것은 가까이 있는 모든 것을 불태워 버렸고 또 어떤 것은 일종의 돌아다니는 메두사의 머리처럼, 그 모습을 본 사람들은 갑자기 공포증에 걸려 이내 죽어 버리는 것이었다.

셰익스피어의 《리처드 3세》(제1막 2장) 가운데서 앤[9]은 자기의 눈을 칭찬하는 리처드의 아첨에 대답하여 다음과 같이 말하고 있다.

"내 눈이 저 바실리스크의 눈이라면 당신을 곧 죽여 버릴 텐데!"

이러한 바실리스크가 뱀의 왕이라는 호칭을 듣게 된 것은 다른 뱀들이 그의 앞에서는 선량한 신하인 체하면서, 자기들이 타 죽거나 물려 죽지 않으려고, 그들의 왕이 오는 소리가 멀리서 들려오면 아무리 맛있는 것을 먹는 중이라도 왕에게 양보하고 달아나기 때문이다.

로마의 자연 연구가 플리니우스[10]는 바실리스크에 관하여 다음과 같이 서술하고 있다.

---

9) 헨리 6세의 황태자 에드워드의 아내. 그녀는 이 리처드로 인해 남편을 잃었는데, 지금 여기서 그 남자로부터 구혼을 받고 있는 것이다.
10) 로마 제정기의 장군·정치가·학자(23~79).

"바실리스크는 다른 뱀들과 같이 몸을 꿈틀거리면서 기어다니지 않고, 항상 의젓하게 똑바로 서서 나아간다. 단지 닿는 것만으로도 관목(灌木)을 죽일 뿐만 아니라 숨을 내쉬어서도 죽이고, 바위까지도 쪼갠다. 이와 같이 흉악한 힘이 그의 안에 있다."[11]

옛날에는 말 탄 사람이 창으로 이 바실리스크를 죽이면 그 체내의 독기가 창으로 전도되어 말 탄 사람뿐만 아니라 말까지도 죽는다고 믿었다. 이 일에 관해서 루카누스[12]는 다음과 같이 묘사하고 있다.

> 무어인은 바실리스크를 죽여
> 모래땅에다 창으로 꽂아 놓았지만
> 창을 따라 올라온 교활한 독기를
> 그 손이 빨아들여, 승자가 죽는다.

이와 같은 괴물이 성자들의 전설 가운데 나오지 않을 리 없으니, 역시 다음과 같은 기록이 있다. 즉 어떤 성자가 사막에서 샘물이 있는 곳을 향하여 걸어가고 있을 때 갑자기 바실리스크를 보았다.

그는 곧 하늘을 바라보며 신에게 경건한 기도를 올려 괴물을 자기의 발밑에 쓰러뜨렸다고 한다.

바실리스크가 이러한 무서운 힘을 가지고 있다는 사실은 갈레노스[13]나, 아비센나[14] 및 스칼리거,[15] 그리고 그 밖의 학자들에 의하여 입증되고 있다. 그러나 의사 존스턴과 같은 사람들은 이 괴물의 이야기를 모두 인정하지는 않는다.

"나는 바실리스크를 바라보기만 해도 죽는다는 말을 믿을 수 없다. 그 말이 사실이면, 누가 그것을 보고도 죽지 않고 살아남아서 그 이야기를 전할 수 있었겠는가?"

---

11) 《박물지(博物誌)》 제8권 33절 참조.
12) 에스파냐 태생의 로마 시인(39~65).
13) 고대 그리스의 의학자(129?~199?). 해부학과 생리학을 발전시켰다.
14) 이슬람의 철학자·의사(980~1037). 본명은 이븐시나.
15) 이탈리아의 고전학자·시인·의사(1484~1558).

하지만 이 존경할 만한 현인은 그런 종류의 바실리스크를 잡으러 가는 사람들이 거울을 가지고 갔다는 사실을 몰랐던 것이다. 거울은 바실리스크의 몸에서 나오는 그 무섭고 치명적인 안광(眼光)을 바실리스크 자신에게 반사시켜 일종의 인과응보로 자신의 무기에 의해 죽었던 것이다.

그러나 이 무섭고 접근할 수 없는 괴물에게도 공격하는 자가 있었으니—옛말에 "모든 것은 적이 있기 마련이다"라는 말이 있다—이 사악한 독사도 족제비 앞에서는 겁을 내어 떨었다. 바실리스크가 아무리 무서운 눈으로 노려보아도 족제비는 이에 개의치 않고 대담하게 전진하여 싸운다. 그리고 물리면 족제비는 잠깐 동안 운향(芸香)이라는 약초—이것은 바실리스크가 말려 죽일 수 없는 유일한 식물이었다—를 먹기 위하여 물러갔다가 원기를 회복하면, 다시 공격하여 적이 들판에 죽어 넘어질 때까지 공격을 멈추지 않는다. 이 괴물은 또 자기의 머리에 볏이 정상이 아니란 것을 알고 있는지 수탉에게 본능적으로 대단한 반감을 가지고 있어 수탉 우는 소리를 들으면 곧 죽어 버렸다.

바실리스크는 죽은 뒤에는 약간의 쓸모가 있었다. 이런 얘기를 읽은 일이 있는데, 바실리스크의 시체는 옛날에 아폴론의 신전이나 여염집에서 거미에 대한 제일 좋은 방비물로 걸려 있었다고 하며, 아르테미스의 신전에도 걸려 있어, 그 덕분에 제비도 이 신성한 장소로 들어가는 일이 없었다고 한다.

셸리는 그의 《나폴리에 바치는 송시》(제77~88행)에서, 1820년 나폴리로부터의 입헌 정체 수립 소식에 감격하여 다음과 같이 바실리스크를 인용하고 있다.

그러나 암흑의 폭군들이 자유와 그대를 감히 모독한다면,
어떻게 되었을까? 악타이온 같은 잘못이 또다시
그들의 것이 되었을 것이다—자신들의 사냥개에게 잡아먹혀서!
그대들은 저 제국의 바실리스크처럼
보이지 않는 상처로 적을 죽여라!
부당한 압제를 똑바로 응시하라, 저 무서운 각오에 놀라,
압제의 여신이 이 둥근 땅 위에서 사라질 때까지 보라.
두려워 말고 응시하라—적을 정면으로 보는 동안

귀부인과 일각수 파리, 클뤼니 미술관

자유민은 점점 강해지고 노예들은 점점 약해지는 법이니.

3. 일각수 유니콘

로마의 자연학자 플리니우스의 유니콘에 관한 설명은 유니콘에 대한 근세의 거의 모든 묘사의 근원이 되었는데, 그의 기록에 의하면 유니콘은 "대단히 사나운 짐승으로서 몸통은 말과 비슷하고, 머리는 사슴, 발은 코끼리, 꼬리는 멧돼지, 소리는 황소 같은 울음소리로 한 개의 검은 뿔을 가지고 있고, 이 뿔의 길이는 2큐빗으로 이마 한가운데에 튀어나와 있다"고 한다.[16] 그는 또 "그것은 사로잡을 수 없다"고 덧붙이고 있다. 이 살아 있는 동물을 원형 극장의 투기장에 등장시키지 못한 데 대한 이유로 그 당시에 이와 같은 변명이 필요했을 것이다.

유니콘을 어떻게 하면 잡을지 그 방도를 몰라 사냥꾼들이 골치를 앓았던 모

---

16) 《박물지》 제3권 31절 참조.

양이다. 어떤 사람은 유니콘의 뿔이 마음대로 움직일 수 있기 때문에 그것이 작은 칼 노릇을 한다는 기록을 남겨 놓았다. 그래서 검술이 노련한 사냥꾼이 아니면 좀처럼 일격의 행운을 가질 수 없었다. 유니콘의 모든 힘은 뿔 속에 있어서 추격을 받아 지치면 높은 바위 위에서 뛰어내려 아무런 상처도 입지 않고 태연히 달아났다는 것이다.

그러나 마침내 사냥꾼들도 유니콘을 잡을 수 있는 방법을 발견한 것 같다. 그들은 이 동물이 순결하고 순수한 것을 몹시 사랑한다는 사실을 발견하고 젊은 처녀를 데리고 들로 나가, 그녀를 더없는 순결의 탐미자인 유니콘이 지나가는 길목에 앉혀 놓았다. 유니콘은 그녀를 발견하자, 존경이 넘치는 마음으로 다가가 그녀 옆에 구부리고 앉아 그녀의 무릎 위에 머리를 얹고 잠이 들었다. 그러면 처녀는 미리 짜놓았던 대로 신호를 보냈고, 사냥꾼들은 달려와서 이 단순한 짐승을 사로잡았다.

근대의 동물학자들은 이와 같은 전설에 싫증이 났는지 일반적으로 유니콘의 존재를 부인한다. 그러나 오늘날에도 머리에 뿔 같은 골질(骨質)의 융기를 가진 동물이 있어 이와 같은 이야기가 나오게 된 것 같다. 코뿔소의 뿔이라고 일컫는 것은, 비록 높이는 몇 인치에 지나지 않고 유니콘의 뿔에 관한 기술과도 일치하지는 않아도 그와 비슷한 뿔이다. 이마의 한가운데 있는 뿔 중 가장 가까운 것은 기린의 이마에 있는 골질의 융기인데, 이것 역시 길이가 짧고 끝이 무딜 뿐만 아니라 그것은 기린의 유일한 뿔이 아니고 다른 두 개의 뿔 앞에 솟아 있는 세 번째 뿔이다. 결론적으로, 코뿔소 외의 다른 네발 달린 외뿔 동물이 하나도 없다고 할 수는 없다. 그렇다고 해서 말이나 사슴처럼 살아 있는 동물의 이마에 길고 견고한 뿔을 심어 놓는 일도 거의 불가능에 가까운 일일 것이다.

4. 살라만드라

다음 이야기는 16세기 이탈리아의 조각가 벤베누토 첼리니가 쓴 《벤베누토 첼리니의 생애》(제1권 4절)에서 인용한 것이다.

"내가 다섯 살쯤 되었을 때의 일이다. 아버지가 사람들이 빨래를 하고 있던 조그만 방에 우연히 들어왔다. 방에는 떡갈나무 장작불이 기분 좋게 타고 있었다. 아버지는 불꽃을 바라보다가 도마뱀 비슷한 조그만 동물을 보았다. 이 동물은 새빨갛게 타고 있는 불 속에서도 살 수 있었다. 아버지는 그것이 무엇인지를 알아차리고 누이동생과 나를 불렀다. 그리고 우리들에게 그 동물을 보여 주더니 느닷없이 내 따귀를 때렸다. 나는 울기 시작했다. 아버지는 나를 껴안고 달래면서 다음과 같이 말했다. '내가 너를 때린 것은 네가 잘못한 일이 있어서가 아니고 저 불 속에 있는 조그만 동물이 살라만드라라는 것을 네 머리에 기억시켜 주기 위해서야. 이 동물은 내가 아는 한 이제까지 사람의 눈에 띈 일이 없었거든.' 이렇게 말하면서 아버지는 나를 안아 주고 용돈을 주었다."

이 이야기는 첼리니 경이 직접 목격한 사실이므로 살라만드라가 불 속에 있었던 것을 의심할 수는 없을 것 같다. 그 밖에 많은 권위 있는 철학자들—대표적으로는 아리스토텔레스와 플리니우스이다—이 살라만드라의 위력을 긍정하고 있다. 그들에 따르면 이 동물은 불에 견딜 수 있을 뿐만 아니라 불을 끌 수도 있었다. 그리고 불꽃을 보면 마치 정복할 방법을 잘 알고 있는 강적처럼 그 불꽃을 향하여 돌격한다고 한다.

그러니 불의 작용에 저항할 수 있는 동물의 가죽이 방화용으로 쓰일 수 있다고 생각하게 된 것은 당연한 일이다. 그래서 살라만드라(그런 동물은 실제로 존재하는데, 그것은 일종의 도마뱀이다)의 가죽으로 만든 직물은 불에 타지 않았으며, 다른 것으로 싸서는 안심할 수 없는 귀중한 물건을 싸는 데 아주 적합한 것이었다. 이러한 방화용 직물은 실제로 생산되었고 살라만드라의 가죽으로 만든다는 말이 전해졌으나, 전문가들은 그 재료가 석면임을 알게 되었다. 석면은 고운 실모양으로 되어 있어 부드러운 직물의 재료가 될 수 있는 광물인 것이다.

이러한 이야기가 생겨난 것도 살라만드라가 그의 신체의 기공으로부터 우유와 같은 액을 분비한다는 사실에서 유래한 것으로 생각된다. 살라만드라는 흥분하면 다량으로 이 액을 분비하므로 잠깐 동안은 자기의 몸을 불로부터 보호할 수 있다. 또 살라만드라는 겨울잠을 자는 동물로서 겨울이 되면 속이 빈 나무나 움푹 파인 곳에 들어가 몸을 똘똘 말고서, 봄이 와서 다시 잠이 깰 때까지 동면 상태를 지속한다. 그래서 때로는 장작과 더불어 운반되어 불 속으로 들어가는 일도 있는데, 그 찐득찐득한 액이 효력을 발휘하기 때문에 그가 잠을 깰 때까지 불에 대한 방어 능력을 발휘할 수 있다. 그리고 실제로 목격했다는 사람들의 말에 따르면 살라만드라는 있는 힘을 다해 전속력으로 불 속에서 탈출한다고 한다. 사실 살라만드라가 너무도 재빠르므로 큰 화상을 입었을 때를 제외하고는 잡을 수가 없다.

영 박사는 《밤의 상념》(제9야)에서 점잖기보다는 오히려 옛스런 정취가 있는 필치로 묘사하고 있는데, 다음 시에서처럼, 별이 빛나는 밤하늘을 바라보면서도 조금도 마음이 동요되지 않는 회의론자를 불 속에서 타지 않는 살라만드라에 비유한다.

신을 공경하지 않는 천문학자는 들뜬 미치광이다!
……
오오, 천재가 신에게 알려야 할 것이 무엇이겠는가!
그리고 로렌조의 살라만드라의 마음은
이런 성스러운 불 속에서도 그리도 차고,
감동도 없단 말인가?

The World Mythology

세계의 신화들

제37장
동양의 신화

1. 페르시아 신화

• 자라투스트라

우리는 고대 페르시아인의 종교에 관한 지식을 주로 그 민족의 성전(聖典)인 《젠드아베스타》에서 얻는다. 자라투스트라(조로아스터)는 그들 종교의 창시자였다. 아니 오히려 그 전에 있던 종교의 개혁자라고 함이 더 적절할 것이다. 그가 살았던 시기는 확실하지 않지만 그의 가르침이 키루스왕 시대(기원전 550년)로부터 알렉산드로스 대왕에 의한 페르시아 정복(기원전 327년)에 이르기까지의 긴 시간 동안에 서아시아의 지배적인 종교가 되었음은 확실하다. 마케도니아 왕 알렉산드로스의 지배 아래서 자라투스트라의 가르침은 외국 사상의 영향 때문에 상당히 쇠퇴된 듯이 보였으나 나중에 다시 융성하게 되었다.

자라투스트라의 가르침에 따르면 이 우주에는 오직 하나의 최고 존재자가 존재하며, 이 존재자가 다른 유력한 두 존재자를 창조하여 그들에게 자기의 본성 가운데서 각자에게 적당하다고 생각되는 것을 나누어 주었다는 것이다. 이두 신 가운데 오르마즈드(Ormazd : 그리스인은 그것을 오로마스데스라고 불렀다)는 그의 창조자에게 충실하게 남아서 모든 선의 원천으로 인식되었으나, 아리만(Ahriman : 아리마네스)은 반역하여 지상의 모든 악의 원인이 되었다. 오르마즈드는 인간을 창조하고 행복에 필요한 모든 것을 제공했다. 그러나 아리만은 악을 세상에 들여오고, 사나운 짐승이나 유독한 파충류, 식물 등을 만들어 냄으로써 이 행복을 손상시켰다. 그 결과 지금은 악과 선이 세계 도처에 혼합되어 있고, 선을 따르는 자와 악을 따르는 자—오르마즈드의 도당과 아리만의 도당—가 끊임없이 전쟁을 하고 있다는 것이다. 장차 오르마즈드의 도당이 도처에서 승리를 거두고, 아리만과 그의 도당은 영원히 암흑으로 인도될 때가 도래할 것이다.

고대 페르시아인의 종교 의식은 무척이나 간소했다. 그들은 신전도, 제단도, 조각상도 없이 다만 산꼭대기에서 제물을 바칠 뿐이었다. 모든 빛과 순결의 근원이 오르마즈드의 상징이었기 때문에 그들은 불과 빛과 태양을 숭배했다. 그러나 불이나 빛, 태양을 각각 독립적인 신의 차원으로 생각하지는 않았으며, '마기(Magi)'라고 부르는 승려들이 종교 의식을 관장했다. 마기의 학문은 점성술과 요술과도 관련이 있었다. 그들은 이러한 방면에서 대단히 유명했으므로, 마기라는 이름은 모든 마법사나 요술사에게도 쓰이게 되었다.

워즈워스는 다음과 같이 페르시아인의 예배에 관해 노래하고 있다.

> ……페르시아인은—제단도, 우상도,
> 인간의 손으로 만든 신전의 모든 벽도, 지붕도
> 경계하여 거부한다—.
> 그리고 가장 높은 산에 올라 그 꼭대기에서
> 이마에 도금양(桃金孃) 잎을 두른 관을 쓰고
> 제물을 바쳤다.
> 달이나 별,
> 바람, 그리고 어머니인 자연의 힘에게.
> 온 하늘은 그에게 있어서
> 느낄 수 있는 존재이자 하나의 신이었다.

《소요》 제4권(제671~679행)

《귀공자 해럴드의 순례》 제3권 91절에서 바이런도 다음과 같이 페르시아인의 예배에 관하여 노래하고 있다.

> 고대의 페르시아인은, 땅을 굽어보는
> 높은 산의 정상에
> 헛되이 제단을 만들지 않고,

자연스런 노래와 벽 없는 신전을 택하여

그곳에서 신을 찾았다―

신의 명예 앞에서는, 인간의 손으로 세운 신전이 너무도 빈약한 것이기에.

고트인이여, 또는 그리스인이여, 와서

이교 신이 머무는 회랑과 기둥을

대자연의 숭배지인 땅과 하늘과 비교해 보라.

그 좋아하는 거처에 붙어 앉아 그대들의 기도 소리를 가두지도 말라.

　자라투스트라의 종교는 그리스도교가 도입된 뒤에도 번창해서 3세기에 이르러서는 동방의 지배적인 종교가 되었는데, 무함마드(이슬람교)의 세력이 대두하고 7세기에 아라비아인이 페르시아를 정복하자, 그들은 많은 페르시아인들에게 이제까지의 자라투스트라교를 버리도록 강요했다. 그래서 조상의 종교를 포기하기를 거부한 사람은 케르만 사막과 인도로 도망했는데, 아직도 그들은 파르시 교도라고 불리며 여전히 그곳에 살고 있다. 파르시(Parsi)라는 이름은 페르시아의 옛 이름 파르스(Pars)에서 유래한 것이다. 아라비아인은 그들을 귀버(Gueber)라고 부른다. 그것은 아라비아어로 무신앙자라는 뜻이다. 오늘날 폼페이의 파르시 교도들은 대단히 활동적이고 이지적이며, 또 부유한 계급으로서 생활의 순결성과 정직, 온순한 태도 등으로 뛰어난 존재가 되어 있다. 그리고 그들이 신의 상징으로 숭배하는 불(火)을 받들기 위하여 많은 신전을 세웠다.

　이러한 페르시아의 종교는 무어의 《랄라 루크(Lalla Rookh)》라는 시 가운데서 가장 아름다운 '배화교도(拜火敎徒)' 이야기의 주제가 된다. 그 속에서 귀버의 지도자는 다음과 같이 말한다.

그렇소! 나는 신앙심이 없는 종족이자

불의 노예이며 아침저녁으로

하늘의 살아 있는 빛 속에서

우리 창조주의 주거에 인사한다오.

그렇소! 나는 저 아시아의 이란을 향해,

그리고 진정한 복수를 향해

버려진 선원이요.

우리의 불의 신전을 더럽히려고

그대들 아라비아인이 왔던 그때를 저주하며,

불타는 신의 눈앞에서

조국의 속박의 사슬과 멸망을 없애리라 맹세한 자요.

2. 인도의 신화

• 힌두

힌두교가 《베다》[1]를 기초로 하고 있음은 널리 알려진 사실이다. 그들은 브라흐마(Brāhma)가 만물을 창조할 때 편찬했다는 성서 《베다》를 가장 신성한 것으로 여겼다. 그러나 오늘날과 같은 성서로 편찬된 것은 약 5000년 전에 현인 브야사에 의한 것이라고 전해진다.

《베다》는 유일한 최고의 신에 대한 신앙을 분명히 가르치고 있다. 그 신의 이름은 브라흐마이다. 브라흐마의 모든 속성은 '창조자', '보존자', '파괴자'라는 3명의 의인화된 신으로 표현되고 있는데, 이것은 각각 '브라흐마', '비슈누', '시바'라는 명칭으로 트리무르티, 즉 인도의 주요 3신의 일체상(一體像)을 형성한다. 그보다 하위의 신들 중에서 가장 중요한 것은, ① 하늘, 천둥, 번개, 폭풍과 비의 신 인드라 ② 불의 신 아그니 ③ 지옥의 신 야마 ④ 태양의 신 수리아 등의 신들이다.

브라흐마는 우주의 창조자로서, 이 신으로부터 모든 독자적인 제신들이 발생하며, 또 최후에는 모든 것이 이 브라흐마 신에게로 흡수된다는 존재이다. "마치 우유가 응유로 변하고 물이 얼음으로 변하는 것과 같이, 브라흐마는 어떠한 외부 수단의 도움도 받지 않고 다양하게 변화한다." 《베다》에 따르면 불꽃이 불의 일부분인 것처럼 인간의 영혼은 최고 지배자인 신의 일부분이다.

• 비슈누

비슈누는 힌두교도가 믿는 트리무르티 가운데서 제2위인 보존의 신을 의인

---

1) 인도 브라만교(바라문교) 사상의 근본 성전이며 리그베다, 야주르베다, 사마베다, 아타르바베다 네 가지가 있다.

화한 것이다. 그는 세계를 여러 시대의 위험으로부터 수호하기 위해 여러 형태로 바뀌어 지상으로 내려왔는데, 이 하강을 아바타라[2]라고 한다. 아바타라는 대단히 수가 많으나 그중에서 특히 유명한 10가지 형태가 있다. 첫 번째 아바타라는 마츠야, 즉 물고기로서 나타났는데, 이 모습으로 비슈누는 이 세계를 휩쓴 대홍수기에 인류의 조상인 마누를 보호했다. 두 번째 아바타라는 거북의 형태로 나타났는데, 비슈누가 이 형태를 취한 것은, '암리타'라는 불로불사의 음료를 만들기 위해 신들이 바다를 휘젓고 있을 때 지구를 떠받치기 위해서였다.

비슈누 신 뉴욕, 메트로폴리탄 미술관

그 밖의 다른 아바타라는 생략해도 좋을 것이다. 왜냐하면 그것은 다 정의를 수호하거나 범죄자를 벌하기 위한 간섭이라는 동일한 특징을 가지고 있기 때문이다. 그래서 이들은 생략하고, 비슈누의 아바타라 중에서도 가장 유명한 아홉 번째의 아바타라로 옮겨 가겠다. 이 아바타라는 무적의 무사 크리슈나의 형태로 나타나서, 영웅적 활약으로 지구를 그 압제자인 폭군들의 수중에서 구출했다.

붓다(불타)는 브라만 교도들에 의하면, 비슈누의 화신이다. 그러나 현혹시키는 성격을 띠고 여러 신들의 적인 아수라들을 부추겨 《베다》의 성전을 버리게

---

2) '권화(權化)' '화현(化現)' '강림(降臨)'을 의미한다.

하려고 비슈누가 가장한 것이라 하는데 그 결과 아수라들의 힘과 패권을 상실케 하였다고 한다.

열 번째 아바타라는 '칼킨'이라고 불리는데, 이 아바타라의 비슈누는 현세대의 종말 시기에 나타나 모든 악행과 불의를 멸망시키고, 인류를 미덕과 순결로 회복시킬 것이라고 한다.

• 시바

시바는 힌두교의 트리무르티 가운데서 세 번째 신이다. 시바는 파괴의 신을 의인화한 것이다. 이름은 세 번째에 놓여 있으나, 신앙자의 수와 그 신앙이 널리 보급된 점에 있어서는 다른 두 신보다 우월하다. 《푸라나》(근대 힌두교의 성서)에는 파괴자인 이 신의 본래의 힘에 관한 아무런 언급도 없다.

그러한 힘은 1200만 년 뒤, 우주의 종말이 올 때까지 행사되지 않을 것이기 때문에, 오히려 영속성의 의미가 있으므로 마하데바(시바의 다른 이름)는 파괴라기보다는 오히려 재생의 징표인 것이다.

비슈누의 신자와 시바의 신자는 두 파로 나뉘어, 각 파는 자기 신의 우월성을 주장하면서 상대파의 주장을 부정한다.

그리고 창조주인 브라흐마는 그의 일을 마치자, 이제 더 이상 활동하지 않는 것으로 생각되어 그 신전도 현재는 인도에 하나밖에 남아 있지 않다.

반면에 마하데바와 시바는 많은 신전을 가지고 있다. 비슈누의 신자들은 일반적으로 생명을 귀하게 여기는 것으로 널리 알려져 있다. 그러므로 육식은 절대로 하지 않으며, 숭배 방법도 시바의 신자들처럼 잔인하지 않다.

• 자간나타

자간나타의 숭배자들을 비슈누나 시바의 신자들과 같은 부류에 넣어야 할지는 학자에 따라 의견이 다르다. 자간나타의 신전은 콜카타의 서남쪽으로 약 300마일 해안 가까이에 있다. 신상은 목상(木像)으로 검은 칠을 한 무서운 얼굴에 피 같은 붉은 입을 벌리고 있다. 제전 때에 그 신상의 옥좌는 60피트 높이의 탑 위에 안치되고 탑은 수레바퀴로 움직이게 되어 있다. 여섯 개의 긴 줄이 탑에 매어져 있어 사람들은 이 줄로 탑을 끄는 것이다. 승려나 시종들은 탑 위 옥좌의 가장자리에 서서 가끔 신자들 쪽을 보고 노래를 부르거나 몸짓을 한다. 탑이 움직일 때, 열렬한 신자들은 대지에 몸을 던져 바퀴에 깔리기를 원한다.

군중들은 이 행위를 신상(神像)에 대한 훌륭한 희생으로서 칭찬하고 환성을 올린다. 해마다, 특히 3월과 7월의 대제전 때에는 순례자들이 떼 지어 자간나타의 신전으로 모여든다. 이때에는 7만 내지 8만의 군중이 이곳에 모여들어 모든 계급의 사람들이 함께 식사를 한다고 한다.

• 카스트

인도인이 고정된 직업을 가진 여러 계급, 즉 카스트로 구분된 것은 아주 오랜 옛날부터이다. 일설에 따르면 이 계급제는 정복 과정에서 생겨난 것으로, 상위의 3계급은 외래 종족인데 그들은 원주민을 정복하여 가장 하위 계급으로 만들었다는 것이다. 다른 설에 따르면 이 계급제는 아버지가 자식에게로 전함으로써 일정한 관직이나 직업을 영속시키려는 인간의 욕망에서 유래한 것이라고 한다.

인도의 전설에 따르면 카스트의 여러 가지 기원에 대한 다음과 같은 이야기가 있다. 브라흐마가 세상을 창조할 때, 지상에는 자기 자신의 몸에서 직접 나온 자를 살게 하기로 결심했다고 한다. 그래서 자신의 입에서 가장 먼저 브라만(승려)이 태어나자, 그에게 네 권의 《베다》를 맡겼다. 그의 오른팔로부터는 크샤트리아(무사), 그리고 왼팔로부터는 그 무사의 아내가 태어났다. 그의 두 넓적다리는 남녀의 바이샤(농부들과 상인들)를 낳고, 마지막으로 그의 발에서는 수드라(직공들과 노동자들)가 나왔다고 한다.

이렇게 중대한 의미를 지니고 세상에 나온 브라흐마의 아들 4명은 인류의 조상이 되고, 각 계급의 우두머리가 되었다. 그들은 네 권의 《베다》가 그들 신앙의 모든 규칙과 종교 의식의 준칙을 포함하고 있다고 생각하라는 것과 태어난 순서대로 각각의 지위에 앉으라는 명령을 받았다. 그래서 브라만이 브라흐마의 머리로부터 나왔으므로 가장 높은 지위를 차지했다.

상위의 세 계급과 수드라 사이에는 엄격한 경계선이 그어졌다. 상위의 세 계급에게는 《베다》의 교육이 허용되었으나, 수드라에게는 금지되었다. 브라만 계급은 《베다》를 가르칠 특권을 가졌으므로 옛날에는 모든 지식을 독점했었다. 이 나라의 주권자는 '라자푸트라'라고도 불리는 크샤트리아 계급에서 선출되었으나, 실질적 권력은 브라만 계급이 장악하고 있어서 그들은 국왕의 조언자이자 사법관이며, 또 행정관이기도 했다. 그리고 그들의 인격과 재산은 불가침의 것이었다. 따라서 그들은 아무리 중대한 범죄를 저질렀다 하더라도 최대의 경의를 표하여 다루지 않으면 안 되었다. 왜냐하면 '브라만 계급에 속하는 자는 학문이 있건 없건 간에 강력한 신'이기 때문이었다.

브라만 계급이 성년에 달하면 결혼하는 것만이 그의 의무가 된다. 부유한 자가 바친 공물로 사는 계급으로서 노동이나 생업으로 생계를 유지할 의무가 없었다. 그러나 모든 브라만 계급이 노동 계급의 공물로 먹고살 수는 없었으므로 그들도 생업에 종사하는 것을 허용할 필요가 있었다.

두 중간 계급에 관해서는, 그들의 지위와 특권을 그들의 직업으로부터 쉽사리 추측할 수 있으므로 긴 말을 할 필요가 없다. 수드라 제4계급은 그들보다 상위의 계급, 특히 브라만 계급에게는 노예처럼 시중을 들어야만 했다. 하지만 그들은 기계를 다루거나, 글씨를 쓰거나 그림을 그리는 등 실제적인 기술에 종사할 수도 있었고, 상인이나 농부가 될 수도 있었다. 따라서 때로는 그들은 부유해지고, 브라만 계급에 속하는 자가 가난하게 될 때도 있을 것이다. 그렇게 되면 자연히 부유한 수드라가 가난한 브라만 계급의 사람을 하인으로 고용하는 일이 간혹 생기기도 했다.

수드라보다 더 낮은 계급이 있는데 그것은 원래부터 순수한 네 계급 중의 하나가 아니라 서로 다른 계급에 속하는 자들의 야합에서 발생한 것이다. 그들은 파라이야르족으로서 가장 비천한 일에 종사하고 가장 혹독한 대우를 받는다. 그들은 다른 사람이 불결하여 하지 못하는 일을 하도록 강요당한다. 그리고 그들 자체가 불결하다고 생각할 뿐만 아니라 그들이 손을 댄 모든 것이 불결하다고 생각한다. 그들은 모든 공민권을 박탈당할 뿐만 아니라 그들의 생활 양식과 가옥, 가구 등을 단속하는 특별법에 의해 오명의 낙인이 찍힌다. 그들은 다른 계급의 파가바티, 즉 탑이나 사원에 참배하는 것이 금지되므로 자신들의 사원과 의식을 가지지 않으면 안 된다. 그들은 또 다른 계급의 집에 들어가는 것도 금지된다.

만약 부주의나 불가피한 사정에 의하여 그런 일이 일어났을 때에는, 종교적 의식에 의하여 그 장소를 정화해야만 한다. 그들은 공설 시장에 나타나서는 안 되며, 우물도 일정한 우물만을 사용하도록 제한받고, 그 우물 주위에는 동물의 뼈를 세워 일반인이 사용하지 않도록 구별해 두지 않으면 안 된다. 그들은 도시와 마을로부터 멀리 떨어져 있는 초라한 오두막에서 살며, 먹는 것에 관해서는 아무 제한도 받지 않는다. 이것은 특권이 아니라 오히려 치욕의 표시인 것이다. 그들은 타락될 대로 타락되었기 때문에 무엇을 먹든 더 이상 그들을 부정하게 만들지는 못할 것이라고 여겼기 때문이다. 상위의 세 계급은 절대로 육식을 해서는 안 되며, 네 번째 계급은 쇠고기 이외의 모든 육식을 해도 괜찮고, 가장 아래의 계급은 아무런 제한을 받지 않고 무엇을 먹어도 상관이 없다.

• 붓다

붓다(불타)는 《베다》에 의하면 비슈누가 유혹의 변신을 한 미혹의 화신이라고 하지만, 그의 신자들에 따르면 하나의 인간이자 성인이라는 것이다. 그의 본명은 가우타마이고, 존칭으로는 사캬시나, 사자(獅子), 붓다, 성인 등으로 불리기도 한다.

붓다의 탄생에 대해서는 여러 가지 설이 있으나 그 연대를 비교하여 보면, 그리스도보다도 1000년 전에 살았던 것으로 추측된다.

그는 왕자였다. 태어난 지 며칠 뒤에 그 나라의 관습에 따라 갓난아이를 신의 제단 앞에 갖다 놓았더니 신상은 그

불좌상 콜카타, 인도 박물관

가 장래 위대한 인물이 되리라는 전조로 고개를 숙였다는 것이다. 아이는 곧 뛰어난 재능을 보였고, 인격의 비상한 아름다움도 두각을 나타내었다. 성년이 되자 그는 인류의 타락과 고뇌에 관하여 깊이 생각하기 시작하고, 세상에서 벗어나 명상에 잠기려는 뜻을 갖게 되었다. 그의 아버지는 그의 이런 계획에 반대했으나 소용이 없었다. 붓다는 호위병의 눈을 속여 왕궁을 도망쳐 나와 안전한 은

신처를 발견하고 6년 동안 누구의 방해도 받지 않으면서 깊은 명상에 잠겨 살았다. 그 기간이 끝나자 전도사로서 베나레스(바라나시)에 나타났다.

처음 그의 설교를 들은 사람들은 그의 정신 상태를 의심하기도 했으나 그의 가르침은 얼마 가지 않아 신망을 얻고 빠르게 유포되어 그가 살아 있는 동안에 인도 전체에 퍼졌다. 그리고 그는 80살에 죽었다.

불교도(Buddhist)들은, 《베다》의 가르침이나 그 가운데 규정되어 힌두교도들에 의해 엄격히 지켜지고 있는 종교적 계급을 조금도 받아들이려 하지 않았다. 그들은 또 계급의 차별을 인정하지 않았으며, 모든 유혈 희생을 금하고, 육식도 금했다. 그들의 승려는 모든 계급에서 선출된다. 그 대신 승려들은 각지를 돌아다니며 걸식 생활을 해야 했으며, 특히 다른 사람들이 버린 폐물을 이용하려 노력했고, 식물에서 약의 효력을 발견하는 것이 그들의 의무였다. 그러나 실론[3]에서는 세 계급의 승려가 인정되었는데 최상급의 승려는 일반적으로 귀족과 학문을 하는 사람들로서 주요 사원에서 그들을 부양하며 이러한 사원의 대부분은 이 나라의 옛 군주들로부터 충분한 기부를 받아 왔다.

붓다가 나타난 뒤 몇 세기 동안은 이 종파도 브라만으로부터 관대한 취급을 받았던 것 같다. 그래서 불교는 인도의 전 지역으로 퍼져 나가고 실론과 동부 지방의 반도에도 전파된 것이다. 그러나 그 뒤로 인도에서는 오랫동안 계속하여 박해를 받았다. 그 결과, 불교는 정작 그 발생지인 인도에서는 자취를 감추고 인접 여러 나라에 널리 전파되었다. 65년경에 중국에 전해진 듯하며, 그 뒤로 중국에서 한국, 일본, 자바에 전파되었다.

• 달라이 라마

신의 영혼에서 태어난 인간의 영혼이 언제까지나 신체 속에 갇혀 있는 것은 비참한 상태요, 전생에 저지른 잘못과 죄악의 결과라는 교의는 힌두교나 불교에 공통된 교의이다. 그러나 때때로 불교도들이 주장하는 바로는, 어떤 소수의 인간들이 지상에서의 생존이 꼭 필요해서가 아니라 자진하여 인류의 복리를 증진시키기 위해서 지상에 내려왔다고 한다. 이러한 사람들은 점점 불타의 재림을

---

3) 인도반도의 동남쪽에 있는 섬나라. 1972년 스리랑카로 이름을 바꿨다.

믿게 되었다. 그리고 그러한 전통이 티베트와 중국, 기타 불교가 성행하고 있는 나라의 라마교 승려들을 통해 오늘날까지 계속되고 있다. 칭기즈칸과 그 후계자들의 승리의 결과로 티베트에 거주하게 된 라마가 그 종파의 교왕의 지위에 오르게 되었다. 그리고 그에게 특별한 영지가 주어지고, 그는 높은 정신세계의 최고의 지위에 앉았을 뿐만 아니라 어떤 점에서는 그가 살고 있는 영토의 군주도 되었다. 그래서 그는 달라이 라마라는 칭호를 받고 있다.[4]

처음으로 티베트에 부임한 그리스도교의 선교사들은 아시아의 이런 오지에 로마 가톨릭교회의 것과 비슷한 주교의 궁정과 그 밖의 여러 가지 사원이 있는 것에 깜짝 놀랐다. 승려와 여승의 수도원이 있었고, 화려한 종교적 행렬과 의식이 있었다. 그래서 선교사들은 이런 유사점 때문에 라마교를 타락한 그리스도교의 일종이라고 생각했다. 또한 이러한 행사나 의식들 중 약간은 네스토리우스파의 그리스도교도들로부터 라마승들이 들여왔을지도 모른다고 생각했다. 이 파의 그리스도교 신자들은 불교가 티베트로 전해질 때, 타타르[5]에 살고 있었기 때문이다.

• 프레스터 존

아마도 라마, 즉 타타르족의 정신적 우두머리에 관한 이야기가 순회 상인들에 의하여 전해지면서 북아시아에는 프레즈비터, 또는 프레스터 존(Prester John)이라는 그리스도교의 교주가 살고 있다는 소문이 유럽에 퍼진 것 같다. 그래서 로마 교황은 그를 찾기 위하여 사절단을 파견했고, 몇 년 뒤에는 프랑스의 루이 9세 역시 사절단을 파견했으나 둘 다 성공하지 못했다. 그러나 그들은 네스토리우스파의 작은 그리스도교인 단체를 발견했는데, 이로 인해 앞서 말한 프레스터 존이라는 인물이 동양 어느 곳엔가 존재한다는 신념을 굳히게 되었다.

마침내 15세기에 이르러 페루 다 코빌량[6]이라는 포르투갈의 탐험가가 홍해에서 멀지 않은 아비시네스의 나라(아비시니아, 즉 에티오피아)에 그리스도교를 믿는 왕이 있다는 말을 듣고 이 국왕이야말로 진정한 프레스터 존임에 틀림없

---

4) 달라이는 몽골어로 '큰 바다'라는 뜻이다.
5) 동부 유럽에서 서부 아시아 일대를 일컫는다.
6) Pêro da Covilhã(1460?~1526). 인도 항로의 향료 무역선을 추적했다.

다고 단정했다. 그래서 그는 그곳으로 찾아가 '네구스'라는 칭호로 불리는 국왕의 궁정으로 들어갔다.

밀턴은 《실낙원》 제11권(제396~399행)에서 이 국왕에 대해 말하고 있다. 지구상에 흩어져 있는 여러 나라나 도시에서 자손들이 어떻게 살아가고 있는가를 아담이 신의 환영 속에서 바라보는 모습을 그리며 밀턴은 다음과 같이 노래하고 있다.

—그의 눈에 네구스의 제국과,
그 제국의 가장 먼 항구인 아르키코까지 보였고,
그보다 작은 해변의 왕들,
몸바사, 킬와섬, 말린디까지도 보였다.

제38장
북유럽의 신화

　이제까지의 이야기는 모두 남부 지방의 신화에 관한 것이었다. 그러나 고대의 신화나 전설에는 우리가 무시할 수 없는 또 하나의 지류가 있다. 그것은 오늘날의 스웨덴과 덴마크, 노르웨이, 아이슬란드에 살고 있는 스칸디나비아인이라고 불리는 북방 민족의 신화이다. 이러한 민족의 신화나 전설은 《에다(Edda)》라는 두 권의 책에 수록되어 있는데, 이 두 권 가운데 오래된 것은 시로 되어 있으며, 저작 연대는 1056년까지 거슬러 올라간다. 비교적 새로운 산문으로 된 《에다》는 1640년에 성립된 것이다.

　《에다》에 따르면 예전에는 위에 하늘도 없고, 밑에 땅도 없고, 오직 끝없는 깊음과 안개의 세계가 있을 따름이었으며, 이 안개의 세계에는 샘물 하나가 흐르고 있었다. 이 샘으로부터 열두 개의 시내가 흘러나왔는데, 이 시냇물은 수원(水源)으로부터 멀리 흘러가면 얼어서 얼음이 되고, 여러 층이 겹쳐지며 그 커다란 깊음을 메웠다.

　안개의 세계 남쪽에는 빛의 세계가 있었다. 이 세계로부터 따뜻한 바람이 불어와 얼음을 녹였다. 증기가 하늘로 올라가 구름이 되고, 이 구름으로부터 '위미르'라는 서리의 거인과 그 자손, 그리고 '아우둠라'라는 암소가 태어났는데, 이 암소의 젖이 거인을 키웠다. 그리고 암소는 얼음에서 흰 서리와 소금을 핥으면서 영양을 취했다. 어느 날 암소가 소금이 붙어 있는 바위를 핥고 있는데 처음에는 사람의 머리카락이 나타나더니 다음 날에는 머리가 나타나고 사흘째에는 아름답고, 민첩하고, 힘에 넘치는 온몸이 드러났다. 이 새로운 생물은 신이었다. 이 신과 그의 아내가 된 거인족의 딸 사이에서 '오딘'과 '빌리'와 '베'라고 하는 삼형제가 태어났다. 그들은 위미르를 죽여서 그의 육체로는 육지를, 혈액으로는 바다를, 뼈로는 산을, 머리카락으로는 나무를, 두개골로는 하늘을, 뇌수로부터는 우박과 눈으로 가득 찬 구름을 만들었다. 위미르의 눈썹으로부터는 미드가르드(중간 세계)를 만들어 장차 인류의 거주지가 되게 했다.

1. 오딘

오딘은 하늘에 태양과 달을 설치하고, 각각 그 진로를 지정하여 밤과 낮, 그리고 계절의 주기를 정했다. 태양이 그 빛을 대지 위에 내리쬐기 시작하자, 곧 식물의 세계가 열려 싹이 트고 잎이 나기 시작했다. 신들은 세계를 창조한 직후 그들의 새로운 업적을 기뻐하면서 해변을 거닐었다. 그러나 아직 그들의 업적이 불완전함을 발견했으니 그것은 바로 인간이 없기 때문이었다. 그래서 신들은 물푸레나무를 가지고 한 남자를 만들고 오리나무를 가지고는 한 여자를 만들어 남자를 '아스케'라 부르고 여자를 '엠블라'라고 불렀다. 그런 다음 그 두 사람에게 오딘은 생명과 영혼을, 빌리는 이성과 운동을, 그리고 베는 감각과 표정이 풍부한 용모와 언어를 주었다. 미드가르드가 그들의 거주지가 되고, 그들은 인류의 선조가 되었다.

'위그드라실'이라는 거대한 물푸레나무가 있어 이 나무가 우주 전체를 떠받들고 있는 것으로 생각되었다. 이 나무는 위미르의 몸에서 나온 것으로서 세 개의 거대한 뿌리를 가지고 있었다. 그 가운데 하나는 아스가르드(신들의 거주지)로 뻗고, 또 하나는 요툰하임(거인들의 거주지)으로 뻗어 나가고, 세 번째 뿌리는 니플하임(암흑과 추위의 나라)으로 뻗었다. 각 뿌리의 곁에는 샘이 있어 뿌리는 거기에서 물을 빨아올리고 있었다. 아스가르드로 뻗은 뿌리는 '노른'이라는 운명의 세 여신이 주의 깊게 보호하고 있었는데 그들은 우르드(과거)와 베르단디(현재)와 스쿨드(미래)였다.

요툰하임 곁에 있는 샘은 위미르의 우물로서 그 속에는 지혜와 기지가 숨어 있었다. 그러나 니플하임의 샘에는 뿌리를 파먹는 니드호그(암흑)라는 독사가 살고 있었다. 그리고 동서남북의 바람을 상징하는 네 마리의 수사슴이 물푸레나무의 가지 사이를 쫓아다니면서 새싹을 뜯어 먹고 있었다. 그 나무 밑에는 위미르가 누워 있는데 그가 몸을 흔들어 무거운 짐을 치우려고 하면 대지에 지진이 일어났다.

신들의 거주지인 아스가르드로 가자면 비프로스트(무지개)라는 다리를 건너

야만 했다. 아스가르드에는 금과 은으로 만든 궁전이 여러 개 있고 신들은 그 안에서 살았다. 그 가운데서 가장 아름다운 궁전은 오딘이 거주하는 '발할라'인데, 이 궁전의 옥좌에 앉으면 하늘과 땅을 다 내려다볼 수 있다. 오딘의 양어깨에는 '후긴'과 '무닌'이라는 두 마리의 갈까마귀가 앉아서, 날마다 온 세상을 날고 돌아와 보고 들은 바를 남김없이 오딘에게 보고한다. 오딘의 발밑에는 '게리'와 '프레키'라는 두 마리의 늑대가 엎드려 있는데, 오딘은 자기 앞에 차려 놓은 고기를 그들에게 다 준다. 왜냐하면 그는 음식물이 필요하지 않기 때문이다. 그의 유일한 음식물은 벌꿀술이다.

오딘은 또 룬 문자를 발명했으며 운명의 여신들은 이 문자로 금속의 방패 위에 운명의 신비를 새겼다. 오딘(Odin)의 이름을 때로는 워텐(Woden)으로 표기하기도 하는데 이 이름으로부터 웬즈데이(Wednesday)라는 일주일의 넷째 날의 이름, 즉 수요일이 유래되었다. 오딘은 종종 알파두르(Alfadur, 영어로 All-father)라고 불리는 일도 있는데, 이 이름으로 보아 스칸디나비아인들이 때로는 오딘보다도 더욱 훌륭한 신, 즉 누구로부터도 창조되지 않은 지고하고 영원한 신에 대한 이상을 가지고 있었던 것을 알 수 있다.

• 발할라 궁전의 환락

오딘이 사는 발할라궁에서는 전쟁에서 용감히 죽은 영웅들을 위해 잔치를 벌인다. '세흐림니르'라는 수퇘지의 고기가 풍부하게 그들의 식탁에 오른다. 이 수퇘지는 매일 아침 요리상에 올랐다가, 밤이 되면 다시 원상태로 복구되는 것이다. 음료로는 '헤이드룬'이라는 암염소에서 짠 벌꿀술이 영웅들에게 충분히 공급된다. 그리고 잔치를 하지 않을 때에는 무술 시합을 즐긴다. 그들은 매일 뜰이나 들로 말을 타고 나가 서로 상대를 갈기갈기 찢을 때까지 싸운다. 이것이 그들의 오락이다. 그러나 식사 시간이 되면 그 상처도 모두 치유되고, 그들은 다시 발할라의 연회로 돌아간다.

2. 발키리

발키리는 전투를 좋아하는 처녀들로, 말을 타고 투구를 쓰고 방패와 창을 가지고 다녔다. 오딘은 거인족과 최후의 결전을 해야 할 날이 올 때 그들에게 대항하기 위하여 많은 영웅들을 발할라로 모으려고 했다. 발키리들은 오딘의 사자로서 그 이름은 '전사할 자의 선택자들'이라는 뜻이다. 그녀들이 말을 타고 심부름을 갈 때, 그녀들의 갑옷은 이상한 광채를 발하며 북쪽 하늘을 비춘다. 사람들은 이것을 보고 '오로라 보레알리스', 즉 '북극광'이라고 부른다.[1]

3. 토르와 그 밖의 신들

번개의 신 '토르'는 오딘의 맏아들로서 신과 인간들 가운데서 가장 강력하다. 그리고 세 개의 귀중한 보물을 가지고 있다. 첫 번째 보물은 망치인데, 위력이 서리의 거인도 산의 거인도, 그것이 자기들을 향해 공중으로 던져지면 대단히 겁낼 정도이다. 그것으로 전에 그들의 조상과 친척의 많은 두개골을 부순 일이 있기 때문이다. 이 망치는 던지면 저절로 토르의 수중으로 돌아왔다.

그가 가지고 있는 두 번째 보물은 힘의 띠라고 하는 것인데, 이 띠를 허리에 두르면 그의 무서운 힘은 배로 늘어난다. 세 번째 것도 대단히 귀중한 것인데, 그것은 쇠장갑으로서 토르가 그의 망치를 효과적으로 사용하려고 할 때면 언제나 끼는 것이다. 이 토르(Thor)라는 이름에서 영어의 목요일(Thursday)이라는 말이 유래했다.

'프레이(프레이르)'는 신들 가운데서 가장 유명한 신으로 그는 비와 햇빛과 지상의 모든 과일을 지배하고 관리한다. 그의 누이동생 '프레이야'는 여신들 중에서도 가장 자비심이 많은 여신이다. 음악과 봄과 꽃을 사랑하고, 특히 요정(영국의 '엘프')들을 사랑한다. 또 이 여신은 사랑의 노래를 무척 즐겨서 모든 연인들은 그녀에게 사랑의 기원을 하면 이루어진다고 여겼다.

'브라기'는 시의 신으로서 그의 노래는 무사들의 교훈을 기록한다. 그의 아내 '이둔'은 사과가 든 상자를 지키고 있는데, 신들이 노년이 가까워지는 것을 느끼게 되었을 때 맛보면 다시 젊어지는 사과이다.

'헤임달'은 신들의 파수꾼이다. 그래서 거인들이 비프로스트(무지개) 다리를 건너 쳐들어오는 것을 막기 위해 하늘의 경계에 배치되어 있다. 그는 새보다도 잠을 적게 자며, 밤에도 낮과 마찬가지로 사방 100마일을 볼 수 있다. 청각도 매

---

1) 토머스 그레이의 《운명의 자매들》이라는 송시는 이 전설을 바탕으로 쓰인 것이다.

우 민감해서 어떠한 소리도 다 듣는다. 헤임달은 들풀이 자라는 소리나 양의 털이 등에서 자라는 소리도 들을 수 있을 정도이다.

4. 로키와 그의 자손들

이 밖에도 신들을 헐뜯고 모든 사기와 재해를 만들어 내는 신이 있다. 그의 이름은 로키이다. 그는 뛰어난 외모를 가졌지만, 몹시 변덕스러운 데다 극악한 성질을 지니고 있었다. 그는 원래 거인족인데, 억지로 신들과 교제하여 간교한 지혜와 술책으로 신들을 곤경에 빠뜨리기도 하고, 위험에서 구해 내기도 하면서, 이러한 것을 가장 커다란 즐거움으로 삼았다. 로키에게는 세 자녀가 있었다. 첫째 아들은 '펜리스(펜리르)'라는 늑대이고, 둘째는 '미드가르드'라는 독사이고, 셋째는 '헬(죽음)'이라는 딸이다.

신들은 이 괴물들이 계속해서 성장하고 있으며, 언젠가는 신과 인간들에게 큰 해를 끼치게 되리라는 것을 알게 되었다. 그래서 오딘은 사자를 보내 그들을 옆에 데려다 놓는 편이 나으리라고 생각했다. 그들이 왔을 때, 그는 지구를 둘러싸고 있는 깊은 바닷속에 그 독사를 던져 넣었다. 그러나 이 괴물은 엄청난 크기로 자라서, 꼬리를 입에 물고 몸을 원형으로 하면 그 둘레 길이가 전 지구의 둘레와 비슷할 정도였다. 다음으로 오딘은 헬을 암흑과 추위의 나라인 니플하임 속으로 던져 넣고, 아홉 개의 세계를 지배할 권력을 그녀에게 부여했다.

그래서 그녀는 자기에게 보내지는 자들, 즉 병이나 노쇠로 죽는 자들을 모두 그 아홉 나라에 배당한다. 그녀의 전당은 '엘비드니르'라고 불리었다. '굶주림'이 그녀의 식탁이고, '굶어 죽음'이 식탁용 칼, '더딤'이 하인, '더디고 둔함'이 하녀, '절벽'이 문지방이고, '근심'이 침대, '극심한 고민'이 각 방의 장식이다. 게다가 그녀의 모습은 아마 확실히 눈에 띌 것이다. 그녀의 몸이 반은 살색이고 반은 푸른색인 데다 무섭고도 몸서리쳐지게 생겼기 때문이다.

늑대 펜리스는 신들을 몹시 괴롭히다가 끝내는 쇠사슬에 묶이고 말았다. 그런데 아무리 튼튼한 쇠사슬로 묶어도 마치 거미줄처럼 쉽사리 그것을 끊었다. 마침내 신들은 산신령에게 사자를 보내 '글레이프니르'라는 쇠사슬을 만들게 했다. 이것은 여섯 가지의 재료로 만들었다. 즉 고양이의 발소리와 여인의 턱수염, 돌의 뿌리, 물고기의 숨, 곰의 신경(감수성), 그리고 새의 타액이었다. 완성을 하고 보니 명주실처럼 매끄럽고 부드러웠다. 그러나 보기에는 하찮은 이 리본을 매도록 신들이 늑대에게 권했을 때, 늑대는 혹시 요술에 의하여 만들어진 것이 아닌가 하여 그들의 의도를 의심했다. 그래서 늑대는 그 리본을 다시 풀어 준다는 담보로 신들 중 누군가의 손을 자기 입 속에 넣는다면 매도 좋다고 승낙했다. 티르(전쟁의 신)만이 이 일을 할 용기가 있는 신이었다. 그러나 늑대는 이 쇠사슬을 끊을 수 없고 신들도 그를 풀어 주지 않으리라는 것을 깨닫자마자 티르의 손을 물어뜯고 말았다. 그 뒤로 전쟁의 신은 외팔이가 되었다.

5. 토르가 거인에게 품삯을 지불하다

어느 때인가 신들은 자신들이 살 곳을 짓고 있었다. 그런데 미드가르드와 발할라를 다 지었을 때쯤 한 목수가 찾아와서, '서리'의 거인들이나 산의 거인들의 습격을 받을 염려가 조금도 없는 튼튼한 거처를 지어 주겠다고 자청했다. 그리고 그 목수는 대가로서 여신 프레이야와 태양과 달을 요구했다. 신들은 그가 모든 공사를 아무의 힘도 빌리지 않고 한겨울 동안에 끝낸다면 그 요구를 들어주겠다는 조건을 내걸었다. 그러나 여름의 첫날까지 완료되지 않은 것이 하나라도 있으면 모든 약속된 대가를 취소하겠노라고 말했다. 신들이 이런 조건을 제시하자 목수는 스바딜파리라는 자신의 말을 사용할 수 있게 해줄 것을 요구했고, 로키가 한마디 거들어 줌으로써 받아들여졌다.

목수는 겨울의 첫날에 공사를 착수했다. 날이 채 새기도 전부터 말에게 건축용 석재를 운반하게 했는데 돌이 굉장히 큰 것을 보고 신들도 놀랐다. 신들은 그 힘드는 일의 반 이상은 말이 했다는 사실을 분명히 알았다. 그러나 이미 계약이 체결되어 엄숙한 선서까지 한 뒤였다. 만일 계약이 아니었더라면 아무리 거인이라도 신들 사이에서 안전하기는 힘들었을 것이며, 특히 토르가 참전 중인 악마 퇴치의 원정으로부터 돌아온다면 더욱 그럴 위험은 컸을 터였다.

겨울이 끝날 무렵이 되자 건축 공사는 많이 진척되고 성채는 높고 크게 구축되어 난공불락의 전당이 되었다. 여름까지 불과 사흘이 남았다. 이제 완성되지 않은 유일한 부분은 드나드는 통로뿐이었다. 신들은 그들의 심판석에 앉아 회의를 열어 뒤늦게 따지기 시작했다. 그들 중에 누가 대체 목수에게 프레이야를 주겠다느니, 태양과 달을 주겠다느니 하는 약속을 했는가, 그렇게 되면 하늘은 암흑에 빠지지 않겠느냐는 것 등이었다.

시시비비를 따진 결과, 그것은 이제까지 많은 악행을 저질렀던 로키의 소행이 틀림이 없으며, 만약 목수가 완성한 일에 대한 대가를 받아 가는 것을 막지 못한다면 로키를 혹독한 사형에 처해야 한다는 것으로 의견 일치를 보았다. 그래서 신들은 그를 체포하려고 했다. 로키는 놀라 어떠한 희생을 무릅쓰고라도 목수가 대가를 받지 못하도록 힘쓰겠다고 맹세했다. 그날 밤에도 목수는 스바딜파리와 더불어 돌을 쌓으러 갔는데, 갑자기 암말 한 마리가 숲속에서 뛰어나와 울기 시작했다. 그러자 말은 고삐를 벗어나 암말의 뒤를 쫓아 숲속으로 달아났다.

목수는 하는 수 없이 그 말의 뒤를 밤새워 쫓다가 날이 새어 일을 평소대로 진척시키지 못해서 임무를 완성할 수 없게 된 것을 깨닫자 거인의 정체를 드러냈다. 그제야 신들은 그가 사실은 산의 거인이었음을 알고 이제는 서약에 구속될 필요를 느끼지 않았다. 그러고는 토르에게 도움을 청했다. 그는 곧 구원하러 달려와 망치를 높이 들어 목수에게 품삯을 지불했다. 그러나 태양이나 달로 지불한 것도 아니고, 그를 거인들의 거주지인 요툰하임으로 돌려보내 주어 지불한 것도 아니었다. 토르는 처음 한 방으로 거인의 두개골을 깨뜨리고 그를 거꾸로 니플하임에 내던졌던 것이다.

6. 망치를 되찾다

언젠가는 토르의 망치가 우연히 트림의 수중에 들어간 일이 있었다. 트림은 그것을 거인들의 거주지인 요툰하임의 바위 밑, 여덟 길이나 되는 깊은 곳에 묻었다. 토르는 로키를 보내 트림과 협상하게 했으나 로키도 상대를 설득할 수가 없었다. 단지 프레이야가 아내가 되어 준다면 망치를 돌려주겠노라는 약속을 트림으로부터 받았을 따름이었다. 로키가 돌아와서 그 협상의 결과를 보고하자 사랑의 여신 프레이야는, '서리'의 거인들의 왕 따위에게 자기의 아름다움을 바친다는 것은 생각만 해도 몸서리쳐지는 일이라며 싫다고 했다.

사태가 긴박해지자, 로키는 토르를 설득하여 급한 대로 토르에게 프레이야의 옷을 입혀 함께 요툰하임으로 데리고 갔다. 트림은 베일을 쓴 신부를 정중히 맞아들였다. 그러나 신부가 만찬에서 여덟 마리의 연어와 커다란 황소와 그 밖의 음식물을 먹고, 더구나 벌꿀술 세 통을 마시는 것을 보고는 깜짝 놀랐다. 로키는 그녀가 요툰하임의 유명한 지배자인 신랑을 만나는 기쁨에 8일 동안이나 아무것도 먹지 않았다고 둘러댔다. 트림은 마침내 호기심을 못 이겨 신부의 베일 밑을 엿보고 깜짝 놀라 뒤로 물러서며, 왜 프레이야의 눈동자가 불처럼 빛나느냐고 물었다. 로키는 신부가 8일간이나 기다렸다는 같은 변명을 되풀이해서 트림을 납득시켰다. 그러고는 망치를 가져오게 하여 신부의 무릎 위에 놓았다. 그러자 토르는 변장을 벗어 버리고 그의 무서운 무기를 잡더니 트림과 그 부하들을 때려 죽이고 말았다.

프레이도 신비한 무기를 가지고 있었다. 그 무기는 가진 자가 원하기만 하면 언제든지 저절로 움직여 전장을 누비며 적을 베고 다니는 칼이었다. 프레이도 토르처럼 칼을 잃어버렸는데, 토르보다 불행하게도 다시는 칼을 찾지 못했다. 이유인즉 프레이는 언젠가 오딘의 옥좌에 올라간 일이 있었는데, 그곳에 오르자 우주 전체가 한눈에 들어왔다. 그래서 프레이가 주위를 돌아보고 있자니 멀리 거인의 왕국에 한 아름다운 처녀의 모습이 보였다. 그녀를 보자마자 그는 갑자기 슬픔에 잠겨 그 순간부터 잠도 이루지 못하고, 식음도 전폐하고, 말도 할 수 없게 되었다.

마침내 스키르니르라는 하인이 주인의 마음의 비밀을 알아채고, 그 칼을 보수로 준다면 그 처녀를 신부로 맞을 수 있도록 데려다주겠다고 약속했다. 프레이는 승낙하고 하인에게 칼을 주었다. 스키르니르는 길을 떠나 그녀를 만나 사연을 이야기했고, 그 대답으로 그녀는 9일 안으로 어떤 장소로 가겠으며, 그곳에서 프레이와 결혼하겠다는 약속을 했다. 스키르니르가 돌아와서 성공적인 심부름의 결과를 전하자 프레이는 이렇게 외쳤다.

하룻밤은 길고,
이틀 밤은 더 긴데,
어찌 사흘 밤을 견디리요?
때로 한 달의 시간이 차라리 내게는
이 열망의 시간 반보다 짧은 듯하구나.

이렇게 하여 프레이는 모든 여자 중에서 가장 아름다운 게르드를 그의 아내로 얻었으나, 칼은 영영 잃어 버렸던 것이다.

이 이야기는 〈스키르니르의 여행〉이란 제목의 시와 바로 앞에 수록된 〈트림의 노래〉라는 제목의 시에 나와 있다. 두 편 다 롱펠로의 《유럽의 시인과 시(詩)》에 있다.

제39장
거인국 요툰하임을 방문한 토르

어느 날, 토르는 하인인 티알피를 데리고 로키와 함께 거인국을 향해 길을 떠났다. 티알피는 모든 사람들 중에서 가장 걸음이 빠른 사람으로, 일행의 식량이 든 토르의 커다란 등짐을 짊어지고 가고 있었다. 밤이 되었을 때, 그들은 널따란 숲속에 이르러서 하룻밤 지낼 장소를 사방으로 찾다가 마침내 대단히 큰 저택을 발견했는데, 현관의 폭이 건물의 한편을 다 차지할 만큼 넓었다. 일행은 이곳에서 몸을 뉘고 잠을 잤으나, 한밤중에 지진이 일어나 건물 전체를 뒤흔드는 바람에 놀라 잠이 깼다. 토르는 일어나서 그의 동행자들에게 자기와 함께 안전한 장소를 찾아보자고 말했다. 그리고 오른쪽에 인접한 방을 발견하여 모두들 안으로 들어갔다. 토르는 손에 망치를 들고, 무슨 일이 일어날까 하여 방어 태세를 갖춘 채로 문간에 서 있었다. 밤새도록 무서운 신음 소리가 들려왔다.

날이 밝자 토르가 밖으로 나가 보니, 근처에 그야말로 거대한 거인이 드러누워 잠을 자고 있었는데, 코 고는 소리가 굉장했다. 밤중에 그들을 놀라게 한 것도 이 코 고는 소리였던 것이다. 전하는 바에 따르면 그때만은 토르도 그의 망치를 사용하기가 두려웠다고 한다. 그래서 거인이 잠에서 깨어났을 때, 토르는 겨우 이름을 묻고는 더 이상 말을 못했다.

"내 이름은 스크리미르요. 그러나 내가 당신의 이름을 물을 필요는 없소. 당신이 토르라는 신인 것을 알고 있기 때문이오. 그런데 내 장갑은 어디로 갔소?"

이렇게 거인은 물었다. 그제야 토르는 지난밤에 방으로 여겼던 것이 거인의 장갑이었고, 일행 중 둘이 묵었던 방이 그의 엄지손가락이었다는 것을 알았다. 스크리미르는 함께 여행을 하자고 제안했다. 토르가 승낙하자 그들은 곧 앉아서 아침을 먹었다. 식사를 마친 뒤 스크리미르는 모든 식량을 집어넣은 배낭을 어깨에 메고는 앞장서서 잰걸음으로 걸어갔다. 어찌나 그 걸음걸이가 크던지 그를 따라잡기가 여간 힘든 것이 아니었다. 그들은 하루 종일 걸었다. 해 질 무렵에 스크리미르는 큰 떡갈나무 밑에 노숙할 장소를 정하고 자신은 자겠노라고 하면서, "당신들은 배낭을 풀고 마음껏 식사를 하시오"라고 말했다.

스크리미르는 곧 잠에 빠져, 또다시 코를 골기 시작했다. 그런데 토르가 배낭을 열려고 했으나 거인이 너무 꼭 잡아매 두었기 때문에 매듭을 하나도 풀 수가 없었다. 토르는 울화가 치밀어 두 손으로 망치를 쥐고 거인의 머리를 맹렬하게 내리치기 시작했다. 그러나 스크리미르는 잠에서 깨어나 나뭇잎이 자기 머리 위에 떨어졌느냐, 그대들은 이제야 저녁을 먹고 자려는 참이냐고 물을 따름이었다. 그래서 토르는 자기들도 잘 것이라고 대답하며, 다른 나무 밑으로 가서 드러누웠다. 하지만 토르는 그날 밤 도저히 잠을 이룰 수 없었다. 그리고 스크리미르가 다시 숲이 울릴 정도로 크게 코를 골았을 때, 토르는 일어나서 망치를 쥐고 거인의 두개골을 향하여 머리가 움푹 파일 정도로 힘껏 내리쳤다. 스크리미르가 잠이 깨어 소리쳤다.

"뭐야 이게? 이 나무 위에 새가 앉아 있나? 나무 위에서 이끼 같은 것이 내 머리에 떨어진 것 같아. 그런데 왜 당신은 아직도 안 자오, 토르?"

그러나 토르는 얼버무리며 자기는 방금 잠이 깨었는데, 아직 한밤중이니 한숨 더 자도 되겠다고 말하면서 저쪽으로 급히 가버렸다. 하지만 그는 마음속으로 만약 세 번째 타격을 가할 기회만 있다면, 그때에는 결판을 내리라고 결심했다. 날이 새기 바로 전에 그는 스크리미르가 다시 깊은 잠에 빠져 있는 것을 보고 다시 그의 망치를 들고 있는 힘을 다하여 내리쳤다. 그러자 손잡이 외의 모든 부분이 거인의 두개골 속에 박혔는데도 스크리미르는 일어나 앉아 볼을 쓰다듬으면서 말하는 것이었다.

"도토리 한 개가 내 머리 위에 떨어졌구먼. 여어, 토르, 잠이 깨었소? 일어나서 옷을 입어야 할 시간이요. 우트가르드시(市)까지는 이제 그리 멀지 않소. 당신들은 내가 상당히 큰 사람이라고 서로들 이야기하는 것 같던데, 우트가르드에 가면 나보다 훨씬 큰 사람을 많이 보게 될 거요. 그래서 나는 당신들에게 충고하는데, 그곳에 가거든 너무 뽐내지 마시오. 우트가르드 로키의 부하들은 당신들 같은 조그만 사람들이 뽐내는 것을 못 견뎌 할 테니까. 자, 그곳으로 가려면 동쪽으로 뻗어 있는 이 길로 가시오. 나는 북쪽 길로 가겠소. 그러면 이곳에서 헤어지기로 합시다."

이렇게 말하고 거인은 어깨에 배낭을 메고 그들과 헤어져 숲속으로 들어갔다. 토르는 그를 다시 부르고 싶지도, 함께 여행을 하고 싶지도 않았다.

그래서 토르와 두 사람은 또 길을 걸어갔다. 정오쯤 되어서 평원의 한가운데에 있는 한 도시를 발견했다. 그 도시는 대단히 높이 솟아 있었기 때문에 그 꼭대기를 바라보려면 목을 뒤로 젖히지 않으면 안 될 정도였다. 도착하자 그들은 시내로 들어갔다. 그리고 앞에 있는 궁전의 문이 활짝 열린 것을 보고서 들어갔더니, 그곳에는 거대한 체구를 가진 사람들이 홀 안의 의자에 앉아 있었다. 일행은 안으로 더 들어가서 이 나라의 왕인 우트가르드 로키 앞에 모습을 보였다. 그리고 그의 앞으로 나아가 최대의 경의를 표하면서 인사했다. 왕은 경멸하는 듯한 미소를 지으면서 그들을 바라보고 말했다.

"만일 내 눈이 틀림없다면 저기 있는 저 젊은이는 토르 신이지."

그리고 토르를 향하여 다음과 같이 말했다.

"아마 그대는 보기보다는 재능이 있을 게야. 그대와 그대의 부하들이 자랑할 수 있는 일이 무엇이오? 다른 사람보다 뛰어난 재주를 한두 가지씩 지니지 않은 자는 이곳에 머무를 수 없소."

"내가 가지고 있는 재주는" 하고 로키는 말했다.

"누구보다도 빨리 먹는 것이오. 이곳에 있는 누구든 원하는 자가 있다면 나와 겨루어 봅시다."

"사실이 그렇다면 그것도 재주임에 틀림없소. 곧 시험해 봅시다." 우트가르드 로키는 말했다.

왕은 걸상 저쪽 끝에 앉아 있는 그의 부하 중의 한 사람인 로기라는 사람에게, 이리 나와서 로키와 그의 재주를 겨루어 보라고 명령했다. 고기를 산더미처럼 담은 좁고 긴 구유가 홀의 마룻바닥에 놓이자, 로기는 구유 한쪽 끝에 자리 잡고, 로키는 다른 끝에 자리 잡았다. 서로들 최대한 빨리 먹기 시작했는데, 마침내 둘은 구유의 한 가운데서 마주쳤다. 그러나 로키는 살만을 먹은 반면 로기는 살과 뼈를 다 먹었을 뿐만 아니라 구유까지도 먹어 치워, 로키의 패배라는 판정이 내려졌다.

우트가르드 로키는 토르와 동행한 젊은이는 어떤 재주가 있느냐고 물었다.

티알피는 어떤 자든 자기와 경쟁할 수 있는 자와 달리기 경주를 하겠다고 대답했다. 왕은 달리기를 잘한다는 것은 자랑할 만한 일이나, 그 경주에서 이기려면 대단한 민첩성을 발휘해야 할 것이라고 말했다. 왕은 일어서서 어전에 있던 사람들을 모두 이끌고 경주에 안성맞춤인 장소가 있는 들판으로 나갔다. 그리고 '후기'라는 한 젊은 사람을 불러 티알피와의 경주를 명했다. 첫 번째 코스에서 후기는 티알피를 상당히 앞서 트랙을 한 바퀴 돌아 출발점에서 멀지 않은 지점에서 그를 다시 만났을 지경이었다. 계속하여 그들은 두 번, 세 번 달렸으나 역시 티알피가 졌다.

우트가르드 로키는 이번엔 토르에게 천하에 떨치는 그 용맹한 이름의 증거를 무슨 재주로 보여 주겠느냐고 물었다. 토르는 누구하고든 마시는 경쟁을 하겠다고 대답했다. 우트가르드 로키는 술 따르는 자에게 명하여 커다란 뿔잔을 가져오게 했는데, 그것은 그의 부하들이 향연의 법규를 조금이라도 위반했을 때 마셔야만 하는 잔이었다. 술 따르는 자가 그것을 토르에게 내밀었을 때 우트가르드 로키는 말했다.

"잘 마시는 자는 그 뿔잔을 단번에 다 비우는 것이오. 보통 사람은 두 번에, 아주 보잘것없는 자라도 세 번에는 다 들이마시는 것이오."

토르가 그 뿔잔을 보니 그것은 약간 길기는 했으나 그다지 크지는 않았고 몹시 목이 말랐기 때문에 잔을 입술에 대고 숨도 쉬지 않고 단숨에 쭉 들이켰다. 그러나 잔을 놓고 안을 들여다보니, 술은 별로 줄어든 것 같지 않았다.

그래서 숨을 쉬고 나서 토르는 온 힘을 다하여 다시 들이켜기 시작했으나 잔을 입에서 떼고 보면 양이 줄지 않고 그대로였다. 전보다 오히려 적게 마신 것같이 생각되었다.

"어떻소, 토르?" 우트가르드 로키는 말했다.

"수고를 아끼지 마시오, 세 번째에 다 마셔 버리려면 깊이 들이마셔야만 하오. 미리 말해 두겠지만, 다른 재주로 이보다 더 훌륭한 솜씨를 보이지 않는 이상 이곳에서는 당신 나라에서처럼 굉장한 사람이라는 평판을 듣지 못할 것이오."

토르는 분노에 불타면서 다시 뿔잔을 입술에 대고 전력을 다하여 들이마셨다. 그러나 안을 들여다보면 술은 조금밖에 줄지 않았다. 그래서 그는 더 이상 마시기를 중지하고 잔을 술 따르는 자에게 돌려주었다.

"이제 알고 보니" 하고 우트가르드 로키는 말했다.

"당신은 생각한 것보다 대단치 않은 것 같소. 그러나 원한다면 다른 재주를 발휘하여 보시오. 그것도 대단할 것 같지는 않지만."

"무엇을 해보라는 거요?" 토르는 물었다.

"하찮은 놀이가 있는데" 하고 우트가르드 로키는 대답했다.

"그것은 이곳에서는 아이들이나 하고 노는 놀이라오. 다름이 아니라 내 고양이를 바닥에서 들어 올리는 일이오. 당신이 내가 전에 생각했던 그런 인물이 아니라는 것을 이 눈으로 확인하지 않았더라면, 이런 놀이를 위대한 토르에게 권하지는 않았을 텐데."

그가 말을 마치자, 큰 회색 고양이 한 마리가 홀 위로 뛰어나왔다. 토르는 고양이의 배 밑으로 손을 넣어 있는 힘을 다하여 고양이를 마루 위에서 들어 올리려고 했다. 그러나 토르가 아무리 힘을 써보아도 고양이는 등을 구부려 겨우 한쪽 발을 올릴 뿐이었다. 이쯤 되자 토르는 결국 단념했다.

"역시 내가 생각한 대로군." 우트가르드 로키는 말했다.

"고양이는 크고 우리에 비해 토르는 작으니까."

"나보고 작다고 하는 것이요?" 토르가 대답했다.

"그렇다면 당신들 중에 누구든 분노에 불타고 있는 내 앞에 나올 수 있는 자가 있다면 보여 주시오. 그리고 나와 씨름을 해봅시다."

"이곳에는" 하고 우트가르드 로키는 의자에 앉아 있는 자들을 바라보며 말했다.

"모두가 당신과의 씨름을 수치스럽게 여기는 것 같소. 하지만 내 유모인 엘리 할멈을 불러오리다. 토르가 원한다면 그녀와 씨름을 시키도록 하라. 그녀는 토르에 못지않은 여러 남자를 거꾸러뜨린 일이 있다."

곧 이가 다 빠진 노파가 홀 안으로 들어왔다. 우트가르드 로키는 그녀에게 토르의 몸을 잡으라고 명했다. 상대편의 전력을 미리 들은 토르는 노파를 거세게 붙잡았다. 붙잡으면 붙잡을수록 노파는 더욱 완강하게 버티고 서 있었다. 마침내 맹렬한 격투 끝에 토르는 발을 헛디뎌 비틀거리기 시작하고, 마침내 한쪽 무릎을 꿇고 말았다. 우트가르드 로키는 그들에게 싸움을 멈추라고 명하고, 이제 홀에 있는 다른 사람하고 더 씨름을 해볼 필요도 없을 것 같으며 날도 이미 저물었다고 덧붙였다. 그러고는 토르와 그의 동료들을 좌석으로 안내했다. 토르 일행은 그곳에서 음식을 대접받으며 그날 밤을 유쾌하게 보냈다.

다음 날, 날이 새자 토르와 그의 일행은 옷을 입고 출발할 채비를 했다. 우트가르드 로키는 그들을 위하여 식사 준비를 명하고 충분한 음식과 음료를 대접했다. 식사가 끝나자 그들을 성문까지 배웅하고, 작별 인사를 하면서 토르에게 이번 여행의 결과를 어떻게 생각하느냐 또 그대보다 힘센 사람을 만났던 것 같으냐고 물었다. 토르는 큰 창피를 당한 것을 부인할 수 없다고 대답했다.

"그리고 나를 가장 괴롭히는 것은 당신이 나를 변변치 않은 자라고 부르리라는 것이오." 이렇게 덧붙였다.

"아니, 그건 그렇지 않소."

우트가르드 로키는 말했다.

"그대가 이제 시외로 나왔으니 진실을 말하겠는데, 내가 살아서 지배하고 있는 한 그대를 다시는 이곳으로 들여보내지 않을 것이오. 맹세코 말하지만, 그대의 힘이 그와 같이 굉장하며 자칫 내가 파멸할 뻔했다는 것을 미리 알았더라면 나는 이번에 그대가 이곳에 들어오는 것을 허용하지 않았을 것이오. 지금에야 얘기하지만 나는 이제까지 쭉 그대를 마법으로 속였던 것이오. 처음에는 저 숲속에서였소. 그때 나는 배낭을 철사로 매어서 그대가 풀지 못하게 한 것이오. 그래서 그대는 망치로 나를 세 번이나 때렸지. 첫 번째 타격이 가장 약했으나 사실 정면으로 맞았더라면 나는 죽었을 것이오. 그때 나는 몸을 옆으로 피했기 때문에 그대의 타격은 세 번 다 산 위에 떨어졌었소. 그 산에 가보면 세 개의 계곡이 생겨났을 것이오. 그중 하나는 특히 깊고, 그 움푹 들어간 곳은 다 그대의 망치 자국이라오. 나는 그대들이 내 부하들과 경쟁할 때에도 속임수를 썼소.

첫 번째 시합에서 로기는 굶주림의 화신처럼 그의 앞에 있는 것을 다 먹어 치웠는데 로기는 사실 '불' 이외의 아무것도 아니었소. 그래서 고기뿐만 아니라 그것을 담은 구유까지도 다 태워서 먹어 버린 것이오. 티알피와 경주를 한 후기는 '생각'이었소. 그러니 티알피가 경주에서 그것과 보조를 맞추는 일은 불가능한 일이었지. 그대의 차례가 되자 그대는 뿔잔을 비우려고 했지요? 솔직히 말하면 사실 그대는 매우 놀라운 일을 해냈기 때문에 내가 직접 그것을 목격하지 않았더라면 믿지 않았을 것이오. 그대는 알아차리지 못했겠지만, 그 뿔의 한끝은 바다에 닿아 있었소. 바닷가에 가보면 그대가 들이마셔 바닷물이 얼마나 줄어들었는지를 알 수 있을 것이오. 또 그대가 고양이를 들어 올린 것도 마찬가지로 놀라운 일이었소. 사실 고양이의 한쪽 발이 마루에서 떨어지는 것을 보았을 때, 우리는 모두 공포에 떨었소. 그대가 고양이로 여긴 것은 사실 지구를 둘러싸고 있는 미드가르드 뱀이었기 때문이오. 그런데 그대가 잡아당기자 물려 있던 뱀의 머리와 꼬리가 풀려 지구를 둘러싸기에는 그 길이가 모자랐을 정도였소. 또 그대가 엘리와 겨룬 씨름은 가장 놀랄 만한 공적이었소. 왜냐하면 엘리는 사실 빠르든 늦든 결국은 모든 남자들을 때려눕히고 마는 그런 '노년(老年)'이었기 때문이오. 그러나 이제 우리가 헤어질 때이니, 그대가 다시는 내 곁에 오지 않는 것이 우리 서로에게 좋을 것이라고 말해 두겠소. 그대가 다시 온다면, 나는 또 그대를 다른 마법으로 속여 방어할 것이고, 그러면 그대는 헛수고만 하고, 나와의 경쟁에서 아무런 명성도 얻지 못할 것이기 때문이오."

이 말을 듣고 토르는 격노하여 그의 망치를 집어 들어 그를 향하여 내리치려고 했으나 그는 이미 사라지고 없었다. 그렇다면 그 도시를 파괴해 버리겠다며 되돌아가 보니 그곳에도 이미 푸른 들판 외에는 아무것도 찾아볼 수 없었다.

제40장
발데르의 죽음

1. 발데르의 죽음

선(善)의 신 발데르(발드르)는 매일 밤마다 무서운 꿈에 시달리고 있었다. 꿈에서 암시하기를 그의 생명이 위기에 처해 있다는 것이다. 발데르가 신들이 모인 자리에서 꿈 이야기를 했더니 신들은 발데르의 절박한 위험을 면하게 해달라고 천지 만물에게 간청하기로 결의했다. 그래서 오딘의 아내 프리가는 불이나 물, 또는 쇠와 그 밖의 모든 금속, 돌, 나무, 여러 질병, 짐승, 새, 독물, 파충류들에게 강요하여 발데르에게 아무런 해도 끼치지 않겠다는 서약을 받아 냈다. 오딘은 그것만으로 만족하지 않고 아들의 운명을 염려하여 앙게르보다라는 여자 예언자를 찾아가 보기로 했다. 그녀는 거인으로 펜리스와 헬과 미드가르드 뱀의 어머니였는데, 이미 죽었기 때문에 오딘은 그녀를 찾으러 헬의 나라(지옥)에 가야 했다. 이 '오딘의 하향(下向)'이 토머스 그레이의 아름다운 송시의 소재가 되어 다음과 같이 시작된다.

> 인간의 왕은 급히 일어나
> 곧장 그의 칠흙 같은 흑마에 안장을 놓았다.

그러나 다른 신들은 프리가가 한 일만 가지고도 충분히 안전할 것이라 생각하고, 어떤 신은 여유롭게도 발데르를 표적으로 하여 창을 던지기도 하고, 어떤 신은 돌을 던지기도 하고, 어떤 신은 칼이나 도끼로 찍기도 하며 즐겁게 놀았다. 그들이 아무리 난폭한 짓을 해도 발데르는 조금도 해를 입지 않았기 때문이다. 이것은 그들이 즐기는 오락이 되었고, 발데르에 대한 경의의 표시로 생각되기도 하였다.

그러나 이 광경을 보던 로키는 발데르가 불사의 몸으로 전혀 다치지 않는 데 대하여 매우 기분이 나빴다. 그래서 그는 여인의 모습으로 변신하여 '펜살리르' 라는 프리가의 저택으로 갔다. 프리가는 이 변신한 여인을 보자, 신들이 저렇게 들 모여서 무엇을 하고 있는지 아느냐고 물었다. 변신한 여인이 답하기를, 그들이 발데르를 향하여 창이나 돌을 던지지만 아무도 발데르를 해치지 못하더라고 했다. 그러자 프리가는 말했다.

"그래요. 돌도 몽둥이도 그 외의 무엇이라도 발데르를 해치지 못해요. 나는 그들로부터 다 서약을 받았으니까."

"아아!"

여인은 놀라면서 외쳤다.

"모든 것이 발데르를 해치지 않겠다고 서약했습니까?"

"모든 것이지."

이렇게 프리가는 대답했다.

"오직 발할라 동쪽에서 자라고 있는 떡갈나무 꼭대기의 작은 관목 한 그루만은 예외지만. 그것은 '겨우살이'라는 것인데, 너무 작고 약하기 때문에 서약을 받을 필요도 없다고 생각했지요."

로키는 이 말을 듣자 물러갔다. 그리고 본래의 모습으로 돌아가 그 '겨우살이'를 꺾어 신들이 모여 있는 곳으로 갔다. 그곳에는 눈이 먼 호데르(호드르)가 신들과 어울려 즐기지 않고 혼자 떨어져 서 있었다. 로키는 엉큼한 속셈으로 그의 곁으로 가서 말했다.

"왜 당신은 발데르에게 아무것도 던지지 않는 것이오?"

"나는 눈이 멀어 어디에 발데르가 있는지 볼 수 없을 뿐 아니라 던질 것도 없소."

호데르는 대답했다.

"그렇다면 이리로 오시오."

로키는 말했다.

"다른 사람들처럼 하시오. 이 나뭇가지를 줄 테니 발데르에게 던져서 그에게 경의를 표하시오. 나는 당신의 팔을 그가 서 있는 쪽으로 향하게 해주겠소."

그래서 호데르는 '겨우살이'를 손에 쥐고 로키의 인도를 받으면서 발데르를 향하여 던졌다.

그러자 나뭇가지가 발데르의 몸을 관통하고 말았다.

이런 잔악한 일을 목격하는 경우는 일찍이 신들 사이에서도 인간 사이에서도 없었던 일이다. 발데르가 쓰러졌을 때, 신들은 공포에 사로잡혀 말도 못 했다. 그리고 서로 바라보며 이런 짓을 한 자를 잡아야 한다고 다 같이 마음먹었으나 지금 있는 곳이 신성한 곳[1]이었기 때문에 복수를 뒤로 미뤄야 했다. 모두들 그저 대성통곡을 하며 슬퍼했다. 정신을 차렸을 때, 프리가는 신들을 향해 묻기를 여러분 중 내 모든 사랑과 호의를 바라는 자가 있느냐고 하면서,

"있다면, 내 사랑과 호의는……"

계속 말을 이었다.

"저승에 가서, 헬에게 다시 한번 발데르를 아스가르드로 돌려보내 준다면 그 대신 몸값을 치르겠다는 말을 전해 주는 사람에게 주리라."

이 말을 듣자 역시 오딘의 아들로 '민첩한 자'라는 별명을 가진 헤르모드가 자기가 가겠다고 자청했다. 그래서 오딘의 준마가 이끌려 나왔다. 그 말은 다리가 여덟 개인 데다 바람보다도 빨랐다. 헤르모드는 이 말을 타고, 그의 사명을 이루고자 질주했다. 아홉 낮 아홉 밤 동안 그는 아무것도 분별할 수 없을 만큼 어둡고 깊은 계곡을 달려, 마침내 기욀이라는 강에 이르렀고, 그 위에 걸려 있는 금빛 찬란한 다리를 건넜다. 이 다리를 지키고 있던 처녀가 그에게 이름과 혈통을 물었다. 전날 5명의 사자(死者) 일행이 건넜을 때보다 지금 헤르모드가 혼자 건너는 동안 다리가 더 요동치고 있다고 그에게 귀띔했다.

"그런데 말예요."

그녀는 말했다.

"당신은 죽을상을 띠고 있지도 않은데 왜 저승으로 가는 길을 달리고 있죠?"

"나는 발데르를 찾으러 저승으로 가는 길이오. 혹시 그가 이곳을 지나가는 것을 보았나요?"

그녀는 대답했다.

---

1) '평화의 땅'이라고 불린다.

"발데르라면 기욜강의 다리를 건너갔지요. 그가 명계로 간 길이 저기 보입니다."

헤르모드는 길을 재촉하여 마침내 저승의 빗장 지른 문이 있는 곳까지 왔다. 이곳에서 그는 말에서 내려 안장을 더욱더 단단히 졸라맨 다음 다시 말 위에 올라 양 배에 박차를 가하니 말은 훌륭한 도약으로 문도 건드리지 않고 단숨에 뛰어넘었다. 질풍 같은 말을 계속 달려 궁전으로 들어가니 그의 형 발데르가 홀 안의 가장 훌륭한 자리에 앉아 있었다. 그는 그 밤을 형과 함께 보냈다. 다음 날 아침, 헤르모드는 헬에게 제발 형을 자기와 함께 돌아가게 해달라고 간청하고, 지금 신들 사이에는 비탄의 소리밖에는 들리지 않는다는 말까지 전했다. 헬은 발데르가 그의 말처럼 실제로 모든 사람의 사랑을 받고 있는지 시험해 봐야겠다고 답변했다.

그러고는 다음과 같이 말했다.

"만약에 세상 만물이, 생물이건 무생물이건 모든 것이 그를 위하여 울고 있다면 다시 살려 보내지. 그러나 단 하나라도 그를 좋지 않게 말한다든지 그를 위해 울기를 거부한다면 그를 저승에 계속 가두어 두겠어."

헤르모드는 아스가르드로 돌아가서 그가 들은 것과 본 것을 모두 보고했다.

이 말을 듣고 신들은 세계의 구석구석까지 사자들을 파견하여 발데르가 저승으로부터 구출되도록 울어 달라고 만물에게 간청했다. 만물은 쾌히 이 요구에 응했다. 인간도, 그 밖의 다른 동물도, 흙도, 돌도, 나무도, 금속도 다 울어 주었다. 그 우는 모습을 우리는 흔히 볼 수 있다. 모든 사물들은 찬 곳으로부터 더운 곳으로 옮기면 눈물을 흘리는 모습으로 물기를 머금는다. 파견된 사자들이 돌아오는 도중에 타우크트라는 마법사 노파가 동굴 속에 앉아 있는 것을 발견하고, 그녀에게도 발데르가 저승으로부터 구제되도록 울어 주기를 간청했다. 그러나 그녀는 이렇게 대답하는 것이었다.

타우크트는 마른 눈물로,
발데르의 불행한 불길을
한탄할 것이오.
헬에게 소유물을 놓치지 말라고 하며.

이 추악한 노파야말로 항상 신과 사람 사이에서 악을 끈질기게 행하는 로키 자신이었으리라고 추측된다. 이렇게 하여 발데르는 끝내 아스가르드에 돌아오지 못하게 되었다.[2]

• 발데르의 화장

신들은 발데르의 시신을 해안으로 운반했다. 그곳에는 세계에서 가장 큰 배로 인정된 발데르의 흐링호르니가 정박해 있었고 이 배에 쌓여 있는 화장용 나뭇더미 위에 발데르의 시신이 놓였다. 이 모습을 본 그의 아내 난나는 너무도 슬픈 나머지 심장이 파열하고 말았다. 그래서 그녀의 시신도 남편과 함께 나뭇더미 위에서 불태워졌다. 발데르의 장례에는 각층의 군중들이 큰 무리를 지어 참석했다. 맨 처음으로 오딘이 그의 아내 프리가와 발키리, 그리고 그의 갈까마귀들과 함께 왔다. 다음에 굴린부르스티라고 하는 멧돼지가 끄는 수레를 타고 프레이가 왔다. 헤임달은 굴토프라는 그의 말을 타고 왔고, 프레이야는 고양이가 끄는 이륜차를 타고 왔다. 그 밖에도 많은 '서리'의 거인들과 산의 거인들이 참석했다. 그리고 발데르의 말을 화려하게 꾸미고 화장용 나뭇더미가 있는 곳으로 데려와 그의 주인과 함께 불태웠다.

로키는 마땅히 받아야 할 벌을 피하지 못했다. 신들이 분노하는 모습을 보고는 산속으로 도망쳐서 사방으로 문이 난 오막살이집을 짓고 살았다. 그렇게 하면 어느 쪽에서 위험이 닥쳐오든 쉽게 발견하고 또다시 도망칠 수 있기 때문이었다. 그곳에서 그는 물고기를 잡는 그물을 발명했다. 오늘날 어부들이 사용하고 있는 것과 같은 그물이다.

그러나 결국 그의 은신처는 오딘에게 발견되었고, 신들은 그를 잡기 위하여 모여들었다. 그는 연어로 변신하여 시냇물의 돌 사이에 숨었다. 하지만 신들은 로키가 발명한 그물로 시냇물을 샅샅이 훑었다. 로키는 자기가 잡혔다는 것을 알고는 그물을 뛰어넘어 도망치려 했으나 토르가 그의 꼬리를 잡고서 꽉 죄었다. 그래서 연어는 그 뒤로 꼬리가 훨씬 가늘고 얇아진 것이다. 그들은 로키를 쇠사슬로 묶고 머리 위에 뱀을 매달았는데, 독액이 한 방울 한 방울 그의 얼굴

---

2) 롱펠로의 시집에 《텡네르의 찬가》라는 제목의 시가 있는데, 발데르의 죽음을 주제로 한 것이다. 에사이아스 텡네르는 스웨덴의 시인이다.

영국 셰틀랜드 제도 러윅에서 거행된 불축제 발데르 신화의 흔적이라고 여겨지는 불축제이다.

위에 떨어졌다.

아내 시긴은 그의 곁에 앉아 떨어지는 독액을 컵 속에 받았다. 그러나 그녀가 컵을 비우려고 밖으로 들고 나갈 때, 독액이 그대로 로키에게 떨어지면 그는 공포 때문에 고함을 치고 온 지구가 진동할 정도로 몸을 비틀곤 했으니, 이것을 사람들이 지진이라고 부른다고 한다.

2. 요정들

《에다》에는 신들만은 못하지만 큰 힘을 지닌 계층의 존재에 대해서도 나와 있다. 그것은 요정이라고 불리는 것이다. 백색의 요정, 즉 빛의 요정은 특히 아름답고 태양보다도 찬란하며, 섬세하고 투명한 직물로 만든 옷을 입고 있다. 그들은 빛을 사랑했고 사람에게 친절하며, 항상 아름답고 사랑스런 아이들의 모습으로 나타났다. 그들의 나라는 알프하임이라 불리는 태양의 신 프레이르의 영토였는데, 그들은 항상 이 태양신의 빛 속에서 놀고 있었다.

흑색의, 즉 밤의 요정들은 또 다른 종류의 존재였다. 그들은 보기 흉한 기다란 코를 가진 난쟁이로서, 더러운 갈색 피부에다 밤에만 나타났다. 햇빛이 그들에게 비치면 어느새 돌로 변하는 탓에 그들은 해를 가장 두려워하여 피했다. 그들의 언어는 한적한 곳의 산울림이었고, 그들의 거처는 지하의 동굴이나 바위

틈이었다. 그들은 위미르의 시체가 썩어 그 살에서 발생한 구더기로부터 생겨난 것이며, 나중에 신들이 사람의 모습과 지혜를 준 것이라고 생각되었다.

그들은 특히 자연의 신비스러운 힘에 대한 지식의 소유자로, 또 룬 문자를 새기고 설명한 자로 유명하다. 그들은 모든 피조물 가운데서 가장 솜씨 좋은 장인으로 금속이나 나무를 재료로 하여 작품들을 만들었다. 그들이 만든 것 가운데서 가장 유명한 것은 토르의 망치와 프레이르에게 준 스키드블라드니르라고 하는 배였다. 이 배는 모든 신들을 포함해서 그들의 전쟁 무기와 가구를 모두 실을 수 있을 만큼 컸으며, 접으면 호주머니 속에 들어갈 정도로 작고 교묘하게 만든 것이었다.

3. 신들의 황혼 '라그나로크'

북방 민족에게는 다음과 같은 굳은 신앙이 있다. 언젠가는 모든 눈에 보이는 피조물들과 발할라와 니플하임의 신들, 요툰하임과 알프하임, 미드가르드의 주민들이 그들의 거처와 더불어 파멸할 때가 온다는 것이다. 그러나 이 무서운 파멸의 날이 올 때까지는 여러 가지 전조가 있을 것이다. 우선 삼중(三重)의 겨울이 와서 하늘의 네 모퉁이로부터 눈이 내리고, 서리는 혹독하고, 바람은 찌르는 듯 매섭고, 폭풍우가 계속되어 태양은 아무런 즐거움도 주지 않을 것이다. 단 한 번의 여름도 없이 겨울이 3년 동안 계속될 것이다. 그리고 그와 비슷한 겨울이 다시 3년 동안 계속될 것이다. 그동안 전쟁과 내란이 온 우주에 퍼져서 지구까지도 놀라 몸을 떨 것이며, 바다는 해상(海床)을 떠나고, 하늘은 갈기갈기 찢어지고, 무수한 사람이 죽고, 공중의 독수리는 아직 움직이고 있는 그들의 시체를 파먹을 것이다.

늑대 펜리스는 그제야 그의 쇠사슬을 끊을 것이며, 미드가르드 뱀은 바닷속 그의 침상으로부터 일어나 나올 것이며, 로키는 속박으로부터 해방되어 신들의 적에게 가담할 것이다.

이렇게 전체가 황폐한 상황에서 무스펠하임의 아들들이 수르트를 선도자로 하여 돌진하여 올 때, 그들의 앞뒤로는 불꽃과 불이 타오르고 있을 것이다. 말을 달려 무지개다리 비프로스트를 건널 때 다리가 말발굽 밑에서 무너져도 그들은 비그리드라는 싸움터로 행진할 것이다. 로키와 '서리'의 거인들도 늑대 펜리스와 미드가르드 뱀, 그리고 헬의 모든 부하들을 대동하고 그곳으로 갈 것이다.

헤임달이 이때 일어서서 신들과 영웅들을 전쟁에 소집하는 기알라르는 뿔피리를 불자 이들의 맨 앞에 서는 것은 오딘이다. 오딘은 늑대 펜리스와 치열하게 싸우다가 희생되고 만다(펜리스가 삼켜 버렸다고 한다). 펜리스는 오딘의 아들인 비다르에 의하여 참살되고 만다. 토르는 미드가르드의 뱀을 죽이고 큰 명성을 얻었지만 끝내는 비틀비틀 뒷걸음질하며 쓰러지고 만다. 단말마의 괴물이 토한 독기 때문에 질식한 것이다. 로키와 헤임달은 서로 맞서 싸우다 둘 다 죽는다. 신들과 그들의 적이 모두 전사한 뒤에 수르트는 프레이르를 죽이고 온 세계에 불과 불꽃을 던져 전 우주를 불태워 버린다. 그러면 태양은 어두컴컴해지고, 땅은 바닷속에 가라앉고, 별들은 하늘로부터 떨어지고, 시간도 이미 존재하지 않게 된다.

이런 일이 있은 뒤에 알파두르(전능의 신)가 새 하늘과 새 땅을 바다로부터 일으킬 것이다. 이 새로운 대지에는 물자가 풍부하고 충만하여, 애써 일하고 가꾸지 않더라도 저절로 농산물이 생산될 것이다. 그리고 부정과 비참함이 사라져 신과 인간은 더불어서 즐겁게 살게 될 것이다.

4. 룬 문자

덴마크나 노르웨이, 스웨덴을 잠시만 여행해도 룬 문자가 새겨진 여러 가지 형태의 커다란 돌들이 눈에 띈다. 우리가 보통 사용하는 문자와는 대단히 다르게 보이는 이 문자는 거의 다 직선으로 되어 있고, 작은 막대가 단독으로 있거나, 또는 여러 개 합쳐 있는 것 같은 모양을 하고 있다. 이와 같은 작은 막대기는 고대 북방 민족이 미래의 일을 알아내려 할 때 사용하던 것이다. 여러 막대기를 흔들어 섞은 다음 만들어진 형태를 보고 일종의 점을 쳤던 것이다.

룬 문자에는 여러 가지 종류가 있었다. 그것은 주로 마술적인 목적에 사용되었다. 그들이 말하는 '매우 불쾌한' 문자, 즉 해로운 문자는 그들의 적에게 여러 가지 재난을 불러일으키기 위해 사용했고, 유리한 문자는 재난을 막기 위해 사용했다. 어떤 문자는 의료적인 효과를 얻기 위해, 어떤 문자는 사랑을 얻기 위해 사용되었다. 또한 후대에는 묘비명을 새길 때도 많이 사용되었는데, 현재 발견된 묘비명만 해도 1000개가 넘는다. 그 언어는 노르드어라고 불리는 고트어의 한 방언으로서 지금도 아이슬란드에서 사용되고 있다. 그래서 비명을 정확히 해독할 수 있으나, 역사적 사실을 조금이라도 밝혀 주는 것은 이제까지 거의 없다. 왜냐하면 그 대부분이 묘비에 새겨진 비문뿐이었기 때문이다.

그레이의 송시 《오딘의 하향》에는 이 룬 문자를 주문으로 사용한 데 대한 한 구절이 있다(제21~26행).

북쪽 나라를 향하여
세 번, 그는 룬 문자로 노래를 새기고
세 번, 무서운 말로 무서운 노래를 불러
죽은 자의 잠을 깨웠다.
그러자 움푹 파인 땅이,
음산한 소리로 천천히 숨을 쉬었다.

5. 스칼드들

스칼드는 북방 민족의 음유 시인이나 시인들로서, 문명의 초기 단계에 모든 사회에서 대단히 중요한 역할을 했다. 그들은 역사적인 사실을 훌륭히 비축하여 후세에 전했다. 또한 고금의 영웅들의 공적을 시와 음악으로 능숙하게 읊음으로써 무사들의 살풍경한 향연에 지적인 기쁨을 가미하는 것이 그들의 임무였다. 이 시인들의 작품은 '사가(Saga)'라고 하는데, 그 대부분이 오늘날에도 전해지고 있고, 또 그중에는 역사적으로도 귀중한 가치를 지닌 자료들이 있어서, 그 작품이 만들어진 당시의 사회가 어떠했는지를 충실히 말해 주고 있다.

• 아이슬란드

《에다》와 '사가'는 아이슬란드로부터 전해져 온 것이다. 다음에 발췌한 칼라일의 '영웅과 영웅 숭배'에 관한 강연의 일부에는[3] 우리가 이제까지 읽어 온 여러 가지 기이한 이야기가 발생하였던 나라들에 대한 생생한 묘사가 담겨 있다. 고

---

3) 영국의 사상가·역사가 토머스 칼라일(1795~1881)의 《영웅 숭배론》 제1장 〈신으로서의 영웅〉 참조.

전적 신화의 발생지인 그리스와 이런 나라들을 잠깐 비교해 보는 것도 좋을 것 같다.

"저 기이한 섬 아이슬란드, 지질학자들의 설에 의하면 불의 작용으로 인해 해저로부터 폭발하여 솟아올랐다는 섬이자 불모와 용암의 황량한 나라, 1년 중 대부분은 검은 폭풍우 속에 잠겨 있으나 여름에는 야성적 아름다움으로 빛나는 나라, 눈에 덮인 요쿨(산들), 고함치는 게이시르(끓어오르는 온천), 유황의 못, '서리'와 '불'의 황폐하고 혼란스런 싸움터같이 화산의 균열이 있는 곳, 북해에 준엄하게 우뚝 솟은 섬, 그리고 모든 지역 가운데 문학이나 문서상의 기록을 발견할 가능성이 가장 희박한 섬에서 이와 같은 사건의 기록이 만들어진 것이다. 이 황량한 나라의 해변에 풀이 우거진 지역이 있어 그곳에서는 가축이 살고, 사람은 그 가축과 해산물로 살았다. 그리고 이들은 시적 정서가 풍부한 사람들이어서, 또 깊은 사상의 소유자여서 그 사상을 음악적으로 표현하였던 것 같다. 만약 아이슬란드가 바다 밑에서 폭발하여 나오지 않았더라면, 그리고 고대 스칸디나비아인들에게 발견되지 않았더라면 우리는 많은 것을 잃었을 것이다."

제41장

드루이드와 아이오나섬

1. 드루이드

드루이드는 갈리아[1]와 브리타니아, 게르마니아 지방에 거주하던 고대 켈트 민족들이 믿었던 종교의 사제, 또는 승려였다. 그들에 관한 우리의 지식은 그리스·로마의 작가들의 기록과 현존해 있는 웨일스와 게일 언어로 된 시를 비교하여 얻은 것이다.

드루이드는 사제와 행정관, 학자, 그리고 의사의 직무를 겸했다. 켈트 민족에게 있어 그들의 지위는 인도의 브라만 계급이나 페르시아의 마기, 이집트의 사제와 매우 비슷했으며, 모두 각 민족으로부터 존경을 받았다. 드루이드들은 우주에 존재하는 신은 오직 하나뿐이라고 가르쳤다. 그 신을 '베알(Be'al)'이라 불렀는데, 켈트 민족의 고고학자들에 따르면 '만물의 생명' 또는 '만물의 원천'이라는 뜻이며, 페니키아의 바알 신(Baal)과 비슷한 성격을 띠고 있다. 이런 유사성을 더욱 확실하게 하는 것은 드루이드나 페니키아인이 모두 그들의 최고신을 태양으로 생각했다는 사실이다. 그리고 불은 신의 상징으로 생각했다. 그러나 로마 작가들은 드루이드들이 수많은 하급신들도 숭배했다고 주장한다. 드루이드들은 그들의 숭배의 대상을 나타내기 위해 우상을 내세운다든지 하는 일이 없었고, 종교 의식을 거행하기 위해 사원(혹은 신전)이나 기타의 건물에 모이는 일도 없었다. 고작 돌을 원형으로 세운 것(보통 각 돌은 아주 컸었다)이 그들의 성역이었는데, 그 면적은 직경이 약 6~27미터에 이르는 원을 그린 만큼이었다. 현존하는 것 가운데 가장 유명한 것은 영국의 솔즈베리 평원에 있는 스톤헨지

---

[1] 지금의 프랑스, 벨기에 전 지역과 이탈리아 북부, 네덜란드 남부, 독일의 라인강 유역, 스위스의 대부분을 포함한 지역.

(Stonehenge)라는 성지이다.

이러한 원형의 성지는 보통 냇가 근처라든지, 작은 숲, 또는 가지가 넓게 퍼진 떡갈나무 그늘 밑에 정했다. 그리고 원의 중심에는 크롬레크(Cromlech)라고 하는 제단을 마련하였는데, 여러 개의 돌기둥 위에 한 장의 크고 편편한 돌을 올려놓은 마치 탁자 같은 모양이었다.

드루이드들에게는 또 예배소도 있었다. 그것은 그저 높은 언덕 위에 여러 개의 큰 돌, 또는 돌더미를 갖추어 놓은 형태였다. 이 돌을 케어른(Cairns)이라 불렀으며, 태양을 상징하는 신에게 예배를 올릴 때에 사용하였다.

드루이드들도 신에게 제물을 바쳤었다는 것은 의심할 여지가 없다. 그러나 그들이 무엇을 바쳤는지는 확실하지 않고, 그들의 종교적 의식에 관해서도 우리는 거의 아는 바가 없다. 고전 작가들, 즉 로마사 작가들에 따르면 드루이드들은 특별한 제전 때, 예를 들면 전쟁에서 이겼을 때나 위험한 병에서 구제되기를 기원할 때 사람을 제물로 바쳤다는 것이다.

카이사르가 이 행사의 모습을 다음과 같이 자세히 보고하고 있다.[2]

"그들에겐 거대한 우상이 있는데, 우상의 사지(四肢)는 나뭇가지를 꼬아 만들고, 그 안에 산 사람들을 넣는다. 그리고 우상에 불을 지르면 속에 있는 사람들은 화염에 싸인다."

켈트계의 작가들은 이런 로마 역사가들의 증언을 반박하려고 여러 가지로 시도했으나 지금까지 성공하지 못했다.

드루이드들은 해마다 두 차례의 제전을 거행했다. 첫 번째 제전은 5월 초에 거행되었는데 벨테인(베알타이네), 즉 '신의 불'이라고 불렸다. 이 제전 때에는 태양의 영예를 기리기 위하여 산꼭대기에 큰불을 점화했는데, 이렇게 하여 그들은 침울하고 황폐한 겨울 뒤에 태양의 혜택이 다시 돌아온 것을 환영하는 표시를 하였다. 이 관습의 자취가 지금까지 스코틀랜드의 여러 지방에 남아 있는데, 그것은 '성령강림절(Whitsunday)'이라는 명칭에 하얀 일요일이라는 영문 표기식이 남아 있는 것을 보아도 알 수 있다. 월터 스콧 경은 《호수의 여인》 중 〈뱃노래〉에서 이 벨테인이라는 말을 쓰고 있다.

---

2) 로마의 군인·정치가 카이사르(기원전 100~44)가 쓴 《갈리아 전기》 제6권 16절 참조.

우리의 운명은, 우연히 샘가에 씨 뿌려진 어린나무가 아니오,
벨테인 때 꽃피고 겨울에 시드는 어린나무가 아니오.
……

드루이드들이 행했던 또 다른 큰 제전이 있었는데, 그것은 '삼인(Samh'in)', 즉 '평화의 불'이라 불렸다. 이 제전은 핼러윈(11월 1일)[3]에 거행되었는데, 스코틀랜드의 고지에서는 아직도 이 호칭을 사용하고 있다. 이날 드루이드들은 그 지방의 가장 중심이 되는 곳에 모여 엄숙한 회의를 열고, 재판을 한다. 공적인 일의 모든 문제나 인격과 재산을 침해한 모든 범죄가 이 기회에 그들 앞에 제소되어 재판을 받았다. 이러한 법률적 행위에는 반드시 미신적인 관습이 따랐는데, 특히 성화를 점화하는 의식이 행해졌다. 그 지방에 있는 모든 불을 완전히 끈 뒤에, 성화로 다시 점화하는 의식이었다.

이렇게 핼러윈에 점화하는 관습은 섬나라 영국에 그리스도교가 확립된 뒤에도 오랫동안 남아 있었다. 이 두 개의 대대적인 연례 제전 외에도, 특히 초승달이 뜨기 시작한 뒤 여섯 번째 날을 축하하는 관습이 있었다. 이날이 되면 드루이드들은 그들이 좋아하는 떡갈나무 위에 기생한 겨우살이를 찾아다녔다. 이 겨우살이와 떡갈나무에 특별한 덕과 신성이 깃들여 있다고 생각했으므로 이것을 발견하면 모두들 대단히 기뻐하며 엄숙한 예배를 시작했다. 플리니우스는 다음과 같이 말하고 있다.

"그들은 이 식물을 자신들의 언어로, '만병통치약'이라는 뜻의 말로 부른다. 그리고 이 나무 밑에서 치를 축제와 제물을 위한 준비를 한 뒤, 우윳빛처럼 흰 황소 두 마리를 그곳으로 몰고 오면 그 뿔을 처음으로 결박한다. 그런 다음 하얀 예복을 입은 사제가 떡갈나무 위로 올라가 황금 낫으로 겨우살이를 베어 내어 하얀 보자기에 싼다. 그러고 나서 그들은 제물을 잡아 바치면서 신으로부터 행운의 선물을 받게 해달라고 비는 것이다."[4]

그리고 그들은 그 겨우살이를 달인 물을 만병통치약으로 생각하고 마셨다. 겨우살이는 기생식물이다. 그리고 떡갈나무에 항상 있다고도 할 수 없고, 또 자

---

3) 옛날 켈트족의 달력으로는 이날이 1년의 첫날이었다.
4) 《박물지(博物誌)》 제16권 95장 참조.

주 발견되는 것도 아니어서 발견될 때엔 더욱 소중한 것이 된다.

드루이드들은 종교적인 지도자인 동시에 도덕적인 지도자이기도 했다. 그들의 귀중한 윤리적 교훈은 웨일스의 음유 시인 '바드'들의 삼제가(三題歌) 속에 표본으로 남아 있다. 그것을 보면 그들의 도덕관이 전체적으로 정당하였으며, 행동도 대단히 고상하고 바른 원칙에 따른 것이었으며 또한 그런 행동을 가르치기도 했음을 알 수 있다. 자신들의 시대와 민족에 대한 연구가이자 과학자이기도 했다. 그들이 문자를 알고 있었는지의 여부는 여러 가지로 논의되어 왔지만, 어느 정도는 알고 있었다고 보는 견해가 강하다. 그러나 자신들의 가르침이나 역사나 시를 문자로 기록하지 않았다는 것만은 확실하다. 그들의 가르침은 모두 구전에 의한 것이며, 그들의 문학(이런 경우에 이런 말을 사용해도 좋다면)은 오직 전승에 의하여 보존되었다. 하지만 로마의 저술가들은 다음과 같이 말하고 있다.

"그들은 대자연의 질서나 법칙에 많은 주의를 기울였으며 천체와 그 운동, 세계와 여러 국토의 크기, 불멸의 신들의 위력과 권력에 관하여 많은 것을 연구하고 제자들에게 가르쳤다."[5]

드루이드의 역사는 조상의 영웅적 업적을 칭송한 전설이었다. 그것은 운문의 형식을 취했기 때문에 드루이드들의 역사인 동시에 시였다. 오시안[6]의 시에서는, 실제로 드루이드 시대의 작품이 아닐지라도 그 시대의 음유 시인들이 한 노래를 충실히 표현하고 있다고 생각된다.

음유 시인들은 드루이드들 가운데서도 중요한 지위를 차지하고 있다. 토머스 페넌트[7]는 다음과 같이 말하고 있다.

"음유 시인들은 신의 영감과 동등한 힘이 부여된 것으로 생각되었다. 그들은 공적이든 사적이든 과거에 일어난 모든 사건의 구두(口頭) 역사가였다. 그들은 또 능란한 족보학자들이기도 했다……."

페넌트는 드루이드 사제들이 다른 분야에서는 겸직을 하지 않게 된 이후에

---

5) 카이사르《갈리아 전기》제6권 14절 참조.
6) 3세기경 켈트족의 전설적 시인·영웅으로, 스코틀랜드와 아일랜드의 고지에 살면서 음유 시인으로서 낭만적인 서사시를 많이 지었다고 한다.
7) 영국의 박물학자·여행가·작가(1726~1798).

도 몇 세기 동안 계속 서정 시인들과 음유 시인들의 대회인 아이스테드포드 (Eisteddfod)가 웨일스 지방에서 행하여진 데 대하여 상세한 설명을 하고 있다. 이 대회는 재능 있는 서정 시인이 아니면 자기의 작품을 읊는 것이 허용되지 않았고, 또 능란한 음유 시인이 아니면 연주할 수 없었다. 심판관을 임명하여 능력을 판정하고 적당한 등급을 매겼다. 초기 심판관들은 웨일스 왕이 임명하였고, 웨일스가 정복당한 뒤에는 영국의 왕이 임명했다. 그러나 전하는 바에 따르면, 에드워드 1세[8]는 웨일스 사람들이 서정 시인들의 감화와 고무를 받아 자신의 통치에 반항하게 되었다 하여 복수로서 그들을 몹시 잔인한 방법으로 처형했다고 한다. 이 전설은 저 유명한 그레이의 송시 《서정 시인》의 주제가 되었다.

오늘날에도 웨일스의 시나 음악을 사랑하는 애호가들이 가끔 모여서 옛날 아이스테드포드의 이름으로 예술제를 행하고 있다. 헤먼즈 부인의 작품들을 보면, 1822년 5월 22일에 런던에서 열린 아이스테드포드, 즉 웨일스의 서정 시인들의 대회에 관한 시가 있다. 그것은 옛날의 이 대회를 묘사하는 장면에서 시작되는데, 그 일부를 소개하면 다음과 같다.

>……끝없는 벼랑 끝에 설 때마다 강한 힘이,
>도도했던 저 절정의 로마 시대에 도전하였다.
>그리고 드루이드 사제의 오랜 돌기둥 무덤이
>찡그린 모습을 드러낸 곳에,
>쉬잇—쉬잇— 떡갈나무들의 투덜거리는 숨소리 주위에,
>옛날의 넘치는 시정(詩情)이 들판에, 또는 산 위에 모였다.
>태양을 향해, 이글거리는 눈빛을 마주하며,
>고귀한 지성을 하늘에 올리고,
>그 시의 정신만이 설 수 있는 둥근 우주 속으로 향했다.

드루이드의 체제는 율리우스 카이사르의 지휘 아래 로마군이 침입했을 때가 가장 전성기였다. 카이사르 같은 세계의 정복자들은 드루이드들을 그들의 강적

---

8) 영국의 왕(1239~1307). 왕권을 강화하고 웨일스를 병합(1284)했다.

으로서 맹렬하게 박해했다. 드루이드들은 본토의 곳곳에서 박해를 받았으므로, 마침내 앵글시섬과 아이오나섬으로 물러나 그곳에서 잠시 동안 피난 생활을 하면서 모욕당한 그들의 의식을 계속 행했다.

드루이드들은 아이오나섬과 그 인근 도시, 그리고 본토에서 그들의 세력을 유지했으나, 마침내 하일랜드[9]의 선교사인 성 컬럼바가 그곳에 도착했을 때, 그들의 지위는 바뀌고 그들의 미신은 뒤엎어졌다. 무릇 그 지방의 주민들은 컬럼바에 의해 최초로 그리스도교의 신앙으로 인도된 것이었다.

2. 아이오나섬

아이오나섬은 영국의 여러 섬 가운데서도 가장 작은 섬 중의 하나이고, 울퉁불퉁한 불모의 해안 부근에 위치한 데다, 험한 바다로 둘러싸인 육지에 아무런 자원도 가지고 있지 않은 섬이지만, 역사상 불멸의 지위를 차지하고 있다. 북유럽의 거의 모든 나라들이 이교도 신앙의 검은 구름 아래 뒤덮여 있었을 때에도 이 섬만은 문명과 종교의 중심지로서 남아 있었기 때문이다. 아이오나, 또는 아이콜름킬[10]이라고 불리는 이 섬은 '멀(Mull)'이라는 섬의 끝에 있고 또 멀섬과의 사이에 폭이 약 반 마일 되는 해협을 둔 지점에 자리하고 있어 스코틀랜드 본토와의 거리는 36마일이다.

컬럼바(Columba)는 아일랜드 태생으로 왕족이었다. 아일랜드는 스코틀랜드의 서부와 북부가 아직 이교의 암흑 속에 잠겨 있을 때, 이미 복음의 빛이 비친 나라였다. 컬럼바는 서기 563년에 버들가지로 만들어 짐승 가죽으로 씌운 배를 타고 12명의 사도와 함께 아이오나섬에 상륙했다. 그러나 이미 이 섬을 점령하고 있었던 드루이드들은 컬럼바가 그곳에 정착하는 것을 막으려 했고, 인근 해안의 야만족들도 적의를 가지고 그를 괴롭혔으며, 때론 공격하여 그의 생명을 위협했다. 그러나 그는 인내심과 열성으로 모든 반대를 극복하고 왕에게 그 섬을 기증받아 수도원을 세우고 원장이 되었다. 그리고 불굴의 노력으로 스코틀랜드의 하일랜드와 여러 섬에 성서 지식을 퍼뜨렸다. 그에 대한 존경은 대단하였다. 주교도 아니고 일개 장로 수도사에 불과했으나 모든 교구의 사람들이 주교들과

9) 스코틀랜드 북서부의 산지와 고원 지방으로, 옛날 켈트족이 거주하던 곳.
10) 셰익스피어의 《맥베스》 제2막 4장에서는 '콤킬'이라고 나온다.

더불어 그와 그의 제자들에게 복종했다. 그중에서도 픽트족[11]의 왕은 컬럼바의 예지와 덕에 감동한 나머지 그에게 최대의 경의를 표했고, 점차 인근의 족장이나 왕들도 컬럼바에게 조언을 바라게 되어, 그의 판단에 따라 서로의 분쟁을 해결하였다.

컬럼바는 아이오나섬에 상륙할 때 같이 온 12명의 사도와 함께 종교 단체를 조직하고 그 지도자가 되었다. 때로 결원이 있으면 다른 사람들이 가입해서 12명의 최초의 인원은 언제나 유지되었다. 그들의 건물을 수도원이라 하고 우두머리는 원장이라 불렀으나 조직의 방식은 후세의 수도원과 거의 다르다. 교칙에 복종하는 사람들을 '쿨디'라고 불렀는데, 아마 라틴어 'Cultores Die(신을 숭배하는 사람들)'에서 유래한 것 같으며, 주로 복음의 설교와 청년들의 교육, 공동 예배에 의한 열렬한 신앙심의 유지 등 공통적인 일에서 서로 돕기 위해 단결한 종교 단체였다. 이 수도회에 들어갈 때는 몇 가지 서약을 해야 했는데, 이것도 일반 수도원에서 요구하는 것과는 달리, 쿨디는 독신과 빈곤, 복종, 이 세 가지 중에서 제3의 교칙만을 따르면 되었다. 그들은 빈곤에 구속되는 일은 없었던 듯하다. 오히려 그들 자신과 그들에게 의존하는 이들에게 안락한 생활을 보장하기 위하여 부지런히 일한 것 같다. 결혼도 허용되었으므로 그들은 대부분 실제로 결혼 생활을 한 것 같다. 아내와 함께 수도원에서 거주하는 것이 허용되지 않은 것은 사실이었지만 지정된 가까운 곳에서 살 수는 있었다. 그래서 아이오나 부근에 아직도 'Eilen nam ban(여인의 섬)'이라고 불리는 섬이 있는데, 이곳에서 이 여인들의 남편은 의무상 학교나 수도원에 출석해야만 할 때를 제외하고 아내와 같이 산 것 같다.

캠벨은 《레울루라》[12]라는 시에서, 아이오나의 결혼한 수도사들에 대하여 다음과 같이 표현하고 있다.

—이 순수한 쿨디들은
알빈(스코틀랜드)에서 최초의 신의 사제였다.

---

11) 스코틀랜드의 북동부 지방에 3~9세기까지 살았던 민족.
12) '레울루라'는 쿨디의 한 사람인 아오도의 아내 이름. 게일어로 '아름다운 별'이라는 뜻.

그때는 알빈의 바다에 뜬 섬을
색슨족의 수도사가 짓밟기 전이었고,
알빈의 성직자들이 옹졸한 신앙으로,
신성한 결혼 생활을 금지당하기 오래전이었다.
그때는, 멀리서도 유명한 저 아오도가
아이오나섬에서 힘차게 가르침을 폈고,
아름다운 별 레울루라가
집에서 아오도의 반려였다.

　무어는 《아일랜드의 노래들》 가운데 한 편에서, 성 세나누스와 한 귀부인이
이 섬으로 보호를 청하러 왔다가 거절당한 전설을 노래하고 있다.

오오, 서둘러 이 성스러운 섬을 떠나시오,
부정(不淨)한 범선이여, 아침 해가 미소 짓기 전에.
그대의 갑판 위에, 어둠 속이기는 하나
여인의 모습이 보이기 때문이오.
나는 이 신성한 땅을
여인이 밟게 하지 않겠노라 맹세하였소.

　여러 이유들로 쿨디들은 로마 가톨릭교회의 확고한 율법을 어겨 이단시되고
말았다. 가톨릭교회의 세력이 커지자 쿨디의 세력은 쇠약해졌다. 13세기에 이르
러서는 정식으로 탄압을 받고, 그 단원이 해산되었으나 그들은 개인의 자격으
로 계속 일했으며, 최선을 다하여 로마 교회의 침략에 저항했다. 그러는 동안에
종교 개혁의 여명이 온 세계에 비추기 시작했다.
　아이오나섬은 서쪽 바다에 고립되어 있기 때문에 그 바다를 휘젓고 다니던
노르웨이와 덴마크 해적의 침범을 받기 일쑤였고, 빈번한 약탈에 집은 불타 없
어지고 평화스러운 주민들은 그들의 칼에 죽어 갔다. 이러한 불리한 사정 때문
에 아이오나는 점차 세가 기울고, 스코틀랜드 전역에서 쿨디들이 멸망한 뒤에
는 더욱 그러했다. 로마 가톨릭교가 지배하게 되자, 이 섬은 수녀원의 소재지가

되어 지금도 그 폐허의 유적을 볼 수 있다. 종교 개혁 때 수도원은 철거되었고, 수녀들은 남아서 공동생활을 하도록 허용되었다.

이제 아이오나섬은 관광객이 많이 찾아드는 장소가 되었다. 이곳에는 수많은 교회와 묘소의 유적이 있다. 이들 중 중요한 것은 대성당이나 대교회당 그리고 수녀원의 예배당이다. 이러한 그리스도 교회의 유적 외에도 더 오래된 시대의 유적이 있어서, 그리스도교의 숭배 신앙과는 다른 형태의 신앙이 아이오나섬에 있었음을 보여 주고 있다. 그것은 원형의 돌무덤으로 아직도 각 지방에서 발견되는데, 드루이드들의 것으로 생각된다. 이러한 옛날의 종교 유적에 대하여 새뮤얼 존슨은 다음과 같이 말한다.[13]

"마라톤의 들판에서도 그 애국심이 더욱 강해지지 않고, 아이오나섬의 폐허 가운데서도 경건한 존경심이 더욱 뜨거워지지 않는 자에게서 무엇을 부러워하랴!"

스콧은 《섬의 군주》(제4권 10절)에서 아이오나섬의 교회와, 그 맞은편 기슭에 위치한 스태파섬의 동굴을 대조적으로 아름답게 노래하고 있다.

> 자연의 여신이 스스로 대성당을 만들어,
> 그녀의 창조주에게 바친 듯하구나!
> 높이 세운 기둥도, 활처럼 휜 아치도
> 결코 초라하게 쓰이지 않았다.
> 밀물과 썰물, 굽이치는 파도도
> 결코 빈약한 테마를 이야기하지 않는다.
> 무서운 정지의 순간에는
> 높은 천장에서 응답의 소리가 매혹한다.
> 갖가지 변화와 길고 높은 음조가
> 오르간의 멜로디를 조롱하면서.
> 동굴이 옛날의 신성한 아이오나의 성당을 향해

---

13) 영국의 시인·비평가 존슨(1709~1784)의 《스코틀랜드 서부 섬으로의 여행》 참조.

기꺼이 입을 열고,
자연의 여신이 그곳에서 이렇게 말하는 듯하구나.
"잘했다, 연약한 진흙 아이야!
저 웅대한 성당은 너의 작은 힘에
높고 힘든 일을 지웠는데—그러나 나는 보았다, 네가 한 일을!"

제42장
베어울프

　베어울프의 서사시가 담겨 있는 원본은 기원후 1000년경에 쓰였으나, 이 시는 에즈데오우의 아들이자 히옐락의 조카이기도 한 베어울프(Beowulf)라는 영웅의 모험 이야기를 음유 시인들이 오랜 시대에 걸쳐 세심하게 다듬어 입에서 입으로 전해져 온 것이다. 이 영웅은 그 후 지금의 남부 스웨덴에서 번성했던 예이츠 왕국의 왕이 되었다. 베어울프는 소년 시절에 이미 자신의 강한 힘과 용기를 큰 공적으로 증명하였다. 성인으로 성장한 뒤에는 덴마크 왕인 흐로드가르를 괴물로부터 구하고, 또 훗날에는 그의 궁정을 습격한 화룡(火龍)으로부터 구해 주기도 했다.

　처음 명성을 날리기 전에 베어울프는 이미 수많은 바다 괴물들을 물리쳤다. 핀란드 사람들의 나라를 향해 7일 낮밤을 헤엄쳐 올 때 겪은 일이었다. 헤트바레인의 나라를 방어하도록 도와줄 때에도, 많은 적들을 죽이고 대단한 힘으로 헤엄을 쳐서 쓰러뜨린 추적자 30명의 갑옷을 아군의 배로 날라 오는 용기를 또다시 발휘하였다.

　모국의 왕이 되어 달라는 부탁이 있었지만, 왕관을 사양하며 여왕의 젊은 아들 헤아드레드에게 넘겼다. 또한 자신은 그 소년 왕이 혼자 힘으로도 충분히 나라를 다스릴 수 있는 나이가 될 때까지 보호자이자 상담자 역할을 하였다.

　12년 동안, 덴마크 왕 흐로드가르는 많은 어려움을 겪고 있었는데, 그 원인은 그렌델이라는 탐욕스런 괴물이 왕국을 야만스럽게 짓밟았기 때문이다. 이 그렌델이란 놈은 마법의 생명력을 가진 불사신이어서 인간이 만들어 낸 모든 무기와 맞서는 것을 가벼운 장난으로 여겼다. 그리고 아무도 찾지 않는 황무지에 살면서 밤이면 슬그머니 빠져나와 흐로드가르의 큰 거실에서 어슬렁거리다가 귀한 손님들을 닥치는 대로 낚아채어 죽였다. 마침내 베어울프의 귀에 그 이야기가 전해졌다. 그 반갑지 않은 그렌델이 궁전의 손님으로 와서 살인 횡포를 저지르고 있다는 소식을 선원들이 전해 주었던 것이다.

그래서 베어울프는 14인의 용감하고 건장한 용사들을 불러 모아 그의 대단한 힘으로 흐로드가르를 도와주겠노라고 다짐하며 예이츠국을 떠나 항해길에 올랐다. 덴마크 해안에 다다르자마자 베어울프는 스파이라는 의심을 받았으나 해안 경비병을 힘들여 설득하고 나서야 들어갈 수 있었다.

흐로드가르왕은 반갑게 맞아 주었다. 밤이 되어 왕과 신하들이 모두 침소로 돌아가고 베어울프와 그 일행들만 궁정의 거실에 남자, 베어울프는 하마터면 잠이 들 뻔하였는데 그때 그렌델이 거실 바닥에 쿵쿵거리는 소리를 내고 들어와서, 자고 있는 일행 중 한 명을 순식간에 죽이고 말았다. 베어울프는 방심하고 있다가 무기도 들지 못한 채 괴물과 일대 격투를 벌였는데, 결국은 그 대단한 힘으로 괴물의 팔을 어깨에서 뜯어내고 말았다. 치명적 상처를 입은 괴물 그렌델은 핏자국을 남기며 그의 황량한 은신처로 도망쳤다.

그렌델이 또다시 습격해 오지 않을까 두려워하던 공포도 이제 누그러졌고, 덴마크 사람들이 궁정으로 다시 돌아왔으며, 베어울프와 그 일행들은 몸을 피해 있도록 다른 안전한 장소를 제공받았다.

그런데 이번에는 그렌델의 어미가 불구가 된 아들을 보고 화가 나 복수하러 왔다. 아들의 갈고리 손톱팔을 가져가며 덴마크 귀족 한 명을 납치해 갔다. 베어울프는 또다시 그 핏자국을 따라 괴물의 어미를 죽이겠다고 곧장 달려갔다. 그의 칼 흐룬팅을 들고 단단히 벼르며 물가에 이르자, 바다 깊숙이 헤엄쳐 뛰어들어 그렌델의 어미와 맞붙어 싸웠으며 바다 밑 동굴에서 발견한 오래된 칼 한 자루로 퇴치했다. 그리고 그렌델이 다가오자 머리를 베어 흐로드가르왕에게 전리품으로 가져갔다.

예이츠 왕국에서도 환호와 축하연으로 궁전이 들떠 있었고, 베어울프가 돌아오자 기쁨의 환대는 더욱 대단하였다. 그리고 엄청난 영지와 높은 명예가 주어졌다. 그런 뒤 얼마 안 가서, 소년 왕 헤아드레드는 스웨덴과의 전투에서 전사하고 말았고, 베어울프가 그 왕관을 이어받았다.

베어울프가 다스리는 50년 동안 나라와 백성은 태평하고 청명한 나날이었다. 그러던 어느 날 갑자기 평화를 깨뜨리는 사건이 일어났으니, 용 한 마리가 자기의 흙 둔덕 무덤에 저장해 두었던 보물을 도둑맞았다며 분노하여 베어울프의 왕국을 괴롭히기 시작했다. 그렌델처럼 이 괴물도 밤이면 어슬렁거리며 동굴을 나와 살인과 강탈을 일삼았다.

이제 나이 든 군주가 된 베어울프는 급기야 전투를 결심하고, 아무 도움도 없이 화룡이 살고 있는 동굴 입구로 접근했다. 동굴 입구에서 끓어오르는 뜨거운 증기가 내뿜어져 나왔다. 조금도 겁내지 않고 베어울프는 자신의 경멸의 도전을 받으라고 외치며 단호하게 걸음을 내딛었다. 그러자 동굴 속에 도사리고 있던 화룡이 격분하여 입에서 불거품을 내뿜으며 나와서 베어울프에게 달려들어 한 방에 그를 거의 밟아버릴 뻔하였다. 그다음 벌어진 격투는 그야말로 공포스러워서 베어울프의 부하들 중 한 명만 제외하고 모두가 목숨을 부지하려고 탈주해 도망치고 말았다.

위글라프만은 자신의 나이 든 군주를 도우려고 남았다. 화룡이 다시 덮치면서 베어울프의 검을 산산조각 내고 괴기스런 이빨을 베어울프의 목덜미 속에 박아 넣었다. 위글라프는 필사의 결투로 얽혀 있는 두 투사 사이로 돌진해 들어가서 죽어 가는 베어울프를 도와 용을 죽였다.

죽음이 다가오자 베어울프는 위글라프의 이름을 부르며 예이츠의 왕관 계승자로 명하고 말하기를, 저 바다를 당당히 지휘하는 높은 절벽 끝, 영원히 기억에 남을 기념비적 성골당에, 자신의 죽음 뒤 한 줌의 재를 안치하라고 유언하였다. 베어울프의 시신은 거대한 화장용 장작더미에 올랐다. 그 불무덤 주위엔 말에 탄 12명의 예이츠인이 선회하면서 슬픔을 노래하고, 선(善)을 칭찬하는 자신들의 마음과 훌륭한 사람이었던 베어울프를 함께 노래하였다.

그리스 로마 신화에 대하여

신화의 시작

그리스 신화란 호메로스의 시편이 저술된 기원전 9~8세기 시대로부터 '이교
세계'의 종말까지, 그리고 그리스도 탄생 이후 3~4세기에 걸쳐, 그리스어를 사
용하던 여러 지방에서 행해진 여러 가지 불가사의한 이야기나 전설을 총괄하여
부르는 말이다. 이는 대단히 풍부한 내용을 포함하며, 명확하게 한정하기 곤란
한 복잡한 기원과 성격을 가지고 있으나, 세계의 정신사상(精神史上) 중요한 역
할을 하였고, 지금도 또한 중요한 역할을 하고 있다.

모든 민족은 그 발전의 어느 시기에는 불가사의한 이야기, 즉 전설을 갖게 되
고, 한동안은 이를 어느 정도 사실이라고 믿는다.

대개의 경우에 전설에는 초자연적인 힘 혹은 초자연적인 존재가 개입하게 되
므로, 그것은 종교의 영역에 속하는 것이 된다. 이때 그것은 일관된 해석의 체
계가 되고, 이야기 주인공의 사적(事蹟)은 그 하나하나가 창조적인 의미를 가지
며, 그 결과는 세계 전체에 영향을 미치는 것이 된다. 이런 유형에 속하는 것으
로는 인도 문학에서의 장대한 종교적 서사시를 들 수 있다. 다른 지방에서는 서
사시적 요소가 주가 되어 있는 경우도 있다. 물론 이 경우에도 전설에는 신들이
나오고, 그 힘에 관해서도 이야기되지만, 거기에서는 세계의 시원(始原) 같은 것
은 별로 문제시되지 않는다. 주인공은 큰 칼을 휘두르고, 놀랄 만한 계략을 생
각해 내거나 불가사의한 나라로의 여행을 성취할 따름이다. 비록 그 인물에게
는 인간의 표준을 넘는 점이 보인다 해도, 본질적으로 그는 인간인 것이다. 이
런 유형에 속하는 대표적인 것을 예로 들면 영국 웨일스 지방의 이야기에 의해
알려져 있는 켈트족의 전설들을 들 수 있다. 또 다른 지방에서의 전설이 전하는
것은 거의 완전히 초자연적인 성격을 상실하고, 역사적 사실을 가장하고 있는

경우도 있다. 특히 로마인은 전설적인 사적을 그 최고의 연대기 속에 편입하고 있는 것 같다. 침입자에게 대항하여 테베레강의 다리를 방어한 호라티우스 코클레스(Horatius Cocles)의 영웅적인 자태는, 바로 애꾸눈이 신의 최후의 화신이며, 강변에 서 있던 그 신상(神像)은 옛 의미를 상실하여 마침내 로마인과 에트루리아인의 투쟁(일부 역사적인)에 있어서의 한 삽화 자료가 되었던 것이다.

그리스에 있어서의 신화는 이상 말한 바의 성격을 모두 구비하고 있다. 그것은 역사적인 색채를 띰으로써 도시나 가문에 있어 고귀한 유래의 전거(典據)가 되는 수도 있고 또 서사시로 발전하는 수도 있다. 또는 종교의 예식이나 신앙에 권위를 부여하고, 그를 설명하는 것이 되기도 한다. 요컨대 그리스 신화는, 다른 여러 나라에서의 전설이 담당하고 있는 역할을 모두 다 종합하고 있는 것이다. 그러나 또 한 가지 잊어서는 안 될 것이 있다. 신화를 뜻하는 그리스어 '뮈토스(mythos)'는 무엇이거나 간에 사람이 말하는 이야기를 뜻하는 것이며, 비극이나 희극의 제재(題材), 그리고 아이소포스(이솝) 우화(寓話)의 주제도 뮈토스인 것이다. 뮈토스는 로고스(logos)에 대립한다.

그것은 공상과 이성, 이야기하는 말과 논증하는 말과의 대립인 것이다. 로고스와 뮈토스는 말의 양면으로서, 양자가 모두 정신생활의 기본적인 기능이다. 논증으로서의 로고스는 설득을 의도하고, 듣는 자의 판단을 요청한다. 로고스는 올바르고 논리에 적합할 때는 진(眞)이고, 어떤 속임수(궤변론)가 감추어져 있을 때는 위(僞)이다. 그러나 뮈토스에는, 뮈토스 이외의 목적은 아무것도 없다. 믿거나 믿지 않거나, 그것은 듣는 자의 자유이지만, 어쨌든 그것이 아름답고 진실한 것같이 생각되기 때문에, 또는 단지 그것을 믿으려고 생각하여 믿는 것이다. 이와 같이 하여 뮈토스는, 인간 사명에서의 모든 비합리적인 면을 그 주위에 끌어들이고, 그 성질상 모든 창조 작용에 있어 예술에 가까운 것이 된다. 그리고 이 점에 그리스 신화의 가장 현저한 특징이 있다. 또한 신화는 정신 활동의 분야에 들어가 있음을 볼 수 있다. 조형 미술, 문학, 기타 그리스 문화의 모든 영역에서 항상 신화는 인용된다. 그리스인에게 있어서 신화는 경계를 모른다. 그것은 어디에고 들어가 얽힌다.

일리아스와 오디세이아

그리스어로 된 최고의 서사시는 《일리아스》와 《오디세이아》인데, 이들은 넓은 의미에서의 신화이다. 인간적인 것과 초인간적인 것이 항상 혼합되어 있는 점이 이 두 서사시의 특징이다. 《일리아스》의 영웅들의 선조, 때로는 부모 중에는 하나, 혹은 여러 명의 신이 있다. 아킬레우스는 바다의 여신 테티스의 아들이고, 또 그의 운명은 영원불멸의 신탁(神託)에 의하여 결정되고 있다. 트로이 전쟁의 원인이 된 헬레네는 제우스의 딸이고, 트로이의 왕자 파리스가 그녀를 구하기 위하여 스파르타에 왔을 때, 그녀로 하여금 남편과 딸을 버리게 한 것은 사랑의 여신 아프로디테의 의지인 것이다. 전쟁이 발발하자 신들도 여신들도 두 진영으로 갈라져 대립하여 싸운다.

파리스의 수호신 아폴론은 자기에게 봉사하는 신관(神官)이 아카이아인[1] 때문에 딸 크리세이스를 빼앗긴 원한도 있고 하여 아카이아 군대에 역병(疫病)을 발생시킨다. 포세이돈, 아테나, 아레스도 전투에 참가한다. 그리고 아킬레우스의 공적은 물론 영웅 자신의 힘을 보여 주는 것이기는 하나, 그것은 또 부단히 그를 도와주는 신의 가호를 보여 주는 것으로도 되어 있다.

《오디세이아》에 있어서도 마찬가지다. 오디세우스가 신들의 자손이라고 하는 것은, 아킬레우스의 경우와 같이 확실치는 않다. 그는 헤르메스 신의 아들 아우톨리코스의 서자(庶子)라는 설도 있으나, 그 밖에도 여러 가지로 전한다. 그러나 여신 아테나가 오디세우스의 수호신이 되어 그가 바다의 신 포세이돈의 분노와 증오로부터 구제되는 것도 이 여신의 덕택인 것이다. 그리스 서사시의 본질은 인간의 투쟁을 웅대하게 그려 내고, 신화에 의하여 그것을 우주적인 규모로 확대시킨 점에 있다. 그 이야기는 이를 문자 그대로 취한다면 하나의 종교적 신앙을 나타내고 있다. 또한 제우스와 올림포스의 신들은 구체적으로 인사(人事)에 간섭한다. 그러므로 희생물을 봉납하여 신들을 공경하고, 그 분노를 풀고, 가능한 한 수단을 모두 동원하여 그들과 화해하지 않으면 안 된다. 그러나 신화가 이야기하는 것은 이미 편협한 물질세계를 초월하는 방향으로 향하고 있다. 트로이의 성벽 아래에서 일대일의 전투를 하게 되는 아킬레우스와 헥토르의 운명

---

1) 호메로스의 《일리아스》와 《오디세이아》 속에서는 그리스인의 총칭으로서 이 호칭가 쓰이고 있다.

을 제우스가 저울에 달 때, 한 접시는 천상에 이르고 다른 한 접시는 명계의 어둠 속에 다다른다. 이러한 황당무계한 저울의 이야기를 고대의 그리스인들이 그대로 받아들였다고는 도저히 생각할 수 없다. 신화는 용어에 괘념할 필요가 없다. 그러므로 신화는 달리 표현할 도리가 없는 실재의 영상(映像)을 이와 같이 상징적으로 그려 낸다. 실제에 있어서 이 삽화는, 이를 노래한 시인에게 있어서도 신비한 세계를 이해시키기 위한 표현 수단이나 계시의 형식 이외의 것일 수 없고, 문자 그대로 받아들여야 할 성질의 것도 아니다.

또 신들을 위하여 건조된 신전의 전면에는, 그곳에 봉안된 남신 혹은 여신에 관한 전설 가운데서 특징적인 삽화가 표현되어 있다. 파르테논[2]의 동쪽 벽에는 아테나 탄생의 기적이 표현되어 있다. 서쪽 벽에는 아티카[3]의 소유를 다투는 포세이돈과 아테나의 자태가 보인다. 이러한 것들은 아테네인이 그 도시와 그들 자신에 관하여 품고 있던 감정을 전체적으로 구상화한 것으로서, 언어에 의한 어떠한 분석보다도 명확히 그것을 보여 주고 있다. 아테나에게는 어머니가 없고, 여신은 전능한 아버지 제우스의 머리에서 튀어나온다. 그것은 아티카의 백성이 대지로부터 탄생한 백성이라고 불린 것과 같다. 그러나 아테나는 일찍이 제우스와 정을 나눈 사려(思慮)의 여신 메티스의 소생인 것이다. 데메테르의 딸 코레(페르세포네), 즉 대지와 번식의 여신은 조용히 기적적인 탄생의 고시(告示)를 기다리고 있다. 잠시 후에 바닷물에 씻긴, 그리고 포세이돈이 가지고 온 소금과 바닷바람이 배어든 대지 위에, 아테나는 수목 중에서도 성장이 늦으나 열매는 많이 맺는, 빛나고 훌륭한 올리브나무를 출생케 한다. 아테나의 신화는 몇 세기 이후 벌써 사람들이 그것을 믿지 않게 된 시대에도 그 힘은 아직도 소멸하지 않는 하나의 영감으로서 깊은 반성을 환기시킨다.

신화는 사상의 보고

사상의 보고(寶庫)인 신화는 얼마 후에는 이성과 신앙의 중간에서 고유한 생명을 가지게 된다. 그리스인의, 또 그들 뒤를 잇는 세대 후계자들의 모든 고찰은 신화에서부터 시작된다. 비극 시인은 제재(題材)를, 서정 시인은 이미지를 신화

2) 아테네의 아크로폴리스 언덕에 있는 아테나 여신을 봉안한 신전.
3) 에게해로 돌출된 그리스의 한 반도(半島).

에서 구하고 있다. 프로메테우스, 오이디푸스, 오레스테스 등은 전설의 주인공이었다. 아킬레우스와 오디세우스, 광란(狂亂)의 아이아스의 자태는 옹기나 항아리, 술잔 등 여러 기물(器物) 위에 항상 되풀이되어 그려졌고, 신화는 일상 속에 도입되어 누구에게나 친근한 것이 되었다. 집 안에 있어도, 극장에 가도, 어디서나 신화 중의 인물의 자태를 볼 수 있고 그것은 사람들의 뇌리에 부각되어, 상상을 자극하고, 도덕적인 관념을 지배한다. 또 철학자도 추론(推論)의 힘이 한계에 부닥쳤을 때, 불가해(不可解)한 것을 해방시키는 방법으로서 신화의 도움을 구하는 일이 종종 있다. 이와 같은 신화의 일반화, 그 힘의 해방이야말로 그리스 문화가 인간 사상에 가져온 기본적인 기여, 무엇보다도 본질적인 기여의 하나라고 해도 과언이 아니다. 그리스 신화의 덕택으로 '신성불가침한 것'에 대한 공포감은 소멸되고, 정신의 모든 영역에 의한 고찰의 길이 열리고, 시(詩)는 예지가 될 수 있었던 것이다.

그리스·로마 신화에 대한 이설

이미 있었던 전설을 이용하거나 수집한 고대의 작가 및 학자들의 노작(勞作)들은, 그 전설들이 보여 주는 놀랄 만한 다양성과 무통일성을 잘 나타내고 있다. 호메로스, 헤시오도스,[4] 핀다로스,[5] 아이스킬로스 등은 명확한 체계를 형성하는 신화를 전거(典據)로 하고 있는 것 같은 인상을 주고, 거기에서 신들과 영웅들은 확정된 성격을 가지고 나타나며, 일정한 삽화를 포함하는 전설을 가지고 있는 것같이 보인다. 그러나 그러한 인상은 외관상의 것에 불과하다. 이와 같은 그릇된 인상은, 주로 위에서 말한 시인들이 거의 다(《신통기》의 작가로서의 헤시오도스를 제외하고는) 예외 없이 암시적인 수법을 사용하고, 그들이 전거로 한 신들의 계보나 전설을 교과서적으로 서술하고 있지 않은 데 기인한다. 하지만 다소 주의 깊게 분석하여 보면, 같은 저자에게 있어서는 아니라 할지라도 많은 저자들 사이에 상이점(相異點)이나 모순점이 있음을 바로 알 수 있다. 통일성은 오직 인위적, 부차적인 것에 의하여 도입되고 있음에 불과하다. 신화는 철학이

---

4) 호메로스보다 좀 후대의 서사 시인. 그가 쓴 작품으로는 현재 전해지는 《노동과 나날》, 신들의 계보를 천지의 성립에서 노래한 《신통기》가 있다.
5) 보이오티아 출신의 그리스 최대의 서정 시인(기원전 518~438).

나 신학이나 과학의 체계와 같이 계통적으로 생겨나는 것이 아니다. 그것은 식물과 같이 자유로이 학(學)을 트게 한다. 그 과(科), 종(種), 변종(變種) 등을 식별하는 것이 신화학자의 일인 것이다.

신들 중에서 가장 위대한 신인 제우스의 출생 같은 근본적인 점에 관해서도 이론(異論)이 분분하다. 가장 잘 알려진 설에 의하면, 출생 장소는 크레타섬의 이다산이라는 것이다. 그러나 크레타섬 중에서도 딕테(Dikte)산이 또한 그 명예를 요구하고 있고, 또 펠로폰네소스의 남부에는 지금도 메세네 근처에 클렙시드라라고 불리는 우물이 있는데, 제우스는 그 곁에서 출생했다는 설도 있다.

신의 출생 장소가 여러 군데 있는 데 따라서 여러 가지의 전설이 있고, 그들 사이의 모순이 의식되는 것은 이러한 여러 출생지의 제우스를 동일시하려고 할 때이다. 모순은 모든 그리스적인 신화의 내부에서 비로소 존재한다. 그런데 이와 같은 '그리스 신화'의 구성은 결코 원시적인 것이 아니라, 이는 이미 신화에 관한 일종의 고찰이 행해진 결과이다.

그런데 우리는 더 해결하기 곤란한 문제에 봉착한다. 그것은 전설이 사회적·역사적으로 다른 여러 시대와 상태에 있어서 발전했다는 사실에 기인하기 때문이다. 아트레우스가(家)의 계보는 미케네의 영주(領主), 티린스의 영주, 아르고스의 영주 등에 관하여 거론되고 있는데, 이들 왕국을 구별하기가 곤란할 때가 종종 있다. 그러나 티린스와 미케네의 융성기는 아르고스의 그것과 같은 시대가 아니라는 점을 생각하면 의문은 해결된다. 나라의 '왕'을 나타내는 미케네 지방의 전설은, 주권이 이미 미케네를 떠나 아르고스에 있을 경우에는 불가해한 것이다. 이야기하는 사람은 자연히 필요한 장소의 변경을 채택하지만, 지방색이 농후한 약간의 요소는 그대로 잔류하여 이것이 혼란의 원인이 된다. 펠로폰네소스와 같은 유형의 전설을 가진 테살리아의 일련의 전설에도 같은 일이 일어난다.

아폴론의 사랑을 받아 의약(醫藥)의 신 아스클레피오스의 어머니가 된 코로니스는 보통 테살리아의 플레기아스의 딸이라고 한다. 그러나 동시에 이 플레기아스는 사실 펠로폰네소스의 에피다우로스 사람이라고도 하며, 에피다우로스에 아스클레피오스의 신앙이 성행했던 것은 그 때문이라고 한다. 이들 이설(異說)은, 사실은 동일한 민족이 테살리아로부터 에피다우로스에 이르는 지역을 점령하고 있었던 시대—또는 테살리아로부터 펠로폰네소스로 이주한 시대라고 해도 좋다. 가정(假定)에 의해서도 사실은 설명된다—를 반영하는 것으로서, 그 후 이 민족은 계속하여 침입자에 의해 압도되어 자기네들이 동일 민족이라는 감정을 상실하였다. 그리고 지난날의 일체성(一體性)은 공통된 전설과 공통된 지명에서만 볼 수 있게 되었다. 에피다우로스의 플레기아스와 테살리아의 플레기아스가 있는 것처럼 두 개의 라리사—하나는 테살리아의 도시이고, 다른 하나는 아르고스의 성산(城山)이다—라는 지명이 있다.

이와 같이 신화는 독립한 존재가 아니고 역사적·민족적 조건과 더불어 발달하는 것으로서, 때로 그것은 신화가 없었더라면 망각되었을지도 모를 상태에 뜻하지 않은 증거가 되는 것이다. 그런 의미에서 그것은 귀중한 연구 수단이 되는 것으로서, 이제 우리는 100년이나 200년 전과 같이, 전설을 모두 역사의 왜곡이라고 생각하지는 않고, 신화를 연구한다. 그것이 제작된 시대와 환경을 신화로 연구하여, 그 시대와 환경을 신화로 하여금 말하게 되었다. 근대의 신화학자는 먼 옛날의 선인(先人)과는 달리, 희소하나 시사하는 바가 많은 이전(異傳)에 주의 깊은 눈을 돌려, 너무도 완전한 형태를 구비한 신화를 경계한다. 긴밀한 구성은 후인(後人)의 가공을 폭로하는 것이기 때문이다.

고전시대(기원전 6세기경) 신화의 연구

신화에 관한 연구는 옛날부터 시작되었으므로, 대개의 경우 우리가 책 속에서 발견하는 것은 오랜 기간에 걸친 발전의 결과인 것이다. 신화의 고전적 '자료'라고 인정되는 것도 일반적으로 그러한 것들이다. 이미 기원전 6세기 말경에 밀레토스 사람 헤카타이오스는 네 권의 계보를 썼다. 그것은 근소한 단편만이 전해지고 있으나, 그의 설(說)은 후계자들의 저작에 인계되고 있다. 그것은 최고(最古)의 역사가 아르고스의 '아쿠실라오스', 아테네의 '페레키데스' 등의 이론의 근거가 되고 있다. 이들 역사가는 여러 전설을 수집하여 이를 그리스사(史)의 '제1장'이라고 생각하였다. 페레키데스는 아티카의 기원에 관한 신화를 조사하여 이 지방의 정통적 왕의 계보를 작성한 최초의 사람인데, 이 계보 중에는 에리크토니오스 또는 에레크테우스와 같은, 옛날 전설에 나오는 대지의 왕과 역사적으로 존재한 것으로 추측되는 인물이 긴밀히 결부되어 있다.

그러나 그는 자기 나라의 전설을 조사했을 뿐만 아니라, 그것과 아르고스 지방의 전설을 조화시키려고 애쓴 것 같다. 아르고스의 전설은 그 당시 이미 그리스의 중세를 아는 데 필요한 근본 자료의 역할을 했던 것이다. 이 점에 있어서 페레키데스는 대단히 중요한 의의를 가지게 되는 미틸레네의 헬라니코스라는 저자의 선구자가 되었다. 헬라니코스도 또한 아르고스의 연대기 연구에 몰두한 사람으로서, 아르고스의 중요 여신인 헤라의 여신관들에 대해 그 연대 결정을 한 그의 저작은 대단히 중요한 종교상의 전설을 수집한 것인데, 불행히 그 대부분은 남아 있지 않다. 로마시(市)의 이름을 최초로 기록한 명예도 헬라니코스에서 귀속되는데, 그는 로마를 트로이 승리자들의 '귀환'에 계기(繼起)한, 그리스인의 분산 후에 건설된 그리스 식민시(植民市)의 하나로 생각하고 있다. 기원전 6세기부터 5세기 말에 이르는 사이에 나타난 이들 연구와 수집에 반영된 근본적인 경향은 역사상·전설상 사건의 '연대(年代)'를 결정하려고 하는 요구이다. 역사와 전설이라는 이 두 부문의 구별은 어떤 의미에서는 전혀 근대적인 구별이요, 또 전설은 역사의 한 해석에 불과한 것일 수도 있어, 확연히 양자를 나눌 수 있는 기준은 존재하지 않으므로, 대개의 경우 그것은 대단히 애매한 구별인데, 이 구별은 당시에는 아직 생각이 미치지 않았었다.

그리고 사건도 주로 가정적(假定的)인 분류에 그치고 있다. 문제가 되는 것은 트로이의 함락이라든지, 올림피아 경기의 창시라든지 하는, 그 시대가 판명된 것을 가지고 가정된, 여러 사건과의 시대적 관련을 결정하는 일이다. 가장 널리 채택되고 있는 틀은 '세대(世代)'라는 개념이 제공하는 틀로서, 사건이나 인물을 이 틀 속에 집어넣으려는 노력을 볼 수 있다. 물론 거기에는 여러 가지 난점이 있다. 특히 곤란한 문제를 제기하는 것은 헤라클레스의 모험으로서, 그것은 마치 그 밖에는 다른 아무도 존재하지 않는 것 같은 세계에서 행해지며, 이 시기 결정은 아주 미묘한 문제를 제기한다. 왜냐하면 전설은 헤라클레스의 아들들의 이름을 들고, 이들이 예컨대 테세우스의 아들들과 같이, 여러 집단적인 대사업에 참가하고 있음을 가리키고 있기 때문이다. 무슨 이유로 테세우스가 아르골리스의 위대한 영웅(헤라클레스)과는 한 번도 상봉하지 않는 것인가?

그러나 교묘한 그리스인은 결코 당황하지 않는다. 그는 다음과 같이 설명한다. 테세우스의 활약은 헤라클레스가 리디아에서 옴팔레의 노예가 되어 지낼 동안의 일이고, 반대로 헤라클레스의 만년에 해당하는 시대의 테세우스는 명계(冥界)에서 하데스에게 붙잡혀 있었다는 것이다. 이와 같이 전설적인 전기(傳記) 중에는 삽화가 필요 불가결하다. 이런 삽화는 물론 원시적인 것일 수는 없다. 그것은 필요한 연대의 일치를 실현시키기 위하여 삽입되는 것이다. 때로는 어떤 인물이 그렇게 오랫동안 살 수는 없을 것이다, 라고 생각되지 않게 하기 위해 같은 부류의 인물의 세대 전체를 더 삽입하지 않으면 안 될 경우도 있다. 트로이에서 싸운 아카이아인의 한 사람인 네스토르가 매우 늙은 사람이었음은 그가 헤라클레스의 전설 중에 나온다는 사실에 의해서만 설명된다. 헤라클레스가 메세니아의 필로스에서 넬레우스 및 그 아들들과 싸우고 있을 시기에 아직 소년이었던 네스토르는, 아카이아인의 트로이 원정 때에도 아직 생존해 있었던 것으로 되어 있다. 그래서 그는 3대에 걸쳐 산 인물로 간주되고, 현명한 회의 석상에서는 모든 사람이 그의 말을 경청하는 백발의 노인으로 되어 있다. 이런 점에서 본다면 연대학은 창조적인 역할을 하고 있다고 할 수 있고, 또 여기에서 우리는 한 삽화의 발생을 이해할 수 있는 것이다.

고전시대에 들어가서 전설의 큰 분류는 이미 고정된 것이 되고, 아직도 남아 있는 모순은 그대로 후대에 계승된다. 전설적 시대의 '역사'는 결정적인 것으로 되고, 사람들은 오직 그것을 더 잘 알려고 노력한다. 기원전 3세기 이래 '집성(集成)'이 나타나고, 그것을 요약한 것이 때로는 잘못되어 원저자의 이름으로 지금까지 전해지고 있다. 그러한 집록(集錄)의 어떤 것은 일정한 유형의 전설만을 모으고 있다. 예를 들면 키레네의 에라토스테네스는 기원전 3세기 후반에 《별자리(Katasterismoi)》라는 책을 썼는데, 그 가운데는 주인공이 후에 성좌(星座)로 변한 이야기의 예가 많이 수록되어 있다. 이런 노작은 고대를 통하여 계속되고, 연애담(베르길리우스와 동시대인인 니카이아의 파르테니오스의 《사랑의 비애》가 전해지고 있다)이라든가, 변형담(變形譚)의 집성 등이 나타나게 된다. 그리스인 니칸드로스는 기원전 2세기의 저작가인데, 이것이 원본이 되어 오비디우스는 아우구스투스의 시대에 《변신 이야기》라는 제목으로 긴 시편을 발표하였다.

고전시대 신화의 계승(기원전 2세기 이후)

그러나 때로 신화 작가는 더욱 야심적인 의도를 가지고 전통적인 전설의 전체를 포괄하려고 노력하기도 한다. 이런 시도 중에서 가장 중요한 것은 아폴로도로스의 《비블리오테케》라는 이름으로 알려진 저작이다. 아폴로도로스는 기원전 2세기의 아테네의 문법학자, 문헌학자로서 고대 시인들의 주해(註解)에 헌신한 사람이다. 그의 이름으로 전해진 《비블리오테케》는 아마 그 자신의 저작이 아니고 1세기경의 요약인 것 같으나, 아무튼 거기에서는 우주와 신들의 창조로부터 세대를 따라 전설의 최후의 시기, 즉 트로이 함락에 계속되는 시대에 이르기까지의 계통적으로 정리된 신화가 발견된다. 이렇게 되면 신화는 '향유가 뿌려진 시체', 그 생생한 원천으로부터 절단된 박식을 위한 단순한 자료에 불과하게 된다.

하지만 인위적인, 생명이 없는 통일성 실현을 주된 목적으로 하는 정통적인 대집성 외에 별개의 자료를, 위에 적은 것과는 완전히 대립된 훨씬 현대적 사고방식에 일치한 정신을 가지고 기도된 노작을 우리는 발견할 수 있다. 그중 가장 귀중한 것은 파우사니아스의 《그리스 안내기》이다. 거기에는 대단히 풍부한 지방적 전설이 보존되어 있는데, 이들은 종합적 저작에서는 배제되어 있는 것으로서, 민간 전승(傳承) 중에서 살아 있는 진기한 이전(異傳)인 것이다. 불행히 현존하는 파우사니아스의 저작은 그리스 전토에 걸친 것은 아니지만, 약간의 지방에 관해서는 분명한 점이 남아 있다. 우리가 그 점을 보충할 수 있는 것은 시인들의 주석자(註釋者)에 의하여 수집되고 옛 시대의 편찬자가 고전적 작품에 붙인 '스콜리아(scholia)' 중에 포함되어 있는 단편적 지식의 덕택이다. 이와 같은 근기(根氣)를 요하는 연구는 특히 호메로스의 시에 관하여 행해지고, 그것은 이교(異教) 세계가 끝난 후에도 계속되었다. 12세기 비잔틴 학자인 요하네스 및 이사아크 체체스 형제는, 때때로 상당히 옛 시대에 소급하는 사실의 보고(寶庫)를 제공하고 있다.

이러한 것들이 총체적으로 말해서 그리스 신화이다. 그것은 대단히 복잡한 기원을 가진 것, 인위적으로 종합되어 종종 통일이 결여된 여러 단편, 학자·작가·시인의 장기간의 노작에 의해 멋대로 더해지거나 빠지거나 한 것이지만, 거기에는 아직도 원시적인 인간의 상상에 의하여 산출된 것, 민간 신앙에서부터 나온 것이 식별되고 있다. 학문적인 것과 자연 발생적인 것, 살아 있는 것과 인공적인 것이 그곳에서는 밀접하게 서로 얽히고 있다. 그 분석을 시도함은 현대 과학의 명예이다. 또 그것은 아직 완성에 미치지 못하고 있으나 이미 인간 정신에 본질적인 한 사고방식의 참된 의의와 능력을 더욱 잘 이해할 수 있도록 하고 있다.

여기에서 '고전적'인 신화, 즉 형성과 발전의 과정에 있는 것으로서가 아니라 고정된 것으로서의, 전통적인 형태에 있어서의 그리스 신화를 생각해 볼 때, 거기에 포함되어 있는 모든 신화가 같은 규모도 아니고 같은 형태도 아님을 알 수 있다. 어떤 것은 세계의 형성과 신들의 탄생에 관한 이야기인데, 가장 엄밀한 의미에 있어서의 신화라는 말은 이런 이야기에만 적용되는 것이 정당할 것이다. 우리는 여기에서 그런 이야기를 '신들의 탄생에 관한 신화' 또는 '우주 생성 신화'라고 부르려고 한다. 그 이야기는 특히 헤시오도스에 의하여 수집되었으나, 그 기원은 물론 헤시오도스 이전에 있을 것이고, 어떤 것은 순수한 그리스적인 것을, 어떤 것은 동양의 종교, 또는 선사 그리스적인 종교에서 유래한 것을 표시하고 있다. 그러나 그러한 것들을 원시적인 것이라고 생각함은 옳지 않을 것이다. 대개의 경우 그것은 대단히 발달한 관념의 소산으로서, 신관(神官) 계급의 환경에서 형성되고, 점차로 철학적 요소가 부여되어, 한번 보아 바로 간파할 수 있는 상징적 형태를 띠게 된 것이다. 이들 신화는 고전시대의 융성기에도, 또 그 이후까지도 생명을 계속 유지하였다. 그것은 부단히 종교적 신앙의 지주가 되었었고, 얼마 가지 않아 구원의 종교도 그 비적(秘蹟) 중에 그것을 받아들인다.

신화 속 영웅과 신들의 전설

본래 의미에 있어서의 신화와 병행하여, 신들과 영웅을 주인공으로 하는 '전설권(傳說圈)'이 있다. 이들은 일련의 삽화로부터 구성되며, 주인공으로 등장하는 인물이 항상 동일함으로 말미암아 통일성을 보유하고 있다. 본래의 신화와 달리, 이들 이야기에는 우주적인 의미는 포함되어 있지 않다. 헤라클레스가 어깨로 하늘을 지탱할 수 있을 뿐이고, 하늘도 우주도 그 때문에 어떤 특별한 각인(刻印)을 받는 일은 없다. 이들 이야기의 주인공이 신이거나(헤르메스, 아프로디테, 혹은 제우스일지라도) 반신적인 인간이거나 간에 다름이 없다. 신에 관한 어떠한 전설도, 주인공이 신이라는 것만으로는 신학적인 규모를 가지기에 이르지 못한다. 헤르메스가 소를 훔쳐 끌고 갈 때, 그 발자취 때문에 그것을 감춰 둔 장소가 발견될까 봐 소의 꼬리를 끌고 간다는 이야기는 널리 알려진 민담인데, 그것은 어떤 특별한 종교적 의의를 제시하는 것은 아니다.

이런 전설권의 근본적 성격은 하나하나의 이야기가 각각 분리되어 있다는 사실이다. 전설권은 완성된 형태로 탄생된 것이 아니다. 그것은 장기간에 걸친 발전의 산물로서, 오랜 기간 동안에 본래는 독립하여 있던 여러 삽화가 나란히 늘어서 하나의 전체를 이루게 된 것이다. 예를 들어 헤라클레스의 모험담 같은 것이 그런 것으로서, 그 하나하나의 이야기는 오랫동안 상호 간에 아무런 관련도 갖고 있지 않았다. '대공적'의 하나하나는 그 무대가 되어 있는 어떤 장소, 어떤 성지(聖地)와 결부되어 있다. 그 공적을 성취한 자가 처음엔 언제나 헤라클레스 자신이었다는 것도 확실치 않다. 헤라클레스가 이전에 존재했던 삽화를 자기의 것으로 했을지도 모를 일이다. 메가라의 왕을 위하여 알카토오스가 퇴치한 사자는, 테스피오스왕을 위하여 헤라클레스가 퇴치한 키타이론산의 사자와 놀랄 만큼 흡사하다. 헤라클레스 전설에 있어 가장 새로운 서방에의 확장에 관해서는 그 과정이 명백하다. 그리스의 여행자, 다음은 로마의 여행자, 그리고 이탈리아, 갈리아, 또 게르마니아의 접경 지방에 있어서까지도 헤라클레스와 '상봉하였다'는 것인데, 이 같은 여러 나라 신화와의 동화(同化) 현상은 처음엔 무연(無緣)의 요소를 전설권 속에 받아들이게 되었다. 그리고 그리스의 헤라클레스 자신도 셈족의 길가메시, 멜카르트, 기타 현재에는 전혀 잊힌 신들에 속하는 성격을 가지게 되었다.

전설적인 이야기의 제3형은 '이야기편'이라는 명칭으로 부를 수 있을 것이다. 전설권과 같이 그것은 일정한 장소에 결부된 것으로서, 이들도 우주적·상징적 가치를 포함하지 않는 것인데, 전설권이 한 인물을 중심으로 하고 있는 데 반하여 이야기편은 순전히 문학적으로 통일되고, 이야기의 단일성(單一性)에 의하여 규정된다. 그러므로 트로이 전쟁은 헬레네를 중심으로 하는 권(圈)도 아니고, 아킬레우스를 중심으로 하는 권도 아니고, 또 프리아모스의 아들들을 중심으로 하는 권도 아니다. 그것은 복잡한 삽화와 다양한 인물을 포함한, 장기간에 걸친 사건의 이야기이다. 《일리아스》란 이름으로 알려진 호메로스의 시는 그 작은 한 부분(아킬레우스의 분노를 중심으로 한 한 부분)을 전개하고 있는 것에 불과하다. 기타의 부분, 즉 10년에 걸친 공위(攻圍), 아시아 여러 도시의 약탈, 제1차 원정의 실패, 미시아의 불운한 상륙, 두 번째의 원정, 출범을 방해한 무풍(無風), 처녀 이피게네이아를 희생물로 하여 신들의 마음을 풀지 않으면 안 되었던 일, 헥토르 사후의 아킬레우스의 죽음, 파리스의 죽음, 그 후에 일어난 트로이의 함락, 예언자들의 다툼, 이런 것들은 모두 암시되어 있는 데 불과하다. 이것들은 문학 작품의 테두리 속에도 도저히 다 들어갈 수 없는 것이다. 또 이들 삽화가 각기 별개의 서사시의 대상이 된 것인지도 분명치 않다. '트로이 전쟁'은 하나의 자유 주제로서, 거기에 임의의 연장, 속편(續篇)이 계속 첨부되었던 것이다. 그것은 전설과 문학적 창조의 중간에 위치한다. 그러나 전설적인 '이야기편'과 소설가나 시인이 만든 이야기 사이에는 본질적인 차이가 존재한다. 헬레네의 연애 사건이 실제로 있었던 사건으로 믿어진 시대가 있었으나, 소설의 주인공은 결코 신앙의 대상이 된 일이 없었다. 그런데 헬레네는 격하된 신, 아마 펠로폰네소스의 토착 민족의 종교와 결부된 달의 여신임을 우리는 알고 있다. '헬레네의 묘', '메넬라오스의 묘', 또는 '아킬레우스의 묘'라고 불리는 것도 존재하였고, 후대 알렉산드로스왕은 '아킬레우스의 묘'에서 제의(祭儀)를 치렀다고 전해지고 있다. 그리스인의 눈에는, 시인의 공상이 아무리 그것을 문학적으로 수식한다 해도 모두 진실한 역사였다. 전설적 이야기편의 주인공은 모든 공상의 자료가 될수 있다 하더라도, 또 그것을 제재로 한 작품이 아무리 천재적이고 위대한 작품이라 하더라도 그 주인공은 결코 공상의 산물과 같은 것이 아니다.

분석을 더욱 진행하면, 우리가 만나는 최후의 것은 통일성 있는 전설이 아니고, 단지 어떤 사상(事象)을 중심으로 하는 이야기, 연기담(緣起譚) 같은 일화이다. 즉 현실에 존재하는 어떤 의상(意想) 밖의 사정, 이상한 종교적 제식(祭式)과 관습, 기괴한 바위의 형태, 고유 명사의 외형 등을 설명하기 위한 일화인 것이다. 예를 들면 키프로스섬의 신전에는 허리를 앞으로 굽힌 여자의 상이 있었는데, 이것은 어떤 잊은 제식을 표시하는 것, 생식에 관계있는 어떤 공감적 마법을 표시하는 것이다. 그런데 이 상(像)의 이상한 자세를 설명하면, 그것은 젊은 처녀가 화석(化石)이 된 자태로서, 이 처녀는 호기심을 일으키는 탓에 창밖을 내다보고 있을 때 신들에게 습격당했다는 등의 이야기가 전해지고, 그것을 주제로 하여 연애담이 만들어지게 되었다. 이것이 아낙사레테의 전설로서, 그녀는 자기의 무정한 태도 때문에 애인이 죽었을 때 그것을 아무렇지도 않게 생각하고, 애인의 장례 행렬이 지나가는 것을 창밖으로 내다보고 있었을 따름이라고 전해진다. 돌과 같은 마음을 가진 아낙사레테는 석상(石像)이 되었고, 이와 같이 하여 불사신(不死身)이 된 그녀의 신체는 아프로디테의 신전에 놓이게 되었다.

지명에 관해서도 같은 이야기가 많이 있으며 그것은 어원적 고찰에 바탕을 두고 있다. 그것을 설명하기 위해 민중의 풍부한 상상력은 여러 가지 것을 고안해 내고 있다. 하천(河川)의 명칭이 여러 가지 있다는 점, 이것은 지리학자가 잘 알고 있는 것으로서, 모든 하천은 그 유역의 주민이 다름에 따라 몇 가지 호칭을 가지고 있는데, 이것은 특히 풍부한 화제를 제공한다. 별자리의 형상(形狀), 유성(遊星)의 궤도 등에 대해서도 마찬가지이며, 이 경우는 별로 변신한 인물에게 일찍이 일어난 사건에서 유래하는 애증(愛憎)이 문제가 된다.

불핀치와 신화

이 책은 토머스 불핀치의 《우화의 시대 또는 신과 영웅들의 이야기》를 완역하여 《그리스 로마 신화》라는 제목으로 펴낸 것이다. 이 작품은 1855년 보스턴에서 출판되었는데, 같은 해에 출판된 휘트먼의 《풀잎》과 더불어 이른바 그 당시의 베스트셀러 가운데 하나가 되었다. 그 후 1세기 남짓을 거친 오늘날도 여전히 세계의 많은 사람들로부터 '불핀치의 신화'로서 사랑받고 있는 작품이다.

일설에 의하면, 이 작품의 출판은 처음에 보스턴에서 한 것이 아니라 런던에서 했다는 말도 있다. 그러나 그 진위는 어찌 되었든, 이 작품이 원래 미국의 독자를 대상으로 해서 쓰인 것만은 틀림없다. 그리고 또 영국 문학을 읽는 이들을 위해 쓰였다는 것도 불핀치의 '머리글'에 의해 밝혀져 있다. 불핀치는 신화를 매체(媒體)로 하여 자기 나라, 즉 미국의 독자로 하여금 조국인 영국의 고전 문학에 친근감을 갖게 만들고, 그럼으로써 미국 일반 시민의 교양을 높이려고 생각했었다.

그러나 불핀치의 목적은, 단순히 독자에게 영국 문학을 읽혀서 교양을 높인다는 것만은 아니었다. 그는 독자를 그리스, 로마, 스칸디나비아, 혹은 동양 등에서 전해지는 고대 고전 문학의 세계에까지 이끌어 들임으로써, 이미 물질문명에 침범당하기 시작한 19세기의 시민에게 정신문화의 중요성과 그 위기를 인식

시키려 했던 것이다.

불핀치의 일생은 미국의 산업 혁명 초기에서 완성기에 이르기까지의 전 기간에 걸쳐 있었다. 그리고 그의 《그리스 로마 신화(우화의 시대)》가 출판된 1855년은, 때마침 혁명의 완성기에 속해 있었다. 이미 면직기(綿織機), 증기선(蒸氣船), 증기 기관차 등이 발명되고, 전신기(電信機), 윤전 인쇄기(輪轉印刷機) 등이 실용화되었으며, 시카고가 철도에 의해 동부 해안과 연결된 시대였다.

영국에서는 에드워드 프랭클랜드가 1852년에 원자가(原子價)의 이론을 제출했었고, 독일에서는 유물론의 논쟁이 청년들의 피를 들끓게 했던 것이다. 세상은 바야흐로 '기술의 시대', '과학의 시대'였다. 이러한 시대를 불핀치는 '실리적(實利的)인 시대'라 불렀다. 그리고 이런 시대인 만큼 우리는 우리의 높은 정신성이나 풍부한 인간성을 고대 신화 속에서—전설의 시대 속에서—구해야 한다고 호소했다. 불핀치에게 있어 과학은 '스스로의 아름다운 상상력을 흐트러뜨리고, 천재가 낳은 우아한 꽃을 시들게 하고, 공상의 날개에서 반짝이는 이슬을 털어 버리는 것이며' 시인의 마음을 쪼아 먹는 콘도르였던 것이다.

따라서 불핀치의 《그리스 로마 신화》의 바탕에는, 이러한 과학의 발달에 따라 점차 고갈되어 가는 우리들의 시적 상상력을 다시 소생시키려는 의도가 엿보이며, 작자는 그런 의도하에 시적 상상력의 원천이라고도 할 수 있는 신화의 세계로 우리를 이끌려 한 것이었다.

불핀치의 이와 같은 의도는, 우주 시대로 돌입한 오늘날의 우리들에겐 특히 강한 공감으로서 환영받을 수 있는 것이므로, 그 점에서 보더라도 그의 《그리스 로마 신화》는 앞으로 더욱더 많은 독자에게 읽히리라 생각된다.

토머스 불핀치의 일생에 대해서는 극히 얼마 안 되는 기록밖에 없다.

불핀치의 생애

그는 1796년 7월 15일 미국 매사추세츠주(州) 보스턴 근교인 뉴턴에서 태어났다. 아버지는 저명한 건축가인 찰스 불핀치(Charles Bulfinch)이고, 어머니는 해나 앤소프(Hannah Apthorp)다. 토머스는 이 부모 사이에 태어난 11남매 중 여섯째였다. 그는 보스턴 라틴 학교, 필립스 엑서터 아카데미 등 이른바 명문교의 진학 코스를 순조롭게 밟아 하버드 대학에 입학, 1814년에 윌리엄 히클링 프레스콧과 함께 이 대학을 졸업했다. 그리고 모교인 라틴 학교에서 교편을 잡았었고 이 듬해엔 형이 하는 가게 일을 돌봤다. 1818년 국회 의사당 설계에 종사하는 아버 지를 따라 식구들과 함께 워싱턴으로 옮겨, 실업계로 들어가기 위해 기회를 노 렸다. 1825년 행운을 만나지 못한 채 다시 보스턴으로 돌아와 여러 가지 사업 을 해보았으나 모두 실패로 돌아갔다. 결국 1837년 보스턴 머천트 뱅크에 들어 가 평생 은행원으로 머물렀다. 그 사이 보스턴 박물학 협회의 서기 일도 6년 했 다. 정치에는 그다지 관심을 나타내지 않았으나 노예제 폐지 운동에는 윌리엄 로이드 개리슨을 지지했고, 또 청소년에게 깊은 관심을 보여 가난한 아이들의 보호자가 되기도 했다. 성격은 부드러웠으며 논쟁을 싫어했다. 평생을 독신으로 지내고 1867년 5월 27일 보스턴에서 71세로 생애를 마쳤다. 묘지는 마운트 오번 공동묘지(Mount Auburn Cemetry)에 있다. 일찌기 손수 매장해 준 가난한 청년 매 슈 에드워즈(Matthew Edwards)의 무덤 곁에 영면(永眠), 전기(傳記)다운 것도 없고, 미국 시인 헨리 워즈워스 롱펠로 앞으로 쓴 편지 한 통이 있을 뿐이다.

이상이 토머스 불핀치의 일생에 대해 오늘날 우리가 알 수 있는 사항의 모두 이다.

불핀치 연보

1796년   7월 25일 미국 매사추세츠주 뉴턴시(市)에서 태어났다. 할아버지는
           저명한 의사였으며 아버지 찰스 불핀치는 건축 설계사로 알려진
           사람이었다.

1804~14년   보스턴에 있는 보스턴 라틴 학교를 졸업하고, 필립스 엑서터 아카
           데미를 거쳐 하버드 대학교에 입학하여 명문 집안의 아들로 평탄
           한 학창 시절을 보냈다.

1815년(18세) 모교인 라틴 학교에서 교편을 잡는 한편, 형이 운영하는 가게의
           일을 틈틈이 돌보았다.

1818년(22세) 국회의사당 설계 작업에 종사하게 된 아버지를 따라 가족이 모두
           보스턴에서 워싱턴으로 이사를 했다.

1825년(29세) 워싱턴에서 실업계 진출을 위해 노력했으나 실패하자 다시 보스턴
           으로 되돌아갔다. 보스턴에서도 여러 사업에 손댔으나 번번이 실
           패를 거듭했다.

1837년(41세) 보스턴에 있는 머천트 뱅크에 들어갔다. 이 은행에서 그는 죽는
           날까지 근무했다. 그는 정치에는 그다지 관심을 나타내지 않았으
           나, 윌리엄 로이드 개리슨이 이끄는 노예 제도 폐지 운동에는 지지
           와 협조를 하기도 했다.

1855년(59세) 대표적인 저서 《우화의 시대 또는 신과 영웅들의 이야기》(한국어
           판 《그리스 로마 신화》)를 출판했다.

1858년(61세) 1855년에 출판한 《우화의 시대》의 속편이라고 할 수 있는 《기사도
           의 시대 또는 아서왕의 전설》을 출판했다. 이 책에서는 아서왕과
           더불어 '원탁의 기사' 이야기가 다뤄졌다.

1860년(63세) 《소년 발명가―매슈 에드워즈의 회상》을 출판했다. 이 책을 쓴 무

렵은 그가 보스턴 박물학 협회에 관계하던 때였다.

1862년(65세) 《우화의 시대》 제3편이라고 할 수 있는 《샤를마뉴의 전설 또는 중세의 로맨스》가 출판되었다.

1863년(66세) 《우화의 시대》에 인용된 시들을 한데 모아 엮은 《우화의 시대 시집》을 출판했다.

1866년(69세) 《오리건과 엘도라도 또는 강(江)의 로맨스》를 발표했다. 이 책은 미국의 오리건·엘도라도 부근에 흩어져 있는 전설·민담·우화 등을 집대성한 책이다.

1867년(71세) 5월 27일 보스턴에서 눈을 감았다. 그가 1859년에 매장해 준, 그의 젊은 친구 매슈 에드워즈 무덤 옆에 묻혔다.

옮긴이 손명현

충청북도 영동에서 태어났다. 일본 와세다대학교 철학과를 졸업하고 고려대학교 철학
과 교수를 지냈다. 지은책 《철학입문》, 옮긴책 아리스토텔레스 《시학》 등이 있다.

세계문학전집070
Thomas Bulfinch
THE AGE OF FABLE
그리스 로마 신화
토머스 불핀치/손명현 옮김
동서문화창업60주년특별출판
1판 1쇄 발행/2016. 11. 30
1판 2쇄 발행/2025. 2. 1
발행인 고윤주
발행처 동서문화사
창업 1956. 12. 12. 등록 16-3799
서울 중구 마른내로 144 동서빌딩 3층
☎ 546-0331~2 Fax. 545-0331
www.dongsuhbook.com
잘못된 책은 구입하신 곳에서 바꾸어드립니다.
＊
이 책의 출판권은 동서문화사가 소유합니다.
의장권 제호권 편집권은 저작권법에 의해 보호를 받는 출판물이므로
무단전재와 무단복제를 금합니다.
사업자등록번호 211-87-75330
ISBN 978-89-497-1535-3 04800
ISBN 978-89-497-1515-5 (세트)